海明威全集

海明威书信集（上）

Ernest Hemingway Selected Letters

〔美〕海明威 著

苏 琦 译 俞凌婍 主编

中国出版集团 现代出版社

图书在版编目（CIP）数据

海明威书信集 : 全2册 / （美）海明威著 ; 苏琦译
. — 北京 : 现代出版社，2018. 6
（海明威全集 / 俞凌娣主编）
ISBN 978-7-5143-7107-9

Ⅰ. ①海… Ⅱ. ①海… ②苏… Ⅲ. ①书信集－美国
－现代 Ⅳ. ①I712. 65

中国版本图书馆CIP数据核字（2018）第109924号

海明威书信集

著　　者　（美）海明威
译　　者　苏　琦
主　　编　俞凌娣
责任编辑　杨学庆
出版发行　现代出版社
地　　址　北京市安定门外安华里504号
邮政编码　100011
电　　话　010-64267325　64245264（传真）
网　　址　www.1980xd.com
电子邮箱　xiandai@cnpitc.com.cn
印　　刷　三河市金元印装有限公司
开　　本　880mm×1230mm　1/32
印　　张　22
版　　次　2019年1月第1版　2020年5月第2次印刷
书　　号　ISBN 978-7-5143-7107-9
定　　价　85.00元

序

　　众所周知，海明威是一个生活经历异常丰富的知名作家，同时也是一个在世界上享誉盛名并且写作风格鲜明的文学大师。海明威复杂的生活经历描绘了他所有作品的故事曲线，也构成了他作品中丰富多彩的主题。

　　首先，就个人浅见，有必要剖析一下海明威的成长经历。海明威出生于美国芝加哥以西的一个郊区城镇，人口并不密集，因此给了海明威一个平静、安逸的童年生活。幼时的海明威喜欢读图画书和动物漫画，听稀奇百怪的故事，也热衷于缝纫等各种家事。少年时期，他更喜欢打猎、钓鱼，内心充满了对大自然的好奇与敬畏，这一点在他多部作品中都有体现。在初中时，海明威为两个文学报社撰写了文章，这为他日后成为美国文学史上一颗璀璨的明星打下了基础。高中毕业以后，海明威拒绝上大学，他到了在美国媒体具有举足轻重地位的《堪城星报》当了一名记者。虽然他只在《堪城星报》工作了 6 个月，但这 6 个月的时间，使他正式开始了写作生涯，并且在文学功底上受到了良好的训练。1918 年，第一次世界大战爆发，海明威不顾家人反对，毅然辞掉了工作，去战地担任了一名救护车司机。战场上的血流成河，令海明威极为震惊。由于多次目睹了战争的残酷，给海明威的创作生涯提供了丰富的素材和灵感。在他早期的小说《永别了，武器》中，他进行了本色创作，揭示了战争的荒唐和残酷的本质，反映了战争中人与人之间的相互残杀以及战争对人的精神和情感的毁灭。1923年海明威出版了处女作《三个故事和十首诗》，使他在美国文坛崭露头角。1925年。海明威出版了《在我们的时代里》这一短篇故事系列，显现了他简洁明快的写作风格。继而海明威出版了多部长篇小说和大量的短篇小说，令他成为了美国"迷惘的一代"作家中的代表人物。《老人与海》获得了1953年美国的普利策奖和1954年的诺贝尔文学奖，将海明威推上了世界文坛的至高点，可以说，《老人与海》是他文学道路上的巅峰之作。

其次，海明威的感情生活错综复杂，给海明威的作品增添了大量的情感元素。海明威有过四次婚姻经历，这些经历赋予了海明威不同寻常的爱情观。司各特·菲茨杰拉德曾打趣道："海明威每写一部小说都要换一位太太。"连他自己都没有想到，竟然一语成谶。世人皆知，海明威有四大巅峰之作，分别是《太阳照常升起》《永别了，武器》《丧钟为谁而鸣》和《老人与海》，在时间上，他的确先后娶了四位太太。据考证，1917年海明威和一位护士相爱，但是不久后，这位护士便嫁给了一位富有的公爵后代。海明威对爱情始终抱有完美主义，所以这样的结局令海明威无法接受，甚至愤恨。因此，海明威常常将女人比作妖女，这一点在他的多部作品中有所反映。1921年，海明威与他的第一任妻子哈德莉结婚，但是婚姻观的差异最终使两人分道扬镳。不得不说，哈德莉对海明威的文学创作起到了至关重要的作用。在她的帮助下，海明威学会了法文并结识了著名女作家斯泰因。这段时期，海明威佳作不断，哈德莉却毫无成长，这促使了两人的婚姻关系更加恶劣。1926年海明威出版了《太阳照常升起》，这部小说使他声名大噪，也间接宣告了海明威与哈德莉婚姻关系的破裂。1927年，海明威与第二任妻子宝琳结婚，两人在佛罗里达州和古巴过了几年宁静而美满的婚姻生活。海明威在这几年中完成了他的不朽名作《永别了，武器》。然而，没过几年，海明威对宝琳开始厌倦，他遇见了他的第三任妻子——战地女记者玛莎。最开始，海明威以玛莎为荣，并为她创作了《丧钟为谁而鸣》，令人叹息的是，这对最为相配的夫妻也在 1948 年结束了婚姻关系。海明威的第四任妻子维尔许是一名战时通讯记者，研究分析政治和经济形势，为三大杂志提供背景资料。婚后，维尔许放弃了自己的工作，专心照顾家庭，但这仍未给两人的婚姻关系带来一个美满结局。1961 年，海明威在家中饮弹自尽，享年 62 岁。

对大自然的喜爱之情和对生命的敬畏丰富了海明威小说五彩斑斓的主题，纷然杂陈的情感生活和不同寻常的生活环境造就了海明威作品中跌宕起伏的故事情节。因此，海明威的每篇长篇小说、短篇小说、新闻及书信都有着鲜明的个人风格。海明威用最简洁明了的词汇，表达着最复杂的内容；用最平实轻松的对话语言，揭示着事物的本来面貌。他的每部小说不冗不赘，造句凝练，丝毫没有矫揉造作之感。即使语言简洁，但是海明威的故事线索依然清晰流畅，人物对话依然意蕴丰富。海明威曾这样形容自己的写作风格："冰山在海里移动之所以显得庄严宏伟，是因为它只有八分之一的部分露出水面。"这无疑是个非常恰当的比喻，十分形象地概括了海明威对自己作品的美学追求。海明威最开始创作了众多短篇小说，使他在文坛新秀中占有一席之地，后来《太阳照常升起》的出版，奠定了他在"迷惘的一代"代表作家中的超然地位。"迷惘的一代"是美国两次世界大战期间涌现的一类作家的总称，他们共同表现出的是对美国社会发展的一种失望和不满。他们之所以迷惘，是因为这一代人的传统价值观念完全不再适合战后的世界，可是他们又找不到新的生活准则。海明威将"迷惘"这一形容词表现得淋漓尽致，他用深刻而典型的对话将第一次世界大战后青年的彷徨与迷惘的心声书写出来。可以说海明威的大量文字都散发着战时与战后美国青年对现实的绝望。海明威不止竭尽所能地发挥着对"迷惘"的认知，同时也表现着海明威内心的"硬汉观"。海明威一向以文坛硬汉著称，他是美利坚民族的精神丰碑，代表着美国民族坚强乐观的精神风范。在《老人与海》中海明威用风暴、鲨鱼等塑造了一个"人可以被消灭，但是不可以被打败"的硬汉形象，同时也反映了海明威英勇、坚定的生活态度。海明威的众多作品中不仅充斥了"迷惘""硬汉"等思想，不可忽视的还有他对自然与死亡的理解。作为一个对生命有着独特理解的文学大家，海明威形成了对死亡的坦荡、豁达的人生态度。《午后之死》就明确指出："所有的故事，要深入到一定程度，都以死为结局，要是谁不把这一点向你说明，他便不是一个讲真实故事的人。"海明威想要表达"死亡是人生的终点，任何人不可逃避"这一观点。《老人与海》中也有海明威对自然生态的想法，海明威利用圣地亚哥、环境、鱼类的关系形象地阐述了：人不能过于追求物质享乐，要尊重自然、节省资源、保护生态环境，才能达到人与自然的和谐。总之，海明威光彩夺目的主题思想和艺术风格都在探究着人类文明进程中对生命的思考。

海明威的创作经历了一个复杂的发展变化过程。在海明威早期的作品中，海明威表达对西方资本主义日趋腐朽的绝望和内心痛恨战争的不满情绪，文字中蕴藏着一种悲观和颓废的色彩。海明威在创作中期才改变了这种思想，开始对西方资本主义和战争的本质有了新的认识，这是海明威心理历程上的一个重大发展。海明威的后期作品依旧延续着早、中期的写作风格和迷惘情绪，但是却比早、中期的作品反映的情绪更加明显。值得一提的是，海明威的创作中也充斥了大量的意识流和含蓄表达，从而使读者在真假变换中感受到人物或强烈、或浪漫的内心世界。

为了方便海明威文风的欣赏者了解海明威，我们特出版海明威全集系列丛书，内包含海明威的多部小说、书信、新闻稿、诗等作品。读者可从中感受到海明威享受心灵的自由却求索不得的无奈，也可感受到海明威对内心对生命最强烈的回响。海明威的作品无论在中心思想层面，还是语言风格都有其独到之处，因此他的作品读来令人回味无穷。对于欣赏者来说，要具备独特的艺术鉴赏力和审美修养才能发掘海明威"海面下的宏伟冰山"，从而产生更多对生命的思考。

目　录

1907—1925

致克劳伦斯·海明威

瓦隆湖，密歇根，温德米尔

据推测写于 1907 年 7 月初

亲爱的爸爸：

我看见一只母鸭子带领着 7 只鸭宝宝。

我们采摘的草莓已经够做 3 个小蛋糕了。

我想知道我的玉米现在长多高了。

爱您的儿子

欧内斯特·海明威

致克劳伦斯·海明威

凯尼尔沃思大道与爱荷华州大街交叉口 600 号，橡树园

1908 年 9 月 28 日和 10 月 4 日，星期一

亲爱的爸爸：

非常感谢您寄来的明信片。

我放了一些新鲜的草莓在盒子里。

昨晚我这里下雨了，降雨量大概有一英寸深。

悲伤的是，我养的所有的雏鸟都死掉了。

今天我去曾祖父家吃晚饭了。①

爱您的儿子

欧内斯特·海明威

---

① 欧内斯特·海明威的爸爸的爷爷奶奶安森·泰勒和阿德莱德·埃德蒙兹，他们的住处离橡树园只有几个街区。

致克劳伦斯·海明威

凯尼尔沃思大道与爱荷华州大街交叉叉口 600 号，橡

树园

1908 年 10 月 19 日

亲爱的爸爸：

上周五我们学校的水池就已经结冰了，而且我在那儿还找到了之前从河里①捞上来的蛤蜊。

它们附着在一条扇尾金鱼的尾巴上。

记着当时抓蛤蜊时，妈妈就坐在河边，我穿过浅滩，抓到了这六只蛤蜊。

现在有些麦子都已经长到 6 尺高了。

爱您的儿子

欧内斯特·海明威

致格蕾丝·霍尔·海明威

橡树园

1908 年 12 月 18 日

亲爱的妈妈：

感谢您的来信。

劳拉姑姑今天在我这儿吃的晚饭。

———————————

① 德斯普兰斯河，离海明威家的橡树园向西 2 英里左右。

我给了她一张小松鼠的皮让她帮忙送给海诺德，以此作为圣诞礼物。①

爱您的儿子

欧内斯特·海明威

致马赛琳娜·海明威

橡树园

1909 年 6 月 9 日，晚上 10 点，星期三

亲爱的马赛琳娜：

在这次户外集会中咱们家赢了孔茨家。

在活动中佰赫沙姆撞掉了善德勒的两颗牙，所以您可爱温和的邻居小姐被史密斯先生抓住，然后他用一条皮带抽了她。②

爱你的弟弟

欧内斯特·海明威

附注：格蕾丝和马赛琳娜花了整整一个 6 月拜访她们楠塔吉特岛上的朋友和亲戚，马萨诸塞州是格蕾丝打算和她的每一个孩子度过他们生命中第十一个夏天的地方。

---

① 格蕾丝旅行的地方，但是克劳伦斯也在 1908 年 12 月 8 日给她写了一封信，告诉她欧内斯特·海明威收到她的信非常高兴还有劳拉·伯特·戈尔姑姑来吃晚餐。阿尔佛雷德和劳拉·伯特·戈尔是家里的朋友，他们和孩子哈罗德、约瑟芬住在芝加哥一带。戈尔一家人在海明威家的家庭照片（拍自温德米尔）中出现过好几次。（来自玛德琳·海明威·米勒的剪贴簿；米勒：《桑尼对海明威的追忆》）

② 马赛琳娜回忆说她很喜欢玛丽·胡德，她是橡树公园奥利弗·温德尔·福尔摩斯小学的校长，但是"很明显欧内不喜欢"，弗罗拉·孔茨和沃伦·拉比·史密斯都是那个学校的老师。

致格蕾丝·霍尔·海明威和马赛琳娜·海明威

犹他州

1909 年 6 月 9 日

亲爱的妈妈和马赛琳娜：

我帮爸爸把家里的壁橱清理了，并发现了你们邮寄来报平安的信。很感谢您送给我的邮票。同时我还找到了很多漂亮的图片来装饰我的图画。

今天马赛琳娜的《母亲时代》和《青年伙伴》期刊到了。[①]并且我想说这周家里一直都是我在洗盘子。

爱你们的

欧内斯特·海明威

致格蕾丝·霍尔·海明威

凯尼尔沃思大道与爱荷华州大街交叉叉口 600 号，橡树园

1909 年 6 月 10 日

亲爱的妈妈：

露丝刚刚从《家里的仆人》[②] 的排练现场回来，特德和桑尼

---

① 《母亲时代》（1905—1920）每月出版一次，由大卫·库克·埃尔金和伊利诺斯主编。《青年伙伴》（1827—1929）由纳撒尼尔·帕克·威利斯（1806—1867）在波士顿创立；在 1857 年由丹尼尔·夏普·福特（1822—1899）改造成了一个为了孩子未来发展的宗教印刷物。福特把它发展成了美国最流行的杂志，到 19 世纪 90 年代的时候，周发行量就超过了五万册。在 1909 年 6 月 3 日的那一期上有一页这样描述《青年伙伴》："用良心做好杂志"，旨在"不在于娱乐，而在于使整个家庭整个社会获益"。

② 《家里的仆人》是查尔斯·莱恩·肯尼迪（1871—1950）创作的一部情感剧，1908 年在纽约萨瓦大剧院上映，并在 1909 年的 5 月 31 日到 6 月 19 日期间在布什·坦普尔大剧院上映。露丝·阿诺德和格蕾丝同住的声乐学生，并帮助格蕾丝打理家务，1909 年 6 月 8 日给格蕾丝写信说 6 月 10 日也就是星期四那天她应该去看看那部剧。

去了韦福克斯乐队①，特德还向大家介绍了他的新唱片。

富兰克林和简都在我们这儿，爸爸还给了富兰克林一支枪，就和他送我的那支差不多，甚至比我的还要好。

我们去了那个纽约肖陶扩村湖畔的夏日家园。②

我记着比尔那时候还不会写字，但是她把她最珍贵的吻送给了我们，并说明天晚些时候她会给我们写信来。

爱您的儿子
欧内斯特·海明威

附注：比尔很喜欢那部戏剧。

致格蕾丝·霍尔·海明威和马赛琳娜·海明威

埃德蒙兹

推测大约是1909年6月17日

亲爱的妈妈和马赛尔：

我已经升入六年级了，我想马赛尔也应该和我一样吧。

爸爸和我摘到了一些野玫瑰和野草莓，厄休拉也通过了考试。

———

① 韦福克斯乐队是由女人内部联合会成立的，在公理教会里，教给学前孩子们一些传教士的工作。在世界范围内为教会事业筹集资金（1901年4月欧内斯特·海明威的名字就在韦福克斯乐队在橡树园第一公理会教堂的花名册中）。在她6月8日的信中，露丝告诉格蕾丝那天下午她会陪厄休拉和桑尼去教堂排练（可能是为了那年的儿童节）。

② 富兰克林·怀特·海明威（1904—1984）和简·泰勒·海明威（1907—1965）是欧内斯特·海明威的两个堂兄，是克劳伦斯·海明威的哥哥阿尔佛雷德·泰勒·海明威和他妻子范妮·艾若贝尔·海明威（原姓怀特，1876—1963）的孩子。婶婶艾若贝尔的父母艾若贝尔·怀特（原姓博文）和约翰·巴克·怀特，塔萨斯城著名人物，是肖托夸镇本地人。纽约夏日家园（原肖托今假日学校），成立于1874年作为假日学习场所。

这个周日也就是明天，学校要举行野餐。

你们寄来的期刊已经到了，但是上面并没有关于马塞尔那只鸟的报道。①

艾米丽送了一个铜碗作为您的生日礼物。②

我们去了森林公园，还游览了大峡谷③，特别地刺激，桑尼和特德都非常地害怕。④

爱你们的

欧内斯特

附注：爸爸给了我五个银币给您邮寄这封信。

致克劳伦斯·海明威

美国亚拉巴马州，瓦隆湖，温德米尔

1909 年 7 月 23 日

亲爱的爸爸：

今天妈妈和我们一起去散步了。

我们还去了学校，

马赛琳娜跑去了最前面。

当我们停在克劳斯家门前好一会儿她才回来，

---

① 家庭术语——亲吻，通常是由圆圈和点或者其他符号表示。比尔可能是饵丝·阿诺德的昵称还可能是布菲、鲍勃或者是波比（雷诺斯，79，105）。在 1909 年 8 月 12 日写给在瓦隆湖的格蕾丝的一封信中，露丝承诺当海明威一家 9 月回来的时候，一切都会和原来一样。

② 格蕾丝将要在 6 月 15 日迎接她的第三十七个生日。

③ 最著名的森林娱乐公园（1907—1922），大概在橡树园一英里的位置，和森林公园毗邻，伊利诺伊州。据说有三架过山车。

④ 欧内斯特·海明威妹妹的昵称，马赛琳娜和厄休拉。

她说在学校的小木屋里边有一只豪猪，

于是我们就过去向门里边张望，看到了那只豪猪正在睡觉。

我决定进去挑逗它一下，

所以我在小木屋里匍匐前进。

之后瓦内尔去叫来了克劳斯，他用枪射死了那只豪猪。

这都是一些附笔，

我这里还有一张打印着欧内斯特和马赛琳娜小时候在湖边小船旁戏水的照片。

下次可以寄给你看一下。

爱你的儿子

欧内斯特·海明威

邮戳：瓦隆湖，温德米尔，7月23日，上午九点。

致厄休拉·海明威和露丝·阿诺德

底特律，铁路邮局①

1910年8月30日

亲爱的特德：

我现在正在已经离开车站的火车上给你写信，这次我带着我的大衣箱。

今天早上我在胡尔斯特吃的早餐，因为经常去的那家已经搬走了。

你真挚的朋友

欧内斯特·海明威

---

① 铁路邮局，美国的一个邮递公司，坐落在火车上，在这里信件可以随着火车路线一起到达。

亲爱的露丝：

　　除了我自己，这儿只有三个人在我的旁边睡觉，我现在刚刚到达铂尔曼。我将在餐车上用餐。当我到达奥尔巴尼时我会再给你写信的。①

你真挚的朋友
欧内斯特·海明威

　　邮戳：底特律，铁路邮局，1910 年 8 月 30 日。

　　附注：预付的 1 分是邮寄给厄休拉明信片的钱。照顾好亲爱的克劳伦斯·欧内斯特·海明威，瓦隆湖，温德米尔（上面印有海明威的名字和地址，还有格蕾丝手写的厄休拉的名字）。

　　致克劳伦斯·海明威
　　家，甜蜜的家，楠塔吉特岛
　　1910 年 9 月 10 日

亲爱的爸爸：

　　我自己昨天上午去码头钓鱼了，并且抓到了 13 条鳟鱼。其间我放跑了一条鳗鱼，渔夫说那条鱼可能有 4 英磅。

　　它们非常厉害，就像是黑鲈鱼一样。其中四条大的已经被我

---

　　① 在欧内斯特·海明威的剪贴簿里，格蕾丝这样写道：8 月 29 日欧内斯特和妈妈离开温德米尔，取道芝加哥前往楠塔吉特岛。1910 年整个 9 月我们都在岛上和安妮划船。想要了解更多的细节请看《男孩和大海的故事》——《欧内斯特的楠塔吉特岛之旅》——《意义非凡的楠塔吉特岛》（1985 年 8 月 30 日）。在回来的途中，妈妈和儿子一起参观了波士顿以及其周边的名胜古迹，就像上个夏天格蕾丝和马赛琳娜一样。

们六个人吃掉了，我们都一致认为这鱼肉比带斑点的鳟鱼好吃多了。

目前我正在努力地赚钱，因为我想买威特里斯家 50 美元的冰激凌吃①。我和妈妈去了哈钦森家，妈妈和哈钦森夫人在一起练习声乐，我和卡瑟琳、露西在一起玩游戏。

爱您的儿子

欧内斯特·海明威

致克劳伦斯·海明威

楠塔吉特岛

1910 年 9 月 11 日

亲爱的爸爸：

昨天晚上妈妈在哈钦森夫人的伴奏下为桑尼家②很隆重地演唱了《我的鼬鼠怎么样了?》这首歌。

还有我在这边打工③可以赚到 2 美元，你觉得值吗?

爱您的儿子

欧内斯特·海明威

---

① 可能是瓦尔特·威特里斯，橡树园的杂货商。威特里斯家和海明威家同属一个教堂，他们的儿子罗伯特和温德米尔家住在一起。

② 可能是安妮小姐，安妮·艾尔斯、格蕾丝和欧内斯特借宿的人家。格蕾丝用钢笔写的信，并在欧内斯特的原件上的鼬鼠后面加上了问号。

③ 克劳伦斯·海明威成立的橡树园阿加西俱乐部。一个专门教育那些叫作路易斯·阿加西的孩子们的学习机构（1807—1873）。在他 1910 年 9 月 13 日的回信中，克劳伦斯警告他的儿子在买样本之前先问清楚。他还说了一个阿加西俱乐部的新决定就是，他被选为校长了，并且欧内斯特·海明威被选为助理总监。

致马赛琳娜·海明威

家，甜蜜的家，楠塔吉特岛

1910 年 9 月 13 日

亲爱的马赛琳娜：

我去大峡谷①那边游船了，它的宽度可能有 14 英尺呢。那里的水流很急，所以我们游船的经历真的是很惊险，但是却很有意思，不一会儿就到了外海。在那里，我从一位叫犹大②的老水手那里给阿加西买了一条很大的剑鱼。

妈妈和我都去参加了选举会议，但在会上我一直在睡觉，所以晚上回到家中直到 10 点我还没有睡着。③

今天是露西的生日，但我们整整一天都要去历史社团④参加活动。

爱你的弟弟

欧内斯特·海明威

致查尔斯·斯宾克和泰勒·斯宾克

凯尼尔沃思 600 号，橡树园

据推测写于 1912 年

查尔斯·斯宾克和泰勒·斯宾克先生：

绅士们，我发现信封里面有 35 美元是留给我给你们邮寄棒

---

① 在楠塔吉特岛最北端。

② 可能是犹大·尼克松，一位退休的渔民，经常靠在码头讲故事打发日子，又一次抓到了奇大的剑尾鱼。（出自《小男孩与大海》）

③ 马赛琳娜也和她的妈妈参加了这次会议，回忆说他们被安置在了安妮·艾尔斯的客厅里。

④ 欧内斯特·海明威和格蕾丝想去参观一个鲸鱼展，在楠塔吉特岛历史博物馆（1894 年成立），就在公平大街博物馆。

球比赛照片的。

玛叟逊、莫迪凯·布朗、山姆·克劳福德、加斯、阿彻、弗兰克·舒尔茨、欧文·布什、福瑞德·格拉斯。①

你真挚的朋友

欧内斯特·海明威

致克劳伦斯·海明威

肯纳尔沃斯大街，橡树园

推测写于 1912 年 5 月的第二个星期

卧铺，七角楼②，凯尼尔沃思大街，橡树园

亲爱的爸爸：

当我完成了所有的工作之后，我感觉好极了，就连意识都清醒了。

我查了一下棒球锦标赛的比赛表，发现 5 月 11 日星期六的时候，纽约巨人队对战芝加哥小熊队③。

下周六上午我们会进行合唱团的排练，下午的时候没有什么安排。④ 比赛正好将会在三点开始，那就让我们拭目以待吧。但

---

① 纽约巨人队的投手克里斯托弗·玛叟逊（1880—1925），外场手福瑞德·格拉斯（1887—1974）；芝加哥小熊队的投手"三手指"莫迪凯·布朗（1876—1948），捕手詹姆斯（吉姆）·阿彻（1883—1958），还有外场手"野火"弗兰克·舒尔茨（1882—1949）；底特律老虎队外场手山姆·克劳福德（1880—1968）和游击手欧文·布什（1887—1972）。

② 表示火车的卧铺，由美国实业家乔治·普尔曼（1831—1897）设计制造，纳撒尼尔·霍桑（1804—1864）创作的《七角楼》。

③ 芝加哥小熊队以 3:10 的比分在西侧公园的比赛中失利了。欧内斯特·海明威所指的锦标赛不是很明确；这是本赛季开始的第二场比赛，纽约巨人队和芝加哥小熊队的三联赛（时间分别为 5 月的 10 日、11 日和 13 日），这是 1912 年全美棒球联盟锦标赛第三个结束比赛的团队。

④ 欧内斯特·海明威在橡树园第三公理教会合唱队，格蕾丝·海明威是那里的指挥。

如果我们不能去，它可能就成为这个季度最后一个花花公子的游戏了。

爱您的儿子

欧内斯特·海明威

附注：苏富比目录，莫里斯·内维尔出售集，纽约，2004 年 4 月 13 日，插画集。

致莱斯特和内华达·巴特勒·霍尔

1912 年 10 月 22 日

亲爱的舅舅莱斯特，舅妈内华达①：

爸爸妈妈说你们给我们准备了一个惊喜，我们猜了好久也不能猜到是什么，我猜可能是吃的东西。然后妈妈给我们读了你们的来信，我在椅子上倒立表示欢呼，除了妈妈、爸爸和露丝以外我们都欢呼了起来，我要好好感谢你们为我们准备的可爱礼物。

桑尼说她要用自己的钱去买一辆自行车，我还没有考虑好用我的钱干什么。我很担心，当我醒来的时候发现这一切都是一个梦。

补充：妈妈让我告诉你们我正在上大提琴课，圣诞节的时候

---

① 格蕾丝的弟弟和他的妻子居住在毕夏普，加利福尼亚，在那里从事法律工作。马赛琳娜回忆舅舅莱斯特单身很长时间以后和舅妈内华达结婚，家里人都很高兴并急切地想要见到她。1918 年，当她丈夫参加了第一次世界大战，内华达第一次东去见了他的家人，并让所有人都特别喜欢她。在她拜访橡树园后不久，莱斯特还没有从战争中归来前，她死于流感。

我就可以在教堂的管弦乐队里表演了。

爱你们的外甥

欧内斯特·海明威

致克劳伦斯·海明威

1913 年 5 月 11 日

亲爱的爸爸：

昨天我在剧场中表现得不好，今天在上午的教堂祷告中表现得也不好，但是明天的表现一定会好的。

爱你的儿子

欧内斯特·海明威

致安森·海明威

瓦隆湖

据推测写于 1913 年 8 月 30 日，上午九点

亲爱的爷爷：

谢谢您送跳绳给我作为我的生日礼物。截止到昨天我总共抓到了 147 条鳟鱼，光昨天就抓到了 11 条呢。

我们这里现在正在下雨呢，还伴随有微风。

另外刚刚我还抓到了 3 只鸭子。

爱你的孙子

欧内斯特·海明威

致克劳伦斯·海明威和格蕾丝·霍尔·海明威

密歇根州

1913 年 8 月

亲爱的爸爸妈妈：

我到达的时候这里的天气很好，但是到了晚上的时候天气就变得很糟糕了。到达这里时，桑普森夫妇①在码头迎接的我们。

感恩在午餐的时候还会有你们的来信。

我们现在要去房子那边了，爷爷说这个镇子的天气和波恩城一样热。

爱你们的儿子

欧内斯特·海明威

致克劳伦斯·海明威

橡树园大街444号，橡树园

推测写于 1913 年 8 月末或者是 9 月 1 日

亲爱的爸爸：

我今天上午去学校拿到了新学期的计划书还有书单。②

---

① 1913 年，橡树园的朋友和邻居哈罗德·桑普森整个 8 月都和欧内斯特·海明威一起在密歇根州。簿的同一页上，另一封是"海明威曾祖母"（海明威爸爸的奶奶）寄给格蕾丝的，表达她的欣喜之情，因为欧内斯特和马赛琳娜很快将会到她橡树园的家里去拜访（美国，剪贴簿）。格蕾丝在这页上写道欧内斯特和马赛琳娜，露丝·麦科勒姆和哈罗德·桑普森都将在学校开学前乘坐密歇根湖轮船及时回家来。1913 年橡树园河森高中将会在 9 月 2 日星期二正式开学；初中也将会在 9 月 8 日上课。（据当地报纸《橡树叶》1913 年 8 月 23 日和 30 日分别报道）

② 1914 年 6 月高中公告，1913 年 8 月 23 日橡树叶报社报道橡树园河森高中政教办公室将会在 8 月 28 日到 30 日或者 9 月 1 日上午正式办公，学校开课的前一天。

我们的桃子现在长得很好，我今天下午就要过去摘桃子，要把它们储存在我们的地窖里。

麦卡里斯特昨天整理了草坪。

阿贝莉姑姑①说明天要来看望奶奶。

卡车到来的时间刚刚好，我的睡袍和其他衣服都在那辆长长的卡车上，但是现在我好想它们。

爱您的儿子

欧内斯特·海明威

致（未知）

橡树园

推测写于 1914 年 6 月

亲爱的×××：

穿橡胶靴的马里，既不是我的校长，也不是我的指导老师，并且还不是我的朋友。

欧内斯特·海明威

附注：苏富比目录，莫里斯·内维尔出售集（第一部分）纽约，1977 年 3 月 29 日，铭记。

致格蕾丝·霍尔·海明威

温德米尔，瓦隆湖，密歇根

---

① 阿贝莉·海明威住在堪萨斯城。

1914 年 9 月 2 日

亲爱的妈妈：

现在我们这边的天气很恶劣。

昨天我抓住了 9 条鳟鱼，山姆在霍顿溪抓到了两条。① 抓鱼的方法是我们获得买看波士顿演出门票钱的一个途径。就像波士顿人那样"一条换作现金，两条为了展览会，三条留作不时之需，四条留作路费"②。但是山姆明天晚上要回去。

我从察勒沃尔克斯给您写了一张明信片，但是却没有收到任何回复，您是否收到了？

我们挖了 50 蒲式耳的土豆。还有现在黑麦和三叶草都已经萌芽了。③

爱您的儿子

欧内斯特·海明威

致格蕾丝·霍尔·海明威

纽约

1914 年 9 月 8 日

---

① 哈罗德·桑普森为了避开在龙格菲尔德农场的暑假去密歇根拜访欧内斯特·海明威了。从温德米尔湖到瓦隆湖的 40 英亩的土地都是海明威家在 1905 年买下的，承租给农民沃什伯恩·欧内斯特少年时候的暑假曾经在那里工作，经常一个人或者和朋友一起在那里露营。霍顿溪就流经霍顿湾，大概离农场 2 英里。

② 欧内斯特用夸大其词来调侃古老的波士顿人"一条换作现金，两条为了展览会，三条留作不时之需，四条留作路费"。那时候，格蕾丝正在楠塔吉特岛、马萨诸塞州拜访。

③ 龙格菲尔德农场中央的正上方被称为"红色山顶"，因为那里有一片红色的草地。

亲爱的妈妈：

我收到了您的信件。希望我不是个"难题"，书信已经通过非正常手段收到了，因为最近的那次罢工事件后，爱尔兰将无法参加欧洲战争了。①

我们的火车晚点 2.25 分钟！所以今天赶不上上课了。

午饭之前的计划都改变了，还有很多其他的改变。不知道谁传言说我已经被淹死了，甚至有人认为我是一个鬼魂。

我可以拥有一条长点儿的裤子吗？我们班的男孩都有，路易斯·卡拉汉·伊格纳兹·史密斯②和其他的小孩也都有。我的裤子都已经很小了，以至于每次我扭动的时候都担心它们会撕裂，另外我手腕有 8 或 10 英寸露在袖口的外面。

请告诉我：我可以拥有一件袖子长一点儿的衣服和长一点儿的裤子吗？

您穷困潦倒的儿子
欧内斯特·海明威

附注：当我深呼吸的时候，我 T 恤的扣子全都不翼而飞了，请尽快回复！③

这封信被保存在美国，剪贴簿四，在一个写有克劳伦斯·海明威名字的信封里面，回复地址为橡树园；在信封上欧内斯特·

---

① 尽管他的意图不是很清晰，欧内斯特·海明威也许是暗指最近的新闻事件，包括 1914 年 8 月上旬欧洲战争的爆发，还有 1914 年春天的芝加哥大罢工，也被称为"每天百万元"大罢工，直接导致建筑工程停滞了三个多月。爱尔兰领袖把他们和英国的冲突暂放一边，于 1914 年 9 月呼吁暂停地方自治，在战争中支持英国对抗德国。博茨瓦纳兰可能是欧内斯特·海明威拼写错误的博茨瓦纳兰（后来变为博茨瓦纳），英国在南非的一个保护国，与南非联邦发生冲突，最终在 1914 年到 1915 年征服了德属西南非。

② 路易斯·卡拉汉（1897—1994），欧内斯特·海明威的一个朋友，1911 年从牛顿·海兰，马萨诸塞州搬到橡树园。1915 年从橡树园河森高中毕业。

③ 请尽快回复（法语）！

海明威写道"紧急"，格蕾丝写道"1914 年 9 月在楠塔吉特岛艾尔斯小姐那里收到"，她还在剪贴簿上写道"欧内斯特这个夏天一个月内长了 1 英寸，已经足够强壮，可以在农场工作了……他所有的衣服都已经穿不下了。9 月 8 日回到橡树园家里开始大学二年级生活。在足球队踢球，并在管弦乐队演奏大提琴"。

1914 年橡树园学校 9 月 8 日开学，劳动节的第二天。（《橡树叶》报道，1914 年 9 月 5 日）

　　致棒球杂志社

　　橡树园凯尼尔沃思大道 600 号，爱荷华街角

　　1915 年或者 1916 年 4 月 10 日

先生们：

　　这信封里面有 2. 龙格菲尔德 5 美元，请从 5 月开始给我发一年的棒球杂志。还有以下几个人的宣传海报：马迪、沃尔什、特克斯·拉塞尔、舒尔茨、阿彻、马尔夸特。①

祝杂志社一切顺利。

欧内斯特·海明威

　　附注：在 1915 年和 1916 年，棒球杂志（1908—1965）登载了欧内斯特·海明威信中所请求的六张海报。在这里，他最早的一封打印版的信件②，欧内斯特用了他爸爸的名字填信头，但是信是由他自己亲手写的。

---

　　①　纽约巨人队的投手小茉莉"马迪"玛叟逊和理查德"鲁本斯"马尔夸特（1886—1980）；芝加哥小熊队外场手弗兰克·舒尔茨，捕手吉米·阿彻。

　　②　欧内斯特·海明威开始的时候是打印的名字，然后又用墨水笔签名并写上了地址。

致马赛琳娜·海明威

橡树园凯尼尔沃思大道 600 号

1915 年 5 月 5 日

亲爱的马赛琳娜：

你可怜的聪明头脑如何在故事俱乐部中使所有事物的名字做到公正与不公正，如果我不能写出一篇比你的故事更好的，我干脆就下地狱。祝好运。

爱你的弟弟

欧内斯特·海明威

致亲爱的①

温德米尔，瓦隆湖，密歇根

1915 年 7 月 17 日

亲爱的：

我已经收到了你的手册，非常感谢。实话实说的我所研究一只小船。② 我之所以研究这些冲突，是因为我觉得研究这些问题可以让我的思路更加开阔，我觉得也许我还可以发明出更多更好

---

① 亲爱的（拉丁语）。这位可能是海明威的一个同学雷·奥森，1915 年陪他和路易斯·卡拉汉在密苏里州远至法兰克福、密歇根直到旅途的终点瓦隆湖上泛舟的那位同学。剩下的 100 多英里路程是欧内斯特和卡拉汉步行走过的，取道特拉弗斯城到察勒沃尔克斯。（卡洛斯·贝克《海明威的生平故事》）

② 可能是欧内斯特的橡树皮独木舟，他曾说过"像教堂一样牢固，为了保持它的平衡，你必须坐在船的正中央"。（米勒：《桑尼对海明威的追忆》）

的东西来。

那位给我提供午餐的老婆婆从我们吃的冰激凌另一边刮掉了好多奶油①，被我的爸爸发现了。

我有一个好消息告诉你。我像往常一样正在读马赛琳娜的信件呢，我正在尝试着理解找出这个丫头是怎么想我的，我把一封信读完了，她是你的好朋友桃乐茜·霍兰斯。② 我把它抄下来了，我会把它和这封信一起邮给你的。

哎呀，怎么都模糊了啊。我告诉你要小心点儿。所有的女人都一样。她给我写了一封信，我也一并邮给你。但是你为什么不给女生写信呢？你每次说的话都是一样的，很有意思："我现在过得很快乐，记得写信告诉我，亲爱的橡树园发生的趣事。"你给我写了这样的一句话，还收到了一个 16 页纸的回信。里面有一张我猎杀的豪猪的照片，我还给它涂了颜色呢！我总共花费了半天时间，皮肤上的颜色有四分之一英寸厚。现在我正在把皮肤涂成褐色。我还看见了那些亲爱的雄鹿和雌鹿。嗬！它们跑得很快，它们竖起尾巴边跑边跳，你的叔叔说这个夏日的某一天将会有鹿肉吃的。没有一个想要阻止的人知道它们在哪里。我写信给爸爸了，爸爸说等他回来就可以射杀那只雄鹿了，所以它现在还是安然无恙的。我已经猎到了 3 只小松鼠和一只啄木鸟，唉！当时就只有一只在那里。但是爸爸和路易斯走了，没人能帮我证明了。那条船很热闹，每次我在湖边总会有人过来问我"怎么了？"你真应该在这里，我得到了一些独特的东西。给我写一篇长点的

---

① 1915 年春天和夏天，流行性传染病席卷橡树园，至少 40 人遭遇不幸，殃及了学校的老师维拉·布莱克尔，调查到了玛丽·伯克，在学校午餐供应室工作的一个人（橡树叶，1915 年 7 月 3 日和 1915 年 7 月 10 日报道）。上半年的时候在纽约，玛丽·梅伦（1869—1938）或者叫"风寒玛丽"也是一位厨师病毒携带者，感染了将近 40 个人，两人死亡。

② 欧内斯特·海明威和马赛琳娜的同学。

信，和我这个一样长的。

我在信封里另附一张打印的照片是我和马赛琳娜刚刚开始学走路时在一艘停泊的船旁边照的。

欧内斯特·海明威

附注：非常感谢你的手册。

致克劳伦斯和格蕾丝·海明威

橡树园

1915 年 9 月 16 日

亲爱的爸爸妈妈：

感谢你们的来信！我现在正在努力增肥。话说回来，我吃了好多垃圾食品可还是没有什么增肥的效果。

还有就是，我在学校一切都好，最近的古代史考试①考了 100分。我想我就算是把手固定在身后也能写出很漂亮的字来。

最后你们千万要记得把我在壁炉北边装在一个写着我地址的信封里的照片收起来，请一定记得。很高兴土豆丰收。辛格在哪一排啊？②

爱你们的儿子
欧内斯特·海明威

---

① 马库斯·图利乌斯·西塞罗（公元前106年—公元前43年），罗马哲学家、演说家、政治家。海明威用这句口语来表达很容易做的事情。

② 可能是艾尔肯辛格。

致厄休拉和马赛琳娜·海明威

橡树园

1915 年 9 月 16 日 10 点

亲爱的疯丫头们：

我发现了一个风景很美的地方，我决定我将要去那里度过下一个暑假。① 我听说沃伦和他的动物吵架了，我猜艾尔肯辛格胜利了，是这样吗？你们能想象你们的叔叔每天只吃半个柠檬吗？② 我附上了一些照片，再见！

　　　　　　　　　　　　　　　　　　欧内斯特·海明威

致苏珊·罗威

橡树园

推测写于 1916 年

亲爱的苏：

我觉得现在我的生活一切顺利。我想知道除了海蒂正在尝试的以外，她还在谋划什么。请允许我在这个本子上给你写信，这就算是在拯救我的生命了。

　　　　　　　　　　　　　　　　　　欧内斯特·海明威

---

　　① 铁杉园的缩写，温德米尔湖的附属建筑，桑尼回忆说，那里用鹿角装饰，存放杂志和手册，他把那里称作退休隐居的好地方。(米勒：《桑尼对海明威的追忆》)
　　② 代表了欧内斯特为了足球队努力保持体重而吃得很少，就像他在上一封信里所提到的一样。

罗威的回信：

你为什么会这么想呢？你也知道她根本就是无意杀害她孩子的，但是她羞于回到宝泽夫妇的身边，并且她认为可能他们永远也不会发现这个秘密，因为她把孩子丢弃在树林里，可能孩子最终会因为寒冷而死去。难道你认为这就得被叫作谋杀吗？好吧，如果你坚持这么认为，那这就是她被捕的原因了，她很自私，不过，惩罚她难道就得必须把她绞死吗？但是亚瑟最后知道是冤枉了她，所以他后悔了，并且还宽恕了她。

关于这一切的真相，通过我说现在你都知道了吗？

1916 年 1 月

致艾米丽·高特兹曼

耶鲁

推测写于 1916 年 3 月 18 日

奥库斯·帕吉巴斯

古罗马日历的 3 月①或者是第五次祷告

亲爱的艾米丽：

我一直犹豫不决，不知道我应当用怎么样的词形容你。经过我这一个月对你的观察，我觉得你真的很不错，或者说是令人尊敬的。②

你的书中密友梅斯菲尔德很不错。我一收到你的信就去图书

---

① 在古罗马日历上，是 3 月、5 月、7 月、10 月的第十五天，其他月份的第十三天；那恩是伊恩的前九天。尤利乌斯·恺撒是在 3 月的伊恩日被谋杀的。

② 暗指"草莓"，美国诗人多拉·瑞德·古德尔（1866—1953）："当小溪流过的时候，歌声唤来了白天，然后，每一个角落和阴凉处，都是美味的草莓花的窃窃低语。"

馆找到了那本《圆屋的故事》，他是巴恩斯的明灯，也是真正的向导，是积极向上的一本书。请谅解我不通顺的措辞，因为我工作时有断断续续并且很吵闹的乡村音乐传来。不过严格来说梅斯菲尔德是一个好人。我读了你提到的所有内容，梅斯菲尔德或者是其他类似的名字。① 如果你读了《斯道克》②，我相信你也会喜欢它的。

告诉你个不幸的消息，学校又有一种新型传染病叫作猩红热，学校可能要封校了！护校的美术老师被传染了，所有接触过的学生都被隔离了。③ 为什么拥有美好善良品格的人不能做我们的老师呢？我真为这个老师感到惋惜。我曾经接触过一个隔离的女孩，她的生活过得相当可怜，也没有人同她说话。不要为我可能死去而担心，生老病死人之常情嘛。

另外告诉你个好消息，除了我那个温暖的床铺以外，我又拥有了一张小床。

还有一条消息是关于我不太漂亮的鼻子，我的鼻子是效仿忠诚的老戈泽，或者粗俗点儿说我的鼻子可能有一点歪。值得庆幸的是，最后一次面容修正以后，它也渐渐恢复正常了。曾经人们看到我丑陋的鼻子，哄笑着把我扔到大街上，一旦我的鼻子恢复正常，我注定要去还击，羞辱那些曾经嘲笑我有如此丑陋的鼻子的人们。

---

① 英国诗人，小说家，创作家约翰·梅斯菲尔德（1878—1967），《圆屋的故事与其他的诗篇》（纽约，麦克米伦，1912），创作了他的长篇叙事诗《拙劣的画匠》，故事讲述了一位船只涂抹工的悲惨遭遇，发生在一次合恩角的航行中。《咸水歌谣》，他的第一部诗集，其中包括著名的《恋海热》，欧内斯特·海明威可能就是指《巴恩斯·尼斯的灯塔》1901 年第四或者第五个创作，苏格兰东海岸距离登巴很近的地方。改善，进去，更好，最好（拉丁语）。

② 一部写于 1899 年的短篇小说集，由英国小说家和诗人鲁德亚德·吉卜林（1865—1936）创作，讲述了三个小男孩在寄宿学校的冒险经历。

③ 欧内斯特·海明威家乡的报纸，橡树叶出版社，报道 55 名学生因为学校的护校美术老师阿维斯·斯普拉格感染了猩红热（学校的猩红热事件，1916 年 3 月 11 日报道），借口从学校辍学。

我想学习拳击变得强大，爸爸了解到只要戴着手套就不会造成任何身体伤害，所以他允许我们使用乐室。我尊敬的对手汤森先生是河森高中比赛的冠军，他好像在斜靠着休息，寇斯裁判员不停地数着 4、5、6、7。① 爸爸推开门，被眼前血淋淋的一幕镇住了。谈起电视中的拳手菲利皮克，爸爸马上就变成了演讲家。德摩斯梯尼、西塞罗、丹尼尔·韦伯斯特我父亲都知道得很清楚②，但是不管怎么说，爸爸现在最不喜欢的就数拳击了。爸爸（重音在最后一个音节上）只要一听到拳击就皱眉。就像是吃一堑长一智。

除此之外，听说你开始学习戏剧了，并且开始学习表演《玛莎》，我很高兴，戏剧真是美妙的音乐，也是《仲夏夜之梦》③之后又一部很容易演奏的作品。学校还有 54 天的上课日。距离春假还有 5 天。祝你的戏剧学业进展顺利。

你的朋友

致欧内斯特·海明威的朋友

橡树园

---

① 格蕾丝注意到在一本剪贴簿上，日期写着 1915 年 12 月到 1916 年 2 月，在足球秋季赛结束以后，欧内斯特对拳击很有兴趣，把乐室改成了拳击场。但当拳击真的演变成打斗时，房间又恢复到了最初的样子。参加有菲利普·怀特、佛瑞德、哈罗德·桑普森、路易斯·卡拉汉和约翰·汤森。这些忠诚的拳击爱好者在黄石国家公园训练。

② 菲利皮克，一场攻击性的演说，是用希腊演说家德摩斯梯尼（384—322）的名字命名的。西塞罗在公元前 44 年发表了 14 场反对安东尼的文章。丹尼尔·韦伯斯特（1782—1852），美国政治家和演说家，来自新罕布什尔州的国会议员，三次被任命为国务卿。

③ 欧内斯特·海明威高中的时候在学校的管弦乐队演奏大提琴，1916 年 2 月 18 日莎士比亚的《仲夏夜之梦》，1916 年 4 月 28 日音乐俱乐部的作品《玛莎》：三幕歌剧有弗里德里希·冯·富尔顿（1847 年第一次出演），格蕾丝将这些全部保存下来了。欧内斯特取消了曼达孙这个词，并建议管弦乐队演奏《仲夏夜之梦》（1826），费利克斯·门德尔松（1809—1847），但是作曲家的名字没有出现在学校的列表上。

据推测 1916 年或者 1917 年春天

欧内斯特·海明威：今晚可能是我们可以在一起的晚上之一，一定要玩得开心。现在河水水位很高，我们什么时候能开始我们的旅行呢？①

欧内斯特·海明威的朋友：我们马上要开始我们的海上旅行了，这星期你要抽时间弄好板报装饰。我们下星期二或者星期三就把船推入水里，你有什么看法吗？

这两张纸条是欧内斯特和他的一个朋友写的，由其他人帮忙传递。日期可能是 1916 年或者 1917 年。海明威在高中是用另一种字体，把日期写在了页面的底部。格蕾丝注意到欧内斯特的剪贴簿上写着——乘着独木舟走向时尚。1916 年 4 月至 5 月，欧内斯特把诗和故事写在板子上。1917 年 2 月橡树园河森中学文学杂志刊登了他的作品，他的幽默风格在橡树园河森中学文学杂志初露头角。

致欧内斯特的朋友

推测为 1916 年春

欧内斯特：我将要去霍顿湾度假。我昨晚写信给渥太华要了地图。如果有人能加入我们，我们就可以乘两艘船了。

欧内斯特的朋友：我想我能去，你想去哪里？

---

① 安耐特·迪福，1918 年班级，在塔布拉服务。可能是凯瑟琳·迈耶（推测为 1901—1930）也在 1918 级的班级，她住在科尼尔沃兹北大街 601 号，穿过大街就是海明威的家。

欧内斯特：从苏慕斯河向下一直到哈得逊湾①，大约是 400 英里的溪流，将要花费我们一个月时间，所以学校一放假我们就马上出发，我和查理·卡拉汉。你有时间吗？

欧内斯特的朋友：我也不确定，假期我可能去德国。

欧内斯特：如果你或者是哈斯②能和我们去，我们就乘坐一艘船。否则就只有查理和我。

我们穿过长长的丛林一直到宽阔的水域，平均速度为 40 英里每小时，所以我们必须划动一整天的船只。当我们到达穆苏工厂（哈得逊湾的堡垒的名字），我们将在那里宿营几天，然后就回来。③

欧内斯特的朋友：也许我可以在 7 月底的时候和你们一起去。

欧内斯特：那就已经晚了。

致欧内斯特的朋友

橡树园

推测为 1916 年春

欧内斯特：如果我们能在哈斯家开个会，星期四晚上在我家也开一次，我们将会得到一些苹果酱之类的。你的散文怎么样了？你化学测试通过了吗？

---

① 指的是苏湖，为了密歇根湖和安大略湖等各大湖之间的连接 19 世纪建造成功。但苏湖到詹姆斯湾（哈得逊湾的最南端）的时候就将近干涸了。欧内斯特在加拿大州划船露营的计划并没有成功。

② 保罗·哈斯。

③ 船（法语）。

欧内斯特的朋友：散文不知道怎么样了，但是化学测试我通过了。

欧内斯特：太好了。[①] 这周我们将要划船去看月光，我知道一个很不错的地方。

这一张还有下一张纸条保存在美国的剪贴簿上面。他们相互传纸条的日期是他们演奏的日期 1916 年 4 月 28 日，还有三年级到四年级的演奏日期 1916 年 5 月 19 日。

致欧内斯特的朋友

橡树园

推测 1916 年春

下个春假的时候我们继续从苏黎世湖走上次的那条路回家吧。我现在就能想象笨笨的火鸡正好飞到煎锅里的样子。你能油炸燕八哥吗？

致马赛琳娜·海明威

派恩赫斯特小镇，霍顿湾，密歇根

亲爱的妹妹：

毕业典礼就要到来了，我相信你现在已经度过了那个"我不知道"的迷茫期。我整夜在水速为 50 英里每小时的河里钓鱼。低语的松树铁杉，黑色的水池，环绕河流的浪花，激情的沉默，

---

① 太好了（拉丁语），欧内斯特在这里使用这个（书面语）是不正确的。

多么像美丽的诗句哇①。

当铃声响起的时候，我站起来伸伸懒腰，然后用流利的英语熟练地作我的毕业演说。当我说到我和马克②童年友谊的时候，路易斯钓上来一条大鱼送到我面前说："住嘴，这是你的毕业证。"

我接受了我的毕业证，并且和我的颁奖人握手，让鳟鱼亲吻了我的篮子。

然后我们举办了校友晚会，大约十二点半的时候我打开了从200英里以外带来的罐子。我经常带一些东西作为备用的。我们吃掉了杏子，我又作了另一个演讲，被一个原木从身边滚过打断了。

你看到弗朗斯了吗？你可能已经见过残暴的人以战争为乐，打扮得像亚当，卢差点死于一种突发疾病，有一些蚊子云彩围绕在他上方300英尺的地方。我的照片还好吗？③我打赌你在艾米丽那里一定过得很愉快。年长的寇斯有没有过去给你作什么必要的嘱托啊？我和你赌两便士④，当萨米用他毛茸茸的右手拿着他的毕业证书径直穿过讲台的时候，他一定看起来很蠢，就像是穿过了查理牧师和吉钦纳勋爵。⑤

---

① 只要学校一放假，欧内斯特和路易斯·卡拉汉就在6月10日离开了橡树园从密歇根划船到法兰克福。就像以前的假期一样。在那里，他们向南方徒步，在马尼斯蒂河边、波德曼河钓鱼然后乘坐去东北的火车去卡拉斯卡，然后徒步走到陡峻河。卡拉汉从卡拉斯卡乘火车回家以后，欧内斯特乘火车从曼萨罗纳去起斯吉弗徒步到霍顿湾。在那里，他住在蒂尔沃茨家。欧内斯特暗指"松树和铁杉的低语"表面是指《福音书：阿卡迪亚的神话》（1847），美国诗人亨利·沃兹渥斯·朗费罗（1807—1882）所写。

② 可能是对橡树园河森高中校长马里恩·罗斯·麦克丹尼尔的讽刺的说法。

③ 这一句是欧内斯特自己的标注，为了解释前一句角标后面的空白的。

④ 两便士，一个英国青铜值两便士。

⑤ 高中同学弗朗西斯·科茨。1916年5月，马赛琳娜写了"一首送给约伯恩的十四行诗"，一首戏弄诗，其中一部分是这样写的："他好奇法尔克茨是不是迷路了，他整理了领带，深深地吸口气，但是为什么当俱乐部的美女们走过的时候他跳了起来呢！"（剪贴簿，五）1916年5月下旬的时候，欧内斯特、马赛琳娜、哈罗德·桑普森、弗朗西斯·科茨一起进行了一次旅行。格蕾丝这样描述这次旅行："一次完美的戴斯普莱茵河小舟之旅，并在大学附近的班克斯家吃晚餐。"相册里还有两张这群年轻人的照片。

　　我抓到了这么多的鳟鱼，现在正在清洗。我们将会扔掉所有小于9英寸的鱼，把几条大的送人。现在已经快下午十点了，我在唱《月半弯》。我们哪里都没有去，但是人们总是让我们回去拜访他们。唉，因为我们每次都给他们大鱼。我们给了一对老夫妻两条最大的鱼，他们几十年来第一次看见。他们差点趴在我的脖子上。我很高兴他们没有这么做，因为那个老婆婆的烟嘴是用陶土做的，真怕它在我脖子上爆开。我们去了很多舞会，吃了一些当地特产。我的衣服正在这雨天里努力地烘干，一只手挥舞着，脚也在上面，所以我用另一只手发誓。波德曼河的这份宁静来之不易，它将会感动一英里以内的任何人。

　　我猜你见过路易斯了，他可能会忘记告诉你我们之间的趣事。帮我告诉艾米丽，当她毕业以后，如果其他人都死光了，又赶上下雨天她实在是没有什么其他事情可做的时候，请让她写信给我。你可以告诉她，我有一张照片要给她，当我知道她还活着的时候，在没有我指引她保护她的情况下，希望她没遇到困难。

　　就这么多。

你真挚的欧内斯特[①]

1916年6月20日

　　附注：为了约翰的利益而写（不是艾米丽的约翰）[②]

　　在信封上欧内斯特写道：从欧内斯特·海明威，海兰柏克。

---

　　① 欧德·布鲁特，欧内斯特的昵称之一。

　　② 可能是艾米丽·波尔兹曼的一个老朋友。在保存在欧内斯特的剪贴簿里的1916年5月的一首诗里面，马赛琳娜写道："亲爱的欧内斯特，请来这里，艾米丽的呼唤就在身边，你难道听不见她的召唤吗，亲爱的？我将会再一次欢快地亲吻你，到高特兹曼这里来，我亲爱的！我已经有好多的布娃娃了，但是我还是想要一个新的！快来吧，亲爱的欧内斯特！"（剪贴簿）

致高特兹曼

温德米尔，瓦隆湖，密歇根

1916 年 7 月 13 日，星期四

亲爱的艾米丽：

马赛琳娜说上次给你写的信可能没有收到，所以这次又写一封确认一下。这支钢笔笔尖短粗，但是学校里的那一支比这支还要不好用，希望你能辨认这模糊不清的拼写（现在我换另一支笔写了）。我们很努力地在农场工作，现在大约已经得到了 8 吨的苜蓿和三叶草。我不知道你是否了解那么多干草是什么概念，我形容的就像我们的垃圾堆似的。

马赛琳娜曾经来过离我们这边很近的霍顿湾度夏，她在这边伊利诺伊州见到一个大一新生叫哈瑞斯。这个可爱的小伙子最喜欢的就是数学，并且他一直认为钓鱼是浪费时间的最愚蠢的事情。

你能想象这样的人吗？他戴着琥珀色的龟壳一样的眼镜。是的，就这样我那个思维还算正常的妹妹认为他是个不错的年轻人，并和他在一起一段时间。真是疯狂的女性思维方式啊！你在大农场那边怎么样啊？我打赌你在那里肯定过得很快乐。

印第安人笔友欧及·布威族和我的木工老师布里·吉尔伯特这个星期日过来看我。比利三年前结婚了。我最后一次见到他的时候，他是森林工作人员之一，成为了原始森林印第安人。① 现

---

① 欧及·布威族印第安人地区（也被称作齐佩佤族），是来自美国北部中心地区的美国和加拿大南部的本土部落居民。吉尔伯特家族居住在温德米尔村附近的印第安木屋集中营区，欧内斯特的短篇小说《印第安部落》的本体；欧内斯特和吉尔伯特家的孩子一起玩耍，也从他们的父亲那里了解到一些成年人的事情，他们的父亲经常会给团体的其他人提供一些免费的药物（米勒：《桑尼对海明威的追忆》）。比利·吉尔伯特和他的妻子曾经在欧内斯特一部未发表的作品集《十字路口》中提到过（格里芬·皮特《青春的足迹：海明威的早年岁月》），比利是《春潮》中一个在战争中受伤却依然坚强的典范。

在他住在小木屋里，种植蔬菜，砍伐原木。"我的女人，"比利说，"她不喜欢树林。"你还记得吉卜林那些经历吗？好像和比利的有些类似。

> "当你在漆黑的夜里要说谎时
> 想想我们的母亲正在看着我们
> 听着我们，
> 我们所爱的，都是根据这些判断
> 当黎明你醒来
> 并不是因为劳累
> 而是因为丛林的悲泣。"

休息并不重要，这就是和比利很相似的地方，不是吗？你还记得这一首吧？当牟格勒要离开森林去结婚的时候，这是动物们告诉他的话。[1]

如果在伊利诺依州哈瑞斯指责我的话是正确的，我的家里人将会有多么高兴，他们肯定会教育我对数学要有兴趣，并且与钓鱼保持距离。[2]

你真诚的朋友
欧内斯特·海明威

致法尔·西森

橡树园

---

[1] 欧内斯特精确地引用了《丛书二》（1895）中第十六章的那句是由鲁德亚德·吉卜林说的话。
[2] 马赛琳娜回忆说在他上三年级的时候欧内斯特曾经说要申请纽约伊萨卡岛的康奈尔大学，还有伊利诺伊大学。（桑福德·马赛琳娜：《与海明威的五十年通信》）

1917 年 1 月 30 日

法尔·西森先生

军事学院教练①

亲爱的西森先生：

您 25 日的来信我们已经收到，我们非常感谢您对我们那些细节的建议。如果在 10 日的时候让我们对什么都准备好有点儿早，但是如果那一天是截止日期的话我们也能接受。我们两队 24 日见个面行吗？如果您那一天有安排了请告知我们。

再次感谢您的细节建议，希望能尽快得到回复。

您真挚的

欧内斯特·海明威

负责人②

致阿兰·沃克

凯尼尔沃思大道 600 号，橡树园

推测写于 1917 年春天

亲爱的阿兰③：

我正在经历无休止的厄运，并且有一封来自橡树园的信我到

---

① 大学预备寄宿学校，在卡尔弗印第安纳州，由商人亨利·哈里森·卡尔弗（1840—1897）创立于 1894 年。成立目的在于"为大学，科技学校以及美国商业培养出最有准备的年轻人"。

② 欧内斯特在橡树园河森学校任田径队的队长。在 3 月的一次比赛中欧内斯特的队输给了卡尔弗队，在 4 月的全美西北大学联赛中再次败给卡尔弗队屈居第二名。欧内斯特将会在校因周刊上报道这两次比赛，飞人队（输给卡尔弗队的那一队，1917 年 3 月 30 日；全美联赛中橡树园第二，1917 年 4 月 20 日；在学徒时期，72—77）。

③ 很有可能是阿兰·沃克（乔治·阿兰·沃克，1898 年出生），欧内斯特在密歇根的好朋友，一起钓鱼的伙伴。

现在还没有收到。

现在已经快到春末了，我们下个暑假肯定会去游玩，春溪听起来很不错。① 我正在学习射击，棒球队也要开始训练了。

我们这现在成立了一个拳击俱乐部。我已经增肥成功了，现在我正在 165 英磅的班级上课。上两个月的总结。

被击倒：1 次

击倒他人：4 次

认输：2 次

对手认输：6 次

我们有 6 轮比赛。星期四的晚上我已经和一个叫作内尔·詹金斯的对手比试过，他大约 6 英尺高 2 英寸胖，而且皮肤粗糙得像是铁轨。我够不到他的下巴，所以我尝试着去击打他的肋骨。比赛结果就像那样。星期六晚上，也就是爱好者聚会的晚上，我们一群人去了吉尔摩的健身房。② 我上去对抗一位叫托尼·米立肯的人，你可能听说过他。我们对击了一分钟，然后我感觉有人用冰水泼我，我下巴肿起了大约鸡蛋大小的一块。自那以后，我一直待在没有 200 英磅的学生的班里面。

我怀疑莫利斯·布莱恩是以吹牛著称的。③

你什么时候来呢？你现在正在从事什么？如果你负责了多特汽车④的设计，那你应该去喝硫酸了。换句话说如果你是给大众造成不便的人，那我想我们的友谊应该终止了。靠近一点，我可

---

① 有斑点的美丽：浅颜色，有斑点的鳟鱼。

② KO，表示拳击的淘汰赛。哈利·吉尔摩，出生在加拿大，不戴手套的拳击冠军（1854 年出生），1888 年移居芝加哥，在芝加哥亚当斯大街东大街经营了一家拳击学院，无论是在专业领域还是在业余爱好者中都很受欢迎。（哈维·伍德拉夫，"哈利·吉尔摩在无手套比赛日中的对手"，芝加哥每日论坛，1914 年 7 月 26 日，第 3 版）

③ 在欧内斯特个人俚语习惯里面，"W.K." 的意思是著名的，"B.S'er" 的意思是吹牛大王。

④ 弗林特多特汽车公司，密歇根，由约书亚·达拉斯·多特创立，1915 年到 1924 年生产汽车。阿兰·沃克和他的家人住在弗林特。（格蕾丝小屋会客名单，大陆；1920 年美国联邦调查局报道）

能弄脏时尚的你或者用我们的方言戏弄你。我希望能在三个月之内见到你，或者是三个半月？我打赌鳟鱼一定很害怕我们的到来，我会记得买钓钩、鱼线，今年我打算买个新的鱼竿。我们还要去徒步旅行，乘火车去马凯特并从那里徒步去圣城伊格纳茨。①就是这样的一个旅行。希望你能同行。

尽快回复我一封长信。

你的朋友

欧内斯特·海明威

纽约，索科纳

致克劳伦斯·海明威

乔利埃特

1917 年 4 月 3 日上午 8 点

亲爱的爸爸：

我将在 4 月 10 日的时候将这封信从乔利埃特寄给您。今天在拉蒙特的旅行很辛苦，我们游荡了一晚上，洛克波特是我们旅行的目的地。②但从现在起就轻松了。在这里我看到了成千上万只

---

① 大急流城和印第安纳州铁路，连接了芝加哥上部半岛的城镇马凯特（苏必略湖河岸）和圣伊尼亚斯（半岛的最南端，麦吉诺海峡）。这将是一个长达 150 英里的徒步旅行，堪比 1915 年和 1916 年欧内斯特从法兰克福到瓦隆湖的那次旅行。

② 从 4 月 2 日到 6 日，春假期间，欧内斯特和瑞·欧哈河森乘舟在斯塔乌德州立岩石公园一起游玩，就在伊利诺伊州的拉萨尔，距离橡树园大约 95 英里远。他们沿着伊利诺伊—密歇根运河，一条为联通五大湖和密西西比河水城而修建于 1848 年的运河，一系列的岩石保证了小船可以在密歇根湖和伊利诺伊河海拔 140 米的落差中安全行驶。这条 96 英里的运河经过雷蒙特、洛克波特、乔利埃特、沙纳罕，还有一些其他的镇子，直到终点拉萨尔，第一次世界大战时，这是美国的入口（这个民族在 4 月 6 日宣布对战德国），伊利诺伊国家军队当时正在守卫运河。欧哈森写信给他的爸爸说第二天是最艰苦的一天，他和欧内斯特被军队发现了，而不得不终止旅行。（卡洛斯·贝克：《海明威的生平故事》）

鸭子和沼泽鸟，它们现在伊利诺伊—密歇根运河。

深爱您的
欧内斯特

欧内斯特还写了一张预付款的明信片，反面印着地址"克劳伦斯·欧内斯特·海明威，凯尼年沃思大道与爱荷华州大道交叉口，橡树园，伊利诺伊州"。

　　致范妮·比格斯

　　纽约

　　推测写于 1917 年 6 月底

亲爱的比格斯小姐：

　　如果我去见卡尔·阿尔伯①，我将会很孤单的，可能会立刻借给他 0.5 美元的。

　　如果这个不是为了蚊子，我要钓的鱼变成了蝙蝠。两个女高音，一个男中音，还有一个女低音，如果能再找到一个男高音，就可以组建完整的团队了。鱼正在长大。星期六，彩虹都被当代运动压弯了。② 在开始旅行之前就已经宣传得人心惶惶。那是晚上十一点五十分，我独自一人，夜漆黑漆黑的，你本来应该在那里的，你不在这儿也好，因为这段时间来，我一直想找个人骂一顿。

---

　　① 学校档案显示阿尔伯是橡树园河森高中 1916 学年到 1917 学年的一名一年级新生，二年级上了半个学期后辍学。

　　② "回归家园"当代运动的标语，鼓励城市居民移居乡村，为了抵制农村人口流失和经济衰退，提高土地价值。

也许你看见那个关于我们争吵的故事了？除了一些微小的改变以外，那些材料都是真实的。你看过那个由《橡树叶》报道的撒克斯顿的故事吗？①

我猜想是不是他认为因为我和乔克都不在镇上，所以他可以直接拿着材料离开！我9月份回到橡树园的第一件事就是让他知道他给他自己造成了什么冲击。

每件事都得等到一个月后才能定夺。

关于那次吵架。你也了解乔克，马斯和我认为我们被他们忽视了，我们是为了我们的生命而战。除了马斯的眼睛肿了以外，我们没有受到其他伤害。我们滑倒的时候，乔克和我的手指关节有点受伤，但是我们都没有张扬。我是不会错过那100美元的。德士隆拿走了所有的信用卡，让我们看起来像是说谎的人，并且给橡树叶报社写了一篇错误的故事。布莱特②作为一名绅士没有被卷入其中。如果他也在其中，肯定就会不一样了。我一直不知道他们是谁，直到我们击中了一个穿越树林的家伙，我过去踢了他的脸，看清楚他就是玛斯·李，他胳膊已经被咬了很大一块，那时候我们还在睡觉呢。

他们不想杀了我们真的很不公平，因为我们一直考虑杀了他们中的一员也许就能缩小差距，你本来可以看见乔克吵架的样子的。

---

① "阿斯利特·如特，乔克的朋友的斯凯尔乐队。当橡树园的漫游者归来以后，眼泪使所有的快乐都消失了。"乔治·谢弗所作，芝加哥每日论坛报道，1917年6月20日。这个故事是这样报道的："星期二上午七点半，十名橡树园高中的学生想要戏弄飞人队的杰克和队长欧内斯特和莫瑞·慕斯年度期刊的明里。昨天他们正在护理受伤的鼻子和肿了的眼睛，并发誓下次一定要报仇。阿特·德士隆是欧内斯特的同班同学，并且是袭击海明威的成员之一，乔克·彭特科斯特和穆斯林那"，欧内斯特都归于德士隆的一篇没有签名的文章《乔克是战争狂》1917年6月23日在橡树叶报社出版。那期报道"欧内斯特被吓坏了，在踢了一个袭击者的鼻子以后自己滚进了河里去冷静"。那些爱恶作剧的人包括宫兰克林·李、托马斯·库萨和克劳伦斯·赖特，都是橡树园河森高中的学长。

② 同班同学福瑞德·威尔克森。

　　你还记得我和你说过紧急情况下我更喜欢和他在一起吗？那是正确的。玛斯没有什么期望——你知道当我们在床上第一次冲突，他们从我们身上跳过去，我们在树林里追赶他们，突然我们发现玛斯没有和我们在一起。当我们在树林里第二次起冲突的时候，我们才认出他来。天非常黑，布莱特示意我们小声，走到了火堆旁边。玛斯就坐在那里。他说最好还是坚守阵地。当大家到处流传乔克被骗的时候，他们就把这个故事告诉了橡树叶报社。更糟糕的事情是芝加哥论坛的人也从丘萨克和布莱特手里得到了这份材料，他们却不知道他们是在出卖自己。

　　布莱特很快渡过了危机。他给我写了一封信。从信上看来他现在过得并不怎么好，"动乱已经平息了，等等"①。

你的朋友
欧内斯特

致安森·海明威

瓦隆

1917 年 8 月 6 日

亲爱的爷爷：

　　我一直想给您写信感谢您送给我的生日礼物，但是我每天都得花费 12 个小时在农场工作。乔治叔叔和他的家人，还有乔治姑姑和托尼斯叔叔明天要过来一整天。② 我们所有人都在这里，

---

①　威尔科克森加入了美国军队，最后荣升为美国坦克军团的军士（斯坦福，286）。信息出自鲁德亚德·吉卜林的诗《退场赞美诗》。

②　欧内斯特爸爸的叔叔和姑姑：乔治·罗伊、格蕾丝·阿德莱德和阿尔弗雷德·泰勒·海明威。

现在做什么事都很容易。爸爸的福特现在状况良好，液压缸很干净，爸爸不考虑卖掉它。①

晚上在霍顿湾钓鱼，我钓到了几条有彩色鳞片的大鱼，我称它为彩鳟鱼，那三条鱼各重6磅、5.5磅和3.5磅，还有两条1磅的鳟鱼。那是我以前在那里从来没有抓到过的大鱼。

我真的很感谢您送我的那些报纸，因为在我们这里除了每次都晚两天的日报真的没有什么可以读的。

这个秋天不去伊利诺伊州，我可能整个10月都在这里为迪尔沃思工作。当我回家以后，我要去莱斯特叔叔家，并且尝试一下在芝加哥论坛报找份工作。② 明年的时候我应该可以回学校学习了。

非常爱您和奶奶

欧内斯特

致克劳伦斯·海明威

印第安纳

据推测写于1917年9月3日，星期一，上午六点

亲爱的爸爸：

上个星期为了报答韦斯利和比尔·史密斯帮助我从龙格菲尔德逃出来的恩情，我分别帮助他俩各收了两天的大豆。这两三天

① 1917年6月克劳伦斯·海明威和格蕾丝、欧内斯特·海明威还有两岁大的莱斯特一起开车从芝加哥去瓦隆湖，来一个长达五天里程480英里的荒地行程。女孩们还和以往一样乘轮船旅行。（卡洛斯·贝克：《海明威的生平故事》；桑福德·马赛琳娜：《与海明威的五十年通信》）
② 在1917年三年级的校报上，欧内斯特·海明威暗示他可能去伊利诺伊大学，他是《芝加哥论坛报》的忠实读者。

我还要工作，我将会在星期四的早上走高速或者是乘火车回家。我邮寄的袋子和桶都到了吗？

当时正在收获期，所以即使冒着暴风雨我们也得工作。虽然收获大豆是一项很辛苦的工作，但是我收的量都可以有韦斯利的两倍那么多。

下雨那天我们去了夏洛瓦区①，抓到了很多来自密歇根湖的鲈鱼。大多数超过了一磅。比尔·史密斯我俩总共抓了 75 条，我们把其中 25 条卖了得到了 50 美元，然后把剩下的分给了家里人。现在有暴风雨，也许接下来的两周都有暴风雨，我们根本什么事都不能干。我在这里祝您生意兴隆。

爱你们所有人
欧内斯特

"1917 年 9 月"是另一种笔体用铅笔写上去的，写在了"星期一上午六点"的下面。

致克劳伦斯·海明威

夏洛瓦

1917 年 9 月 25 日

亲爱的爸爸：

我刚刚带来了 30 袋土豆和 3 篓苹果。我在单子上写的是土豆 62 篓，但是差不多都有 90 篓了，我们省下了 28 篓的钱呢。

---

① 佩笛·马凯特，大急流城，印第安纳州铁路。

苹果有夏秋冬各季节的各一箱，其中德雷顿拿走了一半。这些苹果都比我们想的要轻。还有密苏里船只将会在星期六的上午到，下星期三晚上离开。

土豆真的是非常好。

爱您的

欧内斯特

致海明威一家

堪萨斯城

1917 年 10 月 17 日，星期三

亲爱的家人们：

我想你们已经收到了我的第一封信。我度过了一个很愉快的假日，我到这里的第一天晚上就见了卡尔，我很开心他也在这里①，卡尔很喜欢孩子们。阿拉贝尔姑姑想让我在这里一直住到这周末。② 今天我想到了一个故事，应该是一个不错的题材。另外，他们家里的植物非常大。③

我每天上午八点一直工作到下午五点，每次离开的时候身上

---

① 1917 年 10 月 17 日，海明威乘火车从芝加哥去密苏里的堪萨斯城，开始在他的叔叔泰勒给他找的《堪萨斯城星报》做记者。他叔叔和亨利·哈斯卡尔是奥柏林大学的同学。《星报》总编辑查尔斯·埃德加是欧内斯特在霍顿湾的好朋友，海明威给他起的昵称叫欧德加。亨利·哈斯卡尔在堪萨斯城的一家燃油公司工作，他很支持海明威移居，并建议和海明威一起租一间公寓。（卡洛斯·贝克：《海明威的生平故事》；芬顿·查尔斯：《海明威的早期学徒岁月》）

② 在他到达堪萨斯城之前，海明威在沃里克大道他叔叔泰勒家还有他姑姑阿拉贝尔·海明威家里停留了几天。

③ 海明威在《星报》的大多数作品都是短篇故事，大多数都是分配下来的任务；没有人的稿子可以被作为新闻的头条。《星报》在十八大街和格兰大道的交叉口，占据了街道的大半空间；印刷厂的占地面积都比不过它。

都湿淋淋的。还有忘了告诉你们，卡尔和我住在一起。

祝福所有亲爱的人。

爱您的

欧内斯特

附注：我的新地址是：密苏里州，堪萨斯城，沃里克大道 3733 号。①

致马赛琳娜

堪萨斯城，4 号警察局

1917 年 10 月 26 日，下午两点二十分

亲爱的艾沃瑞：

感觉在奥柏林过得怎么样呀？我一直也在很努力地生活着。昨天上午我编写了六个故事，把它们都发表在报道的首页上。这些故事都关系到一个记者——老布鲁特。但是我却没有谈及法提玛斯，因为他的故事不太适合报出来。

德加和我经常闲逛，恰好上个星期天我们在圣瑟约芬，阿达里昂、海伦和奥瑞拉斯向你问好，事实上这就是我们生活的地方。

所有的上级都像兄弟般呵护我，我是公众思想板块（类似于教皇之声板块）的一名编辑人员。因为现在我升职了，所以不能像原来那样频繁地给你回信②了。我给你写的这信，这是使用的复印纸，所以只能使用打印机把它印出来，那么这样我就能够掩

---

① 海恩斯·格特鲁德寄宿学校的地址，距离欧内斯特叔叔和姑姑的房子只有一条街。

② "公众思想"属于《堪萨斯城星报》，它是一个关于读者的来信专栏；"教皇之音"来自大众之声，又名"大众之声"（拉丁文）属于《芝加哥每日论坛报》，它也是关于一个读者的来信专栏。

盖住我潦草的字迹了。在圣约瑟芬①我有幸在《圣约瑟芬公报》。② 工作。但是这个薪水吧，天啊，只有一点点，我每月只有60 美分，这薪酬待遇真是没谁了呀。

之前的时候我为什么没有收到你的来信呢？我表面上说自己很孤独，而实际上我很忙，没有空闲时间，但是之前在办事处工作的时候我却常有片刻闲暇时间。希望你写信告诉我有关星艾德公寓的消息吧，我发誓我一定会回信。顺便问一下，你们学校的男孩子长大了吗？

讲讲他们的故事吧，我的时间比较紧，所以我只有在春天来临时，才有闲暇时间想起达姆赛尔斯。③

你的弟弟

致马赛琳娜·海明威
　　堪萨斯城，密苏里
　　1917 年 10 月 30 日，11 月 6 日

写于邮送前一周

亲爱的艾沃瑞：

对于你的健忘我很无奈不想说什么。我确实在编辑公众思想专栏里边工作，是忠于戈弗雷。在得知你在克利夫兰过得很愉快时，我也替你高兴，那里肯定生产葡萄酒吧。④ 今晚拉尔和我一

---

① 圣约瑟芬，位于密西西比河上堪萨斯城北部，距离那里大约 55 米处，因作为小马快递东部终点站而出名。

② 《圣约瑟芬公报》创建立于 1845 年，是美国运行时间最长的报纸之一。

③ 引用约翰福音的话："白天时我必须从事上帝分配给我的工作，然而当夜晚来临之时，却没有人能够替我完成这份特殊的工作。"

④ 城或镇，克利夫兰位于俄亥俄州的奥柏林北部，马赛琳娜在这里的奥柏林大学读书。

起观看了情景剧《向右转》①，不知道你在那里有没有看这个情景剧？不知道瑞德米利肯出演了吗？然而今天的薪水我只领到了前两个星期的，只有卑微的30美金。

今天我从沃克那里得到了两张照片的底片，照片上的那个人是我，是沃克帮我拍的。其实我还打算冲洗一张照片。然而布莱特、乔克、麦克这周他们都给我写信了。② 乔克在密歇根工作，几乎没有时间给我写信。布莱特还留在艾伦镇生活和工作，麦克在西部电气公司上班。

我在这里很愉快地生活着并且对生活充满了希望，你在母校过得也还好吧，弟弟也可以给你带来欢声笑语。如果想完全遵守学校所有的校规并且不违反规定的话，那么你做事情的时候一定要小心谨慎了。卡尔是一个守规矩的好男孩而且从来不喝酒，他也从来不抽烟，虽然卡尔才27岁但我相信他的人生一定会很美好的。只有你的弟弟不碰烟草从来不抽烟，他大概是办事处里唯一不抽烟的人吧。他的助理偶尔买一份杂志看看，时不时地参观一下日渐衰落的剧院，而且他也喜欢吃苹果。我不久之后打算到加拿大军队中去服役，只不过可能要等到春天。"我和死神有个约会，当春天带来忧郁而晴朗的日子"，说实话我一刻也不想再留在这里工作了，那里的加拿大长官都是我的朋友，所以我打算加入那个军队中。梅杰比格斯、莱略特、西米他们都是掌权的军官。如果你去加拿大的军队中服役，那么你临行前就有充足的时间去做自己想做的事情，然后你就可以去多伦多或者哈利法克斯

---

① 情景剧《向右转》(1916)作者是史密斯·温切尔（1872—1933）和约翰·哈扎德（1813—1935），与狮子王百老汇音乐剧一起在堪萨斯城的舒伯特剧院10月28日上演。舒伯特剧院，在巴尔的摩大道西第十街，1906年开放，能坐近1700人。

② 海明威指的是他的朋友乔治·阿伦沃克，福瑞德·威尔克森'布莱特'，潘特·卡斯特（乔克），麦克尚未查明。

去旅游或者游玩，接着可以去伦敦，那么两三个月之后你就可以去巴黎游玩。他们这些士兵是世界上最优秀的战斗者，我们的军队战斗力比较差，实在是无法和他们相提并论。我去加拿大参军可能要等到夏天结束，但是请相信我一定会去的，不是因为我对荣誉的追求或对其他事情的热爱，而是因为我不能面对这些残酷的战争和死亡而无动于衷。

或许你不能够见不到我，但是你一定要振作起来，因为无论如何我都知道要好好照顾自己。我说的事情千万不要告诉我的家里人，你是了解我的。

你的布鲁特

欧内斯特

一周之后

嘿，布鲁特，我愿圣母与你永远同在，并且代我向你的室友表达我的亲切问候。我加入了国民保卫队，这支队伍只为国家服务。我有一件价值 40 美元的制服，50 美元的大衣，保卫队都是一些年轻人。

斯坦因

致海明威一家人的信

《星报》办事处

周六，6：30 分

亲爱的民众：

妈妈寄来的饼干真好吃，我把其中一些饼干送给了阿拉贝尔婶婶和泰勒叔叔、孩子们还有的给了卡尔一些，他们一致同意并赞扬说妈妈的确是一名很好的厨师，非常感谢！今天是个特殊的日子，军队中的大部队的演练和海军的足球赛要在这里举办，镇子上约有5000名英勇的士兵战士。伍德将军和堪萨斯的卡坡长官都聚集在办事处这里。堪萨斯的卡坡长官走过来向我还有同时在场的两个伙伴作了自我介绍，并且告诉我们大量军队一会儿在这里要进行大的军队游行，而且在《星报》的阶梯处建有阅兵台。但是不幸的是发生了一点意外，所以军队不能按时到达进行游行检阅了。① 毫无疑问，我们一整天都在为这个事情忙个不停。我昨天又在报纸的主版上发表了六篇文章，把其中的两篇文章放在了报纸的首页上。如果我有多余的一些邮费，我一定会寄给你们一些文章的。发薪日是下周六，发了薪水后我将会买许多邮票，并且寄给你们一些报纸。今天意外地收到了乌拉斯的信，非常感谢，我一定会很快回信的。今天卡尔前往哥伦比亚探望比尔·史密斯和查尔斯太太②，他们将在那里度过周日。我今天七点半到十二点半又要值班，分配给我的任务是整理作息日的工作表。今天这里下雪了而且带有伦敦雾（我不得不换打印机）。

现在我最好赶紧工作，工作完就去吃点东西。

---

① 11月24日，堪萨斯城在近8000人面前举行了士兵游行，来自法斯顿军队营中的一支足球队挑战一支海军队，而且这只海军来自五大湖海军兵站。已经安排好的游行不得不因为军队火车的撞击而耽搁了士兵的到达日期而取消，《星报》在当天的报纸的首页报道了此事。主将伦纳中德·伍德所担任的是法斯顿营的总指挥；亚瑟·卡坡1914年至1918年担任堪萨斯城长官，1919年到1949年担任美国国参议员。

② 比尔和凯特都在哥伦比亚密苏里大学读书。凯特1917年在毕业时获得了英语和新闻学学士学位，比尔在1918年毕业，毕业时获得农学理学学士。查尔斯太太，他们的姨妈，自从他们的妈妈1899年去世后就一直担任他们的监护人，她1902年嫁给了约瑟夫·威廉姆·查尔斯，她的丈夫是圣路易斯的一名内科医生。他们在荷顿港重修了农房并在这里度过了整个夏天。

我找到一个写信的好地方，当我不在①的时候……

这里有一个米勒巴池宾馆跟黑石镇一样奢侈豪华。而且②有一间单独的只向所有新闻人开放的印刷室，印刷室内有桌子、印刷机、电话和许多纸张，所以同伴们都爱来这里闲逛。你要出100万美元才能拥有像米勒巴池宾馆一样的一个私人房间。然而在巴尔的摩也有一间这样的私人房间。最近我接种疫苗的那个地方有些痒，所以我想它应该开始起了作用。

爱你们的

欧内斯特

致克劳伦斯和格蕾丝·霍尔·海明威
堪萨斯城，密苏里州
1917 年 12 月 17 日

亲爱的家人：

非常抱歉上周我没给你们寄信，因为我忙得焦头烂额以至于都抽不出一分钟空闲的时间了。而且这里也很冷，近两个星期温度都是零度以下。再想想一周后就是圣诞了，但是我估计还要工作一整天，虽然不会很辛苦，因为我们不会放太多的印刷颜料。昨晚我看到一些黑人被判处终身监禁并把他们被押送到文沃

---

① 海明威用完了这页纸，然而留下的句子没有完成。
② 十二层的米勒巴池位于堪萨斯城中心巴尔的摩大道第十二街，米勒巴池于 1915 年开放，而且是中西部最好的旅馆之一。黑石镇，位于南密歇根大道上的一家奢华的芝加哥宾馆，这是由伊利诺伊中部铁路董事长提摩太黑石在 1910 年建造的。巴尔的摩是在 1899 年竣工的一个大型宾馆，位于堪萨斯城巴尔的摩大道第十一街。芝加哥的会堂大楼，由阿德勒和沙利文设计，竣工于 1889 年，集旅馆办事处包括剧院等多种功能于一身。

斯堡。① 送他们的有三辆专车，而且上边有三名武装警卫分别站在每辆车的一端。昨晚我在前往休斯敦的路上，看到了他们到达了联合车站。其实并没有什么稀罕的，大多是平日的琐事。我现在在米勒巴池旅店的一间印刷室里给你们写信，它和黑石镇一样是一流的宾馆，盥洗室里有舒服的椅子，并且为报社人员提供的有打印机。当我得知艾沃瑞不久就要回家过圣诞了，我感到很高兴，虽然我也想回去，可是一直没有找到一个合适的机会。这个打字机反应有些慢，而且屋子里的灯光也不好，所以我要加速写了。因为实在是忙，我欠了很多人的信都没有时间给他们回过去，今天下午我打算把这些事情都完成了。虽然我一直穿着我肥大的红色毛衣和短大衣，但我也没感觉到有多么热。我希望可以尽快涨工资，那样的话所有的伙伴都说我这个工作是当之无愧很值得的，但愿如此。同时也期待着我的圣诞包裹能在一周后到达，发薪日也是那个时候。因为昨天晚上我凌晨两点才睡觉，所以上午十点半才起的床，现在我要稍微休息会儿，所以我不得不停下笔了，过一会儿我会再次开始写的。

> 爱你们的
>
> 海明威

致格蕾丝·霍尔·海明威

堪萨斯城，密苏里州

---

① 在 1917 年 8 月 23 日得克萨斯州，然而休斯顿却发生了一场意外的暴乱，第二十四陆军师第三营（美国黑人士兵组建的一支美国正规军）驻扎在附近，这些进入城市抗议的当地警察虐待黑人士兵。这个事件被称为叛乱，此次叛乱导致了共有 16 名白人平民和警察以及 4 名黑人士兵的死亡。从 1917 年 11 月到 1918 年 3 月法院举行了三场听证会，110 名士兵被判有罪，其中 19 人被绞死，剩下的这些大多数黑人士兵都被终身监禁在堪萨斯莱文沃斯州路易斯堡联邦监狱。

1918 年 1 月 16 日

亲爱的妈妈：

一直到今天我才收到了您的来信①，我一直在想很久没有收到家里人来信的原因，我认为大概是火车给耽误了吧！虽然这里也是零下 20 度，奇怪的是却没有多少积雪，然而在堪萨斯基本都是两三英尺的积雪，所以根本就没有从西边或是东边来的火车，因此我们要隔离一段时间才能收到来信。在这寒冷的冬天煤炭依然短缺，但我们应该能熬过去，因为春天快来了。妈妈您也不要担心，您没事的时候可以找一些开心的事做做。

您更不要担心我会成为一个不合格的基督徒。我和以前一样每晚上都会祈祷，和以前一样相信上帝，所以您一定要替我高兴呀。正是因为我是一名虔诚的基督徒，所以我觉得才更不应该经常打扰您。

之所以我周日不去教堂是因为工作需要，我要在《星报》工作到夜里 1 点甚至有时候要到三四点，所以我周日中午 12 点 30 分才睁眼。所以您应该明白并不是我不想去教堂，您知道我虽然不是一名狂热的基督徒但我也尽最大的可能做到虔诚信仰。

周日是我一周的工作中唯一能睡懒觉的日子。安特阿拉贝拉教堂的装饰独具时代风格，但是牧师却不受人欢迎，我也觉得自己不属于这里。

妈妈，您对比尔和卡尔的评价，我感到极其生气，所以我想立刻写信告诉您我的想法，但我要等到自己冷静下来的时候。

我觉得是因为您从没见过卡尔也不认识比尔，所以才单从表面上判断，这样可能有失公平。

---

① 格蕾丝的信件下落不明。

卡尔是个王子，他也是我知道的一名虔诚的基督徒，他对我的影响很大以至于超过所有我认识的人。虽然他对宗教的热爱不如皮斯里家的人那样疯狂，但他却对宗教有着真挚而深厚的感情，同时我认为他也是一个绅士。①

我从没有问过比尔他去哪个教堂，因为我认为这是无关紧要的。我们都信仰上帝耶稣并希望有来生，教义其实并不算什么。

请您不要再不公平地批评我最好的朋友了。希望您现在过得开心点啊！也不要担心我，因为我并不是您想象的那样独自漂泊，孤独的一个人。

爱你

欧内

附注：希望您不要跟任何人读这封我写给你的信，请赶快恢复您愉快的心情吧！

致海明威一家人

堪萨斯城，密苏里州

1918 年 1 月 30 日

亲爱的家人：

非常感谢并收到了妈妈寄来的食物，这东西真是太好吃了，昨天晚上我和卡尔大吃了一顿。开始我没有想到面包虽然保存了那么长的时间，可是却依然很美味。我昨天晚上在办事处把包裹

---

① 赫伯特·皮斯里家族，有五个孩子，他们在橡树园时和海明威在同一个教堂里。沃尔特·皮斯里是海明威毕业时的同学，海明威 1917 年在高级书版中发表了幽默小说《班级语言》，该部小说将他塑造成新宗教杰兹主义的门徒。（布鲁索里：《海明威：初出茅庐的记者》）

打开了并分给伙伴们一些饼干，他们说海明威的妈妈一定是名很棒的厨师并且托我在信中向她致敬问好。我们现在还是和以前一样忙，因为人手不够，所以要经常努力工作。当我得知艾沃瑞的阑尾炎痊愈了我感到很高兴，虽然房子小但也不用再受疑虑的困扰了。现在家里的煤炭也很充足，然而在这里这是个很少谈及的话题，因为天气寒冷，当地人却无法获得天然气，我们唯一有的就是比尔卖的燃料油。

现在天下也很太平也没有什么要告诉你们的。但当城市开始进行春季竞选阶段的时候就热闹了。这个小镇的政治环境和密歇根附近的芝加哥的政治环境是一样肮脏，他们像抨击公报那样和大比尔·汤普森进行激烈的战斗。① 现在医院和健康委员会之间发生了一些冲突，我的态度就是保持中立。②

我刚来这个镇子的时候觉得它比较靠南而且暖和一些，但没想到一连十天居然都是零下10度。来自亚大巴斯卡湖的凛冽的寒风长驱直入一直到密苏里河谷，刺骨的寒风使我不得不感到战栗。再过两天就是鬼节了，同时也是发薪日。您的盒子将会按时到达，奶奶寄来的东西也很好，我都很喜欢。我一会儿就给她写一封信来表达我对奶奶的感谢。老板的电话使我从梦中惊醒，他告诉我说第十八街和霍尔莫斯街着了一场大火，让我在去办事处的路上过去看看那里的一些真实情况并且写一篇相关的报道。我于是马上赶过去进行采访还在电话中通知了摄影师，需要他赶到

---

① "老烟镇"是芝加哥的一个城市。威廉姆霍尔·大比尔·汤普森（1869—1944）在1915—1923年和1923—1931年任芝加哥市长。美国参加"一战"后，他公然反对并把美国军队派遣到欧洲战场，他的反对被大众谴责为不忠以及不德。《芝加哥每日公报》频繁地发表文章批评反对情绪。
② 从1918年1月2日到2月4日《星报》上居然出现了20封没有明确出处的文章，这些文章都是在报道医院冲突和政治腐败的一些事情，其中的一些文章就有可能是海明威的作品。（布鲁索里：《海明威：初出茅庐的记者》）

现场进行一些拍摄任务，我的鞋都浸在冰水里，于是我跑到办事处取出昨天晚上放在柜子里的暖和的羊毛短袜。我穿着鞋走到更衣室换下，脱掉了湿透了而且被冻住了的棉袜，穿上暖和的羊毛袜而且我打算一直穿着。

爱你们的
欧内

信的开头是克劳伦斯亲手写的"堪萨斯城密苏里州1月30日，1918年"。

致马赛琳娜·海明威
堪萨斯城，密苏里州
1918年2月12日

亲爱的艾沃瑞：

你最近过得还好吗？我最喜欢的沃克如期而至了吗？我真是好期待呀。我给你写信的目的是想告诉你我在这里的一位好朋友威尔逊，他将很快要去五大湖了，他在那里担任报务员。他只要一离开军营就会去我们家拜访，你一定要好好款待他哦①，明白了吗？如果你见到了他，你一定会喜欢他的，因为他是一个好小伙，他会把一些关于我的消息告诉你们。你和凯②要同伍德罗好好相处，你可以带着他参观一下我们美丽的小镇。一开始你可能不怎么喜欢他，他就是这样的人。唯一让你受不了的是他还有另

---

① 戴尔·威尔逊，一个23岁的密苏里州人，在《星报》担任校对员，后来被选入海军。海明威模仿美国总统伍德罗·威尔逊给他起了个绰号伍德罗。
② 凯巴格莱。

一个名字叫戴尔，很震惊吧。他是一个活生生的例子，即使他有这样一个绰号，他仍然是一个很正经很善良很优秀的小伙子。我会给他写一封介绍信，我介绍的还有另外一个《星报》的同事哈罗德·哈奇森①，你要杀鸡宰羊招待他们呀。把这些事情都拜托给你了我的好姐姐。告诉你吧，一直到现在我才刚能分辨大蒜和洋葱，但是它们的区别是从别人那里听来的，我自己还没有仔细找。我们都很期待威尔逊的到来。

你最亲的

斯提因·布鲁特

附录：我爱上了梅马素②，我见到这位漂亮的姑娘并深深爱上了。

艾沃瑞当你听说我结婚的时候可不要惊讶啊！你如果在荧屏上看到她你一定就会支持我的选择的。生活中的她要比电影中的她的性格要好得多。电影编辑威尔逊·希克斯也爱慕她③，但她也更爱我，要不然她就是在撒谎骗人。现在我恋爱了并且过得很舒服，我现在的状态就是除了工作就是恋爱。哦！艾沃瑞，告诉你我太喜欢她了！你肯定想不到马素小姐真名是玛丽，她20岁，未婚，虽然表面上看着不像。我曾经在米勒巴池遇见的她。说实在的她长得真漂亮，弗朗斯·柯特和安妮特·德芙等人和她相比简直是相形见绌。她的性格和弗朗特一样善良，但在长相和教养

---

① 哈罗德·哈奇森，在《星报》堪萨斯城办事处工作，他的名字和海明威一起出现在了一块铜匾上，记录了当时的一些参加"一战"的编辑人员。

② 无声电影女演员，梅马素（又称玛丽瓦尼马素，1895—1968）以出演《一个民族的诞生》（1915）、《忍无可忍》（1916）而闻名。海明威可能是在堪萨斯城中上演的一次轻舞歌剧中与她相遇过。数年之后当有人在此问及她是否见过海明威时她回答说："没有，但我很想。"（戴尔·威尔逊，"海明威在堪萨斯城"《菲茨杰拉德 海明威年鉴》）

③ 《星报》工作人员和电影编辑，后来成为生活杂志的主编，1952年接收杂志《体系》。（威尔逊，堪萨斯城，213）

— 55 —

等方面远远胜过安妮特。但是希望你不要告诉我的家里人，我还想保持单身是因为想参战。这可能是我人生中最重要的事情了，但是梅马素小姐说她愿意等我。是谁说过她讨厌新闻记者呢？但机会真的来临的时候又是谁肯真正这么做的呢？

哦男孩！哦男人！哦海明斯坦！

我能自己乐呵开心好几个小时，对你来说她可能不算什么，但她对海明威就不一样了，我一周至少收到她的两封来信。艾沃瑞你如果能看到她寄给我的照片以及照片上面的字就好了，这些照片都是施特劳斯和佩顿的最好的一些新的作品①，每一个都能价值75美元呢。你一定要清醒地认识到艾沃瑞她根本就不是你想象中的坏女孩，而且和她相处久了你会觉得她非常招人喜欢。她现在是在伍兹霍尔附近的海岸从事拍电影的工作，当她返回海岸的路上经过这里时会过来看我的，怎么样？艾沃瑞。我之前还没有遇见一个能懂自己的人，真的能希望她能不断地了解我并喜欢我。

爱你的

欧内

附注：替我保密呀，艾沃瑞。

致格蕾丝·霍尔·海明威
堪萨斯城，密苏里州
1918 年 2 月 23 日

---

① 摄影师本杰明·施特劳斯（1871—1952）和荷马·佩顿（可能逝世于1930年）成为商业伙伴，并且两人在1908年于堪萨斯城建立了一个画像工作室。他们的画像室以创作剧院名流的画像而闻名，其中就包括旅游时经过堪萨斯的地区性和国家级别演员的画像。

亲爱的妈妈：

今天丁娜·乌若米兹居然批评我不识货，我认为您做的糕点简直是任何人都不能相提并论的，饼干、抹茶蛋糕还有坚果都实在太好吃了。每次收到您寄来的小包裹时，我和卡尔都欣喜若狂，但您千万不要因为这个就不给我们寄了啊，我知道您是了解我的爱我们的。

当得知小金鱼①的身体恢复了不少时我感到很高兴，她现在的状况应该是面色红润活蹦乱跳身体很健康吧。前一段时间这里非常冷，不过现在天气又渐渐地暖和了起来。你知道今天加德纳市长②检阅了我们的第二军部队吗？所以我们举办了一场大型的阅兵和游行活动，因此我上午并没有参加工作。我现在才到办事处来上班的，我想下午应该不用出去了，因为我感觉到自己有些疲倦。沃克和他的朋友要休几天假，如果他们要出门可以让他们顺便拜访一下你们，真是太好了。艾尔是我其中的一个最好的朋友，去年秋天我独自一人来到这儿的时候，我和艾尔相处得很愉快，当我不争气生病的时候，是他一直在照顾我，其实我们之间还有很多这样的事情。医院和健康委员会之间发生了一系列的激烈的冲突，我就此问题写一些东西表示支持还作了一些相关的具体的调查。事情真是糟糕得让我简直难以置信，在医院中居然能有两千例天花感染患者和一位脑膜炎传染者，医院中没有却不能提供抗菌剂。医院中也没有拍摄 X 光片的化学药剂，在过去的四个星期里骨折的病人和中弹病人，他们的治疗方法是没有使用 X 光。再加上自从 1 月 18 日就没有酒精了，而让我们无法想象的是委员会的一些理事们居然在一年之间贪污了 27000 美元。前天晚

---

① 卡尔是海明威的妹妹的昵称；他的妹妹桑尼回忆说，卡尔称呼自己为迪，然后是迪鱼，再然后是蜂鱼，直到最后她的真名好像是比菲。

② 弗雷德里克·加德纳（1869—1933），1917—1921 年任密苏里州的市长。

上我和兰驰先生①给《星报》的晨报时报的主编们开了个会，于是他决定支持正义反对委员们的行为，艾伯特·金、史密斯·比姆和我同样也参与了进去。我负责采访和调查医院，搞清楚那里的贪污行为，金在下午搞清楚市政厅，史密斯负责健康委员会办事处的工作事情。在上周每天我至少编辑半个专栏，我想他们已经被我们弄得焦头烂额非常急躁了。

我一直在忙现在这个事情。我来获取并证实这些危险的事实而又希望免于被起诉诽谤，这就需要我们做大量的调查工作，这是为了公平。

到现在了我不得不说再见了，我最后向爸爸和孩子们问好，尤其是娜博斯，您要向他们每一个人带到我的问候呀。

爱您的
欧内

致马赛琳娜·海明威
堪萨斯城，密苏里州
1918 年 3 月 2 日

亲爱的斯维斯特②：

海明威向你们所有人问好。你们最近过得怎么样呢？还有山

---

① 大卫·奥斯汀·兰驰（逝世于1948年）1902年担任《堪萨斯城星报》的戏剧编辑人员，同时担任《堪萨斯城星报》的早报的编辑任务，1911—1922年他出任报社记者（1922—1928）并从1928年开始担任《星报》副主编直到去世（菲利希亚·哈德森·隆德黑和大卫·奥斯汀·兰驰，《迷人年岁：美国剧院交叉口的堪萨斯城，1870—1930》哥伦比亚：密苏里大学出版社，2007）。艾伯特·金和史密斯·比姆是《星报》的记者而且两人是同事。

② 可能是意大利语中的姐姐。

姆①他还好吧？我可要提醒你千万不能嫁给山姆，因为我认为世界上有许多比他更好的男人，你一定要考虑清楚，比如说海明威我觉得他就不错，我觉得未来的姐夫应该是我这样的人或者是更好的人，或是个很高级别的大人物，或者是个真正的好人。我听到了你的呼喊，但你的弟弟，虽然只是一个年龄很小的孩子，但是他却自己离开家来到这个地方并且见过各色人种等，所以他的意见是值得考虑的，事实上我是知道的他经历过很多，我这并没有和你开玩笑啊，所以我一再告诉你对于山姆你要三思。我已经了解了他的出身，当然了如果他喜欢并爱上了你，那么他从中肯定能得到很多好处，这是我预料到的情有可原。但是你好好看看有许许多多比他更好的人呀，我还是希望你能够接受我的意见吧。其实我在所有的信上都是这么写名字的，但是把海明威这个名字完整地写下来真的是太费时间了。你知道吗？他最近可忙了。伟大的海明威谈恋爱了！他爱上的不是别人正是梅马素。我知道你和山姆都见过她。如果真的能成为海明威太太的话我将会快乐无比，我觉得这就是谈恋爱的感觉，我一直在想，或许某一天她也一定会爱我爱得无法自拔。你和山姆觉得我这个亲爱的小叛徒②怎么样呀？我从来没有见过她以前男朋友，所以我也不知道自己是否达到她心目中的标准，即使我不怎么样也没关系，因为这对我来说区别不大。你告诉山姆我和她在恋爱了吗？还有你曾经见过她吗？你知道他都说了一些什么呀？那么你把这个好消息告诉大家了吗？你如果对他们说了，他们都什么反应呀？你如果推测我和马素的关系会像迪克和格雷姆那样如胶似漆、永不

---

① 山姆·安德森、马赛琳娜的朋友，在1918年写给海明威的信中她多次提到这个人。（桑福德·马赛琳娜：《与海明威的五十年通信》）

② 无声电影（1918）演员梅马素和伊斯特科特·林肯（1884—1958），在他这封信的后边他称呼马素《玛丽瓦尼尼马素》为玛丽 M.。

分离，那我在心里一定会感激你的。^① 尘归尘，路归路，总之我相信你总会找到志趣相投的另一半。^② 我已经说了这么一堆废话了。我告诉你，我将去意大利的一个美国救护服务队里服役然后在那里担任救护车司机，你要相信这是真的。

替我向家里人带去我的爱和问候吧，但不要告诉他们我告你的秘密啊。不然我的家人可能会担心我而且我可能过一段时间才去那里的。我觉得吧，不管怎么样只要有个地方可以服役就是一个很大的解脱。我希望尽快地进行急救服务，但是却很快地被他们拒绝掉了。其实你看是这样的，急救服务中只有五个工作的地方，可是我的电报却莫名地排在了第六位。所以我和大泰德·布鲁姆巴还要等消息，而他在恩河开过六个月救护车。^③ 圣路易斯警察局告诉我说我们的服役要求居然被他们接受了，得知后我很高兴，但意外的是他们居然回复给我们的是一封空白的电报，他们觉得我们什么时候能派上用场才会通知我们去服役。我知道一等中尉可以有很多佣金和一套意大利军官军服，再加上可能每月给50美元的零花钱，怎么样，待遇不错吧。我觉得吧，现在你要以你的名誉发誓，这件事情不告诉任何一个人，因为这是保密的一个事情，因为我不想被他们拒绝。我现在正在努力学习法语和意大利语，同时我也已经学会了开救护车，是不是觉得我很厉害吧。再次回到原来的话题上

---

① 乔治·格雷姆、马赛琳娜的同学，和马赛琳娜的好朋友露西尔·迪克很亲近。马赛琳娜在1918年5月11日告诉海明威说，露西尔和乔治一直如胶似漆，可是到了8月25日格雷姆就被迪克从住所里赶了出来。（桑福德·马赛琳娜：《与海明威的五十年通信》）

② 很多蓝调歌曲中都出现过大众歌词，以华盛顿汉戴的圣路易斯蓝而出名（1916）："我说了：路归路，尘归尘。如果我的蓝调不足够吸引人，那么我的爵士一定行。"

③ 因为视力差所以海明威被美国陆军队拒绝他的服役要求。但是美国红十字会却不因他视力差而接受了，海明威和布鲁姆·巴克，然而布鲁姆·巴克在一次高尔夫事故中失去了一只眼睛。位于法国东北部的埃纳河是第二次埃纳之战的主要的战场（4月16日—5月9日，1917），在这次作战中法国进攻失败。布鲁姆·巴克在1917年7月到11月之间在法国的一个美军战场的救护队中担任了救护车司机。

吧，难道你觉得玛丽梅不是个奇迹吗？呼呼……哦，天哪！布鲁姆·斯提因，大兔比①和魁梧的黑克斯他们都在嫉妒我，怎么这难道不公平吗？戴尔·威尔逊还没有从五大湖出发呢，我希望你能好好招待他，可以吗？但是因为他们现在都很忙，所以把他这行程就给耽误了。我真心的希望明年夏天能亲自去一趟北方，当然了，可能会去也可能不去。

你一定要快点给我写信哪！最后祝你好运，阿门！

这是伟大的海明威专有的名字哦。

老布鲁特

这封信写在信纸的背面，信纸的信头是"米勒巴池宾馆，这个宾馆位于巴尔的摩大道和第十二街，堪萨斯城，密苏里州"，这封信是寄给"马赛琳娜·海明威，315 阿世兰德大道，芝加哥，伊利诺伊州"，该地的地址是教会训练学校，她在那里上学。

致克劳伦斯·海明威

米勒巴赫饭店，巴尔的摩大街，12 号街道，堪萨斯城，密苏里州

1918 年 4 月 6 日

亲爱的爸爸：

你还好吗？非常感谢你寄来《橡树叶》《飞人报》和《塔布拉》，但是我只有 18 岁什么的那些说法是怎么回事呢？这让我很

----

① 对诺曼·威廉姆的昵称，他是海明威在《星报》工作时的同事和朋友。

恼火，我希望你没有这么做。① 这就是当今的局势。我来这儿已经七个月了，可是近期发现我赚的钱已经不够花了。看，活人的开销多大啊。我只是个不到 19 岁的孩子，还有过那种十分奢靡的生活。在一个每个员工都有比我多出三到十年工作经验的公司里，我不得不特别努力地工作，而且我做这件工作已经有三年了。凭着一点好运和那么一点点天赋，我现在可以玩转这个工作了。其实，我分到的工作比那些大我 3 到 8 岁的人所分到的工作还好。从他们对我稿子的审核来看，我做得很好。现在我每月净赚 75 美元，纳尔逊老板规定，《星报》员工每年涨一次工资。② 如果我在这儿继续待到明年 4 月 1 日，我的工资会再涨 15 到 20 美元，最多每月可挣 100 美元，我还有机会去达拉斯，每周 30 美元；去托皮卡，每周 30 美元；去圣路易斯，每周 30 美元；也可以给美国新闻报做编外记者，每周 25 美元；公司里的每个人都说我待在这儿是一个愚蠢的决定。因为我有宝贵的经验，有优异的工作记录，也揭露过那些被强烈谴责的事情的真相。老爸，现在我很累，以至于晚上失眠，头晕眼花。

我的体重持续下降，每天都感到特别累，我感到身体和心理上的双重疲惫，老爸，没有人能比我更了解这种感觉了。就像我在大学里在七个月中连续经历一系列繁重的考试，就是这种感觉。责任，精确，数千美元取决于你报道的精确性和真实性。中间一个字母的错误也许就会引发诽谤诉讼，我一直在这种巨大的

---

① 1918 年 4 月 6 日《橡树叶》报道，海明威被要求在大罢工的前一周在密苏里国家警卫队第七步兵团服役，他似乎认为是他父亲提出了这个有异议的说法，那就是，虽然他只有 18 岁，他却是《堪萨斯城星报》的优秀记者，同时《堪萨斯城星报》是美国新闻业内人士一致认为的最好的新闻日报（《海明威在堪萨斯城》）。海明威用 "Trap" 表示《飞人报》和《橡树园高中》。

② 威廉·罗克希尔·纳尔逊（1841—1915）创建《星报》并一直担任编辑和发行人，直到去世。

压力下工作。①

有时候真的会感到精神上的疲惫。半个专栏的故事，每一个名字，每一个地址，甚至每一个大写字母都要核实，文体要好，可以说要完美，所有的事件都要按着正确的顺序排列，使故事可以经得住推敲，十五分钟之内完成，你得一次写五句话，才能赶上这期印刷。在电话中得到一个故事，你得牢牢记住每个细节，就像它在你眼前发生一样，然后迅速冲到打字机旁，一口气写满一篇。其他十几台打字机也在运作，老板训斥着某个人，你一写完，就有人从你手中抽走稿子。不知道一个人能持续这种生活多久还不发疯。或者是从周六上午八点一直工作到周日凌晨一点，然后累得睡不着。老爸，我来这七个月了，以前在这一行中，从没有做过比五或十小时编一个故事更紧张的工作。

我需要度假，不然我就要崩溃了。所以 5 月 1 日，我要沿着艾奇逊—托皮卡—圣菲铁路去芝加哥。② 如果你们同意，我很想在橡树园待几天，再看看你们还有我的老朋友们。但我最多只能待两天，之后继续向北，在其中写作、钓鱼，让我高度疲惫紧张的"双六大脑"休息休息。③ 休息好后我就会回去。我随时可以回《星报》，也许能赚更多钱。也许他们会因为旧的潜在的束缚政策而不给我加薪，但是还很多可以给我合适报酬的报社。现在是最缺新闻记者的时候，任何一个有工作经历的人可以去国内任何一家报纸，直接上岗工作。下一次征兵之后，会更加缺人手。我不是在告诉你我自己的观点，而是陈述一个事实。

---

① 在这句话的末尾，海明威画了一个圆，并在信纸的右边写着"插入"。接下来的一段是他在另一张纸上打印的，题为"插入"。这段话按照海明威所写的顺序出现在这儿。

② 艾奇逊—托皮卡—圣菲铁路，连接了堪萨斯城和芝加哥。

③ 海明威把他的大脑比作一个派克双六汽车。派克双六汽车于 1915 年被引进美国，以其具有变革性的大功率 12 汽缸发动机而得名。

我和你说我有能力在其他报社工作，我想举一个人的例子，《泰晤士报》的编辑，霍普金斯，《圣路易环球民主报》的社长曾说我什么时候想找工作都可以去找他。① 我给《飞人报》写文章，听起来有点无奈，但是为了生活，我必须这样，因为我已经到了自己养活自己的年龄了。就是这样，我之所以没有告诉你这些，是因为我觉得我现在有点小名气，但是你也看到了现在的这种情况。

老爸，我希望在 5 月 2 日看见你。祝你好运，谢谢你的报纸。给我回信吧。

欧内

附注：我会很快给妈妈写信。

致克劳伦斯·海明威
西部联盟
1918 年 5 月 19 日

海明威医生：

我为自己没有订婚、结婚或者离婚而欢呼！这是真的，开个玩笑到周三。②

欧内

下午 3 点 45 分

---

① 海明威的大学老师，诺曼，"矮胖的"威廉，近期去过《圣路易环球民主报》，也许在那里获得了工作。

② 克劳伦斯回复 5 月 19 日的来信："半个小时前接到你解释这个玩笑的电报可以使你的父母安睡五个晚上——很高兴收到它，希望你已经给你母亲写信了，她的心差点碎了。"

致海明威一家人的信

海上

1918 年约 5 月 31 日和 6 月 2 日

亲爱的人们：

好吧，我们在接近登陆港口且正在进入广为人知的潜艇区①，所以我把这封信寄出去。这样你们无论如何都会收到一封信。很高兴想到这不是别的什么，这是世界上最破旧的通道，所以它可能向你们揭示一个军事秘密，但这是事实。现在想想世界上最差劲的船是什么，你就会知道我在什么玩意儿上了。我们遇上了两天的好天气！温暖平静，非常舒适的清风！令人愉快的海洋天气。后来我们遇到了扫荡了整个餐厅的暴风雨，我本来要报道这顿饭一切很好，直到我看到邻居喊叫着，突然折向门口，然后海风那细微的力量变得那么大，我想跑出去。不过我们经历了两天暴风雨以至于我们的船颠簸摇晃着！颠倒摇晃，大幅度地转圈摇摆，我晕了四次，创纪录了吧！你们大家包括大块头艾沃瑞和远近闻名的黛西好吗？②特德，我和豪厄尔·詹金斯待在一起过得很愉快。暴风雨已经停了，前两天天气已经晴了。

和我们在一起的还有两个波兰中尉，分别是考特·加林斯吉和考特·霍茨纳两个波兰军官，虽然不是那样拼③，不过他们都

①"芝加哥"号船开往波尔多港口。来自德国潜艇的袭击危险随着运输船接近欧洲而增加。

②欧内斯特·海明威的弟弟莱斯特·海明威的昵称。

③两个波兰军官，安东·加林斯吉和利昂·乔希尔诺维兹，是欧内斯特·海明威热门"一战"小说《同你一起》开篇里的人物，铅笔原稿日期为 1925 年 6 月 15 日（菲利普·史密斯和查尔斯·W.曼，《海明威手稿清单》大学公园：宾夕法尼亚州立大学，1969 年）。该作品 1972 年以《登陆前夜》为名首次发行。（《尼克·亚当故事集》）。

是花花公子，我和他们在一起的这一段的时间我发现我们和波兰人还是不一样的。他们邀请我们到巴黎探访，我们将会开个盛大的宴会。从现在算起来，四天后我们将要登陆。我会在我们的港口寄出这封信，它将是我从那里寄出的唯一一封信，所以不要担心，我们在又小又旧的戈森村度过了一段快乐时光①，获得批准去百老汇大街。红十字会把我们照顾得很好②，当时我们在那儿不愁吃穿住行，基督教青年会恰好在这里，当他们在家时你知道那意味着在船上，也有几个黑人在基督教青年会。③ 哥伦布骑士会④有几个代表在船上，他们好像很多人似的。特德、潘金斯⑤和我前天进行了第二次接种，我的胳膊现在几乎过度劳损。我们现在只剩一次接种了。我们将在法国或者意大利接种。每一次接种都让我觉得自己病得很严重。他们比我在学校得伤寒的概率高三倍。刚刚看到一艘美国大型巡洋舰驶往国内，我们给它拍照，还发出了许多信号旗。这是我们进入大西洋以来见过的第一艘船。晚上当波光粼粼的海浪从弧形堆叠时，抬头看天空觉得非常美好。海浪也发出凌乱的光辉，当它猛烈时，浪峰四溢就像营火的印记。我们看到几个波波斯和许多飞鱼。一个早起的家伙宣称瞥见了一条鲨鱼，但是我们都持怀疑态度。

　　船上的伙食很好，但是我们一天只吃两顿饭，上午十点一顿，傍晚五点一顿。你如果想要的话，可以用咖啡和压缩饼干当

---

① 纽约市。

② 红十字会（法国）。

③ "一战"期间基督教青年会雇用 25000 多工人向欧洲的美国军队提供士气支持和福利服务。服务包括外科手术中心疗养和宗教服务，向士兵提供消遣，在后方直接建立餐厅，以及救济战俘和难民。基督教青年会当时获得很高的道德声望，而欧内斯特·海明威却认为这一机构的管理不科学（雷诺兹：《年轻的海明威》）。和当时的许多机构一样（包括美国武装部队），基督教青年会机构内部种族分裂很严重。

④ 与红十字会和基督教青年会一样，哥伦布骑士会是 1882 年建立的一个罗马天主教会兄弟会机构，也在"一战"期间向士兵提供物质和精神服务。

⑤ 特德·布鲁姆·巴克和霍尔·潘金斯。

早餐，但是这种早餐并不值得我们早起。最新消息说，我们离开巴黎后先向总部前进，然后奔赴前线，替换那些该换下来的小组。六个月从我们开始开车的那天起，我们可能正好在冬天时战斗。给我寄的信转到美国驻意大利米兰领事处，意大利救护服务部，或者美国红十字会。

爱你们的

欧内

附录：6月2日

我们明天到达港口，途中没什么新鲜的。我将在巴黎写信，给我写信就向我米兰的那个地址寄信。

爱你们所有人

欧内

致海明威一家

佛罗里达旅馆，林荫大道12号，巴黎

据推测 1918 年 6 月 3 日

书信由此开始：德国人对法国进行了炮击，人们理所当然地接受了这些炮弹，几乎对德国人的到来没任何反应，我们在早饭后听到了第一声炮响。除了沉闷的隆隆声之外什么也没有（就像在萨米特的爆炸一样），我们没有办法知道它攻击了哪里，但它离得一定很远，白天又相继有几声炮响，但是炮声一直没有引起恐慌，甚至没有引起人们的注意。但是，四点的时候，从远处传来一声巨响，差不多有 100 码远。我们想去看看它落在了哪里，但是一名英国炮兵军官告诉我们，它至少落在了一英里之外。

今天下午，特德和詹克斯（爸爸您曾经在车上见过他们）走遍了荣军院旅馆、拿破仑馆。在那儿，他们参观了一个展出缴获的敌军大炮和飞机的展览。这个展区有几英亩大。我们在两辆老旧的、被当作出租车的圆柱形巴士里走遍了这座城市。你可以花一法郎开一个小时。我们走遍了所有的景点，有香榭丽舍大街、爱丽舍宫、罗浮宫、荣军院、凯旋门等。我们的宾馆正好在协和广场，玛丽·安托瓦内特和西德尼·卡特就是在这里被砍头的。巴黎是一座伟大的城市，但是她并没有波尔多富有奇趣。一旦整场战争结束了，我打算去流浪，走遍整个法国。我已经习得了许多法语，说得也相当不错了。我不知道法语长什么样子，怎么写也不知道，但是我说得不错，读得也轻松。在船上所有的乡下的男孩和女孩都只说法语，这是一个很好的学习机会。特德、詹克斯和我一起度过了一段愉快的时光。今晚，我去了巴黎的富丽伯格。我戴着我看起来有点傲慢的帽子和武装带，活脱脱就像个美国富翁。我们明天周二晚上去米兰，去看看贵族们的生活。

回信时寄到米兰。

爱你们的

你们的儿子

欧内

附注：感谢上帝从基督教青年协会写来的信。

致露丝·莫里森①

米兰

1918 年 6 月下旬 ~ 7 月上旬

亲爱的露丝：

村子里一切还好吧？我现在在大约 100 万千米远的地方想起去年的这个时候，我们刚毕业的日子。如果我在去年读到这个可恶的预言时，就有人告诉我，我将会坐在距皮亚韦河 20 码远的前线的战壕里，听着这些小东西在空中到处嗖嗖叫和一些大东西的隆隆声，并且时不时地就有机关枪扣动扳机的声音，我会说，"小憩一下吧"，这么说有点复杂，但是我想说的是，我是一个多么糟糕的预言家啊！

你看，我现在在意大利军队位至索托陆军中尉或者陆军上尉了。而且，我又回到了克罗齐罗莎的美国救护队服务，暂时在这里干点事情。② 别告诉家里人，他们会想象我开着一辆福特穿过索文峡谷的画面。

我暂住在距离奥地利前线 1.5 公里的一幢房子里。有 4 间房，分两层，每一层各两间。有一天，一个炮弹滑过了屋顶，现在还有 3 间房了，上层一间，下层两间，我住在上层的另一间。意大利的枪炮声回响在我们身后，整个夜晚的隆隆声消散不去，我现在想做的是跑向一个隐蔽的地方。我把巧克力和香烟分给了伤员

---

① 海明威的四个名为露丝的同学之最有可能出现在本文中的露丝·莫里森应该是海明威在《阶级预言》（于 1917 年 6 月发表在《高级版》，之后由布鲁克林杂志《学徒》110 - 17 重印）中提到的曾经参加了女子步枪俱乐部的两个露丝之一。

② 在山中战斗了几天之后，海明威和其他驻扎在斯其奥救护车司机们志愿在皮亚韦河前线附近为战士们提供伙食。

们和在前线战斗的士兵。每天早晚，我背着干粮，戴上我的锡做的盖子和防毒面具，在战壕里吃点东西。我过得很愉快，只是这里没有美国同胞，我很想念他们，我几乎都快忘了英语怎么讲了。如果加农或者老洛夫伯格能听见我整日地说意大利语，他们估计得从坟墓里爬出来。我看到一个率真而又纯洁的美国女孩走过，这幅画面让我感到些许孤独。我愿意用我缴获的奥地利自动式步枪、德国式头盔，用所有这些得到的废物和我被卷入战争的际遇来换得和她的一支舞。

如果你想写点东西给我，请按照信封上的地址寄过来，信就会被转交到我手上。露丝，如果你知道我在奥克帕克镇认识的人有谁想要写信给我，或者通过其他渠道了解到有人想要给我写信，代我告诉他们，我一定会尽快给他们答复。自打我6月4日来到这里以来，还没有收到一封来自美国大陆的信。

下午，我爬到山顶，俯拍了一些皮亚韦河和奥地利战壕的照片。

如果照得不错的话，我会送给你一些。到吃饭的时间了，我也觉得有点饿了。

所以，你知道我说再见的时候总是习惯小题大做；所以，我还是赶紧开溜吧，就让我的这封信陪着你吧。

欧内

致克劳伦斯和霍尔·海明威
米兰，意大利
1918 年 7 月 14 日

布伦巴克写道：

亲爱的海明威医生：

我刚从美国红十字会医院看欧内斯特回来。他康复得很快，医生说再有几个星期，他就能痊愈了。尽管有 200 多片弹片嵌在他身体里，但是都位于腿部。只有几片比较大的弹片嵌得比较深，其中最严重的是位于膝关节的两片和右脚上的两片。所幸医生说这些伤对他痊愈没有什么影响，欧内斯特的两条腿都能完全保住。

既然我已经告诉了你他的情况，我想你一定想知道这件事情的原委。如果我说了这件事，你一定会为你儿子的行动而感到自豪。他将会获得银色英雄勋章，这枚勋章的确分量很重，相当于军事勋章或者说是相当于法国军队的荣誉奖章。

欧内斯特受伤的时候，他没有像往常一样待在救护队，而是在红十字会里负责往前线提供伙食。欧内斯特和其他几名我们区的救护车司机所在的山区工作并不多，他是志愿到皮亚韦河去负责伙食工作的。此时，意大利人正全力投入抵御奥地利人进攻的战斗中，因此，他能看到所有想看到的行动。

欧内斯特并不满意在线后提供伙食的日常工作。他认为自己可以做得更多，比如他可以去战壕里服务。当他告诉意大利司令他的愿望时，他们给了他一辆自行车，他每天都会骑着自行车到战壕里，给战壕里的意大利人送去巧克力、雪茄烟和明信片。那里的意大利人已经熟悉了他微笑的脸庞，总是找这位"年轻的美国小伙"。

六天过去了，一切都很好。但是在第七天半夜，一枚大型的迫击炮差点击中了正在战壕里分发巧克力的欧内斯特。这次爆炸的巨大冲击让他当场失去了意识，激起的尘土几乎将他掩埋。在炮弹和欧内斯特之间有一名意大利人当场死亡，几英尺远处的另一名意大利人也被击中了双腿，还有一名意大利人受了重伤。欧内斯特恢复意识后，挣扎着直起身对这名受了重伤的意大利人实施急救。他说他不记得自己是如何做到的，还是第二天一名意大利军官把这一切告诉了他，并告诉他他们投票决定为欧内斯特这次行动给予英雄勋章。

作为一名美国人，欧内斯特当然会接受最好的药物治疗。他只要在前线医院再住上一两天就会被送至米兰的红十字会医院。在那里，会有美国来的护士照顾他，他会是这家医院第一批患者之一。我从来没有见过比那家医院更干净、更整洁、更优雅的医院了。你可以放心，他正在欧洲接受最好的医疗照顾。你也不用担心他的未来，欧内斯特告诉我，他想要继续坚持他在救护队的日常工作，用他的话来说，就是"和在家里一样安全"。

写完了刚才的那几句话，我又见到了海明威。他告诉我医生刚刚见了他，要求为他再做一次仔细的检查。检查结果表明他的关节没有受伤，骨头也没有断，只是所有的碎片都嵌在了肉里。

这封信寄到的时候，欧内他应该已经回原来的区了。他自己没有写信，是因为他的手指里也嵌入了几个碎片。目前我们已经收集了从欧内腿里取出的弹片，打算把它们做成戒指。

他说他很快就会写信的。他要我向你转达他对老艾沃瑞、小布鲁特、乌拉和小孩子们的爱。

请把我的爱也包括在内，虽然我没有欧内斯特的那种快乐。告诉海明威夫人，在芝加哥的时候没有去见她，我感到很抱歉。

真诚的

希欧多尔·B.布伦巴克

欧内斯特·海明威写道：

亲爱的家人们：

我一切都好，我爱你们！爸爸妈妈我并不像赛奥多说得那么了不起，请别惦念我。

爱你们的

欧内

嘘！真的不用担心我，爸爸。

致詹姆斯·甘布尔

美国红十字会医院，米兰

1918 年 7 月 31 日

敬爱的上尉：

您好，目前前线没有最新的消息可以报道。但是在后方，一切都已经和解，绷带也已被拆除。我们仍被允许向左右两翼报告有力的改善方法。卡斯提尔（拼写没有得到证实），一名来自马吉奥莱的外科医生今天过来了。据他说，我必须再等上两个星期才能进行右膝盖和右脚的手术。这个消息有点令人沮丧，这意味着我还得卧床一个半月。他用意大利语告诉我右膝盖关节开刀是非常危险的，必须要等到没有任何感染后才能进行。所以我最好还是再等上两个星期。

如果你查看右边页面的空白处的字迹，你会发现它们看起来有点像自由体诗，是吧？

通过附件上纽约《时代》杂志第 9 期的报道，很明显可以看见卡盟弗雷格队长正在登上大城市的版面。顺便问一句，他还在做他的三项运动吗？现在的米兰和你的家乡萨巴斯一样安静。西莉和我已经认真地阅读了 1916 年和 1917 年的《描写者》。我们吃饭的时候经常会讨论一些片段，并各自持不同的意见。在意大利北部，我已经成为公认的丝绸面料的权威。西莉马上就会发表关于女性内衣的学术专著。我觉得命名为《我所见到的女性内衣》比较不错。说正经的，上尉，我十分感激您为我所做的一切以及在我受伤时对我无微不至的照顾。对于您的感激难以言表。

请向德维尔和在文森佐的人们表达我衷心的爱。

您热诚的

欧内斯特·M.海明威

致格蕾丝·霍尔·海明威

米兰

1918 年 8 月 29 日

亲爱的妈妈：

有些日子没给您写信了，因为我没找到纸。我这副老骨头还不错，我的左腿已经完全愈合都能打弯了。现在的我已经可以在屋里的地板上拄着拐走来走去了，但是一次只能走一小段路，因为身体还是比较虚弱。右腿的石膏板几天前就拆掉了，但还是感觉右腿像木板一样僵硬，有点酸痛，可能是右膝关节和右脚开刀的缘故。米兰最好的医生——萨姆里医生听说纽约梅①的贝克医生去世了，他说一切都会好起来的。关节每天都在康复，我想我

---

① 卡尔·贝克（1856—1911），纽约著名的德国籍外科医生，是一名呼吁将 X 射线应用于医学的先驱。威廉·J（1861—1939）和查尔斯·H.梅奥（1819—1911），在明尼苏达州罗契斯特市建立了著名的梅奥诊所。在第一次世界大战期间，两兄弟投身美国军队民疗服务，轮流担任美国军队外科医疗服务高级顾问。他们的工作地点主要在华盛顿特区和罗契斯特展开。

很快就能走动了。

我附了一张我在病床上的照片，看起来我的左腿就像一个假肢一样，因为它没有弯所以看起来才像那个样。

这里的人对我很好，所有的美国人都特别关心我。尤其是已经在这里生活了几年的斯图克夫人，对我的好真是难以用语言来表达。她借给我书、还请我吃蛋糕和糖，她的女儿一周来看我3次。她很善良，现在她正在给你写信告知我的情况。还有一位西格尔夫人，她是个和蔼的犹太老人，也来看了我很多次。52岁的恩格尔菲尔德先生是一名海军上将的弟弟，他在意大利度过了青年时期，他收留了我。他是个很有趣的人，似乎非常喜欢我，从古龙水到纽约报纸，几乎什么东西都会给我带。一位来自印度好心的天主教传教士，也经常来看我。我们会和老侦察员马克·威廉，一起闲聊很久。时不时还有不计其数的好心的意大利军官朋友们来看看我。布伦迪中尉是位出色的艺术家，他还给我画了一幅肖像，这真是个不错的纪念品！

妈妈，你一定不会相信，我现在意大利语说的就像一个土生土长的米兰人。我以前在战壕里跟大家交谈经常用意大利语，所以我学了不少意大利语。我现在已经能用意大利语和军官们谈上好一阵子了，虽然我的语法学得不好，但是词汇量已经不少了。

我已经为医院做了许多次翻译了，一些人不理解护士们的意思，就跑来我的床前问我，然后我直接就帮他们翻译出来了，这里所有的护士都是美国人。① 这场战争让我们不再那么愚蠢了，例如，波兰和意大利的军官是我见过的最善良的人，现在对我来

---

① 有几名护士来自美国（包括露丝·布鲁克、洛诉塔·卡瓦诺、夏洛特·赫里曼和艾格尼丝·冯·洛斯吉），艾尔希·麦克唐纳来自苏格兰，护士长凯瑟琳德隆来自加拿大。（巴克威尔·查尔斯出现在《意大利的美国红十字的故事》；卡洛斯·贝克出现在《海明威的生平故事》；威拉德和纳格出现在《爱与战争中的海明威》）

说已经没有了那些"外国人"的概念。如果你的朋友们说的是另一种语言，那么为了不让彼此之间有隔阂，你最应该做的就是学习语言。目前我的意大利语已经说得相当不错了，我还学到了点儿波兰语，我的法语水平也提高了很多，这比上十年大学都好。就算我在大学里学习八年，可能也比不上现在知道的法语和意大利语多。战争过了之后，会有许多朋友来芝加哥看我，我得好好准备接待他们，这才是最好的事，我在这儿交了许多朋友。当你每天都目睹着死亡的时候，你便会明白朋友的价值。

我不知道什么时候能回来，或许是圣诞节的时候吧，也或许不是。如果我回家的话就不能参加陆军或海军了，他们是不会让我入编的。这里之后一盏破灯和两条坏腿，所以我还是在这再待上些日子吧。

妈妈，我再一次陷入了爱情。所以现在您不用再害怕和担心我会不会结婚。因为我不会不结婚的，就像我之前告诉您的那样。我举起右手向您保证！所以您不用再给我发电报和写信，我现在还不想订婚！欢呼吧！所以，别再说"上帝会保佑我的孩子的"那样的话了，至少十年都不用。

我还是您亲爱的儿子，您还是我最喜欢的姑娘！亲吻我吧。很好，再见了！上帝会保佑你的，你要经常写信给我。一周前，我收到了您在 7 月 21 日写给我的信，您还常给泰勒寄去我的信。爸爸寄了两捆报纸给我，我非常感激他。我还收到了祖父和泰勒叔叔寄来的钱，我打算用这些钱去买装饰着北投石铃铛的钻石。

> 您永远的儿子
> 我爱您
> 欧内

克劳伦斯在日期处写上了"1918"并且在"美国红十字会医院"下补充了"米兰，意大利"。

致亨利·威拉德①

米兰

1918 年 8 月

亲爱的亨利：

我刚想去你的房间，就被至少六个护士给抓到了，他们提醒我现在被隔离，不准我离开房间。但是亨利，我为什么有这么多钱？你感觉如何？贝克和我的那些行李怎么样了？我给了贝克100 份阅读材料，让他和爸爸、科纳普一起看。②这就是这些钱让我感到奇怪的原因。虽然克罗塞并不美，但是这里永远都有欢乐，我很高兴所有的伙伴们都被拉来了，想想你自己的脸颊被各亲一下的快乐。在和医生交谈了很长时间之后，昨天，医疗公告出来了，我患有文森特阿吉纳病。③我不知道文森特是谁，也不想知道，但我还是在黑暗中被他的阿吉纳扯上了关系。如果是败血症的话，或许会更容易被诊断出来。还有，你的奖章落空了吗？

---

① 这封信的接收人很有可能是亨利·S.威拉德（1900—1996），曾经就职于红十字会医疗队1区，由于患黄疸和疟疾在 1918 年 8 月 1 日进入红十字会医院，住在海明威隔壁的房间。这封信之后有一个签有"亨利"回复，回复里还提到了他们在红十字会医疗队共同的朋友布鲁姆·伯克和甘波尔，说道："甘波尔说他在努力追求银色奖章，很快就可以的。"威拉德在 8 月 23 日回到前线，只是之后再也没有见过海明威。（威拉德和纳格出现在《爱与战争中的海明威》）

② "贝克"可能是指在 1 区和 4 区服务的麻姆斯贝克，也可能指的是在 4 区服务的艾德温·H.贝克。"爸爸"可能是 4 区的 G.W.哈里斯，由于他是一名较年长的志愿者，所以大家称他为"老哈里斯"（布鲁姆·伯克致海明威），1918 年 9 月 1 日，纽约哈里·K.科纳普在 1 区服务。

③ 也称为"战壕嘴"，一种因细菌感染引起的牙龈和嗓子炎症，在第一次世界大战期间的流行病。以法国医生尚·雅辛托·文森特（1862—1950）命名。

看见这张纸后在"亨利情况表"上给我几句回复。

希望你好点儿了。

海姆

致厄休拉·海明威

米兰

1918 年 9 月 16 日

亲爱的乌拉：

你快该去学校了，是吗？我呢，现在在床上，还有二十天左右就能出院了。我很高兴能收到你的信。别让他们在植物中用臭虫了，你的意思是动植物。

你现在还是老伤那些二年级学生的心吗？替我转达对金妮和玛格丽的爱并告诉她们我很快就会给她们写信的。因为她们都给我写了信。替我问候西①和丘比。

还有，替我亲亲。

你哥哥现在已经是一名全权的一级中尉了，所有的二级中尉见到他都得向他行礼。所以，你再给老布鲁特写信的时候，请称呼他为中尉。这个想法不错吧，嗯？

他的袖口有两条金杠束着棕色皮带，马上就要有自己的职位了。

希望你一切都好，早点给我回信。

我爱你们，娜伯斯、娜伯恩和黛西。

欧内

---

① 可能是伊莎贝拉·西蒙，橡树园高中三年级学生，海明威在橡树园的邻居。

致海明威一家①

米兰

1918 年 10 月 18 日

亲爱的家人们：

今天我收到了 9 月 24 日的来信和照片②，我真的很开心能收到你们的来信。照片简直太棒了，我猜意大利的每个人都知道我有一个好朋友。如果你们想知道我有多欣赏这些照片，你们可以给爸爸送去。包括你们自己、孩子、我们家还有海湾。它们都是非常棒的素材，我想每个人都希望见到照片里的其他人。

爸爸说起了他，如果我能在美国一年赚 1.5 万美元。战争结束之前我是不会回家的，这就是我们所在的地方。所有我们这些红十字会的人都会一致选择不去登记，因为回家是一个愚蠢的选择，红十字会是一个必不可少的组织，他们只会从大陆派更多人来维持机构的运行。你知道的，在我们被取消军队服务资格之前，我们从来没有来过这里。我现在回家的话是有罪的，我的眼睛不好，在我离开大陆之前我就被取消了在军队服务的资格。现在我的腿和脚也受了伤，这个世界上再也没有一支军队会接受我了，所幸我还能够在这里服务，只要我还能跛行着向前，战争还在举步维艰地进行，我就会在这里一直待下去。救护队里没有逃兵，哪怕我们中已经有一人牺牲，还有一个人受了伤。在前线负责运送食品的工作，你知道自己和战壕里的其他人有同样的机

---

① 皮埃尔·L.斯多姆和他的家人是橡树园第三届公理会教堂的成员。

② 在克劳伦斯 9 月 24 日写给海明威的信中，他附了一张卡罗尔和莱斯特在朗菲尔德庄园的照片。还有一张莱斯特坐在韦斯利迪尔沃思家的发动机上的照片。

会，所以良心不允许我在留下来这件事上犹豫。

我当然想回家去见见你们每个人，但是在战争结束之前我不能这么做。时间不会很长的，也没有什么好担心的，我最终不会颠簸着回去的。伤口不是问题，如果再次受伤也没有关系，我已经知道了受伤的含义。你会知道，原来自己能承受如此之多。受伤会给你一种相当满足的感觉，这不是一个被打败的好理由。这场战争中没有英雄，虽然我们把我们的身躯贡献出去了，但只有很少的一部分会被选择。其实这些被选择的人不应该得到特殊的赞颂，他们只是幸运罢了。我非常开心和骄傲，因为我被选择了。但是我不应该被给予特别的功绩。我们应该感谢成千上万奉献自己的人，所有的英雄都死去了，真正的英雄是那些父母们！死亡是一件非常简单的事，我已经见识了死亡，也真正了解了死亡。死亡对于我来说是一件非常容易的事，是我所做的事情中最容易的，但是国内的人是不会明白这些的。其实战士们承受的比普通人多一千倍。当一位母亲将一个小男孩带到世界上时，她一定知道她的儿子会在某天死去。为自己国家牺牲的孩子的母亲应该是这个世界上付出最多的女人，也是最幸福的女人！在快乐和灿烂的年纪死去，熄灭熊熊燃烧的火焰总比风烛残年之日走向幻灭要好得多。

所以，亲爱的家人们，不要为我担心！受伤并不是什么坏事，因为我已经体验过了，所以我知道。如果我可以战死，那说明我幸运。

这些在一年前听起来或许有点疯狂吧？这个世界已经老了，我们一直愉快地生活在这世界上，我们喜欢的事物都会回到它们的老地方。我已经告诉你们，我对世界的感受。现在，我打算在一周之内写一封愉快的信给你们，这样你们就不会为这封信而消沉了。

我爱你们

欧内

致海明威一家

米兰

1918 年 11 月 11 日

亲爱的一家人：

战争结束了！① 我猜每个人都很开心，我很想看看美国人民是怎么庆祝的。意大利军队在最后的保卫战中展示了他们的威力，他们是一支伟大的军队，我爱他们！

我的腿还要接受一个半月的治疗，那些医疗器械是专门为我们伤残人士准备的，效果真的不错，美国还没有这样的东西。我的腿已经恢复得相当好了，但有医生告知我还要完成我的治疗。当然我再也不能跑步了，然而做一名工人，这条腿足够了。完成治疗之后，我要去一名意大利军官②家里做客。我们准备花两周来射猎，去阿布鲁兹省钓鳟鱼。他想和我一起在意大利的家里过圣诞节和新年，他向我保证会有美味的鹌鹑，我们一起去打野

---

① 在第十一个月的第十一天的第十一个小时，在法国贡比涅附近，德国军队和同盟军进行了一场战役，这次战役的结果标志着第一次世界大战的结束。在 11 月 7 日，联合通讯社错误地报道了战争的结束，中断了全美国的过早的庆祝仪式。（《城市因快乐而疯狂/预料的军事庆祝在这里和其他城市中展开》，《时代》杂志，1918 年 11 月 8 日）

② 尼克，可能是尼克·尼罗尼，一名意大利队长，被授予战争英雄称号，1920 年至 1921 年在芝加哥做意大利顾问，成为海明威的好友之一（卡洛斯·贝克：《海明威的生平故事》；桑福德·马赛琳娜：《与海明威的五十年通信》；威拉德和纳格：《爱与战争中的海明威》）。海明威后来用尼罗尼的名字和他的经历创作他的战后小说，包括《第五大道》《永别了，武器》中的牧师来自阿布鲁奇，罗马的一个多山的地区。弗雷德里克·亨利非常后悔没有同他一起度假，因为牧师曾经邀请他一起过来。

鸡，射野兔。

阿布鲁兹位于意大利南部，是一个多山的省。那里 12 月的景色非常美丽，有几条小河，尼克说在那里钓鱼挺不错的，所以我会去那儿了。之后，我会返回米兰，去看看已经不再需要我的战场，然后就回家。时间或许是 2 月或 3 月，也可能要到 5 月了。

我不喜欢意大利的冬天！现在，我正戴着我的两枚勋章。我的长官正准备从前线过来祝贺我得到了银质英雄勋章，我估计他要三天后才能到。他给我发来了电报，提到了我获得银质英雄勋章的事，克罗塞战争勋章和最后的保卫战。勋章的荣誉已经扬名营区之外了，过些日子我就能拿到了，他会给我戴蓝白相间的绶带。

戴着这个勋章，挂在左胸口的口袋上。我打算乘火车来一次很棒的旅行。让人感到尴尬的是，我比那些战斗了三四年的军官们得到的还要多。但是"我们得到的上帝给我们的嘉奖，应该心存感激"，我们在飞盘翱翔之前已经习惯了拥挤和喧嚷。但是说正经的，在最后一次保卫战中我确实接触了一次巨大的冒险，在那场战争即将结束的时候，我感觉到了每个人的存在。这是一次极大的胜利！我打算整个夏天都去钓鱼，然后秋天的时候去旅行。听说一级中尉的津贴是每月 800 里拉或者 160 美元，然而我在医院的时候没有得到过。但是四周之后，每周我都会有 20 美元的保险，这些津贴已经拖欠四个月了，到现在我还没有得到一个子儿。欧内斯特插入死账，据说第一笔 500 里拉的账今天就会转交到我手上，然后还会有 1500 里拉要发。所以当这些钱都到手之后，我就会去游历世界的名山大川。

我今天收到的这些钱帮我付了欠款，我还留下了一小部分，连同那些还没有发下来的钱。我不会给你买圣诞节礼物了，如果我从外面得到了什么东西，或者有人给我买了什么东西，那就是礼物了。其实我可以在这里买点儿礼物，但是我现在给你从这里寄礼物盒子是没有用的。而且也是不允许的，除非我有从这儿寄过去的票，但是我和意大利军人在一起也不会得到票。我附上了我在康复时的几张照片，我经常会收到家里人的来信，我也试着经常给你们回信。黄疸已经被清理干净了，但是现在我每年都会犯的扁桃体炎又在折磨我了。

如果爸爸想要在我的扁桃体上做实验的话，等我回去就可以做，我会替他保存好的。有一天晚上我感觉我的腿上放了一颗子弹，但其实那里已经好得差不多了，而且也不会有不良的反应，准确点说那个位置是在我的大腿后面。我会保存着它，等爸爸来把它取出。请继续按照同样的地址寄给我信，希望你们一切都好，替我在感恩节多吃点儿东西。

我发誓今年春天百分之百会见到你们的。我想多了解一下意大利和奥地利，所以有几年时间不会一直待在家里。明年秋天，我又会开始一场真正的战争。这场战争会让世界因欧内斯特·海明威而和平，我会绕着世界走上一圈，变成一个忙碌的人。到那时，我想我的保险金已经积累了几千里拉了，我会把我的孩子们领过来看看这个战场的。

再见了，家人们！

衷心爱你们的
欧内

致马赛琳娜·海明威
米兰

1918 年 11 月 23 日

亲爱的姐姐：

姐姐，我今天收到了你的来信还见到了你的朋友比尔·哈钦森。① 比尔真是个好孩子，不过他见到我这个老能手的时候有点小题大做。我们看出来他有点冷，就把他带到了医院，给了他一件毛衣，一条裤子，还有一双厚袜子。他是一个善良的人，可惜运气不好，作为一名通讯记者有一堆卑微的工作要做。他非常想念你，不要嫁给他，对他好就够了。因为他非常喜欢你，或许他爱你吧，但是我没有问。他蓄起了胡子，整个人看起来有点颓废，但我对他很满意。或许他会在给你的信中提到我，这样你还能看看别人眼中的我。

从你的信中我能够肯定你正在工作②，所以从来没有想过你会做这些。代我向你的意大利语老师问好，并且用意大利语告诉他③，你的弟弟曾经受伤三次，两次荣获嘉奖，因在战争中功绩卓著而被升为中尉，看看他会说什么，告诉他发音要和"收"一样。

我很惊讶你对山姆·安德森④的感觉是如此的强烈，恕我愚见他看起来是一个简单的人。沃克是一个善良的人，你们在一起

① 马赛琳娜在她的信中特别提到了，"我的意大利语老师色诺尔德卢卡是一位完美的人"。（桑福德·马赛琳娜：《与海鸣威的五十年通信》第 294 页）

② 海明威的意思是"社会蝴蝶"。在马赛琳娜 10 月 24 日写给海明威的信中，她描述了她忙碌的工作日程，教学和学校的活动。她几乎没有时间去和那些"吸引人的水手们"跳舞。（桑福德·马赛琳娜：《与海明威的五十通信》第 295 页）

③ 在马赛琳娜 1918 年 10 月 24 日写给海明威的信中，她提到她希望海明威去见见她的朋友比尔·哈钦森，告诉海明威她会为她的"新女儿"保密的。（桑福德·马赛琳娜：《于海明威的五十年通信》）

④ 马赛琳娜说道山姆马上就要从海军航空军官学校毕业了，她希望山姆能通过佛罗里达的公路来看看她。她也提到了沃克在法国，并且希望海明威能写信给他。（桑福德·马赛琳娜：《与海明威的五十年通信》）

的时间也不少。你还没有 21 岁，是吗？我不知道我告诉了你关于我的女孩什么，但是，艾沃瑞，我真的很爱她，她也爱我。事实上，我爱她胜过这世界上的任何事、任何人，甚至这个世界。还有，姐姐，我对这个世界和世界上的事物已经比在国内时有了更清楚的认识。真的，艾沃瑞，你不了解我。我的意思是怎样看待和怎样交谈。你知道我那些留在国内的照片吗？改日让艾格看看，估计她会认不出我的。因为我已经变了。

真的，姐姐，我现在比你老很多了，所以当我说我爱上了艾格的时候，并不意味着我跟她有什么绯闻，我爱她，所以相信我，我和你所希望的不一样。我很惊讶你见到那个女孩会是什么样子，我想你真的会爱上她的。还有，她爱我——这真是一个奇迹！不要告诉家里人，因为我只向你吐露了这些秘密。我一点儿也不傻，我现在觉得我会结婚，如果我结婚的话，我一定知道我爱她。就算家里人不喜欢她，我们也可以忍耐，只是我就永远不会回家了，这些不要告诉他们，因为我还不打算在两年之内结婚。

艾沃瑞，我爱那个女孩。现在不要说我说的这些不是机密，因为我写信告诉你的这些事我是不会告诉任何人的。

姐姐，究竟是谁把我的信拿出去发表？我给家里写信的时候，我没有给芝加哥哈罗德审查员或者是其他任何人写过信，只给家里人写。某人把我的苦恼都告诉了他们，这看起来就好像是我宣扬自己的英雄事迹似的。当我听到《橡树叶》在用我文章①

---

① 在马赛琳娜 10 月 24 日的信中，她写道"你在来信中描述了受伤的细节，结尾的那句'让我们在家里生一团燃烧的火焰'被芝加哥的'哈罗德'发表了"，她学校的工作人员将出版物钉在了布告栏上，她是"许多祝贺词的目标"（桑福德·马赛琳娜：《与海明威的五十年通信》）。《芝加班哈罗德》和《芝加哥审查员》合并为《芝加哥哈罗德和审查员》，于 1918 年 5 月开始出版。欧内斯特·海明威在 8 月 18 日写给家里人的信被发表在《橡树叶》（1918 年 10 月 5 日）。

的时候，我觉得很心酸，爸爸，一定。

我未来的妻子正在前线侵略区的救护队里分发药品，她一定很孤独。他们打算马上关闭这里的美国医院①，我想我可能无法治愈了，因为我的腿还要继续接受治疗才能慢慢恢复，大概还需要两个月吧。然而过几个星期，我就会飞回美国。或许是二三月份，也或许更早。不仅弗兰西斯·布鲁姆斯特给我写了一封信，阿尔弗雷德·迪克和格蕾丝姑姑也写了信给我，所有的信都很长。请你替我转达对家里人和其他人的爱。

我永远爱你，艾沃瑞！

W. K. 弟弟

老布鲁特

致威廉·B. 史密斯

米兰

1918 年 12 月 13 日

亲爱的杰泽：

你可以继续做飞行工作，因为这是一个波音人会做的工作，我十分赞成你的决定。② 但是不要做傻事！千万要小心，不要成为真正的战俘。

---

① 11 月 21 日，艾格尼丝·范洛斯吉在宝达附近的特雷维索的战地医院访问。美国红十字会马上就要关闭。贝克韦尔说："战争之后，所有的代表都要重新被安排工作，他们的工作马上就要结束。在 1919 年 3 月 1 日，美国红十字会结束了所有战时的行动，从前线撤退。"

② 1918 年 6 月份从密苏里大学毕业之后，史密斯加入了航海航空分队，在马萨诸塞州科技学院；但是在停战之后，他于 11 月被免职。欧内斯特·海明威这句话是在答复史密斯 10 月 27 日从波士顿寄来的信，史密斯在信中伤心地说，还有六周多"我就要腾云驾雾而去"，补充道，"在我服役之前也许战争就会结束了"。Avis 是拉丁语，意思是"鸟儿"，这是海明威和比尔·史密斯互相的昵称。

1月4日，樵夫已经乘坐"朱塞佩·沃尔地号"去美国了，也许在下个月末的某一天会到达芝加哥，那你又会去哪里呢？是在驱逐舰还是战斗机，或者是其他什么地方呢？会成为陆军还是水兵？重聚应该被提上日程了。

但是哈克，我不能拖到夏天，我必须重新为面包而战了，这是一场为馅饼和鸡蛋而进行的战斗，也可以说是为了蛋糕。一个月没有210里拉，只有光荣地被解雇和每年从国王那里得到的250里拉①，乐观点儿说，250里拉也就是50美元。

但是因为我拥有这样一个女孩，晚点儿我会向她求婚，所以一天18杯马丁尼。四天前我离开了医院，越过了军用卡车，在200公里外地前线去拜访一些朋友。奥斯夫在帕多瓦外地皇家塞炮兵队，他们的电池休息了。我与他们一起度过了一段愉快的时光，因为我们之前都是司机，我开着车到上校负责的地方转了转，现在腿上已经好了。

但是比尔仍旧是那样，我们去了特雷维索，我的太太在那里的战地医院工作。她听说了我打酒的事，但是她并没有教训我。

她说，"亲爱的，我们就要成为伴侣了。如果你喝酒的话，我也会喝酒的。而且跟你喝得一样多"。她确实喝了点威士忌，并且灌倒了一些工人，但是她之前除了葡萄酒，从来没有喝过一杯其他的酒，我知道她对酒的看法。威廉培养了我的酒量，感谢女孩和上帝，我打碎了木头，所以我又见到了她。在斯坦因凶巴

---

① 海明威是否真的因为他在意大利战场服役而获得了财政奖励还不清楚，可能是在他正式被授予银质英雄勋章之前。意大利国王于1920年1月4日将奖章授予海明威，但是直到1921年11月阿曼多·维托里奥·迪亚兹参观芝加哥时才正式赠予他。马赛琳娜回忆说，欧内的银质奖章和50里拉生活津贴被正式移交给他。这使海明威成为，将军说的"国王的荣誉表弟"（桑福德·马赛琳娜：《与海明威的五十年通信》）。虽然1921年11月20日的《芝加哥每日论坛》报道了迪亚兹将要在当天晚上的一场宴会中授予海明威荣誉（"芝加哥今日自费招待意大利英雄"），《橡树叶》在11月26日上刊载了一篇小文章，写到了海明威的授予仪式因为将军授予仪式太拥挤而取消了。（雷诺兹：《年轻的海明威》）

巴的眼中，确实看不出来她的痛苦。但是通过我非常幸运的眼神，我看出来她很爱我。所以我打算回美国开始工作，艾格尼丝说我们在一起会很愉快，虽然我们的生活清苦几年，但是也能找到些快乐。

所以现在我要做的就是为我们两人多赚点生活费，再躺六个星期，也许去北方，然后按照你们的意愿做一个好人。我只有50多年的日子了，我不想浪费每一分钟时间。

现在，试着把你的手指离开扳机，因为也许将来某个时间它就会对准你自己。

海明威

致威廉·霍恩

肯纳尔沃斯堡大街，衣阿华大街角，橡树园，伊利诺伊

1919 年 2 月 3 日

亲爱的比尔：

天啊，这真是地狱！上帝保佑，赶紧把詹克斯的地址给我吧，来减轻我的痛苦。巴内特在美国威斯康星州，杰罗姆又找不到，镜铁正在工作，我找不到詹克斯。也许只有他可以挽救我，又或者是你吧，你会来吗？试着来恢复600亿大部分单身的妇女和老人的健康，还有那数不清的肥胖男人们，哭着喊着想方设法逃避第二次操练，从而免予再回到前线战斗。他们想找受怕的替代人，于是抓山里人的羊。哦，天啊，这个国家太让我失望了。

艾格尼斯从多伦多写信来说她和凯文①整个冬天都会在那儿，我代你问候了她。但我怕她感到孤独，不知道该怎么办，凯文是典型的芝加哥女人，就像83度的勃艮第葡萄酒。

我一有邮票就将她的照片寄给你。这个家庭在我到来之后，增加了太多的忧愁。在这两年半的时间里，我看到他们发生了很大的变化，现在父亲在我讲"科涅克白兰地和白葡萄酒"②的故事时，总是咯咯笑，确实发生了很大的变化，我怀念那些过去的战斗，但是父亲的面庞早已没有了战斗的影子，难道是战神被迫害了？埃德加·赖斯·伯勒③曾试图劝诱我写一本书。如果我写的话，我是不会寄给你，所以你必须自己去买，因为我要增加销量。

不久之后，我会写更多的书，比尔，我非常感谢你为我所做的一切。

海明威

致詹姆斯·甘布尔
橡树园，伊利诺伊
1919年3月3日

---

① 美国红十字会的护士洛雷塔·凯渥的小名是"凯文小姐"，在一封1918年12月21日的信中，艾格尼斯告诉海明威凯文她想要去一个破败的地方，在那里她建立了一个小的医院兼医务室。1月10日艾格尼斯加入了医院。因为凯文将要到罗马，所以3月1日她必须管理那个医院。
② 科涅克白兰地，一种上等的白兰地，以盛产它的法国西部的小镇命名；阿斯蒂，一种意大利白酒；马赫斯，罗马人眼中的战神。
③ 伯勒，美国科幻与探险小说家（1875—1950），于1914年5月到1919年1月居住在橡树园，那时候，海明威全家搬到了洛杉矶一个靠近电影制造业的地方。他的小说《人猿泰山》于1914年出版。1918年由这部小说改编的无声电影在美国播出，备受推崇，很快就成为票房多于100万的电影之一。

亲爱的老队长[①]：

我曾经给你写过信，不信的话你翻阅一下我近一个月的日记，就会发现"给吉姆·甘布尔"这样一封潦草的手稿。每时每刻，我都严厉自责，因为我不能跟你一起在陶尔米纳。每当想到我可以跟你做伴的时光，就很思念意大利。队长，实话说我真的无法表达我的心情。每当我想到月光下的陶尔米纳，有时候我和你会深受启发，但更多的是我们愉快地在一些老地方和海边的小路上漫无目的地散步，当黑雾消失，月光比城市里的星星点点的灯光还要明亮。哦，吉姆，想到这儿，我更渴望去那儿了。我仔细检查了我屋子里的用迷彩材料制成的书箱，却发现了一份硬邦邦的手稿，我在它上面加了点绿水，放到打印机旁边，然后盯着它看了一会儿，想到你跟我坐在炉火前，吃过晚饭后一起喝酒的情景[②]，我多么希望再敬你一杯啊。

如果你能控制自己，千万不要来这个国家。这句话虽然我不知道是谁说的，我很爱国，并且愿意为这个荣耀的国家牺牲自己，但我不喜欢像个倒霉蛋似的住在这儿。

我的腿跟残废了一样，但是我的家人对我都很好，很高兴能再见他们。当我挤下火车的时候，他们几乎都没认出来我。回家的旅途虽然辛苦，但却很愉快。在直布罗陀停了三天，我向一位英国军官借了套便服然后去了西班牙，去纽约忙碌了几天。我看到了比尔·霍恩，他很想念你。但你我都明白，真正的英雄全都去世了。如果我是一个真正的勇士，我会战死沙场的。但是我知道不管哪种死法，头颅的大小是不会改变的《1919 年 2 月 1 日的

---

　　① 在 1918 年 7 月，甘布尔是美国红十字会"滚石服务餐厅"的队长，海明威是皮亚韦河前线的志愿者。
　　② 此处明显是对甘布尔厨艺的玩笑话，似在意大利语中是无意义的，Munge 意思是"喝牛奶"，Uova 意思是"鸡蛋"。

栎树园》讲述的是海明威从意大利回来的故事，附带着一张他穿着军装的照片。（海明威上将带着枪弹和两个勋章回来）在 2 月 24 日，海明威，一名法国军官，还有一名意大利军官，从橡树园 19 世纪俱乐部说完话后回来。这在 3 地的报纸上都有报告，文章的缩版在海明威奶奶的收集稿中。这个村庄的男青年大部分都在海军预备役部队的学生训练营工作，除了温斯洛①、我和那些在海军战斗牺牲的人。

我一直都认为自己很光荣，直到温斯诺打败了几个德国人回来，并在德国的机场丢了一只胳膊。所以他一回来，我就宣布要退出公众的视线。

吉姆，我已经说了好多啦，他对我很好。我开始写文章对抗《费城日报》的"周六晚报"。上周一我给他们寄过去了第一本小说，还没开始写《紫藤纱》，当然没收到任何回复，明天我还会写另一封。以后我会写好多好多很好的文章，哦，但是我并没那么好的头脑，他们只是为了自卫才买我的文章。队长，我真的很思念意大利，在这封信中，你已感觉出来了吧。这是一封充满情感的信，而不是一些潦草的笔记。两个小女孩姐妹俩刚端着一盘牡蛎沙拉三明治，我猜想鱼是给他们补脑用的。你品尝过斯吉奥火车站附近的小店里的啤酒吗？真希望我俩现在就在那儿。

詹尼斯在城里，我们经常在一块儿。他问候你，说你就像是纽伯恩的艺术。艾格尼斯依旧还在那个叫皮埃尔的地方，与三多那的直线距离是 20 公里。她正在经营一个护士医院，还有一个

---

① 阿兰·温斯洛（1896—1933），出生于伊利诺伊，1918 年被评为在"一战"中第一个击败德国飞机的飞行员。那个夏天，他的飞机被敌军机轰炸后，他丢了一只胳膊，随后被德国人送进了监狱，一度被人认为是失踪了或者是死了。芝加哥《每日镜报》紧密追踪了英雄的归来。（阿兰·温斯洛带着荣誉回到了美国，1919 年 3 月 1 日）在 1919 年 3 月 8 日的《橡树叶》杂志上，他穿着制服的图片占满了封面。在 3 月中旬，温斯洛和海明威都要在学生集体面前讲述自己的战争经历。

幼儿园，有时还会充当市长的角色。我不能在她身边照顾她感到很失落。当"沃尔地号"换乘的时候，我将会去找她。你那边一切都进展顺利吧？如果你有机会到达威尼斯，我希望你能去看看她。我前天收到了亨利·克奈普的便条，他说正在找一些事儿做，现在经济很动荡。他的身体还不错，我这儿很冷，腿关节都肿胀起来了。

我满怀决心地回到家，希望立刻开始挣钱，但所有工作的工资都很低。爸爸说，"事情并不糟糕，你可以回家，用钱的话找我要"，这句话像我的救命稻草一样。但是我把一切都搞错了，我亲爱的叔叔，本来以为他死了，最近却发现他还活着，原来只是失踪了。他在英国生活得很好，下周就会回来，保佑他一路顺风！

爸爸说今天把我送到南方海湾地区，让我在那儿度过一段时间。他们打算明天让我去新奥尔良，但我在这儿忙着写作，并不想走，可能 3 月中下旬的时候我会去吧！

艾格尼斯也不确定她什么时候能回来，我难以想象，她在那竟然是为了挣钱，因为她的银行账户里已经有了好多的钱。但她为此要离开好多朋友，跑到海外去呢？① 可能她不喜欢我现在残疾的样子，可我也没多残疾呀。

如果你还在陶尔米纳②的话，请代我问候巴特莱特夫人和马乔里以及勃朗蒂伯爵，他是西西里岛除了你之外的正直的人。伍德森和凯森可能是工作上的能手，但跟他们在一块儿很无聊。有什么需要我寄给你的吗？你有烟草吗？当然你有马其顿的烟草。

---

① 海明威、艾格尼斯和他们的朋友，参加过在米兰附近的赛瑟罗赛马场上的赛马比赛，他们相处得很愉快。艾格尼斯也曾在她的日记中记载过这件事。

② 在陶尔米纳，海明威拜访甘布尔时，他们与"巴特莱特上校，一个矮胖子，留着八字胡的先生和他漂亮的妻子路易斯，另外还有两个艺术家，伍德森和凯森，和勃朗蒂爵士"。意大利的美国红十字会成员中，列举了爱德华·巴特莱特以及他的夫人路易斯，是陶尔米纳和佛罗里达的工人。

吉姆，我希望你在那儿过得愉快。

你知道我希望和你在一起。

海明威

致威廉·霍恩

橡树园

1919 年 3 月 30 日

亲爱的朋友：

比尔，我真的是很难在这个时候写出来，尤其是在你这么快乐的时候，所以我选择了推迟说那件事。但是我不能如实地跟上帝说，因为这事发生得太突然了，所以我会告诉你我最先知道的事。

当时，皮斯在城里，或者说是获胜者在城里。① 詹克斯碰到了他，他比以前变得强壮了，但依旧在做治安防卫的工作，稍后我再说那件事，现在我实在没有勇气说。

对了，这儿有一封福特沃斯②在雅克写来的信，你想知道那里的鸟儿都在做什么吗？想着到了雅克之后，才会知道些什么，他在 35 岁的时候去那里打仗，但那儿并没有什么。

他正在福特沃斯处理跟雅克夫人离婚的事，你能想象得出来吗？他也经常会因为这个国家变得越来越干燥而感到悲痛，他表示自己已结婚 24 年了。我亲爱的沃森，到底是怎么啦!③

---

① 沃顿·H.皮斯，是美国红十字会救济中心 4 区的成员，后来获得美国"海军上将"的头衔。

② 在后来写给吉姆·甘布尔（1919 年 4 月 18 日到 27 日）和劳伦斯·巴内特（1919 年 4 月 30 日）的信中，海明威重申雅克这件事，雅克很可能是 4 区华盛顿雅克的退伍老兵海瑞斯。

③ 指虚构的私家侦探福尔摩斯给他助手约翰·H.沃森写信的模式，英国作家柯南·道尔（1859—1930）侦探小说中的人物。

　　说这些滑稽的话反而使我更痛苦，还是和你说那件事吧，今天艾格尼斯的信使我的痛苦达到了高潮。①

　　比尔，她并不喜欢我，她把她的誓言都背弃了，这一切真是个错误啊。但比尔，我现在既不会开玩笑也不会痛苦，因为我彻底被打败了。如果我不离开意大利的话，这件事就不会发生了。真的是不能在结婚之前离开你的女人，我知道你不能从我这儿了解女人，就像我不能从其他人那里了解一样。如果你和一个女人恋爱了，但最终选择离开了她，那么她需要有人追她，如果正好有人在这时候出现的话，那么这就是你的不幸了。事实就是这样，你跟我一样，都感到难以置信吧！

　　但是比尔，我是真的喜欢艾格尼斯，她是我理想的化身。因为有艾格尼斯去崇拜，我会忘掉其他一切事，甚至是来自信仰、理想崩溃的打击，这些对于任何人来说都不会是高兴的事。但她现在不爱我了，她要嫁给另一个人，这个人是谁我也不知道。她会很快就嫁给他，她希望我尽快地忘掉她，开始自己成功的事业。

　　但是比尔，我不需要其他的什么，我需要的只是艾格尼斯和快乐。现在我的整个世界都垮了，我的喉咙梗塞，嘴唇发干。比尔，我希望你能来这儿，听我诉说。我想那个人真幸运啊，我希望他是世界上最好的人。比尔，我不能再写了，因为我实在是太爱她了。

　　最糟糕的是，阻碍我们在意大利结婚的最大障碍——钱，正在源源不断地涌现出来。②

――――――――――――

　　①　在1919年3月7日的信中，艾格尼斯告诉海明威她对他的母爱之情多于爱情，她打算嫁给别人，她写道"我实在不能接受你还是个孩子"。海明威可能将这种情况虚构在作品中，如《在我们的时代里》这部短篇小说集的第十章，在1924年和1925年的版本中，护士叫艾格尼斯，在1930年的版本中，海明威将名字改成了鲁兹。

　　②　从意大利回来后，海明威和一家芝加哥机构签订合同，这个机构主要负责会谈事务，他每讲述一次战争经历，就可获得5到15美元的报酬。

如果我全天工作的话，平均每月可挣到 70 美元，我已经有 300 美元的积蓄了，可现在我不需要钱了。我不得不停笔了，因为我太痛苦了。啊，我太爱艾格尼斯了！

希望你可以尽快回信给我。

欧内斯特

信封上，收信人是威廉·道治·霍恩，175，公园大街，杨克斯，纽约，信是由海明威在布里奇波特考恩的大学俱乐部寄来的。

致豪厄尔·詹克斯
橡树园
1919 年 4 月 9 日

保证人先生：

不论从哪个角度来看，准许贸易进口的前景足以让一个作家喜悦，也足以和在邮箱里收到一封广告明信片的喜悦相提并论。尤其是我已经两周没有喝过酒了，上面的文字显得有点笨拙，但这仅仅是试验，不要过分惊讶。

今天的东西有一些是必须要购买的，它包括一根新的布里斯托尔制造的新钢质鱼竿①，一个长 10 英尺的新飞镖，一个新的野营用的斧头和一盏巴德文野营灯，还有就是曾在一次乘舟旅行中使用过，很重的结构绳，另外就是我有没有跟你提到过网呢？如

---

① 刚涅狄各州布里斯托尔的霍尔顿制造公司，自 19 世纪 80 年代开始，就以制造高质量的钢质鱼竿而闻名。巴德文野营灯是 5 盎司的乙炔灯，长度小于 5 英寸，可挂在帽子或皮带上，不用手拿着。它是由纽约约翰西蒙斯公司制造的，由美国童子军推荐。有一个圈网，适用于小溪流，由直径更小的圈和固定它们的棉网构成，当它停在水下时，鱼可以水流进入圈中，从而不能再逃。

果能把它们从不起作用的地方移开，例如苹果汁磨坊①下，这确实是很好的办法。

海明威

致凯瑟琳·朗费罗
橡树园
1919 年 4 月 22 日

　　除了非写不可的日期和必要的寄信人签名外，其他涉及一点个人信息的内容都没写，没必要的句子已经被删除，如果想要再加上一点其他什么东西的话，邮戳就会被毁掉。

　　邮资是需要预付的，邮戳也必须有寄信人的地址。否则信件无法准确到达收件人手中。

　　我很好，我已经被允许住进医院了，我生了病又受了伤，但好希望能赶紧出院。

　　我已经收到了你的信件，日期：圣诞节

　　电报：复活节

　　包裹：7 月 4 日

　　信已经收到了，我已好久都没有收到你的来信了。

海明威

致劳伦斯·巴内特

---

　　① 很可能指的是霍尔顿小溪上的磨坊，1910 年由霍尔顿湾的常住居民，阿朗佐·J.斯图亚特建造。多年来，利用这个磨坊将果园中的苹果榨取果汁。海明威回想起榨苹果汁的磨坊以及大坝下的水池。当他还是个小孩时，在密歇根的大坝下捉过鳟鱼。

橡树园，伊利诺伊

1919 年 4 月 30 日

亲爱的劳瑞：

近日，你过得好吗？一切进展得还顺利吗？村子里一切都像往常那样很平静，没有发生什么打架事件。前天比尔·霍恩从纽黑文市给我写了一封信，在平时我经常能看见詹克斯，偶尔会见见镜铁。那个苏格兰士兵——米勒，就是你记得的那个不要命的酒鬼，前天从明尼阿波利斯大老远给我寄过来一封信。皮兹现在就住在城里，穿戴也比以前感觉好多了。费得也近期来拜访过。考博·肖原来搬到科罗纳多生活，现在又搬家回来了，我们约定好了很快就会一起去那条美丽的小河边钓鱼。我这几天去拜访了你的乡亲们，当我傍晚回家后他们迫不及待地告诉我你现在在学校。① 这样的不巧真的让我又伤心又难受，不知道你是否还记不记得给一个虽然长得很漂亮、但内心极其自私的舞者迈耶说过我们海明威家族不能向外人诉说的内幕消息，不管是不是说过，这个就住在我家附近这条马路那头的凯特进入那片郁郁葱葱的橡树园，说了一些关于我生活隐私和作风等的事情。我其实根本就没有离过什么婚，并且根本就没和很多不正经的女人乱搞过。这使我在那些橡树园附近居住的女孩中产生了很不好的影响，她们都不再理会我，对于这些女孩我向她们发誓说我的感情都是真的，没有半点虚假。你是知道的，我已经离开橡树园有两年的时间了，她们对于听到的任何风言风语都会相信，所以你对此必须给我个说法，与此同时我更希望你能给点好些的建议。首先我极其

---

① 海明威指的是约翰·米勒，来自明尼苏达，美国红十字会救济中心 2 区和 3 区的救护车司机。在米兰时，海明威是住在红十字会医院里的伤员。4 区的退伍老兵弗雷德里克·镜铁、沃特、费得、沃伦·皮兹、卡尔顿·肖、杰罗姆·弗莱厄蒂。

想告诉你，我无论跟任何女人不管是泼辣蛮横的还是温顺可爱的，我从来就没有瞎玩过。我是一个追求自由自在的人，这里面的人就包括艾格尼斯在内。你认为我不会选择去结婚，而且稳定下来，你是这样想的，对吧？如果要不是有个不能推掉的手术要马上去做，我会立刻从医院里飞奔出来的①，绝不多待一秒，我将会坐慢火车去密歇根上游待上两三周的时间，然后，到河边去钓两三个月的鱼，让自己慢下来。

刚才我所说的只是一些关于自己内部的事，我的家人极其想让我去大学，他们总是这样，强加他们的意志给我，而忽略我的感受。他们一直希望我能在一个相对环境好的地方安定下来过正常安稳的日子，当我说我想走出去的时候，他们很赞同我去威斯康星。可事实上，我其实对这事一无所知，连一丁点的透露都没有，他们居然什么都不让我知道，我最大的希望是不要有橡树园同性的讨厌鬼们去那儿，仅此而已，除了鲍勃·麦克和让客·琼斯，因为鲍勃今年不会去那儿了，但我清楚地知道有好多高贵的女性要去那儿，下半年去的会比以往更多，所以我希望你能跟我透漏点关于活动的各方面消息。比如，那里都有些什么样的团体，或者你可能想到的关于那里的任何事，帮我提前补习一下。坦白地说，我对我即将要去的地方其实是一无所知的，我只是希望我能够去往斯吉奥，如果是这样，你应该会写信给我的吧！我早就和比尔·霍恩在纽约港口分别了，然而在马上离别的时候，他却特别地提到了你。

斯坦因

附注：雅克·海瑞斯现在在得克萨斯州的福特沃斯，他说他

---

① 海明威最近的扁桃腺切除手术。

正在处理与妻子的离婚。

致克劳伦斯·海明威
橡树园
1919 年 5 月 24 日

可爱的亲人：

昨天一早就我去过了托莱多，专门去拜访了大师卡尔顿·肖，他是我在意大利当兵时的生死战友。明天我就要离开了，将要动身去北方，领略一番不一样的光景，我想，在你收到这个卡片的时候，我应该早已经在那儿了，吃着北方的美食，品着北方的烈酒。

最令我怀念的是去拜访幽默的杰克，我和他一起度过了一段快乐悠闲的时光。密歇根大学是一所相当不错的学校。① 我抽空让杰克陪我去看了一场密歇根与爱荷华州的排球比赛，场面相当激烈，看得我相当兴奋。

回信寄到北方的密歇根吧，我就在这里一直等你的消息！

永远爱你的
欧内斯特

致克劳伦斯·海明威
博伊恩城，密歇根
1919 年 5 月 31 日

---

① 杰克当时在密歇根大学学习。

亲爱的爸爸：

我昨天上午到达，昨天这里的气温达到了 90 华氏度，这周气候都会很暖和。我下午出去郊游玩，从那条清澈见底小溪里抓了几条好吃的鳟鱼，最令人激动的是，还有一条 4 英尺宽 28 英尺长的超大虹鳟，今天他亲自下厨给我做的晚饭，吃得好饱。这一天玩下来，我的腿没有太酸痛，感觉还好，除了稍稍感到有点疲劳。农场里散发着浓浓的新鲜气息，一切都进展得相当好。我会以我最快的速度去看望龙格菲尔德，并及时写信给你。

迪尔沃思、比尔、克莱尔斯夫人嘱托我向你送上他们最大的祝福。

一直爱你的

欧内斯特

致克劳伦斯·海明威
博伊恩城，密歇根
1919 年 6 月 7 日

亲爱的爸爸：

今天这儿突然下起小雨了。这是我来的两周来第一次下雨。明天一大早我们就返回去龙格菲尔德了，稍后我就会给你描述一下那儿的环境和风俗。希望明天的天晴点，这样的话就又可以去钓鱼啦。偷闲的时间中我做了点园艺，你的来信是今天傍晚时分才到的。①

---

① 在 1919 年 5 月的信中，克劳伦斯要海明威跟他说明一下龙格菲尔德草场和果园的情况。

你打算什么时候来这里找我一起来玩呢？由于没有压力，生活过得相当滋润，我现在都长胖了，腿也快好了，恢复得很好，迪尔沃思及他的家人热心地问候了您。还急切地代我向马斯献上祝贺，也请你转告厄休拉，我不会忘记给她写信的。①

爱你的

海明威

致克劳伦斯·海明威

密歇根

1919 年 6 月中旬

马赛琳娜写道：

我希望妈妈不要因为我们都去她那里吃晚饭而感到介意和不开心，我们会拿刚刚采摘好的石竹过去，这样好让她高兴起来，一买完东西我就会给她打电话的，通知一下她我们不久就会到。

在整个去往密歇根的旅途中，我们都觉得霍普实在是太棒了，他一定是完美得无可挑剔的兄弟。想再多说一句，可现在就该挥手说再见了，内心充满了不舍，不过却很高兴向你汇过去，当时你在美国加入挑战性课程技术协会时缴纳的费用。

依旧很爱你

马赛琳娜

厄休拉写道：

---

① 在他写给海明威 5 月 20 日的信中，厄休拉提到过马赛琳娜将会从女子训练学校毕业，进入芝加哥神学院。

最敬爱的父亲：

我没有充裕的时间写很多东西给您，我知道玛斯应该早已经告诉您我们近期的消息了，我们没有忘记您，依旧还是很爱您的。

厄休拉

欧内斯特·海明威写道：

亲爱的爸爸：

我们刚才在巷口偶然见到了他们，他们看起来精神都相当不错，身体也是很硬朗。

所以，您一定要保持高兴积极乐观的心情，我们打算带他们去温德米尔散散心，然后霍普会一个人前往那个向往已久的海湾。祝您生活一切都顺利。

欧内

致小威廉·霍恩

伯恩市，密歇根

1919 年 7 月 2 日

亲爱的比尔：

比尔，我知道早就应该给你回信了，但是由于各种原因和情况导致我没法及时写给你，不过还好现在一切都已经恢复到正常了，但现在要看你是怎么理解什么是恢复正常了。就当我刚刚给你写完信以后，我居然就被烧伤了，有两三个我并没有怎么在意的女孩子们横冲直撞疯狂地跑了出来，那瓶无辜的白兰地酒则就放在烧得红红的热烙铁旁边，那可怕的经历一点也不令人感到有丝毫的愉快感。要不是我在一个半月之前早就去过了北部，现如今艾格尼斯再也不能勾起我任何关于美好的回忆了，因为它早已经消失殆尽在烧伤的疼痛中了，所有的一切都因一场突如其来的意外结束了。

我现在十分关心的是你那里进展得怎么样啦？我去过了美丽的托莱多，那是个史诗般的聚会天堂。你知道詹金斯吗？他8月初将要来到这里说是想跟我们待上两个星期的时间，在我接受了他们的建议之后，布鲁米打算在堪萨斯州开一家属于自己的小杂货店，这样可以方便周围的人，也富有商机，因为那里离白云石山脉很远，人们也懒得大老远来回跑。兄弟，我在意大利早就感到很寂寞空虚，我整天都无所事事，每天愣愣神，发发呆，虚度时光。你那边情况怎么样啊？是不是比我还要糟糕呢。我知道剩下的这些人还有什么乐趣可言呢，更不要说想找一个陪伴的人。昨天早上他到达了这里，整个人疲惫不堪，睡到上午还是倦怠的样子。欧内斯特·米勒·海明威那个永远都充满精力的小伙子在美国红十字会担任运载伤员的工作，美国现在已经正式对可恶的意大利提出宣战，打算否定了用和平手段解决纠纷的策略。最开始我在治疗自己的那些伤员之前，他也居然曾经像我一样同情过意大利的那些伤员。他的爱心和胸怀甚是广大，记得在那次最严重的炸弹突击爆炸事件中，他和我说出于人道主义精神，并且如果不影响战争的情况下我们应该去向他们提供救助的。

1918 年

浅谈军事的勇气①

---

① 欧内斯特·海明威很明显地在逐字抄写带有奖牌的那封信；意大利语是正确的，只有一些拼写错误，他很可能是翻译如下：欧内斯特·米勒·海明威，美国红十字会的助理·红十字会的官员，负责给作战的意大利军队送去不同形式的慰问和鼓励支持他们。被敌人炸弹弹片袭击成重伤，出于令人尊敬的友爱精神，他没有先去接受医疗救护，而是无私地帮助那些在这次爆炸中伤势更重的意大利士兵。直到其他人被转移了，他才允许被人转移。1918 年 7 月 8 日意大利，写给战争中的勇士。

我只是学会了意大利语的一些简单的要点，所以文字上还有很大的欠缺。令人开心的是我们在这里钓到了一些极其珍贵的鱼，我们免费品尝了这世上的美味，比尔，我内心是多么希望你也能在这里啊，和我们一起共度这美好时光，你什么时候能够来到这里啊，请你快快给我回信。

祝你永远健康快乐，我想我好像是拼错了吧。

海明威

致詹金斯和劳伦斯
夏洛瓦，密歇根
1919 年 7 月 26 日

亲爱的詹金斯：

巴尼如果真能来这里那就真的是太好不过的了，你的信今天傍晚才到，一收到信件，我就兴冲冲地把它拿给比尔看过了，今天下午把手头的工作忙完我们要从离住的地方老远的夏洛瓦那里去发一封紧急的电报。我想我们将会在这里度过一段无与伦比的好时光的，再次我真诚地邀请你来加入我们。

比尔和我在刚来的时候就已经完成了咱们四个人的超级野营服装，还有我们打算下一站将要去旅游必去的干沙砾土松树林，到那以后，正是傍晚时分，所以我们打算在黑河那里露宿。那里虽然有一点点荒凉，但你可以钓到你能想到的最好最大最肥美的鳟鱼，河水清澈得能见到河底——有成群游戏的大鳟鱼，宽敞的帐篷柔软的毯子，齐全的厨房用具和稀稀拉拉的野营格栅，等等。还记得上次我们钓的大鳟鱼是比尔的两倍还要多，并且我们是一下子钓到了两条十斤的鱼，在这里，我们可以仅仅只用一副鱼竿就钓到我们想要的美味的鱼，然后我们打算在野营地四处逛一逛，幸运的话，没准我们可以试着捕获一只鹿或一只熊啥的呢，你知道的，上次一只熊在我们的野营地点突然出现时，把我们大家可真是吓坏了，好在它是温顺的。

在一个星期之前，我们还是可以向外人提供四个人到湖边钓鱼的完备的堪称高大上的钓鱼用服，但是，现在我们只有三件较为完备用来去小溪边钓鳟鱼的衣服了，我们还有三个完整盛鱼的超大袋网。

巴尼今天一早就去城镇上的体育用品公司毫不吝惜地给他自己买一个 10 英尺价值 25 美元的鱼竿，超赞的绕线轮和钓鱼线，因为那些都是他钓大鱼所需要的。

我现在手上有一支口径为 22 的自动手枪和来复枪以及一支大口径 32 的自动手枪。几天前，我又买了一个线径为 20 的猎枪，我建议你最好买一些口径为 22 的子弹，这样我可以考虑借你一支枪。

我列了一些你可能需要的，首先是口径为 22 的"莱斯莫克"和"长的来复枪"。枪要是冒烟的最好，可惜的是莱斯莫克是一种半冒烟的。你如果想打多一点猎物，最好是买大约 1000 发子弹，不要觉得会花好多钱，因为它们相当便宜。这样，我们这几天就可以去岛上进行很多次很爽的打猎了。对了，你还得需要买一盒 100 个 4 号的卡莱尔弹簧钢钩，这个有点贵哟，它们大概需要花 114 美元，你最好买上两盒吧。

如果你家里有旧点的毯子或是废旧的帐篷的话，那麻烦你就都统统拿过来吧，虽然我们已经有很多了，但是如果有更多的话就完美了。不然，你再把你家里的旧衣服也带过来吧，反正也是堆放在家里。

明天，我们会前往离美丽的夏洛瓦仅仅相差 12 英里的霍顿湾，要知道那里远离派恩湖。听说前不久迪尔沃思太太现在有几间村舍要出租，你我还有巴尼如今在那里露宿，离詹金斯和比尔的农场也就有差不多 1 英里远。这里虽然不错，但是，我们只计划了会在如里旅馆待上两三天的时间，时间短暂，我们自然不会错过在那个海湾去钓上几天的虹鳟鱼，然后，如期前往早就想去见见的干沙砾土松树林。詹金斯蛮细心周到，早早就已经安排好了食宿，很高兴是你跟我住在同一间敞亮的朝阳屋子，这样一来，你不必再担心有什么大的花销了。巴尼就住在咱们旁边的单人间，我们一起努力去河边钓虹鳟鱼吧，不必担心，我想你从我邮给的你照片里早就知道和熟悉它们长得是什么样子的了吧。

有时间和精力的话，你可以选择带上几瓶珍藏多年的上等格罗格酒，这里很安全的，因为我相信悠闲懒怠的他们不会去检查一位美丽小姐的车的，依我的经验，最好走的路要算是穿过派克密歇根的那条了，真心话说，那真是不错的地方，下个目标去那就好了。你能不费力气地在任何一家附近的蓝书商店买到你想喝的酒的，只是味道稍稍有所不同。你得先穿越密歇根市，再沿着崎岖的海滨穿越繁华的马斯吉根市、路丁顿、马尼斯蒂和特拉弗斯城，最后才能到达夏洛瓦，如果你选择开车的话，用不了三天的时间就能到达这里了，算你幸运，可能也就这两天的时间，那里的路哪都很好走，如果你能经过巴瑞恩那里就更好不过了，因为据我这段日子了解，那里交通很是畅便，你可以一路伴着清风行驶下去。你也可以选择驾车横穿派恩巴瑞恩，只是，你那时需要依靠一下指南针就可以了，放心，你不需要任何的路标指示。因为在这里，你可以在宽敞的树林下的草丛自由驾驶。

吉，如果你加入我们，那这次旅行会过得相当愉快的，这没想到，上月去过的巴瑞恩乡下是我去过再好不过的散心钓鱼的地方了。你知道的，亲爱的比尔，再次强调一遍呦，你真的真的，将会有和巴尼还有我在野外度过一段美好值得一生回忆的美好时光的。你还知道吗，在黑河岸边不用走太远就有很多不错的适合多人的露营地点，对了，我刚刚想到，我们最好是应该带一些子弹来防身的，而且，我向你郑重地保证，如果你选择和巴尼一起，我想你会钓到你们想要的鳟鱼的数量，剩下的就是，费沃尔和我会做好你钓到的这些肥美鳟鱼的。不出意外，比尔肯定会喜欢上可爱的巴尼的，并且，我很是确信一点的是，当比尔见到巴尼时，会相当高兴的吧，我这么自信，是因为大家包括你，知道比尔是个什么样的人。千万不要忘记，带上你的傻瓜相机，还有你喜欢到疯狂的垃圾食品，我建议咱们拍一些有搞笑动作相片吧。

现在我将写信给他，告诉巴尼我们十分想念他，再次说一遍，我保证你将会和他度过一个愉快的旅行。如果接下来的几天，我想起你还需要带的东西时，我会再次给你写信的。希望当你离开时，一定记得要给我发份电报呦。当你驾车到了夏洛瓦时，赶紧给我打个电话过来吧，我现在就住在霍顿湾迪尔沃思夫人的家里等你们来。你到了记得打电话，这样我会派人过去接你的，好客的夏洛瓦的人会十分高兴告诉你怎么最快到达霍普湾的。

上帝啊，就成全我的愿望吧，詹金斯，你和巴尼如果能来这儿该是多么好的事情啊。

昨天傍晚我就收到了霍普的信，他在信中说他已经去了缅因州朗格莱湖区，因为他妈妈生病，而且最糟糕的是，可能好不了了，这真是个伤心的事情，信中他说祝你好运。

最后，在这里我衷心地祝你和巴尼好运，在这儿过得愉快。

我们会为你们准备好一切的事的。赶紧给我回信。

海明威

附记：比尔承诺说他将于下星期休班就马上过来，令人高兴的是，他将会带过来我心心念想的格罗格酒。想象一下，我就开心得不行，我们可以在慷慨的巴瑞恩那里住上几晚，如果觉得不太方便，我们也可以把咱们的帐篷沿河而设，再升起一大堆篝火庆祝。夜风徐徐，在野外满月的美景下，我们可以尽情地去享受一顿期待已久的丰富的晚餐，然后，大家可以在睡前吸吸烟，喝点小酒，再聊聊天，还会有你甜美的歌声相伴啊。

海明威

致克劳伦斯·海明威
夏洛瓦，密歇根
1919 年 8 月 16 日

亲爱的爸爸：

乔克·朋特克斯特、詹金斯、比尔、巴尼和我在短短的四天里足足捉到了 180 多条又大有肥的鳟鱼，其中有 12 条已经超过了 11 英寸呢，这真算得上是一次无价的旅行啊！詹金斯他让我转告你会给你打电话的，然后会详细地告诉你发生的一切。再告诉你一个消息，下个礼拜我们打算去上半岛来一场沙滩之旅。

你那一切进展还好吧？祝您一切顺利，身体健康。

欧内斯特·海明威

致克劳伦斯·海明威

希尼，密歇根

1919 年 8 月 27 日

亲爱的爸爸：

告诉你一个好消息，我们在离密执安县城① 10 英里远的地方。今天傍晚就要回去的时候逮到了一些重达 1.75 磅的稀罕布鲁克鳟鱼。昨天我破纪录地抓了 27 条长达 9 英寸的大鳟鱼，是不是觉得已经够大了，可是它们是我捉的所有鱼中最小的鳟鱼，最令我高兴的是，这里有很多的野生鹿和其他猎物。短暂地停留一天后，杰克·朋特克斯特、艾伦·沃克和我就马上起程回家去找好友霍顿那里去。今年 9 月底我们就回去了，希望那时能见到你一面，停留时间不会太长，因为我们还会外出一个星期。

欧内

致克劳伦斯·海明威

博因河城

1919 年 9 月 3 日

亲爱的父亲：

希望你们早已幸福地重新相聚在一起，劳尔②说他已经给您

---

① 密歇根半岛上的一个县城，1871 年建立，以亨利·密执安（1793—1864）的名字命名。亨利是这个地区的主要探索者也是早期美国当地部落的领导。他后来与一位欧及布威族印第安人结了婚，在 1836—1841 年期间曾担任密歇根印第安人事务管理负责部门的人。

② 海明威所认为的"团体"应该包括老朋友杰克·朋特考斯克（"波克"或者"乔克"），比尔·"伯德"·史密斯，还有他在战争中遇见的人："考普"·肖·比尔·霍思·"雅克"·哈里斯还有拉里·巴尼特（"马比"或者"巴尼"）。

打过问候的电话了，他就是我邮给你的照片中和我一起在河边骑摩托车的小伙伴。麻烦你再来的时候记得把我心爱的银色吊坠带来，还有那些对我来说很重要的文件，我想看看，月末就要考核上边的内容了。

记得代我向妈妈和未来的姐夫①问个好。

爱你

欧内斯特

致无名氏

密歇根

1919 年 9 月

无论如何都更改不了在我们心中灾难与密歇根语乡巴佬人物是一类词语的事实，它发出一系列嘈杂的令人烦恼不安的嘎嘎声，之后随即又冷冷地止住，好像凝结在了空气中，令人窒息，我猜是那个表面和风拂面实则乍暖还寒的春天。

在这段非常时期内，人们是不能去钓鱼的。

然而今天就看见村民们又开始打猎了，好像这儿这几天不曾发生过什么事情一样。今天，在河边我的朋友和我又成功地捉住了一条大鱼，现在，我们才刚刚结束了在一起的第 97 个小时，你猜不到我们玩的居然是纸牌游戏，为了增添一些乐趣，三张丑角牌也不可避免地要插在其中，这个是我的杰出创造，这里算上新添的一共七张万能牌。赌注很小，仅仅只是 50 美分，两先令，

---

① 劳尔，在海明威 1918 年 10 月 18 日随附的家书中（1918 年 11 月 16 日发表在《奥克帕克报上》），照片是在米兰，海明威骑着一辆摩托车。照片出现在米勒的《桑尼对海明威的追忆》。

这样输了也不心疼，而且最重要的是，可以持续很长一段时间。

最终，史密斯把他所有的家当都输给我了，还欠了220美元的巨债。情况是这样的：当他持有4个A还妄想对抗我的5个王时，他活该输成这样了。

在最关键的混合出牌时间他居然拿出了四张组合。

在我们愉快地玩的这97个小时里，一些人还建议了一些其他的更刺激更好玩的东西。规则如下：

手持两个女王叫"双"，如果是一对王棋那就得叫"君王"。

当你有三张同点加一对就是"卖淫收容所"了，也可以叫作简·亚当斯。① 你如果不明白为啥这样叫，我只能告诉你一个关于当代美国而且解说当代政治的官方研究调查会更详细并形象地说明一切。

没人会后悔当初抵押了自己珍贵或心爱的东西，除非你自己，而且是仅仅你自己。

海明威

致克劳伦斯·海明威

密歇根

1919 年 10 月 28 日

---

① 简·亚当斯（1860—1935），近代著名美国社会改革家，他因为是赫尔馆的建立者而闻名远扬。赫尔馆曾经是一家芝加哥的福利机构，是专门来给从邻国移民来的极度贫穷的或是无家可归的妇女儿童提供基本资助。1913 年，她就这样成为第一个诺贝尔和平奖美国女性获得者。正如海明威所说的那样，亚当斯一生致力于拯救社会经济严重下滑的形势，她认为正是这万恶的性因素导致了妇女进行卖淫的事情发生。她提倡妇女应该平等地具有选举权，在当时，要知道这是当代美国政治的最前线，1919 年 6 月，议会通过了第 19 条修订案，给予了妇女应有的选举权；在各级政府审核批准以后，将在 1920 年 8 月正式生效。

亲爱的爸爸：

我们在密苏里河旅行，那时候可真是风雨交加。她大概在下午 4 点钟的时候离开，并在午夜到达佩托斯吉，尽管那儿又冷又潮湿，我却没有生病。

我在库什曼度过了一晚，然后第二天早上起来，遇到了巴普一家，并一起去了普莱斯比特，和巴普夫人一起去了教堂。在602 大街有间房子——就在我之前让你在信件包裹上写的那个地址。尽管它很小却算是暖和，并且给我提供了一个工作的地方。①周一的时候，我先坐火车去伯恩秋天城，再从那里到伯恩城，经过了威尔斯里，昨晚到达这里。我从查尔斯那带来打字机，现在暂时不在我手里，我那些重要的东西会在周四的时候到托斯吉——很可能和我来时的路线一样。今天下午我研究出了巴尔莫曾希望我研究的《方法》的前一部分，并且我一旦在托斯吉定居下来就会让它成型运作。今天下午我读完了新的部分。今晚下着小雪，所以福音剧成了唯一的消遣，但是已经演过一次了。我还在犹豫要不要参加。

离开欧克公园以后，我阅读了盖·德·莫泊桑②的大量小说，还有巴扎克的一个《大佛朗索瓦维庸测试》，休利特的《伏桑寡断的理查德》，还有休利特的意大利微小说。显而易见，我在大

---

① 在 1875 年建立的托斯吉乡下的湖街道，和镇里其他一级旅店一样，库什门旅店有它自己的管弦乐队和一个长达 250 英尺的阳台；不同之处在于，它常年开放，作为一个社会中心来服务镇上的人（据底特律维尼州大学报刊，2010 年第 33 期）。秋天海明威在托斯吉待的两个月里，住进了伊娃·波特经营的两个故事的房子，那套房子现在被注册为国家历史遗物。博尼秋天小村庄，高速和意大利铁路线的主干，被当地铁路和博尼城相连接，距离潘尼湖 5 英里远。从那里到海明威霍顿海湾有 6 英里远。

② 盖·德·莫泊桑（1850—1893），法国小说家。赫诺·德·巴尔扎克（1799—1850），法国小说家，因一系列的超过九十部相互联系的小说和故事组成的《人间喜剧》而著名。弗朗西斯·威廉（1431—1463），法国诗人，《大遗嘱》和《小遗嘱》的作者。亨利·休利特（1861—1923），英国作家，《优柔寡断的理查德》的作者，这部作品是那个时期意大利小说的历史性代表作。

学问做的事比穆斯林有用得多——我并不是无所事事。

　　非常感谢您曾帮我那么多，请代我向妈妈和家里的孩子们表达爱意！

您亲爱的
欧内

　　附注：如果曼菲帝①打电话，告诉他我只在家待一天，并给他打几次电话，我确实只能这样。告诉他我会再回来，会给他写信。

欧内

　　　致格蕾丝·霍尔·海明威
　　　密歇根
　　　1919 年 11 月

亲爱的妈妈：

　　我十分高兴收到你的来信，并对没有及时回复表示抱歉。最近五天，我扁桃体发炎了，嗓子很痛，几乎不能吞咽。我经常吞服维生素，今天晚上就觉得好多了。今天是休战日，我为那些没能看到这一天的到来的同胞祈祷，那好像是件很合理的事情。可怜的人们，我怀疑他们认为我们剥夺了他们已经取得的胜利。当他们听到议员们谈论下一场战争的时候一定会非常痛苦，因为他们觉得战争的结束是他们用命换来的。50 万的意大利佬认为威尔

---

　　① 皮尔特·曼菲帝，《论坛》的编辑，在芝加哥发行了意大利报纸，是在海明威在欧克公园举办的 1919 年 2 月意大利节的组织者。

逊盗窃了他们所奋斗的一切①，你觉得呢？

天气很好，明快又清新，至今还没有下雪。可是直到今天天气都是阴冷潮湿的，就像中邪似的。

我写了好多东西，也做了好多，因为东方杂志的报刊工人都闹罢工呢②，因此，给他们发送什么东西毫无意义。所以我在等待什么时候还能再出现。我给报刊发送的文章到现在还没有刊登，很可能他们不会采取我的文章，不过我很确定有人会的！最近一些日子我什么都没有做——嗓子越发严重了，就像是烂掉了，跟我那些该要发表却没有发表的文章一样。希望我能幸运地好起来，把我的爱带给杰兹和爸爸，告诉他们写信给我。巴普一家对我很好，巴普太太就像我的祖母一样。

爱你的

欧尼

致乔治亚娜·巴普

密歇根

1919 年 11 月 23 日

曾经我走到前门，她正坐在钢琴前弹奏一曲《梦幻》，当她听到我的脚步声，发现我踏进前门的时候，她开始弹奏《蓝色意大利》，那曲并不像你熟知的《梦幻》一样，然后我拉响了铃声。

---

①　多数的同盟国都很抵制"轴心国"集团，过着艰难的生活。吴德荣·威尔森反对这样的现状，想要追求永久的和平。他大部分的讨论都集中在现代化，不仅在生活上，也在政体方面，这一点拒绝支持美国的国际联盟成员。

②　10 月 1 日，工人起义，其大潮席卷纽约出版工人和其他报刊工人，包括力诺泰普排字机工人罢工，全国各地有超过 200 份杂志和专业报纸深受牵连。（纽约时报出版社 1919 年 10 月 2 日曝光"如果你没有拿到报纸，那是有原因的——内战导致了工人罢工率的上升"）

她走到门口，对着我微笑，如果你想知道那个玩笑的话就去问她，我是不会说的。

欧内斯特·M. 海明威

注释：据马乔里·巴普说，海明威在她姐姐的自传中这样题词"乔治亚娜对海明威在某种程度上是马子"。以下的签名是这样标记的"1230N 州街道芝加哥，7 号"，海明威从 1920 年 10 月底到 12 月就定居在那里。

《蓝色意大利》，埃德温·马克修作曲，卡尔·派瑞罗在 1919 年作词。马乔里·巴普推测"玩笑"有关打破海明威与当地美国女孩的浪漫。普鲁登斯·博尔顿是海明威最早的姘头。博尔顿被普遍认为是普鲁登斯·米歇尔的灵感来源，她的不忠实使年轻的尼克·亚当很悲伤。特鲁迪在"父与子"中是年迈的尼克，他做到了从未有人做过的那么好。

致豪威·智肯的一封信，托斯吉
密歇根
1919 年 12 月 20 日

亲爱的菲沃：

我觉得你可以咒骂那个怪人和我，因为这么好的两个样本我都没有记上。在每封信中他都向我要你的地址，但直到几天前我才想起把你的地址给他，所以我猜想到今天你可能已经收到他的来信了。那最近他们过得怎么样啊？我收到普克的信了，但是他一直在极力赞美布莱克和那个狡猾的人，而且话中满是溢美之词，以至于我无法从信中得到很多的消息。为了避免我的赞美成为我的家人谈论的话题，我最好还是静下心来做我自己的事。我将在 1 月的 2 日或 3 日回家，将在五天后到达家中，之后我要去多伦多。等我到多伦多的时候，我会好好地说个明白的。在多伦多我会喝点儿酒，有时候是杜松子酒。再从家里到多伦多至少也得五天，到时候要聚一下。我们想要在威尼斯喝法国的白兰地，并且还要参加一个展览。如果你没有和别人一起的安排，我希望你能参加我们这一群人，你觉得呢？为什么现在不去买票呢？那样的话，在 2 日或是 8 日的某个晚上我们就能见面了。首先呢，我们会聚在我们喜欢的地方，然后在威尼斯打开一瓶白兰地，每人喝几杯白兰地，怎么样啊？你去拿票，等我到了的时候我来安顿你。① 多伦多有一种东西，看起来很像秘鲁原始的炸面圈。② 如果你想和普克取得联系，你能给普克打电话。普克的号码就在电话本上，或者你可以向中心申请长途，普克就是约翰·威尔，我已经挂了电话，看看你能做什么。老兄，圣诞快乐！

海明威

致格蕾丝·昆兰的一封信，托斯吉
密歇根
1919 年 12 月 26 日

---

① 在信的左页是《狼和炸面圈》的第一页的原稿。《狼和炸面圈》包含海明威的名字裴度斯基的 602 个州的街道地址。还有 3400 个词的标志。这个片段出现在卡洛斯·贝克的《海明威的生平故事》。

② 哈利·威尔斯的故事中提及这真正的秘鲁炸面圈出现在《周六晚邮报》（1915 年 12 月 9 日），而且被包括在他的《我的帕特直》故事集中，也在《红沟》中涉及（纽约，双日，1916）。海明威用了《狼和炸面圈》为名，在其死后以《雇佣兵》为名出版。

亲爱的昆兰小姐：

据瑞德的妈妈说，她让瑞德打了个盹儿，好让瑞德今晚能有精神。尽管我们都尽了最大努力，但法官还是表示无能为力。你最好休息一会儿，我们正准备过去，希望能够说服法官。

很遗憾你不在这里，谢谢你的留言条，这本书我会尽量保存的，我们还没开始看它呢。话说回来，恐怕法官无论如何也会毁了它。

今晚见。

海明威

致格蕾丝·昆兰的一封信，托斯吉
密歇根
1920 年 1 月 1 日

亲爱的鲁克妹妹①：

我昨天早上到达这里，但是我现在好像在这里度日如年。而我在你的村庄待了一天却像是白驹过隙，我在你的村庄的时间是不短。鲁克，我很想念你。我在想你是否参加埃克斯今晚的舞会。② 我最近很高兴，但我不希望你离开托斯吉。

你是一个出色的侦探，你是多么可爱的女孩，游泳、跳舞、骑马，你样样儿比常人要强，你相貌又这么出众，我已经把你的

---

① 这是回复来自昆兰的一封感情真挚的"火车信"，给了海明威，让他在从裴度斯基经由格瑞德和印第安纳铁路回往奥克公园的旅途中来读，在信中她提到要为海明威做奶油软糖，并让他记住，他是她"唯一的哥哥"，而且她在信尾题的名是"爱你的妹妹鲁克"。
② 埃克斯的这个仁慈的和爱护人民的社团，一般情况下被认为是埃克斯俱乐部，是慈善的社会组织。在 1868 年由当地教士人员在美国全国各地建立的。

过人之处告诉我所有的亲人了。在今天下午我和伊丽莎白喝茶的时候，我极力赞赏你。在中西部的每一个人都知道，我海明威有一个在北部数一数二的妹子，叫鲁克，她很棒很美。

昨天下午 9 点和威廉小聚了一会儿，他也是个同样的怪人。瑞德和狄威给我打电话约好周六在威尼斯咖啡店吃午饭。

我在周六晚上还得参加一个由 15 个来自全国各地朋友参加的晚宴，特尼科已经安排好了。他会给我发电报，弄清楚我什么时候到那儿。这会是一个朋友相聚的好机会，这可是 15 个老朋友呢。爸爸有六只绿头鸭，他已经把它们交给我，让我来准备朋友们的晚餐和周日晚餐。周一我将去达来斯去看望瑞福，周二我不得不去看望高德斯、韦德·弗莱和费沃，所以这么看来，我似乎没有很多时间来学习学校周日的课程，如果这封信太长了，你能略过那些你不想知道的内容。但我实在太想念你了，想要把我的情况都告诉你，所以请你原谅这冗长的信件中又有这么多的赞美。我们在春天的时候见一面好吗？你有什么意见吗？但有几个女孩有一点生气，因为我告诉她们说，她们都没你跳得好。还有，可能我既不会去多伦多也不会去肯塔基了。看来史密斯受《火石》邀请去参加了一个公众活动，这个活动被叫作"船和卡车"比赛，史密斯也让我去参加，说起来可能太晚了，因为她们是在三四天前问的我，这个工作一周的薪水是 50 美元，并且去后各种的花费都是由自己承担的，如果这个活动仍然开放的话，我会参加的，我必须住嘴了吧。我亲爱的妹妹，晚安。

替我向你父母致以最好的祝福。

爱你的哥哥
海明威

致艾文佩斯

女王西街4号，多伦多

1920年1月中旬

我抛下一周40美元的工作来到多伦多。你坐火车去一个合适的精神病公司，在最好的精神病院帮我预订一个房间吧，我可是真疯了。

海明威

致威廉·豪恩

里德斯大街153号，多伦多安大路

1920年3月25日

亲爱的老朋友：

我不关心你在研究解剖学的什么部分，但是你无论怎么样也不能不写信给我。问题是当你冷落了我六七个月之后，虽然我知道你没什么事，但我自己却开始疑惑，我到底怎么你了。

我多么想见到你，你这个老家伙为什么自从去了城镇就几乎没有给我发过电报？我像一颗子弹一样从北部出来，无论如何，一切都还好，希望下次，还要把你和我如此完全地隔离。

目前，我在多伦多，这塞克尔①以一种几乎不可察觉的速度积累。但是，在春天，它会足够我去北方的。

那是我生活的全部目的，你最好也去那里。我们能在一起钓

---

① 这封信写在质量很差的纸上，现在已经泛黄了，纸的一边被不规则地剪裁。海明威的这封信是对格蕾丝在1920年4月3日写给他的信的回信，信中格蕾丝感谢海明威送给她的复活节礼物百合花，并且请海明威把他的简报寄给她。

鱼，游泳，爬山，闲逛，直到你嫌我麻烦为止。

如今无法用语言来形容在布莱克·皮根和大斯德根河钓鱼的情景，那暂时引用我和考博的话来说，布莱克是美国最好的钓鱼的地方。

我们在贫瘠的布莱克河河口处宿营，在那儿你看不见一间房，一棵不结籽的松树，像岛一样绵绵延延的，在这里钓鱼绝对有趣。

过来等鱼多起来，等多长时间都可以，如果你决定尽情作乐，那你现在就过来，今年秋天我在这儿陪你喝酒。如果你不想尽情作乐的话，你就等假期再来，你、我、费沃和你认识的这些最好的伙计们，咱们一起旅行去，这样的话，即便在最凉爽宜人的天气里，我们也会激动不已。

我来到这儿就快两个月了，我很卖力地工作，来赚取这个夏天的自由。就算你在这个城市住着，你也不会喜欢这个城市的。但是它仅仅是像其他那些该死的城市一样，一个充满压榨的、糟糕的、赚钱困难的地方，现在，我就是最受压榨的、最辛苦的、最糟糕的工人之一，尽管我和那些有钱人住在一个地方。我希望你对布鲁秘好一些，问候一下他和贞克，关心一下他们房子的事。布鲁秘曾去过巴黎、美国南部和新爱尔兰岛。他在整个途中都在工作，并且度过了一段愉快的时光。

在今年秋天我开始跟着他，去四处看看。这对我很有帮助，而且几乎是我今后写作的必需品。这种经历是无价的。

布鲁米现在已经入行了。他从来不知道当他离开意大利的时候我是多么的恼怒，这是个误解而且没有什么特别的原因，他本该照看一下我的材料，但是话说回来，我确实不知道我想要什么。

布鲁米是个很受人欢迎的人，我希望你能邀请特必和贞克一起来家里吃饭。贞克家住新卡特大道 6702 号，罗格公园。你能在电话簿里找到他的电话。

前一段时间，这里天气特别好，但是现在它变得冷了，还下雪了。很可能你那里也一样。当天气好的时候，我玩网球，玩得很高兴。我没有从卡纳博那里得到任何钱，尽管我向他要了。现在我是靠在《多伦多星报周刊》①挣得的钱为生。我的医生诈骗了我很多钱，所以现在我没多少钱了。否则我会按我说的寄给爸爸一些钱，我欠他大约 30 美元，但是请告诉他当我来北方的时候我会挣很多钱，那时候我将把钱还给他。我现在每天中午不得不只花一美元来对付午饭。我现在也缺衣服和钱。《都格之星》这份报纸每个月仅发一次工资，这样是挺不方便的。

但是，在 5 月份的第一天我的情况就会有所改善。在 6 月 1 日前后，我会穿过芝加哥去北方，去见比尔，到时候就能开车兜风了。

把我无限的爱带给你的家人。

海明威

致克劳伦斯，格蕾丝·霍尔·海明威
《星报》办公室，多伦多

---

① 《星期日的世界》是《多伦多世界》的一个每周特写杂志，是在 1880 年开始的一份每日报纸，并在 1921 年 4 月停刊。E.H 为《星期日的世界》写的任何东西都没有被记录下来；也没有什么在《人类》的自传被提及。可以得到的微型胶卷复制印件也不包括《星期日的世界》的版面。《多伦多全球》在 1844 年以周报的形式被创立，到 1853 年的时候就每天都出版。1936 年，它与另一份报纸合并成为《全球与邮政》《多伦多之星》（1892 年创立）。当时是这个城市最大的报纸，之后又出版了星期日的杂志《星报周刊》。在所有出版物之中，有 172 篇海明威所写的文章出现在《星报周刊》上（从 1922 年 2 月 4 日到 1923 年 10 月 6 日）。

1920 年 4 月 27 日

亲爱的爸爸妈妈：

我已经给你们写了好几封信了，但我都忘了给你们寄过去。这封信我写完就寄出去，我很高兴苔丝和布鲁秘周日不在家。

最近总是玩网球，若弗正在闹情绪，不过幸好我没遇见他们。

几周前我去了一趟布菲法看见了和我一起在意大利服役的奥瑟托乌斯。

最近很努力地在《星光周报》工作，在信中我附了一两份简报让你们看看。一个是我昨天先写的今天被《垒球》采用的社论，这家报纸的大老板——阿特斯内①，因这篇文章赞赏了我一番。

我打算 5 月 17 日或 18 日去芝加哥，然后 20 日或 21 日去北部，和比尔一起开车去。我将去北方为《多伦多星报》做一些户外的采访，我现在在人们眼里可是钓鳟鱼和露营的老手儿。我和比尔、扎克、瑞斯都一起谈奇闻逸事，老板都不知道他们是谁。我特别想去钓鱼。

对你们表达我无法言及的爱。

海明威

---

① 这封信附带的简报没有遗留下来，《多伦多全球报》在 1920 年 4 月 27 日的社论"一个全球贸易理事会"中提倡集中政府的购买力，E.H. 提到的《多伦多全球报》广泛引用他的文章不是完全准确的，但是这两篇文章都引用了瑞福·卡纳博发表的观点。瑞福·卡纳博被加拿大战争购买委员会委派来调查这个问题（《多伦多全球报》直接引用卡纳博的观点，海明威间接引用他的观点）。周森·阿特森（1865—1948）在 1899 年成为《多伦多星报周刊》的经理和编辑，并在 1913 年成为主要控股人，他的社论政策反映了他的信念，那就是报纸应该促进社会和政治改革。

致托斯吉

多伦多

1920 年 6 月

亲爱的朋友：

在托斯吉看到你非常好，我正打算着让你出来去瓦隆。

我已经跟家人说过很多次了，你是我所知道的最好的人了，他们会同意我的看法。我期待他们能见到你。

目前的房子是相当的破旧，就像是碎片攒的一样。女仆珍妮①是我们最后的赌注，这样地变来变去太难为人了，因此没有人能干这份活儿了。

但是在瓦隆就不要紧。

希望你和多萝西的旅途愉快，把我最好的祝福带给康纳博先生和拉尔夫。

我知道，这封信太长了。

欧内斯特·海明威

致格蕾丝·海明威

范德比尔特

1920 年 6 月 24 日

亲爱的妈妈：

我和乔克在海滩上玩来着，然后他和比尔去了南部，抵达伯

---

① 1920 年美国人口普查记录（1 月 10 日）列出了作为海明威在橡树园家庭的仆人，年龄 18，出生于布拉格的珍妮。潘诺兹说，在 17 年里，海明威雇了 10 个新女佣，这件事一定程度上被视为一个标志，即格蕾丝是"不能工作的"。不过，家里经常在秋季即他们从密歇根州返回时聘请一位新的女佣，"表明他们以前的女佣里没有想要在夏季失业两个月的"。

明翰并且在那休整停留了一个星期。在下周二 6 月 29 日会到达海湾的家。希望能尝试着尽快脱身回去，在清理码头①的工作上帮助你。

给我回信道：波恩城 2 号。

爱你的
海明威

附注：周一本德医生来这里帮我看喉咙。

致格蕾丝·昆兰
波恩市，根州
1920 年 8 月 1 日

最亲爱的格蕾丝：

亲爱的，虽然已经发生了这么多的事情，但是我非常抱歉之前一直没有写信。

而现在，我正试着写八个说话带有诅咒声的寄宿者。

希望你在营地有个愉快的时光，你和他们大家在一起不会想家的。

这提醒了我，我现在无家可归。字面上的意思你懂得，永久的被踢出去。

---

① 虽然海明威经常住在霍顿湾的迪尔沃思，睡在一个连接到后方的厨房的棚子里，但格蕾丝希望他在温德米尔的家务琐事上能帮着干点活儿，包括在夏季开始时清理码头。

甚至都没有个像样的理由①就被从家里放了出去。

伯明翰也是在同一时间离开家的。但我写所有关于这些的，可能会让你感到厌烦。

想让一个家伙感觉非常糟糕，就是让他知道他没有家，即使他并不是多么在意它，所以我有点忧郁，并且被指责为不公正，也是不好的。

我妹妹要去拜访瑞德，请告诉她你听说过的所有那些关于他的事情。

雅克在发烧，迪克·斯梅尔和欧迪加大约是第 14 次来这儿。

我觉得卢克今晚情绪不高，上周我和山姆②一起去钓鱼了。留在俱乐部，突破性地大捞了范德比尔特俱乐部的鲑鱼，两磅多一点。

明天早上，我们要去布雷克，然后用几个星期去西尼。

如果你给我写信到这里，我会在周四让比尔给营地送邮件时送过来。

格蕾丝，我想再写一些，并且告诉你每一件事，但我又累又困，昨晚捕鱼的所有事情都无法写得有意思了。虽然我是个男人，但也会感觉情绪低落和孤独寂寞了。

孤独感让我可以写得更顺畅，低沉有益于写信。

---

① 在 8 月 8 日的海明威给昆兰的信里，他解释了更多的细节，海明威的母亲因他在 7 月 27 日偷偷地和布铮、休斯拉、森尼和四个年轻的朋友，举办了午夜野餐的事，而和他发生冲突之后，把他从温德米尔赶了出去。格蕾丝让海明威对这个事件负责，那天晚些时候，格蕾丝递给他一封信（追溯到三天前，即 1920 年 7 月 24 日），信中表达了她对夏天里的那件事的不满，她认为他很叛逆，在无理取闹。至于海明威则搬到波恩市的一个公寓里。（雷诺兹：《年轻的海明威》；卡洛斯·贝克：《海明威的生平故事》）

② 山姆可能是一个内克家庭的成员，这个家庭在马塞琳的回忆录里被提到了（桑福德·马赛琳娜：《与海明威的五十年通信》）。内克一家有几次出现在温德米尔拍摄的海明威家庭照里（玛德琳·海明威·米勒剪贴簿）。根据欧斯格县的县志，范德比尔特的扶轮社，或者说范德比尔特的运动员的俱乐部，是一个在格河上进行打猎和钓鱼的乡间小舍，坐落于密歇根州的范德比尔特镇以东。

在天使城（洛城），我和伯明翰打网球，赢了比尔和查尔斯博士。

最后一周，鲍伯·卢米斯（178磅）可是瘦了不少。没有任何征兆。

这儿除了令人厌倦的平常地方，什么也没有，还有这么多有趣的大事情要告诉你，但是我实在是写不下去了。

绝不能告诉你是否我讨厌因很多的麻烦让你感到厌烦等等。把我的爱给你，我认为她欠我一个大大的问候。

我爱的格蕾丝

欧内斯特

致豪威尔·詹金斯

波恩市，密歇根州

1920年9月16日

亲爱的豪威尔先生：

真抱歉之前一直没有给你写信，但是接着我会给你娓娓道来这些事情。

自他们离开后，我们已经抓住了很多鱼，每天我们都能钓一些，我们也能操控高档航海工具，再后来我也已经能扬帆航行了。昨天我，凯特和欧迪加，乘着帆船去了天使城，虽然我们用了双帆，但是遇到这样一个地狱般的暴风雨，我们也不得不在艾思顿进港避雨，下雨、闪电、打雷、风浪、台风，上帝知道还会有什么。

如今鸭子四季开放了，我们期待着猎杀几个带羽毛的，我希望在这儿一直待到 10 月中旬。我将和马达姆、博德、斯徒一起开着汽车游览风景。我的住所已经被封了，在芝加哥我无处可去。尽量让维加诺别管我，我在威尼斯用着一套被褥。我待在芝加哥几天，再转身去多伦多或堪萨斯城，有封来自堪萨斯城的信让我定义我的风格！在多伦多我在一个月里分四次能挣到一共 50 个硬币，我猜他们会来，到时候我把这事儿告诉他们。在这种情况下，下一个夏天的时候我将富裕起来的，他们每月给鲍恩 175 美元，一般他们给我的报酬比鲍恩的还多，我希望在那里能得到一些大的钱，因为每个月除去我个人信件方面我可以整理 100 或 150。这就是为什么我认为堪萨斯城是最吸引人，因为在这儿我可以得到一个不错的薪水，而且几乎各方面都比在多伦多好。

你怎么想的呢？

我突然想到杰克·邓普西和麦斯克，别浪费了你的热情。

记住这一点，麦斯克是一个建设者，他虽然已经病了，但还是赢得了比赛，这确实是他的一个好处。他们是很好的朋友，杰克说。你不得不给麦斯克一个一等头衔，当然，希望麦斯克做任何对抗杰克的事情的想法也是很荒谬的。

现在杰克去对付另一匹"老战马"了，一个他肯定对峙过的人——高博特·史密斯。高博特是一个极好的却有些粗暴的战士，虽然有一个该死的野性脾气，但是现在他的实力本绝对是过得去的，可是前两天晚上在大急流城竟有个二流选手击昏了他。

杰克会严厉地教导他，然后将敲打比尔·布伦南，他一直是最可怜的拳击手之一。

但你要知道最为人所兴奋的是，乔治也会很迅速地取得如此成绩。

乔治和乔·珍妮对抗了 20 轮，他打败了比利和弗兰克·克劳斯，又被韦尔氏击倒了两次，他可以比邓普西①更快地击倒敌方，他是很好的一个小伙子，并不是昙花一现。

如果你能使任何人引起十之八九或相似的事，那么邓普西会把它放到快餐店，我会如子弹般把它抓住，因为他们一发布乔治和莱温斯基的对抗，那么比赛门票的价格也会由于它而直接下跌。

激情四射的邓普西从未进行过一场真正的战斗。相反乔治却经历过很多，邓普西也许会和他们说的一样好——但是他从未证明他是不是一个令人嫉妒的闪电般的拳击手。面对着这个和他一样以"快"著称的拳击手，一个要把他打倒，并以全身解数来作为回敬的人，邓普西会怎样做呢？我们现在还无从得知。

我思索着这件事，邓普西也许会彻底击败他，但是从另一方面来说，除非有一个绝佳的机会，不然他是无法做到的。这是杰克·邓普西第一场没有绝对胜算的比赛。我们只能在赛事上见分晓了。

你现在在做什么？剖克在做什么？他将回到学校吗？你见过迪克吗？

这些醉鬼的问题是不是很滑稽？

我是个不苟言笑的人，你们是不是对我这没来由的兴奋很奇怪？

我们最近摘了很多苹果，砍了树，开垦了 9 英亩甜红花草的荒地来播种。哦，对了，我在船上的木楔上备受肠痛折磨，出现

---

① 1921 年 6 月 2 日，在一场沉重的"世纪之战"的比赛中，美国人杰克·邓普西（1895—1983），这个 1919 年之后五次卫冕的世界重量级拳击冠军，将与法国拳击手乔治·卡朋特（1894—1975）进行一场维护自己称号的比赛。海明威预测卡朋特会胜利，并于 1920 年 10 月 30 日在《多伦多星报》发表了一篇文章。事实上，邓普西将会以一拳重击赢得战斗，直到 1926 年都保持着他的称号。

了内出血的状况。昨天医生割开了我的肚脐，清理出了许多的脓。今天感觉好多了，他们认为我只不过是疯狂了一下。

我们带着拳击手套躺着，第二天打了几手拳。我还没有认真地猛打，就赢了欧内·威尔，威尔是一个出手相当快的拳击手，他的速度很快，但是他对比赛的了解并不充分。他的脚跛了，他仍保持进攻状态，但是因为我在他右边晃动并用左钩拳打了他的头，由此赢得了比赛。我们打了三局网球，他把我打得灰头土脸。

好吧，我会努力找到这场比赛的裁判。在此写下冗长的书信并且向你的亲人和迪克致以最美好的祝愿。

海明威

致格蕾丝·昆兰
波恩市，密歇根州
1920 年 9 月 30 日

亲爱的妹妹：

早上你的母亲告诉我今天是你的生日，所以我去镇上给你买些衣服，但是衣袋里只有 59 美分，真的很困窘。

我考虑到了好几种送礼物的方式：用 59 张 1 分的邮票作为礼物，或者订阅一个月的《晚间新闻》，或者是在李恩赫斯店①买特别折扣的廉价货，但是这些想法都被我自己当场否决了，因为你可以借邮票，你能以任何方式看到报纸，而且或者根本不穿橡胶鞋。

---

① 李恩赫斯父子店，位于佩托斯基米歇尔街的干货店。

所以凯特，我和凯特的叔叔约瑟夫医生去了马丁糖果屋，并且每人喝了一杯所谓的饮料，我让他们向我认识的一位令人尊敬的女士祝酒，因为今天是她的生日。我们喝着酒，凯特想知道那位女士的年龄，我告诉她快30岁了，回答得虽慢，但是很确定，之后，受此鼓励，我们又喝了起来，所以用于你生日的钱就没了。

但是，下一次，老兄我将努力在你庆祝完之后再破产。

今天早上我们正在你的厨房讨论，这时迪戈进来了，迪戈告诉我上个秋季我打赌白袜队时输了是罪有应得。① 想到职业球赛的真正内幕，他并没有责备白袜队把自己坑了。他甚是生气，不过却没有我想象中的那么生气，所以我顿时有一种要把他狠狠打一顿的冲动。但是这种想法被我压制了，因为我认为"假设我真的打了一个亲密的朋友，那么我心里的包袱就会变轻或其他诸如此类的吗？"

然后凯特和我去了天主教堂，点了一根蜡烛，我祈祷了所有求而不得的东西。我们心情愉快地出了教堂。不久之后，作为报酬，主打发我去了一场有点浪漫格调的冒险。

这是一场小型的冒险，但是却出乎意料，并且有那么一个时间，令人毛骨悚然，我很高兴地点燃了蜡烛。具体的细节等你见了利兹就知道了，当我们在雨中开车回家的时候，我一直在想，你马上要十五岁了，这是多么美好的一件事啊。雨下得非常大，凯特睡着了。我为了你即将15岁这件事作了首诗。到家之后，我意识到，你比我要敏感得多。雨停了，凯特也醒了，我觉得你会认为那首诗很愚蠢，所以就没有寄。我非常抱歉在这个夏天我

---

① 在一场破坏了1999世界职业棒球大赛的赌博丑闻中，8个芝加哥白袜队成员给辛辛那提红人队投了一系列球。1920年9月28日，他们被芝加哥最高陪审团以同谋罪起诉。

是如此差劲的伙伴，而且脾气那么大。我也非常遗憾你如以往一样不喜欢我，因为除了当我听到你在我背后说坏话觉得伤心而生气时，我确实比别人都喜欢你。

但是我要说的不是这个，而是你的生日，我希望它是一个非常棒的生日。如果你不觉得太过时的话就给我回封信吧。

晚安！

爱你，亲爱的
海明威

附注：为你点燃了一根蜡烛，如果你认为有效果的话我会很惊讶。告诉他们给你任何你想要的东西。

致威廉·史密斯

多伦多

1920 年 10 月 25 日

在渥太华真诚的威廉。

那看起来是不能够相信的。汽车里泄漏了什么东西吗？在渥太华的旅馆里居住，他们要价多少？你在那儿待了多长时间？你住在那儿觉得怎么样？那儿的情况使我感到震惊。

迫使你在那里买一处住宅看上去很难。① 难道不能那样做吗？

例如，继续住在哈希家，以最低的价格，我敢保证哈希不会

---

① 在他 1920 年 10 月 21 日写给海明威的信里，比尔向伊利诺伊州渥太华市的女士表达了他浓浓的仰慕之情，然而他和他的姑姑在从密歇根州前往圣路易斯的路上停车了。史密斯写到他打算在那儿买座房因为租金贵，但是还是迫不得已。

回到公寓里的。我们这有一大块湖区。任何事情都有可能会泄露的。① 你能在哈希的遗嘱中得到这座住宅吗？你会提供什么？

兹斯特离开没有？他离开以后去了哪里？

我没有监管工作，我一直袖手旁观，只是把希望寄托在发展中的广告业上面。同时，我也每天在为多伦多报写故事②，一共写了四篇了，每个故事一千到一万两千字，比我整个夏天写的还要多，还有四篇要写，等我写完这封信之后再继续写。

比尔·霍恩和我在北大街 1230 号监管着一个住处。这是沿着新屋的街区，它就坐落在斯达特大街上。

上周五晚上看见迪克了，他只是他自己的一个鬼魂。费不了多大力气，他就能给安倍·阿黛勒施压。

他们给他试穿了一件毛呢外套，你听说没？

如果没有什么东西突然出现在垂直的方向上，那我就坦然地面对城市里的广告。彦说过他有把握能吸引来一些机构，但是这样需要一点小小的努力。同样地我在多伦多挣的钱比我做记者挣得还要多，但是这份工作我干了不到一个月就不想干了。每天讲一个故事，每个故事一千到一万两千字，你可以想象一下这得花多长时间才能讲完。

海明威想着虽然发表文章能积蓄钱，但是对现金的需求又要驱使他自己继续做记者。明天我将去播广告。到目前为止，作品数量达到了每天一个故事。这简直令人难以置信。

----

① 1920 年 10 月，海明威和伊丽莎白·哈德莉·理查森在芝加哥第一次见面，他们和比尔，凯特的弟弟，弟妹，肯德雷，吉纳维夫"杜戴尔"·史密斯住在一座公寓里。凯特和哈德莉都在圣路易斯的玛丽大学读书，在她母亲去世后，在凯特的邀请下，哈德莉在芝加哥玩了几周。海明威刚从密歇根回来，就接受了彦给他找到的工作，回到圣路易斯，在找住处时，走到了比尔·史密斯待在美食街 5739 号哈德莉的小区里，发现哈德莉和她的妹妹，家人住在一起。

② 从 1920 年 10 月到 12 月，海明威的六篇文章被刊登在《多伦多星报》上；从 6 月到 8 月，报纸上还发表了他的七篇文章。

前几天晚上比尔·霍尔举办了一场聚会，在场的是一群年轻人、哈希、作者和他都参加了。我们在维克多小屋吃的饭，我们喝了好多酒，然后我们去科利吉站跳舞。我们的精神状态都很好。这是一件很快活的事。在维克多的私人房间里好多年轻人都在唱歌。哈希是一流产品的侦察员，她酒量大，这是我第一次见到哈希在这种场合结结巴巴地说话。西欧多尔提出阉割聋哑动物的话题使我们感到他内心的丑恶。

引起奥德噶试图抑制住自己并不能使自己找到灰泥使妹妹处在最佳精神状态。

地址是北街 1230 号。希望你回信。请把我的爱带给那位女士。你想让哈希在这儿待多久呢？至少这一周她会一直待在这里。

爱你的

米勒

致《芝加哥论坛报》

芝加哥

1920 年 11 月 29 日

C122 论坛：

我不去试图为了博你一笑，而在信里加入一些不伦不类的诡计，让你把我放到星期天论坛会的广告上哗众取宠。

也许你宁愿用这些事实，或者是从我带给你的那些公共签署了的文章里的简单字符来妄断我的写作水平。

我已经 24 岁，除了是《堪萨斯城明星报》的记者，还是

《多伦多星报》和《多伦多周日世界报》的专栏作者。

我孤身一人，没有伴侣。

战争纪录片几乎可以算得上是市场上的滞销品，当然，它也在一定程度上暗指了我没工作。在 1918 年期间，我没能通过美国的体育考试，因此我选择了加入意大利军队这条路。7 月 8 日，在皮亚韦河，我因负伤而两次被授予勋章并被授予军官军衔。当然这只是些无关痛痒的小事。

目前我在做专栏记者，他们每周都需要五个关于周日话题的专栏。

我热切希望可以摆脱报纸经营业，终结我的广告生涯，进入文案撰写行业。如果你需要的话，我可以带给你一些我在《多伦多星报》和《多伦多周日世界报》的作品用来加以佐证，你可以参照这些作品来估量我的写作水平。我也可以提供你所希望的任何商业和特征上的参考。

希望我已经克服了你的销售阻力。

非常真挚的
海明威

致 《芝加哥论坛报》

芝加哥

1920 年 12 月 2 日

F. G. 391 论坛：

今天你在论坛上登的广告看起来像是上天给予我的，我苦苦寻觅的能使我摆脱报纸行业进入杂志领域的不可多得的机遇。

自从 1916 年 1 月以来，我被紧紧束缚在新闻记者的领域，我在堪萨斯城星报和时报做记者，在《多伦多星报》和《多伦多周日世界报》做特写作家，忙得不可开交。

如今，我已离开了多伦多，正在为《星报》的周日版做特写工作。这些有部分加拿大的视角在里面的故事几乎牵扯到了美国的一切。这报酬还算可观——可是总是不假思索千篇一律的陈述加拿大囚犯题材的故事，相信不假时日，这些故事就会失去他们的吸引力。

厄休拉

海明威在 1920（26）年 12 月 2 日论坛报的"需要：男士帮助"部分对这则广告给出了自己的回应："新闻记者：有做过日报记者经历、写过社评和故事特写的年轻人；使得芝加哥杂志月销量达到 20 万，这是个非比寻常的伟大的开端，我们需要一位不寻常的年轻人，来给我们一封阐明学历、经验、年龄和开始时想得到的工资的信作为参照。F. G. 391 论坛演讲。"

致哈德莉·理查森

芝加哥

1920 年 12 月 29 日

亲爱的哈希：

从圣诞节伊始到现在我几乎失去了你的消息，也再也没有看到过你的信，我希望是圣诞节耽误了邮政服务①的原因。但无论是因为什么，我都无法做到坦然地接受。

一切都悬而未决。周二我可能离开这里去罗马，不是罗马纽约，而是另一个最有可能书写我的宏图壮志的地方。我可能会在罗马遇见我未曾遇见过的职业上的黑暗势力。

如果我去那里，途经华盛顿，在华盛顿转机去纽约，也就是说我将从这儿出发先去圣路易斯，然后到华盛顿。

我不禁要感慨，这是我不可多得的机会，这也是可以让我在理想条件下写五个月小说的唯一可能，这是一个安排，通过合作共同体，他们宣布我要到国外去参加合作共同体运动，然后向他们提交社论，合理的汇率宜人居住，大约 1 美元换 30 里拉。值得一提的是，罗马的冬天并未有想象中的那么凛冽，气候就像十月的初秋一样，渲染的那个小镇甚是温润。

6 月似乎比前五个月都要显得可爱，如果我也恰如其分找到了稍好一些的工作，我定会归来。在罗马和吉姆待五个月回来之后，请让我们酣畅淋漓展开一场关于贝伦森②的辩论。

从多伦多我对杰克的了解甚微，但是我认为这个话剧要是解雇黑客，全场都会忍俊不禁。

这个命题应该可以去吸引那些掷过色子的人。

彦和我的父亲急切希望我去。还说如果我不去的话，就在毁

---

① 1920 年 12 月 24 日，哈德莉通过特殊的邮递方式给海明威寄了一封信，使得他可以在圣诞节查收这封信。

② 尽管海明威的字迹不甚清晰，或许是这样的：伯纳德·贝伦森（1865—1959），立陶宛人，哈佛大学毕业的艺术史家，也是当代鉴赏家，评论家。在意大利文艺复兴时期因对画的细致研究而闻名，大部分的研究内容在 1894—1909 年出版。早在 1949 年，海明威和贝伦森都成为驻外记者。

掉自己。如果是你呢？你怎么想呢？①

海明威

致康格小姐

芝加哥

1921 年

康格小姐：

为了了解形式和政策，帕克先生②和洛佩尔先生已经浏览完了附加的证据，而我为了找出印刷上的纰漏，也已经从头到尾阅读了一遍。

诚挚地希望你留意下排版和各种各样故事的续集好吗？

欧内斯特·海明威：

我为了扩充这个故事而在洛佩尔先生指南下面写了些大放厥词的内容，这不容争辩必须要删去。③ 你很肯定能找到那个是昂森克先生的亲戚的婴儿的名字吗？

勒穆瓦纳

致威廉·霍恩

---

① 1920 年 12 月 31 日的信中，哈德莉写道，祝海明威新年快乐，还说"希望你在罗马或者是在布宜诺斯艾利斯"。她还在信中恳请道，"我希望你告诉我你不去罗马的原因"。海明威最终并未和甘布尔去旅行。

② 哈里森·帕克，美国合作社的创建者，理查德·洛佩尔，是合作共同体杂志的发行者。他们复审出来的长条校样在这封信中没有出现。

③ 讽刺性文章，是为了报纸或杂志的整体布局而设计的小部分内容。只有 1921 年 10 月 1 日的发行物被保存下来，海明威写的那部分没被识别，并且新的日期也没标清楚。

芝加哥

1921 年 1 月 26 日前

亲爱的比尔：

我生病在家，这台打字机也像跟我作对似的不好使用，所以这封信不会很冗长。

如果你这次可以遇到杜戴尔，并且她告诉你很多很系统种类繁多的审美方法，但你要始终记得，第一个往往才是最出类拔萃的。

我不知该怎么说，但事实如此，西摩夫人迫切希望得到你的指点，她好几次都问我是否收到你的来信。我只能一直跟她说没有，然后和她一起苦苦守望。现在我觉得我可以把这件事更加清晰明了叙述了。

把它寄给我，我会带给西摩夫人。

大部分材料都在这个俱乐部，其他的在摩西还在建造①的房子里，我恳求你把材料寄存在我这里，这样等你有想法的时候可以及时告诉我你想怎么处理这些材料。我会一直等着你的消息，不要忘记通知我。

我的嗓子溃烂好久了，用了好多的卫生纸②，现在的我正在焦虑地等待着再次拥有一个健康的体魄。

---

① 在霍尔的雇主（伊顿车轴公司的雇主）11 月初叫霍尔去克利夫兰之前（1920 年 11 月 10 日，霍恩写信给海明威），海明威和霍尔合租在北州街 1230 号的库西家里。就在圣诞节过后，海明威搬到了东街 63 号史密斯的住处（被称为"俱乐部"），融入了一个年轻的群体，并且还接受了史密斯特意为他预留的一间。这时候他的妻子杜戴尔，正在纽约进修音乐。霍恩告诉海明威，在纽约的杨克斯区度圣诞节假期的期间会一直与杜戴尔保持联系。（霍恩写给海明威的信，1920 年）

② 在他 1 月 6 日的回信中，霍恩说他和杜戴尔都看过了海明威的来信，这就导致极有可能他把海明威信里的"泄漏物"改为了"阿比西尼亚的卫生纸"。（表面上是表示身体不舒服的一个私人玩笑；"bungwad"是 19 世纪 20 年代美国俚语，指的是"卫生纸"）

你一切都好吧？

我多希望可以马上见到你。这里的一切都让人觉得很轻松。卡尔·桑德伯格和舍伍德①都过来了，我们喝了很多泛着晶莹光泽的葡萄酒，我们是何其幸运，每次晚餐都可以尝到葡萄酒，你最好回家吧。你回了家才会明白黛拉的厨艺有多好。

这家广告机构正在裁员，这致使唐刚刚失去一份工作。我认为能在洛佩尔有一份工作让我感到荣幸之至。男人和女人混杂在一起熙熙攘攘在街上漫步。

我的姐妹们一次又一次问及你的消息。我妈妈也在另一封信里表达了对你的挂念。

我有说不尽的话想让你知道，但是我觉得嗓子太痛了，以至于我不能坚持到说完所有的事情。

我会尽快给你写第二封信的。

我仍旧爱着哈希，她仍声称如果我们见面的话，她会平和一点，至少不会再用拨火棍去打我的头了。我们可以谈论我所知道的，那不是可恶的谎言，我知道很多事情，可我太累了，以至于无从下手。

这只是封便笺，我在杂志后面有些我认为相当满意的内容。

爱你的

厄尼

致威廉·史密斯

---

① 桑德伯格，美国作家和诗人（1878—1967），他所创作的《亚伯拉罕·林肯传记》和关于芝加哥的诗颇具盛名。舍伍德·安德森，在出版了《小城畸人故事集》之后，事业腾飞，他不仅在东街附近有一个属于自己的公寓，还因此在与契夫尔德广告公司的互相联系中结识了史密斯。（雷兹诺青年旅社，181 –2）

芝加哥

1921 年 2 月 15 日

史密斯：

希望你能永远保持正直的上腭骨。不管你是身陷绝境还是进退维谷。① 你要看到《客栈》②，我的上帝啊，这几乎是我这贫瘠的一生中见到的最精彩绝伦的展览。彦，我，还有卡波和拉费雷尔德先生，在周六的时候享受了这场视觉盛宴，有一次，抵押彦是由于语言的原因。拉费雷尔德激动到不能自已站起来给旁边人脸上一击，这只是出于友爱的一击。这个展览是我所见过的最好的展览，它无与伦比，完美无缺。露丝是怎么样的人呢？③ 她会对镜头有所帮助还是会抵触？她有没有引起肿大？她会求助于虐待狂者，还是受虐待狂者呢？她是不是一个会让男人在讨论巴布亚中讨论荒唐事情时会感到安全的女人？④ 她是哪种类型的女人？

这位作者又多了一丝铤而走险的意味。星期四，盖尔·艾肯·彦和创作者去露丝·布什·楼波戴尔家了。⑤ 他们一路谈笑风生，艾肯因喝了五星级的"海格和海格"的混合白酒已经醉得

---

① 在他 1921 年 2 月 13 日写给海明威的信中，史密斯向他抱怨自己的大部分时间都在工作并且已经厌烦了这份新的工作。

② 《客栈》是由乔治·柯汗（1878—1942）对科拉迪克·甘特（1877 年出生）的《超人的选择》改编而成的。1920 年 9 月，甘特的话剧在纽约首次公演；1921 年 1 月 31 日至 1921 年 5 月 1 日，《客栈》在柯汗大戏院首次试演。

③ 在他的信中，史密斯在前文做过他和哈德莉、露丝·布莱菲尔德在他们的住宅吃饭的铺垫。

④ 海明威的这个问题暗示了他读过《性爱的象征》《消肿机制》《孕妇的心理状态》（1906）；英国性学家哈维洛克·艾莉丝（1859—1939）的《性心理学的研究》。1920 年年初，海明威在多伦多买了这本书，并把副本作为参考寄给了史密斯，但是他无动于衷，又把书原封不动地寄了回来。

⑤ 之前住在新奥尔良的理斯和露丝·布什·楼波戴尔现在住在湖景大道 2650 号；在他们结婚前，她是狂欢节舞会上的焦点女王。1920 年 1 月 30 日《芝加哥日报》的社会版那一页有她穿着晚装的肖像特写和她帮着筹办慈善舞会即将来临的新闻纪实。

不省人事了，或许是酒劲在起作用，楼波戴尔夫人和艾肯在打桥牌时输给了彦和创作家，而我只喝了两高杯烈性黑啤酒。我断断续续写了不长不短的一些文字，与创作家和楼波戴尔的内容相仿，这些词与词组拼接成的文章否定了他们是同性恋的可能。星期六晚上我被叫到楼波戴尔家打桥牌，正遂了我的心意。到那儿的时候，发现有四个人在玩桥牌，而被淘汰的夫人在若无其事地旁观。露丝·布什在新奥尔良时，有四次在狂欢节舞会上做女王的经历。我们回到餐厅喝了几杯本尼迪克丁甜酒和一些杏黄色的白兰地。我的天啊，这个酒窖大得几乎让人觉得不可思议。① 创作家直到 3 点才回来。似乎比较起来只有查尔斯算得上是个好丈夫，他每晚都按时归家。露丝喜欢在人前舞动自己的身体，她大胆奔放受人追捧。彦在新奥尔与露丝相遇相知。她仍旧可以为了他们的羽衣做一次慢跑。

创作家为我和彦在杂志上监管着一份工作，他几乎把他一半的生命都交给了工作，可我却觉得卡尔格雷格和沃德广告公司的事情无聊至极，我从未觉得如此庆幸这个机构还不是我们的，彦只是负责监管这个机械性工程的收尾阶段。每个周六晚上他都有 50 美分的薪水。这份工作对他来说不坏吧？我却很粗鲁地拒绝他道，我绝不会做你这样一份工作，因为这份工作我能拿到不止 1 生丁的薪水，应该从武器工业里再拿额外的 50 美分来。

作为拳击中心的圣路易斯对我来说是这样一个优秀拳击队员展示的地方，他们因恐惧作家对他们的严厉批判而不得不在纽约

---

① "海格和海格"是苏格兰威士忌的牌子。"高杯酒"是 19 世纪 90 年代美国的一个术语，它所指的是掺了苏打水的威士忌或者将其他几种饮料混合到一个高点的杯子里面。"烈性黑啤酒"，一种黑色的德国啤酒，也或许是海明威一个伙伴的绰号。"汤姆利乔酒"，一种由诺曼底本笃会的僧侣制迪的草本的香酒。19 世纪 60 年代，一位当地的商人使这个秘诀现代化了，自从 1876 年，这种酒就在他建立的公司里进行批量的商业性生产。

打斗，但是往往在结束了一场热血沸腾的搏斗后，他们会骄傲地说："现在我们要去圣路易斯去踩六圈，实话实说，我们不会踩出任何痕迹。"这就是它对我来说非同寻常的意义之所在。或许凯德·霍华德①、查理·卡特勒和其他一些我认识的家伙会说，他们是为了金钱而参与这场冷淡的争斗。

前些天，我和赞助者菲茨西蒙斯②共享午餐时得知了邓普斯破产的消息，他虽然挣了很多钱，但仅仅是赔偿逃避兵役者费用就耗费了他几十万。似乎看起来他不论欢喜与否，都必须面临着和鲤鱼殊死搏斗的境遇，累累负债让他几乎窒息。

可笑，那就脱胎换骨了？也有谣言说他的工资是在他们的掌控之中，这也是从前他的噩梦。菲茨并未明指，只是暗示工资不菲。菲茨知道他是个好人。所以没有澄清事实，让人觉得意味深长。

我认为汤姆·吉本斯③能够很轻易地制服杰克，所以相较而言，我更担心他会对付那鲤鱼。就我自己而言，我从未看过比拥有无懈可击的风格和滴水不漏的击打方法的吉本斯更优秀的斗士，更快的穿孔者了。他虽然身高只有 165 厘米，但这不能成为否定他是一个完美的人的条件。但是当得知他是一名党徒分子后

---

① 凯德·霍华德（原名霍华德·凯尔），在芝加哥经营拳击馆已经三十余年。他的第一家拳击馆位于南克拉克大街32号（《霍华德拳击馆关门》；《芝加哥每日论坛》，1939 年 11 月 23 日，38）。海明威青年时期光临过他的拳击馆（《面包师的生活》）。查尔斯·基德·卡特勒（生于1983 年）是一名世界重量级摔跤冠军的拳击手。他 1913 年在芝加哥开办了一家拳击训练馆，一直到20 世纪 20 年代他都在从事拳击事业。（《时间使基德·卡尔特成熟》；《芝加哥每日论坛》，1951 年 2 月 1 日，B1）

② 弗洛伊德·菲茨西蒙斯，芝加哥拳击创办人，并且组织了 1921 年米斯克与邓普西的比赛。邓普西的征兵局鉴定使他躲过了"一战"的兵役。但是该鉴定却受人诟病，邓普西也被正式以逃避兵役的罪名起诉。1920 年 6 月 15 日虽然旧金山陪审团宣判邓普西无罪。但是这一指控还是严重损害了他的名誉。1921 年 6 月 2 日，邓普西与法国战争英雄卡朋蒂埃进行了一场备受关注的拳击史上第一场百万级比赛的比赛。

③ 汤姆·吉本斯（1981—1960），美国轻量级拳击运动员。1923 年，邓普西击倒吉本斯未果，仅以点数获胜。1924 年，吉本斯击败卡朋特。

我几近疯狂，你知道我从来不会毫无理由地向一名拳击者乱吼。可他并未向我展露他的一丝懦弱。我会付给他5分薪水让你去看他。

彦最近身体欠佳，但是他并未被病魔所困，至少他今天感觉尚可。再像和上次一样头痛了十天之后，他现在觉得有所好转。他很满意这种没有什么事情令他担忧的生活现状。我看见他与艾菲拥抱，自从杜戴尔离开后，他只出去了两个晚上，不是，只有一个晚上！

创作家装了十张纸币来代我还钱给那个女人，我要写信给她以示歉意。

我的手头上没有这种药物。前些天，我和她一起去了另一家女神早餐馆，上次我们一起去的是萨巴斯。上个星期三，她说她要在3月1日之前回家，但是我相信你也是知道的。她提议要离开后，大家虽然极力请求让她留下，但她还是坚持己见走了。她和彦的关系又恢复如初。

我最近经常看到卡波和基，当基在这里过夜时，我们就一起玩桥牌。

尽管我被埋没在濒死的痛苦之中，我仍旧想见见你，你不能向你描述的那样来担负这几乎没有人可以做到的紧张的工作。

彦今天去上班时看到帕尔默了，他只在办公室待了一个小时，他的日工资是8.33美元，今天他用了仅一小时就完成了一天的工作量，而后花了40美分买苹果。

如果我能想到的话，我会向你诉说更多，可疾病使我痛苦不堪，我用业余时间写这封信，睡完午睡我在4点之前必须回到办公室。别人认为我在家里会对社评作出深入的思考和周密的计划。我的时间相较于别人甚至称得上十分宽裕。我通常在9点至

9 点半之间到达，中午在外面待两三个小时，在 4 点至 4 点半离开。这工作不差，除了在最后一个月使我不得不拼命工作。

创作家买了一套卡其色西短裤，上周时放在喇沙这儿了。在 3 月 1 日或 4 日时，将以货到付款的方式寄出，随后很快我就有了可以去畅游圣路易斯的钱。① 现在我穿着的这件衣服，它简直短到我不能去见任何人，我在楼波戴尔家之所以选择这款样式是由于灯光微弱，地毯颜色昏暗，我的装扮看得不是很真切，蓝色套装修剪得很满意。这套西装在昏暗的地方很适合你。也许这才是真正的英语。

我不认识有魅力的人，但是我会给你一颗希望的种子。哈希怎么样？请送上我的爱。

永远爱你的
米勒

致约翰·伯恩
芝加哥
1921 年 3 月 2 日
《多伦多星报》主编

亲爱的伯恩先生：

我万分荣幸可以收到您为《每日星报》提出专门策略的信。更耐人寻味的是，您的策略与我长期以来对该报存在的看法不谋而合。正如您所说，日报上出版的特写文章与周刊上发表的文章

---

① 布鲁克斯兄弟，创立于 1818 年，纽约高档男士时装零售商。显然，该公司的一个代理处设在拉萨勒宾馆。拉萨勒宾馆位于拉萨勒大街和麦迪逊大街，是芝加哥最好的宾馆。该公司承做定制服装，实行货到付款。

大相径庭。您以为专栏作家可以在主编的领导下发光发热燃烧自己。但我认为这两点可以稍后再议。我其实非常向往你所提供给我的前途一片光明的职位。

而现在，我的工作虽然安稳但却枯燥异常平淡如水。就目前来讲我的周薪是 75 美元。我非常乐意接受一份周薪为 85 美元的工作。并且可以在 4 月 1 日前去报到。

您忠实的朋友

欧内斯特·海明威

写给艾琳·哥德斯坦

芝加哥

1921 年 3 月 16 日

亲爱的艾琳：

我万分荣幸你可以到这里来。在 7 月份，佩里 - 乌克兰斯基学校的条件比较差。你现在还好吗？我还从来没看过你轻盈的舞步是如何描绘出激动人心的鼓点的呢。①

我敢打赌，有罗森塔尔夫人陪你，旅行会非常美妙。而这封信也非常耐人寻味。我在办公室一边写这封信，一边想你被格兰德·艾兰迷住的情形。我想现在你在那儿已经妇孺皆知了吧。②

---

① 哥德斯坦在 1921 年 3 月 9 日给海明威写信说她将在 7 月份到达芝加哥，到佩里 - 乌克兰斯基芭蕾舞学校学习舞蹈。同为俄罗斯帝国芭蕾舞团和芝加哥大剧院资深主要芭蕾舞演员的安德列斯·佩里（1892—1931）和萨奇·乌克兰斯基（1886—1972）为了芭蕾舞剧训练芭蕾舞演员在 1916 年创建了佩里 - 乌克兰斯基芭蕾舞学校。他们 1919 年在密西根州南黑文又组织了一个舞蹈夏令营。

② 哥德斯坦当时在内布拉斯加州的格兰德艾兰市的一所公立学校教授体育。她在信中写道皮托斯基的罗森塔尔夫人正在旅行。她还写道海明威的信在格兰德艾兰的邮局里耽搁了将近两周的时间。

我在想怎么没收到你的消息呢？我一回家就给你寄信，我想这样你就可以很快看到我对你的问候了。

我上周结束了圣路易斯的旅行，昨天踏上归程。[①] 我度过了一段令人心旷神怡的时光。那里天气暖洋洋的，几乎不需要穿外套。在乡村俱乐部周围聚集着很多独木舟和独木舟爱好者。

这里风景宜人，你什么时候到啊？我们正在定期举行桥牌狂欢。我刚刚抓了一手完美无缺的牌。镇上的空气还是氤氲的。我不遗余力努力工作。听说你工作也很辛苦。你晚上感到疲倦吗？我晚上感觉真的很疲惫，每天睡得都很死。我们直到 25 日才住进这座公寓。然后我夏天会去奥尔蒂斯夫人那里生活一段时间。那是个相当不错的位于芝加哥的住处。面积比现在这个大得多，就是我要和我的沙发床说再见了。唉，多好的床啊。现在的食物还是依然难以果腹。上周我想接受他们的好意，永久搬到多伦多去。但是如果你 7 月份来，那么我就会留在这里等你的消息。我迫切希望可以见到你的笑脸。鲍比·鲁斯似乎仍然喜欢你，你知道我也是喜欢你的，给我写信，哈？[②]

斯坦因

致小威廉·史密斯

芝加哥

---

① 3 月 11 日，海明威在圣路易斯第一次拜访了哈德莉。（《面包师的生活》；第里波特：《哈德莉》）

② 密斯返回后，海明威、比尔·霍恩和他将一起搬往他以前位于东芝加哥 100 号的属于陶勒茜·奥尔蒂斯夫人所有的公寓。奥尔蒂斯夫人很有钱，为当地艺术家提供资助。罗伯特（鲍比）·鲁斯是分享史密斯公寓的年轻单身汉之一。这座公寓位于东区 63 号。哥德斯坦在圣诞假期期间来此对海明威进行了看望。多年后海明威意犹未尽地回忆道，当时他们坐在沙发床上。当史密斯要离开时，他一下子扑到了史密斯的身上，史密斯把外套留在了那张沙发床上。这也就解释了为什么海明威在文章中提及了那张沙发床的原因。

1921 年 4 月 28 日

我知道你现在身体状况也不太好，希望你可以赶紧好起来，我可不想收到你所有书信都是在一味地大倒苦水。今年夏天你在泽尼克公司做兼职，应该结交了很多志同道合的朋友吧？你可以给他们好好聊聊密歇根。本·布朗加入我们的活塞环了吗？①

我十分讶异你现在所处的境地，我想也许我们应该频繁些通信的。纵然当我在村子里的时候你就不太舒服，可是我也没想到你现在的状况竟然已经演化到了这么恶劣的地步了。一直没有等来你的信，我感到非常失落。唉，心想如果一个人不想和自己联系了，那么又何必像埃德加追求巴特斯特恩那样一厢情愿呢。我们将在周六搬到东芝加哥 100 号。杜戴尔就在 5 月 28 号回来。史密斯现在很胖，体重在 172 磅至 174 磅之间。迪克莱尔自从他上次生病卧床之后就一直浑浑噩噩的。

伊迪丝②和她的父母共同挤在弗吉尼亚旅馆。据我所知，斯塔特和伊迪丝已经有一周或是十天没见过面了。斯塔特几乎每晚都和我还有史密斯待在一起。上周六暮色降临之时，我、伊迪丝、史密斯和一个叫克莱伯的一个小伙子在一个属于一个德国家族的疗养胜地共同组织了一个精彩绝伦的派对。以我所见至今没有任何地方可以和它相媲美。包括德国。一大杯摩泽尔葡萄酒和普通的啤酒都卖 40 生丁。一个人花 50 美分就可以美餐一顿。这

---

① 史密斯就职于圣路易斯的沃尔特·A.泽尼克军需品公司。该公司生产活塞环。布朗在夏洛瓦经营一家 1898 年最初建立时是一家马具厂的汽修厂。

② 伊迪丝·福利，自由撰稿人，是凯特·史密斯在密歇根州少女时期的朋友。她们曾一起住在史密斯在芝加哥的公寓，并合作为杂志社写文章。（芬东，99—100）后来，史密斯与约翰·多斯·帕索斯结婚。福利 1930 年与作家弗兰克·谢伊（1888—1954）结婚。他们两家是马萨诸塞州的普罗文斯镇的近邻。史密斯和福利合著了两本书：《沿海角而下：科德角完全指南》（纽约道奇出版公司，1936 年）；《肖船长的个人冒险》（波士顿豪顿·米福林公司，1945 年），其中后者是一本现实主义的历史小说。

里找不到说英语的人。如果你能来我会带你去那里享受。周日斯塔特、史密斯、霍恩，鲁斯去了橡树公园。而父母们则留在密歇根。斯维尔·格拉姆在我提到过的地方，以及维尔兹啤酒馆①、考米克啤酒馆和其他几个不错的地方表演杂耍。

伊迪丝在这儿，但是没和斯塔特住在一起，也并未与他相会。这是不是暗示他们关系崩坏了呢？

我现在的身体也大不如前。上两周我头痛几乎痛不欲生，昨天在办公室我的眼睛又十分酸涩，不得不回家休息。由于头痛，我显得比以往神采奕奕。我拼命工作，同时又得给洛佩尔写定期的稿件。唉，我近两个星期写过的字甚至可以比得上过去十八个月的成果。生理的病痛不能消磨我的意志。但是，我现在还是接近崩溃了。如果能游个泳的话，我想也许会有所好转。现在从办公室回家，吃个饭和哥儿们打几局弹球，然后上床睡觉。可是过一会儿就醒了，辗转反侧无法入眠，从开始工作直到第二天有些睡意为止。就连佛罗拿②也失去了效用。我希望和你们一起去北方。有的时候繁星闪烁的黑夜我会想到斯图尔根河和黑河。得失并重，有得就有失。但这并不能阻止我喜爱我已经拥有的一切。事实如此。每个人一生中都会喜欢一两条河流甚于世界上的任何事物。哎，爱上一个女孩，又喜欢这些河流，几乎填满了我身体的所有缝隙。这个春天令人神往，我很想看看外面的世界。日思夜想，让我辗转难眠。但碍于繁忙的工作我还是没能出去过。

还记得去年夏天，我们在钱德勒下面的河湾发现的那不计其数的鱼群吗？那天我和山姆·尼基在你我第一次宰杀鱼的水域满载而归。而那天霍普金斯和奥德加在上游也收获颇丰。还记得

---

① 维尔兹啤酒馆，是位于芝加哥北大街的一家著名啤酒馆。)
② 于1903年投入使用的具有催眠镇定作用的一种安眠药。

吗，有天你钓到了一条鱼它在挣扎时几乎弄断了我的鱼竿，我们费了九牛二虎之力才把它制服。上帝啊，直到现在我都在想那肯定有令人难以置信的鳟鱼。

卡珀有一份严格的委任状，这使他赚取了前所未有很多的钱，而且还在持续增长，他因此有了去北方的机会。今天中午我和迪克在一起吃饭，他看起来容光焕发。还不知道格蕾丝有什么计划。西奥多有什么消息吗？我收到他的一封信，但是我还没给他寄过信。

我认为过于劳累和过少的运动都是使你觉得不舒服的原因，这种亚健康状态可能会把你摧毁。可是好多人直到身体垮了也没有意识到这一点。

不久我会给你几封信，告诉你一些好消息。我知道从无须多言，摧毁一个人的心理防线只消寥寥数语即可。

你永远的朋友

威米兹

致马赛琳娜·海明威

芝加哥

1921 年 5 月 25 日

亲爱的艾沃瑞：

附件是一封史密斯在克里尔图书馆写的一封有关生物学研究的书信。我一时想不到有什么可说的。① 母亲昨晚来过，我和她

---

① 约翰·克里尔图书馆，是一座建于 1897 年的免费公共图书馆。藏书涵盖科学、技术、医学和文学等内容。该图书馆最初位于芝加哥卢普区的马歇尔百货公司大楼，1921 年 5 月迁往位于密歇根大道和兰多夫大街的一座永久性建筑。史密斯所附的信件已经无处可寻。

在皇家咖啡馆吃的不辣的中国炒面。史密斯被剃须刀划破了手指，而我则临时充当了外科医生，帮他包扎了伤口，现在已无大碍。

因为我的办公室没有酒，所以霍尼和我周五晚上去了圣路易斯。我竭尽全力工作，这里热得让人浮躁，但是从湖面吹来的冷风吹走了这噩梦般的炎热。

你是不是已经恢复健康了，就现在而言，我可能不能去参加"热情的病秧子"和玛吉表妹的婚礼了。①

请你原谅这封信的简短，但是你明白的，我始终都是爱你的弟弟和你的崇拜者。

你的好朋友
欧内斯特·海明威

致哈德莉·理查森
芝加哥
1921 年 7 月 7 日

哈德莉·理查森小姐:
密苏里州圣路易斯市卡茨大道 5739 号
我听到你要来这儿的消息激动得夜不能寐。打住。我们说点高兴的。打住。比尔因为乔治斯·卡朋特②心碎到了极致。打住。

---

① 1921 年 6 月 11 日的《橡树叶》宣布了海明威的第二个表妹玛格丽特·E.霍尔与她的同学小弗瑞德·S.威尔克森的婚礼。玛格丽特的父亲弗瑞德·E.霍尔是格蕾丝·霍尔·海明威的第一个表哥米勒·霍尔和艾玛·霍尔的儿子。

② 1921 年 7 月 2 日，在一场备受期待的有超过八万观众观战的被称为"世纪之战"的世界拳王争霸赛中，卫冕重量级拳普希在第四回合击倒了乔治斯·卡朋特。在新泽西州的泽西城专门为这场比赛修建了一座体育馆。

我可没有说些什么讽刺的话。打住。我希望可以早点见到你。打住。你能留下来与我为伴吗？打住。我上交我所有虔诚的爱。

欧内斯特·海明威

致给格蕾丝·昆兰，乔治亚娜·邦普

芝加哥

1921 年 7 月 21 日

最亲爱的格蕾丝和最亲爱的庞奇：

我不知道你们现在身在何处，也不清楚你们在哪个营地，所以我把信寄到了昆兰的地址那儿，没人知道你们将经过多少时日才能看到这封信。我今天收到了我父亲从瓦隆寄来的信，他在七月上旬给我写过一封信了，并附带了一封来自皮托斯基的信，我给他写过两次信。今天早上总算是收到了一封有个像样的地址的回信，因为我今天早上才收到它，所以我未能给你们及时的回复，对此我感到十分愧疚。但是，我现在正在以最快的速度给你回信。

这一封信是寄给你们俩的，我未曾有过这样的经历，所以几乎无从下笔，因此我落款写的是"爱你们俩的"，随后我会分别再给你们俩寄信的。

附件是寄给你们俩的，但是我希望你们可以把它再寄还给我，因为我也仅此一份可以见证这件事物。

我真的没给瑞德写信，她在一封信中说因为我的目中无人，他吝啬再给予一丝目光给我，自然我给她写信也会很难受。但是无论我怎么样解释，都无法使她对我改观。然而我并不生她的

— 151 —

气。毕竟她认为我自大得令人讨厌，而不是令人发疯。所以这已经不错了。①

爱你们俩的

斯坦因

致小威廉·史密斯

芝加哥

1921 年 8 月 3 日至 5 日

伯德：

你的信不用再给我递送了。我非常感谢你，倾尽全力用我喜欢的方式，为我办了一场完美的婚礼，这场婚礼让我觉得非常满意。但是因为我做错了一些事输了钱，导致我的妻子一直在生我的气，你知道吗？我这一生所遭遇的最糟糕的事情就是妻子生气。我想你可能听说了白袜队球员无罪的消息了，这件事情发生在库克县，要不然你说在哪儿呢？或者在纽约？想想亚伯·阿泰尔的事迹吧——在彭斯和马哈格的证据和供词②面前，竟然被无罪释放！

我工作一向很拼命，你肯定不想知道我到底是怎么工作的。我从斯托布里奇③那里学到很多东西，这些新鲜的东西对我非常

---

① 参考马乔丽·邦普 1921 年 3 月 7 日写给海明威的信。

② 白袜队案件的审判结果成为 8 月 3 日的头条新闻。这件丑闻在 1920 年 9 月被揭发。前拳击手比尔·马哈格向一家费城的报纸透露，他和一名前棒球联盟投手比尔·彭斯在芝加哥对球员和赌球者之间充当了中间人，包括前拳击冠军亚伯·阿泰尔在内的赌球者想操纵比赛（《陪审团宣布棒球队员无罪》《所有黑袜队员经一次投票宣判无罪》《芝加哥每日论坛》，1921 年 8 月 3 日）。芝加哥是伊利诺斯州库克县的县政府所在地。

③ 弗兰克·帕克·斯托布里奇，联合公司的编辑，出版商。

有好处。大概你已经收到那些哥儿们的消息了吧，他们下周一出发。他们还想叫斯塔特一起去，但是我认为他会去的希望并不大。①

唐尼赢得了拳王头衔，虽然我不知道他是怎么赢得的。话说起来这个比赛赢得可不光明，我都难以启齿。我曾见过布莱恩，他是个很好的拳击选手，虽然他的腰部力量有些虚弱，但这并不能影响他的实力。在赛场上，他给了胖得像猪一样的威尔逊一记重拳，正中他的下巴，但是威尔逊却有裁判护着。其实如果威尔逊在平时认真训练，并且在赛场上状态良好，那么他是完全可以击败唐尼的。话说回来，要不是威尔逊已经被打垮了，我才不会在重赛中把钱压在唐尼身上。②那裁判如此卑劣地执法了那场比赛，甚于你在瓦克斯看过的任何一场不公平的比赛。在那场比赛中我见到了令人难以置信的事情——那裁判有时数七秒，有时数八秒。有个叫菲尔·科林斯的裁判，他在当地执法比赛，选手们倒地时都怕他读秒，所有倒地的选手在他完成读秒前都没能站起来，结果自然是被判输，加德纳对这种做法肯定是心知肚明。回忆一下当时拳台上的场景，威尔逊被连续击倒三次，在裁判读了十三秒或十八秒后都没有站起来，像死鱼一样躺在上面。按理说他早就该被判输了，可是加德纳竟然会以犯规为由取消了唐尼的比赛资格。唉，上帝啊，这真是太荒唐了！

事情的发展和结果都很糟，我写不下去了。我很想和你去斯

---

① Monfag，星期一（德语）。斯塔特，比尔·史密斯的姐姐凯特。
② 1921年7月27日，在世界中级拳王争霸赛中，卫冕拳王约翰尼·威尔逊［原名吉奥瓦尼·弗朗西斯科·帕尼卡（1893—1985）］在第七回合被布莱恩·唐尼（原名威廉·布莱恩·唐尼）击倒三次。然而裁判吉米·加德纳判定威尔逊获胜，并声称唐尼因击打倒在地上的威尔逊而被取消了比赛资格。赛前威尔逊坚持让加德纳担任裁判。克利夫兰与俄亥俄的拳击委员会否决了裁判的判决，判定唐尼以击倒的方式获胜（《威尔逊事件混乱收场；拳王头衔遭质疑》，《芝加哥每日论坛》，1921年7月28日，13）。9月15日两拳手进行了重赛，结果以平局结束。在俄亥俄唐尼被认为是胜者，而在其他地区威尔逊则被认为是当之无愧的胜者。

图尔根河，或者其他什么地方，这话你可别跟别人说。我不知道史密斯现在体重是多少，我不敢说他体重正在下降或者其他类似的话，这样会招来蒂尔斯的反对。她的对于他的结论总是"比以前都好"。她接纳了他就像特洛伊人接纳了木马一样。可是她这是拿婚姻冒险啊！① 上帝啊，你一定会认为我当时太糊涂了竟然站在了她那边。我不应该这么说，毕竟我现在还住在他们那边呢。但是我在那里根本没有床，也很少会对食物说三道四，因此对于此我还是可以说说的。我和霍尼合住一个小房间，他们两个分别占了两个大房间。我不想说他们的坏话，请忘记我刚才对伙食和住宿的抱怨吧。哪怕我睡在屋顶上，只要早晨能洗个澡，洗掉身上的烟筒灰就行，对我而言这也没什么问题。杜戴尔非常高兴地对哈希说无论什么天气，我都不从屋顶上下来，可是其实是因为我没有别的地方可去啊。当外面下雨的时候，我只能把一条毯子顶在头上，好让我自己不受那么大的风雨。秋天我就不用和他们住在一起了。在信中我只能以文字的形式把这件事告诉你，但没有文字能够表达我的心情。

　　莱特！我真想杀了他！虽然这对我并没有什么好处。但我要是痛扁他，人们就会认为我心胸狭隘。等着瞧，我早晚有一天要把莱特淹死在马桶里。说实话，我宁愿和我的妻子住在密歇根塞尼妓院二楼的里屋也不愿意住在唐·莱特经常出入的房间。莱特不久就觉得她有些冷淡了。从去年秋天开始莱特就开始了和伊迪丝激烈对抗。有的时候莱特竟会在蒂尔斯的房间和他淫荡的情妇

---

① 海明威之所以关注彦的体重可能与彦患结核病有关。Besser，德语，意为"更好"。在古代，希腊人将士兵封入巨大的木马中，并把木马伪装成礼物留在了战场上。希腊人就是凭借这个木马计拿下了特洛伊城。因此特洛伊木马计成为内部偷袭的代名词。海明威得知彦和她的一个寄宿客唐·莱特的风流韵事后非常生气。海明威并没有意识到，彦和杜戴尔的婚姻是开放式婚姻，双方都可以自由寻找自己的情人。他们是在阿迪朗达克山的结核病疗养相遇的，与其说他们是彼此相爱，不如说是同病相怜。从始至终他们都没有建立合法的婚姻。

哈维亲热。① 虽然我对于莱特从来都是直言不讳，但现在莱特在蒂尔斯的眼中简直就是一个受难的烈士。只要我住在这儿，他就绝对不会进来，这是他给我的最后通牒。莱特一天叫蒂尔斯好几次，因为他不肯进来找她，蒂尔斯只好出去和他见下面。史密斯说我永远不会知道莱特对于蒂尔斯的意义。史密斯是对的，我永远都不会知道。我和史密斯以及他之间并没有吵架，他只是跟我解释为什么蒂尔斯总是指责我，他说是因为我不喜欢莱特。你听说过我有指责他吗？你真该去巴芬湾用一支猎枪把出现的所有女人都干掉。上帝啊，莱特就应该被无情地绞死。这莱特究竟是什么人啊？

　　哈希现在很好。我们过得也挺不错。我并不是在抱怨你没有嘱咐我不要和他们住在一起，我知道你说过的。我只是跟你念叨一下而已。因为当时我去那儿的时候，蒂尔斯在纽约，所以我们才得以过得不错。史密斯看上去像一个古稀之年的老人，他总是低着头不说话，皱着眉头好像闷闷不乐的样子。当然也没有什么能让他笑的。虽然他以前总是笑容满面，可是现在不是过去了。蒂尔斯不允许我们在屋里播放流行 CD。她现在播放的音乐比以往都要糟得多。但是如果有人播放她明令禁止的音乐，她就会变得很生气。也正是因此，我才吃了很多苦头。

　　没有事先打招呼然后就突兀地要求你在婚礼上担任最佳男歌手。一方面是因为这方面的疏忽，另一方面也是我认为以你的实力来说，你自然会成为婚礼上的最佳男歌手。我在努力探索一个丈夫应该承担的责任，或许我最初只能算得上是个不合格的丈夫。

　　我不知道我有没有告诉你我现在已经没有再教霍尼学打拳击

---

① 发生性关系，海明威使用的俚语。该词语被海明威以不同形式在不同语法结构中使用。

了。唉，真是倒霉，就是因为拳击，我还挂了点彩，还是一位医生帮我用绷带包扎的。不过现在已经好了，不再肿胀了，你倒不必为此担心我。事情是这样的。当时我下身没有穿戴护具，因为正好当时是在教一个年轻人连续击打上体。可谁知这个年轻力壮的小伙子却给了我一记重的，正打在了我的腰带下。之后就肿了起来，后来让一位医生看了看，医生说没有大碍，所以就并没有做手术。在后来的几个月里，除了在周日打会儿网球，我都没做什么别的运动。现在已经没什么事了，虽然我当初也没把它当回事，但我还是觉得以后可不能冒险了。唉，上帝在后来的几个月又跟我开了个玩笑。斯托布里奇打算把我派到巴塞尔报道 8 月份的国际合作大会，说是要成立个新的联盟什么的。这么一来婚礼后的休假又泡汤了。①

唉，上一个月里我都只能借酒消愁，酒可是个好东西。别乱想，我这说的可是红酒，19 区的哥儿们送了我很多科涅克葡萄酒。这让我想到了那个古老的国家，那个古老的国家，一提起来就都是红酒的香气。我不是很想把它们卖了，只能自己解决掉了。

我并不是听上去的那么糟。但是一个人整天都装作很高兴，就不得不靠给朋友写信来寻求慰藉，这是很痛苦的。我想这你也是了解的。给我写信啊。

你永远的朋友
米勒

迪利贝托指出，哈德莉 1921 年 8 月 1 日至 6 日来芝加哥看望过海明威。两年前八名芝加哥白袜队队员涉嫌参与世界职业棒球

---

① 国际合作联盟，1921 年 8 月 22 日至 26 日在瑞士巴塞尔召开。代表 20 个国家 42650 个合作协会的代表们参加了大会。会议的主要议题是建立一个大规模的国际采购组织。（《国际合作大会召开》，《纽约时报》，1921 年 8 月 21 日）

大赛的赌球活动，后来法庭宣判其无罪。海明威在信中提到了这一丑闻。

致威廉·史密斯

芝加哥

据推测写于 1921 年 8 月中下旬

伯德：

我父亲真的很注重形式，我的天哪，上帝啊！这到底是什么样的一个父亲啊。或许他最多只能处理好自己吧，再加一个男人恐怕他就照顾不及了吧。我真希望他那该死的福特烧光了。他是我所认识的所有人中最黄的![①]

没有时间和你进行冗长的交谈了。我在一小时后要去橡树园取我的行李箱。

我总是在森特工作以便使她离开，但她在银行的工作变得很是积极，他们不愿意放过她，因此我找不到涂料。她现在发誓说她周五晚上的时候就会离开，而且大意是会让你知道。

叶恩已经好久没和我交谈了！在丹麦，哈姆雷特腐朽的故乡，莱特的事在当地被认为是可怕的。叶恩的气势已然完全被莱特和蒂尔斯手中挥舞着的手术刀削弱了。[②] 他最近的特技是疯狂

---

① 海明威因为史密斯在最近的一封信中说的一件事对他的父亲很生气："今天你父亲召集所有的男士和艾尔·沃克一起出去（去黑河那钓鱼）。"结果他到了之后说他的福特只能载得下他和艾尔。这让大家觉得被这个男人抛弃了。我会把剩下的人带回去，但他们是希望能跟你父亲一起出去的。(1921 年 8 月，纽约)

② 欧内斯特·海明威提及了莎士比亚（哈姆雷特）中的一句话"很多东西在丹麦这个国家中都腐烂了"，借指涂鸦"迪尔斯"史密斯和莱特之间的关系，莱特是在"多摩西"的住宿生，住在史密斯地区的人是知道这件事情的。

为萨特工作，而躲避着参加婚礼。他的每个方面都由莱特领导，我根本没有机会插手，萨特会给你一些涂料，我会给你涂料剩下的那部分。希望你做好心理准备，因为它比能想象到最差的图片还要差。

停泊的"艾迪特号"有票，我 27 日也就是周六晚上离开这儿，我想周日早上 5：50 分应该就可以到达博因河瀑布了。你会帮我处理我工作上面的会晤问题吗？你千万不要为此而压力过大，你只需要注意以下几个重要的方面就行。

无论你用什么样的方式，一定要邀请鲍勃和温纳来。① 如果需要给哈希写信的话，用下面这个地址就好：

威斯康星州维拉斯县

唐纳森、卡尔·本特、哈利·理查森收

收到信后她就会寄给他们一些广告传单用纸。

如果你知道我还应该去问哪些人，就像上帝所要说的，帮我以我的名义去问候他们。

有一个圣公会尊敬的高级教士应该能处理混杂的问题。全程服务怎么样呢？② 不要急着回答我这个问题，等我到的时候告诉我就好。

要知道我一直都在拼命工作，把四个星期的活都提前做了，但是真的很抱歉，太过努力的工作使得我忘记了考虑到应该问问莫罗——无论如何，要问问他和温纳。银行确实以很糟糕的方式对待萨特，不过，我相信她正在想办法努力抛开它们的那摊事。

---

① 在给海明威的信中，史密斯写到了和鲍勃及温德纳一起赌博，然后一起去温德纳那儿喝酒，史密斯问他们能不能有幸被邀请去婚礼。

② 史密斯在他的信中问海明威想要什么样的福音使者来主持婚礼，他补充说一个能料理好一切的牧师真的很少见。那些传统诸如婚礼首饰、新娘新郎交换乐队等都是在 20 世纪 20 年代随着不断发展的婚庆业发展起来的。

　　环境很糟糕——我有没有告诉你我为哈希在 1239 号找了很大一个房子。迪尔伯恩，那儿有完整的四个房间，包括客厅，晒太阳的房间，卧室，厨房，有很多的窗子及旧的接合点才得以让这座房子的租金变得很便宜，便宜到说出来你都不敢相信。我已经给房东交了订金，有四个人都想要那个房子呢。埃尔奠尔·布朗，我认识的一个杂志的解说员①告诉我他要在 10 月 6 日当天占用它，他们会为我们打扫和装饰房间，不过我们没有义务一个月前就待在这儿。这可是个高等级的商店。意大利领事已经定居在爱普特。这是第三个。那是我们能收回来的一部分财产，难道不是吗？

　　在 26 日我不得不回去工作——哈希可以在迪尔斯坦待到 5 日再搬去这个地方，在这儿我还得忍受克雷艾迪特号布斯，但是无论怎样那周我只做肖德一个人的工作，对我来说其实还是一件好事。

　　每次来就都想去河边。我有一个鱼竿，如果他们在斯塔格，我们可以让格易和我一样通过艾迪完成它。有斯塔格在我们就可以抽时间多待在一起了不是吗？这件事对我来说有着重大意义，就好比是老年光辉岁月的终极。

　　我收到了帕肯给我寄过来的信，关于协商的。

　　对于夫人身体的不适我感到非常的遗憾，请代我问候她，告诉她我所说的全部的话。

　　奥德伽离开了我们，我一直都尝试告诉巴斯坦因，她已经失去了那个人，她也在努力暗示我说她正在努力接受他的离去。②

---

　　①　欧普弗的同班同学布朗（1899—1968）在 1916 年 4 月的《塔布拉》的文章"色彩问题"阐述了欧内斯特·海明威的故事，后来他成为国家杂志的解说员，尤其是在库勒，他的作品自 1933 年到 1949 年都定期出现。

　　②　凯特·史密斯很长一段时间以来都是卡尔所钟爱的人（卡洛斯·贝克：《海明威的生平故事》；雷诺兹：《年轻的海明威》）。他们在欧内斯特·海明威的作品《夏天的人们》中以"奥德伽"和"斯图特"的身份出现（《尼克·亚当故事集》），这个故事直到 1972 年才发表。

到 9 月初之前我都不需要奢侈豪华的住宿条件，我只是希望到时候一切都好。如果斯蒂戴恩在忙的话，很可能韦斯或他妻子会帮忙处理的。①

你捕捞跑丢了线的技艺真是奇特②，做得真的很好。我写不了两个男人的事情，这点很像我的父亲。

很高兴这家伙得到了 75 美元③，你是怎么样劝服他的？

我得到了维西之翼号，它比我们去年的那个船要好。

现在只能这样发给你了，因为我要去告诉迪尔斯坦记得收着我的信件。

牧师做得很好，他们清扫了房间，料理了相关的一切。

这一切对我来说都很奇怪。就像他们要绞死山姆·卡迪尼拉的时候他到最后一刻才知道。然后他们便恐吓他，把他绞死在椅子里，那真的是令人印象深刻的一幕。

如果有什么想处理的记得给我写信，写什么都可以的。

永远的

威米兹

附加：我得到了一些还不错的挺干净的衣服，

原谅我对父亲的诅咒！

米克，打印信附着亲笔签名的后记。

---

① 韦斯·韦斯利·迪尔沃斯那时和妻子凯瑟琳（一位学校老师，1915 年与迪尔沃思结婚），还有他们的两个孩子一起住在博因河城。西夫人好像是安娜·西，一个寡妇和她的三个女儿、女婿、孙女一起住在霍顿湾路（1929 年美国联邦调查局数据）。"斯蒂戴恩"是另一个在"迪尔斯坦"的戏剧，本身是在"迪尔沃斯"（指代詹姆斯和伊丽莎白在霍顿湾的客房）。

② 史密斯报告说，当他和杰克·潘特库斯及詹金斯·豪威尔钓鱼的时候，一条鱼趁他没有注意咬住了一个鱼竿，把最好的竿子带到了水的深处，史密斯用钩子顺着线路在海底捕捞，才最终找回了它。

③ 史密斯报告说在他们最近的赌博中，圣母保佑他赢了 75 美元。

致史密斯

芝加哥

1921 年 10 月 1 日

亲爱的史密斯：

我在跟妈妈通了一个电话后得知，她给你发了今天晚上在橡树公园的邀请函。①

当然，我知道你和杜戴尔是不会去的，但是为了预防你误解而花点时间去取消它，我特地来告诉你。

现在的我不想见到你，杜戴尔在他的巨作中经常大声宣读你是个"长相很好的年轻人"，但我觉得，引用你妻子举世瞩目的一句话形容就是"一切都如此微小"。

我会过来收拾一下我的衣服还有给我的一些回信，或许正好填满了你和你的好妻子去帕罗斯公园②而留下的三角小屋的那点空间。

不过如此。

不过如此。

找一棵圣诞树吊死自己吧。

永远的

海明威

---

① 在 10 月 1 日的时候，克劳伦斯和格蕾丝举办了一个招待会以此来纪念他们结婚 25 周年。

② 史密斯之后简短地回复欧内斯特·海明威，他会帮他收拾他在地下室的东西。补充说："你应该很清楚你写的东西让你在任何情况下都不可能有机会进我的家了。"（1921 年 12 月 2 日）这样互通信之后，他们两个人的友谊彻底终结。就此海明威和比尔·史密斯的友谊也遭到了严重的打击，他们在 1924 年重新和好。

致海明威的家人

纽约

1921 年 12 月 8 日

亲爱的爸爸妈妈和孩子们：

我在即将离开的旅馆里给你们写信①，我一切都很好。旅行很愉快，时间也刚刚好，妈妈给我的苹果很好吃，也很高兴收到楠伯恩和马斯维媚的信。

和波比一起吃了晚饭，吃完饭见了几个朋友，有我的也有哈希的，我们检查了所有的地方发现了一条船。

瓦尔特·约翰逊要在船边给我们送行②，我们很快就要出发了，一切都很顺利。提前祝福你圣诞快乐。

给你一条建议，不要再去卖煤场直到罢工解决了。③ 让孩子们也远离那里，他们必须找一个新的玩的地方。

带给你们我的爱
斯坦

附注：带给你们所有人真挚的爱。

致豪威尔·詹金斯

---

① 在梦想回意大利很长时间后，欧内斯特·海明威被舍伍德·安德森劝服巴黎才是激发年轻作家灵感的好地方。这对新婚夫妇在 12 月 8 日乘船离开纽约向着法国海岸圣·里奥帕迪那前行，12 月 22 日抵达法国的勒哈弗尔。

② 海明威的堂兄，沃尔特·埃蒙德·约翰逊，现在在新泽西的蒙特查尔。

③ 芝加哥负责肉类包装的工人在煤场开展罢工，2000 名警察接到指示，必要时向他们开枪，一名罢工者被射死，有几名受伤。

巴黎

1921 年 12 月 26 日

亲爱的卡帕提弗：

圣诞快乐！十分感谢你送我的围巾。伯恩和我现在住在河左岸的一家旅馆，就在美术学校①后面，而且我们两个身体状况都很好。

我们的房间看起来就像家卖酒的商店——朗姆酒、阿斯蒂白葡萄汽酒和仙山露摆满了架子。我新研制了一种朗姆鸡尾酒，你一定会爱上它的。

这儿的住宿费很便宜。旅馆一间房只要 12 法郎，尽管书面上写的价格是 12.61 法郎。两个人一顿的饭要花 12 至 14 法郎，合计大约每人 50 美分。酒的价格是 60 生丁。朗姆酒挺好。我花 14 法郎就能买一瓶朗姆酒。法兰西万岁。

1922 年 1 月

没什么可写的了。巴黎又冷又潮湿，但是很繁华、热闹、美丽。所有的咖啡馆前面都摆着木炭火盆，每个人都感觉很温暖。

伯恩和我打算去买辆带侧斗的摩托车去兜风，明年夏天到亚瑞普去。

就写到这里吧。代我向格易和迪克问好！

永远爱你的

斯坦

---

① 美术学校，法国公立的初级美术学校，其前身为 1648 年建立的皇家绘画与雕刻学校；自 19 世纪早期起，该学校就迁到了波拿巴大街上的建筑群中，隔着塞纳河与卢浮宫相对，离海明威夫妇下榻的旅馆很近。

致豪威尔·詹金斯

巴黎

1922 年 1 月 8 日

亲爱的卡帕提弗：

哈希和我将要搬到莱摩恩主教大街 74 号的公寓去。①

因此你可以写信问我们关于主教的情况。我想你现在已经收到我的上一封信了。我们最近很忙，我一直拼命工作。写了几篇文章，完成了我的小说的一大部分。

那天去佛罗里达旅馆周围走了走，我们经常在玛德莱娜教堂附近的一个餐厅吃饭。我指给哈希看一尊头被打掉了的雕像，那是战争期间被德国炮兵打坏的。他们没有修复它。

只有在少有的开心的时候，我才会喝圣詹姆斯朗姆酒。窖藏了六年的朗姆酒喝起来就像小猫的下巴一样柔顺。

这家公寓是个高级的地方，我们明天就会搬进去——但是在我们从瑞士的蒙特勒北面的尚碧回来之前我们不会占着这间房子。我们将要去尚碧待上几周，打打冬猎。它在日内瓦北部的山里，是个有点像迪尔斯泰因的地方——但那儿的人好。和这些人相处就像置身乐园。啊——你能想象我们都畅饮着上好的烈酒，在这里滑雪、坐雪橇、滑冰的情景吗？我希望格易、布瓦德和迪克都能来这里玩。

必须停笔了，啰唆了不少了。围巾成了我们日常必戴之物，我定做了一套衣服，用来搭配便裤和灯笼短裤，是用爱尔兰手织

---

① 格兰奇帮助海明威夫妇在莱摩恩主教大街 74 号找到了一间位于四楼的无电梯公寓。周围的邻里都是工人阶级，邻近第五区的巩特斯卡普广场。

布手工做的，花了 700 法郎。付钱时看到衣服的成品很不错。库克和克欧是伦敦著名的裁缝店①，你肯定知道他们，他们是这里最好的裁缝了。

要给我回信啊卡帕提弗，我非常想念你，没有你们的陪伴我很孤独，在这里都是我一个人生活。

爱你的
斯坦

哈希也向你问候。

回信寄到莱摩恩主教大街 74 号。

就在伟人祠和巴黎综合理工学校的后面，处于拉丁区最好的地段。

替我向迪克问好，并告诉他我会给他写信的。同时向邮递公司致谢。

致路易斯
夏兰古堡
1922 年 1 月 30 日

亲爱的路易斯：
　　我和邦丝在罗纳河谷徒步旅行的时候，计划走回巴黎。② 我

---

① 可能指阿尔弗瑞德·库克，一名伦敦的裁缝师、服装商。在塔尔萨大学麦克法林图书馆留存的海明威文稿中有一张收据，这张标注日期为 1919 年 1 月 8 日的收据来自直布罗陀的库克分店，清楚地标明了海明威在战后从意大利归来时所购买的绑腿、衬衫和衣领。根据 1924 年的巴黎旅游指南，很多伦敦裁缝店都在巴黎开设了分店。（《巴黎及周边地区》，第 19 版）

② 罗纳河发源于瑞士阿尔卑斯，汇入日内瓦湖东——距蒙特勒 5 公里处。罗纳河谷在日内瓦湖的西南部，它从日内瓦市流经法国，汇入地中海。据推测，海明威说走回巴黎是在开玩笑。

们有的时候也喜欢坐火车。这是我们第一次信件往来中断。

诚挚的

欧内斯特·海明威

致克劳伦斯·海明威

巴黎

1922 年 2 月 3 日

亲爱的爸爸：

我和哈希在瑞士待了三个星期，现在已经返回巴黎了，我们现在相处得都很好。今天早上我收到了你 1 月 19 日寄来的信。知道了你们一切都好，为此，我感到很高兴。

现在我已经把我的材料都寄出去了，但我并不知道你怎么才能收到这些材料，我也不知道它们具体哪天能到达你那里。而且如果你订购《多伦多星报周刊》这份报刊，你可能会看到很多关于我的事情。我觉得让你知道我近况的最好的方式就是——你给《多伦多星报周刊》公司写信，订购三个月的报纸，然后读关于我的故事。我的故事很多都是发表在《每日之星》上，但是因为是邮寄过去后发表的，所以发表的时间并不是很规律。至于我的文章到底是发表在周报上还是日报上，都是由那个公司决定。但我确定周报上有很多我的文章，你去看一下吧，这样你读到的概率会更大一些。

我还从瑞士寄出了十来个好故事，它们发表的时间应该会是在我寄出后的大约三个星期后。

下午

我和一些好朋友在巴黎住的是公寓，公寓里的环境很好，我们都觉得非常舒适。今天下雨，虽然只下了一会儿，但是天气仍然很潮湿。你在帆布篷下避会儿雨再走吧。我以为在瑞士我度过了最快乐的时光。我们走了很长的路才爬上了让曼峰。我们在罗纳河谷旅行时遇到了暴雪，暴雪把路挡住了，我们过不去，所以我们的旅行也被迫终止了。我们大家约定好，春天的时候，会再次一起上路，走圣伯纳德大山口，因为它很宽很美。

12月19日的最新一期的报纸《多伦多星报周刊》上有一篇我的关于结婚礼品的文章[1]，还附有卡通插图。

我今天一直在抽时间写这封信，该说的都说清了，就先这样吧。哈希去海边了，我刚从海关办公室回来。我们都很开心。

爱你、妈妈和所有亲人。

海明威

致舍伍德·安德森
巴黎
1922年3月9日

亲爱的舍伍德：

你给我写信的语调感觉就像一个虔诚的基督徒。你知道吗，这儿发生了许多的事情。我和格特鲁德·斯坦因现在就像兄弟一样，我也读过许多她写的书。不仅我很喜欢你为她的新书写的序言，而且那个序言还给了格特鲁德很大的震撼。哈希让我转告你，她和路易斯的关系越来越好了。我的私家侦探一直在密切地

---

[1] 《关于结婚礼物》这篇文章实际发表于1921年12月17日。

关注着她们，情况确实如哈希所说。

乔伊斯有一本最具半人半神思想的书，它可能会被寄到你那儿去。还有一篇报道说乔伊斯和他的家人快要被饿死了。但是每天晚上我都可以在米肖餐厅看到所有凯尔特工作人员在那儿吃饭，其中当然也有他。米肖餐厅的食物都是很贵的，我和宾妮每周只吃得起一次。①

乔伊斯唤起了格特鲁德·斯坦因对一个旧金山老女人的回忆。那个女人的儿子暴富后，她就到处说："哦，我可怜的乔伊！我可怜的乔伊！他有了那么多钱！"② 该死的爱尔兰人总是抱怨，但是从没听说哪个爱尔兰人被饿死了。

庞德选了我的诗其中的六首，寄给了塞耶·史高菲尔德，你或许听说过他这个人。庞德认为我是一个优秀的诗人，他还把我写的一个故事给《小评论》带去了。③

我一直在教庞德拳击，但他学的并不是很好。他的姿态就像小龙虾一样优雅，总是习惯性地打对手的下巴。他虽然很喜欢练习，但却总是喘不过气来。今天下午又练了一段时间，但是我发现没什么意思。因为我不得不经常停下来擦擦汗，而庞德就不用。除此之外，对他来说，拳击是一项非常好的运动，因为这在

---

① 《尤利西斯》的前两个抄本是在 1922 年 2 月 2 日——乔伊斯 40 岁生日那天，寄给在巴黎的西尔维亚·比奇的。米肖餐厅是乔伊斯最喜欢的餐厅，坐落在雅各布街和圣父街的拐角处。

② 曾经有人在加拿大育空区克朗代克河里发现了金子，导致 1897 年大批矿工拥入阿拉斯加和育空去挖金子。

③ 庞德，欧洲人，在《日晷》杂志社工作，负责为该杂志寻找有才华的人。塞耶·史高菲尔德（1889—1982），（和詹姆斯·西布莉·沃森一起）收购了《日晷》，并从 1920 年 1 月发表第一期开始担任编辑，直到 1925 年 6 月卸任。安德森肯定听说过塞耶。就像海明威知道的那样：安德森是 1921 年"日晷奖"的获得者。第一次 2000 英元的奖励给了《日晷》杂志的贡献者。在 2 月 20 日，哈德莉在给格丝·海明威的信中写道："埃兹拉·庞德把许多海明威写的诗歌寄给了《日晷》杂志的塞耶，给《小评论》带去了一些他的小散文，还让他为《日晷》杂志写一系列关于美国杂志的文章。"不论那些所谓的"小散文"是什么，海明威为《小评论》作的第一个贡献是 1923 年春天写的一篇评论《在我们的时代里》和一首诗《他们创造了和平——什么是和平？》。

一定程度上挑战了他的尊严和名望。庞德这个人确实是不错的。他的文章言辞犀利精准。他还为 4 月的《日晷》写了一篇很棒的《尤利西斯》的评论。①

虽然我不知道他和塞耶关系如何，但我希望塞耶会采用我的诗。②

邦斯现在叫宾妮，我们互相叫对方宾妮：我是男宾妮，她是女宾妮，我们造了一句俗语——男宾妮保护女宾妮，女宾妮生小宾妮。

我们已经见过维和耶了，很喜欢他，他在这儿为一个法国杂志写《鸡蛋的胜利》的评论。③ 如果他写好了，我会向他要一份寄给你。

你的书写得很好，是不是为你去奥尔良的旅行付账了?④ 我也希望可以像你那样工作。

你见到宾尼·伦纳德的时候，已经见到他们了。你见到他的时候，应该会很愉快吧。我已经见过皮特·赫尔曼了，你知道的，他有一只眼睛瞎了，有时候，血或汗会流进他另一只眼睛里，他们总是打他——但是你为他照明的那一晚，他一定看清了。他是一个意大利人，人很好，拳击打得也很好。⑤

---

　　① 庞德的那篇标题为《巴黎信件》，日期为"1922 年 5 月"的评论，实际上可能出现在《日晷》1922 年 6 月的期刊上。
　　② 塞耶没有采用这些诗（后来以"流浪者"为标题发表在《诗歌》1923 年 1 月的期刊上），海明威因此怨恨《日晷》和它的编辑很长时间。塞耶出版了《春潮》和《流动的飨宴》。
　　③ 安德森的《鸡蛋的胜利：诗歌和寓言关于对美国生活的印象》，再版时标题为《鸡蛋的胜利及其他故事》。这本书的评论发表在 1922 年 3 月 30 日的期刊上，那些评论是由法国评论家夏尔维和耶写的，他写道：安德森的作品，反对压抑美国信件的顺从主义和实用主义，就像一声有力的呐喊，欲把人唤醒。
　　④ 在《鸡蛋的胜利》获得成功、并得到物质性的奖励后，安德森去了新奥尔良，致力于《许多婚姻》这部作品的创作。这本小说在《日晷》上连载了一年，在第二年 2 月以书的形式出版。
　　⑤ 伦纳德，来自纽约，是平均重量以下的拳击手。"小赫尔曼"彼得·占洛塔（1896—1973），来自新奥尔良，是最轻量级的拳击运动员。两人都在新奥尔良最近的比赛中获胜（分别是在 2 月 25 日和 20 日获胜的）。显然，安德森观看了比赛，并在给海明威的信中作了此次比赛描述。

哦，这封信写得太长了。你会再写给我们吧？我们收到你的信时，会很高兴的。

对了，格里芬·巴里还在维也纳，和埃德娜·圣·文森特等人在一起。罗通达很乱，有各种各样新鲜的东西，还有一个被带入歧途的女人①，和莉乐夫人一样，把她的牺牲品堆成一堆。②

好了，再见，祝福你和田纳西州。

海明威

我最近写了一些有韵律的好诗。

我爱格特鲁德·斯坦因。

　　致豪威尔·詹金斯

　　巴黎

　　1922 年 4 月 20 日

亲爱的詹金斯：

外面飘扬着所有来参加会议的国家的旗帜，但是我却像鬼一样已经在这儿工作了两个星期了。

海明威

---

① 格里芬·巴里（1884—1957），是一名美国记者。埃德娜·圣·文森特（1892—1950），是一位美国诗人，同时还是一位剧作家，在 1923 年成为第一个凭借诗歌获得普利策奖的女作家。她在 1921 年 1 月至 1923 年 1 月期间游览了欧洲。巴里和文森特成为一对情人，并于 1922 年初在维也纳同居。但是文森特对这段关系并不满意，所以他于 5 月下旬返回了巴黎和罗通达。

② 莉乐夫人，是英国民间诗歌中的人物，和一个叫皮斯珀特·皮特的男子进行通奸比赛。在一些不同的版本中，是这样写的：她为了通奸而通奸，在离开时，她会把玩过的男人堆成一堆。毕竟它是口头上流传下来的产物，而它第一次以文字的形式被发表出来是在 1927 年的《不朽》上，秘密地、匿名地被刊登在猥亵诗歌文选上，一般人们会认为是美国记者尤金·菲尔德（1850—1895）写的。

海明威在热那亚写下的这封信和接下来的那三封信，都是在他返回巴黎后才寄出的（就像他在 1922 年 5 月 2 日给妈妈的信中说的那样）。所有的邮戳都是孟德街邮局，1922 年 5 月 2 日。

　　　　致马赛琳娜·海明威

　　　　巴黎

　　　　据推测写于 1922 年 4 月下旬

亲爱的艾沃瑞：

　　我们将在明天离开这儿去老房子镇。我对待工作是很努力的。我很高兴会再见到哈希。

　　如果你只是坐在火车上游览一下，而不住在这儿。那么，这个地方其实还不错。

　　　　　　　　　　　　　　　　　　　　　　　　　　海明威

　　　　致克劳伦斯·海明威

　　　　巴黎

　　　　据推测写于 1922 年 4 月下旬

亲爱的爸爸：

　　如果你读过了《每日星报》①，你就应该知道了这儿所有的情

———————————

　　① 在 1922 年 4 月 10 日到 5 月 13 日期间，《多伦多每日星报》上发表了海明威关于热那亚会议的 22 篇文章。这些文章中的 7 篇未署名。

况。我很开心要离开这儿了，现在天气也变暖和了。我现在住在山顶上一个古老的城堡里，从这儿可以俯视整个城市的景象。

爱你的
海明威

致玛德琳·海明威

巴黎

据推测写于 1922 年 4 月下旬

亲爱的玛德琳：

我很高兴离开了那个工作会感觉到特别累的地方。

如果你还留在那儿工作，那我觉得你一定会疯掉的。

帮我向所有亲人转达我对他们的问候。记得，我永远是你的哥哥。

诚挚的
海明威

致格蕾丝·霍尔·海明威

巴黎

1922 年 5 月 2 日

亲爱的妈妈：

非常感谢你给我寄来的照片，我看他们很可爱也很漂亮。我和哈德莉都非常喜欢它们，而且我们俩都很感激你给我们寄来的照片。

信封里还有一沓我在热那亚的时候写的信，因为我最近太忙了，所以没有寄，一直装在我的口袋里。① 上星期我们游览完热那亚之后才寄回来的。

由于过度工作，我已经筋疲力尽了，而且我感觉我的状态很不好。我们还是继续进行我们认为有趣的徒步旅行，穿过这个城市到了尚蒂伊，穿过森林到了桑丽斯，而且我们还住在了桑丽斯的宾馆里，这是 1914 年冯·克鲁克曾住过的地方。纳粹士兵放火烧这个城市的时候，恰巧冯·克鲁克住在这个宾馆里，所以这个宾馆就没有被烧毁。桑丽斯是一个可爱的、古老的城市，有漂亮的教堂、修道院和古老的城堡。接着，我们穿过树林、草木丛生的小丘，到了瓦兹河上的马克桑斯桥，然后去了贡比涅。② 我们本打算继续前进，去苏瓦松、兰斯③。但是，下雨了，我生病了，咽喉痛，所以我们回到了巴黎。我已经在床上躺了三天了。尽管如此，这还是一次很有意思的长途旅行。这时候的树林是一年中最美的。桑丽斯周围的郊区有野猪、雄鹿，很适合打猎。

等我的咽喉好了，我们会继续上路。克雷布斯④和威拉德·基切尔已经在这儿待了六周了，他们去南部打猎了。几乎来这儿

---

① 显然，海明威想分别邮寄在热那亚写的这些明信片，而不是放在一起寄出。这些明信片贴的是法国的邮资邮票，而且邮戳显示着它们是和这封还有下一封一起从巴黎的同一个邮局寄回家的。

② 亚历山大·冯·克鲁克将军（1846—1934），是在 1914 年 8 月占领比利时和法国时指挥德国第一部队的人。他的部队在 1914 年 9 月马恩河第一战役中被阻止，此时，它距巴黎不足 15 公里。从尚蒂伊镇——巴黎东北部大约 30 公里处，海明威和哈德莉徒步走了大约 40 英里，他们穿过了桑丽斯镇和马克桑斯桥，到达贡比涅。桑丽斯镇以 12 世纪巴黎圣母院的天主教堂，可追溯到 11 世纪的城堡和法国的罗马城墙遗址而闻名。同盟国和德国在贡比涅曾在附近森林里的车上签订了停战协定，标志着"一战"的结束。

③ 苏瓦松（在贡比涅以东 25 公里处）是 1918 年美国与德国激战的遗址。兰斯（苏瓦松以东大约 36 英里，巴黎东北部大约 90 英里），以 13 世纪的天主教堂而闻名。传统上记载了法国国王曾在此地加冕；这座城市和天主教堂在"一战"中，被德国的炮弹严重损毁了。

④ 克雷布斯·弗兰德。

的每个人都要来打野猪。

我在热那亚过得很高兴。我创作并拍发了一些好文章，我希望你能在《多伦多星报》上看到一些我的文章，我的第一篇关于热那亚的文章（电报发出的）在 4 月 10 日登出。邮过去的文章大约在 4 月 22 日或 23 日开始刊登。

《多伦多星报》最近可能会派我去俄国，我正在等着他们的指令。①

我最近写的信都很随意，为此我感到很抱歉。因为我和宾妮隔着几百英里远，又不能聚在一起，所以我总以为她在给我写信，而她也总以为我在给她写信。

祝愿所有人身体健康，也祝愿爸爸能在 5 月份钓到鳟鱼，他现在可能已经在那儿钓鱼了。塞耶叔叔死后，马斯和阿拉韦尔婶婶一起度过了很愉快的时光，这似乎很有意思。② 但是他们怎么能不顾悲伤地办一个派对呢？

几天前我看见路易斯女士③了，我去参观了她的旅馆，她刚结束了一次完美的旅行，而且，她的状态很好。

请代我向爸爸和所有的孩子们转达我的爱，我一直在给爸爸写一些简短的信。

永远爱你的

海明威

这封信写在《合作共同体》杂志信纸的背面。

---

① 海明威去俄国的旅行没有实现。
② 海明威的叔叔阿尔弗烈德·塞耶·海明威于 2 月 24 日在堪萨斯市去世，死于肺炎。
③ 格特鲁德·路易斯（大约生于 1863 年），橡树园内科医生威廉姆·路易斯（大约生于 1849 年）的遗孀，19 世纪俱乐部成员，格蕾丝·霍尔·海明威也是俱乐部成员之一。

致克劳伦斯·海明威

巴黎

1922 年 5 月 24 日

亲爱的爸爸：

　　希望你现在已经收到我从巴黎寄给你的信了。你最近在《多伦多之星》上没见到我的消息，是因为你只订了周报，而我最近作的 16 篇文章，从 4 月 24 日到大约 5 月 8 日的文章，全部都被发表在了日报上。我拿到了一些周报给我寄回来的文章。它们没有被周报采用是因为分配给热那亚的文章是日报的部分。总编辑伯恩先生并没有把它们移交给日报。

　　从我们回来之后直到我们回到这儿的这段时间，我一直病在床上，什么文章都没有写，而且我感觉这儿的地势很低。我的老朋友——多尔曼·史密斯和我们一起度过了一段时间，那段时间我们曾经一起去钓鳟鱼，还一起去爬山。下周我们又将会一起去圣伯纳德山口，然后我们再一起去意大利，最后我们再一起坐火车回巴黎。我发现我前几天瘦下去的肉又长回来了，但是我感觉这样挺好的。我咽喉的问题仍在困扰着我，但是似乎所有的医生都拿它没办法，我想它可能会影响我一辈子吧。

　　今天我们爬了修道士海角。① 它很陡，还很危险，我们爬了700 英尺。然后我们只好坐下去，顺着雪往下滑，我感觉这样非常有意思。这里的山谷里长满了水仙花，它们全都生长在雪线以下。有一天我们爬修道士海角的时候还看见了两只大貂，它们长得都像北美臭鼬一样大，但是他们的身体比北美臭鼬更长更细。

---

① 在蒙特勒东北部。

我在罗纳山谷上的罗纳运河的一条小溪里钓到了几条鳟鱼，我钓它们全是用的假蝇。人们钓鳟鱼的历史已超过两千多年了，所以它们不是很容易上钩。山溪里全是融化了的雪水，所以溪水看起来很混浊，因此比较容易钓到鱼。这里还有一条完美的溪流叫斯陶克，它流过罗纳运河 12 英里后流入热那亚湖。我喜欢在热那亚湖钓鱼，那也有鳟鱼，但是那里的湖水仍然是太混浊了。

《多伦多星报》派我去俄罗斯的信今天到我这里了，跟着信一起邮过来的还有一张支票，支票上有 465 美元，这些钱包括我的生活开销和我三个月的工资，平均每月大概 75 美元。其实我已经期待这封信的到来很久了。

夏日野营听起来十分令人兴奋。这里夏日野营都是谁去啊？我希望你已经到了，而且已经钓到了好多鱼。

哈德莉很健康，她的皮肤像印第安人一样是棕红色的。她看起来状态好极了。我住的地方在冬天的时候很美，而且这儿的人我也都很熟悉。我们爬了这儿附近所有的高峰，而且我们已经准备好去爬更高的山。

祝你身体健康，诸事如意。向妈妈、孩子转达我和哈希对你们的问候。

爱你的

海明威

致豪威尔·詹金斯

意大利

1922 年 6 月 14 日

亲爱的豪威尔：

我们的新旅馆在白云山矿区那里，我们开车从希欧到了柔维禾头。瓦利西格诺里看起来和原来一样。也许是卡特里纳圣诞老人把这里重建了吧。祝你好运。

海明威

反面：帕叟比偶山脚下的塔楼形四层小酒馆的形象。

靠着这张明信片的影印本，在同一页纸下的是哈德莉写给詹金斯同一日期的明信片。开头是："向战功卓著的哈德莉致敬：昨天从希欧市俱乐部出来，又一次听到了关于它的一切，理解了你们为什么都想回来的含义。"在 1915 年 5 月的"一战"时，在意大利入侵之前，柔维禾头（大约希欧西北 30 英里处）属于奥地利—匈牙利（奥地利边境几英里处），这个地区在战争中被激烈地争夺。到 1918 年 1 月停战时，柔维禾头成为意大利的一部分。

致哈里特·梦露

意大利

1922 年 7 月 16 日

亲爱的梦露小姐：

我的诗刊被登在了《诗章》上，这让我感到很兴奋。我也对我以前没有给你写过信而表示歉意。①

---

① 梦露的《诗章》发表于 1923 年 1 月的期刊上，《诗章》是一个诗歌杂志，上面刊登过海明威的 6 首诗。

信封里面有我给你附的东西，我觉得这东西你可能会用得到，所以我寄给你了。

如果你能看到亨利·富勒①的话，请向他传达舍伍德·安德森对他的敬意。

附：我看到了一个小男孩他叫作欧内斯特·沃尔什，他说他是你的朋友。他之前病得很严重，但是他现在已经好些了。②

自传③：

我生于橡树园，在伊利诺伊州，芝加哥

地址：勒蒙德街74号

职业：我现在在俄罗斯工作，是《多伦多星报》记者。（护照过期三个月了，马克思·伊士曼昨天过来了④，所以最近我应该能得到有效护照了，李维诺夫承诺过不会有事的。）

发表在《两个经销商》反面。⑤

芝加哥

---

① 亨利·布莱克·富勒（1857—1929），是芝加哥小说家和反帝运动成员，他的作品有《在楼梯上》（1918），《伯特伦·科普的一年》（1919）。富勒作为梦露的好朋友，曾经帮助她编辑过《诗章》。

② 欧内斯特·沃尔什在1895—1926和梦露有通信联系，他在美国军事演习的时候飞机坠毁，因此造成了肺部受伤并且住了院。后来他的伤加重为肺结核，肺结核这种病他以前就得过，可是从此之后就没好过。梦露在《诗章》在1922年1月的期刊上发表了沃尔什的4首诗。在沃尔什被宣布不能被治愈出院后，梦露帮助他获得了伤残战士抚恤金，还把他介绍给庞德和一些别的在巴黎的作家认识。沃尔什和埃塞尔·穆尔黑德（1869—1955）合办了一个小的杂志，杂志的名字是《一刻钟》。这个杂志在第1期上就刊登了海明威的文章，名字是《大双心河》。海明威后来写了一篇关于沃尔什的短文，叫作《被宣布死亡的人》。

③ 海明威在信的反面打印的这个自传，这页上有贴着邮票的日期"1922年7月29日"，还有手写的注释自传，大概这些都是梦露或杂志社工作人员加上去的。

④ 马克思·伊士曼（1883—1969），是社会主义杂志《群众》于1913年至1917年的合作者和编辑。因为这部杂志支持战争，从而破坏了最近一次的侦察活动而被美国邮局禁止出版了。1918年伊士曼创办了支持苏维埃的杂志《解放者》，1922年放弃了编辑。

⑤ 听从了舍伍德·安德森的建议后，海明威开始为《两个经销商》工作。由朱利叶斯·韦斯·弗兰德在新奥尔良创办的那部杂志，它的使命是改变美国内战后困扰着南方的艺术家的停滞。海明威的寓言《上帝的手势》发表在1922年5月的期刊上。他的诗歌最终在一个月后发表。赫尔曼在他的文章中记录道：《一个全面的自传》，美国第一个有海明威贡献的杂志是《两个经销商》，而不是他的《书板》。

致豪威尔·詹金斯

巴黎

1922 年 8 月 4 日

亲爱的豪威尔：

我从斯团斯壁禾乘飞机到巴黎用了两个半小时，可是我坐火车却用了十小时！然后我乘坐飞机，飞过孚日和莱茵河进入了德国。① 1 美元如果可以兑换 850 马克的话，那么两个人用 1 美元就可以生活一天。② 一杯啤酒需要花费 10 马克。我这里来的房顶上竟还有两只鹳。

你们去钓鱼了吗？如果去了的话，记得多钓几条鱼回来。

还有，迪克·鲍姆在镇上喝醉了！

海明威

致埃兹拉·庞德

法国

据推测写于 1922 年 8 月下旬

亲爱的庞德：

有一只小母猴向东边望着大海，

还有一只新来的猴子在树上乱叫，

---

① 海明威在《巴黎到斯团斯壁禾的飞行展现了衣服立体的图画》中描写了这次旅行。

② 《多伦多星报》发表了两篇海明威写的关于德国战后恶性通货膨胀的文章：德国人顽强抗争或马可的危机，到德国去赚钱。到 1923 年 11 月的汇率是 1 万亿马克可换 1 美元。

哈罗德的表情很适合这份报纸。①

结尾②

那确实是一次实验，

但它可能会拯救整个民族，

人们切除的是些什么呢？

难道会是整个部族吗？

真诚的

海明威

致格特鲁德·斯坦因

巴黎

1922 年 8 月 28 日

假如你们现在都已经返回了巴黎，当然也许你们还没有返回
巴黎。③ 我们现在已经没钱离开这个国家了，所以我现在每花 1
法郎都会心疼。1 法郎就是 150 马克，可以用来买 10 瓶啤酒，或

---

① 海明威模仿拉迪亚德·吉卜林的诗歌《曼德勒》，来讽刺哈罗德·麦考密克（1872—
1941），他是一个富有的芝加哥人，最近做了一个引人非议的"变年轻手术"（参考"麦考密克的
外科医生在腺手术中沉默，百万富翁从手术中恢复"，芝加哥论坛，1922 年 6 月 18 日，"麦考密
克在手术中沉默"，发表于纽约时报，1922 年 6 月 19 日）。在这个新闻中，夏天是指巴黎的夏天，
俄国医生华儿·沃罗诺夫（1866—1951）做的一个实验，实验的内容就是把猴子的膝植入人体内
（"绝了的手术计划更新人类所有攸关生命的器官"，芝加哥每日报论坛，1922 年 6 月 20 日），还有
关于波兰歌剧歌手加娜·维尔斯卡和麦考密克的浪漫故事。在 1921 年，麦考密克和伊迪丝·洛克
菲勒离婚。之后在 1922 年 8 月 11 日，麦考密克和维尔斯卡在巴黎结婚，麦考密克成为维尔斯卡
的第四任丈夫。（"维尔斯卡和麦考密克在蜜月中"，芝加哥每日报论坛，1922 年 8 月 12 日）

② 结尾，是诗歌的最后一节，经常总结寓意或者是作为献词存在的，庞德和吉卜林每人要
写一首这个题目的诗歌。

③ 1922 年 8 月，斯坦因和道格拉斯以及雕刻师珍妮特和她的朋友卡米尔一道前往普罗旺斯
度假。当他们的朋友在艾克斯普罗旺斯买房安家后，斯坦因和道格拉斯住进了圣雪米的一家旅馆
里，直到 1923 年 3 月才回到了巴黎。

— 180 —

者可以用来买 5 张捕捞许可证，或者可以用来买 1 瓶瓦德堡莎当妮白葡萄酒。我们现在一天能捉到 10 条鳟鱼了，但我依然很思念巴黎。

　　祝你好运！

欧内斯特·海明威

　　致埃兹拉·庞德
　　巴黎
　　1922 年 8 月 31 日

　　匿名的那个作者一直是我最喜欢的作家！这是谁冒名顶替"严格匿名"的？你去剪掉书信后面图片上那个少女的头和腿，然后再看看她是否会令你回想起毕加索的蓝色时期这幅作品。

　　信头：伯纳德·马赛德。反面：一幅图片，画面上是希腊女神赫伯（众神的司酒者）和三个天使，天使们的手中都拿着椭圆形标签，标签上写着伯纳德·马赛德的酒窖中各种美酒的名称；还附有一张图片说明"女神赫伯"（女神赫伯命名她的最爱）。

　　致格特鲁德·斯坦因
　　巴黎
　　1922 年 9 月 20 日

我必须去拜访克里孟梭①，你们都曾经回到过巴黎吗？你们也许很快就会回来也许好久都不会回来；现在这儿已经是冬天了。望你们早日回来。

欧内斯特·海明威

致约翰·麦克卢尔

巴黎

据推测写于 1922 年 9 月

亲爱的麦克卢尔先生：

路易斯·格兰切先生曾在几个月前建议我，在我给你写信时，代他转告你，你是贱人的儿子。当初我当作玩笑话一样地说了给你。

我现在送一份相同的消息给你，这次不是格兰切先生的意思而是我的意思，这一次是发自内心的。我重申一遍，你是贱人的儿子，麦克卢尔先生。

曾经一度，《两个经销商》这个题目让我感觉迷惑，但现在它已经不再是一个谜了。《两个经销商》的意思是作为经销商的你所做出的行动就是诈骗，欺诈订购者和投稿人。

既然你有钱买新共和的后封面，那么你为什么不支付稿

---

① 法国政治家乔治·克里孟梭（1841—1929），曾两度担任法国总理，分别是在 1906—1909 年和 1917—1920 年这两段时期担任的。第一次是加入"一战"后，他要求严格执行和平条约，坚持要求德国裁军执行条约并且还要支付战争赔款。海明威在一次旅行中加入了比尔·伯德的队伍，当时克里蒙梭的军队撤退到莱萨布勒—多洛讷附近，这是大西洋沿岸的一个法国旅游城镇。在 1922 年 9 月 25 日（纽约）约翰·伯恩给海明威的回信中，提到了他已收到了海明威附在 9 月 14 日的来信中的克里孟梭访问通知。但是，伯恩就克里孟梭对加拿大在战争期间的角色的嘲讽评价提出了异议。《星报》并没有公布这次访问。

费呢。

海明威

致豪威尔·詹金斯
巴黎
1922 年 9 月 26 日

亲爱的卡波：

我要从这儿穿过，然后乘坐辛普伦快车，前往君士坦丁堡到达《星报》。

海明威

致格特鲁德·斯坦因
巴黎
1922 年 9 月 27 日

经由此地前往君士坦丁堡等地。今天天气很热。火车晚点了六个小时，那么很快天就会更晚了。你应该在福特车里度过这段等待的时间。

海明威

耶鲁大学；反面：一张街景图片附有标题，写着"索菲亚，林荫大道"。

致米利亚姆·哈普古德

巴黎

1922 年 11 月 26 日

亲爱的米利亚姆：

我随着这封信给你附上了一些照片，你的样子看起来很高兴，盖伊很快就会寄来你的爸爸、盖伊和斯蒂芬斯①三人的合照。觉得我看起来怎么样？像不像一个严肃的国际记者呢？但是我很难一直保持这种姿态啦。

在学校的生活怎么样？送你去学校的那天晚上，我觉得这个学校看起来很阴暗。② 你父亲和我们一起回到出版社，但是他和盖伊清闲得没事干，只能坐着聊天，我就坐在吧台的后面喝喝啤酒，写写新闻报道，生活过得很惬意。我正构思着写一篇震撼人心的报道，试图将契切林到达和平会议现场、会议的破裂和土耳其的债务问题③之间的关系串联起来。但我知道今晚是不可能写出来的，所以我就开始想你。想着你穿过像城堡一样巨大的校园，走在长长的车行道上，周围的树篱阴阴森森，月亮也被笼罩在一片黑暗中，校园内的大门被沉重地打开，又被沉重地关上。而且你谁也不认识，尽管如此，我还是知道你一定是这一群人中最勇敢的孩子。

---

① 盖伊·希科克（1888—1951）是一个经验丰富的报社记者，从 1918 年起担任《布鲁克林鹰报》巴黎局局长。海明威刚到巴黎时就和他频繁来往，建立了深厚的友谊。米利亚姆的父母，美国作家哈普钦斯·哈普古德和尼斯·博伊斯 1897 年相遇，当时他们都在斯蒂芬斯的揭露黑幕的报纸《商业广告》工作，两年后他们结婚。

② 1922 年哈普古德卖掉了纽约多不斯渡口的房子然后前往国外，先后到达法国和瑞士，之后将他的三个孩子安置在寄宿制的学校。

③ 《多伦多星报》将出版两篇海明威撰写的洛桑会议报道，其中一篇和俄罗斯外交部长格奥尔基·契切林有关。（俗丽的制服正好是契切林的软肋：苏维埃绝对的"胆小士兵"，1923 年 2 月 10 日）

希望你不会感到郁闷、孤独或者想家，如果你真的心情低落或者想家，只要想想离你只有几个街区远的地方有三个人在想着你，你的心情就会好起来的，在洛桑并不是只有你一个人，我们都在你身边陪着你。期望老天能够给你带来好运。当然啦，如果你很享受独自一人，几英里内没熟人的感觉，那样的话也很好。不管怎样，希望你一切都进行得顺利，度过一个美好的校园时光。希望我们能很快再见面。斯蒂芬斯可能会在下周二离开，在那之前，我们会尽量找时间去看你的。哈德莉可能在周二之前就会到达这儿，我会让他们两人去你的学校把你接出来，我们一块儿吃饭。祝你好运，希望你心情愉快。

你的朋友

海明威

我觉得这些照片很有趣，你觉得呢？

海明威在寄此信时，附上了他在 1922 年 12 月 10 日写给米利亚姆·哈普古德的信，他是通过林肯·斯蒂芬斯认识她的，斯蒂芬斯是米利亚姆父母的好朋友。

致伊萨贝尔·西门

瑞士

1922 年 12 月 1 日

我现在唯一能做的就是每天都盼望着她能来，可是她还没有来。如果她还是来不了，我就发电报给国际新闻服务社，让他们一定要派别的工作人员来接替我。我一定要回巴黎，我那可怜的孩子，她现在一定难受得厉害，像现在这样的天气在巴黎生病可不是什么好玩的事。

我觉得从伦敦到蒙特勒就只有两趟火车还不错。这两趟火车都是在 11 点从伦敦出发。其中有一趟你只用买一张票就能直接到蒙特勒，这一趟是辛普伦东方快车，但是只提供卧铺，而且相当贵，也不知道你会不会介意。另一趟有一级、二级、三级车厢，只有从巴黎到蒙特勒这一段路程提供卧铺。如果你想坐卧铺的话，就必须提前预订。到了晚上 7：26 分就可以到达巴黎的里昂车站，用大陆的 24 小时制计算就是 19：26 分。晚上 20：35 分再次出发，前往瑞士。如果你带了大箱子，可以在上车之前登记一下，就可以直接把它寄到蒙特勒。那的售票员很浑蛋，他们不卖给外地人员车票，他们会在蒙特勒火车站检查，但我们认识那儿的人，我们在车站那儿接你，他们会给我们面子放行的。辛普伦东方快车早上 6：57 分到达蒙特勒，而另一趟火车 8：57 分到达，它们就相差 2 小时。辛普伦东方快车最大的优点是，在瑞士边境瓦洛布时，你可以不用带着护照和手提行李下车，因为他们会提前在火车上进行检查。但你不用怕，他们的这种检查都是马马虎虎，敷衍了事。他们会问你有没有带黄金、巧克力、香烟等贵重物品，然后你说"没有"，他们会说"谢谢，女士"，这样就检查完了，很简单的。

我知道这是你第一次出境旅行，虽然是在早上进行检查，但是我还是建议你乘辛普伦东方快车可能会更简单点。但我不知道你需要多付多少钱，我觉得应该不会多得离谱。如果你买不到卧铺，那就只能站着啦，不过我们经常站着，感觉并不是很糟糕。不管怎样，祝你好运。

到了里昂车站，你可以去楼上的饭馆美餐一顿。

真希望能和你一块儿旅行。你不知道三四个人一块儿旅行真的很爽的，因为我们会主导整个车厢，大家都闲坐着聊天，到了里昂车站时我们从车厢中走出来，吃些三明治，看看外面美丽的月光，像法国人那样快速地打开窗户呼吸一下新鲜空气。如果有人试图进入我们这节车厢时，有的人就会故意躺下来睡觉，然后边上的人就会说"嘘，生病了"①，而且神情看起来很严肃，那个人就会离开了。不管怎样，旅行都会很惬意的。像这样去年我大概旅行了 12 次。

我猜想哈德莉给你写的信中一定提到过衣服的问题。通常情况下，滑雪时，我看到的女孩儿们都会穿马裤、毛衣，头上戴一顶圆帽，如果你还没有滑雪鞋的话也没关系，那你就在蒙特勒买吧，那儿的鞋子很好也很便宜，是用帆布做的，还有中间有一根带子的滑雪手套也很便宜。我的滑雪衣服和鞋子都是在蒙特勒买的。你知道有一种衣服吧，哈德莉当晚参加舞会的那种礼服。但是后来在小木屋吃晚饭时，我们所有人都不会盛装打扮的，因为大家都觉得穿粗布衣服吃饭比穿盛装更有乐趣。哈德莉下身最喜欢穿裹腿的马裤，或者是高尔夫长袜，但这次穿的是后者，上身穿一件白色的法兰绒衬衣，衬衣外面再配一件毛衣，不过我还知道按她的习惯来说，她也有可能在上衣的外面穿一件骑马用的马甲，再束上一条腰带。总之就是跟场合总是很不搭。在这里穿衣服没有什么正式不正式之说，但男人们只穿男士短裤，从来不穿灯笼裤，因为大家都觉得穿灯笼裤显得太肥了。

我相信我们会玩得很愉快的。当我知道你要来欧洲，而且还

---

① 海明威很有可能指的是俄罗斯作家安东·契诃夫（1860—1904），费奥多·陀思妥耶夫斯基（1821—1881），尼古拉·果戈理（1809—1852），里奥·托尔斯泰（1828—1910），伊万·屠格涅夫（1818—1883）；以及出生在波兰的英国小说家约瑟夫·康拉德（1857—1924）。海明威后来从西尔维娅·彼契处借来费奥多作品的翻译本进行阅读。

是要来瑞士，你还要过来找我们，这是我这段时间听到的最好的消息啦，你要相信我这里真的很有趣。你来了一定会爱上这里的。7月1日是沃州的雪橇大赛，这次的比赛在桑普轨道山口进行，你来了以后你会成为我们其中一员的。如果进行得顺利的话，桑普轨道会是我们出来玩其中一段很好的旅程。

我敢说这里是世界上最美丽的地方，我们能欣赏到一大堆东西，你肯定会爱上康比和阿旺。琴科16日过来，我觉得你会喜欢他的，并且如果你有美国的读物，一定要记着带过来，他能自己一个人从容地待一整天读这本书。我最近也试着读了俄罗斯人写的一本小说，它们真的是太长了，我就只好放弃了。

这封信应该能寄到你那里去吧，我还不知道你为什么会出现在亚乐普，你都没告诉过我怎么去那儿了呢？但这些都不重要，重要的是你很快就来这儿找我们啦。

会议开得很无聊，而且还搞得很机密，不管是什么时候人们到处走时，你会发现后面总会有人跟着。土耳其人现在就像土拨鼠，你想找到他们时，他们就躲进洞里绝对不会让你找到；你不想找他们了，他们就破土而出。

说了这么多，已经写得很长啦。

你永远的朋友

海明威

（不知道是什么原因，信的开端丢失了，1923年西门和朋友在欧洲游玩时，西门突然打算去瑞士和意大利看海明威和哈德莉。）

致弗朗克先生

洛桑，瑞士

1922 年 12 月 15 日

弗朗克先生：

　　随信附上两张预付了的电报收据，这家饭店的服务人员根本就不知道我，更准确地说是你，有这个地方的账户，他们竟然在没有允许的情况下阴差阳错地为寄往纽约的电报付了款。

　　我看了一下，这些电报总计 30.10 法郎。鉴于每次你都会要收据，我认为现在就先不向你要其他电报的钱啦，到时你可以一起付给我。

　　我自己做了一个账簿，上面显示，你之前预付给我 250 法郎，减去电报的 30.10 法郎，现在我还有 219.90 法郎。

　　我之前随便计算了一下他欠我多少钱，然后将上面这笔钱减去，再将剩余的钱于周六晚上 12 点寄到瑞士蒙特勒康比的小木屋中，第二天就会有人过去取。

　　我现在很困难，真的很需要那 800 法郎，但是你却告诉我你拒绝支付给我，你知道这给我造成很大的不便，因为没有这 800 法郎，现在已经打破了我所有的计划，而且让我额外又付了很多别的开销。你的这种行为真的对我很不友好，而且我真的觉得很侮辱人。

　　当然啦，我只是想求你帮个忙，你也完全有权利拒绝我。但是我完全没想到你真的会拒绝，我现在 24 小时都在奔波，但是不幸的是却只有一周 55 美元的薪水，我现在工作的结果就是使我损失了 15 美元。我知道我挣得不多对你很有利。因为我根本无法生活，只能选择去投奔你。我的全部薪水都会贴到开支中，而你寄给我的 250 法郎我只能全部花在该花的地方，多花一点都会浪费。

你是第一个我负责帮你发电报，之后管你要钱的人，因为那是一个报社工作人员挣钱的最简单，也最合理的途径。我们都知道银行办理业务的速度很慢，因为银行工作人员会从某个程序中得到某些好处。除非你也觉得我像他们一样在计划着用某种方法敲你竹杠，否则我真的很难理解为什么你会直接拒绝寄给我钱。又或许是我想错了，你不给我寄钱是有别的理由，但是我现在还很难改变这个想法，我一直觉得是你认为我想要敲你竹杠，所以才会拒绝寄给我钱的，但我还是希望是因为别的原因。

此致

敬礼

海明威

致埃兹拉·庞德

蒙特勒

1923 年 1 月 23 日

亲爱的埃兹拉：

我们想去投奔你，你觉得怎么样？你可以发给我们多少工资呢？我们住的旅店是哪家？我们是否也能像莱茵河畔的诺斯克里夫一样，居住在您的法西斯朋友周围让我们隐姓埋名地生活呢？还有，他们能给我和哈德莉提供蓖麻油吗？你知道，墨索里尼在洛桑特地告诉我，我们不能再继续住在意大利了。我们得尽快搬走。你到底对于这个问题是什么意见呢？是顾虑你妻子吗？还是有什么别的原因？你要多久才给我答复？以上你对每个问题的答复对我而言都至关重要。

你是否听说我的少年读物丢失了？上周我回了巴黎，看看还留下了什么。发现哈德莉已经替我完成了这项工作，她将所有能找到东西的地方都找了一遍。就只找到了一些副本，复印本等无关紧要的东西。我全部作品中唯一留存完整的是，三页铅笔写过的关于一首流浪诗的草稿，本来那是后来被我要丢弃掉的，但是它还是保存下来了。还有一些我与约翰·莫科鲁尔（编辑，《双重商人》）之间的通信，还有一些新闻手稿。但我的少年读物是真的找不回来了。

你肯定会说，"那已经不错了"之类的话，但是你千万不要对我说出来这些话，我还尚未到达那种境界。你不知道，在这该死的资料上，我可花费了整整三年。让我想起来这与1922年在巴黎的那次境遇差不多。

我现在正在收集新的材料，我们有六到八个月的时间提前为挣钱做准备。我已经解雇了一直跟随我的理发师，因为以后我不再从事报社这份工作了，但这与圣安东尼的好坏无关，是因为我真的是没有多余的钱来聘请他们了。我觉得我现在跟你差不多，长久的脑力劳动使我变成了社会的局外人。已经过去好几周了吧，我已经敢在"盎格鲁美国人"（巴黎的出版社俱乐部）上秀一下自己了。

现在里拉好像要贬值了，很明显，在我看来道格拉斯比墨索里尼伟大多了。你知道戴夫（这个塞尔特犹太人）刚用18法郎买了两只左脚的靴子（工厂的失误），售货员发现后并告诉了他，但他并没有听，就是几个礼拜后，他自己还是分辨不出靴子的不同。戴夫真的是让人哭笑不得，当然了，这双靴子也令人哭笑不得。

我和哈德莉都很爱你和桃乐西·庞德。

给我回信

海明威

致格特鲁德·斯坦因

意大利，拉帕洛

1923 年 2 月 18 日

亲爱的斯坦因小姐：

附上的是我对《论坛报》的评论。如果你不喜欢的话，你可以删掉其中任何一条评论或者是都删掉，我可以再重新写一篇，那是目前我所知道的你对我的评论达成的最好的提议。

我们到达这儿为止，庞德已经离开这个地方有三天了，一连七天的闷热天气终于过去了，今天的天气还算不错。哈德莉状态良好，所以我们这个月末要前往克蒂纳滑雪。这有个好人叫作迈克·施特拉特尔，我本来已经计划好与他打网球，但是他的脚踝扭伤了，我们只好先放弃了。我们先来了这儿的海边，这儿的海水混浊不清，怎么看都好像没有太多的盐。潮汐涨落大约 1 英尺高，当海浪击打船舶时，看起来像有人把一桶灰倒在船边上，海水真的是太混浊了。我觉得就是因为这个原因在这种地方来的人也不是太多。

我很努力地工作并且已经做好了答应过你的两件事，你说的工作的事，我考虑了很长一段时间，并且我也一开始就按你说的那样做了。如果你还想起了其他任何事情，我希望你能尽快给我回信。这段时间我一直都是尽量在使我的脑子处于思考状态，而且精神看起来也非常的好。

巴黎现在怎么样？我们大约在 4 月份回去。前一段时间，迈克为哈德莉画了一幅很好看的肖像画，可把她高兴坏了。因为一直都是与这本书为伴，我度过了一段很惬意的时光。

你会把这篇评论给约翰逊博士看吗？

送去我俩对你们的爱。

欧内斯特·海明威

附注：当这本书出版的时候你会送给我一份评论副本吗？

致埃兹拉·庞德

米兰

1923 年 3 月 10 日

亲爱的埃兹拉：

我已经收到你的神秘卡片并且放了起来，以待将来回忆起来再看。来到米兰，我得了咽喉炎，现在已经卧病在床。在这之前，我们在奥尔比泰洛待了一小段时间，并且对这个小镇疯狂着迷，在这里可以让我们感受到外面永远感受不到的乐趣。我突然想到那天晚上试图阻止我们的那个人其实是个考古学家，叫作黛拉·罗莎，她在这一片也是个百万富翁。麦克阿蒙过来住了很长一段时间，我在这期间几乎读了他所有的新资料。一本小说 16 到 18 个故事，在拉帕洛时，他仅仅写了 7 到 9 个新故事。如果我现在在情报贩子的交易中，我一定会悄悄地对着一个像贝壳一样的朋友耳朵说："当你仍可以得到一个很好的高价时，就去麦克阿蒙身上小赌一把吧！"但是这种事需要详细地探究一下。

我们遇到了一个很好的网球教练，等迈克的脚好了以后，我相信我一定能打败迈克。哈德莉身体康复得很快，并且又练习了一下网球技术，她现在网球打得很好。不仅可以打败这个地方附近的一些男人，而且对于我以某种方式来回穿过网球场的行为，她还发明了一些令人烦恼的法则。也许你不相信，但事实就是如此。我们把你们的球拍不小心落在了豪华宾馆，到时候可以让蜜妮安给你们取来。这就是我认为的网球比赛，如果有错误请予以纠正。

如今，你一定变得非常喜欢罗马或者可以说你的内心无比向往着罗马。

麦克阿蒙已经指出了我们每个人身上都存在的缺点，这是最令人快乐的。

6月份的时候，我也许会在拉布拉多这个地方继续淘金。

我把我写的《女诗人》的其中一些片段装进了信封，这首诗后面带有脚注。

那个叫什么露西·斯特皮丝的女人与那位讨人喜欢的法国画家勒逊已经宣布要订婚。然而他们并没有举办什么特殊的仪式，就只是告诉了人们去参加一个庆祝的午宴。

蜜妮安我已经收到了你给的《小评论》，收到的时候书皮已经非常破了。我随便翻了一下，里面并没有什么可读的。你知道，你写的这本书的内容太单薄了。我是转给你还是先替你保留着？除了胖胖的摄影师斯特拉先生的作品以外，说实话这本书并没有什么内容。

我们在这儿真的非常希望能收到你的来信，如果回信了寄到科尔蒂纳·丹佩佐·里斯坦特邮局即可。

一定要好好为我保留这篇《女诗人》。

永远的
海明威

致海明威医生

巴黎

1923 年 3 月 26 日

亲爱的爸爸：

我之所以在这停留，是应《每日星报》的电报请求，给德国人做一系列（12 篇）有关法国人与德国人的文章。我今天刚刚邮寄了第一篇，约两周后应该会在《每日星报》上见报。[①]

当我完成了我的德国旅行后，我要带着我的鳟鱼钓具，再次加入提洛尔和哈德莉的队伍中去，她们在迈特山和科尔蒂纳·丹佩佐一起比赛钓鱼。

希望你今年春天渔业大丰收。对于你的来信我感到非常欣慰，非常抱歉我写得不多。你知道当一个人如果以写作为生的话，那么对他而言写信就非常容易了。我到现在已经坐了 38 个小时的火车了，你能体会到我现在的感受吗？非常的累。去年我就开始乘火车去旅行了，到现在已经走了将近 1 万英里。我已经去过意大利三次，从瑞士到巴黎就已经往返了六次。君士坦丁堡—德国—勃艮第—旺代，我觉得我的旅程安排的都很好。

---

① 海明威的第一篇文章《法国又有一个国王吗？》发表在 1923 年 4 月 13 日的《多伦多每日之星》。5 篇在四五月份，见卡洛斯·贝克《海明威：作为艺术家的作家》第 4 版。（普林斯顿，1972），威廉·怀特汇编。

原谅我写这么点。我希望祖父身体健康。深深地爱着你们，我的妈妈，还有孩子们。

你最爱的儿子

海明威

致爱德华·欧·布莱恩

巴黎

1923 年 5 月 21 日

亲爱的欧·布莱恩先生：

你很早之前已经告诉万斯先生我邮寄给他的小说的事了吧。但就在刚才，拿给万斯先生办公室的信件刚被找到，听起来好像有点我对他的事情不认真负责的意思，只是粗略地检查了一下。为此你也写信给他，但并没有多大用。我早就料想这是墨索里尼邮政服务的问题。

我确信已经听到有人对我的咒骂，首先是我弄丢了这些材料，其次是使你有关这篇小说的信经历了一波三折。到现在为止这两个月来，我并没有从画刊那里听到什么有利于我的信息，我想他们一定是已经买下了它。

关于万斯先生的信这件事已经使我在他面前抬不起头来了，于是我只好郁闷地去喝了点酒，但是喝完酒以后心情更糟了。很显然，如果有人告诉他这东西不错，他就一定会去买。对他来说胡乱猜疑是一种毫无意义的游戏。

镇上的勒森现在正在我这儿，他在向我问起你。他现在看起来非常兴奋，因为他与这个霍尔特女子回到美国就准备结婚。亨

— 196 —

利·施特拉特尔画的画是越来越好了，我这里收藏了很多亨利的画。有一天我让斯坦因看了亨利的这些画，这些画让她想起许多有关亨利的事情。当施特拉特尔夫人念出你的名字的一刹那，她的声音还是那么浑厚。有关于我们的一切都没有变。

我记得四五年前给《红书》杂志（卡尔·哈里曼任编辑）邮寄了一篇关于意大利持枪男人的小说，在这不久以后就收到来自他们很长的一封回信，这封信是克尼克特或者和他很像的名字的人回复的，信上说我写的那篇小说缺少中心趣味。如果我要让这个持枪男人在中途得到了他家里唯一老母亲的支持，在小说结尾时他改过自新，结局一个大反转。那么这篇小说将会成为一个很好的逸闻趣事。因此我想，给他们杂志社邮寄我还没有改过的小说不是太好，所以我自那次后又另外给他们邮寄了我的第一篇小说。

当然了，这样还是有点可笑。但是它还是使我非常担心，信要是还是像第一次那样，小说就会被完整地退回，我就一定会感到整个人被世界抛弃了一样，我就可能再也不会写作了，因为我实在是没有什么信心了。看起来杂志社要去除掉任何出版的理由很是容易，但是我仍然坚信，一本杂志的读者比编辑的感觉与品位要好得多。

即使这样，我也仍然非常想让这本书出版。

你有什么建议可以给我吗？什么建议都行，只要可以帮我解决这样的烦恼。

我与我的夫人致以你最好的祝愿！希望你的工作一切顺利，祝愿你会越来越好。我们会经常想你。

诚挚的欧内斯特·海明威

致斯坦因

巴黎

1923 年 6 月 20 日

亲爱的斯坦因小姐：

我与哈德莉明天（周二）参加完晚宴后就回家去了。如果你比较忙的话，我们就直接走了，就不去你那里打扰你了。上周我们的表兄与姑妈已经返航，他们回去后应该有时间，我们先去他们那里看看。我们或许 7 月 6 日去潘普诺拉，不出意外的话估计要在那儿待上四天。在这期间我认为不会对哈德莉造成任何伤害和影响（哈德莉已有五个月的身孕）。我多想与你谈谈公牛与斗牛士啊！我想先在加拿大买个小牛犊来练习一下红披风招式，这样可以为我们以后的交谈做些准备。当然这有点晚了，不过我们或许可以提前为孩子们做些这样的准备。

您一直的朋友

海明威

致威廉·D. 霍恩

巴黎

1923 年 7 月 17—18 日

亲爱的老比尔：

你给我写一封那么完美的信却没有收到回信，是不是有点失望，因为我去年一直没空，但我始终将你的来信保存得很好。我给你写关于我们这次的旅行大概有七页吧！首先我到了斯基奥，越过白云石后到了特兰托，又转道加尔达，乘船顺湖而下到色米欧，徒步走到了维罗纳。记得那时候，我们在加尔达山脚下的小站见到了塞尔维亚－斯洛伐克人。那是六月份的一个大热天，我们从米兰到了前面。记得当我们外出到这片地区时，我们不知道那场地像什么——除了有一个游泳的地方和全部强迫的盖板。约翰逊博士与其他伙伴在维琴察会见了我们。可鄙的海军上尉！贝茨由这条路穿过了工厂外的流水上的小桥，还有棒球场。

好了，我写了所有和这件事有关的回访，因为基督教的缘故，我不会回霍尼——任何情况下都不会，因为一切都过去了，意大利所有的一切也过去了。我撕碎了信因为它让人感到太悲伤，它既然已经发生在我身上就没有理由再发生在你身上。

霍尼我们已经去过了，我们永远不能从旧事物中找回曾经获得的欢乐，也找不到曾经的记忆中的东西。它们是美妙的，当想起它们时，我们会拥有它们，但我们在不断地拥有新的事物。因为除了我们的脑子里，旧事物是无处可在的。我想这听起来像是从好的旧废撒布机分离器出来的各种废物。我没有在讨论道德。

不管怎么说，在契克·多尔曼·史密斯的带领下，我和哈德莉离开科隆神圣的第五步兵团，徒步穿过圣·伯纳德。休战后，我的朋友待在米兰。第一天我们从瑞士出发，走了 38 公里，第二天走了 44 公里从米兰来到了奥斯塔，晚上住在海拔 2000 多米的寺庙里。然后哈什和我从奥斯塔去了威尼斯，车翻过山就到了山上的斯吉奥。过去的白云石邮局现在是一家由一个意大利佬开的旅游饭店。在这个优美的小镇上，奥地利人如果不攻击塞比人，意大利佬也不会攻击他们。然后我们到了特兰托，我们一直待在车里，沿着加尔达湖从阿达梅洛山到里瓦，到了一个美丽的景点——瑟密欧尼。河水涌入从迪兹加诺都能看到的湖，这就是我们所看到的捷克。到维罗纳市之后，我们先乘火车来到了梅斯特雷，后来又通过皮亚维河，在莫纳斯迪尔家看到饲养桑蚕的房子，在那儿我看见伟大的赫尼德·阿锑克穿着睡衣躺在担架床上听着蚕咀嚼桑叶的声音，还记得菲利斯·伯格诺吗？佛萨塔是一个臭名昭著的城市，那里除了树上正在康复和成长的疤痕，就只有战争了。那儿现在已经找不到战壕的痕迹了，人们重建和修复着在西西里和拿破仑统治时期被破坏的房子。我发现了我曾经受伤的地方，那是一个沿着河岸的光滑绿坡，看到它我回忆起了在哥德斯堡战斗的场面。那时，皮亚韦河畔是干净蓝色的。现在那儿没有水，他们用马拖着大水泥驳船朝这儿的栏杆撞来。

　　噢，不管怎样我们最终回到了巴黎，我在米兰看到墨索里尼，和他进行了长时间的交谈，并以此写了3篇关于法西斯主义者独裁政府的文章。然后我们飞到斯特拉斯堡上，所有人徒步穿越黑色的森林，钓到好多鳟鱼，夜晚睡在小旅馆，可以互相照顾。之后又沿着莱茵河从法兰克福到科隆，拜访契克。回到巴黎，目睹了西吉差点杀了卡尔庞捷的全过程。这时我接到一封从《星报》去君士坦丁堡的电报，得知希腊军队正在大撤退。我们在那儿度过了三个美好的星期，就像你驱车去博斯普鲁斯海峡看日出一样，你能看到使你清醒的光亮，但不知道那里是否会发生一场战争重建世界。然后，通过乘车、骑马、步行回家。我们经过色雷斯，紧接着穿过保加利亚和塞尔维亚，到达里雅斯特，吃了一顿美餐，非常高兴地再次谈起意大利人，和哈德莉一块儿坐上直达巴黎的火车。她比以往更美丽，我们深深相爱，走到哪都在一块儿。在奥特伊，比赛的人们围绕在大木炭火盆周围。11月明亮的蓝色天空，硬的草坪和好的赛场，从顶部的角度我们看她的每场比赛。然而我不得不去洛桑会议。待在那里直到圣诞节，在瑞士，我们爬到有旧棕色木屋的山上并且滑雪，我们有鲍勃雪橇。白天是寒冷而清晰的，那儿有很多雪，晚上就喝鸡尾酒。然后我们和拉帕洛、庞德与麦克·施特拉特尔去打网球，他们是普林斯顿人。然后和克缔娜·D.阿坡兹沿着多拉密斯上山滑雪。一直到4月，我又来到鲁尔和德国电报，六周之后回到科尔，我们和哈德莉一起来到了巴黎。

现在是向您尽可能地讲述事情的时候，但我想尽量给您多的信息和经典神话以此摧毁我们的地位。

第二天

亲爱的霍尔尼德：

你们又相爱了吧？嗯，这确实是件值得纠结的事情。无论如何，如果爱情产生，当你处在恋爱中时，你会明白那是值得的。唉！我希望它刚好出现，如果有人评价它，那一定是你。我希望我能抽出一些时间与你最好的女孩在一起，那样我将透露给她们真正的内幕消息，你将摆脱她们。

顺便问一下，我已经在各地给你写了明信片，并且都寄到了东区45号，你都收到了吗？

皮纳德·鲍姆来到我们这儿的公寓，情绪激动得像一只猫头鹰，这是典型的旧贵族行为举止。你知道，他当时眼睛通红，就那样半睁半闭着，试图寻找该用一种什么样的方式站着。我把他按到椅子上，让他待到午饭时。他说他非常愿意，并想喝上一杯。说是彼此相见就如同见到霍尔一样高兴。哈什外出为他弄午餐的东西去了。突然，皮纳德放下杯子，非常严肃地握了握我的手，然后向楼梯走去。"但是，皮纳德，"我说，"吃过午饭再走吧。"他突然睁开那通红的双眼，看着我，快走下楼梯时，严肃地对我说："不了，海姆，这对你妻子不太公平。"

正在这时，哈什担着菜篮子来到楼下，篮子里装着奇特的大头生菜，还有洋蓟。皮纳德握住她的双手，说："我必须走了，海明威夫人。如果我再待在这儿对你是不公平的。"

我们尽力挽留他，他却径直走了出去，我们跟着他到了大街上。但是他这次离去时看起来很高兴，并且一直说："这对海明威夫人太不公平了，海姆，我不能那样做，那样我会不适应。"

因此，在我们互相礼让一两个街区之后，我把他送进汽车让他去他母亲或者姐姐那里。我们款待了费德公爵，他吃饭时比他那年轻的受过良好教育的犹太妻子表现得活泼。之后我出去与他们跳起了舞蹈。我看见公爵走过皇家街道，那时我正和一些报社的伙计们坐在一些年轻的男子前面。

没有西米或者他的啤酒新娘的消息。

有大热天的西班牙太好了，大约两个月前，我去那儿研究斗牛，依靠马德盟里的克欧·杰瑞尼莫的斗牛抚恤金维持生活，然后跟随一群徒步斗牛士旅行了好多国家——塞维尔、尤达、格拉纳达、托莱多、阿仁尤斯，详见有关材料。卡恩回来了，带着哈德莉，然后我们一起去了纳瓦拉省的首府潘普洛纳。最近刚刚回来。那一周是我最近一段时间里最美妙的一周。潘普洛纳迎来了盛大的节日——整整五天五夜的斗牛舞会。这里有完美的音乐——鼓乐、簧管乐、笛乐，有戴着委拉斯圭斯的面具的酒者，还有戴着戈雅与格列柯的面具的人，所有的男人穿着蓝衬衫，舞动着许多红手帕。这盛大舞会里仅仅有我们几个是外国人。每天早晨，下午要参加比赛的斗牛从镇上很远的地方克拉斯被放开，从镇上的主干道一路奔走来到斗牛场，路上有潘普洛纳的年轻男子跑在前面引导着，大约有 1.5 英里的路程。整个街道的另一边用木制门隔开，这帮家伙尝试着控制疯了似的斗牛。

按照上帝的旨意，在那个镇上有斗牛。那个镇上还有八个斗牛士，都是西班牙最好的斗牛士，不过其中五个被斗牛撞伤了！公牛猎杀只是一天。

比尔，关于一个真正的好的斗牛比赛，提起这你肯定会疯狂。这不是他们经常告诉我的残忍，这是巨大的悲剧艺术，那是我曾经见过的最美的事情，需要极大的勇气和技巧，比其他任何事情都需要勇气。只需要一个拳击场的座位，你就能身处战争中，而事实上对你来什么事也没发生，你只是旁观者。我已经看过 20 多场了，哈什在潘普洛纳看过 5 场，她认为这很野蛮。

嗯！让我看看，这封信确实太长了。

在 8 月 17 日，我们航行到达丘纳德的安达尼亚，大约 27 日到蒙特利尔，然后去多伦多。那儿的老人一周有六天在上班。在多伦多，官方数据显示，85% 的居民在礼拜天去新教堂，我不知道其他的 15% 做什么，或许去天主教堂。

10 月份某个时候，我们将会拥有一个婴儿。我们希望最好是个男孩，而你将成为他的教父。滑雪时，他度过了生命中的第一个月，他已经经历过西吉战役一次，卡尔庞捷两次，斗牛比赛五次，如果这对胎儿健康不利的话，那么现在已经产生作用了。我们都很着迷于有一个年轻的小伙子。哈德莉已经不再为一分钟或者更长时间的呕吐而懊恼了。她从来没有感觉好过，尽管她看上去气色还不错。比尔，医生说一切都很完美，绝对值得高兴。

哎呀，我们已经有了兴趣，比尔。看来我们是不可能全部留在那里的。但是，只剩我们两个人的时候，使我们如何分开并没有什么不同，因为我一直有《星报》的任务在身，但这能给我带来不菲的收入。但是有时候，我们邮寄去我的业务费用单，等上一个月之后他们才会寄回支票。每天我们的支出是 10 个法郎，五六百法郎要是一块来的话，那该是多么的富有啊！但是我盘算过，在孩子的第一年，因为花销大，我得有一个稳定的工作。一旦等到他长大，在家庭其他人的帮助下，他或者她就会获得机会。

这月我将有本书出版（秋天发行，但是等到 8 月我才能给你样书）。我正在读校样，另一本我会在秋天送给你。出版《尤利西斯》的那伙人首次出版我这本书，三山出版社再版。我会拼命去收集一些逸闻趣事，我想，你会喜欢的。

哈什与我一样很爱你们。哎呀，我希望你过得比信上说得开心。我敢打赌，你会的。银行业无疑糟糕透了，当然其他行业也不例外。（在原来折叠的信件中，这部分是模糊的，只有部分能辨认是："你看，亲爱的，我停止了浪漫的生活，而不是生意。唯一的麻烦是不能再过浪漫的生活。"）只要还有像你与鲍比·罗斯?）这样的人存在，就算一个男人不得不去做什么，这个世界还值得我们好好活着。

亲爱的，继续给我写信吧。当船到达蒙特利尔时，我将站在甲板上。我从来不会因为你的一封信而感到束缚，不过我能意识到当我抵达加拿大时，我很失落。

爱你与卡波，如果你能见到杰克。

欧尼

致埃兹拉·庞德
巴黎
1923 年 8 月 5 日

亲爱的埃兹拉：

我要做刽子手的工作了。我已经重新写了书中关于马尔拉死亡的结局，其他角色也固定了下来。新的死亡结局很好，还不知道库巴怎么样。

每部分故事应该加上标题"第一章""第二章"……这样当连在一起读的时候才能衔接得上。虽然这看起来可笑，但还必须这样做。公牛们开始出现了，然后又一次出现了，最后消失了。战争的发生就像它本身一样清晰而又高尚。男人们扭打在一起，难以辨别谁是谁，最后，取得胜利，回到家中，并且受到欢迎。多亏了被枪杀的希腊牧师牺牲自己，难民们得以离开了色雷斯。整个故事以我和希腊国王、王后在花园里的谈话而结束（刚刚写出），这一部分着重描写国王，它的最后一句是："他跟所有的希腊人一样，想要到美国去。"我的矮子朋友（沃纳）——和我一起待在色雷斯的那个电影放映员，恰好带来了国王的消息。我认为这个结局很有教育意义。①

在年轻的马扎尔人的故事里，激进主义者开始显得很神圣，后来就变得很糟糕。在警察对着抢劫雪茄店的家伙们射击的场景中，美国出现了。这部分内容一直有固定的框架。

在故事接近尾声时，国王的体形逐渐变得发胖。哦，国王啊！

我开始做校正工作了，我想她会骑马过来看我。明天上午顺道拜访你。

永远爱你的
海明威

---

① 在这里，海明威试图要证明，第十八篇故事是巴黎的缩影。《在我们的时代里》描写形式显得粗糙。很明显，他已经被书的内容和顺序折磨坏了。

致埃兹拉·庞德

多伦多

1923 年 9 月 6 日

亲爱的埃兹拉：

事情糟糕透顶，你甚至无法想象，我本来都不打算说出来。但是看在上帝的面子上，如果有人提到任何有关美国、汤姆·米克斯、家庭、追求美人的冒险经历的事情，那我只好说出来了。

哈德莉的状态不错。我们已经到了一个非常适合生孩子的地方，这个地方真的很独特。此外，他们没有做任何其他的事情。猎鹿时吉米·弗里兹①的乐趣，每到猎鹿的季节他都去。然而在过去三年里，他有了孩子，就不曾去了。现在猎鹿是他唯一的乐趣。我能听见你问我："但是，我亲爱的海明威，那些旧的注射器呢？"但是我亲爱的埃兹拉，我只知道它们在该在的地方。

我们乘船十天后登陆，这期间一直刮着大风，但是河流很美。如果我一冲动，动身去魁北克，在那里过着简单的生活，就是把我们的钱全部花完，状况也不会好到哪儿去。我周一会去工作。王子在周二到达这里。王子是这个帝国的代表，他那一头漂亮的头发令他十分迷人。

如果我是施特拉特尔，我会哭的，事实就是这样。仅仅因为一些讨厌的事情就足以令我无法入睡。我已经五天滴酒未沾了。这使伍德·安德森获得理解。到第二年的时候，我准备沿着路跑步，这是一个人唯一能做的事情了。值得庆幸的是，我们还有桃

---

① 弗里兹是多伦多文艺圈著名的漫画家，海明威和他相识于 1920 年。

乐西的照片。我整夜没合眼读《尤利西斯》这本书，以使自己振作起来。这是一本不错的书，你一定要抽时间看看。

刚才正和赫·拉尼交谈，他是这个省的律师，他长得很像巴尔都。他对欧洲的状况感到失望。他说法国人在饿着肚子，德国人在为他们的胜利幸灾乐祸，残忍的西班牙人在屠杀无辜可怜的公牛，意大利人在屠杀科孚岛上的亚美尼亚人。我相信这些事情，可怜的人啊。

格奢格·克拉克讲了一个很棒的故事。他那可怜的朋友阿尔吉所在的军团被派到了印度，真是可怜的家伙。是的，可怜的阿尔吉。是的，你知道可怜的阿尔吉他的弱点。是的，可怜的家伙，可怜的阿尔吉，他们将要出发了。是的，在下周坐船离开，可怜的阿尔吉。当然那里没有女人。可怜的阿尔吉。也许这次会像上次一样。可怜的阿尔吉想到没有女人，开始抽打自己，是的，不停地抽打自己，直到失去记忆。

当他失去记忆的时候，他就忘了抽打自己。现在他一直很安静。

好吧，要给我写信哪！也许你这样就等于拯救了一个可怜的人。你有关于库玛在地震之后的音信吗？他还活着吗？可怜的家伙。希望冰厂一直开着，好可怜的库玛。

信就写到这了，我的朋友，记得回信给我，请带去我对桃乐西的爱。

海明威

致西尔维娅·比奇

多伦多

1923 年 11 月 6 日

亲爱的西维娅：

我已经开始给你写五封信了，但经常因为工作、事故或者一些讨厌的事情而无法按时写完。刚才还把给莱瑞·吉姆斯①写信的开头撕毁了，这个信写了一年多，就像没有给他写过一样。

现在凯特和孩子的身体很好。小家伙身体健康，看起来像他的妈妈和瑞·埃斯帕涅。也许他将成为多维尔镇的明星。我们打算马上把他带回法国，因为好让人相信他是在那里出生的。我们把他带回法国就会使他得到军队的服务，因此我和哈德莉在这段经济困窘且消费昂贵的时期内就不用花钱养育他了。如果庞加莱能一直享受军队的服务，那将是四到五年的时间，也许我们根本不用花一分钱。

我们可能会在 1 月见到你。

不可能住在这里了。和在巴黎一样，房屋一年的租金是18000 法郎。但在这里什么也没做，我不可能写点自己的东西了。虽然报社整天要我写得更长一些，但我不会再写任何东西了。而且这儿的人也很讨厌。

你能为我们提供一套公寓吗？

感谢上帝我们要回到巴黎了。

如果小家伙是个小女孩，我们会给她起名叫西尔维娅。他是男孩，我们也不能叫他莎士比亚。那他叫约翰·哈德莉·尼卡诺尔②，因为尼卡诺尔的意思是斗牛士。

艾德丽安（莫尼耶）怎么样？请带去我们的问好。我们有首

---

① 莱瑞·吉姆斯，一位来自多伦多的黑人拳击手。
② 海明威的第一个儿子后来取名叫邦比。

新歌要唱给她听。

但是这里没有地方组织音乐会。所有无痛屠宰组织都杀死动物，动物无痛屠宰组织每年要杀掉 7853 只猫，妇女们号召动物无痛屠宰组织杀死毁坏她们树的啄木鸟。

在所有大的公共场合，加拿大人都是娘儿们（喜欢夸夸其谈）。因为这里的老女人都没钱，所以都没有情人。但是她们会养情人的。这个国家很糟糕。

布莱恩认为我最好的小说是《我的老人》，最差的是 1923 年的《短篇小说》。他也已经答应把精力都献给我写的书。但是说不定他会改变主意的。他想知道我是否可以为博奈和利福莱特出版社写出足够多的故事。当然了，我也要看你的做法了。我认为，如果你足够好，能站出来，把莎士比亚的作品交给三山出版社出版是很好的做法。

你又见过拉里吗？他经常在威格拉姆大厅跟人打架。没有纳多的消息我会迷失自己，但是糟糕的是这里没有体育报纸。周日药店里卖冰糖也是违法的，就只能偷带些。

我们还是像以前那样彼此爱着对方，孩子是我们的杰作。我们是加拿大幸福的一对，而且是唯一一对。

感谢上帝让我们回去时你在巴黎。跟艾德丽安·韦尔说声我们会去参观她的图书馆，在那里我们能读到更多的内容。

在加拿大我喜欢戴着钩针编织的护脖儿。我想给所有加拿大人一个出其不意的打击。

如果再给我们写信的时候，请把我们的爱带给你和艾德丽安。

你永远的

海明威

附注：刚刚在办公室发现，这封信和其他信一样都快忘了。因为我没有时间，所以我可以写信但不能寄信。你知道吗？我没有时间给任何评论家寄出《三个故事和十首诗》的副本。我需要一位文学管理员。今天还有一匹马，虽然第二天它还在，但最后却跑了。没有其他的新闻。我们都思念巴黎，同时也思念亲人。我相信书最终会出版的。

伯德（威廉·伯德）现在状况糟糕透了。让他看看他要首先印出来的那些东西，现在肯定心灰意懒。

这是我写的最长的信了。

你的爱

海明威

带去我对麦克阿蒙（罗伯特）的问候，我准备给他写信，哈德莉也会送去她的祝福。

致爱德华·欧·布莱恩

多伦多

1923 年 11 月 20 日

亲爱的欧·布莱恩：

如果你只是告知我已经得到 100 万美元、维多利亚勋章，那么你的信不可能有很大的效果。勋章也不过是每年可换的通行证，这种通行证可以让自己和家人被允许出入毛里塔尼亚皇室。不过是给我的一种承诺罢了，这种承诺也仅仅使我多了一些路。不过是我被选为大学教师，从而代替安特勒·弗朗西斯的新闻而已。是的，你或许把这本书给我。我向你表明，我是多么欣赏它。我将向你与上帝严肃地起誓，写我余生的故事时，我只考虑你和上帝这两个读者。有时甚至只考虑你俩之中的一方。

我们住在加拿大这儿，海明威在多伦多的地址是巴斯伍尔斯特街 1599 号，并且有了一个孩子。这是一个繁荣破灭的国度，美好的事物都去了地狱。如果你结了婚的话，这唯一能住的地方现在也不能住了。我已经到过阿比提比，并且四处转了转。在那有许多银行倒闭了，商业败坏，报纸业也深陷困境，繁荣破灭了。我们也破了产，但是还有一些钱。到年初我们计划回巴黎去。

我没有任何书了，除非从巴黎给你邮一本，或许我会在菲诺港给你写一本（意大利的一个村庄，在拉帕洛南部)①（No. 将让他们给我邮寄一本，将重新回信)。《在我们的时代里》这本书（三山出版社）将在一个多月左右出版，到时候给你邮寄一本，我想你肯定喜欢。

听说你生了病，我万分难过，可能是劳累过度所致。但你已经结了婚，我也很高兴。你还能向别人说什么呢？你已经结婚了，这对你而言就意味着一切。但是我知道，即使一对夫妇很幸福，但是他们分开一段距离后，男人也是相当高兴，他们是很愿意做单身汉的。你也快到这种情况了吧。我和鲁墨·威尔逊·哈德莉都祝贺你，并祝你好运。

为一本伯尼·利夫莱特的书，我需要多少故事？

在这儿情绪十分低落，感到很灰心。由于工作太忙以至于在晚上想起来就特别累，更别提写作了。早晨起来有关街道上汽车

---

① 欧·布莱恩曾经请求海明威把《1923 年短篇小说精华》献给他。从 1923 年 11 月 6 日致西尔维娅·比奇和 11 月 25 日致埃德蒙·威尔逊，1923 年 12 月 12 日致詹姆斯·伽姆搏的信中都有此暗示。

的故事便开始了。始在脑中酝酿，并且不断推敲。因为，那样完美，那样清晰。你知道，如果你让它溜走的话，就永远也不能写出来了。由于这些要写的材料，我患了便秘。在病情恶化之前，我尽力写完。为了使场景持续到明年初，每天工作 14 到 18 个小时。主啊！我们盼着回到巴黎，那样我们就会很愉快。

好了，再见吧！祝你好运。你总能使我感到骄傲和愉悦，因为很少有人让我感觉这样，所以非常感谢你，听起来很有趣吧！不过，你明白我的心思。

你永远的

海明威

致约翰·R. 伯尼

多伦多

1923 年 12 月 26 日

伯尼先生：

在我成为《星报》员工之前，我所有与《星报》的交往都是与您联系，而自从我成为《星报》员工之后，这些事情都一直与哈里·欣德马什先生[①]联系。

昨天，在我与欣德马什先生交谈过程中，我看出他不正直，也不聪明，而且还不诚实。我已经想方设法与欣德马什先生融洽相处，虽然我的工作一直很忙。

但是，如果完成的工作，既没有目的也没有结果，那么，唯一的标准是任何健康情绪的恩惠或者因为想象受到了蔑视而表现

---

① 哈里·欣德马什，《多伦多明星日报》城市版编辑；伯尼是杂志版编辑。

出病态的愤怒的尊严。如果这是欣德马什或者我自己的问题，不管是谁的问题，我当然一定去处理。我恐惧的是：当处理一个大的故事，就因为一个男人自己犯了一个错误，需要的速度与所有事情的准确性，就会成为一个男人展示那受伤的自负的牺牲品。而这个男人却处在《星报》才能有的助理管理编辑的位置上。

有关它的某些事情是不正常的。为了某些理由，欣德马什先生说："我认为我了解更多的任务。"因此，他给我的任务比他自己的多。我已经跟他说，不要那样想，因为我不能忍受那种想法的指责，他复杂的自卑导致他有那种想法。

几天前，当欣德马什先生开始第一次试着与我争吵时，我给你写了一封很长的备忘录。但是，对这种事情，我还是以那种方式发生感到惊讶，以至于我不能相信。把备忘录放在脑后，想到欣德马什先生一定有着工作上的压力。不管怎样我不会渴望越过他的领导。

当然，我有整个事情的全部事实，等待着你的处理。对我而言，如果继续在欣德马什先生的领导下在《星报》工作，是没有什么价值的。

【没有签名，或者没有邮寄】

致约翰·R.伯尼
多伦多
1923 年 12 月 27 日

伯尼先生：

十分遗憾，我将正式向您辞去当地正式员工职位，如果对您方便的话，辞呈将在 1924 年 1 月 1 日生效。请相信，这个备忘录很简单，但是并不表明不礼貌！

海明威

致斯坦因

巴黎

1924 年 2 月 17 日

亲爱的斯坦因女士：

福德宣称他对这些资料很满意，并打算去拜访您。我告诉他，如果要写这些的话，将要花费四年半的时间，其中有六卷。

他计划在 4 月发表其中一部分，准备印刷 3 月份的一部分。①

他想知道，您是否接受每页 30 法郎（他的杂志页码）。我说我认为能使您接受（对我来说，有点自大，但也不是太自大）。我想这很清楚了；仅通过我获得的天赋就能使他的杂志获得非凡的独家新闻。当你同意出版时，你将会得到丰厚的回报。因为他面临着这样的压力，所以我就不给他压力了，但是也不能使他灰心丧气。毕竟，这是奎恩②的钱，这些资料值 35000 法郎。

等着他有长远的眼光和宽广的胸怀。我说过，只要他们愿意，他们就可以出版六卷多。如果事情这样发展，事情会变得越来越好。

你知道，对他们而言，这真的是一个独家新闻。在同一个号中，他们希望有乔伊斯。你别说，评论或许是一个成功。尽管他

---

① 海明威曾经在福德的《大西洋评论》帮助安排部分美国的诞生的系列出版。

② 约翰·奎恩（1870—1924），律师，艺术收集者，艺术赞助人，已经给福德杂志拨款，1924 年 7 月 28 日死于纽约。

们从来不会付 27 万法郎。

你的朋友

海明威

（这封与后来的给斯坦因小姐的信藏于耶鲁大学拜内克图书馆）

致庞德

巴黎

1924 年 3 月 17 日

亲爱的领袖：

不用说，你会同意我以前没有给你写信，我真是狗娘养的！我们已经经历了与孩子在一起的日子。哈德莉卧病在床已有时日，我也是生了病，而且孩子还哭闹着。

我试着去写，但是没有实现。已经在咖啡馆和其他一个又一个地方写了些小说。你是对的，得有一个托儿所预览室。需要一个地方，比我们曾经能提供的地方更大。我已经给你描绘过了，当你们有个配偶后，我们能居住在画室里。但是我有点担心，一旦小海明威到了调皮的年龄，居住在这儿就困难了。我现在说得比做得多。你真是太好了，让我们拥有我一直追寻的这些。我感觉让他离去的话，对我而言就是一种犯罪。但是，我知道，一旦明年或者比明年更早的时候，孩子学会了走路的话，他终究还是要按自己的方式过活。

哈德莉已经熟悉了这个地方，一切都很好。我不能再糟糕地写作了。福德在 4 月份的《大西洋评论》有一篇小说，但是其他的几篇他不能出版。

他们说班汀①在热那亚监狱。你说吧，如果有任何好的帮助，意大利什么人能帮上忙，我都给他写信。

这一周来，天气不错。昨天晚上，欧·内尔回来了。见到他们时谁也没有责怪他们。

亨利·施特拉特尔走了，去了美国。父亲原谅了他们，他们不知道他们都干了些什么。

在你的书的首页与尾页上是上帝诅咒善行。

契克·多尔曼·史密斯在这儿也有一周了。在孩子的受洗日，我们为孩子进行了洗礼，我也不会担心关于孩子的其他。

邦比的受洗礼在 3 月 10 日圣·鲁克的主教祈祷室进行。多尔曼·史密斯作为教父，斯坦因作为教母。

麦克阿蒙在土伦，他已经写了 8 到 10 部小说。他还感谢我呢，因为我把你的消息告诉她了。哈德莉没有睡，或者说她不想睡。效果是一样的。

福德好像仍在黑暗中盯着公寓里的玻璃杯，年轻的乔治（乔伊斯）关了整个公寓的灯光，让詹姆斯·乔伊斯寻找。与乔治一样，詹姆斯也喜欢旅馆生活。

他正在圣·鲁克小教堂的主教的祈祷室里唱歌。

我将着手处理一些房租和其他费用，还有让你们住的那个工作室，由于阿斯奎斯的政策，J. P. 摩根压低了价格，变成20.15美元。

我告诉我们的女人曼奈柯斯（玛丽·罗博迟），摩根先生，

---

① 巴斯欧·班汀，诗人，曾在《大西洋评论》工作。见尼可拉斯·久斯特的《海明威与小杂志》（巴里，马萨诸塞，1968），也见班汀的《诗集》（纽约，1978）。

一个美国的银行家给了法国 100 万美元，用来帮助法国。她看起来并不感到惊讶，只是说"这个摩根非常不错"。

报道说，乔治·安塞、芭芭拉与乔治·欧·内尔准备一道去突尼斯，因为这些报道每天都有，你不必特别注意它。

乔伊斯出现在 4 月份的《大西洋评论》上。他的手稿开始时是七页（复印的），但是在他的缩微手稿校样最后达到了九页。

三周前在装订书那儿比尔·伯德答应的，正出版我的书——《在我们的时代里》，从那时起，我规划了不同的日期。但在等待被装订工规划的各种不同的日期后，我已经失去了那种激情，这种激情是本杰明·富兰克林当年走进费城时，每个胳膊下都夹着一卷书所享受的。狗屁文学！

我正写着特好的故事。要是你在这儿就好了，因为那样我将确信，对于主人公他们究竟发生了什么事。你是唯一一个精通如何把故事写到最好的家伙。福德能解释材料，也就是说，重新定义它或者修订材料。但是，在私生活方面，他牵扯到英国绅士的渣滓中，都是他自找的，可以说他在这方面啥都不是。

文学的方面，他无法再达到巅峰了，或者说无法再创造奇迹。他曾经是一个战士，就与那些绅士们一起堕落吧。文学上，他们自己是自己的地狱。

德莫帕萨特、巴扎科等，他们都制造了战争，不是吗？他们只是在任何事情上学习罢了。在社会奇特的魔力之下，他们进展得并不顺利。

我准备开始否认，我那时在战争中是因为害怕，有关这些，对我自己而言，我都喜欢福德。

我多么希望你和多尔斯在这儿。

哈德莉与我一样爱她。

嗯！他责骂它，因为来得太迟了，从那种乐趣中走可能太晚了，契克很遗憾错过你。

海姆

附注：放弃了留在意大利各种工作后，我已经产生了怀旧的情绪。我敢打赌，现在很好。

致庞德

巴黎

1924 年 5 月 2 日

亲爱的埃兹拉：

你的东西收到了吧！

感谢得到你的举荐！

很高兴你对当今这个时代的灾难有着巨大的兴趣，这些太多了。伊·卡明与斯科菲尔德·撒页的第一个妻子结了婚。① 这也许能解释布鲁克斯为什么获得日晷奖。阿布·林肯·斯蒂芬义无反顾地去了意大利。22 岁的布鲁姆斯伯里·杰文不同意他去，他对他如考金对万·克欧一样。

乔治·华盛顿·塞尔登发展了讽刺戏剧演出。这个人相当有趣，在去亚普的途中结了婚。让我们祝愿他们婚姻美满。

福德最近在英格兰。福德夫人，也就是斯蒂拉，在同一天晚上向哈德莉吐露心扉了两次。"你知道，我有意识地培养福德太晚了。"我不知道这是不是意味着想驯服他，或者是有其他含义。

---

① 卡明对伊莱恩的爱，见理查德·肯尼迪，《伊·卡明自传》（纽约，1980）。

在外出就餐时，可能是受到一些鼓励吧，她开始讲她产孩子的事，用了近 50 多个小时产下朱莉。我为了打断她，开始讲一些故事："当时我在堪萨斯城塞，那时还住在 E. D. 梅耶家，管子已经九天不通了，所以我铸了金属容器。以至于不得不请来管道工，经过五个小时的努力才弄通。如果必须为了描述这些荷马式的物理开发，那还是留给我们去做吧！"

萨利·伯德正等在圣·杰莫迪·恩拉丁慢慢康复。在普罗旺斯我很失望，对一个作家而言，这儿没有落脚的地方。在这儿，他们一直用柏树的，有时候意大利也是这样，我多么希望用柏树画基督耶稣。对于阿尔勒的青楼与其他圣地，我们进行了一次朝圣之旅。六天的旅程花费掉 250 法郎，其中包括铁路费与在尼姆斗牛场的一个座位，在现代时期并不算坏。我们的成员包括尼姆·阿莱斯、阿维尼翁、包柯斯，圣·雷米，还有家。

在《美国精神》中，伽蓝提尔有一篇文章。

约翰·麦克卢日，一个双重商人，准备用你的著作中一些好的语录来证明什么是诗。

在契克的《论坛报》礼拜天一期杂志上，伽蓝提尔打算证明亚伯·林肯、哈姆林·伽兰德·舍伍德·安德逊，还有你，都对我有着重要的影响。杂志上有一些这样的文章。在同一周里，我还不知道他准备这些短评，我在给福德的一篇小品文里提到伽蓝提尔是一个矮小的犹太男孩，还是一个笨蛋。

每隔几天，福德夫人虽然以她澳大利亚的优雅方式，但是大声地抱怨她所有的困难。边打喷嚏，边咳嗽，惊扰了我们的孩子。孩子从这些意外攻击中很好地恢复过来。我们的老女仆马瑞·罗洛贝奇正学着如何照顾他，就是为了我们去西班牙的时候，她能悉心照料。我们计划 6 月 26 日去，7 月 16 日回来。

写作方面比我想象的要好。我已经写了十个故事了。

哈德莉与我过得十分愉快。欧内尔在镇上夸下海口给每个人取个犹太人的名字，比如约书亚的儿子大卫、亚伯拉罕的儿子以撒。

马伽特·安德逊与乔治特·布兰科都住在镇上。

我刚从尼姆回来，如果去看洛施人的舞蹈，这些钱来得有点晚。

W.C.威廉在《大西洋评论》上拿麦克阿蒙与 W.H. 休顿比较。

好了，我已经把尘世中的事，照实说了。其他的我都不记得了。我从尼姆给你写信，你能收到吗?

我怀疑，福德为了赞扬他自己，在《大西洋评论》中，他用了各种笔名。

这样的事希望你能心平气和!

福德本应该受到基督耶稣的鼓励。看来好像有些家伙为了挣很多的钱，在这个时刻，找出吉姆·杰弗里斯作为一个可能的重量级竞争者。

对福德那样做，无疑是在杀了他。自然，那样做的话，对福德夫人而言也是一种折磨。

我从文学意义上喜欢福德，而不是个人原因。

你应该对福德正在做的整个事情换位考虑一下，虽然整个事情很麻烦。换句话说，只要是福德能获得并出版的，除了提斯坦·特拉和法国的废物他将能在世界哈博获得并出版。诅咒它，他没有任何风险要冒犯，或者说没有任何捐款人要中断。为什么不向月亮射击?

别援引我这种方式。我以一个小时的时间给他写了一封十分有趣的纽约—巴黎的信。这到底怎么回事，他改变，修改，删节。让这封信变得没有意义！

我得到的唯一一个故事是，我知道圣·可拉斯杂志不出版。我知道该出口气了，而福德不会这样。因此我们到底从哪儿出发？

当我问他，如果股份发行的话，我是否能去见墨索里尼夫人科斯麦科马克。他说，该受到惩罚的，我将不会得到任何人的信任（看起来是欧·内尔，大卫，狗娘养的儿子，准备与一个大商人辛迪加经营这个杂志）。什么也别给福德了，因为那就意味着与我争吵，没啥可做的了。现在我们有着最好的友情基础，我准备直接为他做些我能做的。我不想有任何争吵。把我的爱给桃乐西，你们什么时候回来？

海明威

致斯坦因

巴黎

1924 年 5 月 15 日

敬爱的斯坦因女士：

你可能已经看到有关斯梯恩的坏消息了。我见过他，他说，对任何事情抱有希望是十分尴尬的，非常抱歉，因为利夫莱特已经发电报说他退回了这本书。有关这点我感触颇深。虽然仍有其他的出版商，不过你也不要抱太大的希望，但是我将继续联系，早晚会有回音。这些困境就是用信件或者电报做点事情，美国人不会在那种方式上花钱。假如利夫莱特在这儿的话，他将开一张支票。让他们考虑一番，他们将永远不会花费在任何事情上。不过那样做太容易了。

我对此感到恶心，你也感到很糟糕吧！因为你已经写出了它。并且那不过是一件该诅咒的事。这对我们来说是一种鼓励。例如：爱丽丝、特克拉斯、我、哈德莉、约翰·哈德莉、尼坎那与其他好男人，都盼着能出版。很快就会以你自己的方式到来。这不是基督教徒的科学。

爱你的

海明威

致庞德

西班牙，布尔格特

1924 年 7 月 19 日

亲爱的埃兹拉：

在这儿，海拔 900 米，比利牛斯山脉一边的西班牙，对于审视我经济上的困窘与文学这个职业，是一个不错的地方。呸！在五个不同的早晨，我都出现在斗牛场，被牛掷起三次。以很好的方式完成了四次胜利，其中一次是很自然地用逗牛红布。最后一个早晨，胸部与其他地方被挫伤了，喝醉过两次；我也看到比尔醉过两次，被挂在斗牛六分钟之后，最后他的鼻子碰到沙土里，阿哥比给他一个斗牛士助手的工作。看到东·施特拉维尔被牛掷起两次，看到最后一天一个人被杀死了。看到契克·多尔曼·史密斯，麦克阿蒙，年轻的吉·欧内尔与多斯·帕索斯开始穿过比利牛斯山脉的西班牙正面去安道尔。400 公里的行程。除了一张道路图啥也没有，即使地图上也没有太多的路。没有罗盘，有少量的钱（大部分是我的）。格德知道成为他们将意味着什么。我现在都没有钱付旅馆账单了，也不知道我们如何从这儿离开了。现在你可能已经见到比尔，在最后一场斗牛也是最好的一场前，他离开了，因为萨莉不喜欢斗牛。

但是我认为他们过得很愉快！

我从潘普洛纳给福德写了两封信，他还没回信。我想他很恼我，尽管我试着用他喜欢的方式经营着他的报纸，除了没有印刷 J.J. 亚当斯与一些诗，感觉已经被完全地欺骗了。我尝试过很多次，还是不能顺利进行，只完成了三分之二的事情。当他说我必须要经营杂志的时候，事情就进展得顺利了。已经没有了经济，但我的朋友们以另一种方式，使我获得非智力上的乐趣。他们获得奖品是椭圆形的花环，醉酒者在大街上被人认出，普遍的尊重等其他事情。而文学上，他们必须等到 90 岁，他们才能得到这些。

广场是唯一的一个这样的地方，在这为的是将勇气和艺术结合起来。在其他的艺术方面那些家伙微不足道，比如乔伊斯，在他们的艺术方面就会取得巨大成就。在艺术方面乔伊斯和梅拉没有比较的必要，他们之间有一步之遥。那我们看这些家伙。有人饲养着斗牛，却杀其他的，或者有人养着公牛。那么当一个小伙子有着些许像你一样正派的人类直觉时，他们对他能做些什么？我很希望我现在是 16 岁，拥有艺术和勇气。

波特尼拉斯克问过，你认为《在我们的时代里》到底受谁的影响？拉德尔与舍伍德·安德逊！

就在那儿！哦！好了，音乐会进行得怎么样了？我为你向圣·费尔曼祈祷！既然你需要他，我自己在人群中又无所事事，所以我为我的孩子祈祷，为我的妻子，我自己，还有你的音乐会祈祷！

我不准备写作了，因为没有钱了。《大西洋评论》封杀了我。① 今年秋天能有机会出版一本书。而明年春天，一些婊子养的盗走了我的一切，或许他们会把我当成另外一个模仿者。现在我不再得到钱了，我将不再写了。以后都不会出版。我感到地狱般的快乐，他妈的这些浑蛋！

这月 27 日见吧！

爱你的

桃乐西海姆

附注：当然你也听说了，斯蒂芬与一个 19 岁的布鲁姆伯利的犹太知识分子结婚了，在这本革命性的书的最后一章。

致斯坦因与爱丽丝·B.托克拉斯

巴黎

1924 年 8 月 15 日

亲爱的朋友们：

几天前，我在这间房子里给你们写信。现在你们或许都忘了吧！今天很安静，我想这可能是锯机没有工作的原因。②

《大西洋评论》的主体董事今天会面选举了科尔伯斯（一个

---

① 在离开去西班牙之前，海明威已经编辑了 7 月与 8 月号的《大西洋评论》，而福德那时在美国，见卡洛斯·贝克：《海明威的生平故事》（纽约，1969）。

② 这是皮埃尔·查塔德的锯机和木材堆积场。海明威的房东居住在德斯·查姆斯的圣母院街 113 号。海明威的公寓套房在楼上。

朋友）作为董事长，他马上就要成为董事长了，并且买了所有的单。每天早上，他都在福德家吃早餐，事情进行得很顺利。我是如此高兴，虽然我还是有点担心，但是他快出版了。因为经常中断这样一本很长的书（《美国的形成》）的出版是一件非常糟糕的事。

你的来信真好。格德①很好，他上面的牙长了出来，我想另外一个也快长出来了吧。他意志坚强得如一大块碳化硅，沉醉在自己的世界中，如同外面的世界和他没关系，也没有什么吸引力。他准备成为一个硬汉，很快他就进入这个世界。机会越多，世界给他的也就越多。我最大的期望是，将来不要因为 50 美分杀了他的父母。

麦克阿蒙已经去了英格兰，和他岳父岳母住在一起约翰先生与艾利曼女士，我知道他已经教他媳妇布莱赫喝酒了，这不是希腊的传统，对不?

我这儿有一个很好的堂兄，我很愿意把他推荐给你。比尔·伯德送你一本他写的关于美酒的书，你收到了吗? 这本书很畅销。

在去西班牙之前，我已经完成了两篇比较长的短篇小说，其中一篇不太好，是《大双心河》。② 像塞尚那样，尝试着写这个国度，因为有过不愉快的事，有时就写一点点。大约 100 页，什么事也没发生，这个国家是一流的。我虚构了它，因此，我看到全部或者部分的事都以他该发生的方式进行。鱼也很棒，但是，写

---

① 邦比（海明威的儿子）已经于 1924 年在巴黎接受了洗礼，斯坦因作为教母。她开始称呼教子为格德。

② 塞尚的故事，《大双心河》，在《季度》上发表（1925 年 5 月）。另外一个小说缺少激情。一个斗牛的故事给海明威带来了些许麻烦。他想把它包含在《没有女人的男人》里（1927），但是决定不这样做。

作不是一个艰难的工作吗？见你之前很是容易。当然很糟糕，天哪，如今我也是非常糟糕。但是这并不是一样的糟糕。

你知道，加斯东·杜梅格（法国总统），是一名斗牛爱好者。他们准备把斗牛引入巴黎。这是一个非常时期，但是有来自爱丽舍宫坚定的支持。并且他们准备试着与老加斯东在 9 月的第一个礼拜举办，在总统包房，多么美好的梦啊！我真的不能想象他们能得到斗牛。以前他们经常谈论这些，但是现在他们在爱丽舍宫得到一个男人，在尼姆进入这是免费的。你听说过十个黄金勺丢失在爱丽舍宫吗？价值 8600 法郎，是在招待美国人爱德曼之后丢失的。这是真的我看过公告。扶轮社员们会将他们清除出去。

哈德莉、格德、我，把我们的爱送给你们二位。别待太长的时间。

欧内斯特·海明威

致欧·布莱恩
巴黎
1924 年 9 月 12 日

亲爱的欧·布莱恩：

一切都很好！你们全家在阿帕洛怎么样？我们仍然在这儿努力地工作。孩子快 1 岁了，体型像路易斯·菲尔波。今年冬天我们将会去拉帕洛。

我已经写了 14 个短篇小说了，有一本准备出版了，书名叫《在我们的时代里》。我邮件给你的《在我们的时代里》的某些章节中的一些可以利用在每一小节。那也是我起初把它作为章节标题的原因。所有的章节都有统一的内在，前5篇故事发生在密歇根州，开篇是《在密歇根北部》，这你知道，在这两个故事之间，每一个都会产生巨响！这本《在我们的时代里》，我想，真是太好了！我想试着去做它，因此你就能很快地接近他们，并且绝对很坚实，并且与现实很接近，那么通过它在每个故事之间都有产生于《在我们的时代里》章节里的节奏。

其中有一些小说，我认为你肯定会喜欢，我很希望你能看一看。这本书的最后一篇叫《大双心河》，它大约1.2万字，是一篇写着滑雪故事与《我的老头儿》之后的追溯。也是这本书开始密歇根场景的终结，这是我写过最好的一篇小说。我一直尝试要做的是写乡村，因此你读完之后，你只会记得有个村落，其他的你不会记得特别多。这太难了，因为那样你不得不时时刻刻看到一个完整的乡村，而不能对她产生浪漫的情感，太有趣了！

我为福德编辑了7月、8月份的《大西洋评论》，他在美国。在那之前为他续写手稿并让他出版了斯坦因的《美国的形成》，你读过吗？我认为这是非常完美的素材，但是真的得到它了，你必须全神贯注读校样，因为他很难读懂。我教三个年轻的孩子，南森·阿斯琪、肯农·杰威特和艾文·彼得。他们三个是很有天赋的孩子，阿斯琪最好，杰威特最差。让他们以自己的方式去帮别人做一些事是令人担忧的，只能让他们效仿。

阿斯琪和彼得都没有啥，只是杰威特太小、太敏捷了。

你致力于某种作品的写作，忍受着极大的痛苦，伴随着心酸流着汗。然后有人读了你的作品，因为作品不能通过其他方式得到，所有笨拙地方的人们就会像骗子一样抄袭。麦克阿蒙一直都写得不错。他已经写出了一篇很好的长诗还有一些真正有希望的散文。一件有关被称为村庄的事情。

　　我已经如此忙于写作，以至于都不能做素材出版的工作。在 4 月份的《大西洋评论》中有一个故事，一本在下月出版，我将给你寄去样书。

　　多斯·帕索斯、斯图尔特和我们一伙向西班牙南部走去。在潘普洛纳的一场业余斗牛赛中我被刮伤了。在斗牛场我度过了五个非同寻常的日子。关于这个你已经了解了很多，这是一个男人所需要的。斯图尔特非常厉害，这个人继续走，步行穿过比利牛斯山脉的西班牙正面抵达安道尔。共计 14 天，469 公里。

　　施特拉特尔一家住在纽约德莱克星敦街道。麦杰·施特拉特尔喜欢它，因为麦克工作很努力。

　　庞德与他的妻子 11 月份去了拉帕洛。

　　哈德莉非常好，送给你最好的祝愿！

　　你见过 1923 年那本书上发表在 9 月 3 日的纽约《民族》杂志上的评论吗？他们对《我的老头儿》说什么了么？因为那是我见过的第一篇评论，这使我非常高兴。

　　请给我写信，尽管我知道你十分忙。我让这本书出版怎么样？有哪些建议呢？大约有 300 来页。

　　我都忘记给你邮的是什么了，你收到我给你邮寄的材料了吗？

　　最好的祝愿！

你们的朋友

欧内斯特·海明威

致格特鲁德·斯坦因，爱丽丝·托克拉斯

巴黎

1924 年 10 月 10 日

亲爱的朋友们：

我们非常高兴能够得到你们的回复。是的，我们期望能够很快同古蒂见面，谈论他是如何像创始人一样热爱报纸事业。那样不更好吗？听起来，不正像我曾经写信告诉马库斯·芮留斯的那样吗？我想，我对我作品的抗议者不会说什么，除非以他们不能接受的笼统、醉酒、谴责的方式。

下一批美国人的作品已经到达，我正在校订中。如果不能保持原有风格，它将会被送到办公室。

顺便说一句，诚恳地讲，你是否收到来自福德标着私人、保密记号的信？其中，他说我最初告诉他《美国的形成》只是一个短篇小说，当六个月之后我再次提起时，他已出版的不是短篇却是长篇小说，究竟几部长篇小说呢？这封信中还有其他的谎言，他希望我不要看到，大意是希望你在第一本小说连载支付率较低时给他比六个月连载更加优惠的价格，等等。

我不知他是否寄出信件。如果寄出，你可以告诉他，回来后将和他商谈。

自从柯尔伯斯夫人产生放弃有偿支付以降低杂志费用的明智想法后，我一直在不断地努力，确保它被出版。因为她完全是一个拜金女，一旦见到，你就可以搞定她。柯尔伯斯最近的想法是，让所有的年轻作家无偿贡献自己的原作，并在工作期间寻找广告赞助以展示他们对杂志的忠诚。福德搞砸了所有的事情，他把杂志卖给了柯尔伯斯，而不是按照最初计划从他们那里获取资金、不参与经营的做法。现在，两个合作伙伴感觉，柯尔伯斯必须拿出从经济上放弃杂志，及其业务、财务运行能力的证明来，所有柯尔伯斯夫人的朋友参与和训练必须停止，只有这样才能停止冒险。所以我相信从 1 月份第 1 期开始，那份杂志便开始走向消亡①，在这种情况下，我希望你能够公平地取得预期的报酬，经常发表对人生道理的评论。

当你认为评论已经死亡的时候，它不会再变成另外一个数字，而柯尔伯斯在它存在最后一年的 8 月份开始续订杂志（这些福德已经忘记，柯尔伯斯永远不会知道）。当你回来以后，我们会有很多不同角度可以谈论的话题。福德是一个绝对的骗子，总是用虚伪的英伦式优雅伪装自己。

明天是古蒂的（第一个）生日②，我已外出给他买了一只玩具熊。简·黑坡和她的两个孩子周六起航去美国。麦克阿蒙在乡下，希尔达·多利特和麦克的妻子（布莱荷）在这儿并且非常想见到你。埃兹拉因事周日去意大利。在高度的紧张中，他遇到了小小的神经错乱，在美国人的医院中待了两天。一些聪明的作家已经住在了乡下。多斯·帕索斯已经回到了美国。现在顿·斯图瓦特在纽约已经或应该拿到了我的书籍《在我们的时代里》。自 5 月份以来，我们经常陷入没有任何收入的财务担忧之中。作为一个资本主义者，我祈求基于诚实、自由、彻底的民主选举。我们已经拥有马尼拉铁路和库利奇的债券，这是鼓吹继续留在菲律宾者的唯一平台。

这封糟糕的信要搁笔了。现在这里的天气很好。我已在努力工作。哈德莉和古蒂也向你问好。

你永远的

海明威

---

① 《大西洋评论》停刊和海明威预测的一样。

② 海明威信中登记时间为 1924 年 10 月 10 日，是孩子真正的第一个生日。所以，这封信的准确时间应是 10 月 9 日。

致罗伯特的信

巴黎

1924 年 11 月 15 日

亲爱的麦克：

附上 200 法郎，这周我将会寄给你另外 100 法郎，我现在很好，非常感谢你！

很高兴能够有机会阅读南森和史蒂文森的著作。① 南森是一种初级读本，我看了史蒂夫的论文，但也仅仅是摘录。确实是很精彩的。我想要读他的《我的埃克摩斯生活》。现在是早上，因为邦比晚上没有睡觉，我和哈德莉整夜都和他在一起。我不介意整夜不睡觉，只要有史蒂文森的作品相伴。最近邦比可能正在长新牙。

我觉得长期的捕鱼心得故事纯粹是胡说八道，所以删去了最后 9 页。因为我在状态最好的时候被打断了，现在一直回不到那个状态，所以没有完成它。当我意识到它是如此坏的时候，我感到很震惊，使得我再次回到河里。我曾经离开河流写作，其实我不应该那样做，仅仅是钓鱼而已。能在"大双心河"② 里捕鱼，完成了一个长 45 页的故事，我想你会喜欢这个《没有被打败的人》的故事。

我本来今天要再寄 300 美元，但银行今天关门了。昨天发现

---

① 海明威引用了北极勘探者南森和史蒂文森。

② 海明威完成了《大双心河》，包括 1924 年 8 月中旬的 9 页内容。见海明威给哥特鲁德的信，1924 年 8 月 15 日。

还有债务需要还的时候，图森和我发现我没有取足够的钱。

罗伯特受到了惊吓，倒是宣布他违背了社会公德。如果测试表明他真的患有梅毒，他可能会去抢银行，然后得到足够的钱。我希望如果他真的是违背社会公德了，他最好把我的书籍还给我。结果沃瑟曼测试表明，他仅仅是吃了螃蟹而已。

拉尔夫奇弗·邓宁在《大西洋评论》上的诗看起来不是很扎实。这里有一句关于"把百合花放到我手里和漂向海里"，相当接近我读过哥德麦斯特的诗。他们简直可以要人的命。

没有收到唐·斯图尔特对我的书的任何评价。① 我有寄给他的《大双心河》的故事，现在有所变化。如果是因为我删减了内容而使一些出版商决定出版它，是不是有点搞笑？我有预感，他们都给予了拉兹。

你有没有听说过埃兹拉？

欧内斯特·沃尔什就在这里，他参观了医院的博洛尼亚，并称他快要死亡了。我试图告诉你他现在的状态，但沃尔什他自己好像知道自己现在什么状态，似乎不愿意进一步讨论它。

濒临死亡的沃尔什现在已经变得越来越好。我不知道是否对我们其他的事情将有相同的效果。不知怎的，我不这么认为。例如，我能想起埃兹拉。

比尔·斯伯塔怎么样？你那里有没有好天气？我们从来没有从皮卡比亚夫人那里听到任何消息。

如果一切顺利的话，我们计划 1 月上旬回到瑞士。

哈德莉向您传达她的爱，也正期盼着你的到来。你有约翰·

---

① 《在我们的时代里》的故事于 1924 年 9 月 28 日已经发给斯图尔特正在考虑在乔治多伦公司。他们倾向于出版。见海明威写给斯坦因的信，1925 年 1 月 20 日。

赫尔曼①的地址吗？

始终爱你的
海明威

致罗伯特·麦克阿蒙

巴黎

1924 年 11 月 20 日

亲爱的鲍勃：

因为这里没有一个人知道，所以很抱歉我不能给你约翰·赫尔曼的地址，他走的时候没有留下任何地址，说是会给艾文·希普曼留一个的，但是目前还没有收到他的来信，我也一直期望能够知道他的地址。

你说的英美文学作者选集听起来挺好的，但目前我的手上只有两个故事，一个是不能出版的，因为我担心它太长了；另外一个的确还不错，大概有 1 万字，我觉得是我目前为止写得最好的小说。目前我正在努力工作，如果能够写出更好的短篇的话，我就把它给你，你可以要那个长的，但是你说字数有限制，需要在5000 字以内，所以可能不太合适。你最好让我知道事情是怎样运行的，时间期限是多久。我当然希望能够尽快地给你，这样可以使进度提前。如果新的小说看起来不是十分满意，我正在写的那本，你可以从美国出版的书里找一个 1200 字左右的来发表。

还没有《在我们的时代里》的消息，这里也没有什么新的消

---

① 约翰·赫尔曼（1901—1959），闻名于他的小说，《发生了什么》（1927 年），《大的短程旅行》和《夏季是尽头》（包括 1932 年）。

— 233 —

息。南森阿希与希普曼进行了一场比赛，半个小时之后依然不分上下。我觉得两个人的水平应该是不相上下了。希普曼女孩离开了他，他在她之后也回了比利时。她离开他是因为他借了阿奇的钱去换了新牙。当然处于犹太人的同情心，阿奇借钱给他的。

现在这里已经很冷了，所有的泉眼都结冰了。我给你寄了100法郎，我们每年都在英美集团的普瑞斯俱乐部聚餐。哈德莉送上她的祝福，很高兴你在变得越来越好。在这个故事《没有被斗败的人》结束之后，我想要过一段什么都不做的日子。结束之后将会有一个转变。

你的

海明威

附注：向贝尔·斯特布一家问好。

致罗伯特·麦克阿蒙
巴黎
1924 年 12 月 10 日

亲爱的麦克：

你好。我一直希望能够写出一篇优秀的短篇小说，可惜，我写出的那两篇小说，一篇 1 万字，另一篇 12 万字。因为这篇是我写得最好的小说，所以就投稿了。不管怎样篇幅足够短了！

你最近怎么样啊？我们打算 19 日去一个名叫施伦斯的地方，乘坐苏黎世，因斯布鲁克线的电轨车，半个小时以后在布鲁登茨区下车。我们不想住在巴黎和瑞士，那里消费太高。打算住在贫民窟里，我们三人一周只需要付 18 美元。一流的滑雪场刚好建在克洛斯特斯到达沃斯的山脉。我希望奇柯能够一起去。

不再多说自己的事情了。我前天晚上梦到你去世了，希望听到你健康平安的消息。不是故意在早饭前讲梦的。我梦到在整篇报道中读到这个消息，还附有你、布莱赫和苏格兰厄尔曼城堡的照片。有没有这么一个城堡啊？你一定要小心行事，不要遭到野蛮的青少年反法西斯党的迫害。赫尔曼的地址我现在还没有弄到。

不再对大西洋彼岸的事情进行评论了。福德打算写一则名为《这顶远离法国的帽子》（艺术与信件的季刊）的新评论。你读康拉德夫人写给《泰晤士报》那封让人叫好的信了吗？就是关于福德那本令人作呕的《关于我的丈夫》① 一书？

虽然我一直卧病在床，但是现在身体状况很好。现在渴望离开这个是非之地到巴黎。现在把我借你的文摘附在信后，非常感谢你！我把信折叠起来以免误送。最后送上最真诚的祝福！

就此搁笔，他们会勇往直前的！

此致

敬礼

海明威

致哈罗德·罗比

澳大利亚

---

① F.M.福德·约瑟夫·康德拉的《一个人回忆》（1924 年在波士顿发行），大卫·陶氏·哈维和科斯·福德合著的《参考文献作品和评论》在 1962 年由基米——雷克南普林斯顿大学出版社出版，在本书可以看到。而康德拉于 1924 年 8 月 3 日逝世。

1924 年 12 月 29 日

亲爱的哈罗德：

　　我给你寄了一张贺卡，但是是寄往莫特修街 16 号的，到现在你可能没有收到。在十月干燥又晴朗的天气之后，山里开始下雪了，当你到达的时候应该正是下雪的季节。

　　这里的食物挺好的，有上好的红酒与白酒，还有其他三十多种啤酒。在酒店还有一个保龄球馆，我们和哈特曼①经常去玩儿，你也可以和我们一起。这是一个很好的地方。漂亮的小镇，人们信仰上帝，但都是喝酒的好手。

　　我的状态特别的好，你可能不知道现在的我，就像铁矿一样结实，或者至少两倍。

　　成本微不足道——全额退休金一天 85000 和另外给你 15 到 20。那将是你见过最漂亮的国家，走到任何地方你都会发现有十字架，它表示人们受到惩罚的多少。小而精致的酒吧里坐满了岩羚羊猎人，并且摆置着薄岑生产的高级白酒与红酒。

　　如果你不来，你就是个傻瓜，所以只要通过一条管道即可被送上火车，你只要在布克斯买张火车票，穿过铁轨，换一点零钱，然后就可以买一张去布鲁登茨的票了。

　　把我的书从夫雷科斯曼带来好吗？在歌剧院大街附近的卡夫乡村迪昂丹 19 号，你就可以用很低的价钱买到上好的威士忌。

　　如果你把它们放在一个帆布背包或野战背包里，他们是不会打开检查的。拧开瓶塞每瓶喝一口，他们只打开袋子或者旅行箱。并且二等车厢与一等车厢是一样的，因为车厢都是奥地利战争之前的，每侧各有三个位置，靠在椅背上很是惬意。

---

　　① 伯特仑·哈特曼，一个美国画家，他是第一个邀请海明威去施伦斯的。

凯特最近好吗？希望她感觉好多了，哈德莉与我都很想念她。我很想听她跟你继父说说话。

他还好吗？一切都好吗？你到底怎么样？

告诉凯特她是纯洁的，因为在整个村庄只有一个漂亮的女孩，而且把大蒜当早餐。

邦比状态很好，而且我们给他请了一名护士。

凯特的帽子比哈德莉的漂亮多了

好了，那就写到这。不要忘记手稿与威士忌，复制一些你自己的作品给我寄来吧！

此致

敬礼

欧内斯特

致哈罗德·罗比

施伦斯

1925 年 1 月 5 日

亲爱的哈罗德：

真是太糟糕了，今天早上你没有来，使我们感到万分沮丧，我们曾经在你不在的时候过了一段非常美好的时光。非常期待你的到来。

不好，1 月的状况很不好，当你在春天与秋天病倒的时候，一切就都是那么的令人失望。我曾在 1 月的时候很落寞，当然你现在仍然可以看得出来。纽约是一个漂亮的城市，也许你可以去西班牙。我想你现在也许在心里暗自责骂，其实它不应该被责骂，因为我们在那里学到了生命中的很多东西。哈德莉宣称我们将在下辈子得到我们这辈子该被责骂的事情。如果是那样，那简直糟糕透顶。我们在这里有时候也会进行一下赛跑比赛。

唐·斯图尔特给我写了一封圣诞节的信件，同时给我寄了一张面额较大的支票，但是我看到它的时候我以为是多瑞尼寄来的，因为正好有一封附带多兰的信，但是这封信是给唐的。圣诞礼物唤起了我们的斗志，他真的是个好男孩，多兰在给唐的信中将会写海明威在玛斯里的一些有趣的地方，在他们作出这个决定之前，每一个人已经读了四遍。但是，多兰先生感觉他们不能跟着我一直关注写关于性的小说上，多兰也不喜欢集中注意力在一系列令人震惊的事情上或者其他的一些垃圾事情上。尽管他们可以在一本小说中一直与我在一起，他们可以给我写建议，给出版业留下一些短篇故事作为杂志第二栏中的内容，并且他们一直认同我的作品的影响力，认为那是一本特别好的书，以至于他们不想出版它。

唐说一切都是空谈，他们不愿意发表，不管那是好的还是坏的短篇小说，他把书给了门肯，然后转给了阿尔弗雷德·诺夫，因为门肯不喜欢我的作品，南森那样做或许也会落空。

然后他带它去了哈昂克·利夫莱特那里。

唐说在一个叫施伦斯的地方，在那里，人不是傻瓜就是要被饿死。

唐一切都好，他没有什么好让人担心的。我从来没有担心过他，因为他是那么好的一个小孩子。但是我特别希望可以见到他，祝他好运，并问他最后一剂毒药是什么，他将在3月回来。

他的地址是万达比欧特街耶鲁俱乐部—希尔顿，你知道的，列克星敦大街，去看看他吧，他是一个好人，我将让他跟你联系。如果你愿意，我会给你一张他的名片，但是实在抱歉，名片有点脏了。

伍德克普夫写了我的斗牛的故事，他在一篇写关于西班牙人的文章中涉及它，我觉得是那么的不可思议。我也知道那是由有着傲慢特点的美国人讲出的故事。如果你不知道，你可以告诉我，我可以给你指出是这种文学。

这将是在市场上看到的最好的最吸引人的作品了，他说我的所有作品都将上市。我将会给弗雷斯克·哈曼谈论玛斯，我认为它很好。哈德莉爱你！哈特曼一家也会因为你不来感到非常难过，我们计划去跟你在一起待一段时间。

如果你想为我做点什么的话，你可以订阅立奥特吗？在当今好的书与坏的书的版本中都可以找到立奥特的演讲。

我期待着你的钱。

在你出去之前记得给我写信，除非你真的不喜欢写信，从我开始那几个故事之后我就没有做其他的工作，但是我也写不下去了，需要去一个大的城镇写，有着大量的事实。来这里之后还没有穿过外套呢。这里像以前一样，是 9 月里的天气。

替我问候凯特，我希望她恢复得很好。

欧内斯特

致斯坦因，爱丽丝·B.托克拉斯

施伦斯

1925 年 1 月 20 日

亲爱的朋友你好：

格德昨天长了几颗智齿，可能是智齿有点夸大了，叫它们大门牙吧！

我们一切还好，格德会走路了，可以边走边转圈，可以说马塔夫纳，可以自己大小便，不再尿裤子，被处理得很干净。请了一个叫玛提尔德的护士，她出门坐雪橇，喜欢喝酒，吃白菜，越来越像中欧人了。

你看到了包君·左克里斯的大量话语与复制品的约翰克斯其他了吗？我今天收到了寄给我的那本。它看起来使人充满敬意但又不失活泼。精美的包装。你从汉斯冯那里有没有听说什么？

欧内斯特·沃尔什秘密地写信告诉给我——他与莫海德小姐已经决定创办一个季刊。我要他写信给你。沃尔什对艺术家的辅助作用体现了你不能只考虑静态的事物。

巴黎最近有什么新的消息吗？唐·斯图尔特给我寄了唐纳的信，信里说他们已经有了这本书《在我们的时代里》，办公室的每个人都看了四遍了。唐纳先生不愿意在公共场合讲短篇故事中令人震惊的故事，尽管他乐此不疲地写在小说里。如果我可以写一本小说的话，他们会把这本书当作第二本出版，所有的一切说明出版业还是可以的，但是短篇小说好像不是特别受欢迎。

我们在阿尔伯格的山里滑了三天雪，昨天才回来。在我们不在家的时候，邦比又长了几颗牙齿。马提尔德是一个非常勤快的人，喜欢早上 5 点起床。格德与她有很多共同的地方。

滑雪的时候多西·约翰斯通①对她在协调方面所缺少的韧性做了很大的努力，但是她在第二天的时候反而更糟糕。

---

① 约翰斯通小姐在 1924 年 12 月一直与两个女性朋友待在施伦斯，她是美国图书馆一个图书管理员的女儿。

像往常在乡下一样，我没有很好的时间可以写作。所以如果你遇到了什么好的读物，非常期待你给我寄来。我没有从《福拉尔贝格日报》看到什么快乐的事情。

贝尔蒙特再次在秘鲁斗牛。卡罗被报道说因为欠债在委内瑞拉的加拉加斯的监狱里。这是直接来自西班牙的消息。哈罗德·斯通被报道说在得克萨斯州的休斯敦处于同样的情况。

我留了乔·戴维森那样的胡子，和之前不一样。格德穿上他的毛料的西服像是施伦斯之王，我们过得很好，并且正在省钱。哈德莉、格德与我都非常爱你。

此致

敬礼

海明威

致乔治·贺拉斯

施伦斯

1925 年 1 月 21 日

先生您好：

我从来没有看过一个真正的有关斗牛的故事，是由一个真正的了解斗牛的人写的，所以我试着写了这个故事。① 这个故事会真实地再现斗牛现场，就像查理斯·伊凡·路恩②经常写战斗故事一样。

---

① 这个故事指的是《没有被斗败的人》，其在德国的德克斯奇特出版（1925 年夏与 1925 年 6 月）；在由英国《季度》出版（1925—1926 年的秋天与冬天）；在法国的拉·纳伍德·阿格特出版（1926 年 3 月）。

② 查理斯·伊凡·路恩是小说家与短篇科幻小说家。

我在马德里居住在一个斗牛场的附近，跟随同夸德里亚的公牛战士到过西班牙的每个角落，明年夏天我将回来。

这个故事看起来技术性很强，但是所有的技术细节，即使不作明确的解释，也是非常容易理解的。

希望你喜欢它。

此致

敬礼

欧内斯特·海明威

致豪威尔·詹金斯

施伦斯

1925 年 2 月 2 日

亲爱的卡帕提弗：

很抱歉之前没有给你写信，但我在全国各地旅行时，一直带着你的信。但是你知道的，一旦男人打算开始写些什么，他会变成什么样。多恩·思科是一个很好的同伴。我在怀特·苏克斯与纽约巨人队的比赛①上看到他时，他提起了你。在这里，他是个后起之秀，报纸游戏玩得很好。也写一些关于运动的幽默段子。

收到你的信后不久，我也收到了比尔·史密斯的一封信，问我能否接受他对老肯丽事件的道歉，他说我是对的，而且跟我说了说近几年的无聊。我回信说我当然会接受他的道歉，然后他写信告诉我一些他遭受的困境。他度过了一段困难时期。他受到的惩罚比托尼·基布恩给凯德·诺福克的还要多。我能想得到他是

---

① 1924 年 10 月和 12 月，纽约巨人队和芝加哥苏克斯队在英国和法国举行了棒球表演赛。

如何摆脱他上次选举时用的方法的，因为他想的不是拉夫莱特，就像我们对他的了解一样，而是车夫和农民。当他们已经达到两美元的时候，他有着一蒲式耳土豆，60美分的经验。这个价位在城市里更高，你又不能送苹果。不对，老比尔已经经历了最痛苦的家庭破裂、健康受损和我所听过的人们所有的一切事的破裂，我对他没有任何反对，并且想看到他度过这一切。毕竟他是个好人。

当我们得到一些钱时，我们就会在政治上变得保守，因为我们想保护我们的利益和权利。如果我们不这样做，就得当牛做马。但是当一个男人拥有比尔一样多年的运气时，他不是波罗，就是个奇迹了。

我希望比夏普男孩在巴黎时，我能在那儿，并有幸带他们四处逛逛。3月1日左右我会从这儿去意大利办事，然后回北方工作。我会尽量做到。如果我和他们失之交臂，那我将在他们回来的路上去见他们。哈德莉会让厨师提前几天准备饭菜，而我会确保他们不错过镇上的任何东西。应该会有好赛事，春天的时候镇上总是有人。

卡帕，我们很想见到你。父亲写信说在医院看到过你，很高兴你已经出院了。药片从来帮不了人。爸爸说他把你给的一张邦比的漂亮大照片寄给了我们，现在还没寄到，我们都迫不及待地想看到它。我想他把照片挂了一段时间，复制了一张。现在我们已经送了一张他的大照片给他们做圣诞礼物，可能快到了。

今天滑雪滑得很好，感觉累了，想喝一些香醇的陈年威士忌。真希望你在这儿，那样我们就能开一瓶啦。你必须从巴黎带威士忌过来，中欧没有好的烈性酒，但是有大量（38种）冰醇的啤酒，从这儿到布达佩斯，又变成只有劣质酒，直到你抵达君士坦丁堡。德国兵在那里待了非常久，甚至他们盖起了真正的德国啤酒厂——真正的巴伐利亚牌。从这儿我们不需要签证就能滑雪去巴伐利亚走个来回。我要去慕尼黑做一些工作。

给老索里德·理查德送上我最好的祝福。迪克怎么样？哈氏也献上她最好的祝福。最近我非常努力地工作。体重减轻了大概10英磅，但体型很好。这是欧洲最温暖的冬天，虽然你们会把它看成暴风雪。

我打算从这儿滑雪到意大利，用火车送我的包裹去，而我滑下白云石山脉。在米兰和拉帕洛看到了一些家伙。墨索里尼正在做不光彩的事，致使尖叫着的政府和人们都被杀掉，正像你把意大利人写成粗暴的那样。

再给我写一份美妙的长信。收到你的信就太好啦。邦比现在有13颗牙，和这里的孩子玩捉迷藏呢，他有一个漂亮的奥地利护士，并且开始学习说德语方言。但是她回到法国说法语。见到你将会是件美妙的事。我们计划7月1日左右动身去西班牙。

马斯卡特现在是法国最好的轻量级选手，那天他在两轮比赛中都打败了丹尼·夫吕什。如果他来美国，把赌注压在他身上吧，不多。对付凯德·卡曾兰和迈克·邓迪这样的男孩更不在话下，但是金发混血儿布兰德·帕斯塔就像个砖质屠宰场。他能承受任意重量的击打，而且他现在学会拳击啦。他很容易打败任何人。

法国人也许会送吕西安·威尼斯去参加轻量级锦标赛。有个人值得一看。他从来打败任何人，但是他已经赢了734场比赛！！！我的神啊，如此一个拳击手。还没有人打倒过他。他和托尼·格奔的年龄差不多，但他拥有一切。首先他打伤对手的一只眼，接着打伤另一只，非常有技巧，然后打扁对手的鼻子，接下来就很有技巧地绕着对手打，直到终场。他像以前的派克·迈克·法兰德。他们唯一打到的地方就是他的肘部。他打倒了布鲁特内尔和弗里奇（这个在美国很好的选手），用了大约 9000 招，如果他们想揍他，他就站着不动还击，但是他们从没有打倒过他，除了他的肘部和手套。他看起来很容易打倒，但是去试试吧。

他们谈论的这个帕奥里欧只是个会打的大火腿，只是个樵夫。

好了，我就此停止了。再见老卡帕，哈氏送上她的爱，我也是。

海明威

致沃尔什

施伦斯

1925 年 3 月 9 日

亲爱的欧内斯特：

在 3 月 5 日的这天早上，因为之前收到你和穆尔黑德小姐的电脑，使得这一天变得如此美好，它使我们感觉特别美好。这个季度的编辑是一对白人夫妇。

如果觉得你应该支付伯特仑·哈特曼 50 — 60 法郎一张的复制品，我觉得 50 法郎已经足够。60 法郎，是不是很大方，也许太多。

只要我收到这封信的回信，我就会写一些关于斯拉的东西。我希望我在巴黎，那样我就可以引述他的东西，它除了是对人格魅力的欣赏，其他什么也不是。

海德发来电报说，他希望在秋季出版这本书，我收到了这份电报，本书被称为《在我们的时代里》。[①] 其中包括120篇短篇小说，它们中的15篇，是我们的时代中每个故事之间的一章。那就是我起初写它们的原因，我想你也许会喜欢它。

《大双心河》是这本书的最后一个故事，如果你愿意就叫它短篇小说吧。我喝酒都到了如此程度，我都在想如果真的是可以到了免费喝酒的时候，我知道《季度》的两个编辑和作者将永久伤害到他们与我们的健康。

如果你写了一个糟糕的句子，那比你喝二手饮料还要糟糕。但是我知道你不会那样。因此，请给我二手饮料。一瓶查宜诺夫·杜尚别后，我们开始谈话。紧接着是1918年的红葡萄滴，1918年是自1896年后最好的一年。但是为什么达到了这种技术的，并没有什么不好的葡萄酒。

看，我们将会有机会去买到它们，如果我们能够适当地节俭开支，因为我们6月下旬将会在巴约纳。葡萄酒和去西班牙的通行证，为什么不打开第一瓶巴约纳的饮料和第二瓶葡萄酒？是不是你感到像是很远的事情。

我最好能够得到关于埃兹拉[②]的这份工作，该停笔写了。把爱送给编辑，祝你和你的家庭好运！

爱你的

海明威

---

① 兰山出版公司（1924年，巴黎）出版。

② 致埃兹拉的信，《季度》（1925年5月）：第221—225页。省略了给沃尔什的两封信，分别是3月18日《明威与哈伯特克拉克搏斗》，3月27日的海明威写给沃尔什的《没有被斗败的人》，主要述说了1924年9月、10月、11月份的工作。

附注：刚刚完成关于埃兹拉的事情和哈德莉又复制了它。希望你也喜欢它。一天过后希望你能得到它。《在我们的时代里》你可以写上你的题目。

致利夫莱特①

巴黎

1925 年 3 月 31 日

亲爱的利夫莱特：

我现在附上我们签订的合同和一个全新的故事，用来取代你淘汰的那一个故事。据了解，由于原来那份合同中只提到删减，当然，如果没有改变的话，我也是不会批准的，但是你放心我会尽可能多地保护你，虽然我的故事写得如此紧张，如此艰难，如此辛苦，你要相信一个字的改变足够可以成为整个故事的关键。我相信你和史密斯先生在编辑时也能够明白这一点。

要知道任何一本书都有一个明确的组织结构，只是任何时候我如果都是在重复自己，那么我这样做就很有理由了。

至于杜撰伪造你和史密斯先生一些内容，在我看来只要是当场知道什么，就不用再出版更不再逼我写比这更淫秽的内容。我明白，这个不再是必要的，它已经变成了用来消灭优良的坏事而已。对于大家而言这的确是个好消息。

---

① 这是海明威写给利夫莱特的一封信。其他的分别是来自 1925 年的 5 月 11 日、15 日和 6 月 21 日、12 月 7 日；1926 年 1 月 19 日。所有这些都是由路易斯·亨利·科恩收集，维吉尼亚大学复印。这封信内容省略了海明威 1925 年 3 月 2 日和 5 日写给弗莱施曼·里昂的信。3 月 12 日海明威收到了来自罗比和斯图尔特的电报，2 月 22 日和 23 日的信被《在我们的时代里》接受发表。3 月 5 日上午他收到了利夫莱特的电报，提供了之前约定好的 200 美金，海明威也接受了这个协议。写给弗莱施曼的信被收集在《他们的时代：1920—1940》（布卢姆菲尔德，米奇，1977 年）。

至于书卖或不卖，我不会允许你们用任何方式，把他当成是一项失败的事业。我认为，只要你沉着冷静地看它等它，它便具有被卖出的机会。

列举一个卖不出的典型的例子，出自一本真正精致的书，是伊·卡明的《巨大空间》，但卡明的书的风格，一个很好的谁都没有读过的关于"现代"写作的协议，尽管如此也没有人能读。所以在我看来带着这样的销售目的是倒霉的不可取的。我的书会为那些文化修养高的人所称赞，并且可以提供给文化水平高的人阅读。据我所知现今没有人写的哪一部作品，可以给只接受高中教育的人读取。

这也正就是为什么我说这里有一个比较好的但只有三分之一的机会的原因。我从来没有想过赌里诺，也从来不去赌卡尔庞捷和杰弗里斯，其实也没有其他感伤的原因。

如果必须削减淫秽的思想和必要消除的东西之外，如果有任何的机会，它都会被枪毙这种事件作为一个有机体，没有人愿意去赞美它，没有人想从心里去读它。我在这里提到这一点的原因是，曾经有一份报告显示，在这里，某些东西注定是要被淘汰，因为它们似乎从来并未有什么故事。也许，你或许认为这是毫无根据的。

我所经历的新的故事使得这本书的内容更好。我认为这是我写过的最好的一本书，这本书作为一个整体给他提供了额外的和谐度。

你只删除了第二个故事《在密歇根北部》。接下来的三个故事也只是都移动了地方，只是其中有一个全新的故事《拳击家》占据了《三天大风》现在的位置。

我不需要告诉你其他的事情，但我很感谢伯尼与利夫莱特先生能够帮我出版，我希望我会成为一个富有、有自己资产的人。

同时这是我们两个人的荣誉和共有财产。

我想尽快地证明给你们看。

送上美好祝福。

真诚的

欧内斯特·海明威

致麦克斯韦尔·潘金斯①

巴黎

1925 年 4 月 15 日

亲爱的潘金斯：

我一从奥地利退回来，当天，就接收到你的一封 2 月 26 日我以前从来没有收到的信件。告诉你个消息，大约在你的信到来的十天前，我有个来自博奈和利夫莱特先生用电报的形式向我提供的好消息，说在秋天的时候会出版一本我的短故事。他们让我回复用电报的形式，我同意并回复了。

我非常高兴收到你的来信，但是竟然不知道可以做些什么，但直到我看见和博奈还有利夫莱特先生签订的合同。根据那本合同的内容，他们即将对我的三本书有个甄选识别，而且同意支付给我。如果我在六十天之内选择出版，我第二本书手写本的酬金少，如果我反悔的话他们的选择也会退步。并且如果我没有让他们出版第二本书，同时他们会放弃对第三本书的出版。

---

① 这是欧内斯特·海明威给麦克斯韦尔·潘金斯（1884—1947）的第一封信。麦克斯韦尔·潘金斯在 1926 年成为他编写《查尔斯·斯克里布纳的儿子们》时的编辑。见 A. 斯科特·贝尔格，《麦克斯韦尔·潘金斯：编辑的能力》（纽约，1978）。（这个是对信标题的解释，所以没有放到上面，请酌情考虑）

　　但是那也正是问题的所在。我根本无法形容此刻接到你的信我是多么高兴，你无法想象我是如此的兴奋，本来我将会发给你《查尔斯·斯克里布纳的儿子们》这本书是即将在今秋出版的，是本关于手写本的书。这将会是为了能有一个知名的地址同时而进入《谁是谁》看起来似乎物有所值。

　　我真的特别想让你知道我是多么喜欢读你的来信，如果我曾有这样的一个能够寄给你一些足以考虑的东西的地位，我当然会选择这样做。我希望有一天能够拥有一种强悍的像阿拉伯半岛荒原般感觉的斗牛场，拥有一本带有一些精彩优美图片的厚书的一个早的版本成为《午后之死》的想法（纽约，1932）。但是据我所知有人竟然为了夏天有更长的时间在西班牙闲逛并且写作品，然而却不得不节省压缩所有的冬天。我早有耳闻，并且花费了一些时间在这上面的研究。不知道怎么回事，现在的我不再喜欢写长篇小说，相比于长篇我更喜欢写短故事和致力于斗牛书之类的，所以大概在我猜来，无论怎样我对出版社始终持有悲观的态度。不知道怎么回事，长篇小说现在对我来说好像是一个极其假的东西，并且以一种假的我极其讨厌的形式体现，但是随着一些短篇故事的出现，现在正从 8000 到 12000 个的单词满足需要，可能我会达到这个要求。

　　《在我们的时代里》这本书在这里现在绝版了，我一直尝试着到处寻找为自己买一本，我听说这本书很有价值。所以相信那足够可以解释你在得到它的过程中遇到的困难。我非常高兴你能够喜欢它，并且再次感谢你为我写这本书。

你真诚的
欧内斯特·海明威

致霍勒斯·利夫莱特

巴黎

1925 年 5 月 11 日

亲爱的利夫莱特：

你还记得在 3 月 31 日，我寄给了你一封其中有附带你上次邮寄给我的并且签订的经过协议注册过的信和里面还有一个新故事，我打算用它来代替那些你想从我的《在我们的时代里》的书里删除的故事，但这种作为需受检查的。当我在收到你寄给我的收据时，你说你同意在版税上提前预支我一张两万美元的支票。

但是我在看这封信时，我到处找也没有找到相关的收据更别提那张支票了，尽管我知道你在 4 月 14 日以前一定收到信件了。现在的我接收到了来自 5 月 2 日由你寄出的纽约邮件。

在这份新的协议里，你没有和我提到如果翻译成外国语言所应得的权利。利昂·弗莱施曼先生，你们这儿的公司代表，哈罗德·罗卜，已经和你签订了一份合同，向我保证没有提到这些权利的理由，因为他们保留下了我的财产。

我现在想要你的一份签订函件来确定一下，要你确保我把我的书翻译成外国语言的权利都必须保留在我的财产里，协议要明确说明我应该保留和他们协商的权利，并且要在我看来合适的情况下，要你的手下安排一下。我相信这样做的话你不会有反对的意见，如果你把这内容编写之后以副本的形式发给我，我将看作一份被签订的协议，同时我会以文件夹的形式发给你。

献上美好的祝福！

非常真诚的

欧内斯特·海明威

致舍伍德·安德森

巴黎

1925 年 5 月 23 日

亲爱的舍伍德：

我很抱歉这么长时间没有给你写信，我很感激你能够把我的书推荐给利夫莱特并给他讲清楚。多斯·帕索斯告诉我在你收到你发给格特鲁德·斯坦的信之前你就这样做了。

当然，我也许可能误解了《多次婚姻》。① 等到将来我有时间的时候，我会把它再好好地研读一遍。如果把它当作丛书去读这会是非常吃力的一件事。不管是什么书，所有人的评价都是没有用的。自己写的书除了你自己了解没有人详细知道关于它的任何事情。要知道上帝知晓被付报酬的人对事物的态度，那些所谓的职业批评，使我感到恶心，野营者只是单纯地喜欢文学，他们不愿也不会做妍头。他们都有道德，思想也会像有些人不枯燥，他们觉得活着这件事是多么的有意义，他们有思想，但是他们是野营爱好者。

自从我上次见到你之后到现在，我一直苦于致力在写作上，而且我度过了一个极好的时期。然后一直等你直到你和伊丽莎白②来这里，然后我们一起结伴去西班牙看斗牛。我从斗牛和斗牛士身上学到了很多东西，感觉受益匪浅，但是我竟然不知道是什么。至少我把我得到的全部或一大部分都会用在我的下本书里。我想有足够的钱，这样的话我可以饲养牛。但我并不

---

① 安德森 1923 年出版的小说。
② 伊丽莎白·普劳尔，是安德森的第三任妻子，在 1924 年与她结的婚。

能总是有，为了和他们在夏季里游玩还需要苦于工作才能有足够的钱。

对于你去利夫莱特那里告诉他我的书，我是非常的高兴，我不能写信所以我也不能告诉你，你把我的书出版了，对于你我是多么的感激。这意味着你从中经历了很多的困难，你把它出版了，你又把你的书带回来了，这也意味着中间经历了许多其他的方式。

告诉你个消息。哈德莉现在很好，我们现在彼此仍然都非常喜爱对方而且相处得很融洽。我们现在也有一个可爱的宝贝，他现在开始会说话并且还可以走着和我一起去咖啡厅。

格特鲁德·斯坦因的《美国人的形成》这本书是非常棒的一本书。

你看《大西洋评论》了吗？麦克阿蒙正在出版它①呢。

但愿你永远万事如意，我们都很想见伊丽莎白。

你的亲爱的
欧内斯特·海明威

致麦克斯韦尔·潘金斯

巴黎

1925 年 6 月 9 日

亲爱的潘金斯：

我无法向你形容我是多么感谢你送我一份《在我们的时代

---

① 参考唐纳德斯盖洛普，在《新版本记录》（纽约的，1950 年）里的《美国的形成》。

里》的"巴黎"这本书。这只是非常愉快的事情当中的一个,好的事情有时会发生在某人身上,无论他们什么时候记住了一天都会有好的感觉。真的是多谢你了。

现在,我终于得到另一份的好运,我邮寄给你这封信的时候,斯科特·菲茨杰拉德现在正暂居我这,所以我们经常看见他。我们开着他的车从莱昂到科特迪瓦并且玩得很愉快。我已经阅读了他的《了不起的盖茨比》(1925),而且认为这是一本特别好的一等书,我希望他会卖得更好更受欢迎。

再次感谢你送给我的小册子,送上我最诚挚的祝愿。

你的真诚的

欧内斯特·海明威

致欧内斯特·威尔士

巴黎

1925 年 6 月 25 日

亲爱的欧内斯特:

乔伊斯昨晚出去发现了《季度》这本杂志并且发现在那里他可以出版自己的手稿,杂志社表示出版的话将会在十天之内完成,你愿意写信告诉他你同意出版并且很希望看到它吗?

你可以给他写信和他谈论"莎士比亚与伙伴"的故事,你如果没有他的地址,我可以让西尔维娅帮你把它寄到香榭丽舍大街338 号。

现在是凌晨时分,我们正在收拾行李,家里有只猫那只可怜的猫对我们恋恋不舍,因为我们要离开。

此致

敬礼

欧内斯特

致斯坦因，爱丽丝·托克拉斯

马德里

1925 年 7 月 15 日

亲爱的朋友：

我们度过了一个很美好舒适的时光，天气不太炎热，我们终于见到了被牛掷起的贝尔蒙特。

他现在生活过得还可以，并且送了一头公牛给我们，他送给了哈德莉牛耳朵她接受了，哈德莉并用唐·斯图尔特的手绢包了起来。跟你说那手绢不是她自己的，是斯图尔特的。我告诉哈德莉，她应该把那个手绢切成碎片，然后放在信封里可以寄给她在圣路易斯的朋友，但是她不想那样做，想想看来这个事情真是太有趣了。

马德里是一个很好的地方，每天都有人给我们提供很好的客房，并且会给予我们一些生活上的补助。告诉你个消息：他们已经重新建造并重装了普拉多——可能是司仪鲍勃·迈克·阿尔蒙的投诉的结果，不过重新做过之后做得还是蛮精细的。哈德莉现在在那边，等我写完这部小说的时候我也会去那里陪她。昨晚我们一起去听了夜曲，今天下午与弗雷—Z 欧特、里塔还有尼诺帕玛约好了一起去，去看这里最盛大的斗牛比赛。后两场比赛将是新的项目，尼谱与贝尔蒙特在一起使得贝尔蒙特价值下降了许多。尼诺做了贝尔蒙特做的所有的事情，并且让他更完善更加完美——开玩笑了，包括所有的饰物以及一些可怜的姿态和其他的一切。

他的表演全部由他本人独自完成，对牛没有任何讨好的技巧，拿着自己的帽子中规中矩平静地、慢慢地——他的表演以一连串的劈杀动作开始，然后各种动作表演完美地把牛杀死。

他来隆达了，每一个西班牙人都对他特别疯狂，当然也有一部分人对他一点也忍受不了。但是他们甚至会在马德里的第一次亮相前一天晚上排队等候他。我们已经见过他4次了，并且我们在瓦伦西亚见他不止4次，他用帽子保护哈德莉的一系列的行为让她不用担心芭比。他一直都保持着良好的体型。玛丽（巴赫）经常写作，或者经常陪孩子玩耍，她喜欢每天说好多的话。

如何展示过你回来并且你曾经一直坚持钓鱼呢？

我们发现去年那条生存着好的鳟鱼河流现在已经被原木所破坏，里面原木顺流而下，经过原木后所有的池塘被冲刷干净，同时河里的鳟鱼也被迫害了。我们将于21日赶往瓦伦西亚，一直在那里待到8月2日。我发现一件非常有趣的事情：三等的舱位并不昂贵。从潘普洛纳回来的时候，有一个孩子的父亲从达法亚附近买的酒，他用大的木桶装酒，然后去马德里卖，当时每个人都在敬彼此酒，他由此受到启发，也打开了一桶又一桶的酒，三个小客房里住了两个神父与三个库安德居民，一会儿几个人的关系就变得非常亲密，当然包括不开心的我。我可能是因为丢了火车票或者是把它给别人了，所以当我快要到达马德里的时候变得异常着急。但我非常惊讶的是，库安德居民使我们在没有票的情况下平安度过，我觉得那可能是我参加过的最有趣的聚会。在聚会中得知西班牙人这里唯一的民族，哈德莉与神父一直讨论拉丁文，瞬间觉得那样挺好的。

我们爱你

你的

海明威

致海明威医生

巴黎

1925 年 8 月 20 日

亲爱的爸爸：

感谢你对《在我们的时代里》我这本书所写的书评，西班牙的森林与河流，还有收到了你的信件，我昨天刚从西班牙回来，我觉得这是一次非常愉快的旅行。告诉你我在那里几乎天天游泳，我夜以继日地工作。现在已经看了《太阳照常升起》这本书的大概 6 万字。还有 15000 多字，给你写信之后我将继续看这本书和工作。

博奈和利夫莱特已将书的封面给我，看起来他们将它做得很好。

最遗憾的是，今年夏天我们没有一起去钓鱼。我们去年夏天钓鱼找到的那些河流已经被原木运输所污染，鱼被杀死了，池塘被破坏冲毁了，水坝也被摧毁，这一切使我非常难过。

而且我们还在斗牛场，看了很多次二十四头公牛斗牛。

一想到跨越海峡（麦吉诺水道），就知道这次旅游肯定很有趣，汽车飞快地驶离了陆地。

我们希望明年夏天还可以过来旅游，哈德莉和我将要去往苏必利尔湖北岸，那个有着美味小鳟鱼的河边，进行露营。我们可以带着我们的设备，从温德米尔出发一直到 Soo。然后再返回来，因为我还惦记着去看钢铁之河呢！

现在自己感觉我的两条腿好像出了点小问题，我想等我 40 岁左右的时候它们将会越来越严重了吧，就算是处于最好的状态的话，也还是会有不少的麻烦的。

如果妈妈真的喜欢画画，我确实很高兴，我没有看过她的任何作品，菜斯特作为一个初学者也是一件很美好的事情，我不懂得还有什么其他可以给人带来更多愉悦的事情。我会一直非常想念今年夏天的钓鱼生活。

很惭愧我没有坚持写作，但是我努力地做好了两份工作，并且周游了西班牙周边美景。我在潘普洛纳的时候就开始给你与妈妈都写了一封信，但是遗憾的是一直没有写完。我们还去了瓦伦西亚、马德里、萨拉戈萨和斯班闪。好了，祝你好运，我很喜欢你的故事，但愿你一切如意。

你的
艾米

问候厄休拉，并告诉她我会给她写信。我们将要离开这里（圣母院香榭丽大街 113 号），但是，你放心一有机会我就会告诉你我新的地址。

给欧内斯特·沃尔什
巴黎
1925 年 9 月 15 日

亲爱的欧内斯特：

战争期间我们常常走在从米兰回来的路上，在科莫的白乐富歇息，但是我好像不记得酒吧的名字了。我好像更喜欢马焦雷湖的斯特雷萨和比拉戈加尔达瑟米了。如果你不知道这两个地方，那你一定说不上去过那里。首先帕兰扎马焦雷是一个十分美丽的地方。斯特叠萨也是一个美丽的地方，至少它曾经是。所以你就别为意大利作任何辩护了。

蒂纳·丹佩佐是在地球上最美好的地方。那里的环境和人文都给人一种舒服的感觉。我们在贝尔维友酒店度过了一个冬天，里给梦阿德东主是我所见过的最美的国家。如果没什么意外的话，今年冬天我想去那里来一场刺激的滑雪冒险。

我已经写完了我的小说，但是这个冬天我需要再次修改一下并打印出来。盖普听起来不像是个好地方，但是我想去那里做一次徒步旅行，这样可以使我的大脑休息一下，因为我实在是太累了，所以我想在我完成这本书之前，先犒赏一下自己，我想再喝一次。

我心里想着，喝多少的威士忌我都不会有一丝丝的醉意，因为我实在是太累了。

每天都去塞纳河游泳，这里要比缅因州海岸更冷。因为右脚韧带被拉伤，所以徒步旅行是不可能的了。

还是希望右脚的韧带可以尽快恢复好吧，不喜欢在市区里等着秋天的到来。因为邦比的归来哈德莉也不能去了。在这个城市里，我不愿意跟其他人一起过马路，甚至因为我不喜欢带我的女儿出去，我害怕被埋怨，不喜欢私生子等一些并发症，还有非婚生子女和赡养费而担心我的女儿们。

所以我可能自己一个人去，但是我内心感觉到无比的寂寞，我是多么希望有人可以与我一同前往，步行去奥斯塔看看那里的意大利是什么样子的。我想去威尼斯，收获一个小小的浪漫，然后在我认为能承受的最贵的宾馆里大吃一顿，之后美美地睡上一觉，然后去斯其奥、瑞扣，在马塞罗那度过一个晚上之后，北上去格拉巴、蒙特、皮卡和埃伦，再爬山，现在想想，感觉没有战争的日子真的是太美好了。但是你在意大利最好找一个女孩，我已经把意大利遗忘了，但是为什么有时候想起与她有关系的时候，她还会在脑海里浮现。

告诉我你最近的消息和地址，同时向莫哈德小姐问好。

此致

欧内斯特

附注：用信托公司的地址，因为他们的转寄服务很好。

致爱赛欧·莫哈德，欧内斯特·沃尔什

巴黎

1925 年 11 月 30 日

亲爱的莫海德小姐与欧内斯特：

我已经按照您吩咐的回复了您的邮件，发现有 4 处单词错误，61 处印刷错误，并且我都一一帮你改正了。例如：在 had 中少写了 h，much 中少了 h，you 中少了 u 与各种单词被漏掉的情况。

所以不要以为我只是像乔伊斯那样对待样张，等待着每次样张回来之后重新写整个故事。

　　并且有很多地方的人在阅读这个故事，我也很想为他们做出一些改变，但是除了那些牛市题词上的数字之外其他的资料一点都没有，并且手稿上的数字都是错误的。

　　我收到了欧内斯特的一封信，说明了上一封信没有回的原因是因为哈德莉卧床生病了一周，那时的我也在拼命地工作。① 接下来我要写封长信，我们将在 12 月 15 日去澳洲。所寄的寄信地址是奥地利，福拉尔贝格州，施伦斯，陶布酒店。

　　非常高兴《季度》这本书出版了，销量应该会不错。

爱你们

欧内斯特

致格蕾丝·海明威

施伦斯

1926 年 12 月 14 日

亲爱的妈妈：

　　祝贺您的思取得成功！同样地感谢您发来的对新的共和国的评论②，包括舍伍德·安德森为《大西洋评论》③ 写的评论。我感觉阿奇麦克利什还是很聪明的，因为他在《黑色幽默》一书中说出了我的心声，除了那件事，我还天真地认为让两三个真正阅

---

　　① 欧内斯特·海明威一直在写《春潮》（纽约，1926），关于他的舍伍德·安德森的讽刺。他给多恩·克洛斯的一本书的题词中说道，他在某个星期的周五开始写作，并在感恩节的那天完成。这就表明了这本书的创作时间是 11 月 20 日到 26 日，只用了七天的时间。但是欧内斯特·沃尔什在 1926 年 6 月 29 日对伊西·施耐德说他写这本书只花了六天的时间，与此同时还否定了写这本书用了十天的时间。见马修·J.布鲁斯和弗雷泽·克拉克，主编《拍卖海明威》（布鲁姆菲尔德山出版社，密歇根州，1973）。

　　② 保罗·罗斯菲尔德处在我们的时代当中，《新共和》15 中（1925 年 11 月 25 日）。

　　③ 迈克利什是在 1925 年 12 月为《大西洋月刊》写的《黑幽默》评论。

读它的人对它提出建议比阿奇礼貌地限制它要好得多。如果真的是这样的话，那当然没有人愿意写。

我们往家里寄了一个超大的盒子，里面装着我送你们的圣诞礼物，盒子是哈德莉去邮寄的。12 月 10 日的一等舱里有一个包裹寄往橡树园，另一个寄往玛斯·底特律。希望包裹在圣诞之前可以顺利到达。收到这本书我感觉非常高兴，这个地址将会用到 3 月，3 月底的时候我们会去里维埃拉拜访两位朋友（格拉德和莎拉·墨菲①），到时候我们会和他们来一场热闹的帆船比赛，然后从那里直接去西班牙，待到 9 月的时候回美国。

我买了一架新的相机，感觉像素还不错，过几天给你发邦比的照片，现在他与他的护士一起滑雪去了，我真的有点担心他，因为 12 月我们到达这里的时候，雪就已经有 12.2 英寸厚了，气温零下 14 度。现在我很努力地工作，上个月到的巴黎。

我的另一本名叫《春潮》的书已经发给出版商了。因为我一直忙于工作而没有时间锻炼导致身体总是很虚弱，还时常咳嗽，体重也下降了。我心里想着也许登山会改变一切，那可以使我得到一些锻炼。

那真是一个美丽的国家呀，不仅有碧绿的柏树，还有绿白相间的村舍。我们认识小镇上的每一个人，我们每周都会玩扑克游戏，我还是滑雪俱乐部的一员。我们是这个小镇上唯一的外国人，这里还很清静，是一个可以学习语言并且不被打扰的好地方。

---

① 格拉德（1888—1964）和莎拉·墨菲（1883—1975）总共有三个孩子，他们的名字分别是奥诺里亚（生于1917年），宝新（1919—1935），派翠克（1920—1937）。年长的墨菲的出现，虽然叫不出他们的名字，但是它们还是出现在《流动的绘宴》中（纽约，1964），虽然不是以真实姓名出现的，但是还有一种魔力，在第207—210页。他看到了有着汤姆金丝般迷人的面孔的封面是《活着中最好的》（纽约，1071）。

保琳·菲弗①将要来过圣诞节了。多斯·帕索斯为了哈珀杂志去了摩洛哥，他们得等到过了 11 月才能回来。我们打算到慕尼黑走一遭，然后飞越阿尔卑斯山，降落在高原中最高的山峰——斯伍瑞特之上，然后滑雪下去，今天他们又有了新的昊头，我们将是第一批去做的，玩一次将要花掉 75 马克。我们五个人一起去，与一名德国著名的战斗机飞行员一起。

昨天我和哈德莉去滑雪了，但是我的身体仍然很弱，只是今天感觉好多了。

我们爱您与爸爸

你的艾米

附注：有那么多的规章制度在《新共和国》里，但是我仍然非常高兴读它。

致阿奇博尔德

施伦斯

1925 年 12 月 20 日

亲爱的阿奇：

最近一直没有去拜访你我心里感到愧疚，哈德莉因为找到了丢失的耳环感到非常的高兴，并且对玛瑙产生了浓厚的兴趣。那个重一点的特别适合哈德莉，我认为它可以纠正哈德利不自觉的偏头习惯，因为它比较重一点。

---

① 保琳，海明威的未婚妻，准备在 1927 年和他结婚，她 1895 年 7 月 2 日出生于爱荷华州酌帕克斯堡，那时候她在巴黎《时尚》杂志做编辑，1951 年在加利福尼亚突发疾病去世。

轻如木屑，还是十分适合滑雪的。我们和镇上的很多人都合过影，作为镇上唯一的外国人，我们自然要遵守当地的习俗，哈德莉以当地形式赢了凯莉湟旅馆主人 4 场，她成为滑雪俱乐部的领导和五金商店的业主。而我作为滑雪俱乐部的头头，也成为一家五金商店的主人，我以前通常都是给她设立 200 个打桩点，而她打下来需要花费很长时间，大概要打 400 次，但是现在她甚至都可以把我打败了，当然她也开始成了当地池塘游戏的组织者。

妈妈把你对选自《大西洋评论》中《黑色幽默》的评论发给了我，上面显示每月周刊是对的，当然那是一个非常好的评价。妈妈经常会给我邮寄一些能够代表舍伍德的一些东西，并且还把他离婚的消息告诉了我，因为妈妈觉得我在一些方面虽然没有他优秀，但是其他方面和他还是有点相似的，所以她希望我能了解到那些大师级的人物是怎样处理这些问题的。你的评论写得很好，原因在于没有被任何惊叹的句子所限制，没有因为句子的不平衡性、动词的删减或其他一些针对劳伦斯作品的一些事情而失去自己的判断，斯大林因为在战争中失去了一条腿而成为一个著名的评论家。多斯的理论是你在战争中失去的越多，你就是一个越失败的评论家，这个听起来是有些可笑，或者我的理解有点错误。

今天是周日，所以我没有收到任何信件，顺便说一句，如果你是发自内心给我们写信的话，我自然会很高兴的。我想说的是我们过得很愉快，但是在施伦斯收到信会更让你兴奋的。因为嗓子的原因我在床上躺了两三天，幸运的是今天好多了。

圣诞节节目的彩排正在球屋里进行着，站在楼梯间你会听到从楼梯双人酒吧上传来嘈杂的声音。

周四的时候，我们在布鲁登茨的小镇上听到了贾碧丹和雷由塔恩特关于思科·吉瑞克的演讲，在演讲中他与几个其他的德国人的做法使得杰里科镇的海军上将感到沮丧，沉沦的武士、勤劳的人民、玛丽王后、厌战号等一系列的事情……

所经历的那些事情是威斯巴登唯一的损失，他发现移动的图片在某种意义上是伪造的，但灿烂的移动结构图还是使他很感兴趣。他发现队长雷由塔恩特好像正在看什么东西。在那些光头中，额头突起，眼睛上面骨瘦如柴，有些鱼眼，没有眼皮的那个人是谁。奥地利的孩子吵吵闹闹没完没了，他们不跟着我们做，自然也没有我们做得好。卡帕·雷由塔恩特不得不经常大声提醒他们，但是效果不是特别明显。因为他经历过战争，所以有些事使他感到非常激动。可他却得不到任何的掌声，因为他不知道怎么样才能吸引住别人的眼球，所以到最后他的演讲中的一切都是机械地进行的。

为什么司各特选择在战争进行到后期时出去？他是否去电影院看过它？但是同时在很多不同地方一直有许多有趣的电影在放映，比如英国泽布吕赫电影，德国潜艇海洋电影，英国第二伊普尔，还有三个很好的法国电影院，然而意大利在三个地方都有——山区、平原、皮亚韦河、空气和大海，如果他愿意的话，它能够看到很多当代作家都看不到的美丽的战争画面，有个很方便的条件是泽布吕赫电影院就在他格拉姆街家的附近。

这是一封比较无趣的信，你看过《春潮》了吗？你感觉它怎么样呢？

我在这里看书很长时间了，就我而言，我感觉屠格涅夫是有史以来这里最优秀的作家了，尽管他没有写出特别优秀的作品，但是我仍然感觉他是一个伟大的作家。当然这只是我的个人看法。你看过他的《车轮的响声》吗？它载在运动员之图的第二栏里。《战争与和平》是我看过的内容最好的一本书，但是否可以这样想一下，如果这本书是屠格涅夫写的，那么会是什么样呢？虽然契诃夫只写了 6 个故事，但是仍然阻挡不了他成为一个成熟的作家；莫泊桑是一个专业的作家，巴尔扎克也是一个专业的作家，而屠格涅夫是一个艺术家。我认为单单只是停留在空想方面是一件糟糕的事，因为你需要一本书来赚钱养活自己，或者靠其他工作来养活自己，那么当你成为一个职业作家的时候，就有些身不由己了。每年的春天或者秋天或者其他的任何时候，你手里都要时刻有本书准备出版，看起来也许很好。只是不知道其中的区别，但是确实有很多的不同，有些时候你也许忙碌了六年，但是还是感到很平庸，因为他们可能比较喜欢第一本书。

那使我想起巴黎人的对话，想象一下那些对话与卢森堡公园结合到一起，你或许真的可以一直阅读到中午吃过午饭之后，而在芝加哥却只有两份早报可以阅读，如果你是为了赛马才去的，那就很平淡了，那里白天将没有那么多的时间可以阅读。早上没有时间读看奥特伊·龙骧、雷杰克、艾文莉，晚上没有时间看巴黎体育，突然之间感觉到很搞笑，什么都好像错过了，但是过去的时候我确实很迷恋读书的。

刚刚看完托马斯·曼所写的《布登勃洛克一家》这本书，那确实是一本好书。但是我还是感觉柯林斯的《宝石》更好。还有一本值得看的是《恶毒女人的笑》那也是一本很好的书。

卡帕特·马瑞伊慈、卡帕特·马瑞伊特、屠格涅夫与后来的乔治·亨利都是我喜欢的作家。施伦斯是个阅读的好地方，我去年写完了文学与《科瑞米纳》并看了奈特库德的 21 本小说，感觉他也是很优秀的。

要比舍伍德·安德森的好。

　　我们刚度假结束，哈德莉与邦比都挺好的，哈德莉一直很挂念艾达。

　　你要记着给我回信，我不会再像这次一样写一堆杂事了，告诉我那些不好的事情，我们在这里非常想念斯盖代尔，不仅仅是因为他在杜拉山中被击中，虽然是扁桃腺被切除了，但是丝毫不碍其他的什么事。同时他已经结婚了，但是没有孩子，想一下来说，虽然美中不足，但是还是比较幸运的，他的声音没变，还像以前那样低沉，你觉得呢？

　　此致

欧内斯特·海明威

1926—1933

致迈克·施特拉特尔

巴伦西亚

1926 年 7 月 24 日

亲爱的迈克：

感谢你给我发来的照片。听到你母亲去世的消息，我和哈德莉感到很伤心。她很爱你们，我们真的很同情你。但是死亡，是每个人都不能避免的。我也还没有真正理解到死亡的真正意义，但是如果我们能活得更长一些的话，我想我会明白的。

你在纽约的时候曾经向我抱怨过，不要以为我不记得了。等秋季的时候，我们将会路过得克萨斯州的加尔维斯顿。每件事都是那么糟糕，然而同时，明天这里将有八场斗牛比赛——下面是对决队伍名称——嘉璐、贝尔蒙特、桑切斯·秘籍斯、棕榈子与维拉塔、猛牛、维拉马尔特、扣查萨卡斯、幕如贝斯、佩雷斯他布诺斯、古达雷次与巴勃罗·柔米斯。哈德莉和我在一起，我们在哪里闲逛，我们都感觉到潘普洛纳很宏伟。因为邦比的咳嗽病，我们搬离了安德瑞拉。我和哈德莉都被隔离在里维埃拉的司各特·菲茨杰拉德的别墅里面（在阿尔卑斯滨海）。

没有值得宣传的消息。当我知道了你也喜欢《春潮》这个消息之后，我非常开心，但是我不知道这个秋天当书出版以后，你会因为这个而被斯克里布纳书局解雇。我们在巴黎被通知退出，并且在 8 月 8 日要整理完所有的东西。记得代哈德莉向凡舒格一家问好。

你一定要记得给我写信，并且要注意在巴黎的担保。我还是很希望你能够帮你父亲做一些事的——我很理解你失去生命中最爱的和陪伴你最多的人，尽管失去你爱的和陪伴你生活的人是一件令人十分绝望的事情。同样的这对我们所有人来说都是一件大事。

祝好

海明威

致麦克斯威尔·潘金斯

巴黎

1926 年 8 月 26 日

亲爱的潘金斯先生：

在我发送校样给你之前，你给我的引言或致谢，我都忘记是什么了。我想要使用葛楚德·史坦的语录作引言，比如"你们都是迷失的一代"；还有更多——就像在手稿上，以及来自传道书的语录。致谢可以是——本书致哈德莉和约翰·哈德莉·尼卡诺尔。

到目前为止，我还没有将校样邮寄给你，在这之前，我已经对他做出了一些改变还有削减了一些地方，但是现在你可以看到了。我相信这本书是真正意义上的美好的一本书，但是没有任何额外语言的话，我也会坚持下去。现在，它终于从我手中写出，并且我认为是写得最好的，我为小说中的中心人物感到高兴。并且我在想，是不是你也有这种感觉。

今天司各特来信，说他紧闭门窗，努力工作，预计将于 12 月 10 日由热那亚起航去纽约。

　　如果讽刺和怜悯的基调让人感觉很压抑的话，你可以尝试一下做这两件事情——减少破折号的使用和省略后面的句号。或者直接将两个句子连在一起，没有破折号和句号。做一些你喜欢和你想做的事，做什么都行。只要词语不做什么变化，也不增加其他的色彩，那我就不会特别在意的。

　　其他的事情我认为都已经解决了。我们已经排除了贝洛克，变成了赫格斯海默的名字，让杰姆斯·罗杰成为罗杰培伦提斯，让公牛失去繁殖能力。

　　现在我要停笔了，那将意味着接下来不会有任何进展。你预计《太阳照常升起》什么时候会出来？《春潮》会怎么样？如果你愿意可以寄给我两百美元的支票。《太阳照常升起》要是也能马上出版那就太好了，那样的话我就能立刻去做其他事了。这样一来就没有了写书的任务来打扰了，那样也不用毁坏别的成果了。我宁愿忘掉他一段时间。现在想一下把现实生活里的人物写进去确实是一个严重的错误，我保证不会再有第二次了。

诚挚问候

真诚的

保罗·欧内斯特·海明威

　　致舍伍德

　　巴黎

　　1926 年 9 月 7 日

亲爱的舍伍德：

　　感谢你的来信。特劳戴尔非常好，我也很羡慕你。非常好。

我很想念美国家乡，因而形容憔悴。在皮戈特的话，现在肯定会忙着很多别的事情。这也是我非常想做的两件事之一。

看一看《新群众》刊物——乔拉斯拿给我看，他的诗也在里面——诗看起来像一个房子组织。我给斯克里布纳邮寄了我的第一份小说手稿《太阳照常升起》。我真希望你会喜欢它。这小说一点都不精彩，但是看在上帝的分儿上，它是我想写的，希望我能学会怎么写。但是唯一的办法是把它们写出来，并且最终会达到平均水平。

你可以将重物放在马的身上，最终它不会有获胜的机会，在美国（美国人总是在美国，不管他们所谓的巴黎或巴拿马）我们都携带着足够的重量可以杀死一匹马——更别说让它驮着跑。我已经疯狂地失眠了八个月了。有些东西你可以带着它去任何国家，我很高兴我是强势的一方，并且一切都会解决的。

我还是对关于在教堂给你写信感到不爽——他们那里有教堂或大教堂——惯常的，但我想年轻人一直以来都很确定，因为表演很艰苦，并且总是胜出，除非你 25 岁的时候就知道了每一件事，否则当你 35 岁的时候你没有机会知道任何事。我们总要知道一些事，也许吧。

这是一封糟糕的信，但我想告诉你我是在特劳戴尔。无论如何，我们会在你 11 月份来的时候还在那里，看到你将非常高兴。

你永远真诚的

欧内斯特

致麦克斯威尔·潘金斯

巴黎

1926 年 11 月 19 日

亲爱的潘金斯：

　　我不知道杂志里的内容是一些幽默的事是不是好事。但是现在这里就有一份，如果你不想要的话，你可以把它发给华生·威尔斯，他负责《新共和》编辑和出版——他给我写信说他们一页1200 字大约 50 美元的稿酬——或者给鲍尔·雷兹德，他给司各特写信说他想要更多我所写的东西——那么问题来了谁会为我的这些稿子买单呢。

　　感谢副本的评论。他们对我们很是尊重。但是有些人见到我对格特鲁德的事情很上心，我就感觉很新鲜——我故意表现出一种浮夸的姿态（格特鲁德先知角色的假象）。没有人了解跟随他们的那一代，当然也没有权力来说什么。伊戈斯语录——一代过去，一代跟来，但是地球照样永远转动，太阳也是。我所想的就是让你摒弃掉那落俗的虚荣心，传道者说，虚荣的虚荣心；所有的都是虚荣——在太阳下一个人工作能得到什么呢？——去掉那些。引用语录，并且只是第四、五、六、七部分。开始于一代的消逝——到达河流对岸时再结束。

　　清晰多了。这本书对我来说最重要的地方是地球照样在不停地转动——对地球有那么多的渴望和敬仰，对我们这一代来说并不多，也不关心虚荣。我只是犹豫着在想是否要打断一个想要成为更好的作家的人的写作，但是看起来是有必要的。我没有说过这是一篇非常讽刺的文章，但是为什么把地球永远转动看作英雄。

　　我也发现了他们不用词语思考——就像在每个人的写作中——关于《太阳照常升起》这本书，评论员漏掉了他们的内心独白感到不开心。我删掉了 4 万字, 想着他们要高兴了, 的确是高兴了的, 但是这仿佛还是一个错误。

《太阳照常升起》可以也应该是一本更好的书——首先, 当我最初写这本书的时候, 斯特沃特在维西治疗肝病——其次, 我指出最好写下你能写的, 试着写出来而不是兜圈子——你说过在那个年龄的小说家还是能够写出好小说的。

那有一个孩子们表演的绝技, 就像在《红色英勇勋章》中的斯蒂芬·科兰的孩子那样的——平时相处很愉快, 但是不知道什么时候就学会了写作。

好了, 我最好停下, 在我变成糟糕的批评家之前。我希望你喜欢这个笑话。

真诚的

海明威

致海明威一家

巴黎

1926 年 12 月 1 日

亲爱的爸爸妈妈:

感谢你们的信。听到妈妈的绘画艺术的成功我很高兴, 但遗憾的是这个秋天没有回家, 没能和爸爸一起打猎, 原因是那个时候有些事没能解决。别担心邦比, 他不是住在画室, 而是住在一个非常舒适、明亮、暖和的公寓, 里面装修很好, 设施也不错。他的哮喘性咳嗽好了。他在公园玩——卢森堡花园——他看起来惊人的强壮。他还会用法语, 德语和英语讲话, 说得都很好, 经常讲一些有趣的事情。我在"马铃薯"工作室工作，因为没有人知道地址，也不会打搅到我。

很多有关我的小说的评论都很精彩，11 月 19 日的广告上我看到了《纽约的世界》的第二次印刷。波士顿版本分为两卷，《纽约时报》《世界》《护民官》上的评论都不错。不久后将在英国出版。《在我们的时代里》已经出版，得到很好的反响。我保留了一些斯克里布纳发给我的评论，如果你想看的话，我可以转发给你。我相信在 12 月刊和 1 月刊的斯克里布纳杂志上都将会有我的小说，接着下一个月还会有一篇。已经读了那两篇文章的校订稿，但我还不确定它们会出现在哪一期上。①

圣诞节那天我会有一张新的邦比的照片，如果你想要看的话，我就发给你。那是曼瑞拍的，他曾经给我拍过一张你喜欢的照片。邦比说他下半年要和爸爸去西班牙游玩，去体验一下和公牛一起睡觉。他喝了一些不带酒精的液体之后就开始装醉。当哈德莉告诉他如果喝了那些液体就会被毒死时，邦比说在法国那是真的会死人的，就算是小耶稣喝了也会死掉的。我把祷告文的英文版式教给他怎么说了，但是他不是很在乎。有一个周日把他带到教堂去，他说真好，因为教堂里都是狮子。他每天早上一个人下六楼取报纸。爱你们俩，爱卡罗尔，莱斯特，桑尼，马赛琳娜和厄休拉以及她们的丈夫，她们的所爱的子女。

欧尼

致乍得·鲍尔斯·史密斯②

---

① 《杀人者》，1927 年 3 月；《在异乡》和《美国太太的金丝雀》，1927 年 4 月。
② 乍得·鲍尔斯·史密斯（1894—1977）是海明威《艾略特夫妇》一文的受害者。

格斯塔德

1927 年 1 月 21 日

我亲爱的史密斯：

我几周之前就收到你的信了，但是一直没有回复你。你把自己与《在我们的时代里》中的人物角色对应起来这非常有趣，我在想你会不会多买几本书，这样当我下一次去巴黎时我会很高兴为你和你的朋友签名的。

你的书信虽然在结构上不是特别完美，但却是你给一个你确定不在城镇中生活的人写信的极为有趣的典型。我还注意到（不能完全依赖这个前提），你在最后引入的"期望更美好的事物"的思想方法；另外，我还发现你把危险从第一部分移除的设计非常好。我想我可以提前祝贺你在散文风格上取得的进步了。

你把"可鄙的蠕虫"这个词用到我的身上是有点出乎我意料了。我感觉在（判断）一些可鄙的事物的方面你一定是一个权威专家，大家或许不会试着对你的分类进行任何的争辩。我记得我见到你时对你产生的蔑视感，并对这个卑劣的、在文学创作中不合适的情感感到极度懊恼。我感觉我们是有共同想法的人。然而，令我非常遗憾的是，这种蔑视的感觉竟然持续了下来，并且在当我听说了你以及你在美国的一些事之后，我的这种感觉反而是上涨了。我确信对你来说我是一个可鄙的蠕虫，因为你曾经对我说过这样的话，而且在你身边我感到很卑微。对我来说，我亲爱的史密斯，你是一个令人极度可鄙的大山。

我很希望在巴黎再次见到你，甚至还有点想去找你，并且打你，或者一次也行，这主要取决于你站起来的能力有多强。但是，在经过冷静的思考之后我想我肯定会后悔并感到抱歉。然而，当我3月份返回时，我对你是否还待在巴黎感到怀疑。如果你在的话，我毫不怀疑你将会随身带几把手枪，几条刀剑一样的藤条，或者其他与你大山般的性格相称的东西。

噢，我亲爱的史密斯先生，不管你是否相信，这封信必须是以对你，你的过去，当下和未来真诚的，发自内心的蔑视而结束的，而不是以其他内容结束，以免你被早先的那段文字所欺骗，也就是那个对你书信的散文文风进行赞美的段落。

你仰慕的朋友

欧内斯特·海明威

致司各特·菲茨杰拉德

巴黎

1927年3月31日

亲爱的司各特：

你那忠实的性格打动了我，你做的总是比别人多，工作也比别人努力，妈的，我会对你那充满激情的态度而感动的。唉，很是想见你。我从罗斯福酒店那里收到这两封信，那个关于《名利场》的电报是这周收到的。我已经决定了，不再写从故事到连载的小说文章了，因为那样不是特别方便。既然我不能摆脱写作，那只好抛开它，让写作的思想慢慢耗尽，最后消失。但是有时候有了灵感，还是很想写出来的。有时候自己的心思自己都捉摸不透。我昨天给他们写了一点东西，今天早上赖在床上，明天准备看一遍把稿件固定下来，然后投出去。我看的都是一些关于斗牛赛的废话，不过读者可能会喜欢看吧。

你究竟去了哪里？最近你的书到底进行得怎么样？你做何感想？

哈德莉和邦比将要在 4 月 16 日坐船到纽约。我和邦比曾在瑞士一块待过，那时我们都很高兴，邦比的假期不是很自由，而我什么时候想见他则取决于哈德莉。哈德莉是一个有爱心的人。这些事我从没给别人说过。我告诉斯克里布纳杂志把《太阳照常升起》所有的版税都直接交给哈德莉，对凯普同样如此。最近这一个月《太阳照常升起》将在英国出版，我重新看了一遍稿子，省得他们在进行修改了，也不会再像《在我们的时代里》那样断章取义。我还有一些故事，总共有四个，你可以在 4 月份的时候去斯克里布纳的杂志上去看一看。麦克斯威尔·潘金斯将会告诉你《大西洋月刊》拿走了《五万元》。我不知道他们会不会用那种易燃的纸张来印刷，如果是这样的话，那就可以把这篇文章拆卸下来后卷起来扔进火中，而不会玷污《大西洋月刊》的整本杂志。

　　海明威在书信这一页的最下面还凌乱地写：他们太具有绅士风度了，一点儿也不提钱的事。我还没有听到任何关于钱的消息，《大西洋月刊》到底付钱了没有？

门肯现在怎么样了？好吧，先不说这个。最近来的信是关于辛克莱·刘易斯的，这就是他那种性格的人说话的方式。不介意你在这本书上随意写字，或者不用记得哪个角色是谁，这样和别人进行竞争也没有关系。唐·斯图尔特已经开始习惯于无意识写作了，他的妻子给他鼓励，让他尽力去尝试。布鲁姆菲尔德的下一本书讲的是一个传教士，与萨默塞特·默姆或辛克莱·刘易斯不同，布鲁姆菲尔德将很可能把他塑造成一个腐朽的、年长的、名为卡伯特·卡伯特·卡伯特的新英格兰传教士，很自然，传教士当然只会跟上帝讲话，与上帝互动。我可以预见，腐朽的法国贵族阶级都会被写进书中，只是时间早晚的事，他们都会被命名为侯爵香奈儿，会成为刘易斯·布鲁姆菲尔德这样最杰出的人，腐朽的法国贵族阶级小说家中更年轻一代中绝对的行家利兹和先勒斯首先开始研习的对象。可以肯定的是，这对他的朋友来说是一笔不小的花费。记得曾在布鲁菲尔德那里用过晚餐，那里有很多的葡萄酒，还有几只小猫蹦来蹦去，并不断吃着桌子上的小鱼，还在地板上拉便便。布鲁姆菲尔德想让我感觉到家一般的轻松过，除了把脚放到桌子上这种事，其他的都可以做。我当时在想，能够表现出像在家里那样轻松，最好的办法是在餐桌上小便了。我们交谈了各自的心得，并且进行了很好的介绍。就我个人而言，我自己的秘诀是使用科伦那数字四，当我把我亲爱的四洗掉后，我就什么事也干不成了。

我已经休息了好几个月了，很高兴，现在是复活节前的四旬斋期间。我可以积攒一些善行和功劳，这样便可以使你、塞尔达和司各特摆脱炼狱，没有紧张感，也不会有讨厌的感冒。帕特·格思里离开了达夫·特怀斯登，并开始与一个叫洛娜·林赛或者林思利的人住在一起。一个名叫哈罗德·罗波的家伙和我住在一个镇上，他想要射杀我。我没有害怕，我放出了话，我会在周六日下午两点到四点，不带任何东西坐在利普啤酒餐馆的前面，谁想来杀我都可以，以此来进行赌命，让我听从上帝的安排吧，以后就不要再讨论杀我这件事了。但是，我并没有听到枪响的声音。当地有这样一种说法，说我来瑞士是为了躲避书籍之外现实世界中那些精神错乱人的枪杀。

保琳现在是不需要担心的，她已经从美国回来了。我们好了已经有一段时间了，彼此也有了一定的了解。

我没有去拉丁街区，也没有见到任何人。莫费和迈克·利什正在去中欧的途中。我有一封从柏林寄来的卡片，是杰拉德寄的，他向我告辞了，在他的工作室里，因为有人想要租用这个工作室，他就只好搬走了。我曾在那个工作室一直生活到 5 月 1 日，真心觉得那个工作室很好，比在桥下好很多了。他们人很好，迈克·利什一家也很好。

不过，如果你不介意的话，你是我拥有的最好朋友，而不仅仅是……哦，见鬼，我不能这样写，不过我强烈支持写这个主题。

请便代向塞尔达问好，让司各特记住这个海明威先生。

你的
欧内斯特

致巴克列·迈克·基·亨利①
西班牙，拉科鲁尼亚

---

① 亨利（1920—1966）曾在哈佛和牛津大学受过教育，他于 1924 年在巴黎与海明威见过面，1927 年他是《大西洋月刊》财务主管的助手。1927 年 7 月 25 日，亨利把欧文·维斯特写给他的信中的一段摘录寄给了海明威。在这段摘录中，维斯特承认说他不喜欢《在我们的时代里》，但是他对《太阳照常升起》及《五万元》的评价却很高。维斯特说："如果我是三十岁的话，我也希望能写出这种风格的作品。"海明威和维斯特第一次见面是在 1928 年美国怀俄明州的谢尔登。维斯特（1860—1928），宾夕法尼亚人，凭借小说《弗吉尼亚人》而被世人所熟悉。维斯特对海明威的《永别了，武器》一书很感兴趣可以参考：1929 年 6 月 24 日海明威写给麦克斯韦尔·潘金斯的信，以及 1929 年 7 月 25 日海明威写给维斯特的信。另外可以参考：本·沃波尔的《海明威与维斯特》，发表在 1969 年 2 月 23 日《洛杉矶时报日历》上。《永别了，武器》出版后，亨利指出，这本书中男女主人公的名字都可以在亨利的全名中找到。1929 年 12 月海明威从巴黎写给亨利的信中（没有收录在本书中）说道："是啊，我确实是用你的名字给那些人物取名字的，还有，迈克·基是你的名字中唯一剩下的部分，下次我将会用它来给那些人物取名。"

— 282 —

1927 年 8 月 15 日

亲爱的布茨：

　　我正在拉科鲁尼亚等我写的书的校对样本。听起来我像是一个谋杀或私通嫌疑犯，但我却真的只是在等斯克里布纳寄的校对样本，校对样本，我希望它现在已经到这里了。我需要读一些我写过的血腥的东西，这样是为了让我确信，为了能最终写出其他的一些东西，我曾写过任何题材的东西。或许你会明白这种感觉。

　　谢谢你的信，它今天到了。我想欧文·维斯特一定特别喜欢文体活动，他看起来就像是荷马一样的文豪，但是他从来没有读过荷马先生的文章，甚至也没读过荷马·克洛伊的作品。但他能喜欢这些东西真的是太好了。

　　维斯特说："如果我是三十岁的话，我希望我也能写出这种风格的作品。"海明威和维斯特第一次见面是在 1928 年美国怀俄明州的谢尔登。

　　是的，我非常理解他为什么不喜欢《在我们的时代里》，因为这本书更多是站在你和我这一代人的角度来看待问题的，我们不能希望比我们年长的人能非常的理解它。不管怎么说，我很高兴看到他给你写的信，也很想见见他。

　　你真是一个好人，能写信给我，还告诉我这些令人开怀的事，从去年冬天开始，当那些血腥的片段引起大家强烈反感时，我便去掉了这些片段。虽然现在没有任何消息，我意识到我还是喜欢听到事情是怎么发展的，人们什么时候开始喜欢它们的，虽然听到这些消息很好。不过关于简报的事每次都是灾难。

　　这是个美丽的城市，像在欧洲一样，向远处望去是古老的大西洋。街道既宽敞又漂亮，没有人行道，也没有排水沟，我整个夏天都在吃这里的一流的美食。这个国家特别像纽芬兰，它在雨中变得非常清晰明亮，但是这里的雨水很天然，感觉似乎不会被淋湿一样。下周我打算去钓鱼，地点在圣地亚哥中间的某个山脚下的小河。我还在考虑在这个秋季去美国。不要把我的这些计划告诉别人，但是我希望你能和我一起去。你知道哪里有这样一个地方么：可以钓鱼（哪种形式都行），可以猎到一些鹧鸪和鸭子，没有蚊子，但有美食，距离纽约十二到十五小时的路程？我对东部地区一无所知，但是却很想在丛林中待上一个月左右，然后再到城市中游荡一阵子，一方面为了防止我的耳朵生锈听不到声音，另一方面还可以看看一些新的争斗，最后回到巴黎继续工作。你知道哪里有这样一个地方吗？大概要花多少钱？我的意思是，如果露营所需要的伙食费？我有些想家，想回家，但又不想见到那么多所谓的文学雅人。

你一定要给我写信，收到你的来信总是一件很美好的事。代我向芭芭拉带去问候。邦比写信给我说，他可以像爸爸一样说英语了，还准备冬天和我一起滑雪。我想 9 月份我会在纽约见到他。

你的

欧尼

致阿奇博尔德·迈克·利什

巴黎

1927 年 10 月 8 日

亲爱的阿奇：

如果我再次称赞你的诗歌的话，你会认为我是个男同性恋或者是个评论家，但是我还是要说，你在《美国商队》上发表的诗歌真的很棒（顺便说一下，这个杂志听闻起来就像是一个被迫躲在房间里胡说八道的商队）。这是一首非常完美的诗歌，如果你想让你父亲感到高兴的话，你就像那样写诗歌就行了，然后把它给我看。① 迈克，我可以说，如果你把生命看作一切的话，即使你没有经历过生死，但也可以写关于生死的作品了。如果你的出版物对万物都有所指的话，那你当然做得非常好，但我还是希望你能不被这些所影响。

欣赏收到打击，因为在我所熟知并且存在于世的以及已经过世的诗人当中，你真是一无是处。让我们现在先放下这个话题，因为我担心你会觉得我是因为你是一个好诗人而喜欢你。迈克·利什，带着你的诗一起见鬼去吧。

爸爸像个浑蛋一样工作，我的小说书稿子已经完成了九成，我只是数了数，然而并没有好好读一遍。一切都进展得很顺利。我就要在长期失业中获得成功。②

大概在三周前就回来了，十点以后才起床了，没有人一天到头来都在工作。前天保琳和我骑自行车去凡尔赛，回来时竟然没从车上掉下来过。这对保琳来说是一件困难的事，但我教他骑自行车是为了给你惊喜。你要保证在你回来之前不去骑自行车，然后我也会不在骑自行车。我们将来一起出去骑自行车，到时我会说：阿奇，让我们骑车去皮卡第的一些地区，你则说：不，海明威，那是困难的。讨厌，我会继续说，那不难。我们这个夏天骑

---

① 迈克·利什的诗《一个传记的碎片》，发表在《美国商队》（纽约，1927）。这首诗是献给欧内斯特·海明威的。海明威的《阿尔卑斯山牧歌》也发表在这一卷。

② 为了支持《永别了，武器》，这个关于吉米·布尔的小说六个月以后就被放弃了。

车去了皮卡第的一些地区，有四千米那么远，已经骑到克里斯特诺斯这么远了，都没有从车上掉下来过。第一次骑行真的太难了，总共摔了五次，都快摔死了。好吧，现在你知道我在哪里学自行车，可能让你吃惊了。自吹自擂会毁掉一切，毁掉一切就是自吹自擂会干的事。当然了，到时候我们一起骑车的时候，你要像杠杆一样支撑着我，就像从前那样。没有什么所谓的公正！请带去爸爸、保琳和金尼对阿达米米及肯尼的问候。

我们当然还要去滑雪。我们很想去斯维泽，不管你怎么拼写它都行，它在萨尼莫的另一边（萨尼莫在瑞士的西南及中部地区）。用雪橇滑下山后，你会发现一个特别美丽的小城镇，它距离滑雪场很近，物价也很便宜，就如同一个小村庄。这里是蒙特勒与伯尔尼——阿尔卑斯铁路食品的最后供应点，保琳和我都品尝过这里的美食。这里距离格斯塔德有不到一个小时的路程，所以我们很快就回去了。我现在必须要开始工作了，保琳去了市中心，她回来后我们准备骑车去凡尔赛吃饭，这才是你应该加入的竞争。迈克，你不是喜欢有竞争性的活动吗？好吧，我们会做一个详细的规划。

爸爸

致沃尔德·皮尔斯

瑞士，格斯塔德

1927 年 12 月 13 日

亲爱的皮尔斯：

那是一封来自西班牙的信。因为朱迪入狱。在独裁体制之下，公开拍独裁者的马屁是唯一丑陋的事，当在意大利和意大利半岛上旅行时一定要记得这点。在乔伊斯触地之后艾肯踢进了球，真是太好了。让我们希望康拉德也能踢进球。你现在究竟在哪里？

由于事情一件接一件，我已经卧病在床十多天了。除了瑞士外，整个欧洲都下雪了。邦比的手指戳到了我的那只比较好的眼睛，指甲划破了瞳孔，当时我在蒙特勒，夜里本想把他抱起来放在便壶上。我度过了一段悲惨的时光。哈利·格里布在早些时间用拇指戳到我另一只眼睛里，那时正是我人生比较丰富的时候。现在我的瞳孔布满了眼胶，中间有一段时间我抵抗住了痔疮和流行感冒。保琳很好，在大声读着亨利·詹姆斯的《尴尬的年代》，我不知道詹姆斯，看来快要变成一堆废物了。他似乎需要弄一个画室，如果她感到害怕了，就会想想其他人这些时间在做什么。除了一些残忍的"局外人"外，其他的人都像神仙一样讲话、思考。你确实已经读过很多比这更好的作品了，不过他貌似做了很多手脚。是什么呢？他是个骗子吗？很显然，他为自己创造了一套简单的写作方法，对画室有很深刻的了解，不过他还有其他什么吗？我想知道你在这个问题上的意见。

你为什么一直不来这个小地方呢？只要下起了雪，如果你能不再让邦迪的手指伤了你的眼睛，那真是一种健康的生活。现在外面还在下雪，大得让人吃惊。我们在想离开这里去斯维泽，因为那里血腥少，啤酒好。我现在住的这个地方每天要花十二个瑞士法郎，有最便宜的酒吧和最好的食物。但是对一个像我这样有家庭的人来说，这还是比较多的。所以，想着斯维泽可能会更便宜些，而且那里还有美味的慕尼黑啤酒和很棒的滑雪运动。保琳和金妮这个下午在寻找房间。

圣诞卡片很漂亮，一张卡片是给内心朴素外表猥亵的科尔巴拉姆，一张是给我们自己的。它们都很好看。你想让我给你写一些话么？在生意上你就像浑蛋一样为你的朋友工作，这真他妈浑蛋，他们能为你做些什么？

你想不想要《欧内斯特·利伯勒尔的哀号》：

　　我知道僧人们晚上在进行手淫

　　宠物猫缩成一团

　　一些女孩在吵架

　　但是

　　哦，上帝，我该怎么做才是对的？

这首诗是为了献给奥斯瓦尔德·加里森·维拉德及《新共和》主编的。如果保琳在这的话，她一定会在这封信上写点什么的，因为她想写给你。如果能来这，她和金妮以及我一定会非常高兴的，邦比也是。邦比和镇上的每个小孩子都打过架，但是自从来到这里后他就开始学习德语。我问当他长大过想做什么，他说他想帮爸爸酿造威士忌。

替我问候艾维。你知道帕特和惠特尼的地址吗？现在还在下雪，这是真实的。来这吧，我的胡须已经三周半没有刮了，如果你能来，那么这个镇上就会有两个留胡须的人了。邦比也想有胡须，但是却没有办法实现。我不知道其他任何消息，有什么新闻吗？把最好的祝愿献给桑德斯。

你的
欧内斯特

致詹姆斯·乔伊斯

格斯塔德

1928 年 1 月 30 日

亲爱的乔伊斯：

很感谢你为我给伊凡·戈尔写信，告诉他关于莱茵出版社的一些事情。戈尔很快就给我回信了，但是我不得不待在德国等着把所有事情都安排好。一个代理人和一个柏林出版商一起和我签了约，要求最少写一本书。我已经写信给戈尔，告诉他我下个月将在巴黎和他见面，我希望到那时候所有的事情都能完美解决。

希望你和你的家人一切都好。迈克·利什的父亲死了，他离开这里去了美国，将在 1 月末回来。皮尔斯夫人现在在这里。明天我们一家人将离开去巴黎了。我先去伦克和阿德尔博登滑雪，回来以后在和家人一起去巴黎。除了有两个星期的时间外，这里的天气一直都不像冬天那样寒冷，也不干燥，我们有不到十天的滑雪时间。在蒙特勒时，当我夜里抱起我的小儿子想把他放到便壶上时，他的手指戳到了我的眼睛，指甲划破了瞳孔。在这十天里，我对发生在你身上的事有了些许体会。① 即使有医生开的可卡因肥皂液进行冲洗来减轻疼痛，但眼睛依然疼痛难忍，不过现在已经痊愈了。

希望你一切顺利。

你的

欧内斯特·海明威

---

① 乔伊斯患有严重的虹膜炎已经有好多年了。

致麦克斯威尔·潘金斯

基韦斯特

1928 年 4 月 21 日

亲爱的潘金斯先生：

　　听到司各特的消息我感到非常抱歉，你能告诉我他所坐的船的名字吗？我想给他发个电报。船的名字是什么现在又在哪里？发个夜间电报可能会好点，因为我现在的这个地方距离纽约很远，寄邮件的话会比较慢。我希望他能尽早完成写作，或者把原来的那个小说丢掉再写一个新的。我想他在写作上遇到了困境，对写作失去了信心，他已经琢磨那个小说很长时间了，但是却不想放弃。所以，他改写一些故事，用各种理由来安抚自己来完成小说。但是我认为，有时候每个人都应该学会放弃，可以写一些新的小说。我想和他聊聊。司各特认为这个小说非常重要，因为当他的《了不起的盖茨比》一书出版后，人们都非常称赞他，之后他出了一本非常不好的故事集（我的意思是，里面的故事都比较不好），因此他感到自己有必要再出一本完美的作品，这样才能不辜负那些评论家们。就是因为这些事，对司各特来说，这小说就是他的工作，好的或者不好的作品都会出现，但是在最后整体来说都会很不错。但是，诸如吉尔伯特·塞尔迪斯之类的评论家们对他造成了消极的影响。司各特现在很害怕，用写故事赚钱等方式来给自己找屏障做防御，所有这些都是为了不再发生这样的事件。他应该在这段时间内写三部小说，如果其中两部很糟，只有一部是像《了不起的盖茨比》那样优秀的，那会怎样呢？那他应该把其他的扔掉。他是一个多产的作家，就像一个几内亚猪（编者注：拼写有误）那样多产，但是那些评论家却误解了你，让他以为自己很不能写，所以他就像鸵鸟产卵那样少之又少。

各式各样的书籍的情况都是怎样的——我已经很长时间没见到《没有女人的男人》这本书的宣传广告了。

很高兴你见到了沃尔德·皮尔斯，给我发电报说回来这里。我只是不知道他什么时候来，不过希望应该很快了。多斯·帕索斯也正在来这里的路上。

我现在都很好，每天都在工作。新书《永别了，武器》已经有一万到一万五千字了，这本书不会太长，进展还算可以，我希望在秋天就能完成，因为秋天可能是出书的最好季节。但是，如果假设在修改之前就把它放到一边的话，可能就会很难完成。我忘记什么时候把《太阳照常升起》一书的手稿给你了，但我想了想，应该是在刚进入春天的时候，请告诉我是不是记错了。如果可能的话，我想在这里完成新书，然后放置三个或者几个月，然后再修改。这本新书如果写完，修改时间不会超过六周或两个月。但是在修改只是让它冷却冷却对我来说是非常有必要的。我很希望一直都在这里，直到书稿完成。因为在这里，一切都是那么顺利，这是一种健康的生活方式，当我下午不工作的时候，我可以去钓鱼，来让自己不再想其他担忧的事，但是为了将要出生的孩子着想，我们大约会在六月份去别的地方转一转，或许会在6月之前一个月离开。如果我能一直保持良好的写作状态的话，到时仍旧会有很大进展。

这里很热，不过这仍然会有凉风吹过，晚上可以睡在阴凉处，那里不太热。

在完成这部小说后（这个秋季完成是不是太迟了些?），我还打算写很多东西，这样工作就能一直持续下去，直到下一个秋天。下个秋天的时候小说就可能出版了，随着这本书的出版，到那时我们还有足够的故事来出书。

我们在这里捉大海鲢、长梭鱼、长耳大野兔及甲鱼等。自从到了这里后，我们还捉到过在这个季节最大的大海鲢，足足有六十三磅重。这个大家伙是刚刚捉到的。我们还用假绳钓鱼竿捉到一条长梭鱼，还看到了巨大的鲨鱼，长鞭鳐及其他虫类。我们把能出的鱼拿到市场去卖，换回来的钱足够买汽油和诱饵。我们也吃了很多鱼。今天晚上（周六）很重要，不过不是特别令人振奋，因为另一个雪茄厂停产了。这是一个很棒的地方，以前有两万六千人的人口，现在大约有一万人。车站厕所里有用铅笔写的一句有贬损这美丽城市的一句话，有人便在这句话下面写道："如果你不喜欢这个城市的话就滚开，到外面去"，又有人在这句话下面写道："任何人都是"。

如果你能让他们尽快给我寄三本《太阳照常升起》和三本《没有女人的男人》，我会非常感激，他们像我要钱都可以。当我说我是一个作家，却没人相信我说的话。特别是当有了这个伤疤之后，他们都认为我是北部地区的大走私犯或者是毒贩的代表。[①]他们甚至都没有听说过司各特。我认识的一些男孩才开始读基普林的作品。一位男士说，如果想要赚钱的话，罗伯特·瑟维斯的著作一定会赚很多钱，不过事情不是这样的。希望当他们打开我的信时，我不会受到牵连。

你的

欧内斯特·海明威

希望当他们打开我的信时，我不会被牵连进去。

---

① 在巴黎的天窗事件发生后，这个伤疤就在海明威的额头上，这件事在 1928 年 3 月 17 日海明威给潘金斯的信中提到过。伤疤恶化成了脂肪瘤，形成了很硬的突起，因此海明威在今后就一直带着这个瘤。

致唐·卡洛斯·古费医生
密苏里州，堪萨斯市
1928 年 6 月 15 日

亲爱的古费医生：

　　这本书是由比尔·伯德印刷和出版的，他曾经买了一个二手出版社，并把它设立在巴黎的圣刘易斯岛上。这本书出版的时间比预期的时间晚了一年，因为我把比尔介绍给了埃兹拉·庞德，埃兹拉建议他出的一个系列书籍，并说："这个系列的书中将会出现有我、老福特、比尔·威廉姆斯、艾略特、刘易斯，以及其他一些人曾经写过的作品。"他还说："我们将会把这次出系列书的行为称为是对英语散文国度的一次审讯。"到最后，艾略特和刘易斯并没有包含在出书人里面，埃兹拉最后确定了五个题目，比尔问他说："海明威要不要加入？"

　　埃兹拉说："海明威的作品将会成为第六个。"尽管比尔最后拿出手稿的时间要比麦克阿蒙等人的其他作品还要早一些，但是当这几个故事都印刷出来，这本书最终出版后，它会比《三个故事和十首诗》出版得还要晚一些。

欧内斯特

致沃尔德皮尔斯
谢里登
1928 年 8 月 23 日

梅·沃尔德·米欧：

好久没有你的消息了，希望你没有被存封起来。保琳过来了，而我最终完成了书稿的初稿。我们一起钓鱼，每人每天可以钓到30条，这些鱼都没有超过15英寸，但是却是很不错的鳟鱼。这里是一个令人称赞的地方，像西班牙一样，当地人也很好。每次我出去转，每次看到这里的景色我都希望你能在这里，并把它画下来。

我见到老维斯特了①，这个可爱的老家伙写出来的东西也很不错。我们还有过一次旅游，是在车里射草原上的狗，猎到了8只。打狗就像在战场上打飞机一样，因为每条狗都可以证实它们被子弹打中的那部分失去了很多东西，唯一与战争不同的是，你可以在晚上回家。

下周我们要去克罗印第安自然保护区射野鸡，然后去皮戈特的家里，接着在10月去东部，然后去基韦斯特度过整个冬天。在基韦斯特过冬要比用精美的美洲棱纹绸取暖要好。我们刚刚决定要下山，你最好也过来，然后我们一起去射野鸡，在冬天游泳。记得把信寄到我在皮戈特的家里。

保琳向你问好。她现在非常的健壮，就像一只山羊一样。帕特里克体重有18磅了，现在和他外祖父母在一起。

快给我写信，你的
海明威

致司各特及塞尔达·菲茨杰拉德
在"圣刘易斯精神"号火车上

---

① 见海明威1927年8月15日写给巴克列·亨利的信。

1928 年 11 月 18 日

亲爱的司各特和塞尔达：

火车一直在无规律的颠簸。

我们度过了一段很好的时光①，你们两个都很出色，我很抱歉我做了一些非常讨厌的事，也就是赶火车太准时了。我们到火车站的时间太早了。当你在警察手里时，我从站台上给他们打电话说你是个很伟大的作家时，那个警察人很好，他说你说我也是个伟大的作家，可是他从来没有说过我们两个。我便急着告诉他你写的一些比较有名的故事的情节，他却一字一顿地说："他看起来像是一个花花公子。"那个警察就是这么说的，完全不像莫里·卡拉汉著作中警察的说话方式。

不管怎么样，我们度过了一段很愉快的日子，爱丽舍大厦是我见过的最美丽的地方。保琳在向你问好。

当我确定了我们在这里的通信地址时，我会写信告诉你的。不过，如果你把信寄到"皮戈特，阿肯色州"这个地址，我们肯定也能够收到的。

欧内斯特

致麦克斯威尔·潘金斯
密西西比，科林斯湾
1928 年 12 月 16 日

---

① 11 月 17 日在帕默体育馆看过普林斯顿－耶鲁足球比赛后，海明威和保琳一整晚都与菲茨杰拉德一家在一起。

亲爱的潘金斯先生：

我希望能在周二早上回到基韦斯特，重新开始我的书的写作。我父亲自杀了，不知道这个消息出没出现在纽约的报纸上，但我还没有看到报纸上有这样的消息。我非常爱他，对此感到非常伤心。我回到橡树园镇花了很多时间去处理一些事情：葬礼是在周六下午，除了钱不多的问题，其他事情都办好了。而且把所有事物都查看了一遍。我知道我现在应该做的不是担心，而是开始工作，圆满地完成我的书，这样我就可以以这种进展起到帮助他们的作用。但令我伤心的是，父亲是我关心的人，但他却不在了。

你不用给我写吊唁的信过来，谢谢你给我发电报，现在也不急着用钱，等拿到连载小说的钱后，我会努力把所有事情都解决的。

这是给你的消息（不是给司各特的）：家里现在有我母亲和两个小孩，男孩 12 岁，女孩 16 岁，他们的保险加一起有 2.5 万美元，房子有 1.5 万美元的抵押金①，家里在密歇根、佛罗里达等地还有没有价值的土地，但还要缴税。没有什么多余的资金了，所有的都没有了。我父亲本来有一个交了 20 年的保险，但是在佛罗里达弄丢了。他患有心绞痛和糖尿病，这让他不能得其他的任何保险。他的所有积蓄以及我祖父在佛罗里达的房产等都没有了。他之前因为疼痛而不能入睡，需要暂时敲打头部使其昏迷后才能休息一下。

现在我生病了，希望不是流行性感冒，想用生病作为写这封信的借口。我想你会担心我，所以写信给你，告诉你一些消息。

你的
海明威

---

① 房子本应有多出抵押金 1 万到 1.5 万美元的金额，但卖出去却比较困难。

致麦克斯威尔·潘金斯

基韦斯特

1929 年 1 月 10 日

亲爱的潘金斯先生：

在你来到了这里以后，你就可以重温一些过去的生活。和那些 15 岁的大男孩或者 60 岁的胖男人玩手球的时候，你可能会玩得一团糟，但是严肃地来说，能玩好手球也是一种本领，或许那个胖男人就是这方面的专家，就像那些小孩一样。像用拳头猛击袋子一样，玩手球是那些没有任何真正价值的东西。

不管怎么说，你现在任何时间都可以来我这里，我们会一起度过很好的一段时间。

我的妹妹桑尼和保琳两人今天帮我在打字机上打这本书，今晚第二十九章就会被打印出来，已经打上去手稿的 413 页。我已经准备让你把手稿拿去，在你能来的前提下。如果你不来的话你是怎么也拿不到它的。

我想试着把十四行诗发到《新共和》上。就我个人而言，埃莉诺·怀利就像一只好色的猫，我很希望她能约束一下自己，仍然深爱着雪莱，这样就给比尔·贝尔一个机会。尽管这对贝内来说很难。我很高兴十四行诗写得不错。我之前并不知道怀利已经死了，直到上周我才从报纸上看到这些消息。她是因什么而死的？

为钱的事谢谢你，在书完成前我并不需要什么钱。

请告诉我什么时候去找你，你可以在这里做很多关于网球的运动。这里的庭院很好，尽管我姐姐并不是很好，不过她会玩一种很强劲的运动，但至少你可以放下工作和她一起玩。我给沃尔德写过信，建议他也过来，不过让他离开班戈市来这里时间会有些长。

有十五架海军飞机来到这里把所有的狙击手都吓跑了。但是这些飞机总是要离开的，我们可能会得到一些新的狙击手，不过这些新人没有像那猎枪级的接受过好的训练。昨天晚上我请十四个狙击手来吃晚饭，但是请这些人很难。

和我们一起钓鱼的那个人认为，射杀狙击手有点浪费军火，他说他能带我们去白鹭的群居地，在那里我们可以把白鹭"直接杀死在巢穴中"！这正是那个地方的生活观念。

你的

欧内斯特·海明威

致格蕾丝霍尔·海明威

基韦斯特

1929 年 3 月 11 日

亲爱的母亲：

信内是 678.93 美元的支票，其中 578.93 美元是特别捐税，100 美元是 4 月份的生活费。有特别捐税的确很不好，但在我能力范围之内我还是乐意支付的。保琳的叔叔认识一个变卖财产的销售员，他对圣彼得堡的房地产很感兴趣，如果你能告诉我们所有资产的地点的话，我们可以让这个销售员对这些资产做一个考察报告，然后我们就能着手进行出售了。

只要我有钱，我很乐意帮助那些需要帮助的人，我知道你会努力渡过难关，因为我不知道我什么时候会破产。但是我能保证今年每月都给你 100 美元，明年是也如此（先不说这个），我们都希望事情能往好的方面发展。你不要担心，我会把事情处理好的，如果没有钱的话，我总能借到钱，因此你不要担心，只要有向前走下去的信心，让一切事情向好的方面发展就好了。我很高兴你有了四个房客，也为你要去温德米尔感到开心。请记住，虽然你只靠你自己，但是你有一个强大的支持者，那就是我！我期望马斯和斯特林·桑福德能为我们做一些事情。我知道马斯会有一个孩子，但是我们今年也有了一个孩子。马斯他们很有钱，一直是我们的好朋友，而我的生存却靠一支笔生活，怎么看也像是个被社会抛弃的人。

不过，现在最重要的事不是担心钱的问题，而是向前走的勇气和信心。让乔治叔叔看到你把房子卖了一大笔钱，不然如果要他自己付钱的话，他一定不会用房子来做抵押。在父亲自杀这件事上，乔治叔叔起的责任比较大，他应该做些事情进行补偿。我知道假装生活拮据，他要做一些房子出售的事，不然我就要了他的处所。我从没有写过以海明威家庭为原型的小说，因为我从来不想伤害任何人的感情，但是我深爱的父亲的去世却对大家造成了很大伤害，而我不得不承受这种伤害。

今天是周六，我们会在周二离开这里。保琳患了脓毒性咽喉肿痛，桑尼和帕特很好，但是邦比的嗓子也不舒服。我想，希望下周二他们都能好起来。

向孩子们问好。

你的

欧尼

你在每件事上都做得很好，记得不要担心什么，也不要向我隐瞒什么，不要用一些陈腐的故事烦扰我。我越不干涉、不担心，越能把事情办得更好。我已经支付了桑尼的路费，这样他的经费应该够用了。

致欧文·维斯特

西班牙，巴伦西亚

1929 年 7 月 25 日

亲爱的欧文·维斯特：

非常高兴收到你的来信。你所提出的意见总是那么好，如果可能的话我会全部接受你的建议。通过这个过程你可以看到，之所以使用这么多平庸的言辞是因为没有别的办法让它更能表现出来。对我来说写作相当困难，真的，你的资质比我要高。我会努力让它对我产生影响，你会在你的著作中提到我说的这段话吗？其他一些比较平淡的词句要放在它们应该放置的位置上，我坚持这样做。修复古老语言的唯一方式就是让它向好的一方面发展下去，如果它仅仅是口头语言，那就应该把它书写下来，不然这种语言就会消失。假如你成为一个亡命徒会是怎样？我觉得我们怎么做都不可能成为那样，我们可能会这样，或许不会。但是，你写的真的只是你所隐藏的一些法律尺度（一百厘米），在试图实现它的过程却屡屡碰壁，只有你感觉你必须要这么做。如果有人能够让你欧文·维斯感到高兴的话，那是一种额外获得的愉悦感。

我知道你也发现了，和哈里·汉森有所不同，我总是竭尽所能用比较委婉的方法来处理这些事，而不是采用直接或者间接的态度来阐述。但是，或许我们必须要采用这种直接的方法来处理这些事了。过去的日子是非常美好的，而我们现在的生活非常像过去，尤其是从 1914 到 1924 年这几年，但现在我们却在不同的地方。鉴赏力是唯一可以引导你的东西。除此之外，你告诉我了很多东西，我对这感到非常感谢。

你是个比梅里美好的作家，希望你不会介意我这样说。在没有受到任何指导的情况下，我已经读了那两位先生的作品。不过那个法国人比我们想得更文化些，他说起他们自己来总是那么游刃有余，在这方面我却不行，他们却毫无顾忌。

我们经过了潘普洛纳、哈卡、韦斯卡、弗拉加、莱里达、塔拉戈纳这些地方之后才来到了这里，塔拉戈纳是个很好的城市。昨天的那场斗牛比赛很棒，今天这场却不如昨天那场。现在他们正往马的腹部系垫子呢。直到 8 月 3 日我们会一直待在这里的里贾纳酒店，然后在圣地亚哥—德孔波斯特拉的苏伊族酒店里待到8 月底。希望我这次能够再次见到你。我写信给你寄去《春潮》，它读起来可能会很搞笑，也许它可以被安排发表，但这对你来说可能会很搞笑。我一直想写一些或者最少一个故事，但是却没有任何实质性的进展。明年的这个时候你就会看到。保琳在向你问好。我永远是你的好朋友，谢谢你告诉我这些真实的消息。

欧内斯特·海明威

致麦克斯威尔·潘金斯

皮戈特，阿肯色州

1930 年 12 月 28 日

亲爱的麦克：

即使现在仍然感觉身体不是很好，但是我还在圣诞前夕到达了这里，因为我希望我们能在1月3日离开这里前往基韦斯特。非常感谢你的那些信件、电报和精美书籍。这仅仅是一封告诉你有关阿奇·迈克·利什的短笺。在我的多次建议下，他打算来斯克里布纳出版社。他正准备离开他为之心甘情愿付出的胡顿米福林出版社，并且在这之前他已经收到了学校出版社、哈珀斯出版社等出版社的邀请。我认为他不遗余力地正在写全美国最好的诗歌，他会有一个令人憧憬、向往的未来。现在他正在写一篇名为《征服者》的长诗，是关于墨西哥的科尔特斯的，虽然这首诗不会在短时间内完成。但是，你可以在它即将完成时，给阿奇·迈克·利什写信商量或者安排出版的事。他很关心美国的《财富》杂志，我会为他安排一个约会去见你。我相信除他之外，你不能为你的列表（我曾经对那些人的称谓名单）得到一个更好的名字、更好的作家甚至更好的伙计。他的未来在他前方而不是背后。他将会羞于谈论你准备付给他的酬金，甚至会反对任何关于金钱的安排。看在上帝的分儿上，你要尽可能多地给他预付款，因为那些金钱会使他迅猛地振作起来，甚至成为他追求完美作品的动力，不管你给他什么，到最后，你都会获得加倍的收获。有些他已经完成的诗歌，保留到几百年之后都仍然是非常好的。

你知道我常常通过写信的方式给你推荐某人。如果仅仅是出于善心或者友谊的推荐，为了不伤害那人的感情，我通常会说得非常有礼貌，并且会尽可能愉快地拒绝他。但是，这次不一样，这封关于阿奇的信不同其他。如果你对整个工作有明确的选择，并且不听埃德蒙威尔逊的非议的话，我敢打赌他是现在你能拥有的最好的诗人了。在上帝面前，我向你保证，就算其他人原地不动或者后退，但他都在稳步地前进。假如他去了其他任何一家出版社，那都将是你的一大损失。

请不要认为我这样做，是为上帝、为斯克里布纳、为耶鲁，或者是出于爱国动机。你本人对我一直都很好，不管你的团队能否卖出大量的书，阿奇都将是我为你所做的最大的帮助。

实际上这封信不再是一封短笺，它看起来已经很长了。你是否曾经和威尔逊谈论过有关那个序言的事？我希望你可以及时收到我的电报，这样你就不会和他谈论了。我一定会全身心地亲自记录下来，供以后的人参考，除了我重度发烧或者被其他事情困扰之外。哦，有一个名叫乔治的家伙，是比灵斯的一位报纸人，他曾给你寄过一篇小说，小说的内容我不清楚。他也是一位很不错的家伙，对我也非常的友善。我希望你能认真阅读那篇小说，并根据小说的内容给他写封回信，你们可以交流一下感受。我非常期待明年3月份在基韦斯特见到你。如果乔纳森·凯普问你有关我下部书的情况的话，除了那本你知道的在我受伤时尽力要完成的书之外，不要告诉他其他的任何事。当你来到基韦斯特时，我一定会让你读读这本书。如果你想来这儿，并在此期间做一个好男孩的话，请不要射击联邦鸟类避难所的任何一只鸟。

当你收到这封信时，运输部门可能已经开始把我的邮件寄往基韦斯特，希望我们会在那里收到邮件。我现在大部分时间仍卧病在床，希望到了基韦斯特一切都可以好起来。

永远祝福你！

欧内斯特

致阿奇博尔德·迈克·利什

基韦斯特

1931 年 3 月 14 日

亲爱的阿奇博尔德：

我们刚从托尔图加斯岛返回，仅仅十三天，我们就捕到了大概六十条大鱼。这十三天里，只有三天阳光明媚，其余十天都刮起了大风。许多鲱鱼、笛鲷、石斑鱼，还有其他的鱼类。我钓上了一些大鱼，把它们转送给了别人。虽然手臂正日渐好转，但是如此提笔写信还有些困难，不过也能应付，捕捉一些小鱼更不在话下。

没有直接写信到蒙大拿，是因为我坚信信件到达时你可能还未返回。我想：假如您到达法明顿后，发现并不是在那儿收到信，而是在蒙大拿，您肯定会感觉糟糕透了。

啊，在查尔斯·辛普生的一再坚持下，我们在他的家给您准备了房间，但要是您不愿意在那儿留宿的话，帕特摩根那儿还有另外的房间——抑或我们也可以在察博住的那个旅店为您准备房间。我建议您去查尔斯家或者去察博极力推荐的那家旅馆，查尔斯家是完全免费的，而察博推荐的旅馆虽然每星期要 5 美元，但是饭菜很可口。昨天阳光明媚，温度适宜，真是一个好天气。目前捕鱼活动也渐渐增多了。因为许多鱼仍然停留在暖水域中，所以捕鱼先从大海鲢开始。我左手持枪，以右肩为支点，右胳膊放在一侧，每一次都得举起枪才能把子弹发射到泥质飞靶，这真是有点艰难，不过最后，三十个中发射出去了二十七个。同时，左手还拿着六孔式手枪。冒昧地问一下：不知您何时前来，意欲停留多久呢？

我很乐意让克瑞希·克罗斯比读一读造成一千五百人死亡的自然历史书，也希望你来时能阅读一下。我之所以没有回信是因为我既没有写过类似的故事也没有重温过，但我很快会写信给他的。你来信说墨菲斯他们状况很好，我们也已经收到他们平安的电报。你到来时可以和我说说有关他们的详细事宜。保琳也送来了问候：我现在强健得像一头牛。经历了生活，懂得了人必须首先学会支撑维持的道理……大概说的就是这些吧。请原谅我不能写一手漂亮的法语，只能让你忍受着糟糕的感觉读完这封信件，毕竟写作比不上阅读那么容易。

很高兴得知辛克莱·刘易斯一切都好。我们都会死去，化为枯槁之人，都将被蛆虫所蚀，但我希望你能了解你的波德莱尔：死者，可怜的死者的痛苦有多巨大。我致力于成为一名好的作家但仍然困难重重，单手举枪射击足以使我气喘吁吁……但上帝知道，我是有可能成为一个极优秀的射击者，虽然这距离成为作家相去甚远。我曾与埃德加·斯坦顿对局过一场单手射击打准距离 20 英尺外目标的比赛，结果两胜，两负，一平局。射击成绩分别为 $9 \times 10 - 9 \times 10 - 7 \times 10 - 9 \times 10 - 8 \times 10 - 6 \times 10$。到最后肩膀都酸痛了。希望你代我送去对他的问候。我们将在 5 月前往西班牙。

海明威

致司各特·菲茨杰拉德

基韦斯特

1931 年 4 月 12 日

亲爱的司各特：

听说塞尔达身体不适，我们深表遗憾。本该很久之前就过问他的情况的，请原谅这迟到的问候。愿上帝保佑她赶快康复，希望你也能从阴霾中走出来。在此，我们送上最真挚的慰问。

胳膊出现状况之前，一切都进展得极其顺利，包括我书籍的写作。但是从 11 月 1 日发生事故后，我只字未写，直到这个星期我才重新拾起笔。目前感觉身体恢复得相当好，手臂的神经已不断恢复功能，麻痹无力感也随之消失。

我们 5 月份来到国外。在整个西班牙度假期间，我一直忙于完成我的一部小说——《午后之死》，同时也特别希望能够去探望你。假如你还在瑞士的话，我将在秋季时分去那里见你，在那时我们可以进行一次登山汽车旅行。我好久没有阿兰德（米歇尔·阿兰德）及其他的男孩子们的消息了，也没有什么联系方式。你可以用简单的、文雅的语言给我总结一下他们的近况吗？据纽约的办事人员称，你已经成为一名认真、勇敢并且严肃庄重的市民了。不过，这在我看来这简直是一派胡言，因此我立刻降低了该办事人员的工资水平。若是我亲自给约翰主教写信的话，即使写到筋疲力尽，胳膊酸疼，也不过 400 字左右，接着再将那仅装有四百字的信放到国内最大的信封内寄给他。所以，假如你见到他抑或写信给他时，请顺便转达一下我的问候。不过，仅仅是问候是不够的，无论如何在之后我都会再写封信给他，因为那样胳膊恢复得也会很快。

你也像邦尼·威尔逊（即埃德蒙·威尔逊）那样成为共产党的一份子吗？当初在 1919 到 1921 年间，我们所有人都积极地交党费时，但邦尼和他的一群伙计们则不以为然，认为那都是无用的形式，虽然后来事实证明的确如此。但设想每个人或早或晚都要拥有或经历一些政治宗教的信仰，在我看来，我宁愿早点经历这些东西，之后不再抱有幻想，也不愿在未经历之前幻想就破灭。

嘿，菲茨，我们是志同道合的伙伴……同时，我们也是天真无邪的孩子。

从最新的护照照片可以看出：我的脸部有了些许变化，这主要归咎于去年夏季骑术不济的摔伤。

愿好运一直伴随塞尔达。无论何时都要叮嘱她一直保持跳舞时的感觉。虽然与其他人相比，她开始得依旧有些晚。而你在六岁时的斗牛比赛中已初露锋芒，并且一直表现很好。塞尔达梦想成为芭蕾舞中的西德尼·富兰克林，起步晚也并非她所愿，不是吗？你很了解我们，只要一说到菲茨，就是指那个轻抚他人的手、随时准备给遇到麻烦的人安慰和建议的好人。

上帝啊，我现在唯一的愿望就是想拥有钢笔和墨水，就算是铅笔也可以的，只要我能在纸上清楚地写字。但是麻烦还在继续。

到此搁笔吧司各特，把我们最好的祝福送给你和你的妻子。

你服海军兵役时是如何写作的？

听说你将前往美利坚，我深表担忧。希望尽快看到你此行的全面报道，而不是仅有一些信件。牢记，我们这些作家只有一个父亲和一个母亲，有关父母的极好的材料也不能轻易丢弃。

海明威

致沃尔德·皮尔斯

海边

1931 年 5 月 4 日

亲爱的老沃尔德：

我已经收到了芝加哥的电报，万分感激。急切希望你此刻已在该线路上，这样，我们就可以一同前往西班牙了。

至今为止只有神父们前往，这看起来是场单调无聊的航行。但是相信你和阿尔奇拉及孩子们的情绪很快就会高涨起来。

我们已经买下了那套带铁栏杆的老房子，阳台朝向基韦斯特的灯塔。阿尔奇拉明白我所指的那所房子。

我会在马德里给你写信，然后由帕里斯担保信贷负责邮寄。虽然我现在极其厌烦写作，但它却又是我生活不可或缺的一部分。我的手臂没有麻痹感到现在，仅三周的时间。

不过现在绝对没有问题。

好运常在
欧内斯特

致约翰·多斯·帕索斯
马德里
1931 年 6 月 26 日

多斯：

后天的大选准备活动进展得如火如荼，一切还算顺利。虽然有来自二十三个不同党派的超过九百名候选人参与其中，但是仅有不到一百人会获选。共和党已凭借压倒性优势取胜，因为在不同肤色的人，如黄色人种、白人、黑人中都能看到共和党人的影子。

因为货运卡车及客车的普及正日益替代铁路，政府不久之前停止了在克鲁纳－奥伦赛的铁路项目。结果加利西亚人即刻宣布：除非该铁路项目恢复建设，否则就要建立加利西亚社会共和国，并且威胁政府，声称要在大选当天举行大罢工，阻止投票的进行。

虽然西南部的安达卢西亚群众情绪几近沸腾，但在议会宣布哪些选区有效之前，或许还是要抑制一下心中的怒火。

工人委员会禁用所有收割机。这看起来一点儿也不像俄国。纳瓦拉也尽可能采取最有效的方式支持厄尔克里·斯托雷。无论是否一个高级教士能否决一名来自交通部高级共和党官员，还是加尔默罗修会会员愤怒、粗暴地踢打煽动闹事者却不受制裁，这些都是司空见惯的事情。两周前，两万三千名纳瓦拉人一同聚集在潘普洛纳斗牛场，热情地为唐·杰米欢呼，因为他曾许诺以神圣的耶稣为尚，要依靠战争和宗教的力量带领人民战胜比利牛斯山，复兴西班牙。

他独自默默地来到西班牙，发誓要成为纳瓦拉人民的领袖，捍卫神圣的唐卡洛斯家族的信念。目前，他身在巴约纳，所以所有的行动指挥下达的措施首先在那里展开。

西班牙东北部的加泰罗尼亚正整装待发。

西班牙偏爱共和党，假如某人被置于权力的宝座上，如雷诺克斯等，共和党人立刻从左派倒向右派，其倒戈速度之快可以与法国相提并论。

就这样，西班牙王室永远地出局了。

甚至雷蒙·富兰克等人也因极度癫狂的状态而被驱逐出党派之争。然而却是因为他们极大的抱负才带来了一场针对权力中心人员的净化改革，才有了这场反浮夸主义的思想运动。

虽然星期天的选举将证明我以上的观点错误至极，但我还是会寄出一沓收集来的文章供消遣阅读之用。目前为止，我已经积累了一些内幕消息。拉利伯塔德效力于时代报，因而朋友们的事业也都能蒸蒸日上。我们不得不一直近乎疯狂地工作，就算温度一直在四十二到四十六度之间徘徊。此外，我们还必须紧随政治的变化，追查一些有趣的事情。

大多数的争斗已经渐渐地倦怠。目前，共和党全身心投入于争斗本身，但后起者却专注于如何阻止流血冲突。

你过得怎么样？应该还不错吧。我们本可以一同在这里度过一段愉快的时光。除了安达卢西亚之外，共产党已财力匮乏，顶多有一场不错、体面的伪装。去年安达卢西亚在阿肯色州的庄稼大获丰收，所以几乎没有什么人面临失业。

共产主义革命成功的概率为零，但它仍然能给社会带来一阵恐慌。

如果情况每况愈下，历史的车轮将向后倒退到建立第一共和国的时期。

保琳、帕特、邦比都不错，不过我打算携邦比一同前往潘普洛纳。虽然这也许是个不太好的主意，但我仍决定在那之后去巴黎探视一下保琳和帕特。

请及时给我回信告知一些详细的事情。

我们两个住在这里很惬意，每天只花费 3 美元。如果还有多余钱的话，现在可能早就去购物了。你攀登过格雷多山吗？埃拉巴尔科可是个不错的小镇，我们路过那里时还杀过一只狼。教堂的门上固定着厚厚的熊掌，脱尔梅斯河中游走着肥硕的鲑鱼，该河向下流往西北部城市萨拉曼卡，那里又盛产野山羊。虽然是同样的饭菜，但品尝起来比波登思要美味得多。因为那里不仅宽敞干净，没有臭虫，人民还相当的智慧，并且待人热情、友善。在圣胡安的马鞭草，人们穿着第一共和国时的老式宽大衬衫，一天只需 8 比塞塔。

你是西班牙伟大的作家，假如你能使凯特再朴实自然些，那么我们的大使女士就可以自由进入你所命名的任一法庭。因为我自称是你伟大的朋友之一，所以为人民所不齿。人民通常阅读《曼哈顿》这本书至少四遍，即使开书就有描述性的介绍，但人民仍然将你视为乌纳穆诺那样的老头子，否则你怎么会如此了解巴霍的基本情况并且经验丰富。我向上帝发誓，当我宣称我们是好友时，他们一定认为我也是那种自称熟知斗牛士的家伙之一。切记寄给我你的亲笔签名书籍并且题词，要不然我将视为赝品而私自处置掉，他们也处置不少这样的赝品。

　　请代保琳和我向凯特问候！

永远的

你的

海姆

致沃尔德·皮尔斯

密苏里州，堪萨斯城

1931 年 11 月 1—12 日

我亲爱的沃尔德：

　　最近好吗，伙计？没有能够见到你，真是太糟糕了。听说你的妻子阿尔奇拉刚刚诞下了一对双胞胎兄弟，迈克和比尔，真是替你们高兴。上帝知道，你既已拥有了这对宝贝，那么就暂且搁下家中繁杂事务，今年冬季来基韦斯特玩一玩，完成我们的托尔图加斯岛之旅吧。等保琳和孩子们准备好，我们立刻从此地出发。如果孩子们能在 11 月 15 日准时到达，那么我们就可以在圣诞节到来之前出发，否则就只能等到 5 月份了。在我看来，3 月份开始此次旅行再好不过了。自那次发现那些大鱼后，你就再也没有去过那里了吧，没机会在纽约碰面真是个莫大的遗憾啊。

所有医生都预测这一次可能还是个男孩，所以你最好提前有个心理准备。虽然我特别愿意有个女孩，可无论是合法的还是私生的都没有这样的机会，所以我也束手无策，或许我们可以请教麦克斯。

你看起来胖了不少，体重竟然增长到了 195 磅。但我的手臂还没有完全恢复，那种麻痹感持续了 8 个月之久，所以根本无法承受重工作量，抬东西时就如同一头笨猪在困难地顶起一瓶啤酒。若加上衣服的重量，我的体重就达到了 218 磅，不然的话，也已经 211 磅了。真是难以想象啊，脱了衣服竟然还 200 磅。如果我现在能有这个孩子，并返回基韦斯特，我一定要让自己恢复原来的身材。我现在像个疯子似的忙着《午后之死》的创作，但我决定：我必须让自己停下来，回到原来的生活中，放慢生活的节奏。所以这部书至今还没有完成。

请替我们夫妇转达对阿尔奇拉及你的每一个家人的问候。若你在 3 月份安排好一切事宜，但还迟迟不肯离家前来与我们重温往日的话，那你就太不近人情了。

与此同时，请代我向那两个废弃的打字机问好，它们就像两个说话断断续续但嗓门大，爱虚张声势的黑鬼。

革命中的西班牙是更具魅力的，整个春季和夏季都在愉快和惬意中度过。我简直有点讨厌离开这些无脊椎动物了，它们太微妙了，我真的不想回来。

我给布拉寄过去一些钱，让他帮助把旧船的船底翻新，他们也都很高兴并期待你的到来。假如那天突然跳进船里的大海鲢没有撞到我的背部中间，就会撞击到阿尔奇拉的腿部，那么这对双胞胎也就不会降临人世了。幸亏有惊无险啊！好吧，就写到这里吧，如果我及时没有回信的话，请原谅，那可能是因为我在忙完了一整天的沉重的写作后，实在是筋疲力尽，没有心思回复了。

我们全部的爱

欧内斯特

致麦克斯威尔·潘金斯

基韦斯特

1931 年 12 月 26 日

亲爱的麦克斯：

　　我们在这栋新房子里已经待了一个星期了。无论是水管工，木匠还是护士都无精打采的，只有一个刻板的人，也就是我，还待在前排屋内，整天忙着打录这份手稿。本打算写完书后，在圣诞之际寄给你。但事实上，最快完成这本书也已是明年年初的事了。我极其不情愿结束它，就算它写得够好了，但我还希望可以不费力气地再写一年。再或者我可以继续写上一年应付应付。

　　因为喉咙和背部的不适，我只好卧床给你写信。这里真是个不错的地方。草坪修剪良好，无花果丰硕肥大，椰子遍布树梢，树下撒满石灰肥料。假如能再多撒些肥料，应该会结出更多的椰果吧。真希望再种上一棵杜松子树，虽然这里的植物已经够多了。昨天小帕特里克可真顽皮，他本应该午休的，但他却将装有杀蚊剂、牙膏、滑石粉混合物的喷雾器对准了他的小弟弟，弄得他弟弟全身都是湿淋淋的。还好他弟弟被惊扰了，大哭着醒了，在被喷雾杀死之前引来了别人的注意。但他越是哭得厉害，帕特里克就越像个男人似的狠劲喷。"你打算这样伤害你的弟弟吗？"

"是的。"帕特里克害怕地回答。

我现在喉咙里堵满了脓汁，几近溃烂，疼痛感直冲大脑，实在是影响工作。因而只好就此搁笔，希望你一切都好。

还有件事需要麻烦你，能否让零售部门的人员将经典少女图书系列中的随便一本书邮递给卡尔·菲佛，地址：奥兰治，新泽西州，海沃德大街249号。另外请再给我寄送一本。我认为应当把威尔·詹姆斯的最后两个系列《太阳升起》和《足够大》寄给邦比，即约翰H. N. 海明威，以及法国的伊克勒·德·蒙特尔、沙都·德·蒙特尔、伊桑诺萨。

查尔斯和罗林（汤普森）一切都好，身体都很健壮。还好没有冷天气的光临，好望角旅行时期的天气还比较温暖。这个季节几乎没有强烈的北风，只有西南和煦微风日夜不停地刮着。

布拉给他的船换了新底，另外还用了一些我提供的钱进行了一番加固，他也十分健康。伯奇一直没有饮酒，但来这儿之后的平安夜却喝了不少，一直不停地重复絮叨，说我是他在这个世界上最好的朋友。要不是约翰（普朗克）的错，他们那次就能去托尔图加斯岛旅行了，而约翰则讲述的是另一个版本，说是他们两个都不怎么看好那次旅行。我告诉伯奇，假如他能够保持头脑清醒，并且用不醉的方式来证明的话，那他肯定能再次赢得信任，这简直是糟糕透了的博弈。我不可能再相信他，但无论如何，布拉可是一个很棒的水手。

司各特最近怎么样？

空闲时间记得给我写信。假如你看到怀特海德大街907号这个地址的话，肯定会为它着迷的。我没有听说欧洲的最新情况，据说 2 月份可能面临下一场大冲击，所以现在情况怎么样呢？

你对马克思·伊士曼的书持有怎样的看法？探讨这些知名大作家的作品，千万不能过于认真，钻牛角尖。你的书《世界天才》何时再出版？是推迟了出版时间，还是过于担心评论不好而迟迟没有出版呢？但愿书能好评如潮。真希望阿奇的诗能堵住那些卑劣小人的嘴。

梅毒滋生的速度总是和一个作家喜爱做爱的程度有关，这可以用个不错的理论加以解释和论证。斯皮罗斯物质并非能够大量刺激大脑并促使作家停止性爱生活的因素，而是该物质能激发更大的能量。即使作家久病缠身，他还可借助这番超能量战胜疾患。就像托马斯·沃尔夫这个从未接触过女人的男青年作家一样。难道我错了吗？噢，对了，邦尼·威尔逊的近况如何？

多斯已然离开哈勃家，转去投往哈考特·布雷斯了，两人都改头换面，树立了另一个形象了。这可能是因为他们未应允替前辈 J. P. 摩根出版书籍。多斯还补充道，哈考特很可能拒绝亨利·福特的下一期某一专栏的出版要求，因为他不肯改用立陶宛语出版。用不用把他的消息告知你？我听说他遇到的第一个麻烦就是写作途中被迫调职了。不过据他说这部新书的写作水平和质量要比第四十二部平行系列好很多。

好吧，就写到这儿吧，麦克斯，祝你好运。别忘了，我们已有充足的家具来装饰我们龟岛的住所，还有罗伯特提供的一些画作和其他装饰品，尚未到达。

莫里·卡拉汉需要帮助吗？具体是哪些呢？希望他好运。

欧内斯特

致保罗·菲佛夫人

基韦斯特

1932 年 1 月 5 日

亲爱的妈妈：

　　一直以来我对写信的事都很懈怠，但现在决不会了。因为我一直非常思念您，还有我们在皮戈特的那段美好的时光。那次旅行给我的记忆深刻，每一分钟都值得怀念。您对我的好使我终生难忘，恐怕再也不会有如此美好的时光了。可是一返回堪萨斯，事情就变得纷乱复杂了，那些天保琳不能外出活动，所以事情多得处理不完。之后我们旅行到此，住进了新房子。多亏了金妮非凡的才干，把房子里的家具安置得很完美，才使得我们居住得很舒适。

　　谢谢您寄来的圣诞礼物，简直棒极了。保琳的父亲到来时，我会为他及随行的小家伙们准备一份特殊的礼物。能在 3 月份与您会面，真是荣幸之至。我相信到时候一切都会进展得很顺利。现在的状况正好给那些真正有管理才干的人提供了绝佳的展示自己的机会。他可以在从事技术性活动，如通过电梯人工搬运、监督水管工作、翻修漏水屋顶、安装屋内电线及排水系统、木工工作等的同时，进行创造性写作。我还按照医生的嘱咐，不能让保琳在楼上或楼层间来回走动。但是我这卓越的管理才能却得不到某人的赏识，这给我很大的打击，事情竟然变得如此麻烦。或许只有我放弃写作的时候，一切才能变得简单吧。

　　那个叫加布里埃尔的孩子的护工，刚刚瞥了房间一眼又躺回了自己的床。她也没想到来到佛罗里达之后一切竟变成了这般模样。除了每天来回起床，卧床，她很少干别的工作。一开始她也宣称不知因何得病，因为她从不得病，她声称"一定是在这个房子里中了邪了"。医生给她做了全面检查，发现她做过几次手术后：与饮食睡眠不甚相关的器官都被切除了。所以她的异常不是因为身体。之后她又告诉医生，在接受这份工作前不久她还生过病。医生说她的病有可能会复发，但佛罗里达之行应当会有所裨益。目前的问题极有可能是由于饮食过度或者是饮食习惯改变造成的。

面对着这种情况，我们给予她最好的照顾：她不必做家务，每天可以有两个半小时的午休时间，我们尽力在外就餐以免打扰到她。她告诉医生她感觉糟糕极了，甚至都无法站立，更别提做很多工作了。只因我们待她很好，她心有不忍，所以还是愿意搬往纽约附近的医生那里。

曾经一度我们无法解决如何扶她上床的问题，不过还好床梯比较窄小，她在藏书室充分休息，呻吟一番后，她就可以安全地躺回自己的床。刚开始的两天她确实病得很重，不仅不停地呕吐还伴有严重的消化不良。但自这次突发状况后，呕吐症状竟然消失，而且也没有出现不同程度的发热症状。沃伦和盖雷医生都诊断她的这些症状为阑尾炎，虽然没有单个的症状表现，但是也极有可能是由于过度肥胖导致的并发症。不过我觉得主要的病因应是思乡。

希望这个情况不会延续太久。

除了写作之外其他一切还算顺利。房子布置得也越来越好，有点豪华大家的气势。两个黑人都还不错，包括管理花园的人，后院的工人，他们的表现都很好，还有那个接替加布里埃尔工作的黑人女孩，也很优秀。

新年的午后，我与妹妹卡罗尔一起钓鱼时发现：一些海湾暖水鱼相继出现，请把这个发现转告金妮吧。今天刮起了一阵北风，促使这些迁徙的鱼群出现在附近水域。渔民们打了不少鱼，前天是西班牙鲭鱼，昨天竟然首次打到了石首鱼。

保琳由于操劳过度已卧床休息几天了，现在我尽量避免她操劳过度，之前急匆匆上楼和搬举重物这些事情，都禁止她再操劳。经过这个星期的休养，她很快会平安无事。她现在不能受到来自任何未知情况的惊扰，否则那会加重她的病情。因此她必须学着自己照顾自己，这是极其重要的。很高兴收到您圣诞时的来信，您在信中也提到这点，这确实产生了良好效果。

事实上整个过程是：如果保琳匆匆忙忙地爬楼梯的话，她会自我感觉整个人都像置身于高空，而所有阻止她这么做的人都被认为是典型的老顽固。实际上，想要完全彻底地毁掉一个女人，没有比不好好照顾产后八个星期更有效的方式了。因此在胎盘伤口复合之前，我们都必须好好地照顾她。我觉得这些应当被写进教科书里。当他们到了这个年龄并且以此种方式毁掉了自己的身体，这种亲身经历被显现出来时，也能带来更剧烈的震撼力。

那么好吧，如果您对改变女性心理有任何建设性想法的话，海明威先生将向你请教一些建议，如果可以请您让我们在之后的日子中知道，不过现在确实没有对策也无所谓。

如果《午后之死》是本内容空洞且低俗的书的话，假如旁边却有一读者说：从格里高利手臂上的伤疤就知道他是个怎样的"大"人物，再看看我们修建的精良的供水系统。每周日都去教堂做礼拜，我觉得我已经做到很好了，一定会是孩子眼中的好父亲。若是这样的评论，这不仅对作者不利，对读者更无任何好处。但现在，我恰巧就处于这样一种无人举证的困境——亦好亦坏，进退两难。虽然读者可以找到千个理由来拒绝这本书的好，也可以不找任何借口坚持说它不好，但无论如何，作家必须尽力把书写好，如果一个作家只在乎来自外部的阻力有多少，那他就是个愚蠢的人。从家庭成功中寻找庇护，与一文不名的朋友相依为命，则是另一种方式的放弃。好吧，好吧，承认吧。海明威先生，承认自己是个傻瓜吧，不然你还能为此做些什么呢？大概什么也没有。

布拉和汤普森夫妇身体安好，不要挂念，在此送上所有人的祝福。格里高利已经 13.5 磅重了，他现年 8 岁。我祖母的弟弟，也就是叔叔本杰明·泰勒·汉考克，他送给格雷一本从家庭圣经中摘取的一份家谱。这份家谱甚至可以追溯到 1600 年。这结论是与格斯叔叔一同研究家谱得出的。照此推算的话，那么格雷的祖先至少得追随到胡离那代。

非常感谢您能寄来孩子们的账单，最近这里事情进展缓慢，渔民们会有选择地进行捕鱼。出于对夏威夷利益的考虑，政府在汤普森建立了大型罐头厂后也取消了对古巴菠萝的禁令。

最好的祝福给您，新年快乐。

欧内斯特

致约翰·多斯·帕索斯

基韦斯特

1932 年 3 月 26 日

亲爱的多斯：

这本名为《一九一九年》的书可比那本叫《四十二度》的书的写作水平高出四倍，这书给我的感受实在太棒了，从头到尾我都读着津津有味。写得这么棒，我担心你会出事，所以请你得谨慎行事：吃水果时可得个个洗净，不只削皮。

现在你得注意一件事情。你写第三部时，不要写什么完美无缺的人物性格，例如写斯蒂芬·达德路斯路人角色。请记住救乔伊斯命的是布罗姆和布罗姆太太，这家伙就靠这件事写了一部杰作。假如你要写一位高尚的共产党员，你要记住这家伙说不定有手淫的毛病，说不定嫉妒得跟猫似的，说不定还有更多其他不可示人的缺点。一定要把他们写成普通人，而非写成象征性人物。记住人类的历史比任何一种经济制度要古老得多。基督教青年会曾是一场显赫一时的运动，卫理公会教、路德教派、法国大革命、巴黎公社、基督教也是如此，它们的落幕都是因为管理不善，但这也是人为原因。

虽然麦克西米良在墨西哥干的是不光彩的事，第一个西班牙共和国干的是光彩的事——但是结果一样：统治得不好也罢，统治得好也罢，又成了专制。

请记住我们的上帝被钉死在十字架上，他们把他杀了，并非因为他伟大。邦尼·威尔逊已经忘了基督教最初是强烈反对资本主义而产生的犹太体系。从表面上看，坏的是管理统治，事实上一切都是人为原因。就连村子那么大小的单位都不能秉公办事，请记住你要的是公平公正。你应该很明白这一点，可别让他们把你骗进什么基督教青年会。

我应该告诉你这一点：上帝，虽然这些你全知道，甚至你比我更清楚。但是你的处境不好对付，压力太大，这对你做一个作家不利，如惠特尼夫妇。我是站在一个作家的立场上，而不是作为一个人而认为你非常有勇气，谁也影响不了你，但请记住写作是最难对付的事情。这就是为什么他们都要依靠什么东西或什么人来承担责任。现在写作的那帮小子中，只有你写得最好，也只有你最有资格，总而言之，我认为你一直比他们写得好。上帝啊，请你别美化，一定要坚持写出实际情况。如果你能实事求是地去写，你就是做了好事。假如你想美化，你不但做不了好事，也写不出实际情形来，甚至还会做出什么坏事来。这本书这么好，就是因为你通过摄影机眼：新闻短片采集的肖像，为实际情形拍了这么多镜头，但是正因为如此，直述时不要掉以轻心。你写的时候要做到字斟句酌，严谨下笔，不要敷衍了事。

我说了这么多废话，也许毫无意义，但请见谅。

你曾对《午后之死》提过很好的意见，在此我也要评价一下《一九一九年》，那真是一本有意义的好书。我也会尽力改好校样，把你指出来的类似废话的东西删掉，你真的很不错，感谢你花这么长时间读我的作品。

能够见到你和斯图尔特非常不容易。保琳感觉很可怕。我们去托尔图加斯了，在那里待了 18 天，连续刮了三天西北风，不过尽管如此，但还是非常开心。

你的 200 美元支票打回来了——我已经签收了。银行可能想用刀杀死你。不要再寄了。你写文章时最好买两百颗种子投资。把《暴风雨后》这个小说卖掉，我曾在《世界主义者》第 92 期发表过文章的，因此我获得了 2400 美元。假如你也这样，那么你就发了。

这里每个人都很好。我寄了很多邮件，包括空邮支票，是勃兰特发给我和沃德·莱恩的委拉克路斯。我将把邮件寄到美国——墨西哥——并写了回信地址——信封里装满了邮件。我发电报告诉勃兰特我给他寄支票了——他们发电报问了，我告诉他们正在派件。

你喜欢这本书，这使我非常高兴。埃丝特说杰克·劳森离开好莱坞去东部了，这会不会影响到你的计划？如果你来这里的话，我们请你吃贝类菜，我们还可以一起去捉大海鲢。

在我看来，在詹伯斯家一切都不顺利。你可能会奇怪，这是为什么呢？虽然这里每个人都很好，但是我还是会觉得不够满意。最近我逮了一条十五英尺的锯鲛，大概重四百九十一磅。金海湾里都是旗鱼。我希望我可以在托尔图加斯生活。记得在你的书中描述天气，天气也非常重要，那会影响我的心情和生活。

请代我向凯特问好。每个人都送上了自己最美好的祝愿。上帝，我想和你一起打篮球。

我们在托尔图加斯逮了各种各样的高鳍笛鲷，命中了跟在船后面的一群鱼，这些鱼和琥珀鱼很像，我在风平浪静时的东岛浅水中发现的它们。它们的总重量达 161 磅，多得不可思议！正是因为风平浪静，所以我们可以看见它们来吃诱饵。

所有商人都非常高兴。

再见！

你已经写了一本好书了，也该轻松一下了。

海姆

致约翰·多斯·帕索斯

哈瓦那

1932 年 5 月 30 日

亲爱的多斯：

你没有来旅行简直太遗憾了。我特别想让你也来。我们一直在水边喂鱼饵，最终抓了 19 条马林鱼和箭鱼，还有 3 条旗鱼。其中有一条足有 8 英尺九英寸长，即使在这个时节，也可以卖到 10 美分一磅的高价。当我们回来时，我们把这些鱼切碎后，又在这片水域喂食，最后被扔得一干二净。多斯，你真应该来看看它们是如何挣扎求生的：游得像光一样快，跳得比大海鲢还高，有一条鱼甚至跳跃了 23 次。查尔斯战斗了 2 小时 5 分钟才把钓鱼的鱼钩拔下来，它游了五百码那么远，足有鱼线的三倍长，不得不用鱼钩钩住它们驾着船去追，它们一直在水里跳来跳去，激起水花拖着船像摩托艇一样在海里行驶。我们一天追了 17 次，反正比三次多。最大的一条鱼，我们追了老远，足足抓了两天。在 4 日星期六的时候，抓到了一条 9 英尺长、30 磅重的海豚。

乔嘟囔着说私酒商的船只在马里埃尔海岸巴伊亚宏达港随处可见。只需要五加仑的燃料就可以航行整整一天（120 加仑每箱）。查尔斯、布拉和洛林整个周末都待在这里，而保琳已经来来回回两次了，一次待了一个星期，一次待了十天。她抓了两条海豚，其中一条足有 75 磅重，跳跃了 17 次。海豚游得飞快，从船的一侧游到另一侧。有时候鱼线松了，你以为它们挣脱了，谁知道它们又鬼使神差地跳到了船的另一侧。它们游回船边，跳起来离水面 30 英尺高，就像甲板那样高。

这里的渔船已经捕了 900 多磅鱼，比如黑马林鱼、白马林鱼、背纹马林鱼，我们安装了两台捕鱼机（船的两侧一边一台）捕获了一条 2.5 英尺的海豚，捕鱼机一会儿追捕海豚，一会儿又在你快要抓到它们时放了它们。

在这里真是太他妈的难受了，乔拿着另一根钓竿，而我现在觉得非常孤单。在一个疯狂的晚上，他用夹具掌舵，借机打盹儿，谁知道刚睡了没多久，就撞翻了船，而有时又在船上挥霍无度夜夜笙歌。

阿博斯·孟达斯旅馆可以提供舒适干净的房间，可以沐浴洗漱，还可以远眺整个海港和大教堂。两个人花 2 到 2.5 美元就可以欣赏整个海峡和海疆的美景。我现在把这个旅馆名字记录下来，虽然早就关门倒闭了吧！

这本书我已经审校了 7 次，删减了你所反对的内容（可是对我而言似乎是最好的部分，如果的确如此，你真该遭天谴），缩减了四点五个排版长度的哲学内容，并且告诉伙计删除了最后一章的全部内容。关于西班牙的部分除外，它阐述了这本书的不足，并且这也是这本书本来应该阐述的内容，保留下来也是合情合理。

在书中保留《老妇人》一篇和最开始撰写的关于沃尔多·弗兰克《圣洁的西班牙》一书的俏皮话，删除了所有其他关于弗兰克的参考。相信《老妇人》就已经妙不可言了，或者至少是必须增加的趣闻逸事。

祝你好运不断。不要让马尔科姆·考利那样的卑鄙小人动摇了你完成《过目不忘的人》的信心，那书真是太棒了。当我们置身事外来看这个血腥的世界时，记住那些卑鄙小人是多么的令人恶心。记住《一九一九年》，那时闷闷不乐的你是多么的焦躁，并且受到了了多么残忍的惩罚。

好在并没有带来什么严重的差别。我想我不能成为一名共产党员了，因为我讨厌强权和政府。但是如果你曾经是，我也并不会觉得有多了不起。我想我不会支持任何残忍的政府。巴尼的书《激动的美国人》（斯克里布纳杂志社，1932 年）是一篇精彩的报道，希望他还在继续报道并且还未能拯救他的灵魂。有些事总会渐渐成形，但是需待何日呢？比村庄更大的行政单位并不是无稽之谈。威尔逊写他愿意派我们去和其他作家写一些关于血腥工厂，比如地狱之类的爱国主义故事（他知道什么对人民有利），但是却没有派我去任何地方。

如果事情确实如此，我真恨不得杀了他。该死！这种谈话的目的就在于可以让人真正相信能够通过捕捞马林鱼来谋生。也许不会，但是不管怎样反正可以看到它们在这里跳跃挣扎。

代我问候凯特，谢谢她送来的礼物。它们现在可能已经到达基韦斯特了。

欧内斯特·海明威

致麦克斯威尔·潘金斯
怀俄明州，诺德奎斯特牧场
1932 年 7 月 27 日

亲爱的麦克斯：

我正在给你寄昨天收到的校样，用航空邮件和这封信件一起寄给你。昨天下午和晚上才写完，现在正准备下火车。

请你帮我擦掉排版工人仍旧出版海明威之死的两句诅咒。因为我已经打好包，所以没办法再进行删除，它就在最后一版战争日期内，最后两排上面。上帝保佑，希望在我写信和发电报之后再没有出版过海明威之死。但是，请你一定删除那两句诅咒，咒骂排版工人一点好处都没有，因为他们太不负责任了。

希望你能尽快收到这些校样和这封信。我把它们给了加德纳，只有六十四英里远，应该今天就可以收到。

我什么时候能收到版面校样呢？你打算怎样处理那些话？为什么我还没有见到标题页或书皮，难道你还没有想好在标题页上配什么标题吗？

《斗牛士》——胡安·格里斯著。

请你转告惠特尼·达罗，我很高兴收到他的来信，我会给他回复。他真的非常体贴。

我感觉还不错，但似乎还是有点精力不足。

你提到的信件是写给欧内斯特·沃尔什和埃塞尔·摩尔海德的，这两个浑蛋。欧内斯特·沃尔什由于肺结核快要去世的时候，我曾帮助他们出版过杂志《季度》，他最后还是去世了。而埃塞尔·摩尔海德就卖掉了所有信函。转告那位妄想倒卖信函的伙计，让他骑驴看唱本，走着瞧！

内战末期的战事捷报频传，尤其是这个秋天，但是我竟然不知道我身在何方。我们驾车穿过科林斯、夏伊洛，又翻过瞭望山，从皮戈特来到了佛罗里达。我真的还想再和你一起去看一眼维克斯堡。

可怜的老司各特，他已经变成了塞尔达第二，在塞尔达被诊断为精神错乱的前五六年，是他最疯狂的时候，但他仍旧是最畅销的作家，他是我们这个充满血腥的年代中最悲剧的天才。

好了，火车来了，我得走了！

再叙，麦克斯！

一路顺风！

欧内斯特

致罗伯特·科兹

诺德奎斯特牧场

1932 年 10 月 5 日

亲爱的鲍勃：

我没有诋毁福克纳①，你读完这封信就会明白了。你的理解、观点和判断自然与我无关，我也不会对它们发表任何看法。这是事实。我只是友善地提到了他们。我诋毁了科克托（他是公众人物，非常自夸），反驳了 W·弗兰克、艾略特和赫胥黎。

艾略特的事情反反复复很长时间了。弗兰克是个可鄙的人，无论政治上多么让人羡慕。赫胥黎是个非常精明的家伙。

我认为你不是个批评家，不是轻蔑你，我的意思是我认为你是名作家，或者我不会作任何解释。当然，书的好坏应该由读者评判，而不是由作家解释。

但是如果我写了任何文章嘲笑福克纳和你，来宣传我所写的东西，那我就太可恶了。

你喜欢的针对沃尔多·弗兰克（或你自己，如果你查找一下）或其他人的嘲笑，我对他们没有特别的尊重。但是我特别尊重福克纳并希望他好运。那并不表示我不会跟他开玩笑。如果玩笑足够有趣，我会拿任何人开玩笑。比如，我喜欢飞鸟射击，如果我母亲在鸟群中，而且飞得很好，那我也会射击我的母亲。如果你感觉没意思，那么可能是我或者你倒霉。

> 你永远的朋友
> 欧内斯特·海明威

致麦克斯威尔·潘金斯

基韦斯特

----

① 欧内斯特·海明威在《纽约客》第 8 期（1932 年 10 月 1 日）中对科克托《午后之死》评论的回复。欧内斯特·海明威的信印在了 11 月 5 日的出版物上。

1932 年 11 月 15 日

亲爱的麦克斯：

　　给你打电话大约花了 750 美分。你可以用一月的故事稿费或提前支付，不管哪种都可以。谢谢你告诉我关于这本书的销量等信息。

　　保琳必须去皮戈特，因为格里高利和帕特里克病倒了，咳嗽得很厉害。我一直待在这里以便收拾好房子，室内她还有好多工作需要做，还要照顾邦比。我工作也很忙，有四个故事准备用打字机键入，我将给你发送两个。你没有义务接收它们，但它们确实是非常好的故事。我现在已有 10 个故事，准备出一本书。但我还需要 2 个或 3 个。明年秋天可能会是一个好时机。我每天都在努力工作，直到我的眼前一片混乱。我又回到旧体制：当我醒来时我在床上，一直工作到中午。如果你起床，他们做事的方式就不会引起你的注意。

　　我曾计划去纽约。我急切地需要一些城镇生活，但进展一直很好，因此我不想停止。现在的问题是如何处理在纽约的邦比。他不仅是一个好孩子，也是一个好伴侣，但我不希望他看太多有声电影。

　　感谢你寄送这些书。他们能送我萨默塞特·毛姆的新作《偏僻的角落》吗？我发现塞尔达的作品绝对读不懂。我尝试阅读《留住我的华尔兹》，但我从未读懂。司各特认可这本书，所以我想其他书也有人认可。感谢你寄送的塞尔达的书。我会很乐意将其转发给任何你认为可能读懂它的人。

　　为什么 D. H. 劳伦斯未在你的请求下给你写评论呢？你必须在一年内阅读大量的文学评论，出版商会读它。我始终相信只有作家和评论家才阅读评论，直到亚历克（路易莎·M.）伍科特写了关于麦考尔作品中可怜老爸爸的评论。也许因为麦考尔的作品在这里是被广泛阅读的。

如果我得到一些不错的评论，你也许会放弃我或对我失去所有的信任，所以我必须敦促你盼望我的作品得到一些不好评论。

奇怪的是我的脑袋比过去任何时候都更好使，我确定现在做的工作比过去做得更好。我不会重复做某件事情，所以新的很少变得流行，人们想要的故事总是与上一个类似。现在我的精力很旺盛，我不能入睡，当我视力严重下降时，我就只能停止写作。

你会回答我的这个问题吗？你是否签订了第二批纸张并从科迪邮寄？大约在 10 月 15 日至 17 日邮寄。因为我给他们写了大约十四封信（我在邮递员到达前将信放在科迪的斯图贝克车库旁的邮箱内，以便在早晨邮走），但我从未收到过他们的答复。你会写邮件回答我的问题吗？这样我就可以写信给科迪了。所有信都很重要。这是我离开牧场前写给我夏天的记者的信。

他们抑制康普顿·麦肯齐的希腊回忆录第三卷，这是我想要的。我相信苏恩出版社出版了这本书。有机会得到一个副本吗？虽然他写的小说很差劲，但有关此事的回忆录很不错。

死亡在今天下午降临到英格兰。

看来我们好像不会去纽约了。我们一直以滨鸟、鹬、鸻和鸽子为生。查尔斯和伯格想让你记住。邦比感谢你的两个小同盟。

再见麦克斯

欧内斯特

你有一本关于海盗的书吗？当我是个孩子时，我记得它是在圣尼古拉斯出版的一系列书，我认为应该是由霍华德·派尔写作并作插图的。我已经答应把它送给邦比。

如果你想使用这些图片，请自便。

致阿诺德·金里奇

阿肯色州，皮戈特

1932 年 12 月 4 日

亲爱的金里奇①先生：

当我们在基韦斯特时，如果你把书寄给我们（在 1 月、2 月、3 月），我们会很高兴为它写标题。我一直认为我编造了《永别了，武器》这个书名，直到我在上尉科恩的巨著中读到它，我是从他的著作中获得的。与《光阴的故事》一样，庞德发现我从《共同祈祷书》中提取，票房号召力消失后，我相信《永别了，武器》将是一个很好的书名。永别是英语中我认为最好的词，武器发出的铿锵声不是一本书所能拥有的，具有这个书名的书会在里面写许多有名的战争。

《关于服装艺术》② ——为这本书写标题，你什么也不欠我，我也不希望欠你什么。但我很高兴拥有它们。特别是它们如你所说。

我很高兴你很喜欢上一本书《午后之死》的最后一章——这就是书的主旨，但似乎没有人注意到这一点。他们认为这仅仅是

---

① 金里奇（1903—1972），来自大急流城的中西方人，密歇根州，正在收集海明威的第一版。他邀请欧内斯特·海明威为《时尚先生》提供稿子，从 1933—1945 年和从 1949—1951 年，他是《时尚先生》的编辑。他的第一任妻子海伦在 1951 去世后，他娶了简（之前是格兰特·梅森夫人），但她的寿命比他长。

② 《服装艺术》是《时尚先生》的前身。

一个被省略的目录。他们又怎么想将它们放在书中呢？放在图片中或用地图设计？

我能摆脱上一本不受欢迎的书的阴影，希望下次还能写出不错的作品。如果你的小说降价，不要害怕。我仍然感觉不错，还没有开始写优秀的作品。感谢你的来信。

永远爱你！

欧内斯特·海明威

致埃弗雷特·R.佩里

基韦斯特

1933年2月7日

亲爱的佩里先生：

非常感谢您的来信①。我使用的某些字眼，而没有使用平时的书面语，根本原因是，这些才是我书中所写人物的常用词汇，我在写作中不可避免地要用到这些字眼，这样才能给读者以整体感。如果我写得跟斗牛场上的语言一样，那就不适合出版了。我曾经试着用两三个字眼，不是直接使用，而是间接的，就像我在《死亡的自然史》中那样表明一种看法，想必你也注意到了。

我一直在尝试让我的作品能够给读者一种丰满而完整的感觉，让人读起来有一种身临其境的感觉。这样我就必须使用许多方法，如果失败了，也无须害怕。因为这很难，我必定会失败几次。但是我可能在一位读者那儿失败了，而在另一位读者那儿成

---

① 1月28日，佩里，城市图书管理员，洛杉矶人，巧妙地询问海明威，在《午后之死》中，他认为用某些平实的字眼可以表达什么效果。这封信由诺克斯大学西摩尔图书馆提供。

功了。

我的用词方法虽然在书面语中已经被淘汰了，但是仍用于讲话，和小男孩在篱笆上用粉笔写新发现的词语没有什么关系。我使用它们，原因有二：其一，作为上述大纲；其二，没有其他词语，也就是没有确切的替代词，因为在口语中可以表达相同的效果。

使用它们的时候我总是很谨慎，从不无理由地让人震惊，虽然有时是特意的，对我来说需要必要的震动。

您诚挚的

欧内斯特·海明威

致阿诺德·金里奇

基韦斯特

1933 年 3 月 13 日

亲爱的金里奇先生：

感谢你的 3 封来信。随信附上的是从圣莫里茨返回来的信。信上我说已经写了一本小说的 3 个故事，55 页左右。由于天气很好，我情况也很好，没有病痛，也没有事故（只撞到树上），忧心事也比平常少了，但是一直不能写信。由于昨天写完了一个长故事，所以今天我停下来，写信告诉你这些。

我不认为沃尔特·温切尔的模仿有多好，太过气愤、太过嫉妒。你应该比你模仿的人写得更好，而不只是建立在道德优越感上。佩格勒是一位好作家，但是不及新闻记者温切尔的百分之一。温切尔是前所未有的最伟大的新闻记者。佩格勒体育版面的用语很有趣，但是那种栏目很容易做，我觉得我也能做一期。但不幸的是温切尔一周要工作六天，如果在他的休息日，很明显的休息日，他想大部分时间和家人一起其乐融融地度过，我觉得这很好。佩格勒所做的事情比温切尔把时间交给妻子和孩子的品位低好多。

关于庞德，我相信我几乎已经读了他写的每句话，我还是认为精华部分在他的诗章里，见仁见智吧。在诗章中也有一些乏味的玩笑和一大堆废话，但是有一些相当出色的诗歌是无人能及的。

现在说说你的季度计划。在卖素材资料上我有两个方针。如果是非商业性出版，出版只是出于对文字的热爱，我可以赠送素材资料或者只收取象征性的费用，他能承担多少付多少或是把钱拿回去都可以。然后寄出后不久，我写信说因为那是我的唯一手稿，要求他返还时，通常我就发现那个家伙已经把手稿卖掉，他不得不把小册子撕开当作手稿。不管怎样，那颗纯粹的热爱文字的心已经把手稿卖到了他所付价钱的十倍甚至百倍。

第二个方针就是让所有的商业性杂志期刊付出前所未有的高价。这样他们才会喜欢，珍视你的素材资料，意识到你是一位好作家。

最近的 12 个月里这种情况已经有过几次了，我急切地需要250 美元现金。但是不能总是如你建议的那样写一篇文章挣点钱。那些我不能发表的故事拿给你，会造成你的杂志被封锁，或是带来其他灾难。我不希望发表的故事，比如你谈到的那篇，文章本身并不合适。

因为除了责任保险，我没有任何保险，所以我也总是尝试着保留一些死后出版的作品，以承担我的丧葬费，等等。

这样它能把我们带到哪里？哦，是的。让我们认识到250美元装在口袋里是一大笔钱，但是对谈判来说却毫无用处。

4月12日，我乘一艘小船穿过古巴去海岸边捕两个月的鱼，说不定要去西班牙拍照，如果不去，四个月后会去西班牙。如果我突然停止工作，身无分文，需要250美元，如果可以，我会打电报给你，但是不要指望任何事。我应该打电报以向你提供信息，除了交付这个以外，我从未接受过任何方面的预付款。我会从西班牙到坦噶尼喀然后到阿比西尼亚去打猎，会在明年1月或2月回来。

短篇故事已经完成了14个，我会再写一个。

谨致问候，请原谅我的回信不及时。

欧内斯特·海明威

致约翰·多斯·帕索斯

哈瓦那

1933年5月15日

亲爱的多斯：

很高兴你能来。那是疾病的地狱，让我受到惊吓——立刻查阅布莱克杂志和字典。如果没听见你的病有所好转，我应该早就赶往了巴尔的摩。你发过一百零六华氏度高烧吗？[1]

装上这1000美元。听着，"优秀"是没有记录的。格斯叔叔给了我一些股票用于非洲的旅行。我把它们兑换成了现金。这些足够用于去非洲，甚至可以从非洲再返回来。我不能去科尼岛旅

---

[1] 多斯·帕索斯因风湿病引起的高烧在巴尔的摩的医院进行治疗。

行，而让你独自去非洲，你不知道葡萄牙人有糟糕的疾病，使手肿胀，使大脑衰竭。所以把这些兑换成现金，在我把它换成便士之前，将你作为忧郁症患者公开，这将不会阻止你训斥出版商和另外任何事物，仅仅是使其简单化而进行周转。你可以支付给少数债权人并重新建立他们的借款能力。希望我没有打扰基督，但是受到了你的惊吓，并不意味着穿着斯图尔特先生的貂皮衣就将他作为一个朋友。

抓住了两条极好的马林鱼，它们咬钩时还发出咕哝声，昨天看见了20条。星期二我们去了玛利尔巴伊亚本田小木屋。

希望能飞驰到你身边，凯特可以下来，在6月时，并且你可以去潘普洛纳，有从这儿到比戈的船，坐拉科鲁尼亚，马德里的火车到潘普洛纳，看见斯特拉的圣地亚哥，在比戈买里程票。

你可以买一辆便宜的汽车从比戈开车到圣地亚哥，也可以开车到诺亚，在这些美元没贬值之前使用它们。

必须在飞机上把它们使用完。

你听过普鲁斯特吧，我们应该另外一个月再来这里，试为这本书取名——非常困难。希望我能把它们展示给你看，有一些好的书名。

天黑以后，放下这些马林鱼，再写一些书名。它们在天空的月亮上活动，现在在下降的月亮中滴落。最后，下降的月亮使所有的鱼都病了，就像女人一样。虽然它们不能吃，但女人能吃。

学习了很多，它们中的一些很真实。多斯做得很好。无法表达的爱。

保琳也正在写。寄予深深的爱。

海姆

致麦克斯威尔·潘金斯

基韦斯特

1933 年 7 月 26 日

亲爱的麦克斯：

7 月 29 日刚刚回到这里并且已经收拾干净准备离开，等着你的校验和消息，然后结束事情。现在已经处理好了一切，今天将要开始续写《我祖父的坟墓》①。

我们将在 8 月 4 日从皇家邮政线的太平洋雷纳之家离开，去桑坦德。西班牙的地址是西班牙，马德里维多利亚街二号，比亚里茨酒店。欧洲邮政总局地址是纽约保证信托公司，巴黎和协广场四号。

8 月的半个月和整个 9 月将在西班牙。可能 10 月离开去非洲度过 11 月。再次雇用前这将给我更多的时间工作，更多的时间去获得你和英国订下的两个校验工作。

可怜的老斯坦因。你读了 8 月的《大西洋月刊》② 吗？她最终找到了一位她爱的却但是不嫉妒的作家——真正的美国作家一布鲁姆菲尔德。故事的结局非常好。她的更年期使她失去了所有的品位，突然她不能区分好画与糟糕的画，好的作家与坏的作家，一切都失去了意义。

可怜的老海明威，一个虚弱的老人。墨西哥湾流太阳下的 19 天，54 条箭鱼。一天 7 条，65 分钟内一条 468 磅的鱼，独自一人，没人可以帮我，除了抱住我的腰并且将几桶水倒到我的头上，又是 2 小时 20 分钟的地狱生活。一条 343 磅的鱼被钩钩住

---

① 定名为《两代父子》，这是《胜者无所得》中最后的故事。

② 《爱丽丝·B. 托克拉斯自传》在每月《大西洋月刊》中连载。

了，跳跃了44次，1小时45分钟内我杀了它。可怜虚弱的老海明威再次摆着一个渔人的姿势，体重已经从211磅下降到187磅了。

因为我不嫉妒任何人，有鼠笼式的记忆能力，而我写到他们时我将要写很好的回忆录。虽然首先要写的还有很多。

你或多或少对一些言辞会有担忧吧，但是请告诉我你能做的和不能做的，然后我们将其解决。我不是在墙上涂鸦想要出众的小男孩。如果我不用任何文字就可以努力会永远那样做该多么好啊，但是有时不能。同时保存流出生活的那部分，生活对于语言也是一件好事。那非常重要。

无论如何很期待你的来信。

哦，对了！你可以将《午后之死》的12份副本给我发到西班牙，马德里维多利亚街二号，比亚里茨酒店。将它们每3本一个包装，用4个包装发给我，仅标记书并要求打开检查可以吗？我要必须将它们分发出去，这将省得我去那边买了。如果需要付费，这些邮费由我付，并且可以从我的专利税中扣除。

你永远的
欧内斯特

致保罗·菲佛夫人
马德里
1933年10月16日

亲爱的母亲和所有人：

信开头的日期要感谢您，是很丢人的时间，并且保琳父亲送的生日礼物在 7 月 21 日已经收到了。

这就是我没有写信的原因，发生了很多事情。我计划划船回来后写信感谢您。然后划船之后很晚了，给您写信非常惭愧。

昨天我意识到如果我不写信，那么将很快到复活节了，因此现在开始写。

非常非常感谢你们，您和保琳父亲的礼物。我非常感激，我将去非洲。

几周前金妮刚刚离开这儿去了巴黎，为的是衣服的事。看起来你不能在一个月中得到合适的衣服，并且她打算乘坐伯恩斯坦线的利希滕斯坦远洋班轮的完美航线去纽约一个月。你可能会听到她在这艘船上的演讲。金妮离开时她的身体和精神都很健康，但是她担心她的胃病。现在它们大约十天犯一次，比以前更频繁了，是更短的一个间隔。她将要看巴黎那位治好我的肾病和肝病的医生。如果那个医生不行，那么她将她所有的症状和病史写给我，我再寄给堪萨斯城的洛根·克兰德宁医生并让他推荐一个纽约或者芝加哥（她可以在回家的路上去看）的好医生。

保琳精神很好并且很健康，看起来容光焕发。我希望一周内去巴黎找她。金妮说帕特里克又长了三磅，很扎实，黝黑并且看起来很壮。我将到波尔多去把他接上并带他去巴黎。艾达（护士）的来信说格里高利非常好并且他们很快乐很幸福，邦比又去上学了。

我想保琳和金妮已经写信告诉你她们的计划了。

自从我们到这里，一直在做着大量的删减工作，然后编辑、剪切并重写。斯克里布纳已经做了西德尼·富兰克林的一本 422 页的西班牙语小说。没有比这本毫无价值的书更难的工作了，我对这本书的态度是：这是我写过的一本糟糕的书。现在重读它，看看你是否觉得它是一本好书？同时不要对它的风格做任何的改变。我完成的那天是如此的恶心，以至于决定写一个故事以漱漱我的口，并开始去写一个一百多页的手稿。① 保琳认为那是一个很好的故事，并且金妮认为它是真实的。我们去巴黎时必须重读它。它是普通小说长度的三倍，可能是个很好的故事。它几乎是整个情节剧，发生在古巴和海上，有很多情节。它的确是当前这本书所需的故事。比如，《胜者无所得》。但是它与另一本书的故事一样好或更好。你不会很了解，将一个你知道的故事放入一本叫作《胜者无所得》的书中将会卖得很火。

我不期待所有人都喜欢当前这个故事书，也不认为你对此必须努力或更谦逊。我正试着在我离世之前，做一幅世界图画，或者它如我所见的一样。务必将其归结而不是使其变得没有力度。这些故事几乎都是有关事物的，人类不关注人类，或者说很不喜欢。没关系，随着时间车轮的转动，我将让他们喜欢。

你可以告诉弗吉尼亚的父亲，我已经为弗吉尼亚兑现了她的支票，因为她在这边的任何银行都没有账户。这是他们给我开出支票的原因。我试着劝她不要一次性把所有的美元都兑换成法郎，但是她担心美元贬值并相信那是她的损失，然后她不再担心：现在美元又升值了一点。

我明白有钱的人们对通货膨胀是多么的狂热。任何负债的人和存储真实的钱的人是没有这么狂热的。一旦开始要做的事情就是要拥有你所能拥有的。在过去的十年里靠它在三个国家生活，并且我非常了解它是如何起作用的，各种步骤是什么以及会带来什么。目前为止我有很多钱，同时任何采纳我意见的人将会有很多钱。但是我因为原则上的欺诈和在最后它并没有做什么好事的

---

① 第一个摩根的故事：《一次穿越旅行》（《世界》96 期，1934 年 4 月）。

事实而讨厌它。我讨厌她而不是因为保琳有很小的固定收入。

我讨厌希特勒，因为他为一件事工作：战争。他说一套做一套。战争是国家的健康，同时在他国家的概念中，每一个人都必须参战或保持战争的威胁。

西班牙处于可称为混乱的状态。所有掌权的完美主义者现在都将他们的手指伸向了可分割的财富，虽然他们获得的意外财富相当小。当他们用完那些财富时又将是另一个循环。

不要担心在非洲的保琳，我将会很好地照顾她。帕特里克将要和金妮一起回来，会在纽约见到艾达和格里高利并和他们一起去科威特。我妹妹厄休拉，我最好的妹妹，在我们去的同时将和她的小女儿接到那儿生活。

不知道我们确切何时回来。

告诉卡尔我将非常怀念今年秋天第一次和他在庄园主住宅里，见美女成群的时节。最好的祝愿送给他和玛蒂尔达。我和卡尔在哈瓦那一定会度过美好的时光。

查尔斯·汤普森拍电报给我们说，暴风雨后我们的家还好，没有毁坏。但是可怜的老布拉失去了他的船。那是非常无情的，因为船就是他的谋生手段。

西德尼·富兰克林，那位斗牛士，在三年很严重的牛角伤手术后在这儿最终出院了。他们必须切除他三英寸的下部肠道。我陪着他做手术等，有一段时间他很不好，但是现在似乎非常好了。

简·梅森夫人从去年5月的那次事故中恢复得怎么样？西德尼今年去过好几次医院了。我们容忍朋友的麻烦比容忍我们自己的麻烦容易得多，这很是神奇。我想这也是一个人可以统治一个国家，并且在晚上仍然可以睡觉的原因。

我知道有许多我该写的东西，但是我现在将要停下，并且以后经常写。

我们一收到非洲的地址，就马上把信寄给您。如果你用航空邮寄，那么您可以在离开那儿之后八天之内收到来自伦敦的信。

你会告诉卡尔和玛蒂尔达今年圣诞礼物不会很多吗？比如叫他们不用给我们寄任何东西。我们不知道我们圣诞节将会在哪里。

我很遗憾这不是一封更好的信，母亲。保琳走了，今天下午天气阴沉，但是我将在这周末去看她。我期待着我的校验，终稿已经寄到这里了，我可以拍电报给斯克里布纳确认了。

最爱你们，祝你们度过一个美好的感恩节。

你永远的

欧内斯特

致帕特里克·海明威

海边

1933 年 12 月 2 日

亲爱的墨西哥老朋友：

这里几乎是在红海的北端了。明天我们将要进入印度洋。天气就像冬天晴天的基韦斯特岛。昨天我们看到了一个大海豚的海豚族和许多小海豚的海豚族。

天气很冷并且下着雨，一直到埃及。然后天气又变得很热很晴好。现在我们在苏伊士运河，马上要穿过沙漠。在有水的地方我们看到许多棕榈树和木麻黄（像是在我们的院子里）。但是剩下的都是高山和山丘以及整片的沙地。我们看到许多的骆驼和骑在骆驼上的士兵，赶着它沿着航线快跑，几乎与船的速度一样快。在运河里，有时必须停下来把骆驼和船系在一侧，让其他的船只通过。你可能看到其他的船通过并看到沙漠。我们看到的唯一的鸟就是几只沙锥属鸟和很少的几只鹰，还有几只鸬鹚以及一只老蓝鹤。

我很想念你，墨西哥老朋友，将再次见到你我很高兴。我们回来时有很多的故事要讲给你听。

你去基韦斯特岛时，代我向布拉船长和 J. B. 沙利文先生问好。将我最美好的祝福带给皮戈特的每一个人。

少喝啤酒，并且把烈性酒放起来等到我回来喝。

不要忘了擦鼻涕，在你睡觉前翻三次身。

你亲爱的
爸爸

海明威全集

海明威书信集（下）

Ernest Hemingway Selected Letters

〔美〕海明威 著

苏 琦 译 俞凌娣 主编

中国出版集团　现代出版社

1934—1942

致阿诺德·金里奇
内罗比，肯尼亚
1934 年 1 月 18 日

亲爱的阿诺德：

很抱歉这封信要比平时晚很多。我最近病得很严重，每天要输一夸脱的血。我想我一定是得了痔疮，因为我的屁股伤得很严重，并且直到我了解情况之后，我才发现原来事情已经那么糟糕了。我最近实在没有精力去写信，我尝试着每天都寻找灵感，但是除了这个一无所获。现在已经四天了，我想我可能就快好了，但是我实在无法想象这么多的依米丁（治疗疟疾的药）是否合适。

格特鲁德有一个志同道合的朋友，这个朋友和她说了她爸爸骨折了，还有与生病有关的一些事。但是如果他们去了爸爸曾经去过的地方并且做了爸爸做的事，那事情又会变成什么样呢？

你的第二号信和"空白"的信，我都已经收到。我一有时间就会在营地给你写另一封信，我想我很快就能恢复到良好的状态。

如果你愿意，你可以每年写 12 篇文章。从基韦斯特回来时，你就已经写了三四篇了，因此你可以提前做好准备，并不用太担心。

试着去写吧，我会尽力帮你解决困难。

第一号信看起来非常好，请继续保持。

我把年轻的阿尔佛雷德·范德比尔特推荐给你。如果他能向你介绍他的签名和知识（他确实很懂得赛马），那对你的文章将会有很大的帮助。他是一个有雄心的人，对自己要做的事情也很自负，不过他的确是一个水平卓越的年轻人。我很喜欢他，他的作品文风严谨。有很多人曾经尝试买他的签名和作品，只可惜他并不向外出售。

我们打算去塔纳河河口的拉姆岛去钓剑鱼和大旗鱼（据报道达到 18 英尺长），另外我还有很多好东西准备给你。等到 2 月 20 日吧。

很抱歉，关于这些信我没能够给你更好的帮助。在这儿，我竟得了这个该死的疟疾。不过我相信我在休息处能够很快恢复过来。我现在已经开始试着写些东西了，但是我总觉得现在我的脑子不转了。否则，我肯定已经给你写过信了。不过我还是开始了，现在也完成一半了。

我想我将会在基韦斯特完成些好东西。

我用斯普林菲尔德步枪杀了两头水牛、所有的狮子。获得一些美景和一些极好的想法。你想要这儿的一些东西吗？

如果你认为我做事很不合常理或者是认为我有双重性格，那么我只能说我很抱歉。不过让我困惑的是那封电报。

只要你喜欢，你可以慢慢将这封附注信的内容（副标题为坦噶尼喀的来信）读完。如果你愿意的话，你还可以使用这些图片。那些狮子的图片我拍得非常好。那是我在 8 到 10 码的地方用 4×5 格雷费斯相机照的。

除了刘易斯·噶兰提尔没有人比欧内特·博伊德翻译的法语更糟糕的了。让马尔科姆·考利雷翻译你的法语吧！

为什么不写伊万·希普曼、19 世纪的比克曼故居呢？

你的吉格舞漫画家大师非常好，绝对是第一名。

你永远的

海明威

致阿诺德·金里奇

基韦斯特

1934 年 5 月 25 日

亲爱的金里奇先生：

听到你在百慕大度过了一个很愉快的假期，我很高兴。偶尔能去那里钓鱼是件很开心的事情。最实际的方法将是把所有皮拉尔①放在从迈阿密带来的蒸笼里，但是如果这样的话，他们会把每件事都安排好。现在爸爸生病了，不能帮我们，但是他很有可能会在将来的某一个时间来到百慕大。

试一试用更好的类型，多花点时间在上面。我在 8 月的时候也就是上个星期天完成了初稿。现在是星期五，明天我打算把它再重写一遍，周六或周日（也有可能是周一，不过最晚不会超过周一）邮寄给你。那大概就是把 28 日（从 6 月 1 号开始算起）作为最近的邮寄日期。这似乎是关于鱼的事情，恐怕有点科学化。我正试图用不那么科学的手段来对它进行重新创作。

我现在对这个故事有着极大的兴趣。它大约有 59 页吧，也许更长一些。

船（皮拉尔）简直棒极了。惠勒，38 页页脚，我做了标志，75 马力，40 小时，由莱康明引擎发动。低阀杆钓鱼，300 加仑的油箱和 100 加仑的水箱，钓鱼棒极了。6 个睡觉的船舱，2 个驾驶舱，打开尾部的发动机的话，一个小时燃烧不到三加仑的油，用大点发动机的话，以巡航的速度一小时四加仑的油，而两个发动

---

① 皮拉尔巡洋舰，迈阿密，1934 年 5 月 9 日，耗资 7500 美元。《时尚先生》杂志的金里奇提前付给海明威 3000 美元，要海明威在《时尚先生》杂志发表文章，因此海明威能付得起钱。

机都打开的话，将耗去 16 加仑的油。其中一个较小的会将五个装好并接通。

前天，在忙完了满满一上午的工作后，我在下午两点半的时候从这里出去。我们抓住了一条旗鱼。这条鱼有 119 磅重，9 英尺长和四分之三英寸高，腰围超过 35 英寸，在此之前，我从来没见过也没有听说过大西洋有超过一百磅的旗鱼。我希望这条鱼能够创大西洋纪录。不过糟糕的是这条鱼被一个基督徒抓到了，他并不打算留下自己的姓名，而且他认为我们应该去做一些钓鱼之外的事情。他刚刚一直努力奋战，但还是失去了一条被鲨鱼追赶着挣扎了 14 下的一条旗鱼。他试图放出钩子钩住一条，但是他左臂有关节炎，因此状态不好，所以在第一条鱼一次跳跃之后就将捕鱼的任务交给了我。我帮他坚持了 44 分钟，我相信任何旗鱼都不会被钩子钩住，这肯定不会成功。它有着完美的黄金比例，但是我们估量不出它的体重。我不会要求它，因为我钩不住它，于是我就试图让麦克雅典老爹来钩住它。它无论如何都会成为我们进入大西洋后所捕的一条鱼。它是一条旗鱼，名字叫玻。50 磅是一个很好的数字，75 磅也是一个不好不坏的重量，但到目前为止我还没有听说过有一百斤的鱼。八点的时候，我猜测这个小家伙应该有 119 磅，在经过了四个小时的挣扎后，它终于被我们抓住了。

晚上最容易抓到大鱼。在前天，大概是过了六点钟后，在太阳快要下山之前，我们就抓到了一条 61 公斤的大鱼。一般情况下，船队开到墨西哥湾流的时候，大旗鱼就会开始咬钩。我想让你知道这是一条整鱼，而非一小块。你也知道接受那些预付作品的出版社，他们并没有接受任何同样价格的文章或免除我费用的义务，要知道杂志就是用来赚钱的。

　　只要，梅杰先生和金里奇先生一起来到这里，我们将会给你组建一支舰队。

　　早上，我和吉米打赌的时候，我赢得了胜利，现在我把赢得的十块钱赔给你。

　　我现在正在努力工作，想着和多斯一起去古巴过五一劳动节，钓两天鱼。但是这个计划目前为止还没有实施。我想我很可能直到 7 月份我才会出发，因为这里要做的工作太多了，希望我能在 7 月和 8 月的时候和他们保持联系。你不能让与年轻人有关的任何故事就这样结束——要知道除了这个年轻小伙子，任何其他东西都应该是死的，且以不同的组合。这已经是一种坏公式，并且泛滥的速度非常快。

　　如果你见到坎贝尔（漫画家），请告诉他爸爸，他真的非常好，但只有像你这么聪明的家伙才会知道他到底有多好。

你的亲爱的
欧内斯特·海明威

　　致阿诺德·金里奇

　　基韦斯特

　　1934 年 7 月 15 日

亲爱的阿诺德：

　　感谢你的建议，我知道你是一个很好的人，你一定不会在战争中因为钱被杀害，你没有毒瘾，也不是酒鬼。除了埃兹拉和乔伊斯外，大家现在都很好。你是想让我写关于埃兹拉的事，同时还要我立刻写信给你，对吗？当我重新阅读这些信的时候，前面的两页内容并没有让我发笑，所以我又重新写了这一部分，不过其他内容几乎没变。我写这封信给你，是要告诉你的秘书不要再给我写信了。当你不在的时候，让你的秘书签上你的名字，或者让她签下自己的名字也行，然后就此打住。

在我的稿费付清之前我还有多少的工作量啊？我唯一感到自豪的事情是，由于今年古巴马林鱼赛季的失败、阿肯色州的鹌鹑赛季的失败，我已经稳步写得很好，甚至膨胀，无论情况是多么的糟糕或者容易，我都一定会准时或稍提前交稿，我可没有吹牛。但是我想现在是把稿件放到一个安全的地方以换取足够价钱的时候了，这样我就能去非洲。因为真的，金里奇先生，除非你让我再去非洲，尤其在星期天下午，对于其他的事我绝无怨言。在早上、中午和晚上，可以去做别的事情。

据我所知，我的一生一直努力去写好故事、好片子等，我一直没有浪漫地去感受美国的风光，我想住耶稣感兴趣的地方，也很快会有相当长一段时间的死亡。我有两个爱好，在海里钓鱼和拿把来复枪在目标范围射击，当然最重要的是我必须全神贯注于目标，因为基督的缘故。为什么我不可以这样做，而是在这里玩着鸡屎？当我抓住旗鱼的时候我觉得很遗憾，因为它咬住了我的手，我真怕只一年的时间，我的来复枪生涯就结束了。你为什么不带孩子出去，让他们也玩得开心，这可比让他们在这个地方长大强多了。如果我无法给他们一个对美国完美的印象的话，我会忍不住带他们出去的。

好，晚安，金里奇先生。如果你喜欢美国，我准了。伙计，但它不能感动我，我已经好长一段时间没有被感动过了，但是我仍然可以被感动。比如试着去想象莎拉·伯尔尼哈特的好，她真的很优秀。我说地狱与她同在，我一直在最好的地方（西班牙）

和最好的人在一起，在这里，我们拥有最好的植物和树木，但我该死地喜欢动物群。

亲爱的

欧内斯特

致阿诺德·金里奇

基韦斯特

1934 年 11 月 16 日

亲爱的金里奇先生：

听说你得了该死的疾病，那可真是太糟糕了。我在黑色的医学词典里查询过它，但我并不知道它们到底说了什么。扁桃腺切除会对你产生什么影响吗？在这里，我一直想着你有太多的能量，你所有的时间都很懒散，这点我很抱歉。你要做什么呢，在你治愈的时候，要开始另一个杂志吗？同时写两本小说吗？也许我们应该派一个委员去好好研究下你。

感谢你的来信，我们刚刚收到了《斗牛士》。我将写《雷斯特》，我敢肯定我们的价格没有问题，同时我相信你的插图也是对的。在下午的时候，没有什么东西能够打败死亡以及我将使用的东西。

我今天上午已经完成了《非洲的青山》492 页的手稿。明天我将会开始一个新的故事。不妨利用《四千金的情人》，因为我是其中之一。

北风吹来，常规赛初的天气。我将给你复本绝对是第二十一次了，不知道结果如何。不知怎的，我不喜欢写斯坦因的有关东

— 351 —

西，即使确定是一个热情的片段。曾经有天晚上，我通过收音机听说她非常神秘，以至于我感觉到她就像个幽灵。我知道你从来不相信这些，因为没有任何证据可以证明。但是，在更年期之前，她绝对算得上是一个非常讨人喜欢的女人。这与我先前的看法可不一样。我曾经认为，不管这个人多么懒惰，我们最后都可以成为朋友。

此外，我得到了枪并装上了子弹，并且我知道在现场和友谊至关重要的一边，有一个特定的美好感受优越感，每当你想还是不做这件事的时候，你就可以战胜任何人了。就像吉尔伯特，我让他担心这封信很长一段时间了，我要让他担心下去。不要说我提到这件事了。我把它关起来和我的文档一起放在巴黎，无论如何他批评生涯的结束意味着他流浪汉生活的结束。我已经写完了全部真相，虽然你的标题是很好的，他们将作为批评者对我进行评论。老婊子摒弃她在这儿的时候，曾有过一段非常美妙的时光。

我最好的一个朋友，刘易斯·昆塔尼拉，原本打算在纽约夫拉—布格的皮埃尔·马蒂斯画廊里举办雕刻画画展。画展会从11月20日开始，为期两个礼拜。这些雕刻画真是太美妙了，从来没有见过在世的人中有这么好的作品。昆塔尼拉在马德里监狱，被指控为十月革命委员会中的革命者，他们想判他十六年。我已经写了目录介绍，多斯也写了一份。我自费已经把这些版画弄过去了，还要为布展花些钱，整个过程只有我与多斯两个人。你认识不认识一些人呢？让他们去那儿看这些画展，并能让他们买些展画。这件事情既不是慈善事业也不是为了帮朋友，这些画确实太美妙了。如果你有20美元可以支出的话，你应该买一幅。展画收入的百分之二十会给皮埃尔·马蒂斯主办方，其他的则全数归昆塔尼拉所有。皮埃尔之前一直一心一意地为画展工作，他认为这些展画十分精妙。我确信这不是由于我是他的朋友，所以他才会如此以为。但我也不知道我的这种想法是否存在偏见。

这似乎是一切。我希望你感觉好多了。你可以把检查结果送到马德里，阿帕他多933号，莱斯特。在12月的时候，在那里我们几乎看到所有不整洁的广告。这是多么奇妙的一件事啊。这让我知道了我们什么时候才开始变得富有。

亲爱的

欧内斯特

致杰拉德和莎拉

基韦斯特

1935年3月19日

亲爱的莎拉，亲爱的杰拉德：

你知道我们之间没什么可说的和可写的。我们知道如果邦比死了，你会觉得将没有任何东西能说。星期天我和多斯从海湾来到这里，发了一封电报。昨天我试着给你写信，但是我发现我不能。

他对鲍思并非不好，曾经他也有段美好的时光，而他过去做的事情现在我们也必须要做。虽然我们现在才刚刚起步。那是多么可怕的一个地方啊，他走了那么长的时间，之前他们曾让他非常痛苦，在一个人死之前他肯定很想活。可惜他这么年轻就死了①，但值得庆幸的是他度过了一段非常好的时光。就算他拼命

---

① 鲍思（1919—1935），莎拉·墨菲的长子，死于肺结核病。

了一千次，他也没有好转起来。在你死前，你要是感觉到疲惫，这或许是件好事，因为上帝想让你免受痛苦，这是他仁慈的表现。

这是你的损失，而不是他的，所以它是一种合法、勇敢的东西。但我不能勇敢，我全身心厌恶你们俩。

这有点残酷但却也很真实，我知道，一个早夭的人如果能度过一个幸福的童年，那他可以说是获得了一个巨大的胜利。我相信没有人能比你们更能给孩子一个幸福的童年。我们都曾想着死于失败，我们的身体消失了，我们的世界毁灭了。但是同样是死亡，对他来说，他的世界是完整的，他只是偶然死亡罢了。

你要明白，我们已经到了这个年纪，我们开始失去我们这个时代的人。鲍思处在我们这个时代：很少有人真正活过，或者说人人得以永生。但是，不管他们是否离你而去，你深爱的人会永远活在你心中。

我们在世上生存，每一天都必须要非常小心，不能互相伤害。虽然现在我们看起来好像都在同一条船上，还是在一条好船上，我们不会分开，可我们知道我们永远也无法到达港口。因为会有各种各样的好的或者坏的天气，不过更重要的是，在我们还不知道登陆时间时，我们必须保持良好的状态，互相信任，彼此依赖。幸运的是有很多优秀的人在我们的船上。

把我们所有的爱传递给你们俩以及公爵的儿子帕特里克·墨菲、女儿伊福斯和老鲍思。

亲爱的

欧内斯特

致阿诺德·金里奇

基韦斯特

1935 年 4 月 11 日

亲爱的阿诺德：

这是一则信息。如果你不能说通奸，你能说交配吗？或者那也不能的话，你能说是合作者？如果不是，我想说完善。用你自己的品位和判断来做这件事。

明天早晨，我们就要离开了。目前为止，伤口已经被彻底清洁，好好休养几天后应该就能愈合了。① 这是非常小的痛苦。

我会再给你写信的。虽然现在写就很合适。不过如果到比米尼岛的时候还没有超过你的期限，我想你还是有机会能扳平比分的。

最美好的祝福给你。

亲爱的

欧内斯特

致阿诺德·金里奇

基韦斯特

1935 年 6 月 4 日

亲爱的阿诺德：

现在给你寄来在古巴出版的一本书和我的第一版的关于年轻

---

① 星期天，海明威在 4 月 7 日去比米尼岛的路上，无意中开枪射向自己的腿。见卡洛斯·贝克，《海明威的生平故事》（纽约，1969 年），"被射杀一次"《时尚先生》第 3 期（1935 年 6 月）。

的安东尼奥（古巴画家）的著作。[1] 你还记得那张安东尼奥所放大的图画吧？是两姐妹，都非常滑稽非常好看，有着蓝色的羚羊头。安东尼奥在哈瓦那的竞赛中打败了一个强大的竞争对手，获得了最后的奖金。我们没赢，自然也没有任何报酬。他赢了460美元，还很好心地送了50美元给我。我给你买了个礼物，花了10美元，然后把剩下的钱给了我的孩子。我总共给了斯克里布纳40美元，告诉他们分给每个人5美元，用詹姆斯作标准。要是他能有10部小说的支付现金，那么所有的钱都会被寄给安东尼奥，他在首都哈瓦那。如果乔治娅小姐想要点什么，她可以到斯克里布纳图书部命令他们。顺便再说一下，真感谢那封虚伪的信。这是多么的不正常啊。对你来说，我想让你再问问乔治娅小姐，要是她见到这个家伙（写那封虚伪信的人），她是否能写信给我，告诉我这个家伙究竟说了什么？我想这个要求并不算太过分吧！我相信有一些人肯定会认为我是一个骗子，但那个家伙的业务可是遍布美国。他的业务能从沿海到海岸。他签署的书，他大声朗诵的新故事，在探险俱乐部待的两个月，带年轻人去吃的早餐等。只要是和他有关，不管是乔治娅小姐告诉我还是其他在芝加哥撞见他的人告诉我，我都会对此感激不尽。[2]

飞抵这里看到保琳和孩子们在房子里忙碌，清理（斯克里布纳杂志）碎片，并试图整理一下我的邮件。我们已抓住的两条大金枪鱼，虽没有鲨鱼感人，但我们还是保持了暂时的世界纪录。请你给海明威发电报吧，就在最近，你要尽快完成数据，然后你可以应付副本及图片的下一个问题。你会惊讶于人们如何做这样的事情。如果你想找个大人物和运动员来满足你的需求，他们能

---

[1] 《卡托奴》（哈瓦那，1935年4月）是海明威对艺术家作品的评论；（1936年5月）。

[2] 这个骗子，美国的海军上将，一个好战的执法者骚扰了海明威很多年了。卡洛斯·贝克在1951年2月17日讨论了这个问题。

得到 5 分镍币，给他们，或送他们。我认为这是一个好主意，把这三四篇文章组合在一起形成一个序列。很抱歉我不得不在凌晨 3 点写信给你。但明年冬天，或者这秋天我还有些文献要给你。

在我拿到最后的稿费之前，我到底还要写多少东西啊。我不是乞讨。只是想告诉你我能搭飞机交给你。加里诺片段应该能算得上是一个收藏家不错的目标。如果收藏者还在世的话，希望如此。

你有没有看到最后版本的罗斯和米克？没什么后文了。杰克和特德的孩子刘易斯斗争了 19 次。每一位都拥有超高的水平。

你是不是有兴趣知道，在我痛打一个家伙后，我又把约瑟夫·卡那普①打昏过去了，在他清醒过来后，说他有自己的《科里尔》《麦克尔》等。当时，天黑了，我赤手空拳站在比米尼码头。围观者有 60 来人，其中有本·芬尼、霍华德·兰斯、比尔·费根和另外一些人。我想卡那普从斯坦因那儿了解到，我是个骗子，因此挑起了这场争斗。我告诉他的时候，他还不知道自己已经被卷了进来，因为他在谈话中不断重复他在纽约曾对我说的话。但是不管怎么说，我还是用左勾拳击中了他 3 次，不过我实在弄不懂的是，为什么他还不肯屈服。接着，他又向前倒去，努力想抓住些什么。我用棍棒从他右侧狠狠地打了他两下，他向后退去，屁股和头部几乎同时砸向木板。我原本认为，等他再回到码头来参加对抗时，他肯定坚信，在我正疲惫不堪的时候，肯定会有人来抓我。但他的船员们却在原地一动不动。他次日凌晨四点离开，乘着他的"暴风雨之王号"快艇前往迈阿密去看医

---

① 约瑟夫·费雅嘉·卡那普（1892—1952）与他父亲一道联合出版杂志，他的父亲约瑟夫·帕纳普·卡纳普（1864—1951），原科里尔出版公司董事会主席。在 1935 年 7 月 31 日海明威给金里奇的信中写道："自从卡纳普事件以来，这儿是人人自危，他们让我去挑战他们。当地有个娱乐节目叫《试他》，我最后两周参加了 4 次，两次赤手空拳，两次戴着手套。这 4 次都获得了胜利。"

生。在迈阿密，他告诉费根，他对于他所说的"还要回来"感到很抱歉，并且已经得到了应有的报应。另一方面而言，双方冲突的原因还是源于限制对方的市场份额。这个狗娘养的，我们之间以前一次也没有接触过，是他先开始的，他体重 200 磅，穿着鞋，我光着脚并损失了两个脚指甲。如果你想了解关于这件事的任何信息，并且对此还抱有好奇心的话，那么我说的这些其实很容易就能被证实。在那个时候，黑人乐队正在码头唱歌，他们看到了所有的过程。要是你能来比米尼的话就更好了，在这里你可以听到他们最美妙的歌声。我多么希望你能到这里来啊！从 6 月 7 日到 6 月 25 日这段时间里，我一直独自一人在那儿钓鱼。我的妻子去了圣·刘易斯接邦比，邦比要从芝加哥坐船到那儿与她会合。不过还是希望你能到这来，老实说这可真是一个好地方啊，要是在这样的地方钓鱼，两个人肯定要比一个人有趣多了。

不管怎样，写信给我：佛罗里达，迈阿密，西南第五大街 1437 号，乔治·D. 克雷德船长（比米尼的"皮拉尔"船长）。

（转交）海明威

每个星期二，他来回跑着他的领航艇，顺便能把信捎过来。我明天回去。你可以不用费太多的时间从纽约或芝加哥坐飞机，泛美航空公司的飞机每星期一和星期五都有从迈阿密到拿骚上午八点的航班，从迪纳基港口带你到卡特卡只需要 28 分钟。见到去卡特卡的飞机后，给我发封简单的电报，我们将在那接你。卡罗斯·古铁雷斯已经康复了！

我们见过一条马林鱼，比迈克弄死的那条大至少三分之一，经过残酷的战斗，你也曾经见过的，眼看快到船上了，还是让它脱了钩。它跳出水面 22 次，就如在倒霉的诺曼底那次一样，几乎半英里的纠缠，还是让它逃掉了。在船上，我与它僵持了 28

分钟，像迈克的鱼那样，拼死地往上跳，终究还是脱了钩。要是我能抓住这条鱼，那它的重量肯定能打破世界纪录。真是太遗憾了！我就这样眼睁睁地看着机会从我的眼前像这样溜走了。不过，等你收到这封信的时候，我们的心情应该已经好起来了。这里有大量的马林鱼，虽然个头不算大。不过我们一直用八到十磅的金枪鱼做鱼饵。捉第一条鱼的时候我大概用了一小时十分钟，但到第二条的时候就变成了48分钟。这里有不少船，我想他们捕鱼至少也都捕了4年了吧，不过他们却没有逮住一条像这样的鱼。我们和一些富家子弟打赌，竟然成功赢了350美元。这儿有很多富家子弟，但是现在没有人再敢和我们一起打赌了。

再见，阿诺德！我们将尽力给你写一篇好作品。如果您有任何意见请提出来。

亲爱的

欧内斯特·海明威

致麦克斯威尔·潘金斯

基韦斯特

1935 年 9 月 7 日

亲爱的麦克斯·

能收到你的来信，我非常高兴。只要收到信的那晚没有遇到飓风，我会尽快给你回信。我在午夜十点躺下之后，迷迷糊糊睡了几个小时。周围一切的如同船舱一般安全。气压计和手电筒现在就放在床边，等到光线变暗的时候就可以直接拿来使用。午夜气压下降到29.5，狂风大作，树枝摇曳。汽车渐渐地向着小船驶来，然后停在那里，大概直到凌晨五点。转西风后，我们才慢慢意识到暴风雨已经穿越北部，渐渐远去了。第二天，风依旧猛烈，我们失去了和佛罗里达礁岛群的通信。在这样的大风天气里，小船无法通过电话、电缆及电报进行通信。第二天，我们去了下岛村，那里已经变成了一片废墟。当你在报纸上读到的时候，你肯定无法想象出这一毁灭性的场景。风暴已经造成700—1000人的死亡。目前为止，很多人仍没有被安葬。40英里以内，枝叶完全剥落，如同被烈火焚烧般光秃。大地也仿若被弃置的河床。目之所及，无一建筑矗立。30英里以内的所有铁路都被冲刷吹走。我们是第一批赶到这里的人。此刻五营的老兵们正在抢修公路。180人中仅有8人幸免于难。自从1918年6月下部皮亚韦河战役以来，我已经目睹了无数的死亡。

那些军营中的老兵实际上是被谋杀的。佛罗里达州西海岸有一列火车准备搭载这些人远离礁岛群，负责人员称已与华盛顿政府联系，正在等待命令。华盛顿当局给迈阿密气象局发电报询问，已经得到的答复是没有什么危险，转移这些人没有太大的必要。直到暴风雨到来，这列火车还未开动。负责照料这些老兵的工作人员与气象局之间互相推诿。

我所知所能够断言的只有这些。暴风雨抵达岛村上空时，大多数岛民因气象局发出的飓风警报（礁岛群的飓风强度从基拉戈岛逐渐向基韦斯特减弱）而丧生，而他们并未用他们最基本的、良好的判断力来计算这一进程。

长礁岛捕鱼营已经被彻底摧毁了，在上岛村和下岛村的定居点也没幸免于难。有超过30英里的铁路完全被毁坏，现在所有通往基韦斯特的火车都被强制停运。高速公路虽然没有铁路损坏严重，但要被完全修复至少也需花6个月的时间。铁路方面只不过是虚张声势，他们会进行重修为的是向政府出售通往高速公路的使用权。无论如何，基韦斯特将与外界失去联系至少 6 个月，除非迈哈密方面派遣服务艇和直升机。

海上部队直升机正在运送某一类邮件，只不过是两组长达 130 页的单页校样。你要让我在其他校样运来之前将它们发回去吗？

回到你的来信。

首先，我希望自己已经疲惫不堪，以至于出版商已经向公众公布了我在迈阿密所发生的一切。因为我正在创作的书中需要一场飓风，好像如果少了这场飓风的话，他会很失望。

亲爱的麦克斯，你一定无法想象，两名赤身裸体的妇女，在暴风雨中如破布般随树摇摆的场景，她们的身体肿胀并发出刺鼻的气味，胸部好似涨大的气球，水流在她们的双腿间不断穿行。然后，通过判断，有人认出了她们分别是经营三明治店和汽车加油站的那两个漂亮女生。目前我们已经安置了 69 具尸体。在印第安人居住的基韦斯特，一个几乎没人到达的地方，现在已经完全被一扫而净、寸草不生，高地中央散落着各式各样的海螺、有活的也有死的，除此之外还有不少淡水大龙虾，整个海底在它的下面。我真想让那些搞文学的浑蛋们来亲身体验下飓风的威力。哈利·霍普金斯和罗斯福把少得可怜的津贴发放给那里的游行群众，想借此摆脱和他们有关的一切。如今，他们宣称会把这些尸体安葬到阿林顿国家公墓，并不会直接对尸体进行火化或现场安葬。不过当被抬起来的时候，这些因飓风而撕裂的尸体已经开始腐烂了，周围到处都是腐臭的气味，目前为止，救援人员完全无法对尸体进行防腐处理，要是真将这些尸体抬到六七英里外的小船上，再将它们放入箱内，在到阿林顿国家公墓的途中，船上的十到二十几人肯定忍不住呕吐起来。抗议者们大多反对由迈阿密方面承办火化或安葬工作，因为每具尸体要收取 100 美元的费用，而松木制成的棺材每副就要 50 美元。工作人员不仅要在发现尸体的地方撒石灰，还得通过付费硬盘和文件来确认死者身份，然后才能竖起十字架。然后，他们会挖出亲人们的尸骨再将他们运走。

我短篇小说《过海记》中的醉汉在轮渡时溺水而亡，而他的原型就是乔·洛。

我刚刚完成一部佳作，另一个故事文从星期六晚上就开始了。他们原本可以让这些老兵在星期天或者星期一时到户外走走的，可他们却从未这样做过。在照料老兵上，他们哪怕只采取一半的预防措施，也不会有那么多人遇难。

现在写这些，可能会让你感觉很不舒服。外面雨仍在下，没有喝酒，躺在船的甲板上，我们应当记住整个事件，但我的确不知怎么会出现在我的小说中。我们分五次向不同地区的幸存者运送补给品，但一切只不过是徒劳无益。

希望佩格一切顺利。不过不管怎样，你都不用担心，她现在已经回来了。

要是他有可以去爱的人，那么想象着一段风流韵事也许能帮到司各特。幻想这个女人还不差，实际上只是自欺欺人罢了。

有关斯坦因的部分，我尝试完全坦白。我并不想提及她的名字，证实她就是格特鲁德。你想让我将她与"婊子"对号入座？用什么形容词来修饰？我不知道什么词能够取代"婊子"，当然不是妓女。如果一个人曾经是婊子，那么她就成了她，看我是否能改变她。（只是刚好发现，读了一遍，并不知为什么而操心。）除非你认为这为批评家提供了话题。看在老天的分儿上，麦克斯，你难道不明白他们抨击我，是为了让我信仰他们。你不可能一直受欢迎，除非从事像高尔斯华绥等小说家那样的职业生涯。我将在不受欢迎中生存下去，留下一部较好的小说集（只有这能够在大量人物行为中被他们所理解），一部能够使他们回到原点的小说。我不在乎是否受欢迎。你知道我并不追求这些。唯一困扰我的是，我一直长期从事工作（而非试图成为像罗斯福那样的名人）的办公室对我失去信心。我还需要一些钱。

算了吧。还是让我们继续回到婊子这个词上吧。

你想讨论那个胖女人吗？

完全有这个可能。让我们把话题转到胖女人或者单单只是女人身上吧。比起婊子来，这个词也许会让她更加愤怒。请你不要用婊子来称呼女士，这似乎会让别人误会我并不在意她对我说谎，但对所有人来说，诚实都是非常重要的。

好的，我现在修改好了。好吧，我对她是什么感觉，其实不值一提。现在好了，不用担心。

邮件发出后，仿佛摆脱了这件没人知道的事情。希望你的花粉病现在已经好了。随着暴风雨的北移而结束，给人一种虚假的印象，早秋终结了它。我很感激你所写的有关写作方面的内容。随函附上有关斯坦因的部分，你现在可以把单页校样进行重置。已经修改好了，把重点放在对应位置。我认为这一章的结尾应避免把婊子一词运用到女作家身上。

等你收到信后，能不能在我的账户上存 500 美元（美国花旗银行的法默布兰奇市分行，威廉大街 22 号）。我认为这肯定能让预付款上涨到 4800 美元。

我将继续进行剩余校样的校对，并及时把改好后的部分发给你。现在把这些发给你。

祝你好运，麦克斯！

你永远的

欧内斯特

致司各特·菲茨杰拉德

基韦斯特

1935 年 12 月 21 日

亲爱的司各特：

好吧，我想乔·刘易斯肯定能预见到你的无奈，因为拳击比赛要延迟到 2 月 2 日。如果可以离开塞尔达的话，你还是到这里来吧。很遗憾她的身体如此糟糕，现在她又生病了，而且肝脏也不好，肺和心脏也出了毛病。你最近还好吗？其实我们的肝脏也不是太好。六七年前的时候，我的肝脏就不好了。你的心脏现在有什么问题吗？肺怎么样了？我的意思是医生怎么说的？不睡觉真的很糟糕。现在我的药物剂量变大了。我经常在半夜醒来，听钟敲响一点或两点，然后就那么清醒地躺着，直到听见钟敲响三点、四点和五点。但过去我并不在意任何事情，所以没有太多的不安，我只是很平静地躺在那里。这样你睡觉的时候就仿佛得到了很好的休息。不过我想这些对你没有影响，但对我却有很大作用。

如果需要锻炼我就乘船出海，整晚熟睡，或者如果我在船上醒来，很快便能入睡，抑或我清醒地躺在船上，一切都好。问题是，如果你在醒着的时候开始想其他的事情，从头到尾你会感到精疲力竭，早上要写作的时候也会感到疲惫不堪。如果你能够静躺着，放轻松些，只是作为旁观者考虑自己的生活和事情，并不在乎——是否会有所帮助。在我看来，你高度重视健康问题，是因为你对长大和变老感到困惑，你已经承受了太多的惩罚，我没有理由告诉你任何事情，想要把你看透，有一个很好的机会。拳击比赛取消了，但我只知道我所见到的。不管怎样，我都要写一部有关下一次革命的小说。只要你有空，你随时可以到我这里来。我会带你到船上，你可以从中抽取任意一部好的小说。如果你十分确定自己特别心烦，我倒想看看你会不会去自杀？你所要做的只不过是决定要不要举起手来，一些妓女养的黑鬼儿子会杀了你，你的家人很快就会被赡养，你就不用再写作了。我还会为你写一篇精美别致的讣告，马尔科姆·考利会把其中最优秀的一部分刊登在《新共和》杂志上，我们还可以取出你的肝脏，把它交给普林斯顿大学美术馆，然后再把你的心脏交给广场饭店，一个肺交给麦克斯威尔·潘金斯，另一个肺交给乔治·霍内斯·洛里默。要是你还有那玩意儿的话，我们会把它们从大巴黎地区带到昂代，再把它们扔到翱翔伊甸园的海边，我们会让迈克·利什写一首神秘诗，到你曾去过的遥远的哈瓦那参加比赛，那个神圣的天主鬼们认为他们到不了的地方，他们要通过绑架、银行抢劫等方式得到大量货币，然后再以资助下一场革命。很奇怪，暴力中蕴含着暴力，现在很多孩子们已经成为"暴力少年"。现在的古巴是一个有趣的地方，这种情况大概能持续五年。也许你说过，要教这儿的学生朗读。要不要我现在写一首神秘诗。让你好好看看，你可以在扔掉司各特·菲茨杰拉德那玩意儿的翱翔伊甸园（位于昂代滨海阿尔卑斯省）海边朗读这诗行：

忧郁从哪里来?

投掷的高度令他焦虑不安

丢下去他自己?

是

某位侍者?

不

轻轻地推动复苏的萌芽

并未使我们的菲茨鼻孔发痒

在那忧郁无尽蔓延的海底

向艾略特表达我们的感激之情

扔掉一个、两个、最后一个不剩

呈现球状、胶态、间质性

消失在视线中

惊恐地

自然

不造作

沉没中没有泛起涟漪

噢,你一定要让迈克·利什写一首神秘诗,我只是给出个人在巴黎时期的一些相关回忆。亲爱的伙计,要不买个保险吧。要是他们没有给你买健康保险或人寿保险,你就买个意外险吧。

再见,司各特——

给我来信。圣诞快乐!保琳向你问好。

你永远真诚的

欧内斯特

致保罗·菲佛夫人

基韦斯特

1936 年 1 月 26 日

亲爱的母亲：

自圣诞节以来，每天我都打算给你写信，感谢你和保琳的父亲给予我们的支票及股票。你们对我们总是这样的慷慨，给予我们这样美好的礼物，我无法告诉你们我是多么喜欢它们。圣诞节过后，我又忙于工作（写一本新书），直到今天吓了一跳，才意识到圣诞节已经过去一个月了，我却从未写信告诉你我是多么喜欢这些礼物。

今天我一收到了你的来信就立马开始给你回信了。不过我想这并不是一封简单的信。最近这三天里，我们接待了不少遭遇到麻烦的游客。但是目前我们还有很多空闲时间。由于暴风雨的原因导致出行困难，所以这个冬天我们有别的打算。不过仍有一位上了年纪的游客会在那时到这儿来。由于无法离开，他反倒想要留下来。汽车渡船每天大概只能运送 10 辆汽车，而直升机依据不同的尺寸，可运送四到十四位乘客。政府现在打算将这座伟大的旅游城市打造成纯粹的观光城市，不过在阻碍所有行业发展的情况下，让大量旅客出游来支持一个大型的热狗摊，这是不可能的。犹太地区行政官制定的最后一个法案，在他晋升到更为重要的职位前，特格韦尔机构将其（雷克斯福德·盖伊）免职，调离司法部门，他被地方法院指控作为董事购买两艘被责难的渡船（船尾有桨轮的渡船），从开罗到肯塔基州，报价为 6 万美元。最终抵达，大部分路程被拖着走，完全破损，但毫无疑问，修好后仍用于夏初的渡运，然后到基韦斯特这座荒芜的旅游中心，构成一幅美丽的图画，被责难的桨轮渡船保证会在下一次飓风袭来时给每个人带来震撼。

　　现在我们都很好。保琳也感觉很不错，对于房子、花园和花草树木，我们都非常满意，目前为止，这个地方看起来棒极了。帕特里克始一直和你是很好的伙伴，每个周六和下午放学后，我们会一起外出打猎。在收到你和他外祖父寄来的贺卡之后，他非常高兴。昨天我们一起到墨西哥湾流出海了，海上波涛汹涌，在途中，他突然肚子疼了起来。我在掌舵的时候，看到他在船上一直呕吐，我一听到他喊"爸爸，爸爸"就立马跑过去看发生了什么事。他告诉我："有一条旗鱼跳出水面。我一看到它就吐了！"他慢慢缓过来，我给他唱了一首歌："把杂烩放下，肚子转啊转，它露出来啦。"他听到后变得很开心。虽然天气不怎么样，他依然捕到了一条 5 英尺 8 英寸的小旗鱼。海上波涛汹涌。他和格里高利都喜欢钓鱼，我发现外出到墨西哥湾流去时，一次带一个外出更方便些。我并不是一个很爱孩子的人，但是这些孩子真的是你很好的伙伴，他们很有趣、很聪明（尽管怀有偏见）。

　　格里高利继承了他外祖父算术方面的天赋，喜欢在头脑中把任意两个数字加到一起，计算 5 的倍数和 10 的倍数——他才只有四岁。你问她："240 加 240 是多少？"他会把头转到一边，说："我想大约是 480。"他非常机灵，动作也非常敏捷。几天前，我们一起外出钓鱼，他带上了他在帕特里克上学的一些朋友。我们用鱼叉叉鼠海豚，还把鱼叉缠在钓竿和卷轴上。鼠海豚很聪明，它总想要戏弄捕到自己的人。他站在船头上，当我们向他大喊应该如何做时，格里高利就会重复这些话，并补充自己的一些想法。和他的外祖父一样，他总能在危急情况下表现出发号施令的能力。如果有人处于危险中，他就会说，把行李打包好，放到汽车的后备厢里去。他的确是一个好孩子，非常讨人喜欢，又非常有趣。他们看上去似乎总是玩得很尽兴。和他们一起外出，回答他们的问题，让他们陪在我身边，这让我感觉很快乐。收到你的贺卡后，他会直接走进来，对我说，他要回复你的贺卡，很少会有孩子这样。他现在仍旧和以前一样自信，虽然我不知道这究竟要归因到哪个方面。

自从收到一封她在船上写的信之后，就未收到过弗吉尼亚的来信，此时，她正准备出海。在信中，她告诉我们沃德的朋友杰伊和赫德纳特找到了一份工作，沃德想要成为一名作家。

我肯定沃德不具备成为作家的那种天赋，我想要拉小提琴，却没有五镍分去学它（甚至是作为盲人小提琴手），如果未来每天要练习十五个小时的话。为什么他不能尝试学些其他东西，而不是在过去的嗜好里徘徊。你必须有这方面的天赋，就好像你必须有成为杂技演员的天赋一样，然后继续在这方面努力。要成为一名作家对于沃德而言是在浪费时间。就像他想成为大联盟球员，出现在赛场上，如果他不能设法拦住一个腾空球，或是把球击出内场，就可以看出他是不会赛球的。金妮在写作方面的天赋不比我差，只是她没有信心，不会在这方面继续努力。她的确有这方面的天赋，饱经世故，可以写些什么。我希望她可以，我们非常想念她。

保琳和以前一样，始终精力充沛。她每天都会设法安排好白天的生活，等到了晚上，她就会突然感到很疲惫。她每天九点就入睡了，而且一整夜都如孩子般睡得那样香甜。她之前看了《汤普森夫人的房间》《坎比和埃丝特》的大部分。她能很好地利用书里的知识在谈论中反击你，不过最近她一直在读詹姆斯·乔伊斯的《尤里西斯》，她十分赞赏詹姆斯先生，甚至能用《尤里西斯》来进行反击，她一向精神饱满。

我一直在努力工作，大约三个星期没有睡好。情绪很糟糕的时候就歇一会儿，这就是我为什么不先写作的原因。早上大约两点起床，到小屋去写作直到天亮，当你写一本书的时候，夜里不能让大脑停止运转，在头脑中写下一切，早上就会消失，你感到筋疲力尽。我觉得是锻炼不够，或者其他什么，所以出去走走，不管天气如何，独自驾船一段时间，现在挺好的。与其加速运转，让大脑变得不正常，倒不如写到一半，进行充分锻炼，不要疯狂。以前从未患过忧郁症这种顽症，很高兴体验一次，所以我知道人们都经历了些什么。对于发生在我父亲身上的事愈加宽容。但是我明白，进行体育锻炼的人是为了身体运行正常，你的一生、你的身心都需要它，就像马达需要机油和润滑油一样，在纽约的时候没有进行锻炼，终日无所事事，只有脑力劳动，回来后一直工作，没有涂润滑油的部位与其他部位进行润滑。无论如何，现在感觉很好。

在你经过凤凰城（亚利桑那州）时，为什么没有到我这儿来呢？我知道你一向喜欢孩子，而且他们在家中都很乖。这个地方现在经营得很顺畅。事物也很不错，我们都很渴望能再次见到你。除了保琳和金妮，我比世界上任何人都要想念你。我多么希望你能来看我们。现在我们过着有规律、正常的生活，就如同在纽约生活一样。直到去年，我才真正明白，每个人对其子女的态度，以及子女对他们的意义是什么。虽然你不能到这儿来，但是我知道你是多么想念帕特里克和格里高利，不过我想你肯定会更喜欢这里的他们。我以前总是认为，世界上最重要的东西就是自己的事业，就好像是一位在战场上的将军一样，为了工作我愿意牺牲一切。但是现在我不会让自己失去喜欢的一切。现在我越来越深刻感觉到：当我活着的时候，我并未获得成功；不过我现在并不认为人活着的时候能够赚钱就是唯一的成功。所以还是等到我死后再想着为取得成功而努力工作吧，现在就让我好好关心下部队的情况，有没有伤亡这一类的，我还是力所能及地从中得到我要的快乐。好吧，你自己照顾好自己——希望你能到这儿来。虽然我们这里没有好莱坞餐厅，但是我们可以好好谈一谈，吃着美味的食物，在上午十一点半和你一起喝一杯。

从头一年开始，这里的天气就很好，如同沐浴在春日的暖阳里。不过最近几天，北方已经迎来大风天气，强冷空气已抵达这里了，不过我们还是可以睡个好觉。现在是星期天下午，我刚刚错过了航空，所以邮寄这封信，我不得不等到明天。请告诉保琳的父亲，很高兴你们在凤凰城的时候能碰到这样的好天气，不过我还是很想见到这里的沙漠地区，我们打算明年秋天开车去那里。孩子们让我带他们向你们问好。

永远深爱着你的
欧内斯特

非常期待拳击比赛！

致阿诺德·金里奇
基韦斯特
1936 年 4 月 5 日

亲爱的阿诺德：

我给你寄了一则故事①，现在特写信告知你。这则故事是保琳带我打的。近来她吃得太多了，我让她带我打字，我想还可以缓解她乏味的生活。我的这一则故事很有趣，而且我在两个月前就把它完成了，我想你肯定会喜欢的。这个故事我打算收入我的

---

① 《公牛的角》发表于《时尚先生》杂志第 5 期（1936 年 6 月），第五专栏，编入海明威《首辑四十九》（1938 年）时重命名为《世界之都》。

文集中，为此我还要再写一篇文章。但若此则故事不能发表，还请如实相告，我再重新撰写一则故事。

希望那些女士们能对这个故事爱不释手，不过也许它会遭到无政府主义者的反对，如若那样的话，还望撤下此篇文章，但我个人认为这则故事中并没有不适宜发表的东西。你可以全篇刊登，也可以部分选登。我已经留了原稿，以备出书之用。

《世界妇女》杂志的编辑哈里·伯顿来我这儿了，昨天才离开。他想让我为他写故事，并出价要购买小说。长篇 7500 字，短篇 3000 字浮动计算。最后长篇的敲定为 5500 字还是 6500 字，记不清了。他承诺连载小说的长度为四万字，并让我不要把报价告诉别人。我给了他几篇好文章，因为我需要钱。但是今后我不会在除你们杂志以外的其他杂志上刊登文章了，现在我实在太需要钱了。

我构思了一些新作品，题目为《环外》《季节伊始》《国会大厦的幻影》《名叫帕科的男孩》《两个空站》《判断距离》《副新手级》，对于这些题目有何建议？如有好建议我会采纳的。

你能不能尽快告诉我下个月稿件的截止时间，我现在正在写一部长篇小说。我打算下个月的 24 日去古巴，我需要在那儿收集一些素材。一年之计在于春，在这个适宜工作的春天里，我要争取多写一些文章出来。最后祝你事事顺心如意，另外收到我的故事后，请立即给我回信。

如果我的名字在本月的杂志上出现了，你是否能在里面的注释中说明一下，我近来忙于撰写长篇小说，所以此篇文章是从书中节录下来的。然后劳烦将录用的稿件邮寄给我，以便我统计其字数。

祝你好运！

欧内斯特

对于小说《游行》中被抄袭的部分我深表遗憾，如何能要回属于我那 50 美元的侵权费呢？哈里·伯顿告诉我说去年一位《读者文摘》编辑的收入是 104 美元。瑞·隆的收入为 15 万美元，奖金 7.5 美元。

致麦克斯威尔·潘金斯
巴哈马群岛
1936 年 7 月 11 日

亲爱的麦克斯：

　　金里奇来我这儿了，我给他看了 3 万字，这是我在哈瓦那基韦斯特写的一部小说，其中有《过海记》和《买卖人的归来》，是这部小说的一部分。我从此书中选出几则故事，他似乎觉得这些故事有些疯狂。完成书稿后，我未曾再读过这 3 万字，去西部时我决定继续写此书，打算再写两则故事，这样就能给你提供更多的故事了。这本书中的故事发生在有鲜明对比的两个地方，显现了其中的相互作用，也包含了工业革命和人们参加到工业革命中的事情。其中有两个主题，一个人衰退，主人公哈里第一次在《过海记》中出现过，然后随着基韦斯特的衰败再次出现，另一个主题是关于一艘被炸毁的船的故事，以及其被炸毁的前因后果。有很多这样的故事，可我不想把这些故事加上去。但是我现在给你看这些都是不错的故事。金里奇很喜欢这些故事，他让我写完所有的故事后再出版，但是我需要为我最近一次的出游，还有飓风的到来和看病，准备点钱。

　　我想提前预支书集稿费中的 1100 美元，用来还我之前向你借的钱。这本书里有很多好故事，不过我只从里面选了《过海记》和《买卖人的归来》。我也可以直接还你 1000 美元，或者通过下本书的稿费扣除我的欠款，或者等再下本新书的费用，你更乐意用哪种？金里奇要我每年写六篇文章给《时尚先生》杂志，而不是像我现在这样随心所欲地写，我现在写 6 篇的稿酬跟以前写 12 篇的稿酬一样，但是我不想让他知道我已经提前写出了那么多故事，我还需要钱来还债，不想一下子出版太多故事。你读了我的小说《乞力马扎罗的雪》和《弗朗西斯·麦康伯短促的幸福生活》了吗？我想在修改前让你先看一下。我觉得无论我写得多么好，纽约的批评家都会言辞苛刻地予以批评的。如果你不想帮我出版的话，明年春天我打算给他们两份书和小说集，让他们慢慢批评。当然我不会出版有辱我名声的作品。我只想去西部住在一个小木屋里写作。我们捉了一条 514 磅和一条 610 磅的旗鱼。现在我把水里的枪鱼惹恼了，我们捉了一条重于 700 磅，另一条约 1000 磅的，将鱼钩弄得像铅笔一样笔直，钓枪鱼这件事，我干得十分开心。我们要在西部待到 10 月份左右，然后在冬季客人拜访前回到基韦斯特去工作。

我希望你能喜欢这本故事集。

能否告知下有关基韦斯特的事情。要是天气不错的话，我想周四离开这里。这儿已经刮了三天大风了，连飞机都无法正常起飞。我有不少书稿，像《在密歇根北部》《过海记》《国会的号角》《买卖人的归来》《弗朗西斯·麦康伯短促的幸福生活》《乞力马扎罗的雪》以及一些尚未命名的新作，我不想让这些沉重的书稿压得飞机无法起飞。但我还是希望能多写出几则故事，最好能组成两部故事集。我打算在几个月之内就完成这个计划。为此我也倾注了不少心血。

一切顺利！

海

致阿奇博尔德·迈克·利什

诺德奎斯特牧场

1936 年 9 月 26 日

亲爱的阿奇：

　　孩子，很遗憾你不能过来。很遗憾听到你在艰难的写作中。可以让身边的人看看你在写些什么。我知道没人喜欢我写的东西，但是至少能帮助他们提高写作水平，这样他们也能写出更多的文章来。

　　我在努力地写这本书，书即将付梓。现在要做的，就像你常在结尾处做的一样，要给人留下悬念。有时我也觉得写作很困难，但是除此以外还能做什么呢？

　　我最近一直忙着和年轻的汤姆·谢富林一起打猎，虽然他有着老年人一样的手脚、健壮的身体，但内心却敏感脆弱，这让他原本该无忧无虑的快乐生活蒙上了一层阴影。他很喜欢乡下的生活，不过他的射击技术却不怎么样，就像那些富人子弟一样，运气好的话才能侥幸打到一些猎物。他以前没有学过射击，但是我亲爱的好孩子，你应该学一下。这次我们收获颇丰，打到了 3 只灰熊、几只母鹿。我在森林里追赶那三只灰熊的时候，成功猎杀了其中的两只。能在这样漂亮的森林里打到这么多熊，真让我喜出望外。其实我本来是去抓母鹿的，因为我听到了母鹿的声音。不过一抬头，我突然发现竟有一只大灰熊站在我的面前。两天后，汤姆捉到了一只咬到诱饵的熊。在森林的边界处有一只大熊，我打算用十天的时间试着去跟踪，然后抓住它。接下来十天的跟踪、抓捕工作会很辛苦的。我们昨天在大风中赶回了庄园，在疾驰了 4 英里后，我第一个到达，然后是谢富林。不知道是哪个浑蛋在路上设了路障还用土盖着，使他在路上摔了一跤，弄了一脸泥。当我们从马上下来的时候，他看上去像泥塑一样。我很喜欢这儿的生活，能自由自在地打猎真好。或许很快我们又会去打猎了，希望这不要影响到孩子们。手头上的书快写完，又要开始新的工作了。灰熊皮像银狐皮一样漂亮，但是它却比银狐的皮更厚更长。看到它在风中摇曳着的时候，我可以肯定，它是我见过的最好的熊皮，所以他们一回到牧场，我就立马跟那儿的负责人说，一定要好好保管这张熊皮，最好不要让毛脱落，恐怕世上不会有比这更好的熊皮了。要是这熊皮落毛的话，那就实在太可惜了。

好了就写到这儿吧，阿奇，我要去工作了。代我向米米问好。告诉她我给她寄了世界上最漂亮的灰熊皮，她总想穿一双灰熊皮的鞋子，这样她的脚在床上就不会冷了，并且灰熊皮做的鞋子不打滑。

我们把邦比送回学校了。保琳和帕特里克都挺好的。向你的朋友问好。

爸爸

致麦克斯威尔·潘金斯

基韦斯特

1936 年 12 月 15 日

亲爱的麦克斯威尔先生：

非常感谢你的汇款，正好满足了我在古巴的需要。现在回到这里，会一直待到这本书写好。

如果你愿意我阅读一些完成的作品，我将非常乐意宣传这些书。我可以做任何事情，除了写前言。非常抱歉我耽搁了写序言的事情，我会尽快写好给你。海是写《英国人》一书的作家吗？如果是，他是一个非常优秀的作家。如果不是，那本书是谁写的？

真的很抱歉，由于乌尔夫被起诉诽谤罪。^① 对于这部书，我们要是口风再紧一点就好了，这样就不会有人能猜对书中的人物了。汤姆到底是怎么被抓的？我最近必须要去一趟西班牙，不过还好，时间还不算特别紧迫。那里将会长时间的持续作战，马德里目前就处于冷战的状态。我已经托了两个人为我兑换现金以及帮我找运输工具。不过要是我能付七倍以上价钱，那么恐怕我就不能作为海明斯坦军团的团长了，可能仅仅只是一个下士。佛朗哥是一个很好的将军，可他同时也是个可恶的大浑蛋，他原本能够使马德里平安无事的，但他却一直畏首畏尾，错失了不少良机。对了，现在你知道将军坤塔尼亚吗？我打赌他绝对更有意思。在古巴有一些有趣的事情，恐怕一封信都不够写得完。

我刚刚意识到再也见不到梅布尔·道奇，也不会再见任何女性文学家了。有时候也想不认识任何男性文学家。这究竟是怎么了？

海明威

---

① 1935 至 1936 年间几部文学作品中都有乌尔夫。此处是指在布鲁克林被起诉诽谤罪。J. S. 特里编辑的《汤姆·乌尔夫写给他母亲的信》（纽约）。

致哈利·西尔维斯特①

基韦斯特

1937 年 2 月 5 日

亲爱的哈利：

西班牙战争真是一场可怕的战争，哈利，没有一个人在做正确的事。我最关心的是人类，我一直在想着该如何减轻他们的痛苦，同样，这也是我支持他们救护车和医院的原因所在。叛乱者手中有许多性能优良的意大利救护车，但是他们想的并不是救人，他们用手榴弹炸死托莱多医院的伤员，轰炸马德里的工人区以及残杀无辜的穷人。最可恶的是他们这样做并不是出于任何军事目的，这大大违背了天主教或者基督教的精神。这些可怜的穷人只不过是一些绝望的挣扎者罢了。他们哪有什么政治态度能威胁到这些掌权者呢？据我所知，他们甚至会杀害教士和主教，但是为什么在政治上教会竟然不站在压迫者的这一边呢？为什么他们不为人民做事？或者教会为什么不干脆脱离政治呢？当然我知道这不关我的事，我也不想去管，但是我始终同情那些被压迫的普通劳动人民，我反对地主，虽然我跟这些地主们一起喝酒、打鸽子，但我真想像打鸽子一样立刻把他们打死。

多斯·帕索斯不熟悉或者不了解你，对你的信仰也不像我那么尊重，那是他的无知。激进派的势利是最严重的势利，多斯一旦犯上这种毛病，他就反常起来，弄得毫无意思。但他是个好人，同你一样。可你不能要求你所有的朋友都互相喜欢。譬如，

---

① 西尔维斯特，出生于纽约布鲁克林，1930 年毕业于圣母院，小说家。他于 20 世纪 30 年代在基韦斯特遇到了海明威。欧内斯特·海明威说的"你的信仰"指西尔维斯特的天主教信仰，他后来离开了教堂。参见《二十世纪作家》，附录一（纽约，1955 年）。

我可以喜欢你，喜欢多斯，喜欢吉姆·法雷尔，但我不能要求你们三个人之间相互喜欢。我看，也不能要求你们永远喜欢我。

你和孩子以及丽塔一切都很好，为此我感到非常高兴。现在这里一直刮风，有 65 天了。冰太硬还不能钓鱼。路泥泞不堪，总刮东风和东南风。今天第一次北上。这个月底我打算离开，去西班牙。

我快不能打拳了，因为现在我眼睛的情况恶化得太厉害了。目前为止，我最喜欢的就是喝酒和当街头霸王，不过我始终觉得要是我能改掉这些缺点，那么我的身体状况肯定会好一点。我大约有二百斤，我想我现在最需要做的事情就是彻底减掉那些脂肪。人要是一旦知道自己需要做什么，会立马感觉很棒，很开心。祝你好运，哈利。希望不久之后我们能再次见到你，另外一定要记得照顾好自己，别总是担心政治问题和宗教问题。要是你能解决这个问题，可千万不要将它们混为一谈，我发现现在的那个俄国真是个肮脏的东西。我讨厌任何政府，就连讨论它，我也觉得没有任何用处。

再见

欧内斯特

致沃尔德·皮尔斯

佛瑞马群岛，比特鸟

1937 年 7 月 27 日

亲爱的沃尔德：

从海滩回来看到你的来信，刚从麦克斯威尔办公室拿到封皮第二版素描。你太好了，竟然给这部书①做皮书套，我非常感激。要是我们能当面聊聊这部小说，那就太好了，因为写信聊这些，总感觉不能尽兴地畅所欲言。最近我一直在忙着重新写书、制作图片，我想你应该会喜欢西班牙，这些图片很好地展示了"西班牙大地"。我虽然乘坐飞机去纽约进行了交流，但我还一直在忙于图片的工作。然后等我飞回来的时候，又募集到了一些钱买救护车。除此之外，我还买了两车起重器，第一车下周海运来，不过在两周之内它们就会被转到马德里。② 所以请原谅我这封信写得有些潦草。

我现在在卡特岛。不是在巴克利旅店，外面正狂风乱作。

关于皮书套，第一个非常帅气，但是是布拉坐在他那艘破船的船柄上。

（信件剩余部分丢失）

致保罗·菲佛夫人
卡特岛
1937 年 8 月 2 日

亲爱的妈妈：

非常感谢爸爸和你给我们寄来支票，庆祝我们的生日。洪水过去，汇 50 美元肯定特别难吧。你们仅能通过兑换支票的方式知道我们身处何方，希望这对你们有意义。礼物非常可爱。非常感谢二位。

---

① 《有钱人和没钱人》于 1937 年 2 月出版。
② 这时期海明威活动的详细报告，参见《海明威的生平故事》（纽约，1969 年）。

我们自从 5 月底一直待在这儿，中间去过三四次纽约，然后又回来了，路过华盛顿。今天下午艾达、帕特和格里高利飞往迈阿密，明天午夜保琳、邦比和我也将乘船去迈阿密。将船停在迈阿密河流以躲避飓风。关于工作上的事，我们最近买了二十辆救护车，增加了五十到一百个以上的胶卷，这样就很好地解决了问题，然后我去了基韦斯特，不过不到两周我又再次回到了西班牙。如果你能直接或间接地获取一些政治信息，你就会知道我是属于错误的一方，会同其他赤色分子一样遭到迫害。在那之后，希特勒和墨索里尼又闹腾起来，他们因为抢矿挑起欧洲战争。他们都需要矿，"祝他娘的好运"。其实我非常讨厌这些脏话，不过没人想听这次战争的真实情况。所以我还是不要再讨论这个话题了——这个话题不能讨论太多。我又到北美报纸联盟工作了，但如果它要是因其他什么原因倒闭了，我就只能另寻他处了。

保琳和孩子们都很好。她看起来非常可爱，比以前更加可爱了。正如你知道的，对孩子们来说，在炎热的天气里很难过，但他们挺高兴的。离开基韦斯特后，格里高利将和艾达一起去锡拉库扎，而保琳将带着另外两个男孩去牧场。是一家养牛的牧场，在那里西德尼·富兰克林将会照顾他们。他在西班牙把我照料得很好。现在他在自然保护区，他们将在观光牧场度过一个美好的假期。

弗吉尼亚在这儿待了一阵，然后和梅森太太一起去了哈瓦那，之后他们又一起去了墨西哥的阿卡普尔科。他们似乎度过了一段美好时光。

我非常喜欢皮戈特的房子，我觉得它比白宫好多了。罗斯福太太非常高大、而且十分迷人，可惜的是她双耳失聪了。事实上，她几乎听不见任何声音，但她仍一如既往地迷人，所以大多数人会忽略她的缺陷。总统毕业于哈佛大学，同样非常有魅力，不过我觉得他有点中性化，甚至可以说有点女性化，给人感觉有点像美国劳工党的女秘书。他从腰部往下全部都瘫痪了，不过他能熟练地将自己挪到轮椅上并自如地出入房间。

我们在白宫的时候，天气非常热，除了总统的书房，别处都没有空调，并且食物是我吃过最糟糕的。（这是咱们之间的悄悄话，作为一个客人不应该这样评论。）吃过筋道的乳鸽后，上了一个稀汤，之后是不太新鲜的色拉和蛋糕。这时候进来了一些爱慕者，这些爱慕者很狂热，但技巧不够娴熟。我希望卡尔·菲佛能够在那儿吃这顿饭。他们两个都被西班牙大地图片深深感动，但都认为我们应该对它多进行宣传。①

我非常高兴能够见到他们，并参观那里，就像我非常高兴见到好莱坞一样，我不在乎是否住在那儿。哈利·霍普金斯也参加了白宫晚宴。我对他印象非常深，而且非常喜欢他。

我很感谢罗斯福总统能邀请我们去他那儿观赏图片，我很喜欢这次的安排。不过我写信和你说这些并不是为了和你强调人家不好客，我只是告诉你里面给我留下的印象，请不要到处散播我和你说的这些话。玛蒂·盖尔霍恩②是为了尤里斯·伊文思才和我一起去的那里。在飞往华盛顿之前，在纽瓦克机场，我们吃了3个三明治。开始的时候我们都认为她疯了，但她说白宫的食物通常令人难以下咽，所以大部分的人去那儿参加晚宴之前都会先吃点东西，以防挨饿。她倒是时常在那儿逗留，不过我再也不想待在那里了。

---

① 参见卡洛斯—贝克《海明威的生平故事》（纽约，1969 年）。在白宫的聚餐是在 1937 年 7 月 8 日。

② 玛蒂·爱丽斯·盖尔霍恩（密苏里州的圣刘易斯，1908 年）是一位小说家兼记者，毕业于圣刘易斯的保罗中学和宾夕法尼亚州的布尔茅尔学院。第一次婚姻是和一个法国记者波特兰·德·科莱特伯爵，她的第一部小说于 1934 年发表。她和海明威于 1936 年 12 月在基韦斯特相遇。

亲爱的妈妈，我非常抱歉我得回西班牙，而且我认为你写信说要待在我们这儿，照顾男孩们，这听起来非常不错。但那时候我答应他们我会回来的，我无法遵守我们的承诺了，我不知道我为什么没有遵守。我无法像过去那样辅导男孩们，或许我再也无法辅导他们了，但他们以他们不同的方式有了一个很好的开头。我们也不知道自己的目标是什么，还有没有。这很显然不是什么秘密，我经过的培训就是要实现目标。

我知道你一直以来都过得挺好，不管是与尘世还是和下一代都相处得那么和谐。而我们这代人无论是自己作的决定还是曾经犯过的错误看起来都是那么可笑。现在我已经对一切都失去了信心，好像突然之间什么都不再重要了。除此之外，上次的战争也完全消除了我对死亡或其他所有事情的恐惧。仿佛整个世界都变得糟糕起来，不过我还是觉得现在人最需要做的，并且必须要做的一些事情就是思考：每个人的未来都变得自私自利起来。在马德里待的前两个礼拜，我总客观地感觉到，我没有妻子、没有孩子、连房子和船也没有，我什么都没有，仅仅只是活着。但是现在待在家里直到失去一切，再次评估一切，回想起来我不得不再次把他们全部抛弃。所以不要说他们是如此艰难，因为还留有一点点想象。此次糟糕的谈话到此为止吧，不过可以等下次去皮戈特捕鹌鹑回来，将一切都告诉给你。

再见！好运！我非常担心这次的洪水。男孩经常讨论善良自然的老母亲。如果有自然灾害这样的事情，我估计她应该会像迈克·施特拉特尔太太那样发疯，暴跳如雷。我非常高兴你提到天气的事情，对待天气诚实、现实和理性。你可能有一次会大发雷霆那么一会儿，但是总是那么温和。不过目前我们的伴侣还没有爆发过如此大的脾气。

由于没有纸张了，我不得不在这里停下。现在飞机已经起飞，所以我只能乘船回去。

代我向住在皮戈特的所有亲人们问好。同时再次感谢你给的生日礼物和支票。

海明威

致哈德莉·莫勒①

基韦斯特

1938 年 1 月 31 日

亲爱的哈德莉：

我把给邦比作为上学费用的两张支票一起附上，格斯·菲佛叔叔已经给了每个孩子不少于 40 股的股票（每股价值 100 美元，利率为 4%）。我今天刚刚收到通知、执行文件并附上原文信托契约。

希望你、保罗和邦比身体健康，并祝你们一切顺利。

我前天刚刚到这儿，做了 9 个月的通讯记者，非常忙。另外，我也十分挂念西班牙这边的事情。转告保罗改天我会给他讲一讲有关特鲁埃尔的事情。我接手负责赫伯特·马修斯和塞夫顿·戴尔默的事情，之前他们的签证审查被拒，所以他打算辞掉工作让我们住下来（仅允许他们发送《公报》）。马修斯已经回来了，不过在他回来的 10 个小时前，我给纽约发了关于这次战争的第一个故事，步兵团发动了整个袭击，紧接着一个炸药团和 3 个步兵团又再次进入了小镇。不过很快我又申请退回了，北美报

---

① 哈德莉，1927 年与海明威离婚，在 1933 年与保尔·司各特结婚。

业联盟发电报时原本打算发表些家家户户被轰炸的故事，不过后来他们又放弃了，我猜可能是他们嫌费用太高。《泰晤士报》"天主教之夜"板块也放弃了我写的所有文章，并且还把我从马修斯委派中除名了，我是在昨晚上睡前看《泰晤士报》的时候才知道这个消息，马修斯现在是唯一一个驻特鲁埃尔的新闻记者。首先，《泰晤士报》在萨拉曼卡官报的压力下为佛朗哥重拍了这个小镇。他们拒绝采用我写的文章，所以北美报业联盟很有可能发电报辞退我。唉！你肯定对这个非常了解，而我刚刚体会到这种感受。马修斯是一个非常好的人，我很高兴自己对他还有用。但是如果是你期待了三个月即将实现的事情，然后你的工作却全部都停了下来。报纸上发了两个专栏，给马克思·伊士曼说和做的事情开辟了一个专栏。事实上，根本都没有人过问我这些，而知情人看到他们为这本书而聚集起来，以为是我更改了名字重新开始。所以让亚历山大·伍科特把我的文章收集起来重印，而不用再麻烦单独出版了。

请转告保罗我在马德里见到了理查德，他一切都好。

请转达我对邦比的思念，盼望他能给我来信。同时我也附上了支票给他用来买些圣诞节的礼物。

这次旅程的天气非常恶劣，大风持续刮着。逆着风，我们从迈阿密出发，后来我们买了一条小船。我最近确实感觉太累了，恐怕也写不了太多，还希望你能谅解。我在马德里写了本名叫《第五专栏》的戏剧，我相信你一定会喜欢的。不过我不知道这个剧本是不是能被制作出来，不管是为了给我惊喜还是为了安慰我，他们都不可能会吓唬我，不过你也不要把这些当回事，我Mr. H.能屈能伸，压根不怕这些，我这封信里有不少阴暗忧郁的负面情绪，还望你能体谅。不过我依然爱你，愿一切美好的祝福都能降临在保罗以及我最深爱的你们身上。

欧内斯特

尤金·乔拉斯

巴黎

1938 年 3 月下旬

亲爱的尤金：

回答你第一个问题。① 我经常梦到我此刻在做什么，我在报纸上读了什么。例如，一只灰熊拿着步枪，触发器有时候坏了，等等。一开枪，就射到了庞大的动物或者一些我没见过的动物，或者马德里具体的战役，街头巷战，等等。甚至经历我和 S 小姐在床上（这不太好），也梦到过黛德丽小姐，嘉伯小姐和其他人，等等。她们都非常的迷人。

第二，第二个问题我没有弄清楚什么意思。

第三，我从没感受过这些，希望能用相同工具日日夜夜地控制着它。我相信会做得很好。尊重那些在写作上有问题的人并真诚地祝福他们。

欧内斯特·海明威

致麦克斯威尔·潘金斯

马赛

---

① 乔拉斯，用"夜之魂和语"询问了几个作家，有三个问题：(1) 你最近比较有特点的梦（或白日梦、半睡半醒的幻觉、错觉）是什么？(2) 在你集体潜意识中是否观察到任何有关祖先的传说或象征？(3) 是否曾感觉需要一种新的语言来表达自己夜晚的感受？

1938 年 5 月 5 日

亲爱的麦克斯威尔：

感谢你 4 月 7 日的来信，同时，我也刚好收到了关于戏剧的电报。昨天我到了巴塞罗那，然后我从那里又搭飞机去了卡斯特利翁和马德里，去拿我之前收集好的信。这次旅行过后，要是一切顺利，我将去基韦斯特，不过也是像这次一样，只是短暂停留。我们本来决定要好好讨论下戏剧创作的事。但不幸的是出版商在一场翻船事故中意外去世了，这让原来很平坦的事变得十分曲折起来。

不过无论如何，目前我还有个新想法。我计划把原来未出版的那三个故事和这个戏剧合成一册，然后一起出版，你觉得怎样？我想这应该可行。别忘了吉普林写的《盖普林》，他就是将戏剧和故事汇总在一起才创造出了最好的故事书之一。想必他也是费了很大的精力才如此成功。

现在我怀疑我们是否有时间或者拿什么去制作它。这确实是本好书，和其他三个故事合在一起肯定是本好书。可以以这个戏剧开头然后紧跟这三个故事，然后我们将出版这本综合性的书，我将会写出本新书或者我可能会先拿一本新的。我会作序①，这真是个好主意。

虽然伊万的评分只是 C3，但是我感觉他还是很不错的。只是他并不适合消防队，我看到他已经被直接送回家了。不过他一直在想方设法再回到消防队，但他确实不适合待在那里，他的确应该回家去。希望你能早点见到他，我前天才刚见过他，他让我代他向你问好。

---

① 海明威最终还是为《第五纵队和首辑四十九篇》作序，该书在 1938 年 10 月 14 日出版。

现在是这六个星期以来最糟糕的时候，我们越过托尔托萨在埃布罗河沉重地打击了意大利军，越过切尔塔有力地阻止了他们，使得他们从侧面离开。沿着圣马特奥，给了他们从来没遇到过的打击。在埃布罗河我们坚强如钢，没有被摧毁。我要告诉你我回去后的另一方面，那些人一点社会地位都没有，他们都没有游过埃布罗河。你应该在受难日那天，也就是那帮浑蛋切断去瓦伦西亚的路的时候，跟我们在一起。我写了精彩的一段，如果你有兴趣，你可以从北美报业联盟看到。这篇文章已经在 3 月 18 日送了出去，你应该能想象到，文章还得审查。

我今天四点三十五就得走了。这是我离开美国的第一天。我打算在床上躺着休息一个礼拜，然后再吃点东西，补补觉，或者看一看报纸，再喝点威士忌和苏打之类的，由于一直在重复地看电视节目，这让我觉得自己就像是一直在旋转着的祈祷轮。你要是觉得我写的内容很让你郁闷，那我只能说十分抱歉。我向来不会感觉郁闷，当所有的一切都迫在眉睫的时候，你反而能看清楚并能理解。可如果置身事外的话，你反而会觉得比近在眼前还要沮丧得多。

祝麦克斯一切顺利，祝各位一切都好。希望尽快能够见到你们。

在蒙斯的撤退算不了什么。当这一切结束我将有很多东西要写。

我会记住这一切。战争结束后我打算定居下来，然后开始写作，就像安德烈·马尔罗受到伤痛和欺骗之后一样。他在 1937 年 2 月退出，用简单的方式和毫无做作的文笔写出了巨作。文章的内容是什么。你读过弗兰克·汀克的《在邮局》① 和《星期六晚间邮递》吗？写得真是太好了。

---

① 弗兰克·汀克倾向保皇派，在《决战前夜》中提及。有关他自杀的事情，参见海明威致菲佛一家，1939 年 7 月 28 日。

麦克斯，我希望你喜欢戏剧和故事中表现出的思想。

欧内斯特

祝查理、美亚、韦伯一切顺利。

致麦克斯威尔·潘金斯

基韦斯特

1938 年 7 月 12 日

亲爱的麦克斯：

因为两个原因，我才延期回复你的信件。第一个是关于这个剧本，编剧没在 7 月提供出 2.5 万美元，并且要求我延长他筹钱的时间。这是我和他的秘密，其实我并不想谈论这些，因为他一直在努力筹集这些必要的资金，而我不想在这个过程中让他感到尴尬。虽然其他的生产者也一直在催这部戏，但毕竟所有的事情都已经晚了。不管它是否能被排出来，我们都必须得确保它能在秋天出版。不过我现在还未能拿出确切的证据，目前看起来，这似乎还不算太紧急。如果情况紧急，请务必让我知道。如果你想要前言的话，我会写，但是前言会根据这部戏剧是否会被排练出来而发生变化。我可以随时在一天之内写出来，最多两天的时间。

现在谈论一下关于戏剧的故事方面。《在密歇根北部》似乎看上去和它以往的情况一样的。没有这个词，这个故事是毫无意义的，那些正在寻找某些跳板的人们会很希望这个词出现在那里。

这本书被认为是到现在为止所有故事的一个绝对集合。如果没有《在密歇根北部》，这将不是它本身的样子。如果这个故事

— 389 —

被删减的话，书将会失去所有的重要性。

这是一个非常重要的故事，而且它影响了很多人，比如卡拉汉等，虽然这个故事非常悲伤，但它并不肮脏。不过我觉得我现在写得还不够完美，尤其是对话部分。不过这个故事的对话虽然很死板，但是在码头的时候，它又突然变得恰到好处，而且整个故事的重点就在这，同时它还是我得到的一切自然灵感开始的地方（重新再读一遍这个故事）。并且我从记起这个故事之前就已经开始写作了。

麦克斯，我不知道关于这故事我该说些什么。如果你删减了这个故事，那么出版这本书就变得没有意义了。

如果你不想出版的话，那我无话可说。但是如果这本书被出版的话，那就要按照它原来的样子。

现在我有另一个想法。为什么不按照第一个故事的样子来出版这部戏剧呢？然后是接下来的 48 个其他的故事。

把它叫作《第五纵队和海明威的首辑四十八篇短篇小说》吧![1]

所有有政策的地方都必须要强硬起来——尤其是在政策正确的地方，那态度就更应该要强硬起来。

要是你被打败了，那也一定是因为你唾弃自己的强硬所致。

在这两本书中我们之间有严重的分歧。故事没有结局，并且从前 48 个故事展现了电视中所学到的东西。而且每个人都会暗暗诅咒这个戏剧。把这些放到一起，不管他们如何谴责，不管发生什么，我都不会觉得不好，因为我知道这是我完成的著作。在这部戏剧里你可以看到我学到了什么，并且所有重要的对话和行

---

[1] 第 49 个故事是《桥边的老人》，首次出现在《肯》（1938 年 5 月 19 日），参见此信的结束段落。

动都会在这部戏剧当中体现，这些都是在这部戏剧完成之后可以看到的。

如你所知，这部戏剧并不算优秀。

你可以直接忽略《在密歇根北部》的。我宁愿忽略它，而不是删减掉它。可要是不出版的话，那么看上去它更像一个耻辱。

在这本书里，麦克斯，我愿意给他们钱以让所有的故事都保留。

可以写一个简短的介绍，来解释《第五纵队》是最后被写的东西。之后便是另外的新故事和其他按时间顺序的新故事。它将会是一本很有影响力的书吗？我很想要有一个大的改变。

对此，你有什么别的看法吗？

艾文都不能弄到钱买那匹马，这简直是一件很耻辱的事情。那匹马，那个领导，获胜是必然的。第二章讲的是：在上周六，艾文得到了 100 美元用来下赌注在那个狐狸身上。他输掉了赌注，但是如果艾文听从了我的建议，为那个地点和演出下注，那么我们仅仅会输掉 25 美元。目前为止，我还没有收到他的来信，也许一两天之内会有回音。淡季已经来到，所以请不要给任何人钱在赛马上下赌注，除非你收到我的确认电报。最后还是要谢谢你给艾文那 100 美元。

我会现在就寄信出去。

我结束了那个故事，在我离开安伯斯塔的那天给了他电报。

在这本书上，我想再加一篇故事——《桥边的老人》。你觉得怎么样呢？

希望你一切顺利。

欧内斯特

奇数是三至一，这部戏剧在今年秋天不会被排出来了。

致阿诺德·金里奇

巴黎

1938 年 10 月 22 日

亲爱的阿诺德：

故事随信附上。①

另外，故事的最后一段，"如果我没那么了解他，如果我不曾见过，等等"。我想这还算不上是语法，这里并没有涉及语法，关于语法，我曾向保琳提过建议（她现在并不在这儿）。

这听上去很正确，也许应该出版，但是如果你反对的话，就留下它们。以某种形式来说，它们的节律读起来很富有情感。

我觉得我现在再也写不出一篇文章了，所以这篇文章你就自行负责吧。我给你写第三篇文章时，我打算就直接用这篇文章代替。而且我不想再把这个长篇故事缩短了，虽然好的文章通常看起来都很短。

它有两篇或是三篇文章那么长，所以我们的计划要符合它的长度。如果你愿意，最好付给我 1000 美元并给我账户再打 1000 美元。预付款是 3000 美元，可以先付 1200 美元，欠 1800 美元，如果你喜欢这篇东西，你可以付我 1000 美元，欠 1500 美元。这样传记很好写。讲述此故事的那晚，你差点损失了 3000 美元。

这是一篇很不错的长篇故事，你觉得怎么样呢？它还是很适合你 1 月份的文章需求的。我觉得这是我写得最好的一篇，我很

① 海明威最后一次为该杂志写文章——《决战前夜》，《时尚先生》（1939 年 2 月）。

愿意和你一起出版。刊登小说对杂志并没有什么不好的影响，不过不管怎么说，在上次我给你的文章中，这是最好的三篇之一①是《乞力马扎罗的雪》。

上帝啊，能再次写作并且不用一段段地写真是太好了。每次我想写作时总是被打扰，现在我又有一篇好文章，就差结尾了（可能是我文章中最好的之一吧）。已经写好两章了。②

没有看这本书《第五纵队和首辑四十九篇故事》的评论，也没有听说任何事情。麦克斯寄来了书皮，我想自己来做这本书，但我怕自己有偏见。

我已经和北美报业联盟签订了合同，一旦那里发生战争，事情会在周三全部安排好，等安全官一下令，我们就与法国人一起走，我会立马搬到西班牙去。不过究竟会发生什么，现在谁也说不准。这里的事腐败到让你一想起来就想发疯，所以我只能写作。你必须要爬到那个古老的高塔上做自己的工作，即便是洪水漫延，将你的裤子濡湿。只要你是一个作家，你也必须得写下去，因为只有这样做，你才会感觉好过一些。

好了，就写到这里吧，代我向大卫问好，我也不知道自己什么时候能回来，不过我想应该不会太久的。希望我不要被卷入欧洲的战争中去，那里比你能读到的所有的新闻都要糟糕。

欧内斯特

我最诚挚的祝福送给海伦·玛丽，她非常了不起。她与本·加拉赫一周之内已经两次射击疾驰的野鸡，现在她们已经得到了。

---

① 其他两篇是《检举》以及《蝴蝶和坦克》，见《时尚先生》第 10 期（1938 年 10 月、11 月）。

② 这个故事很可能是《大桥下》，《大都会》第 107 期（1939 年 10 月）。"本小说中的两篇"应该是指《丧钟为谁而鸣》的开头。海明威在 10 月 28 日给潘金斯的信中有再次提到。

野鸡非常难缠，像火箭弹一样飞得很高，并且树叶非常茂密，所以很难击中它们。昨天我们杀死了 57 只，之前杀死了 45 只。

致保罗·菲佛夫人
基韦斯特
1939 年 2 月 6 日

亲爱的母亲：

自从圣诞节过后，我已经超出回信期限一个月零六天了，现在我必须得回信了。关于我没能立即回信这件事，希望你能谅解。同时再次感谢你和保琳父亲的支票，还有你寄过来的可爱长袍。金妮已经把它从纽约带回来了。你可真是太好了，在我最需要长袍的时候，你就立马及时地把它寄过来了。

前往纽约的行程真是旧约的一个梦魇。我重写并最终写了两个绝对新颖的剧本。犹太人①用第三幕的精彩部分进行了演出，这样使第一幕非常令人振奋，但是，之后就无路可走了，所以我必须写出两个绝对新颖的剧本。可以说现在从五分降到四点九五分了。

这真是一件非常可怕的事情，我知道你在剧院的成功，但整个情形就是你压根不知道自己在做什么。一个成功的剧本至少也应该像上一个剧本一样好，或者像其他几个很完整的剧本一样也行。由于整个演出要花费大概 5 万块，资金投资方一直强调为了保护投资，必须要确保演出万无一失。所以这里并不需要什么创

---

① 这与纽约话剧制作人有关，与下一封信相呼应，在海明威《致埃德蒙·威尔逊，1951 年 9 月 10 日》中可以看出海明威后期可能有些误解。

新，也不应该出现一切不挣钱的东西。不过成功的话剧并没有什么模式可言，因此他们大多数的演出都非常失败。

今早从梦中醒来，梦到他们从贝尔摩德公司获得了新的支持，现在剧名叫《沁扎诺快递》。第一幕的四个场景不变，但是我们需要重写下一幕以引入合适的贝尔摩德角度。这真是一个梦。他们的新角度就是该剧的最后一部分发生在一个岛上，会在舞台上弄一个真的岛，种上他们的奇异植物。

我如果从来没听说过话剧或写过小说就好了，大概很多人都有这样的想法。

昨天，几乎没有任何人回答出主教提出的问题，不过帕特里克除外，因此主教给他施了坚信礼，他甚至成了整个教区的骄傲。他几乎精通所有教理问答，从他现在的表现来看，日后他必将成为神圣圣轮法院的一名优秀律师。自从格里高利坚信礼完得到5美元后，他就迫不及待地想上教理问答课了。我还向他解释了取来钱后可以把钱存到他们的账户里，可以得到利息，吉基（即：格里高利）说："我要是那个人就好了。"

格斯叔叔和刘易斯阿姨来过，都很好。他在海湾捕了两天的鱼，但是天气不好：两天都有很大的北风，所以他没有捕到旗鱼，但是捕到很多岩礁鱼。我在暴风雪中飞过去，晚点六个小时。格斯叔叔很累。我希望他能待得时间长一点，以得到足够的休息。

所有的外国志愿者都被西班牙政府送回来了，张伯伦和达拉第甚至关闭了引进大炮和军需品的法国边界。可就在这个时候，意大利却集结了新的军队、大炮和飞机，准备继续发动战争。唉，现在说这些还有什么用呢？我在星期日访客上看到激进分子的暴行、西班牙"共产"政府的邪恶以及佛朗哥将军的人性。要不是害怕伤害平民，他几个月前就结束战争了。可谁忍心看到城镇一个接一个被炸为平地呢？无辜的居民被残忍地杀害，路上的难民队伍惨遭炮轰，还有机枪一次次无情的扫射，现在说这些也没什么用了。可谎言会扼杀你内在的东西。他们极力证明佛朗哥没有轰炸格尔尼卡，一切都是激进分子所为。哈利·西尔维斯特从未踏足西班牙，可他却写信向我证实了这一点。而我不在格尔尼卡，但是佛朗哥在格尔尼卡做着他所否认的事情的时候，我在莫拉德尔埃布罗、托尔拉萨、雷乌斯、塔拉戈纳、萨贡托以及很多其他城镇。但是现在有什么用？你参加战争的时候只有一件事可做，那就是要赢。当你被各种不同的方式背叛或者出卖并且失败的时候，你不应该再对谎言不以为然。英国是真凶，从一开始就是。

加泰罗尼亚人不会反抗，在整个战争中他们都没有反抗。也许他们只是人太好了，但是我们有个西班牙押韵诗，译成英语大概是这样的：

My face is black. My nose is flat. But still I am a man.（我是黑皮肤，塌鼻子，但我仍然是个人。）

Thank God. I am a negro. And not a Catalan.（感谢上帝，我是黑人，不是加泰罗尼亚人。）

母亲，我不能再说这个话题了。我一直都不想谈这个话题，但是想到保琳的父亲可能想知道我对时局的想法，但是我太尖刻了。

情况就是这样。从去年 5 月开始，他们就对要进来的物资关闭了法国边界。直到 1 月份他们才打开边界，可也只允许少部分物资进来。不过已经晚了，西班牙中部必须得有水源供应，意大利很可能会被封锁，区域性封锁已经造成大量物资减少，他们每晚都对巴伦西亚和阿里坎特的港口进行轰炸。这当然是合法的。

佛朗哥要用六至八周的时间在马德里或巴伦西亚组织一次大规模反击。

如果他占领了巴伦西亚，那么西班牙中部的末日就到了。巴伦西亚是西班牙最富有的地方，为马德里提供供给。

意大利可能想反击马德里，以为他们在瓜达拉哈拉获胜扫平道路，他们可能会在两个前线同时组织进攻。

他们现在必定会利用他们支配的军队和大炮优势切断马德里-巴伦西亚的道路，然后他们就可以饿死城中人。整个西班牙中部粮食短缺有两年了。

我在西班牙有个非常要好的朋友，他现在就住在那里，这可真让人沮丧。在整个西班牙战争期间，我每晚都睡得特别香，只是常会感觉饥肠辘辘，我真的一直在挨饿，从去年冬天开始，至少有五个月的时间，我每隔一天就会感觉到饿，不过总的来说，我感觉还不错。我常想，人真是奇怪，他的意识竟然不是由安全感、死亡的危险，或是一个人的胃所能控制的。

在纽约，我经过好莱坞餐厅时，希望您在那儿，我们就可以在那儿再吃一顿晚餐了。我计划去皮戈特看你们所有人，准备车，然后一路开来。但是我到之前他们让奥托·布鲁斯开始了。

因为战争和去年所有的一切，现在我必须付大约 3 万收入的所得税了，全天都在想着这件事。幸运的是，不必付在国外挣的钱的税，因为离开超过 6 个月了，所以不用全付。J.B.沙利文说："上帝做证，欧内斯特，他们可以说任何他们想说的话。但是上帝做证，你是一个不错的供给者。"所以现在要努力工作了，不管怎样，要对得起这个名声。

保琳不错，看起来比以前好多了。孩子们也很好。我在纽约请邦比一起吃晚餐并共度一晚，他在学校表现很好。全班第一，全校第二。格里高利和帕特里克都很强壮，从北部旅行回来后状态都很好。

转达我对所有人的爱，再次感谢您的礼物。

欧内斯特

我的母亲从后天开始会来这儿住两天。我在纽约见到了金妮，我和她度过了一段快乐的时光。在摄影工作上，她确实非常努力。我边喝酒边和她开玩笑，我给了她一个警告，让她干掉所有酒瓶，并让每个人将自己的瓶子倒空。我觉得这个玩笑很有趣，但是税务局的人从来不开任何玩笑。

致查尔斯·斯克里布纳①

哈瓦那

1939 年 5 月 23 日

亲爱的查理：

能收到你的来信我非常高兴，但很遗憾，你生病了，今天刮北风的时候我一点都没意识到。这个方向的风让一切都变得糟糕：鱼不上钩，天气闷热多雨，人很难投入工作中。这种情况通常持续一天左右，然后就开始刮信风了。

我现在工作很顺利，写了 199 页《丧钟为谁而鸣》的草稿，应该进行了一半多。有个愚蠢的金枪鱼比赛于明天开始，我本应该为了一个很大的附加赌和汤姆、雨果·卢瑟福一起参加猫礁队的。3 月 1 日开始写这本书后，见证了写书的过程，所以 4 月初我给汤姆写信告诉他，我写书是不可以中断的，写书期间不能见

---

① 查尔斯·斯克里布纳（1890—1952），出生于纽约，普林斯顿大学 1913 级毕业生。他于 1932 年至 1952 年任斯克里布纳出版公司总裁。1915 年他与维拉·戈登·布拉得古德结为伉俪，生有一个女儿和一个儿子：托马斯·J.宾汉姆夫人和小查尔斯·斯克里布纳。

别人，亚昂担心他们会生我的气。我只想待在一个地方，直到我写完这本书，哪怕破产，哪怕失去所有朋友。不过要是书写得足够优秀，我还会结交到新朋友。

目前看来，战争似乎近在咫尺，不过我觉得在今年夏天它不会开始了。无论如何，我都不想开战。我还想今年秋天再到国外狩猎（用猎枪）呢。

《大都会》希望我可以连载，但写作时我并没有考虑这件事，完成之后再看是不是可以连载，如果可以我们再定发表时间。如果我们不想连载，那时也可以说清楚，不用为连载的事情担心。到目前为止，我认为这本书还是值得连载的（写得很好），但还不想考虑这个，而只想尽力把小说写好。这部短篇小说是 2 月的时候写的，写得还不错，要卖给《大都会》，在这之前还在修改，但到现在为止，我还不想花时间重写，也不想誊写。

查理，照顾好自己，谢谢你的来信。我已开始讽刺"小个子黑人"了，但转而想到这样可能会带来坏运气。

祝好！

欧内斯特

致麦克斯威尔·潘金斯
哈瓦那
1939 年 7 月 10 日

亲爱的麦克斯：

非常感谢你给我寄的书。我还没收到，但希望这些书明天就可以通过海关。非常盼望收到它们。

我现在已经写了 56000 字的底稿了，总共是 14 章，342 页。大概完成了三分之二，要是你有空的话，你可以读一读。昨天和今天，我都进行得很顺利。

保琳和保罗·威利茨他们几个人现在正在路上航行，他们要去欧洲诺曼底。我猜她去女时装店时，海明威联邦工作储备已经变成了过去时。因此我现在必须得写书了，等有消息的时候，我会再告诉你。

现在很热，尽管炫耀了一下热浪没怎么影响我，但我很清楚这天气有多热。上个星期我有点不舒服，后来就病倒了，在海边待了三天。如果太热，我就去诺德奎斯特牧场和孩子们在一起。不过已经打算在这儿奋斗了，而不像格兰特会在这儿待整个夏天，但我想到目前为止这肯定会让你很高兴。

请问候查理，你要照顾好自己，替我向伊万·希普曼问好！汤姆·乌尔夫的书《蛛网与岩石》（1939 年）很棒。

你永远的

欧内斯特

致帕特里克和格里高利·海明威

基韦斯特

1939 年 8 月 23 日

最亲爱的毛斯和吉基：

我们已顺利回到基韦斯特，但是没有家人，当然深感寂寞。我在重大的打击下不得不祈求保佑，整个晚上，我的腿一翻身就痛。难以坐下和侧身，所以只能平躺。

这地方不错。6 只家禽还活着，孔雀杀了几只。所有的雌孔雀都有了小宝宝，雄孔雀没有尾巴，吉米没有了烟草。

妈妈写信说她过得很愉快，她已经开车到了德国和奥地利以及整个法国。

我必须要停下来去收拾东西了，暂时先写到这里吧。我把这里每个人的祝福送给你们。也许是奥托·布鲁斯，也许是我会开车去接你们，不过布鲁斯的可能性更大。我不愿意面对纽约的所有业务，我也不想到托克俱乐部去关心何时能去牧场。

书已经写了 74000 字。我起着痱子坐在这里写暴风雪，现在越来越难写了，所以我想，"平凡的人们，让我们去西部看暴风雪吧"。

和布鲁斯在火车上过得非常愉快，事情不太麻烦。因为我们自己，每个人都不得不尽量好起来，否则我们会很容易拥有光荣的无纪律的纪律，你们要牢记这使西班牙共和国走向何方。

爸爸非常爱你们，希望尽早见到你们。带上气步枪等。邦比写信说他在肖肖尼的北岔逮到一条彩虹鳟鱼。

爸爸

致保罗·菲佛夫人

太阳谷

1939 年 12 月 12 日

亲爱的母亲菲佛①：

去年秋天，一直非常期待和孩子们去看望您。我非常想见您

---

① 菲佛夫人未标日期的信中回复此信说："这是我有生以来最难过的一次圣诞节，家庭破碎是一件不幸的事，尤其是在有孩子的情况下。"

二老，并且有些事情需要征求您的意见。

保琳从欧洲出发了，比灵斯机场降落时，她患上了严重的胸部流行性感冒。在诺德奎斯特牧场时，她一直非常虚弱。我尝试着照顾她，并为她做饭，可情况并没好转，她的感冒非但没有起色反而更加严重了。剩下的事，你要比我清楚。我所有的计划都被她的到来和她的计划改变了，因此我没去成皮戈特。

要是我们能一起聊天的话。我相信您会发现保琳和弗吉尼亚要远远比我变化得更大。在弗吉尼亚的版本中，我的生活和行为都十分了不起，但是她宣传很充分，就是在那时我的家庭破裂了，所以我应尽力做到最好。我并不是说在任何事情上我都是对的，但是真实版本的我和您听说的应该是有很大不同的。

不管怎样，我希望您理解不能带孩子们去皮戈特，我有多么深感遗憾，那时没有见到您，现在也没有，请不要担心，我会照看保琳的，就像照看我自己的一样。我也会悉心照料孩子们，孩子们和我相处很融洽。

这种信写起来没意思，读起来可能更无趣。那就到这儿吧。我很想念您。写出这本书是一次非常孤单的经历，希望它非常棒。不管怎样，它很长，但直到现在还没有发现错误，非常不错。

像平常一样，读完信后，好像有很多大麻烦，把它们算到以上几段中，我确实又写了一封几乎完全空洞的信。

不论怎样，非常爱您，祝您圣诞节快乐。如果这次不快乐，那快乐迟早会来的。请转告卡尔·菲佛，今年秋天没有和他一起去打猎，我深感抱歉。

您永远的
欧内斯特

致查尔斯·斯克里布纳

瞭望山庄

1940 年 2 月 24 日

亲爱的查理：

如果能看到你讨厌的棕榈滩，那真是太好了。

不要恼我，我从 1921 年开始就已经厌倦了现在的生活。在下班后开始喝威士忌和苏打水的时候，我就一直在数日子。我现在养成了写快件的习惯了，每个快件发出时一个字值 1.25 美元，为了物超所值，我必须得把快件写得十分有趣，否则就会被炒鱿鱼。我一直在坚持，直到开始改写一些小故事后，我才停下来。我知道的单词还没有汤姆·沃尔夫多，所以一天写超过五百字的文章对我来说简直就是地狱。周末结束的时候我总是把所有的字加起来，想着即使自己是个蠢蛋，这周也写了 3500 字呢。当个作家真不错，你应该试试。

我始终知道麦克斯会玩弄女人，但是应该有人来告诉他别始乱终弃。他会说，他一定会带她去哈瓦那。然后在最后时刻又说亲爱的，我有事不能带你去哈瓦那了。不，我不能解释。我要处理的事情很复杂，亲爱的，像以前一样相信我吧！我要赶八点四十五的飞机。

我多么希望他能到我这儿来啊，我再也看不到他了。为什么他不能像关注汤姆·沃尔夫那样，过来看看我呢？要是他喜欢，他可以删减我写的文章，还可以管理我的财产，我甚至会让我不起眼的小妹妹送书给他。除了去哈珀斯，任何汤姆·沃尔夫能做的事，我都可以为他做。

也许他再也不来看我了，因为我从不把书奉献给他。告诉他，我不奉献书，不是因为我不爱他，不崇拜他，不尊敬他，不珍惜他，而是因为每当一位作者把书奉献给他的时候，这位作者通常会表现失常，而不再优秀。我不能承担这样的后果，因为有很多人、很多房子和很多家庭需要我来养活。我所能做的所有事就是像一个天才那样不剪头发，但最后我还是得剪头发。

查理，任何事都没有绝对的未来，这也是我喜欢战争时期的原因之一，希望你能同意我的观点，因为你可能随时会死掉，这样你就不用再继续写作了。但无论能不能拿到稿酬，我都会坚持写下去，因为写作让我很快乐。也许这是一种天生可怕的疾病，但是我喜欢它，哪怕这种疾病已经慢慢演变成一种恶习了——我想比任何人都写得好，我现在几乎可以说是完全痴迷于此了。痴迷是一件既可怕又糟糕的事，希望你没有这个毛病。我现在所拥有的东西大概也只剩下写作了。算了，还是不要再谈它了，也许我现在应该试着写点什么。

希望不久能见到你。

对了，我差点忘了，我有个愿望，但不是痴迷，用20美分的长钉从那个混账马克思·伊士曼的底部（你知道那是什么）穿过去，把他钉在栅栏柱的顶部，然后慢慢地向后推他。之后我再来对付他，不，我想，我宁愿把他钉在麦克斯的桌子上，就让他待在那儿，也许每隔几个小时我就会进来稍微摇摇他。

欧内斯特

致麦克斯威尔·潘金斯
瞭望山庄

1940 年 5 月 1 日

亲爱的麦克斯：

温斯顿·丘吉尔已经参与了三次登陆：安特卫普、加利波利和挪威。他无疑能写一本关于最后一次登陆的鸿篇巨制了。

想起来一个新的表达方式 Coitus Britannicus，是指他的同盟国，翻译出来是指：从后面撤退。

Coitus Britannicus 就是指这个或者指甚至带到战场上的绥靖政策。

英国人真是太堕落了。从最后一场战争起，他们的政策就是在自杀。在西班牙，我们替他们打败了希特勒和墨索里尼，但除了满腹牢骚，我们什么也没得到。要是他们能给予我们任何形式的援助，那么我们肯定能够帮他们巩固他们在那里的地位（就在半岛战争中打败拿破仑的时候）。

英国志愿兵绝对是国际纵队里的垃圾，哈拉玛战争后他们差点被整个团队抛弃，他们懦弱、撒谎、虚伪，甚至装病，在部队搞同性恋。死亡坦克和他们的长官把他们吓得屁滚尿流。哪怕是他们最引以为傲的勇敢也愚蠢到致命的地步。

当然也有很多例外和一些不错的家伙。但总的来说，英国志愿兵是纵队里的垃圾。赫里欧用船运到西班牙来代替他们的里昂流浪汉（被社会遗弃的人）也比英国的士兵好二十倍。

好了，不说这些了。

有关题目我给你发了一封电报。真希望是《纽约时报》的错误，而不是全部都错了。

"The Sun Also Rises"（《太阳照常升起》）和 "Also The Sun Rises" 是不一样的，"A Farewell To Arms"（《永别了，武器》）

和 "Goodbye to the Weapons" 也不一样。即使当时显不出来，但 "For Whom The Bell Tolls" （《丧钟为谁而鸣》）和 "For Whom Tolls The Bell" 的差别太大了。

现在我们得干活了。

欧内斯特

致麦克斯威尔·潘金斯
瞭望山庄
1940 年 7 月 13 日

亲爱的麦克斯：

希望下周末我能带着手稿去纽约，除了最后一章，他们复制了手稿的全部内容，我正忙着写结尾，也是全书最刺激的一部分。纽带揭示出来时，后来的情节会让人忍不住兴奋起来，我已经写完了一个章节。真见鬼！我应该保密的，你可以亲自阅读。我现在变得越来越虚弱和疲惫。无论如何，这都是一本特别优秀的书。我肯定自己能把最后一章写得非常好。现在除了结尾，所有的行动和情感都完成了。昨天或今天写的内容让我很不快（女孩没有被杀），我讨厌让该死的乔丹在和那个婊子生活了 17 个月之后得到了想要的。最后一天写了 2600 字（所有行动），我几乎是天才。令人震惊的是这些内容都合乎情理，所以没有当天才的机会了。

当你收到这封信的时候能寄一张 890 美元的支票（这本书的预支稿费）到基韦斯特的米尔贝格（米尔贝格汽车公司）吗？

我需要换辆车，这辆车严重地坏过四次了，再开就有点危险了，车架弯得也很厉害。

希望能很快见到你，替我向查理问好。

现在周围满是恐惧、歇斯底里和不幸，我不想写任何有关爱国主义的文章。我将会战斗，但我不想写集体爱国主义，但是别把我的这个想法告诉他们，只告诉他们我正在做，并且我将来再也不会做了。

你把 7 月 1 日的钱转到保琳的银行账户上了吗?①

欧内斯特

致查尔斯·斯克里布纳

太阳谷

1940 年 10 月 21 日②

亲爱的查理：

我已经听玛莎说了，很为你姐夫感到难过，他和大家真倒霉。告诉薇拉（查尔斯·斯克里布纳夫人）我特别难过。这是我唯一知道的事情。告诉她我会给她写信的，虽然写信也没什么用，但我真的理解并同情他们。

真开心这本书得到了大家的一致好评，现在看起来似乎一切都没问题了。等图片问题解决后，我会写信告诉你，我们打算如何处理这笔钱。也许这本书能挣不少钱，要是这样的话，那就用别的钱支撑到第二年吧。另外，要是有需要，我会先把读书俱乐部的钱取出来应急。

---

① 预离婚"赡养费"，每月 500 美元。
② 海明威把这封信的日期错写成 9 月 21 日了。

在玛莎与古柏夫妇相处的这段时光里，她一直就想让我多买些衣服，好让我看起来更帅气一些，就像加利那样。不过除非我得了肺结核，否则我不可能拥有古柏那样的好身材，可就算如此，我的脸也不会有任何改变。

昨天我们背着包去旅行了，我们去爬山，一直爬到了萨蒙河村的中间支流那里。虽然路很难走，但我们却感觉很好。曲折的道路蜿蜒而上，得有 23 英里，然后是一个又一个陡峭的悬崖，吓得我们不停撒尿。

你的建议和书评对我帮助很大，对此我很感激。我不是那种把书都奉献给出版商的家伙，所以不要介意那个小小的疏忽。我经常发现，那些奉献者要么是在经济上欠出版商钱，准备离开他们，品德不好，且正在走下坡路；要么就是很有前途的作家。

好运到这就消失了。玛蒂患上了流行性感冒，一直躺在床上。幸运的是孩子们都没事。要是书能卖掉，我会买一匹马给你，而且我还会带它坐电梯，把它带到你的住处，让你好好看看。我看上了一匹雌雄同体的帕洛米诺马，它非常罕见，而且奔跑的速度无人能及。据说它是本年度最好的一匹马，任何人都无法抵挡它的魅力。

我和他们谈过了，但是我觉得价格太高了。他们说能以 10 万的价格卖掉，要是加上所有卖出的副本的版税，那就相当不错了。

所有问题都会慢慢解决的，我和玛蒂在 11 月就能结婚了。婚后玛蒂想去滇缅公路玩。① 写这本书和娶她都是我最大的愿望。但是事情开始后我就会越来越喜欢，所以我想我会喜欢滇缅公路的，而且很有可能会在那里过夜。接着玛蒂会去基奥卡克县，我

---

① 海明威和玛蒂·盖尔霍恩在夏延市结婚。

也会喜欢那里的。那里的风景很漂亮。

　　你有没有想送书的人，我可以在书里写上他们的名字，然后给他们寄过去，或者是你自己来做。我不愿意这样，但有些人会。你的图版磨损后会有很多错误，我正在找这些错误。

　　再见查理。希望你每天都开心。

欧内斯特

　　致哈德莉·莫勒

　　瞭望山庄

　　1940 年 12 月 26 日

最亲爱的凯特：

　　邦比是不是看起来很棒？他学习不努力，却关注其他事情。我带他去过几次纽约，并让他开始跟著名的乔治·布朗学习拳击。我还给他买了一些衣服和休闲包。

　　如果他在纽约有什么需要的话，请告诉我。我会在 1 月 20 日左右去那里。①

　　玛莎在 1 月 15 日乘坐客机去马尼拉和香港。我将在 2 月 7 日乘客机去那儿。

　　和她在香港会合，我们很高兴。在一块儿已经四年了，能结婚真是太好了。我有梦游的习惯——我会在黎明的时候醒来，然后出门。这很难改。

　　我已经下定决心，要照顾好邦比和其他孩子们，维护他们的

---

　　①　海明威已经成为 P. M. 报的撰稿人，写关于反日战争的文章，这份报纸由拉尔夫·英格索尔编辑。

利益，而且还要为你处理这些到期的大额版税。在需要的时候我们可以用这笔钱，但尽量不用。我怕他们以前受到爸爸的照顾，以后他们会对自己的事情粗心。

谢谢你的圣诞卡片，还有之前你祝福太阳谷的信。

我们真诚地希望你和保罗能有美好的生活，而且你已经得到它了。如果你同意，咱们可以谈谈，来年为邦比制订一个计划。

如果他辍学一年，一半的时间用来钓鱼，和我打猎并学习真正的拳击，下半年工作，我想他会更加喜欢上大学的。那个年龄的孩子就会打架，首先不能把美好的生活浪费掉。如果一个人只有一种生活，那么这个人可能会抓到一条虹鳟，如果那时这个人想要抓一条虹鳟的话。

而且在大学里他将会变得更加成熟，并知道上大学是一件很严肃的事情。

在圣路易斯、芝加哥、奥尔巴尼和基韦斯特，《纽约每日新闻》的记者随处可见。他们试图在这里发掘一些小道消息。这真是太让人讨厌了。而且这些消息都是谎言、半真半假的话和诽谤，希望你不要读它们。我知道金妮·菲佛也和他们勾结在了一起。

虽然我和帕特里克说过，等我们的书籍卖到十万本时，我会原谅一个婊子。等到销出一百万本时，我会原谅马克思·伊士曼。不过毛斯和我说："不，爸爸，我希望你不要再去管这件事了，就让我们的祖先和他的祖先去战斗吧。"

替我向邦比问好。还有玛莎、毛斯和格里高利。

我爱你

塔迪

我会在我的税单上将邦比作为被赡养人。今年的税真是恐怖，我得把挣的钱的百分之六十二给政府。①

致麦克斯威尔·潘金斯

香港

1941 年 4 月 29 日

亲爱的麦克斯：

收到你 4 月 4 日和 11 日的来信，我非常高兴。昨晚，我从仰光乘飞机抵达这里。从昆明到这最后一站的路上，一切都糟糕透了。飞机抵达香港上空时，无线电干扰非常强烈，无线电通讯完全联系不上地面的指挥站，飞机在离地 200 英尺的高空盘旋了快一个半小时。从和你分开后，我差不多飞行了 18000 多英里，而且我还要再飞行 12000 多英里才能见到你。要是我能按飞行里程收取我的稿费就好了。

我收到了查理回复我的两封电报，因为我之前在电报里向他咨询了书籍的销售情况。而在他回复完之后，我又发了另一封电报给他。在第二封电报里，我向他表达了我对书籍销量的不满，而且责备了你们都不主动和我联系。然后他又回了一封电报给我。

也许人们会觉得任何一个对于 50 万销量都无动于忠的人都一定是疯了。但是从另一方面讲，我离开时，你们就宣布了要印刷 50 万册。我曾经想象过书的热卖以及加印的情形，可遗憾的是情况并不是这样。

我现在累死了，也不想冤枉你们，但是有时我就在想你、查

① 但在 12 月 28 日，海明威花了 12500 美元买下了瞭望山庄。

理以及公司，是不是真的如同我努力创作这本书一样地在努力营销这本书。书的销量将如何或者说销量本应该如何？我不是说你们没有努力，我知道你们已经努力了。我更知道当希望渺茫时，我是如何努力做事情的。

我希望现在继续督促这件事还为时不晚。很不幸，在这个时候离开并且得不到任何相关消息，而且是在香港这个航空邮件只需八天即可从纽约寄达的地方，我却得不到一点消息。最终，我得到的消息却是我已经知道了的事情，并且即使是这样的消息，也要我主动发电报才能得到。

从1月底到4月4日这段时间，我没有收到出版方的任何信息，我想换成任何人都不会高兴吧。就算你们认为我4月份才能回来，那为什么整个2月和3月也杳无音信呢？况且发一封航空邮件不过仅仅需要一周零一天的时间。想想当你每天都热切盼望着收到一封来信，并为了能够顺利收到它，又做了种种精心安排时，却发现每次满载而来的邮递员手中始终没有任何属于你的来信。这是多么沮丧的心情啊！

请你设想一下，你让一匹马拼命跑了一整天，但是却不给它吃，不给它喝，你想它会是什么感受？我不知道用马举例是否恰当，但是我想通过它来让你明白我的意思。

希望邦尼·威尔逊不要在他即将要写的文章里对司各特进行打击报复。[①] 他们一起上了普林斯顿大学，所以我想邦尼不会这么做的。不管大家怎么想，司各特肯定不能发表任何未完成的作品，但是我相信热爱读书的人并不会介意读到这样的作品。作家们一定会大批地死去。老舍伍德的死实在是让人扼腕[②]，他一向

---

① 《最后的大亨》，是菲茨杰拉德未写完的一部小说，与《了不起的盖茨比》一起共五部小说，在作者死后由斯克里布纳出版社于1941年出版，埃德蒙·威尔逊为该小说集作序。

② 舍伍德·安德森死于1941年3月8日。

非常热爱生命。我估计最后除了西特韦尔家族的作家，其他作家都活不成。

听说沃尔德（皮尔斯）的画展办得还不错，我很欣慰。

我大概会在五月底之前回去。在前线与中国军队，我度过了一段很好的时光。虽然艰苦了点，不过这段时光还是很有意思的。但我还是很高兴，终于可以回去了。回去后我打算再写点东西。

我会先乘飞机从太平洋沿岸飞到纽约，然后再到华盛顿，最后一站是古巴。玛蒂大概还需要两周时间才能完成最后的工作。希望我们可以一起出发，如果实在不行，等完事之后，她也会马上回去。①

玛蒂说她不想再当记者了，想回家。但是先不要告诉任何人她这个决定。

祝好。

欧内

请于 6 月 1 日给保琳送一张 500 美元的支票。

致保琳·海明威
瞭望山庄
1941 年 7 月 19 日

亲爱的保琳：

昨天收到你 7 月 16 日的来信（至少信封上的日期是那天

---

① 有关海明威和玛蒂中国一行的报道，详见玛蒂·盖尔霍恩的《我与另一个人的旅行》（纽约，1979 年）。

的）。这对于从大洋彼岸寄来的信件算是很快的了。

你问我贝尔蒙特什么时候死的，我还真是不知道（我甚至不知道他已经死了）。他死的时候，我肯定在中国，因为我根本没听到过这个消息。

也许你还想知道何塞利托或是其他斗牛士是什么时候死的。何塞利托死于1920年或1921年5月16日。你是不是还想知道吉坦尼罗·德·崔俄纳什么时候死的？我可以帮你查查。

阿特曼寄来的账单应该是给你或是金妮的。账单上的费用好像是买衣服的花销，并且是3月发生的费用，那时玛莎和我都不在国内。并且她和我都没在阿特曼开过账户。

我目前还没有听到我和邦比要上电影的消息。

提到孩子们时，你在信里写道："真遗憾你不能亲自和他们在一起。你是否可以安排一下？"

要是你看到我的来信，你就会知道我确实只能和孩子们待到9月初，因为我必须保证自己每年在古巴的非居留期不得超过六个月。

我只剩一点钱可以支配了。因为我得为了6000美金的东西付1.5万多美元的税，而你在美国是不用付这笔税金的。实际上，我挣的钱都被没收了，因为按照新政要求，所有已婚人士必须将夫妻共同的收入申报缴税。玛莎在那次艰难的旅行中挣到的钱，与我卖书所得加在一起，一共要交出四分之三的金额作为税款。除非她作为非居民在这里待上六个月以上的时间。现在新政要求这六个月的时间是连续的。零碎的居留时间不算，必须严格按照日历月份计算，比如从2月20日到3月20日持续算一个月时间，以此类推。

东半球的旅行占了整三个月，我还有另外三个月时间可以不在古巴，但是得在9月中旬之前回到那里。

要是有人问孩子们，他们的父亲在罗斯福先生领导的战争中做了什么，请回答："为战争买单。"实际上，我为这本书付出的所有努力都白费了，我的付出几乎全贡献给税款了。原本应该支付给我的近 10 万美元的稿费差不多全进当地税务局的账户。祝你生日快乐。随信附上我不久前给你写的一封信，因为那时在等你的信，所以一直没寄出去。我想我最后大概会让奥托·布鲁斯去接孩子们。要是不行的话，我再想办法让孩子们平安到达爱达荷。

真高兴我寄去的碗和盒子你都收到了，并且还挺喜欢。因为它们是木制的并且非常精美，所以我一想到它们有可能会在运输途中丢失，就非常难过。

欧内

用我最新的系统回复所有当天收到的信。

我花 60 美金买了一艘小帆船，送给岸边的一个老人。我们都叫他"龙虾"，自从丢了他自己的（小帆船），他和他的那条狗都快饿死了。

　　致查尔斯·斯克里布纳

　　太阳谷

　　1941 年 11 月 20 日

亲爱的查理：

关于斯派泽在加利福尼亚州对于你的出版社涉嫌抄袭一案提出诉讼一事，我从未收到过你的来信，并且你也没告诉过要用我的版税来支付此案的费用。

　　如果我有任何抄袭的表现，或者我的作品里有抄袭的迹象，那就完全是另一回事了。但这个案件明显是一个神经错乱的诉讼。就因为有人状告斯克里布纳出版社，21 世纪福克斯电影公司和派瑞蒙特出品公司的《丧钟为谁而鸣》《思科小子》和《西北部骑警》抄袭尚未出版或发行的剧本脚本，你就理所当然地从我的版税里扣除了相应的法律费用，仿佛我确实犯了抄袭罪一样。可事实上我在加利福尼亚既没有见过这个诉讼者，我也不是本案的被告人。所以说这完全是另一回事。①

　　另外，既然你我都从我们的合作中获得了很多收益，并且将来还会继续从中受益，那么，你为什么会让我为子虚乌有的诽谤承担费用呢？特别是你也和我一样，从我的这部小说中赚到了不少钱。我想你之所以没有来信说明此事，唯一的原因就是你认为这个诉讼会开庭审理，而你觉得更明智的做法是在开庭之前不与我统一口径。

　　无论如何，我等了你三个月的时间，却依然没有收到你的任何来信，事实就是如此。

　　我们计划一路向南，从犹他州前往亚利桑那州，接着再从得克萨斯州去墨西哥湾。因此，从今天到 12 月 1 日起，新的寄信地址是：亚利桑那州，图森市，鲁比斯塔路，马修·贝尔德夫人收。今年秋天我不想去纽约了，但是年初过后可能得回去处理一些与税务相关的事情。因此，如果可以，我希望今年年底之前你先别给我付钱，可否留到明年再付？我 1 月份开始要写一本新书，所以明年就挣不到钱了。

　　通过发电报，我把亚利桑那州之后的通信地址告诉了麦克

---

　　① 1941 年 6 月 2 日，约翰·米格尔·德·蒙蒂霍对斯克里布纳出版社涉嫌盗版提出诉讼。原告声称《丧钟为谁而鸣》剽窃了他的电影剧本《万岁马德罗》。本案于 1942 年 2 月以海明威以及其他共同被告获胜而告终。海明威分别于 1937 年和 1941 年在加利福尼亚州短期停留过。

斯。祝你健康快乐。整个秋天，我们可以好好享受打猎的乐趣，现在的温度在零度左右，正是捕鸭猎鹅的好时机。我现在正打算去一条山间小路，这条路的两边有两座小山，它们是整个锡尔弗克里克（爱达荷州，皮卡伯）一带山脉中最矮的两座。山顶上空总是有很多飞机经过这儿，当它们呼啸而过时，仿佛要将我撞翻。同时北方的野鸭和针尾鸭在这儿也是随处可见。

孩子们都挺好的，玛蒂也很好，她现在既幸福又美丽。她很渴望回古巴。

祝好

欧内

致查尔斯·斯克里布纳

圣安东尼奥

1941 年 12 月 12 日

亲爱的查理：

感谢你寄往图森市外贝尔德农场的来信。

当得知你从我应收的版税中扣除了你应承担法律费用后，我发了很大脾气。对此，我相当抱歉。第二天我就立刻发电报向你表达了我的歉意，并表示收回我之前的气话。或许麦克斯（潘金斯）还没来得及将我的信拿给你看。我真的不愿意与你吵架或有什么误会……大概从 1926 年要么就是 1927 年起，我就知道了麦克斯、你、韦伯，还有迈耶是多么耿直和真诚的人（我说的是实话，不是讽刺）。更不用提我在俱乐部的同人惠特尼·达罗了，他真是个很好的人。如果说韦伯和迈耶最单纯，麦克斯最细心，那么你就是最专业、最含蓄的（不知这个词是否恰当，我的词是褒义的，并不是说你不诚实或狡猾）。

因为战乱，我们彼此可能很长时间不能经常见面，所以我们必须得保持友好的合作关系。由于我们的（美国人的）怠惰、不负责任、冷漠和盲目自大，从一开始我们就被卷入了这场战争。想要赢得这场战争，我们必须要付出沉重的代价。唉，为什么我要在清早五点四十五的时候讨论这么让人沮丧的事呢？

对于没有得到辛克莱·刘易斯演讲手稿的事情，我已经在写给麦克斯的信里充分表达了我的感受，这里就不再赘述了。这件事已成定局，而我对此很气愤。我像个傻子一样从爱达荷州一路奔向亚利桑那州，盼望着能早日读到这份手稿，而到了亚利桑那州却发现，我永远也得不到我原本应该能得到的东西。那是迄今为止我在写作上最渴望得到的认可。如果你以为把它记录下来再印刷成册，也许会使我拿到诺贝尔奖，那么你就错了。不会再有什么诺贝尔奖了，因此我更想得到那份演讲稿。我知道自己过于重视它了，但是人们想要的东西是不一样的，而我想要的，恰巧是能够读到和拥有那份演讲稿，也是为了留给我的孩子们。结果怎么样呢？结果是，你没能找人把它记录下来。我真的希望你留着那块奖牌，我压根就不想看见它。

我们打算从亚利桑那州去新奥尔良，接着再到迈阿密和古巴。也许在我们完成必须要做的事情之前，我可以先去纽约和你见上一面。不管你见过多少个被践踏过的国家，你也永远无法心平气和地接受你目前所看到的一切。你完整地目睹了它们被毁掉的过程，而这恰恰是你曾经最熟悉的地方。该死，今天早上写了这么多令人沮丧的内容。你和麦克斯之所以会对司各特最后的作品印象深刻，是因为你们没坐过飞机。塔尔贝格那部分写得很好，但在 20 世纪他不应该写出这样的作品。虽然他的大脑仍能正常工作，但也掩盖不了他不知所云的事实，因为他的确已经力不从心了。去年夏天我重读了《夜色温柔》，虽然里边的内容有点混乱，但是我仍然觉得这部小说是他最好的一部作品，每部分的情节都很精彩。

我们在印度的旅行非常愉快。在那里，玛蒂比任何时候都显得更加美丽和幸福。幸运的是，我们能在周末前，在这些海军将领使国家陷于危难之前享受了这个秋天和这次旅行，因为这次战争把我们未来十年的生活都打乱了。

再见查理。祝你好运，保重。

欧内

致麦克斯威尔·潘金斯
瞭望山庄
1942 年 7 月 8 日

亲爱的麦克斯：

感谢你 7 月 1 日的来信。

是的，我收到了伊万·希普曼的来信。他洋洋洒洒写了一些关于工作、困惑等平常的事情，信很长，不过写得很好。他还告诉我你给了他 50 美元，但是他在离开之前没来得及告诉我。他好像为此很高兴，并且体重也增加了 12 磅。我真希望他能继续保持这种状态。他的健康问题现在很严重，而这与寒冷的天气有很大关系，冷空气常使他感觉胸部不适。如果他能待在一个温暖的地方，他的身体肯定能很快好起来。我明天就写信给他，并在信中代你祝福他。要是收不到信，他会感到孤独。我会在信的结尾把他的地址写给你。请你给他寄本《等不到的晨曦》吧，作者是纳尔逊·阿尔格伦。我认为这本书非常好，书中关于芝加哥的情节描写得特别到

— 419 —

位，而且也不像詹姆斯·W.（T.）法雷尔的作品写得那般平淡、啰唆和没有意义。虽然法雷尔第一本有关斯塔兹·朗尼甘的小说确实有不少精彩片段，而且对于芝加哥南部这个充满极度暴力的地区刻画得也非常生动。但是，阿尔格伦的作品一出，法雷尔的作品与之相比就逊色多了。阿尔格伦笔下的芝加哥北部地区要比法雷尔写的南部地区鲜活得多。我在写给伊万的信中提到了阿尔格伦的这本书，所以你拿到这本书后，请帮我寄给他。如果你还有其他值得推荐的好书，请也一起寄给他。我说的可不是《海洋的记忆》或《奥利佛·奥尔斯顿的劝告》[①]。

另外关于城市花园出版公司再版《弗朗西斯·麦康伯短促的幸福生活》这件事，我强烈反对。他们竟以每本 69 美分的价格再版此书。而斯克里布纳出版社和我没有从那四个故事中挣到过钱，甚至我连在 1938 年出版的小说集中也没收录这四个故事。他们早晚要从这本书中挣到钱，因为他们要出版的这本书之前并没出售过。我记得在本书出版的两个月后，我曾经去书店买过斯克里布纳出版社的版本，但一本也没找到。所以我现在只能买到现代图书馆的版本。顺便问一下，什么时候我才能收到此书的稿费呢？我现在很需要这笔钱。但是，我们仍然可以从我写的小说中整理出一本小说集，那应该还是会大卖的。我不同意他们将麦康伯这样的长篇巨作印刷成那种廉价的袖珍版本，况且他们还可以选择别的作品印刷成这样的版本。

乔纳森·凯普仅拥有这部再版作品百分之二十五的出版权，却可以无限量销售该小说，而我只能得到一半的版税，因为像弗朗西斯·麦康伯这样的小说，斯克里布纳出版社只是把小说的名

[①] 《海洋的记忆》，作者为查尔斯·莫兰，是一部关于地中海历史的小说，很畅销，小说由斯克里布纳出版社出版（纽约，1942 年）；《奥利佛·奥尔斯顿的劝告》，作者为万·怀克·布鲁克斯（纽约，1941 年）。

称印刷在一本尚未出版的小说集里，并且还是一部没有任何出版迹象的小说集。

我和纳特·瓦泰尔斯的公司核实过了，除了《西斯尔》，他已经涵盖了你们全部的选材。另外他还把约翰·托马森和查理的信全发给了我，按照他们的建议，我正逐个照办。我还删去了一些沉闷的情节，并且加入了更多内容，并且我还把作品集的结构调整了下。所以我可以很负责任地告诉你这是一本我新编辑的书。我甚至还将巴格拉提德的内容也编辑入册了，虽然只是一个压缩版的故事，不过整个故事的梗概倒是很完整。要是没有这个故事，那这将会是一个巨大的疏忽和遗憾，所以我特别感谢你找到了这个故事。整个内容都被我编入这本书里面了，从最初的地方到仔细检查各处的位置，再到他在食堂里遇上炮兵部队长官，然后到整个行动结束。等材料进行适当的编排后，这本书就可以直接按现在的内容出版了，而且我相信效果肯定会非同凡响。请不要按照时间的先后顺序来编排，并且一定要特别小心，不要将任何一部分内容搞得太深奥。我唯一的希望就是你能出版此书，并且我们都能从中赚到钱。就按照现在的内容出版，我希望这次出版成功。①

奥尔登·布鲁克②在图森告诉我你们要出版他的书了，听到这个消息时，我异常兴奋。在这里我还未看到他的小说《战斗者》，不过我是真的很希望能读到这本书。你能寄一本给我吗？另外瓦泰尔斯看过《三个斯拉夫人的奥德赛》了吗？我对瓦泰尔斯的判断力不敢恭维，他总喜欢过时的东西，可从其他方面看，他偶尔也会有过人的鉴赏力。我认为他最大的问题就是总想着要

---

① 海明威为皇冠出版公司编辑《战争中的人》（1942 年，纽约）。详见海明威于 1942 年 8 月 25 日写给伊万·希普曼的信件。

② 《威尔·莎士比亚与代尔的手》（1943 年，纽约），作者为奥尔登·布鲁克。《三个斯拉夫人的奥德赛》来自他的小说《战斗者》（1917 年，纽约）。

当作家，并且总是喜欢对写作指手画脚。不过无论如何，就这本书来说，现在他必须得按我说的做。

祝你和查理一切都好。

欧内

玛蒂去加勒比海为科利尔公司写报道去了，孩子们跟我在一起。我正在努力完成手头的工作，然后就去前线。

致伊万希普曼
瞭望山庄
1942 年 8 月 25 日

亲爱的伊万：

非常高兴收到你的来信，如果我没有这么忙，我本来会早些回信。玛莎刚给你写了信，我让麦克斯寄了纳尔逊·艾格林的《早晨永不再来》的副本，我认为很不错，差不多是出自芝加哥最好的书了。写这本书的人现在在东圣刘易斯的锅炉制造厂做秘书。他有一个波兰籍妻子，具有很好的波兰知识。我们都知道巴黎的波兰人是多么坚强，好像芝加哥的更胜一筹。

邦比住在这里十天了，正值春季学期末，夏季学期初。他参加了海军陆战队，也就是说，如果他能在两年半内念完大学，他们就会让他到匡提科参加军官训练。他现在和我从中国回来时看到的他一样：长高了点，看起来状态很好。

帕特和吉基都很好，他们已经在这里待了一整个夏天了，汤姆·谢福林和猎潜舰艇也来了。他们很喜欢这艘猎潜舰艇。为了给科利尔写文章，玛莎，我的玛莎正和三个黑人随从航行在加勒比海域上。他们这次是乘 30 英尺的单桅帆船出发的。我收到的最近来信是昨天从圣基茨发来的一封电报。要是她和全体船员一起沉没，那么科利尔会为这篇文章付出双倍价钱。也许他们会让我为她写一篇颂词。

我编辑了一本恺撒·色诺芬关于战争的精粹选集。一拿到提前副本，我就会把它寄给你。这本选集有 1000 页，是一项非常恐怖的工作——前言也是。他们坚持认为前言应在 1 万字以上。从 200 字写到 2000 字，我几乎把我想说的任何话都写了出来，要是前言不怎么好的话，还请你见谅。打字员早上把它送回来后，我又重新看了一下，我真想把那些废话全部删掉。你要是能在这帮忙就太好了。你知道无人给我指证时，我会写得有多糟糕。现在我多希望自己能够顺利在户外工作。去墨西哥的旅程真让人愉快，在那儿，我见到了不少老朋友：斯内罗斯以及其他人。在这场战争中，如此优秀的人才没有受到重用真是一种犯罪。当然，希望他们会。这就像在这个时代让一艘好船停在港湾直到腐朽一样。

约翰·桑那卡斯最终得到一艘船，再次漂泊。我只写私人事情给你是因为我们处于战争之中，在战争时期轻率地批评战争的任何人，他一生积累下来的信件影印本都要添加到所谓的档案里。我总会想起在西班牙的那段时光，当马尔罗问沃尔特在一些时政问题上有什么想法，沃尔特说："想法？我没有想。我是苏维埃上将，从来没想过。"我不是苏维埃人，也不是上将，但是我在战争中也没有想过什么，除了我们一定会赢。我们一定会赢的。

我真是一个糟糕的书信写作者，对此我很抱歉。不过我全部的信件都是秘书代为处理的，按照一周两次的频率，他安排所有事务。这样处理起来会更快，而且这比要写信但又不想口述一封信好得多。亲爱的伊万，我一直替你感到骄傲。对任何人而言，我突然说出这样的话，听起来都奇怪。因为我曾多次大声训斥你。我真的总是有意大声训斥你吗？要是真这样的话，希望我们都能忘掉这件事，好吗？不管怎么说，像我所说的，我确实一直为你感到骄傲。要是有时间的话，我会写一个和你有关的故事来表达我的意思。不过我感觉在信中说这个好像不太好。

男孩子们向你们问好。你需要什么东西或是什么能让麦克斯·潘金斯从纽约寄给你？如果有，请告诉我。希望你能回信，我的写作会越来越好的。

海明威

致帕特里克·海明威
瞭望山庄
1942 年 10 月 7 日

亲爱的毛斯：

很高兴收到你的来信。得知你足球踢得如此棒，并且学校也正如你期望的那样理想，我们对此感到十分高兴。吉基写信告诉过你可怜的贝茨去世了，这真是太可怕了。它死时的情况和波尼牺牲时很相似，也是经过好长时间才死去的，虽然我们给它服用了该用的所有药物，细心地照顾它，并且做了所有我们能做的事情，然而……吉基对此感到很害怕，我们也不知道发生了此事，他最后是怎么坚持住的。他确实挺坚强的，因为他很有理智。虽然他很爱贝茨，但是他知道我们已经无能为力了。帮他振作起来的另一件事就是沃尔夫变成了一只漂亮的猫，并且我们的泰斯特刚生了的幼崽，它也是如此可爱的一只小猫。

它看起来非常像波伊斯，不过它是一只波斯猫，它的毛很长，像只熊一样健壮，而且体态很像豹熊。泰斯特非常喜欢它，并且一直在细心地照顾它，它才刚出生，泰斯特还不停地"咕噜咕噜"对它叫。不过现在它已经有三周了，经常会发出"咕噜咕噜"的叫声，甚至还会跑来跑去了，它的确是只好猫。吉基和球队经常会一起踢球，现在他进球的技术已经非常棒了。听到北方佬被红衣主教打败后，他一直闷闷不乐，这对他来说的确是个沉重的打击，他已经连续输掉了 15 美元。第一天，他和马依托一起去的时候，所有美国人都知道了这件事；第二天，他又与胡安一起去了公园看大板球记分牌。接着他又和我一起来到了家里听广播。我们听得非常清楚，继续得分。最后我们又从海湾处小船的收音机听了一场比赛，我们确实输了比赛，这对于老手来说，可真是一个沉重的打击。

波伊斯长得很好看，维利、刚出生的小猫和司徒丕·沃尔夫长得也都很好。我发现你的猫薄荷有问题，就是你栽植得太浅了。你需要将地坑挖深，将它栽得深些，因为这种植物的茎叶会生长得和你差不多高，而且根部也会长长。只有你将它栽植得足够深，枝叶才能生长。

玛莎正要来纽约，将在 11 日到。如果可以的话，她和伍尔夫会去学校看望你。如果她没时间去学校，也会给你打电话的。无论如何，你将有机会去加德纳岛，并且整个感恩节在那儿打猎。沃尔夫到那儿后，我将会与他仔细地商谈你的事情。

如果这信有些好笑，不能使你开心，那么你就通过录音机录下你的抱怨吧。爸爸头一回用录音机。无论如何，至少可以说明我们大概还弄了台录音机。现在，庄园里的景色很美，我们确实都很想念你，希望你能回到这儿。后园里还有好多鹌鹑，玛莎或吉基每次出去时都能碰到几大窝鹌鹑。吉基还一直没有出去猎获大鸽子或鹌鹑呢，但是他在组队捕猎时赢了大约 50 美元，一花完就又出去赢了。即使在世界职业棒球锦标赛中输了，他至少还有 65 美元呢。

现在，有许多鸟飞来了，有各种鸣禽和金莺，还有一些小鸟，我还没来得及看呢。也有大群迁徙的野鸭，今年可能是一个早冬。

现在所有的科学项目①都进行得非常顺利。亲爱的毛斯，我的兄弟、伙伴和玩友都非常想念你。没有你在这里，一切都显得索然无味。我会让玛莎乘飞机去接你来这儿过圣诞节。请你一定要来，我实在想不出你能有什么理由不来。《丧钟为谁而鸣》的插图已经快完成了，他们打算将插图寄到纽约，并让我过去看看。不过我会尽量将其寄到这儿，让大家都一起看看。不管其他插图怎么样，库珀和褒曼应该会很好。

毛斯，写信把学校的事讲给我们听听吧。我们大家都想知道那里的情况。代我向菲佛一家问好，大家都很喜欢你。

爱你的

爸爸

以后要经常写信啊。吉基昨天写了信。潘金斯正要将我写的那本《战争之人》的大书给你寄去。

提到踢足球，在阻截对手时，记住一定要伸开双臂，进行摆动。在阻截前离对手远些，然后闪出来，让他们猛烈地相撞。就像在胸前将他们相互推撞一样。通常总是尽量跌在一侧，以便保护你的球进门。踢球时一定要穿上护裆。

爸爸

---

① 1942 年的年中，海明威秘密将皮拉尔武装为伪装猎潜舰，在加勒比海搜寻德国的潜艇。由于战时的监察，他将他的这些行动称为科学探险。请参看卡洛斯·贝克的《海明威的生平故事》（纽约，1969 年）。

1943——1961

致阿奇博尔德·迈克·利什

瞭望山庄

1943 年 4 月 4 日

亲爱的阿奇：

你能够查出（我之所以问你，是因为我记得你拥有一台神奇的装置，如果你在里边做过录音，所有的经历都可以播放出来）我们的老朋友埃兹拉是在什么时间、什么波段进行了广播，他迟早都会受到审判的，当然了，我想听到他的情况，以便在审判那一刻来临之时，可以知道所有的情况。如果可能的话，我们都应该对此知道得多些，因为那是件病态的事情，我们可能都会被叫去做证。我希望能够与你商量此事。

为什么你不来这里呢？不管我在不在，你都应该来的，即使我出去了，等你一来，我也会立马回来陪你的，哪怕我们能在其他地方见面也好。等玛莎写完她的书后，她也会离开。她要去参加战斗。你为什么不在 7 月就过来呢？在这个舒适的地方，你可以好好休息下。我还能带你到一些奇特的地方，让你好好调整一下心态。我保证我一定不会自私、冷酷、虚伪，因为我现在正处于疏远了所有朋友（我错过了结交他们，真该死）的 37—38 岁这个重要时期（别提我 1934 年的那段浑蛋时期了，那时候我真是太差劲了）。可爱的艾达和漂亮的米米现在怎么样了？肯尼又在做什么呢？邦比现在已经是一个士兵了，他希望过几周约翰·海明威能够去军官学校读书。因为他已经顺利入学了。

你知道莎拉和杰拉德的情况吗？如果我有莎拉的地址，我应该写信给她。

请谅解这封乏味的信吧。只要回到这里，旅途中想想埃兹拉的事情吧，这些事情是我应该了解的。我知道自己不再有时间了，然而，如果你有时间，你会写吗？

祝福艾达和米米，即使她快乐地结婚了。

父亲

致阿奇博尔德·迈克·利什

瞭望山庄

1943 年 5 月 5 日

亲爱的阿奇：

在（国会）图书馆①收到你的来信，因为你说过那时你正在家里写作，所以耽误了回信。今天，收到了你 4 月 27 日的信，感到十分高兴。

你愿意将你拥有的埃兹拉播放的复印件寄来吗？不管什么时候，那该死的事情发生时，我们极有可能被传唤去，或者应该被传唤去，但是我认为应该知道所有发生的事情。要是埃兹拉还有一点儿理智的话，他都该自己把自己解决了。我认为在完成第 12 章后，他就应该立马自杀，虽然现在说这些话还为时过早，不过他确实活得没有一点尊严，他效忠政府，只是因为在那个政府的统治之下，他被认真对待了。可这整个过程都是一种病态的交易，而且不管怎么他都不应该被惩罚。

你个老狐狸。我们每个人都必须要认识到我们会死亡，也许有些事情会被宽恕。这些年来我过得一直很糟糕。要是太糟糕，对每个人来说都会无法承受。不过最近这一年我已经好多了，我

---

① 迈克·利什 1939—1944 年是国会的图书管理员。

根本没见到过任何老朋友，所以没有人能够欣赏这本书。这就是现在的我想让你来的一个原因，来看看我已经变得多么友善、正直、谦虚、自谦，根本不再婆婆妈妈了。另外，我有可能死去，并且没人将记录这事了。

看在上帝的分儿上，不要担心战争，你我都是一样的。我过去认为自己可能会拥有一个军旅生涯，与（文森特）吉米·希恩——一位团长在一起，安静地做自己想做的事情；也可能不再与橡树的叶子、吞食捕食者的漂亮老鱼在一起，或者天空中繁星的光辉不会洒落双肩或脖颈。事实上，我一直艰苦地工作了一年，并无快乐可言。你来这儿吧，享受一下华盛顿的阳光和新鲜事物。如果你下两个月来，我将安排你乘飞机到我们想去的地方，而且你还可以调养一下，休息一下，逛逛这个漂亮的小岛。

过完这个夏天后，我不知道要做什么。我想我们应该去东方去参加战争，在那儿待上 10 年或者更久。也许，我去中国会有些用。我必须提前安排好这些事情。要是你能来，我会和你好好聊聊。事实上，我认为我们的下半生应该要去参加战斗。虽然听起来可能会有些傻，但在紧要关头，我一定能够下决心的。不管怎样，我还想多写几部小说，因为我发现了三两件事甚至更多，每件都是新鲜事，我想至少是能够写成一部小说的。还有混乱无结果的 1927（1926）；你曾引用过一段话 1929；单独的人不会受伤等 1936；没有人是一个孤岛，自己就是一个整体 1939；现在，有三本新小说被我知道了，虽然我常想是我错了还是它错了？你可以问问唐尼，他一定知道。爸爸可能从没有觉得自己的骨头好过，但上帝啊，他的骨头其实还好。可能在 1945 年写了小说。那就把它安排上日程吧。你认为图书馆能够同意我在那一年写一部小说吗？或者，到那时作家将被废止了呢？1942 年我缴了

104.36美元的所得税，今年或去年没挣到钱，从一家银行透支了104.36美元，上个月因另一事花了1732美元，并且给了一个女人（保琳）一个月500美元的赡养费，她的父亲拥有76000英亩土地，而且她的叔叔（格斯）据说有4000万的资产。对于这些存在的情况，我们的财务结构一定有些不正常的地方。但是维维·拉·弗尔金说过我了，并且在下一小巷中将其建立了。由于那位老人可能是瑞普·凡·温克尔梦，并且我们想让它看起来更像一场赌博。

总之，祝福你和艾达。

父亲

致艾伦·塔特

瞭望山庄

1943 年 8 月 31 日

亲爱的艾伦：

谢谢你在 8 月 23 日的来信。在阿奇（迈克·利什）给你写的信中，他谈了我的书信，听到这个消息，我很高兴。对于我写给阿奇的事情（8 月 10 日），我一定会坚守。他们不能绞死那个人（埃兹拉·庞德），也不可以以任何方式杀害他。他应该要去疯人院，这是他应得的，从写他应受结果的那个章节中，你可以摘出那部分内容。你一定得好好读读那个浑蛋到处散播的复印照片，这样你才可以更准确地知道他说了些什么。不过阅读那些东西真令人厌恶，它们都是些发疯的胡话。可是你又必须要通读这些内容，这样你才能够知道自己对此的实际想法。

　　另一方面，根据我们对他的了解，他是如何发疯的，如何逐渐变得愚蠢和不负责任的，他曾是多么伟大、友善和出色的诗人，过去他帮助所有那些他认为能够醒悟的人时他是一位多么慷慨、高尚的人，就如艾略特（T. S. 艾略特）、乔伊斯，以及包括不值一提的邓宁①在内的许多其他人，我认为我们有无法推卸的责任去反对任何绞死他的事情，即便我们都上了绞刑台，绳子吊在我们的脖子上，我们也义无反顾。如果我不坚持此事，我就不想过活一天，现在就是坚持的时候了，不公开，但是要将真相告知坚持这事的人。

　　现在，我去不了那里，更不能在那儿待上几个月了。如果阿奇想来这里彻底谈谈此事，或者你想来的话，我可以安排此事，不论我在哪儿我们都能够见面的，并且你是知道的，我真想见见你。

　　长期以来，我的看法都没有发生任何变化。如你所说，长时间参加自行车比赛真是一件令人十分痛苦的事，长期从事文学创作也同样非常痛苦。听说你当上了东北角楼②诗社的主席，这真是好事。要是这里有些笑话，他们会觉得有趣或者是丢人，不过我肯定长久以来都是你在编写笑话。另外内战是怎么发生的？受一个朋友的启发，我才问这个问题。温斯顿·格斯特最近一直在看雷南的《耶稣生平》。因为领会了书中人物的思想，他在这段黑暗的时期，精神方面受到了极大影响。我警告他不要在阅读时跳到书的结尾去了解事情的真相，可真相已经一目了然了，他们已将耶稣钉死 34 次了。

　　让我知道这一切是如何发生的吧，并告诉阿奇对我而言这是

---

① 拉尔夫·奇弗·邓宁。参见《流动的飨宴》（纽约，1964 年）。
② 塔特当上了诗社和国会图书馆的主席，1943—1944 年。

件严肃的事情，因为这在考验我们是不是浑蛋（我的意思是，让这事及时发生吧，而无须采取措施），但我认为我们不是。在此情况下，将有三四倍的人要去咬死钉在十字架上的老人。①

他们吊死了罗杰·凯斯门特，我相信他们也将厄斯金·查尔德斯吊死了。他们两个都是反政府的武装起义人员，并且都在这次起义中遭到了法律惩罚。庞德做了写了，还散布了极疯狂的陈述，在文明国家犯了错误。当我1933年最后一次在乔伊斯的家中见到他时，乔伊斯确信那会儿他是疯了，并且当庞德在时让我过去看看，因为他害怕庞德可能会做出一些疯事来。他在那个时候确实不够理智，说话的语气很傲慢，如同胡叫乱嚷一样，不过他在1923年，他还是很理智。不过对此，我们已无法容忍了，因为他现在已经堕落到了一个十分可笑的地步，甚至可以说是变成了一个傻子，既不能证明事实，也无法证实变疯之前他是多么优秀、伟大的诗人以及慷慨的朋友。不过那是一种历史的必然，无法掩盖绞死他是一种罪恶行为，就好像绞死苏拉特夫人②一样。我猜我会被最后的句子绞死，不过地狱究竟是什么。如同那个老头所说：如果这都算叛逆，那就让它叛逆到极致吧（帕特里克·亨利，1965年）。

真挚的祝福。

欧内斯特

致帕特里克·海明威

瞭望山庄

---

① 1941年12月至1943年7月，庞德在罗马电台做了125次广播后，华盛顿的美国联邦地方法院的大陪审团指出庞德在1943年7月26日叛国。

② 玛丽·苏拉特在华盛顿被绞死，她被认为是谋杀亚伯拉罕·林肯的帮凶。

1943 年 10 月 30 日

亲爱的老鼠（昵称）：

收到你的来信，我很高兴并知道了光荣的第三支队伍仍激战在小巷中，而另两支队伍却失利了。我属于第三支队伍，我希望胜利之后放火烧了那个城镇。你显然一直继承了爸爸伟大的传统，他被称为"裤子往下掉的人"，在过去萎靡的美国人和邦比都被称为哈得逊的跛驴，更不能提及你爷爷了，在传运球时他同样具有这两种缺点，并且总得有人陪着，拿着指南针告诉他哪条线是要穿过的球门线。曾经在中西部打球时，他是最古怪的后卫。当他拿到球时，没有人能够知道他将触地得分，还是安全传球（通常都会领会错误的信号）。

天气从警告有狂风（刮到了我们东部地区了）直接变为酷寒的北风了。因此，我们这里没事了。整个 10 月份，我们这里的天气都不错。但现在，这里风景秀丽。凉快、清新的空气净洁如洗，夏天到处都是炎热，但 10 月份天空凝重，空气清洁宜人。

上周一，玛蒂离开了，去了她的目的地（伦敦）。邦比很显然也走了。随着天冷，许多野鸭来了，数千只沙锥鸟也来到了迈阿密。我们希望周二出去一会儿，但不知道该去哪儿。现在，这里没有鱼了。

假期你有安排吗？我是指度假的日期。告诉我吧，以便我也计划到这里来。我打算 11 月去北方，但不可能了，因为我们耽误的时间太久了。这个月过得真沉闷。直到前三天，天气还不好，现在还刮着拔立沙脱风，但感觉好些了。你还记得弗拉让德拉吗？不，那是个笑话。我是指你记得我们都称其为辛巴达的上尉吗？高个子，曾与我们一起玩过水球。曾经也带着他走了，没带迪尼·奥尼斯特·唐（撒克逊人）。

老鼠，我的老朋友，我真的很想念你。这里比监狱还要寂寞，只有公司的杂事。你的意向还是像从前那样好。博伊西很讨人喜欢，很善良。猫长大了就不那么温顺了，我是指特拉斯特变得疏远了。而泰斯特与我和大家都很好。福尔豪斯和同伴都很好。胖得如臭鼬那么大，走动时都一个样了。它是只行动迟缓的好猫。昂考·伍尔夫的毛长得很漂亮，并且很渴望被人喜欢。它从未将其弄乱，也不参加猫比赛，现在我在训练它和波伊斯，让它们在前门廊立柱周围摆个像狮子一样的金字塔。召唤它们时，它们会沿着门栏走到一起。昂考·伍尔夫想全天练习。

小黑人的两只小狗，其中一只很漂亮，黑白色相间，十分漂亮；另一只看起来像是黄狗的父亲。当然了，漂亮的那只一定是只母狗，但是，我们可能会将它的卵巢切除。它看起来像是帕克斯狗的年轻小母狗。

乌尔夫（温斯顿·格斯特）身体很好。帕克斯和唐·安德斯也都很好。大家都向他们问候了。在最后的 6 次射猎中，我已经赢了 5 次。除了其余两次射猎，所有射猎都有猎获飞物。在一次射猎 20 只飞物的比赛中，我和乌尔夫在一个角落捕获了 100 只野鹿，从而击败了胖子和托瓦尔特。

厄姆一直都玩得不好，但也比吉列尔莫玩得好些。没有乔伊斯①，我也会感到很孤单。我告诉过你他们将博比部门的名字从斗篷和短剑改为了蒙住的桨。也许，他将逐渐变为有毒的茶杯或苦涩杏的味道。

现在我必须到城里去，以便吃一顿佛罗伦萨较低等的午餐，

---

① 罗伯特·乔伊斯辞去在美国大使馆的第一秘书职务，并从外务处离开，进入战略情报局时，1941 年 1 月至 1943 年 8 月 25 日居住在哈瓦那。（乔伊斯致卡洛斯·贝克，1963 年 11 月 17 日）

然后在 25 米外观察一下凶猛的飞鸟。今天是周六，在佛罗伦萨这是个大日子。

感谢你经常认真地给我写信。送上爸爸对你的问候。

海明威

致麦克斯威尔·潘金斯
瞭望山庄
1943 年 11 月 16 日

亲爱的麦克斯：

非常感谢你的来信。我在船上每晚都会尽力读克里斯廷·韦斯顿写的书（《靛蓝》，1943 年），虽然它很难读懂，而且她的其他书，我也很难读懂。她的书的确难懂，这点毋庸置疑，不过人们最终会相信她的作品是经典之作。即使现在，她的口碑也依然很好。

在办公室（斯克里布纳珍本），你要打电话告诉戴夫·兰德尔，国会图书馆所要的引语①我已经写完了，我甚至还给玛莎《战场》的前言写了一些不错的引语。最近我的文笔不错，但是引语虽然写完了，并且是我尽力写出来的，但离顺畅还差很大一段距离。

当你收到此信时，你是否可以将 2000 美元存到我在纽约担保信托公司的账号上？你说过你有 13000 美元的，从中拿出 2000 美元吧，在 12 月，格罗塞和邓莱普已把那本便宜版本的钱给付了。查理发来电报，问我是否能现在或明年写 29000 美元的书。

———————————
① 海明威给《胜者无所得》（纽约，1943 年）做的批注。

我想写那本书，是因为我在合同或条约中向格罗塞、邓莱普和我自己保证过写它了，不能一次付款使我对合同中预计收入的估计和声明很担忧。唯一的事情就是现在我想要那 2000 美元，而不是等到 11 月。我讲得够清楚了吗？

我们在寒冷的北风中都感冒了，感觉好像都快要死了。我是昨夜过来的，今天后半天寒冷的北风一直刮着。我病了，玛莎不在我感到很寂寞，宽敞的空房子里一个人很郁闷。如果孩子们都在这里还好些，但是他们都出去了。两个月了，我都没听到过邦比的消息，甚至都没有向邮政局长问过他的地址。我很想知道玛莎到伦敦过得好吗。

对于沃尔多·皮尔斯惹上了女人问题这件事，我感到很抱歉。你可以把事情告诉查理·斯维妮。他会帮你解决。要是他们为难查理，那也只能像往常一样发号施令了。如同伊万所言，一个男人要是受女人的气，那就如同得了比癌症还无法治愈的疾病一样，青霉素是没用的——我是说吸毒。要是一个女人把司各特毁了，那可就不仅仅只是司各特毁了自己那么简单了。患病之所以使他们疼痛难忍，是因为他们生病了，你虽然可以去治疗，却无法根治。男人最重要的是健康，其次才是得意，找个健康女人，那你就可以永远同健康的女人为伴。可是与有病的女人相处，那你就得好好想象一下自己的下场了，无论是头上还是其他部位有病。哪怕她们只是头痛，你也会到处生病，或者某一部位出问题。要是他们能将所有发疯的女人都锁起来——不用推测——我就知道有几个如此讨厌的人，和保琳一样好——一个罪恶而又优秀的女人——她就曾变得很卑鄙。

好久没有麦克斯的消息了。感谢你的来信。给我寄些书吧，除了克里斯廷·韦斯顿写的。我这儿好久没有书读了。

要是一个人能用 1.45 美元就买到一本书，他们又怎么可能回去再付上 2.75 美元呢？我们为何不写些更便宜的版本、赠品书籍或者其他更有价值的东西呢？1.45 美元就能买到的东西，鬼才愿意付 2.75 美元呢，除非他喝醉到头脑不清醒。曾经我们卖另一本书时就天天盼望有人喝醉了能来买，并且这还是我们唯一的希望。不过我想后面你大概就不能再刊印任何版本的书了，而且这就和《午后之死》一样，很难能再买到，甚至是从出版商那儿订货，恐怕也不会那么容易，甚至连我也买不到这本书了。千万不要告诉我《丧钟为谁而鸣》也买不到了，仅仅只是因为需要出版《玛西娅·达文波特》《金发姑娘》和《七个小矮人》或你所列的其他主要书籍，我是说刊印出版。

永远的祝福。

欧内斯特

致麦克斯威尔·潘金斯

瞭望山庄

1944 年 2 月 25 日

亲爱的麦克斯：

很高兴收到你的来信，信中专门提到了著名斯克里布纳的作者开返还了预付款。希望这不是暗示。只要邓洛普（高赛特和邓莱普）支付的钱到手，我希望这个月你将会从我这里得到一切。或者，如果这里没有足够的钱来支付每件事情和税款，也没有钱维持生活，那么付款就会受到质疑了。但是，我记得他们根本不会预付；然而，合同规定的再版需贷款，并且利率低，像政府公债一样保险。他们这样做并不是为了我将来写的书，而是为了已经写好的书再版。

要是你能将司各特的所有书信编辑成权威性书籍，那就实在是太好了。那可要比被邦尼·威尔逊那恶毒的行为给糟蹋强多了。他之前从来没有向我要过任何司各特的信，虽然我这里的确有不少他的信；不过可惜的是所有信件都被我堆在了基韦斯特，不过只要你需要，我可以随时取出它们，除这场战争之外，我还有其他事要做。这些信件主要是从盖茨比时期、巴黎时期以及在那之后写的。而且他们全都和表现司各特的强大力气以及他的主要弱点有关。我应该早点让你将所有信件保存，并且不要使用任何信件，直到我们将司各特以及和他信件有关的一本书出好为止。在某一特定时间里，我比任何人都要了解他，并且我也十分乐意写一封关于我们相识相知的长信，内容绝对真实、公正和详细（当然与测量方面有关的所有事情，谁都可以做）。或者等我写自己的回忆录①时也可以，但我的回忆录写作计划在这些年里始终遥遥无期，不过在我清楚记起这些事之前，我倒是很乐意写一篇关于司各特的作品。我还可以让约翰·皮尔·毕晓普编辑这些信件，他可比威尔逊更喜爱和了解司各特。约翰善良、客观并且无私，而威尔逊常常喜欢歪曲事实，以遮盖其表达方面的错误，而这些错误大多源于之前批评性的判断、偏见、无知以及学问上的错误。另外他也很不诚实；这些全都和金钱、他的朋友以及其他作者有关。当然，我知道没有人能够像他那样如此辛苦地工作，也没有人像他那么内心诚实。他的批评就像在读二等福音书一样，这些书是由获准假释的人写的。他趣味盎然地读了别人不知道的所有事情。对于他确实知道的事情，他是很傻的、不准

----

① 《流动的飨宴》（纽约，1964 年）中出现了有关菲茨杰拉德的三篇素描。

确的、见闻不广的，甚至是自命不凡的。但是，由于他是如此的自命不凡，他的错误是被一些人接受的，这些人对于书中写的内容一窍不通，比他还差劲。在我们这个极其可怜的时代，他是过于狡诈、愚昧、受批评的人，如果大家都对他及其他作品诚实，那么无论如何我都无须感到抱歉了。你可以探究他所批评事物的道德败坏，将其与多斯·帕索斯的作品一起探究，虽然他们在金钱和其他方面特别不诚实，甚至被女人所控制。但是，我们在有限的时间里不要攻击那个主题。无论如何，以上是我关于司各特作品的一些建议。当我退出这场战争时，我将要再次进行训练并塑造，以便写作，并且乐于帮助司各特的书做准备和写作。

我很想写作，麦克斯你是知道的，我与那些将写作当作艰难的事情来做的人不同。康拉德和老福特总是吃这样的苦。我很喜欢写作，没有任何事情比这更能让我快乐了。查理嘲笑我平时的话语，原因是他不了解我，就算写得特别好也不知道一个人会感到多么高兴，以至于正好写完 422 个字。每天 1200 个字或 2700 个字是你无法想象到的更令人高兴。原因是我发现那 400 至 600 个写得漂亮的字是我能够写得更好的句子，比那个数字更令人开心。即使我写了 320 个字，也感到不错。

我是如此沮丧，而不愿见到你。但是，长期以来，事情并非那么简单。现在，似乎我可以在极短的时间内到那儿，但是由于我从不知道我打算做什么，在这儿请继续写吧。

听说坞莎的书《藤蔓》进展得很好，我很高兴。我知道她对国家的观察是很好的。罗姆克斯没有将第一本纽约评论、泰慕士和赫拉尔得·迪比等发给我。事实上，我并无纽约评论。

希望查理·斯维尼能够来这里。但他总喜欢圣安东尼奥市，并且这里会有许多人与他吵架。多年前，我就不再与他吵了。

麦克斯，咱们好久没见了。希望能够快点儿见到你。① 但是，在我发电报前继续写信并将邮件发到这里吧。

祝查理斯和你当地的朋友幸福。

欧内斯特

致玛丽·威尔士
法国，维勒博东和昂比
1944 年 7 月 31 日和 8 月 1 日

小朋友（可爱的朋友）：

收到来信，使我十分高兴，并且感谢你将故事讲完。你对我非常好，而且我也很想念你。我不会使用形容词，重复用词，对此我感到很羞愧。嘿，小朋友，我希望可以跟你谈谈这些事情，最好是躺在床上。比这更好的事情就是你所知的了。最好回来——就在那个时候，人们回到了我们之前修建的地方，接着炮轰就开始了，然后很多人一起上山。

再往下写起来，我就感觉越来越难了。因为和几个空军伙伴待在一起，我们必须早些起床（不太早，但看起来很好）。② 然后我们就一起去了我猜测的地方，那里的确很糟糕，而且无事可做，只能十分寂寞地待着，不过因为到了最后，所以得到允许后我们可以离开，或加入我曾待过的步兵师也行。虽然日子很艰苦，不过我们却过得很快乐。我们一直都在进攻，现在已经第八

---

① 5 月，海明威在纽约见到了潘金斯，他作为《矿工》杂志社的通讯记者，旅行的第一站是伦敦。5 月 17 日进行了跨洋旅行。请参看卡洛斯·贝克：《海明威的生平故事》（纽约，1969 年）。

② 有关海明威和英国空军的情况，请参看卡洛斯·贝克：《海明威的生平故事》（纽约，1969 年）。

天了，而且与我们一直相处的同志们也都是非常好的人。他们的日子比飞行员还苦，我对飞行的热情也可以说是另一种形式上的懒惰，也许这并不是一件好事。但是不管怎样，我在这儿过得还是很开心，而且和步兵团在一起也非常快乐。由于到处是灰尘，我不喜欢穿戴盔甲。虽然有时我们是在优美的乡村，但这里到处都是灰尘。有些地方很漂亮，我们甚至比别人过得舒服。但这种情况极少。

我们俘获了一辆边三轮摩托车，现在使用它们进行运输。昨天，我们俘获了一辆大型奔驰军车。我将那车开到了车辆调配场，给它喷了漆。我也给你弄了些有趣的小纪念品。也许，有一天我将会驾驶着奔驰到处逛逛。这是辆敞篷车，子弹曾射过转向柱，线路被打穿过。但是这车我们用得还不错，转向柱正在维修中。步兵团已经杀死了许多德国人，而且我们从装甲车上得到了上等的法国白兰地酒。将军（雷蒙德·奥斯卡·巴顿）是位有教养、有才能、受人欢迎的人，又是位善良的士兵。他看到我开着奔驰时，非常开心。

上帝啊，我是多么无聊的一位作家呀。小朋友，想想吧，这都是因为我很累。有时，我们也整天整夜地行走。这确实是一支很出色的步兵团，我尽量成为一个有用的人，而不是让人讨厌的人。我可以写下，并将写下这些事情时，这一定是一篇好故事。但是，首要的就是休息，我将写完这件事，然后在下一阶段写下另一件事情，之后回到饭店（里兹大饭店）的 612（房间）。我讨厌去想搞糟我那舒适房间的那些人。

玛丽，我无法顺利地给你写信，因为途中会有很多人读它，或者能够读到，这会使我感到害羞，因此难以写下去了。嘿，我希望能够对你说说，很快我们将能够写给你了。你领会了图片并且他们写的信很好，对此我感到很自豪。在这里，我也听说了关于你的好事，我要将其全部记住并告诉你。我很想念你，因此我是空虚的，为了充实自己，我夜以继日地忙于战争的事。但这是令人痛苦的替代，就像喝伍斯特酱一样，能替代什么呢？替代什么呢？我猜替代的只有快乐。见到你时，我非常快乐。战争中，我尽可能表现得很出色，并且我很了解步兵，而且我还听说了不少新鲜事。在前线，我确实过得很开心，但我并不热爱这种生活。

因为太忙了，你要不断地行军、疲劳、做决定，要是你能够加入行军作战的师，情况可能会好一些，你还能够抽空睡一会儿，不过也经常会感到精疲力竭，而且你也没有其他的生活。现在我必须得做出这样的决定，因为某些原因，我无法离开那个区域，也不能到哪里去。我是说在伦敦镇①和你待在一起。

这真是一封无聊的信，可不管怎样说，我现在已经不再感到无聊了。等见到你的时候，我会告诉你一些非常有趣的事。我们的身上经常脏兮兮的，因此我们必须得在天亮之前起床，好好将全身擦洗一遍，再用香皂和毛巾把整个脸擦干净，不过等天亮的时候拿出兜里的小镜子看一看，我们的脸依然布满灰尘。眼睛就仿佛喝醉了一般，或者可以说是像第一次喝杜松子酒的人一样，人喊着自己睫毛膏掉了。

亲爱的小朋友，我真的非常爱你。等我写完这封信，我就要

---

① 此时，海明威与玛丽·威尔士联络了两个月之久。5月末，他们在伦敦见面了，在那儿地写了《时间—生活—财富》。5月25日，开了整晚的会后，海明威在伦敦朗兹广场遭受了一次严重的摩托车事故，得了脑震荡。在伦敦诊所住院时，他的第三任妻子玛莎·盖尔霍恩去看望他，这位妻子对于他在战时的喧闹很是生气。玛丽的存在使他受到了安慰，巴黎解放后他们在里兹大饭店相逢了。有关详情，请参看玛丽·海明威：《原来如此》（纽约，1976年）；卡洛斯·贝克《海明威的生平故事》。

和排里的战士们一起去发动另一场步兵进攻了。你的信写得非常棒，可是我却什么也写不出来。就好像仅仅只能把它放到老式的绞肉器里，然后再从中榨取出斯维尼里斯博士的新珍珠。

玛丽，在这个世上，我们所接受的就如遗产一样是没有挂念的，我们的遗产中有闪闪发光的铝制品，上面黑白条纹相间，700 MPH，但同样布满灰尘，和你脸上的脏污一样多，如此等等。我是指，你要使用大脑中的智慧，不要害怕，但要谨慎。你的意思是 Toi（法语你的意思）。白天，我能够感悟到一些事情，所以去写了。

玛丽，此时天太黑了，我不写了，明天再写——天亮时，我们就起床准备发起进攻，然后提前一天结束战斗，我回去后就能够写作了。

小朋友，我曾离开可爱的你，今晚能够与你一起睡个好觉了，我感到很开心。请将信寄到这上面的地址，听说我能够收到的。现在，我在漆黑的地方写信，但写得很顺手（吹牛了）——你会很欣赏的。有些东西——我是仅用心去感知的。

请你快点给我回信吧，我现在想你想得厉害，而且我的头痛更严重了。

现在是 1715 年 8 月 1 日的下午 5 点 15 分，天还没有黑，我从杰克·贝尔登那里得到了地址，这地址和写《时间和生活》的地点一样。我到了一片空地，并在那里猜想：要是我能继续战斗下去，并逮捕到其他一些什么人，我就可以继续待在步兵帅中了。最近我们正在准备发起一场极其重要的进攻，我不想离开，虽然我在这儿也并不意味着什么，不过就好像要完成最开始做的事一样。我也在学习很多和步兵师有关的新东西。现在正是关键时刻，我并不想离开这，哪怕那些新东西并不有趣。

读到这儿的时候，你可能会觉得一切都很合理但同时又无聊，而等到我们在一起的时候，你会把它当作笑话来看。它的确是笑料，但并不合理。

我以前的确可以写出很好的故事，而且等我写完后还能用打印机处理。然后再到一些好的地方，待上个三两天，将一切处理好。并且所有的笔记都有标头。不过这些了不起的事情——不应该浪费在科利尔身上。这周、上周……或者说是现在，我已经可以写书了。

肯·克劳福德和比尔·沃尔顿①是我在这里见过的最好的通讯记者。我不是很了解比尔·沃尔顿，不过我对他的空中播放节目非常有兴趣，这个节目既精彩又能打动人。他也同样善良可亲。要是你能在这就好了，你是那么的聪明，勇敢。你应该到这来的。

现在，法朗士是很风趣的。我的意思是，我们已经解放了许多地区，由于机智地使用了步兵团、空军和装甲部队，没有进行任何破坏。

现在，我有机会将此信寄出去——请原谅这封长信——今晚我将要多写些内容，送上我们的爱意。请写至此地址——

大朋友

海明威

随军记者

---

① 比尔·沃尔顿，是《时间和生活》的通讯记者，那时 35 岁，5 月 24 日首次在伦敦见到海明威。他与第 82 空降团，降至诺曼底。6 月底，海明威见过的地方有瑟堡（6 月 27 日）、圣米歇尔山（8 月 6 日）、许特根森林（11 月中旬）和卢森堡公国（12 月 31 日）。他与海明威的友谊保持到 20 世纪 50 年代。

致玛丽·威尔士

巴黎

1944 年 8 月 27 日

小朋友：

刚收到你的来信。《生活和时间的人》之后，第一封信写给了你。我回到了部队两次想取到信件，但没取到。现在来到了里兹大饭店，这里有你寄来的信，我感到十分高兴。

玛丽，自从上次给你写信后，我的生活过得很奇怪。19 日，我与马基游击队联系过了，他们将听从我的指令。我猜是因为他们现在已经年迈，并且相当粗鲁。我给他们配备了在郎布依埃入口处缴获的骑兵侦测装置服饰，并用步兵师的装备把他们武装起来。在取消侦测后，我们依然坚守朗布依埃。而在他们前进时，拉恩则负责巡逻并为法国捕获情报，我们的情报运作很成功。因为星形广场和协和式飞机，我们顺利进入了巴黎并多次缴获了装备。他们在这一块做得非常优秀，不过现在我们都很累了。① 幸好当我们在巴黎进攻朗布依埃的时候，有正式的战争历史学家②和我们在一起。不过大多数人认为这并不是事实，大多数小事都与打仗有关，甚至情况可能更坏。我现在又参加了步兵师，而明天我会试着再写一点文章。接着再把我的人放在步兵式的统领下。他们都很优秀，我相信你肯定会喜欢的。但现在他们最大的问题是脾气太坏糟糕。我还有幸见到了你的朋友萨姆·鲍勃，他真的很富有人情味。

当我们进行检查时，有两次我是很害怕的，不是提供的联系

---

① 在解放巴黎中有关海明威的部分，请参看卡洛斯·贝克：《海明威的生平故事》（纽约，1969 年）。

② "正式的战争历史学家"是中校 S. L. A. 马歇尔。

方式就是说话沟通，镇上有敌方的 15 辆坦克、52 辆自行车。我们的一些巡逻会使你感到很害怕，即使这里没有德国人，但是这比格林童话还使人害怕。我们检查了坦克和自行车，希望将其拖回去，但我猜应该骑着。

希望见到你。我很想你，很想躺在床上给你讲笑话。我想如果不认识你，我就无法说我爱你了。我很寂寞，只有你可以使我感到生活开心，这是别人无法取代的。总之，我将要说的是我爱你，因为好久我们都没有合作写书了，我将书扔在了沙特尔的一方。

我很好，而且很冷静。我在处理城镇事务，向人们下达任何事情的指令。将借来的打字机给乔·德理斯卡尔时，必须进行记录处理，以便他能够写他的故事，关于参加活动这件事，与其他通讯员相比他并没有优势。我还没有写任何东西呢，应该明天写吧。

我感到自己的好运要来了，将离开这里去玩一段时间的色子。我已经到过了曾在巴黎待过所有的老地方，一切都很好。你感到自己像是死去了，这是不可能的，这全是一场梦。我很希望你在这里，因为战争结束了，我很想做一些愉快有意义的事情，或者是一些实际的、相似的事情，并非你不喜欢的事情，很感谢你。

玛丽，请你再给我写一封信吧！我最近太忙了，连写信的时间都没有了。不过我依然很快乐。虽然现在条件不理想（打字机的文件坏了），但我仍旧很想你，我现在不再踏足一些糟糕的地方了。虽然这里很自由，而且还有很多漂亮的女人，但我还是想早点离开，然后到一些能喝上香槟的地方去。

你为何不来这里呢？我应该问问查尔斯·沃滕贝克，或者不应该过于谦虚。我现在不能离开，但是无论你何时或从何地来，我都会给你安排很好的住宿。

我很喜欢比尔·沃尔顿。

（失落时要珍重）

海明威

致查尔斯·特·拉纳姆①

巴黎

1944 年 10 月 8 日

亲爱的巴克：

昨晚收到了你的来信。我得去第三军接受检查，是关于拉姆伯伊利事件的审讯。这件事情已变成了通讯记者指控的主题了，同样也接受日内瓦公约签约国中中立国的抗议。

控告就是指挥部队，摘下勋章，保护城镇，进行巡逻，我们全能的上校就是士兵的领导，没有其他废话。

检查主任非常和蔼可亲。他厉声进行了解释，军队（如果他们是军队，但来得晚了，就会受罚）接到命令待命时，由于日内瓦公约，战地记者的部队可以拒绝执行命令。而后，如果应急部队坚持执行命令，再给他们解释还是不听指挥时，只要这个建议不违反日内瓦公约，我就要让他们知道我的建议的益处。

其他问题也是同样的原因。我给你发了几篇很有趣的稿件，

①　在 8 月的第三个星期，海明威离开了拉纳姆，去了拉姆伯伊利和巴黎之间的地方，为大卫·布鲁斯上校的战略情报局服务。巴黎解放后，9 月 3 日，他在诺尔省再次加入了拉纳姆的部队，并返回巴黎与玛丽·威尔士见了一面，然后随同第 22 步兵师转移到了比利时南部。有关详情，请参看卡洛斯·贝克：《海明威的生平故事》（纽约，1969 年）。

希望你能好好替我保存，不要给别人看。

我最近没有和你在一起，不过你肯定知道我的想法。可要是我没有回来的话，他们就会把我放到罐子里去。请注意附件。

不过现在我想通了，我一定要回去。我会努力将其打得好些。打好了的话，我们就能直接说英语了。

无论发生什么（通讯记者的控告就是在说我的行动阻碍了军队的前进），我都能够根据情况灵活使用你的信，就如同你亲自使用一样。我不会在这方面给你施压。要是你想将其寄给我的话，我的地址是"美国军队，档案局总部，陆军军邮局887，海明威战地记者"。不过就算你有时间，你也不一定会信。请原谅这个糟糕的地址。

你妻子一直在担心，对此我很抱歉。我能够理解。我妻子从不这样。她认为我们做的事情是徒劳无用的。

晚上醒来，坐在罐子上，花点儿时间写一首好诗，然后献给你。

只有改善的环境，小孩子（邦比）拿着钓鱼竿在侏罗山上欢跳，在这儿能够看到河流。每晚工作后，可以垂钓。总之，我们可以钓鱼，装扮成德国人（金发的小孩子说着流利的法语，德语说得也不错）。现在，在福格斯，他的上校很喜欢他。如同用球拍打球一样，上周我们打败了德国佬。如果我可以做我想做的事情，我就去看望他。他的上校负责将他送到巴黎来看望我，但我们都知道这是不可能的，我说也是不可能的。上校抱怨他是过于讨厌的军人。我无法与他联系。不喜欢他的老朋友。我曾经很喜欢的，但那是在另一个国家，除非姑娘死了。

巴克，我很想你。我在这儿感到自己一无是处，而你去打仗了，我只能将稿子寄去，以便你想想是否读过那些糟糕的稿子，你应该也在这里。对于这些类似的事情，我是特别痛苦的。但是，那是另一件行李，我们无法提供。

祝你好运，如果我们身边发生了任何事情，我们在地狱中也会过得愉快的。

欧内斯特

致麦克斯威尔·潘金斯

巴黎

1944 年 10 月 15 日

亲爱的麦克斯：

你可以将 52.50 美元的支票寄至费城射击俱乐部 1807 忠诚费城互信楼——宾夕法尼亚州的费城吗？我这里没有支票了。将支票簿给我留在伦敦。

从上次给你写信到现在，我一直过得很不开心。从突破圣路易斯到 8 月 18 日他们临时成为后备军，我一直待在第 4 步兵师中。在那之后，我又被混编到了马基的机构中，短暂的欢乐之后，我们直接退出了（约翰·辛格尔顿）摩兹比（联盟骑兵），接着成为第一支进入巴黎的军队。旅行家俱乐部和里兹大饭店在头天下午就被解放了。这是我人生中最快乐的一段时光。接着我又加入了步兵帅。在巴黎战役发生的时候，我们用（巴顿）将军借给我们的吉普车截获了一大堆运输品（大多是德国人的）。然后我又和他们进行了激烈的竞赛，我先向北再转到东面，直到西部防线遭到攻击后，我才停了下来，所幸我们没有任何损失。

我有足够的材料去写一部好书了。自从突围前我就一直与步兵师一起作战，如果走运的话，我会停下来写书。想写小说——不是关于战争的书。应该写大海、空气和大地。① 结束时准备写大海，接着写皇家空军的那段事情。已经写了两篇长诗了②，如果不走运的话，这附近将有一些东西来记录直到现在所发生的事情。

我知道了玛蒂飞行受伤并且已经治愈的事情，每件事情都应该有分寸。我们降落到地面后，我根本没有想到她。参加一场战争（西班牙内战），使你爱上了一位姑娘，然后又遇到了另一位姑娘，再将之前的忘记，这多么有趣啊。倒霉。但在战争中，你遇到了好人。从未失败。虽然发生了很多事情。

麦克斯，我想和你说说话，但信写得并不好。

祝福查理和所有的伙计。如果你们让我回去，你们就会获得一笔价值不菲的财富，因为在这最近一次探查旅途中我们赢得了有利可图的发现。

欧内斯特

致亨利·拉·科西特③

德国，赫特根森林

1944 年 11 月 16 日

亲爱的亨利：

你从来要求我成为保险指定受益人，这保险是科利尔为我取

---

① 这是海明威关于写大海、空气、大地方面作品的最早暗示，这些题材在后来的 10 年里使他全神贯注，结果写了《老人与海》（1952 年）和《岛在湾流中》（1970 年）。

② 《送给伦敦玛丽的第一首诗》和《致玛丽（第二首）》，《大西洋月刊》216 期（1965 年 8 月）。

③ 《矿工》杂志的编者。

出来的。之后，我指定了"人生和时间"公司的玛丽·威尔士作为这项保险的唯一受益人，通过这封信取消之前的受益人。

玛莎·盖尔霍恩，我的妻子，在离开伦敦之前签署了一份共同财产合同，除了钱，她得到了她应得的一切。

《矿工》杂志提前支付了我 3950 美元，而这笔钱完全属于我，这是我为科利尔花的。请你从这笔钱中支出 1500 万美元给我的妻子玛莎·海明威，因为她提前将这笔钱给了我，她甚至还把剩下的钱存到了我在纽约保证信托公司（纽约市第 5 大街支行）开的账户里。

真诚的祝福。

欧内斯特·M.海明威

致帕特里克·海明威
德国，赫特根森林
1944 年 11 月 19 日

亲爱的老鼠：

以上（陆军军邮局 757）是最新的地址——当你收到此信（信中再次提到了这里的情况和之后的事情）时，我将被叫回去教书了。最好让希普利夫人给你准备好护照，以便我们可以坐飞机到古巴去。请让母亲（保琳）把吉基的护照寄来，让希普利夫人准备就行。只要我知道了到那儿的日期，就会告诉她。写信告诉我假期的日期，以便我们可以申请泛美航空公司航班。

老鼠，这得靠你了，无论有多忙，都要看看护照是否准备好了，并告知我放假的日期。如果我知道了放假的日期，我的时间也定下来后，我就会发电报告诉母亲。

我希望感恩节能够回去，但这个计划不能改变了。很遗憾，我们不能一起快乐地庆祝了。

我无法直接给你发电报，但最近几天，汉克·戈雷尔在几篇故事中使用了我的名字。因此，如果你在《世界电讯报》或《纽约邮报》上看到时，你将会知道我们现在是如何做的。我们处在很糟糕的战争中，老鼠——我希望干掉德国军队，结束战争——在我的服役期限未结束之前，我不能离开。这就是我为何不能回去，之前也不能告诉你的原因。然后，我遇到了麻烦，因指挥非正规军队（许多通讯记者的控告）而被指控。这些控告被证明是错误的，因为我是不可能指挥非正规军的，那是违反日内瓦公约的。我已向这些军队解释过了，当他们坚持要让我领导时，我又解释道：这是不可能的，这是违反日内瓦公约的。但我很乐意在这个范围内提出我的建议和批评，因为这并没有违反日内瓦公约。总之，这一切都澄清了。

老鼠，我们现在处于艰难时期，非常艰难，比任何时期都艰难。

等这段时间忙完后，我打算去古巴好好休息一段时间。我要把地面设施（大树都被飓风刮倒了）修理一下，并将它们整理好，然后我必须要再写一本书了。玛蒂一直想去伦敦。而现在就是个好机会，达切斯现在已经不打仗了，所以她可以趁这个机会离开。不过要是我离开的话，她一定会很想回来。我不想再孤单一人了，也不想再去当兵，我想找份正式的工作。要是当兵的话，那么等你探望自己的妻子时，就只能让她待在不同的战区，只是为了让战事万无一失。我打算找个人和我在这一起待上几天，好让我成为家庭作者。因为孩子们得上学，所以我必须工作，我现在还没打算寂寞地死去。

后来——老鼠，今天在森林中进行了一次大规模狩猎。森林大概在（怀俄明州）克拉克岔口的后边——树木郁葱。夜晚，许多只大鹿在宿营篝火处绊倒，被杀死了——我们还未发现野猪。但这里有许多野兔、狐狸和鹿。最后，在一间狩猎小屋内看到了C.P，它的头很漂亮，这里也有许多野鸽子。在松树林中没有看到太多其他种类的鸟，事实上这里只有这些大个的黑鸡，个子高一些的就是松鸡了。我还没有发现任何松鸡和木鸡，可能是这里有动静，它们都逃走了。最受欢迎的游戏就是戏牛了。在开阔的地方，我看到牛倒下时，眼睛就像鹰眼一般。用类似的东西在地图上将其做上标记，第二天我们割下了牛腰部的嫩肉。一旦火炮袭击了牛，我的视线从未移开。将牛炮杀，我一直看着。如果我们自己，或敌人的追踪者穿过了这个地方，我会马上看看牛是否还在它们的道上走着。我们把牛作为攻击开始的信号，而今天这头命运悲惨的牛被我们吃了。它被我们在住处的墙角上挂了4天了，在此期间，轰炸一直在持续着，整个房子都在震动。我现在感觉整个胃都很舒服，因为我已经吃了5块牛排，而且这些牛排是用上等德国洋葱、白兰地和水烹制而成的。接着我继续向森林挺进，克劳特子想在这里把我们尽力打死。但吃了牛肉的人是不会被轻易打败的。

老鼠，我没有任何好的建议和箴言送给你了。

我知道在法国作战时，除了鹌鹑什么都没得吃，但很快就吃没了——将有一段时间得乞讨了。我想到肯尼亚和坦噶尼喀去侦察一下，看看那里的情况如何，如果好，就转移到那里去。同志们，对于我们，时间是很短暂的。有现代的飞机服务，如果可以的话，我们将从非洲飞往欧洲进行环游，猎获鸽子。在法国已经开始比赛了，虽然我认为这样不妥，但接着会再次进行鸽靶射击，直到旅行者的旅行开始为止。这里所说的旅行者并不是指美国旅行者，而是指国内的。

亲爱的老鼠，我不知道该和你说些什么。巴黎确实很美，可我的状况却一直差强人意。自行车比赛还在持续着，这些赛车者们都非常优秀。哈里的酒吧已经开业了，每天下午5点开门，但里面除了劣质的杜松子酒，其他什么也没有。在城镇时，爸爸就一直住在里兹大饭店（他曾经在那住过）。这个小镇很温馨，但50法郎只能兑换1美元，实在是太贵了。这里没有漂亮图画的展出，但却有不少新画的好画儿，而且都是都是毕加索和其他优秀画家的优质作品。在德国佬的统治下，画家除了待在家中画画儿外，并无其他事可做。不过他们的作品确实非常棒，也出现了不少佳作。普吕尼耶那里没有牡蛎。至少要等到一年后才能合理地澄清。

老鼠，希望你不要在意这封无聊的信。我们今天一直在森林里忙，很遗憾我们错过了感恩节。我们也确实错过了不少事情。不过我会争取找到更多有趣的事来弥补这些遗憾。你的护照已经办好了，等你收到信后，请立即告诉我假期时间。

爱你的
爸爸

致玛丽·威尔士
巴黎
1945年3月6日

亲爱的皮克尔：

　　我将永远爱你。现在，我们的人生正开始。不要让任何事情烦扰到你。我特别不情愿离开，真对不起。见到你时，我会很开心的，并且在我离开你的时间里我是真心地忠实于你，全身心地爱你。①

爱你的老公
高山

　　给玛丽小姐的情书，吃早饭时读了该信（他们恋爱时写的情书）。②

　　　　致哈德莉·莫勒
　　　　瞭望山庄
　　　　1945 年 4 月 24 日

亲爱的凯特：

　　很感谢你寄来的那封信。希望你找到玛丽，她可以告诉你一些关于邦比的事情。我们和指挥官的关系不错，我也认识他的大部分朋友。在邦比倒霉之前，我一直在帮助指挥官做一些事情。要是你得到了任何消息，请立即发电报告诉我。我知道担心是没有用的，也帮不了任何人。从占至今，一切举重冠军的担心者都秉持着同样的价值。

　　河岸森林那位上了年纪的妇女（海明威的母亲）怎么样了？

---

　　①　这是海明威乘飞机飞往纽约和他的家乡之前，写给玛丽的告别信。
　　②　这里，海明威花了很多心思，用一支箭穿过，标着"夏安的情人"。

我希望状况不是太糟糕？还是将她从我们的生活和时代中抹除吧。真不知道她是如何生下我的，但从生物学上来说，她的确是我的母亲。不过倒是有几个例子除外，如男爵、儿时的兄弟（莱斯特）（从未学会对待这二位），我一直以为他们并不存在，可实际上他们自愿加入了邦比的团队，并整天在那里做零工，他们认为这些活儿全是些倒霉的工作，不过这里确实有不少优良的血统，只可惜他并没合格。所以他将自己那份待遇不错并且十分安全的陆军通信兵工作换成了步兵师，我从7月突围后，就一直在这个师团里。进入你自己的兄弟团（也是很愚蠢的）非常不容易，而且我几乎是将所有劣势呈现在了他的面前。可看到克劳特乞讨①，他还是十分乐意那样做。

请你不要再担心巴黎的保罗和中国黑鼻狗了。我们现在已经解决了粮食问题，并成功开发了波尔多葡萄酒，在法国拥有了稳定的运输渠道。去年的冬天非常艰苦，不过只要你熬过了这个夏季和秋季，情况就会好上很多。我已经看过房子了，虽然它已被抢劫一空。我们开着吉普车，从巴黎向北转移。我知道保罗的离开肯定会让你感到很糟糕，这同样也让你原本十分温馨的家变得四分五裂。我讨厌离别，离开自己精心建立的温馨的家，这是多么糟糕的一件事呀。要是你能去巴黎就好了，那个地方一直让你感到很温馨。

我和玛丽住在里兹大饭店（你可能也在那儿享受过），在解放了旅行家俱乐部后，我和戴夫·布鲁斯短暂地见了一面。第一天，你应该已经见过他了，那时，阿奇·佩尔基是我的司机，在壁炉前的一个气炉上做过饭，一个强悍的强盗，你曾经见过他在精致的旧家具上清洗他们的武器。我与这三位部长尽量从团队中

---

① 参看海明威致查尔斯·特·拉纳姆，1945年4月2日。

用那里的消息（我最后跳过它）查出拉姆伯伊利和史蒂夫·斯蒂文森上校的一些不属于控告的证据。这是有史以来最疯狂、最美丽的幸福时刻。你知道自己并非每天都生活在巴黎。事实上，只有一定数量的市民曾在那里生活过。但我们成为历史的结论中从未结束战斗的快乐，我们将要打回那个美丽的城镇，在那儿可恶的德国佬认为那是他们的好地方。我们首先解放了利普斯（老人给了我一瓶马参利酒），然后解放了图卢兹的尼格拉。这真开心啊！法国的报社对我们进行了大量报道，我从肖塔尔先生那儿（海明威的房东，1924—1926 年）得到消息，他告诉我，他夫人去世了。他一直惦记着我们浓厚的友情，我应该和他吃顿午饭的！由于我得转移到北部去，无法一起吃饭了，但我们一直都很好。我想我们应该以河岸森林的骄傲穿过肖塔尔，成为任何时代的胜利者。

很感谢你给我写了如此好的一封信。我希望我能够写得更好一些。随着战争的进行，我是很安全的，想到首先我不写作了，然后在我无法思考的时候也不能谈话了。接着，我也无法谈话，无法思考。

现在我得整理一下再进入城镇，唯一活着的只有人。现在我应该要去一周之久。你得离开蒙大拿州，经历一次长期的艰苦日子，对此我感到很抱歉。那不是人所能生活的地方，当我生活在那儿时我讨厌那儿的每一天。这里一直是这样的话，那就只有我们自己以及自己的生活了。

亲爱的凯瑟琳·坎特在经历了所有你能够想到的事情后，她接着去了巴黎，并在那里过上了相当不错的生活。我们可以在那里见面，我们甚至可以在高级一点的饭馆好好地美餐一顿，然后再说说笑笑。我现在身边的所有的事都在慢慢变得让人愉快起来

（这样听起来我真像个抑郁症患者，不过实际情况并非如此）。我和你提过我们那只 50 岁大的鹦鹉吧？它以前属于吉姆·斯蒂尔曼先生。在我讨论他开始的长里程以便叫嚣某事时，在我无法澄清时，我才意识到他正大声呼喊着"我无法再忍受听到另一种讨厌的话语了"。

送上你过去痛打过的塔蒂的爱。

海明威

致托马斯·威尔士
瞭望山庄
1945 年 6 月 19 日

亲爱的威尔士先生：

感谢你写的关于上帝耶和华的摩西创世飞叶的这三本书以及那些情况。我很喜欢这些书，欣赏你写的故事和研究，以及谈论整个问题的邀请。我们见面时，我很想和你讨论一下这些书。

如果这对于你知道战争是如何影响一个人的宗教信仰是有用的，那么可能会有助于我们的谈论，这是我曾与你女儿玛丽谈论（偶尔谈论）比较好的时间，我很期待这件事，她同样也很期待。

"一战"（所谓的世界战争）期间，我很害怕受伤，在最后也很虔诚，害怕死亡。信仰个人拯救，也许仅仅是祈祷，以便为我们的小姐和各位圣徒代祷，祈祷部落的信仰。

西班牙战争之所以看起来那么自私，是因为他们一直在为自己祈祷，而这段时间里，教堂资助的任何人都没替自己祈祷过，他们现在正替战争祈祷。不过我错过了一场可怕的缓和，就如同一个人在寒冷的下雨天，被完全淋湿后，习惯性地喝上一杯一样。

这场战争的发生根本没有进行祈祷。这期间有些艰苦，有时也是这样的。但我感到自己已经丧失了要求这些代祈的权利。不管多么害怕，我不会再老老实实地问相同的事情。

所有这些可能会被详细描述的。同时，所有我能够再做的就是我很爱玛丽。自从我第一次告诉她我爱她起，我对她一直很忠心，而且永远会的，直到我们能够结婚。在我们可以结婚时，我唯一的信念就是成为她的好丈夫，如果出于任何目的你需要身边有个儿子，那么请记住你是有一个的。我有三个，你也可以指望他们。

挚友

欧内斯特·海明威

但你可以叫名字、首字母或绰号。

致麦克斯威尔·潘金斯

瞭望山庄

1945 年 7 月 23 日

麦克斯：

自从上次那起事故起，我担心我没有给你写过信。如果写过，那就跳过这段吧。我的头部没有什么不良后果，我伤在前额了，但既不是骨折，也不是脑震荡。膝部严重受伤，一直有些疼（有些僵硬）。现在胸部好了，4 根肋骨从软骨脱离了，现在也好了。

山上干旱了 8 个月后，这是第一次下雨，他们从山上拖运淤泥，路面像抹了肥皂一样滑。真倒霉！我让男仆告诉记者等人，这没什么的，我已经都出去钓过鱼了，让这消息平静下来吧。但这确实很糟。前额的伤是由后视镜、金属部件导致的，已经渗透到骨头里了，并未进行检查。我的胸部被方向盘绊住了。正午时，我是完全清醒的。一年内，第四次遭到了严重的打击。幸运的是，有两个出版了。

邦比真是个好孩子，他来到这里之后没多久又走了。真希望你能再次见到他。在他坐牢的时候，体重曾经降到过 160 磅，不过他现在已经恢复到 185 磅了。他曾经尝试越狱过，那个时候他伤得非常严重，不过却逃到了一个十分安全的地方。他们曾想把他的右臂切除，但他坚决不同意，为了放血，他们只好切除了他后部的一块肌肉。他说，唯一的影响就是把他的肉给（网球一股）放松了下，它们之前绷得太紧了。他正打算再出去一次，在他第一次出来之前，他已经在德国防线堡垒的后边待了六个多星期了。最近我打了几次漂亮的翻身仗。不过受过伤之后，在第 3 步兵师位于福格斯的时候，我被俘虏了一个半月。不过他到来后，我们一起度过了一段快乐的时光，其他的孩子们也都相当不错。我想帕特里克在不久的将来一定会成为一个很好的画家。

麦克斯，你愿意把百货店的零售物品打包装船寄运吧，每本书单独运输，以下每种作品一本：《有钱人和没钱人》《非洲的青山》《短篇小说集》（现代图书馆版，袖珍本以及最实用本）、《太阳照常升起》《永别了，武器》（现代图书馆版本的，现今最流行的一本），请把道恩·鲍威尔的《出生的时代》和《维京诗集》（奥尔丁顿编辑）各给查尔斯·特·拉纳姆上校寄一本，地址："纽约州，纽约市，希望邮政局长，陆军军邮局 26，第 26 步兵师总部"，邮编为 015568。

他是巴克·拉纳姆，我的朋友、伙伴，也是第 22 步兵团的前任上校，现在是准将，他在德国孤单地待了整个夏天。现在他是第 26 步兵师师部指挥官的助理。我们和施内·艾弗尔、赫特根与卢森堡公国的防卫人员属于伙伴，一直在相互竞争。如果我发生了任何事情，你可以联系他来消除误解，这些误解是关于在这最后的一场战争中我们做的所有事情，战争期间人们喜欢邦尼·威尔逊等，愿意离开。

巴克觉得我是一个非常优秀的小伙子，不过这只是他个人的看法，我也不过是投其所好罢了。也许我与马克思·伊士曼、邦尼·威尔逊，以及这些从未打过仗的家伙地位相同，但我不否认我们那些可笑的行为（对此我已感到很困扰）。不过去年的确是艰辛的一年，我们所得知的大多数事情都无法被证实。麦克斯确实买来了少量可以正常使用的设备，这些仪器不仅精密而且还很便宜。他极可能是向一位优秀作家（大概四十五六岁的样子）订购的。我和巴克在一起的时候，我确实学到了不少东西，比之前所学到的全部东西加在一起还要多得多。我会努力，并不断尝试，直到有一天能够写出更多优秀的作品。

你能否将司各特那里的一些邦尼写的书给我寄来？[①] 我知道他的消息（他可能是情况最好的一位）时，我感到很伤心，无法给司各特写信。但是，只要家尔认怔活着，你就无法与任何真实的事情，而我可以写一些无聊的东西，仍然能够阅读。我在乔治亚沃滕贝克的 47 组中生活时，这里有个人，叫约拿或别的名字

---

① 司各特·菲茨杰拉德的《崩溃》和其他未成集的作品、笔记及未出版的信件的版本。埃德蒙·威尔逊（纽约，1945 年）。

（一个荒谬的名字），上次是他告诉了我所有关于司各特的情况。当他去世时，是与他在一起的。而且，最糟糕的事情发生在了希拉（格雷厄姆）身上。他尚未完成那本书。那更像是一个提纲，提前进行了介绍；一个项目的版面，而非一本书。这就是为何书中那些动人的大话会使不知道作者如何设置秘密的那些人为之影响深刻。正如我们所知，史诗通常都是假的。而且，他记述了史诗的注释，但这是任何人都无法证实的。这并不是偶尔的，盖茨堡的地址是很短的。写作散文的规律是永恒不变的，正如射击、数学和物理的规律一样。司各特几乎没有受过完整的教育，他根本不懂这些规律。他做的任何事情都是错误的，但结果是正确的。但几何学总是能够赶上你的。我总是觉得我和你可以坦诚地谈论司各特了，因为我们都爱他、羡慕他、理解他。在其他人都被他搞得眼花缭乱时，我们看到了他一直存在的善良、缺点和大毛病。胆小鬼，梦想世界，这不是近期的征兆（如同阅读评论时邦尼感到的那样）。我总是梦想足球赛事、战争（这他根本不了解），他在交通堵塞无法绕过第五大街时，他认为"根据现在我所知道的，我将会成为一名伟大的突破防守区的赛跑者"。

等下次的时候我会尽力多写他一些优点。不过我认为人确实应该善良，这是理所当然的一件事。我会寻找骑兵团里任何一位优秀作家的缺点，不过我认为这无伤大雅。因为他们依然是善良的。也许我们不会看他们的缺点。

对于这封枯燥无味的长信，还请你多见谅。虽然我已经努力在写了，但进展得并不顺利。谢谢你为我存钱，现在我的利息是多少呢？我感到查理·斯维妮和沃尔多·皮尔斯仍然没变。不过这最后一年，我真是倒霉。幸好你离开了，没有经历这些。看到莱希为佩塔因做的那些事，可怜的查理一定伤心坏了。我一直都很不喜欢佩塔因，不管他是当将军、平民或是政治家都一样，并且我一直都清晰地记得你在86岁时被之前的同谋背叛的事情，最后的结局是那么悲惨。

艾森豪的确头脑灵活，心地善良，只可惜现在他的境况极其糟糕。他在去年的夏天和秋天犯了一些错误，不过他依然是一个善良的男人，并且是一位十分优秀的将军。我认为奥马尔·布拉德利是位特别杰出的将军，或许如谢尔曼那么优秀。巴顿，如果不是如此一位戏剧性的人物或一个撒谎精，那么他就是一个优秀的将官。当他们都出版了论文集时，在这场战争结束后我会读一读那些出版的垃圾，那将是很有趣的。我将会感到有趣，而那些东西却无趣。

唉！我真是说了好多让人讨厌的废话。麦克斯，请把那些书寄给巴克吧，并将邦比的书寄给我，在我得到同样的书时我将会写的。永远祝福你，希望这是个没有花粉热的年头。

欧内斯特

　　　致玛丽·威尔士
　　　瞭望山庄
　　　1945年9月28日

柔发的凯特恩·皮克尔，

今天，我打算乘船出去，所以一大早就写信了，以便让你放心。这是一个凉爽惬意的早晨，刮着微微的东北风。巴克①想去林孔（突起的鱼礁），在那儿尽量捕些小鱼。因此，我希望不会

---

① 9月22日，将军和查尔斯·特·拉纳姆夫人来到瞭望山庄进行参观。

太困难。总之，将要到那儿去旅行，我们可能会一直钓到大鱼的，即使拖曳小船并不太顺利。

昨天下午我们等了许久，才下了一点小雨，而且下得也并不久，不过我还是担心会有太多积水。走到水池边的时候，在布满沟渠的棕色小道上，你可以看到不少已经发芽的小草。虽然池水很清澈，但并不能看到那些大鱼或者小鱼，要是池底不发黄的话，也许这些鱼儿就随处可见了。要是你能在这与我为伴就好了，你要是想的话，我们现在就可以去游泳。在这儿游泳特别简单，而且感觉非常棒。多么遗憾啊，我之前居然讨厌这里。

巴克昨天在专门的射场进行了出色的射击。他之前从没有使用过鸟枪射击，但他现在却是反射能手的对手。他能理解你让他做的所有事，并且能清晰掌握做这些事的原因和时机。他真是个出色的步枪射击手。在这段快乐的时光里，他过得非常开心。

我现在的射击水平也变得相当不错，要是给我一天的时间练习，我觉得我连比赛都能赢。不过在射击那些小鸟（他们最后射中了）的时候，我在第 100 秒慢了一步，当时我看到了它们，但我并没有射击，原本我可以杀死它们的，最后却让它们侥幸逃脱。最后我们就这样以 2∶12 输了这场比赛。芒戈·佩雷斯在俄亥俄州万达利亚豪华的美国运动俱乐部对战一千多名射击手进行了第二次射击，射击是对芒戈的尊敬。从芒戈的角度来说，没有按照国际惯例进行射击，并且脚踝受了轻微的扭伤，在赛场上出现严重的跛行，这只是必需的借口。芒戈的脚伤好了以后就回来了，那样子让人看起来心都碎了。

从我写这封信起一直吹着微风，因此我认为在这里不会钓到很多鱼，或许他们能够捕些沙丁鱼。

现在，风刮得更大了……

6 分钟过后：

在邮件寄来之前我已经开始写这封信了。昨夜我没有收到信，但总之是想写信，原因是我在不知你的情况下昨晚就写了那么差劲的信。

你的这封信真让人开心。我非常满意房屋计划。我也很高兴，你能够喜欢那个短篇故事。这并非因为我想获得表扬，我只是想确切地知道我的伙伴们到底在想什么。我没有给皮特·拉纳姆女士读过那些东西，她也没有看过。我想我并非一个大作家，也许我可以让她读一读，不过最终我却没有那么做。

我准备从今晚开始写作，一直到你离开之前，我都会一直坚持写作。等你回来的时候，你就可以看到我的新作品了。这真是一个非常好的地方，你可以在任何时间找到你想要找的朋友，并且能与他开心地度过一段时光。在我完成任务之前，要是我没有时间，你可以负责招待他们。

生小孩仅仅是一件关于人们如何去做的事情。我一直在写《永别了，武器》，此时，老鼠正要出生，我出去到了西侧的房屋，以方便小孩出生。保琳从医院去了她家，让我出去到西侧的屋子，当小孩一切正常时就离开了。

如果人们都围着小孩照顾，那么每个人，包括孩子，都是不对的。孩子最需要的是位好保姆，绝不要惯坏他。多数时候，这种情况是不合人意的，也是无情的，但又必须这么做。吉基出生已有 13 年了，邦比出生也有 21 年了，但是我不相信那些基本问题会有较大的改变。希望这不会是亵渎神灵，但孩子经常会感觉迟钝，可能会持续一个月，有时是一年，我希望那样的事情尽量不要发生，如果发生了，我认为我很爱我们的孩子。吉基出生后，我去了非洲。他是 10 月出生的，我于 7 月后去了国外，直到第二年的 5 月或 6 月之后才回来。保琳说大约到 4 月。我已经离开 10 个月了，"我想我应该去看看我的孩子"①。

我非常爱他们，而且我知道我必须好好照顾邦比，开始的时候你雇用了一个有经验的人，她当然比我更会照顾孩子。不过让丈夫和妻子辛苦一些，或者将他们分开，这都非常正常。而且你也不会因为孩子而发疯。我想我并不是这个意思，不过我的确正在做这些事。没有人比我更愿意在他们身上花时间了，现在他们准备好了。或许每个人都爱他们的孩子，不过我更爱我们的孩子。我会更爱小汤姆或布丽奇特。

很抱歉，这封信写得如此匆忙。不过我必须得让皮克尔停下来，也许我们不会出发了。希望回到家里时能再次读到你的信，我会努力给你写好回信。亲爱的皮克尔，再见。

愿上帝保佑你。我们要出海了。

我爱你。

海明威

致雷蒙德·奥斯卡·巴顿将军

瞭望山庄

1945 年 11 月 27 日

亲爱的塔比：

感谢你美好的书信和那些漂亮的图片。我将会把它们放在相框里。

---

① 1931 年 11 月 12 日是格里高利出生的日子，那天海明威做错事了，自己去国外旅行，1932 年他什么也没做成。保琳可能是在 1933 年或 1934 年对此进行了评论。

　　一直没有给你写信，我感到很对不起，因此这个早上没有做任何工作，我将会把这封信件写完并寄出去。

　　巴克·拉纳姆和他的妻子来看望我了，于是我把所有写作工作，包括写信都停下了。那天他走后（我们相处得很愉快，我想他很喜欢这里），我继续写书，我一直很努力工作，以致在退休时很像被绞干的棉花。每天我都打算给你写信，你的信件只会留在立即回信的顶部。

　　希望你一切都好，可以做自己想做的事情。但我并不想和你谈论此事，我知道你想涉猎，可现在我们已经停止射猎了。

　　第四步兵师协会给我寄来了信件和委托书。我把委托书填写好会再寄回去。我真的要好好感谢你。一想到自己在和平年代也是属于团体的，我就感到非常开心。再次感谢你的计划，协会也非常好。它让我清晰地知道了自己可以做的事。

　　关于其他事情：你知道我所做的一切并非为了获得奖赏。我只希望自己是一个有用的人，不过还是要再次感谢你的夸奖。步兵师现在情况怎么样了？

　　你自己将要做的事情是什么？我希望再次与你见面的时间不要太久。照看好自己，请原谅这封讨厌的信吧。我的橘汁都溅到书上了。塔比，我随时都能够写一封好信，这是我无法工作的征兆。

　　现在，当我想如何使用自己宝贵的大脑时，我在外骑摩托时写了很多这些时期的事情——在摩托车上——我第一次感到了战斗的劳累。我读了一部叫作《压力下生活的男人》的书，我发现自己这25年来也有同样的经历。我只认为那是一堆书。

　　得知你这位将军的消息我很开心。我希望你会好起来，你应该拥有一个美好的假期。

祝福巴顿夫人和你的女儿。

珍重。

欧内斯特

我希望能够与玛丽（或者，我仅想给她一个名号）早日结婚，真想快些①，送给她我最美好的祝福。

可怜的约翰·格劳斯，他是多么可笑的一个笨蛋啊，他竟然在我写了序言②后，又写了一篇愚蠢的东西，而且内容还全都和我有关，并穿插了各种材料。你在巴黎时，他去了施内艾弗尔。不过幸好我在序言中强调了一下他写的一切都是童话故事。

致康斯坦丁·西蒙诺夫③

瞭望山庄

1946 年 6 月 20 日

亲爱的西蒙诺夫：

……昨晚你的书就寄来了。今天我读了这本书，在读完之后我将会给你写信，把信寄到莫斯科去……

按理说，等书一翻译出来，我就应该读到了，不过可惜我刚从战场回来，无论这本书多么精彩，我都没有机会读到它。我想你明白我的意思。"一战"后，我长时间待在家里，几乎有 9 年的时间，我无法写出任何与它相关的作品。西班牙战争之后，我

---

① 海明威和玛丽·威尔士于 1946 年 3 月 14 日在哈瓦那结婚。

② 约翰·格劳斯，欧洲工作室（纽约，1945 年）。

③ 康斯坦丁·西蒙诺夫（1916—1979）是位苏联诗人、小说家和剧作家。此信的内容来自《苏联文学》第 11 期（1962 年）。显然，出版时进行了删节。

必须立马动笔，因为我知道下一次战争很快就要爆发了，我感到自己的时间所剩无几。在这次的战争中，我的头遭受了 3 次严重的撞击，我常常头疼得厉害。不过现在我又开始写作了。而在战争期间我那 800 页小说的原稿还没有完成。要是我的生活顺利，在这里我会把它写完。祝我好运吧！

这次战争期间，我始终都想与苏联部队在一起，看看那些打得漂亮的战争。然而，在这里成为一名战地记者，我感到是不合理的。第一，我不会说俄语；第二，我认为自己更适合其他工作，可以打击德国佬（我们叫他德国人）。我出海有两年左右的时间，做了各种不同的工作。接着我去了英国，在入侵之前作为一名通讯记者与英国皇家空军一同飞行作战，又参加了诺曼底入侵，剩下的时间是与第 4 步兵师一起度过的。在第 4 步兵师和第 22 兵团中时，通过了解法语和与国家有关的情况，我希望能与马基队员一起带头工作，尽量做些有意义的事。这种生活让我十分高兴，你也会喜欢的。在到达巴黎之后，我原本在队伍前头，不过很快部队就赶上了我们，安德烈·马尔罗曾经来看望过我，并问我带领了多少人。我说，一般情况下不会超过 200 人，大多数时候是在 14—16 人之间。他和我说他领导了 2000 多人，所以他特别的开心。不过这里并没有提到文艺名声。

虽然现在打仗，不过从诺曼底到德国的那个夏天，依然是我一生中最快乐的一段时光。不过后来在德国期间，施内·艾弗尔、赫特根森林和隆施泰特进攻时，那场仗打得非常艰巨，天气也特别冷。开始时，仗打得很艰难，但法国部队，尤其是巴黎的队伍加入后，使我感到这是有史以来最佳的战斗状态。自从小时候起，我就在退却、坚持攻击、退却、胜利了却没有预备队进行追击等。

我从来都不知道胜利的感觉。

现在，自 1945 年秋季起，我一直在努力写作，以致数周、数月很快过去了，如果我们不知道它，那么都将会老去。

我希望你在美国和加拿大的旅途中过得愉快。我希望能够说好俄语，和你出去到处转转，原因是这里确实有许多可爱的人要见，有许多美好的事情要做。但是，这里没有人会说俄语。我真想把我们第 22 步兵团的团长（现在的拉纳姆将军）介绍给你认识，他是我最好的一个朋友，你还可以顺便认识一下第 1、2、3 军营的指挥官（他们尚在世）以及许多连级和排级的指挥官，哪怕是一些优秀的美国士兵也可以。在犹他海滩，第 4 步兵师从 D 天到 VE 天的这段时间里，有 21205 人伤亡，大大超出了 14037 人的兵力。我的大儿子在第 3 步兵师服役，这个师有 14037 人，其中有 33547 人伤亡。在登陆法国南部之前，他们一直在西西里岛和意大利。他是一名跳伞兵，因为在我们前边跳伞，他伤得很严重，秋天的时候，他在福格斯被捕了。他是一名特别好的同志，一个好队长，你肯定会非常喜欢他的。他告诉德国佬（因为他金发碧眼），他是澳大利亚一个滑雪教练的儿子，在他父亲因为一次雪崩丧命后，他动身去了美国。当德国佬最后查出他的身份后，将他送到了俘虏营。但最后他被释放了。

你不能来到这里，我感到很没面子。你写的诗歌或杂记翻译成英文了吗？我很想读读这些作品。我知道你谈论的是什么。正如你说的，你知道我谈论的内容。总之，世界已经联系得很紧密了，于是作家应该能够相互理解。如果我们能够相互理解，而不重复丘吉尔的表演，那么这里就会有许多共同点，人们会特别亲密、明智、相互合作、相互理解；现在做些在 1918 年至 1919 年做过的事情，以便能够保留些战争时才能保留的事情。如果我的谈话带有政见，请原谅。我知道在我做的时候，我一直被认为是很愚蠢的。但是，我知道在我们国家的友谊之间是不存在任何事情的。

在苏联有个小孩子（现在可能都老了），他叫喀什金，长着红发（可能是灰发）。他是我见到过的最好的评论家和翻译家。如果他仍住在附近，请代我给他送上最诚挚的问候。《丧钟为谁而鸣》已经被翻译完了吗？我读（伊莉亚）爱伦堡写的评论，不过在此以前从未听说过这个人。稍微修改下，再删去一点东西，重新起个名字，是很容易再出版的。我希望你好好看看。由于我了解这个评论，我知道这并不是战争的评论，但不管怎样，它都和小山上的战争有关。一切都挺好的，有一处写的是我们杀了法西斯成员，你肯定会喜欢的。

祝你好运，旅途愉快。

你的朋友

欧内斯特·海明威

致查尔斯·特·拉纳姆

爱达荷州，太阳谷

1946 年 11 月 2 日

亲爱的巴克：

希望你航行顺利，万事如意。

我写信给温斯顿·盖斯特，提到我们打算在 12 月的第一个星期去那里（纽约，卡迪纳岛），并收到了他发来的电报，他说无论你们什么时候来都非常高兴。①

---

① 拉纳姆将军要和欧·海一起去温斯顿·盖斯特租的庄园打猎。该庄园位于距长岛蒙托克角不远的卡迪纳岛上。

　　我们将于 11 月 10 日离开这里去盐湖城，和朋友在那里打猎玩上几天。朋友们非常热情，他们已经到这儿了。这些人中有查利·斯文尼，他是一个我认识多年的老朋友，在多个军队当过兵，委内瑞拉人，反对卡斯特罗、墨西哥，支持马德罗、外国志愿军、美国、摩洛哥、皇家空军。

　　在近东和西班牙时，我们常常在一起，他是我认识时间最长的一个老朋友。他在盐湖城和这些人在一起，还有克拉伦斯·班伯格以及他的妹妹蒂迪·艾伦。他们说高水平的打猎需要混凝土幌子、沼泽地越野车、摩托艇等，不过我并没有做过这些事。这就好比杀一只无知的笨鸭子也需要大量装备一样，不过这些事情虽然听起来很愚蠢，但它们却经常发生。到最后反而变得非常切合实际并有趣。

　　昨天没有混凝土隐藏，不到一个小时就把我们所有人累得筋疲力尽。古老的银溪湿地下着暴风雪，风速约有 50 英里/小时，我们放了一打诱饵，鸟到处乱飞，像勇往直前的神风敢死队一样。

　　除此之外，我特别喜欢打野鸡。在狂风肆虐的天气里，公鸡们大摇大摆地走着。在野外的时候，玛丽走的路程可以达到健康人的四分之三，她也十分喜欢打猎。她成功地打到了她生命中的最后两只野鸡。希望今天天气能再好点。

　　帕特打死了一只漂亮的大肥雄鹿，去毛后竟然还净重 285 磅。陆军中校泰勒·威廉姆斯成功打到一只更大的野鹿，它胖得几乎无法走路。我从没吃过这么多的好东西，我打算给你寄些冻肉。我以前从未见过这么肥的鹿肉，它吃起来就像在家禽展上获奖的牛肉。

　　在纽约，如果不出什么意外，我们会住在舍利奈特兰旅店。宇宙图片社的家伙（《杀人者》制片人马克·赫林格）带着《杀人者》影片来到这里。我认为这是一部不错的电影。这里的人声称提前 10 天通知的话，他绝对可以让我们入住舍利奈特兰旅店。这样，我们就会在那里见面了。请告诉我你什么时候来，是 11 月 30 日，还是 12 月 1 日或 2 日？我们将从盐湖城开车去新奥尔良，并把车放在那里。接下来再去芝加哥看望玛丽的父母，然后再去纽约。梅会提前把毛西送到纽约。我觉得这样他就可以在 28 日感恩节那天和吉基一起去卡迪纳岛打猎了。也许那时候我们也会到那里。可能会，希望如此。

在这里，我的身体状况正在恢复，可以走一段距离了。感冒感觉好多了。虽然天气不算很冷，不过却给人感觉和在卢森堡过圣诞节（1944）那天一样冰冷。

前天我才算是真正休息了一天。如你所言，千万不要把自动步枪交给女人。霍华德（斯林姆）斯林姆夫人在我们放下枪上车时，再次向我们证明了这一点。在我正弯腰脱靴子的时候，她把她口径为 16 毫米的勃朗宁自动步枪放在了我的头边，几乎把我头盖骨底部的头发都给烧焦了。我还不得不装作镇定自若的样子，和她解释道这把枪显然不安全（不是她的过错，我完全是在胡说八道）。不过现在这把枪已经完全被我占为己有了，它非常精密，用它在卡迪纳岛打猎是再好不过了。我和她说我愿意用立式步枪来换这把枪，对她来说，立式步枪要安全得多。一想到在那次烧焦事件后可以真正保管这把枪，我就觉得自己干得真漂亮。这是一把精密的多功能枪，不仅带有两个枪管和卡特斯补偿器，而且补偿器还有 4 个不同的管。我试了下，虽然用了 12 年，但是它依然是唯一一把相当好的自动猎枪。用脖子后上方一些烧焦脱落的头发换了这样一件不错的战利品，我觉得非常值得。除此之外我还得到了 500 发子弹，并且这些子弹在德国枪上也可以用。只要我们用轻载枪打猎，就可以证明这一点。

巴克这个假期过得非常开心。玛丽特别高兴，身体也变壮了，正在逐步康复。自从我们袭击卡斯伯以后（实际上是从离开新奥尔良后）我们就没有争吵过。我现在快能打猎了，这是我特别喜欢做的事情，盼了很多年呢。我睡得很香，天气阴冷，每天晚上吃得特别好——山羊、麋鹿、鹿肉、野鸡和鸭子。我猜我会像给你写信时说的那样：早晨做早饭，玛丽做晚饭。她做的饭特别好吃，在英格兰时为前夫（诺埃尔·蒙克斯）而学的。他的前夫只喜欢煮老的排骨。在做这个多汁主食的同时，她会非常开心。

卡斯伯那次紧急事件让我把她从死亡之神手中夺回来，因此给了她极大的信心。她从不妒忌她的朋友斯林姆，只是问我，"爸爸，我不需要担心斯林姆，是吗？"我诚恳地告诉她不需要。我特别幸运，拔掉了这根可恶的刺，排除了危险，我们折下这朵对一个男人信赖和忠诚的饱经风雨的花。

我希望尽量多写一点儿我们在卡迪纳岛上的时光。该岛有一套美丽古老的庄园，并且自殖民地时期以来一直由同一主人占有。主人基德是波士顿第一国际银行的前侦探，在那里修建了这套庄园。克莱伦斯·麦凯用一笔巨款租下了这套庄园，直到去世。温斯顿付了30—35基尼①租了一年。这套庄园（19）37年或是（19）38年（即西班牙统治期间的一年）遭遇过暴风的严重袭击。但是，那仍是一个风景迷人的地方，布局呈半月形（大约），位于海边，黑鸭子、野鸡和鹿成群。在那里我们可以开心地吃饭、喝酒、聊天、打猎，从1940年我就开始盼望着去那里。现在我们可以到那里一起度过，简直好极了。你需要带上暖和的衣服，在衣服湿了后换上，相信莉莉会喜欢这里。去那里前我一直

---

① 基尼为英国的旧金币，值一镑一先令。

很忙——总在赶时间——其他时间一直在工作——我们会度过一段快乐的时光。能去就尽量去吧，温斯顿希望我们尽可能多在那里待上一段时间。一想到可以住在哪里，我们就非常开心。因为之前我曾让温斯顿和他的朋友在我这里住了几个月。我们会在埋伏处用热奶油炖牡蛎和陈年香槟酒好好款待你，我们会想尽一切办法让你胖上 10 磅或者 12 磅，以便让你身强体壮。

必须就此搁笔了，我得去做腹部练习，动身去乡间，去除所有残余寒气后切一块鹿腿肉。玛丽正在做三明治，夹着老式的奶油沙拉酱、酸辣酱和生菜，一些三明治上抹着酸辣酱，另外一些三明治上抹着奶油沙拉酱。另外，还有一片鸡胸肉和一个酒囊（两夸脱大小）。

再见，巴克。如果你收到此信后回信，我会在 10 日离开这里前收到信。否则，将信转寄到盐湖，地址是"犹他州莫瑞市 7 号沃克斯胡同 2600 号"，在那里我们会收到信。或者直接写那里的地址。

请代我们向皮特问好。玛丽送上最诚挚的祝福。

欧内斯特

致恩斯特·罗沃尔特[1]

瞭望山庄

1946 年 12 月 18 日

亲爱的恩斯特：

非常开心能收到你的来信，我已经收到翻译好的信好长一段

---

[1]　罗沃尔特是欧内斯特·海明威的德国出版商。此信出现在 Rowohlts Rotblonder Roman 中（汉堡，1947 年）。

时间。听到你现在过得很好，并且已经回去工作了，我十分高兴。我知道你一定经历了那场可怕的战争，在西尼·艾弗尔或许特根森林战役中，有不少德国人被残忍地杀害，你能安全逃过一劫，我是多么欣慰啊。不过希望你不要误解，这并非惨无人道的胜利者的言语，我不是说你在这两个地方杀害的美国人肯定要比我们杀害的德国人多（庆幸的是我们从未互相残杀）。

请替我写信给安妮·玛丽，告诉她我希望让她再次翻译我的作品。她是我见过的所有语言中最优秀的翻译家。

请通过我的律师毛雷斯·斯佩塞与我保持联系，地址是"纽约州纽约市 20 号第五大道 630 号"。让我了解情况，以及你觉得什么时候可以再次在德国出版。然后，我们可以讨论达成协议。在此期间，我不会与其他德国出版商达成协议，除非事先与你联系。

但是，请尽量筹集一点儿钱，这样我就不用再次在凯瑟霍夫等着你跑遍整个柏林凑钱。

最温暖的问候。

> 您的反方同志
> 欧内斯特·海明威

致麦克斯威尔·潘金斯
瞭望山庄
1947 年 3 月 5 日

亲爱的麦克斯：

我回信太晚了，请原谅。它是一项非常难的工作，然后被打断了，所以不得不更加努力工作来弥补。我在船上待了一个月零三天没出去过，感觉自己快发霉了，所以无论如何都要出去。

首先，我需要在这个时候缴税等。其次，马克斯·赫林格要与我谈电影生意，不过我并不打算同意。虽然在电影公司可以赚到不少钱，但我并没有兴趣待在那里，因为要是那样的话，我所有的工作就只能来应付写作了。他要我把我所有完成和即将完成的短篇小说告诉他，让他选择一个（最好是第一个选择），并在固定价格的基础上加上他们所得收益的提成。这样他想做什么就可以完全取决于他本人了。而这样的话我就不可以再像过去那样做事了。他希望和我建立合作关系，并成立公司以便获取短篇小说、制片等。从经济上来说，他的提议确实非常有吸引力。不过作为一个长篇小说作家、短篇小说作家兼临时记者，我从未想过自己能发大财。不管怎样，我都不想从事电影生意。与其将我的短篇小说卖给电影公司，我还不如直接卖掉我的短篇小说。要是这样，我不仅有利润分红，还不用卖掉版权。短篇小说收入中纳税占很大一部分。不过获得永久性产权，才是我的真实想法。

然后，（毛雷斯）斯佩塞来了，对我来说越来越难处理或通过。他现在不在。

昨天晚上乔纳森进来了。我为他在旅馆安排住宿时，我从来没有见过他。这家伙先在伦敦给我写信，让我帮他办签证。所以，我不得不去入境事务处给他办签证，然后去国务大臣那里帮他往纽约领事馆发了一个电报签证。乔纳森找不到签证，所以我又不得不把所有步骤重新来了一遍，并把带着签证的电报号码寄给他。然后他要求我为他的妻子办一张签证，我不得不暂停我的工作，再次继续做完整件事情。动用我积累的所有政府人脉找人帮忙，让我的威信扫地。他发电报说需要住四个晚上，所以帮他在纳西奥那尔宾馆找了一个房间，并告诉他们我会支付他们的食宿费用，每天大概 80 美元。所以希望他就住四天。不值得让他住在我家里，这样我还可以在早晨继续工作。我从来做不到像乔纳森那样，现在努力学也太晚了。

虽然一切都有条不紊地进行着，可我并没有其他时间能做别的事。因为我要重新开始写以前未完成的那本书，并且还要不断修改之前写错的内容。之前写这本书的时候就花了很长时间，现在又要重新动笔，不过现在我也只能认命，希望可以早日把它完成。这本书的手写稿总共有 907 页，我之前打了 137 页，加上新写的这部分，我现在已经完成 156 页了。幸好完成开头后中间的内容就进行得比较顺畅了，因此要修改的东西并不多。凉爽的冬天是一年中最适合工作的日子，希望那些讨厌的远方来客不要来打扰我。

这也是为什么我没有给你及时回信的原因。除此之外，我还十分无情地拒绝了其他任何人的打扰。我甚至在门上挂了一个大牌子，并用西班牙语写上"如无提前预约，海明威先生恕不接待。若被拒之门外，还望海涵"。要是他们非要过来，我就有权将其赶走。与插图相关事宜，我会在稍后写信，详细和你讨论。①我在这方面还是了解颇丰的：无论怎样都不要用约翰·格鲁斯。虽然我很喜欢他，但我对他的插图完全不感兴趣。也不要和（路易斯）金塔尼亚有任何确切的承诺。他的作品水平现在大不如前了（至少对我来说），几乎快要退化到漫画的水平了。除非我能确信他一定能做好。虽然我很想直接跳过这个问题，但我还是得好好和你讨论一番。也许帕特里克能做好《永别了，武器》。不过我不能十分确定。要是我能去欧洲，我至少会让毕加索做一本书。他的画很漂亮，而且你也知道，他是我的好朋友。我需要精

---

① 计划为《永别了，武器》出版一本带插图的新版本。

美的插图。我觉得多斯书中的雷金纳德·马什那些插图非常糟糕。多斯没有把它卖出去完全在我意料之内。几乎没有任何单独的章节能卖出去。在某种形式上，可能我们的书也会出现同样的问题。很抱歉，我现在不能提出一些建设性的意见。不过对这个问题，我确实考虑了很多。这就是我目前所知道的一切。

非常感谢你快递给我的海藻。冒险当一次第二个乔纳森，能让同一个人再给我空运三四加仑吗？我三周内不在家。清澈见底的水池和完全不能用的水池有着天壤之别。因为我们在基维斯，这里没有足够的水，所以不能经常排水。

帕特里克在这里工作非常努力。除去工作，他还学习天文、航海和西班牙语，我还教他英美文学。他的航海教授在西班牙海军学院教书，他也从教授那里学习西班牙语。他很好，非常高兴。他要去哈佛，我把你的名字告诉他了，让他以你为榜样。希望可以。2月份他在这里举行的大型国际射击比赛中赢了两天钱。下午我和他一起打网球以保持健康，但仍缺乏锻炼。玛丽很好，也很开心。

今天给你发电报是请你存款3138.13美元，在2月份的版税声明上，担保信托银行公布了金额。我打算把这笔钱用作生活费，不过今天斯佩塞发电报说他需要2100美元，以便缴纳税款的第一笔分期付款。要是我不把书卖给电影公司，我的收入今年会很少。我不同意以5万美元的价格把《五万美元》卖掉后，他们把价格提升到了7.5万美元。可我还是不想卖掉任何小说，除非我能以所得税的形式得到一些利润。

收到这封信时，麻烦你借给我3000美元，不是预支给我，存到我在担保银行的账户上。发电报告诉我存了就行，这样我就知道了，然后再去取钱。我愿意支付与其他贷款相同的利息。

虽然一切物价高得惊人，但我仍在想办法节约生活开支。我觉得在我需要的时候从你那里借钱对我们大家来说都更好。因为搅和进一大笔电影生意，不但不会有助于我写作，还会分散我写一本好书的注意力。我没有想过要把我写的任何东西拍进电影。

《乞力马扎罗的雪》要被拍成电影了，我相信肯定会很棒，要是这本书到时候还没写完，那无论什么时候把它卖掉，我都可以还清自己的欠款。有这本书就够了，我相信我会有足够的资产，因此我现在可以先借钱。

请原谅我在信里塞了那么多内容。发电报时，我在里面存了一张 3138.13 美元的支票。等你收到该电报的时候，记得把它存起来。我要继续工作了，我倒要看看那个死皮赖脸的英国人来吃午饭前我究竟能完成多少。明天我会去船上游玩，我不知道乔纳森是否会去，而且我也不会过问。我会告诉他我要开一整天的会。没人会发现的，就算是参谋长和白金汉宫的首脑也一样。

今天收到电报时麻烦你存上 3138.13 美元的版税，收到此信时存上 3000 美元。

向查理表示最好的祝愿，保重身体，非常感谢。

欧内斯特

致伯纳德·佩顿①

瞭望山庄

1947 年 4 月 5 日

---

① 佩顿（1896—1975），是尤金·杜邦的孙子，1917 年在法国开救护车，1947 年担任纽约空气制动公司的副总兼会计。

亲爱的伯尼：

　　要做一罐子血玛丽酒（量少就没任何价值了），拿一个大号的罐子，把足够大的冰块放进去（这样做是为了防止我们的产品融化过快，水太多）。掺一品脱上等的俄罗斯伏特加和等量的冷冻番茄汁。加入满满一汤匙伍斯特郡辣酱油。通常用李派林酱油，但是也可以用 AI 或者任何优质的牛排酱油，搅拌。然后，加一量杯鲜榨柠檬汁，搅拌。接下来，加少量的食盐、辣椒粉和黑胡椒粉，继续搅拌，并尝一下味道如何。如果感觉酒精度数太高，多加一些番茄汁来稀释。如果酒劲不够，多加一点儿伏特加酒，还有一些人很喜欢柠檬。不过一定要记得消除过多的残余物，你还可以增加一些伍斯特郡辣酱油的量——但是别把漂亮的颜色破坏掉了。然后你再自己好好品尝一下，看看味道如何。我在 1941 年把这种酒介绍到了香港。我相信这种酒的影响力远远强于其他方面，不过促使英属殖民地垮台的日本军队不在此类。找到诀窍后，你就可以这样调酒，它尝起来好像不含任何酒精。可是只有喝上一杯，你就会觉得像喝了一大杯上等马提尼酒，它的酒劲非常大。而且这个调酒的诀窍是保证气温足够低，千万不能让冰快往下滴水。你还可以用上等的伏特加酒和番茄汁。或者在新泽西州采用俄国工艺生产的伏特加酒也行。不过我记不清楚名字了，而我也不希望误导你去买错误的伏特加酒。

　　一想到马上可以见到你和你漂亮的妻子，我就非常兴奋。要是我们在一起的时间可以长一些就好了。玛丽现在也正忙着给你写信，对于你送的颠覆经济刊物和海藻杀手，她非常感激。你真是太热心周到了。等你来了之后，我们可以一起去打猎。

　　祝你们二位一切安好。

欧内斯特·海明威

有一种非常好的墨西哥酱叫作"伊斯塔西"（一种塔巴斯哥辣酱，西班牙语，意思为"如果他们咬"），也适合加到血玛丽酒中，几滴即可。

致查理斯·斯克里布纳
瞭望山庄
1947 年 6 月 28 日

亲爱的查理斯：

不用担心我的孩子。你已经够操心了。发完电报后，我没有写信给你，因为说什么也没用了。我们没必要再为麦克斯的事情和对方多说什么了。不幸的消息就是他去世了。[①] 在他临终时未能见到他，我只能认为他完全失去听觉，我们就这样失去了他。我花了很长一段时间让自己不要那么讨厌他，并让自己尽量回想和他在一起时的所有快乐时光。上次我和他在纽约一起度过了最后一段非常快乐的时光。不过可惜我们有很多的问题和争论。不管怎么说，对于汤姆·沃尔夫的小钱或处理路易丝的事情，他不用再担心了。他也不用再去阻止那些背着他另谋出路的女作家。麦克斯有很多有趣的事，总之我们在一起的时候总是很有意思，他毕生都在孜孜不倦地工作。不过也给我们一个很大的警醒。过劳工作，至少是年轻的时候，其实并不可取。不过要让查理明白这个道理，还需要很长一段时间。在未来 22 年内的时候，我走进办公室时，至少能看到你酗酒过度的样子。我没想到在纽约居然有人比我的酒瘾还大。

---

① 麦克斯威尔·潘金斯于 1947 年 6 月 17 日凌晨 5 点在康涅狄格州斯坦福大学去世。

查理，一点儿也不用担心我。我从来都不会像达若那小子一样，但是他不在了。华莱士和我互相欣赏并了解对方。你和我相处得也很好。我们的关系比人们所了解的要好很多。不要担心写信给我。即使我在监狱中、我有2000万、我破产了不得不从事其他工作维持生活、我快要死了或者听说我会永生，我也会努力工作并把书写好。所以，不要担心我。我不会向任何诱惑屈服，我不再随口乱说了。在某种程度上，你已经提供了足够的现金支持。在我写这本书时，的确需要这笔钱。我会尽量少借一些钱，尽我可能写好这本书。我已经想到办法，在不违背道德的基础上，将我现有的短篇小说卖给电影公司以维持生活。在写作期间，我仍和一直以来一样，不关心书能不能卖出去，只以我能写好这本书为最根本。至少我已经这样做了，如果本月内毛雷斯·斯佩塞不过分发挥他的谈判能力吹捧会比较好。然而，一切都过去了，我现在有钱了，够用到9月了。倘若能与赫林格达成协议，我过一些日子会把所有时间用在这本书上。

那么你至少应该让我知道，这样会比较好。我待在斯克里布纳出版社的时候，麦克斯是我最好的老朋友，他是一个相当了不起的编辑。他从未删除过我作品的任何段落，也从未让我修改过任何内容。他绝对是我最好、最忠实的一个朋友，同时也是我生活和创作中最杰出的一个顾问，可现在他去世了。不过理斯·斯克里布纳的子孙依然会是我的出版商，在我有生之年，我会让他们继续成为我的出版商。

马尔科姆·考利可以告诉你，他和麦克斯、我以及后来他和麦克斯整理并出版了三本《永别了，武器》《太阳照常升起》和《丧钟为谁而鸣》合订本，这些代表了三个人之间的关系，书中附有考利的插图和导言。这可能是在你说你和麦克斯正在商量出版新版《永别了，武器》之后。我认为让这些书保持我们自己的版本是一个非常好的策略，三本同时出版，让考利包装它们可以确保良好的评论。三本一起销售要比单本抛售好得多。

假如查理斯·斯克里布纳的子孙没有解雇本·西格尔，我们会让他来负责帮我争取诺贝尔奖。有一次他问我："欧内，为什么你没有得到过任何奖？我看到其他作家都获奖了。这是为什么呢，欧内？肯定是采取了一些不正当的手段。"

你手头上要是有什么别的事情的话，我绝不会就此继续打扰你。玛丽动身去基维斯静养了，在那里，保琳会好好照顾她。保琳最近常常过来帮忙，并将她照顾得无微不至。玛丽还在发烧，体温一直保持在102华氏度以上，在这三周内，她的体温几乎每天都是104华氏度。她现在正在接受所有磺胺类的药剂治疗，并且医生又给她开了200万U青霉素。一开始的时候，她只是流感，我猜她是在照顾她父亲时感染上的，他父亲之前在芝加哥动了手术。后来，由于无法隔离某种热带虫子，又转化成了肠胃炎。保琳觉得玛丽非常好，她们现在已经成了很好的朋友。

我们连续45天对帕特里克进行直肠给药。他现在可以好好吃饭了，体重恢复了，身体变壮了，一次能完全清醒四五个小时。

前天晚上，是我两个月以来第一次躺在床上睡觉，特别容易就睡着了。下雨了，是一个不错的年头，这个地方非常美丽。希望可以送你杧果和鳄梨。请代我向你的妻子问好。

我有50美元一箱的纯正哥顿金酒和诺瓦丽普拉味美思酒，并发现了一种在网球管内速冻冰块的方法，结果冰块温度是零下15摄氏度，用玻璃杯也能结冰，用这种方法可以做出世界上最凉的马提尼。只需加足够的味美斯酒覆盖玻璃杯的底部、四分之三盎司金酒和特别脆的西班牙鸡尾酒酸果。此外，把这些东西放到玻璃杯内时，温度应为零下 15 摄氏度。

我说的这些有点儿笼统。但还有比把头放在哭墙上祈祷更好的办法。

麦克斯收到青铜星章的请帖了吗？① 朗哈姆将军，自从在诺曼底时我就跟从他。当时他正在指挥第 22 情报团。他说我应该拒绝邀请，但是我认为那样太粗鲁，这也意味着我应该做好那些自认为烦琐的小事。在战争中，有一次吃晚饭时我喝醉了，因为我应该得到优异服务十字勋章，但是上面拒绝了。所以我认为应该在取消之前拿到它更好一些。

再见查理。保重身体。

永远祝福你。

欧内斯特

你收到玛莎的信了吗？自从圣诞节以后我就没有收到过她的来信。我新雇了一个女佣，名字叫玛蒂，当然很听使唤。虽然玛蒂也是一个可爱的女孩，但是我不希望她那么有野心，也不希望她是一个战争狂。我想如果不打仗她会有一点寂寞。

　　致威廉姆·福克纳

　　瞭望山庄

　　1947 年 7 月 23 日

亲爱的比尔：

很高兴能收到你的来信，与你取得联系是多么令人兴奋啊。

---

① 海明威于 1947 年 6 月 13 日在哈瓦那美国大使馆获得青铜星章。

我今晚才收到你的来信。希望你能抛开一切杂念和误解，当然你也可以选择过来找我，我们一起解决。这并不是什么大事。我和巴克（拉纳姆）开始的时候感觉很心痛，可一旦我们得知成绩后，我们立马感觉舒心起来。

关于你所说的乌尔夫和多斯，我虽然知道但并不赞同。除了与北卡罗来纳州有关的事情之外，我并不觉得自己与乌尔夫有任何关系。我很喜欢并且一直都十分尊敬多斯，不过我还是认为他仅仅只是个二流作家，而且没有听觉。作家没有听觉就如同二流拳击手没有了左臂一样，这会使他的脑子精疲力竭，这样的事情发生在多斯的每本书中。而且他是个十分势利的人（可能是因为是私生子）（我很欢迎）。不过我非常担心他的黑人血统，要是他能和我们所希望的黑人一样，那他肯定能成为我们最优秀的黑人作家。

你选了我非常薄弱的一面与我们都喜欢做的伟大事情做对比。在每个真正美好的早晨弄清楚它的样子——但当这些喜好从桥的另一端返回，当皮拉尔女人弄清楚事情的过程，当她谈论她的男人、过去、巴伦西亚和他们享有的乐趣（那种想法将保持长久），当她谈论死亡的气息（这不是垃圾）、与做斗牛生意的她的男人在一起的所有时间和我们在村庄杀死法西斯分子，我试图绕过这些喜好。我可能迫使你再次阅读，但是作为兄弟，我想知道你在想什么。无论如何，我会写作并抓住所有机会（对于有控制力的投手，他可以扔相当远，可能失败）。

与这些人不同的是我小时候就离开了乡村（作为雇佣兵或爱国者）。我的乡村消失了。树木全被砍伐了，什么都没了，只有加油站和行政区，我们在那儿的牧场捕捉鹌。在村外找食物，学习语言、认识英国人并以相同的方式丢掉。大多数人都不知道这些。多斯经常来看望我们。我一直谋生、还债并等待战斗。自从记事起，我就是一个渺小的难民，但是每次在我们失败前我们一直作战（最后一次，我们用最多的装备战斗，这是最容易的一次，但是我们损失惨重）。事情从没像现在这样糟糕。

你是一个十分优秀的作家，比菲尔丁和其他人都要优秀得多。请你一定要认识到这一点，并能一直坚持写作。在我看来，你写的作品比他们任何一个都要优秀，事实就是如此。我不是在说醉话。你不要只读当代作家的作品，你可以写出最优秀的作品，你甚至可以试着和那些去世的作家们一较高低。我了解这些作家们的本事（我是说想象力，而不是体力），我相信你能将他们一个个全部打败。你为什么不先跟陀思妥耶夫斯基较量呢？跟屠格涅夫较量——我们两个人都痛痛快快地与他较量一番，像是体重205磅的拳击手对付只重115磅的选手（事情的结果还不坏）。然后你自己去盯住德·莫泊桑（这家伙很厉害，直到他上气不接下气才行。三局就有危险）。再试图战胜司汤达（打败他，我们都为你感到高兴），但是不要跟我们这个时代的那些可怜角色去较量（我们不提名字）。你和我联手可以打败福楼拜，他是最受我们尊敬的大师。但是去做那件事之前，你必须接受军队的命令（当你是一名伟大的连长），在团中不甘做第二名（夹着尾巴走路或丢掉平易近人的特征），然后在讨厌管理团时管理团，你会为你的成就感到高兴（或者不高兴，但不想在一个桶中观看尼亚加拉大瀑布），（我在这种等级制度中无法再上升，因为我没有更多的经验，可能会迫使你）。我是你的兄弟，如果你想要一个通信的人，我希望我们能保持联系。我的第二个孩子（帕特里克）现在已经病了4个月了，必须通过直肠给他喂药45天。现在他吃饭和睡觉都很好，但还没有脱离危险。如果我写得比较愚蠢，请原谅。他是个很有天赋的孩子。最大的孩子非常和蔼。伞兵队长连续受伤了3次，还监禁6个月。等第一次解救战俘的时候，我们会发动进攻。原本是打算把他们解救出来的，无奈行动取消了。这个生病的男孩是一个非常优秀的画家，他不幸在他哥哥开车导致的事故中伤了头部。希望你不要介意我在信中写了这么多的琐事。我十分想念你，希望你能尽快给我回信。

欧内斯特·海明威

致查理斯·斯竟里布纳

爱达荷州，太阳谷

1947 年 10 月 29 日

亲爱的查理斯：

非常抱歉没有及时回复你10月8日的来信。

乔茜·赫伯斯特的书两天前到了，我会看的。大致翻了翻，这是一种不合理的看书方式。不太感兴趣，但我还是会去看它，并且让你知道。当你工作时，很难看下去特别有价值的资料。

关于毛雷斯·斯佩塞：他根本没有经过我的授权与你讨论许可、翻印等事宜。我一直和你做生意，不管是好还是坏。任何第三方都没有权利介入。我没有和他讨论过翻印权的问题，他也没有给我写信谈过这些事情。我同意你如果对翻印一事有任何疑问，可以直接向我提出。如果在教科书中重印，并且可以销售许多年，我认为作者应该得到他应得到的版税份额，而非简单的翻印费。如果任何人都会为所出的书支付巨额的版税，作者的资料被翻印后就会得到他的提成。翻印资料是某些教师所从事的非法买卖，他们写的序言通常非常无聊，永远没有鼓舞性，然后提供一系列好的短篇小说当教材，让孩子们去买（或让学校去买）。你同意吗？

在这里我工作非常努力。气候变化特别快。我上午工作，下午打猎。

亲爱的查理斯，我还要告诉你另外一件事。你知道在哪里可以重新制作《午后之死》中的原图吗？卡珀打算重新制作这些插图，因为他要翻印这本书。这本书在英国已经销售一空了吗？卡珀说不管他印多少都能卖出去。

你有没有试着跟踪它们？要是你已经把它们还给我了，我就无法再在基维斯和古巴找到它们了。这并不意味着它们不在基维斯的某个地方，只是暂时没有找到它们而已。我以前的秘书布鲁斯把所有资料都翻了个遍。不过保琳好像需要一个金属档案橱柜，就是里面可以放很多资料的那种。所以她就把它们全给分开了。我原本有这些插图的，但我现在怎么也找不到它们了。我不是很清楚自己是否有这种东西，可我明明记得还有好几百张没有使用过。但是它们怎么也不出现。麻烦你看下这些插图是否在你那里，还是你把它们交给雷纳尔了？如果你知道的话，请记得告诉卡珀。要是你没有的话，能否根据第一版中那些未磨损的插图翻印下。要是印版是现在这种形状，是否合适印刷呢？如果卡珀不能从你那里拿到他们，他需要再买哪些翻译的材料呢？你可以告诉他吗？或者还是你要直接告诉我呢？

在《新共和国》杂志上，我看到了玛莎写的文章。① 这种感觉实在是太棒了。从愤怒转移到同情时，她的状态最佳。不过在

---

① 玛莎·盖尔霍恩，"斥责"《新共和国》杂志 117 期（1947 年 10 月 6 日），汉斯·艾斯勒和众议院非美活动调查委员会听证会。

处理日常生活的时候，或者未能从残暴的自然生活中逃跑时，她的状态就变得非常糟糕。她一直在战争中徘徊，就是要了解更多和战争有关的事情。不过一切都是在西班牙战争之后。参战为她平添了几分非凡的魅力。但不幸的是很多无辜的人在战争中被无情地杀害了，还有很多人身受重伤。不过我方也打死了一些邪恶又可恨的敌人。而漫长的审判和我方的胜利成为大幅度免税的原因。在1944年到1945年之间，我曾经想过要是玛莎的矿工新闻突然征税，而不是像现在一样免税。而她又没有报销单以及热情好客的将军们，她还能在战场上坚持多久？我记得安排她穿着军队护士服而不是穿漂亮的衣服，去法国时她是多么的愤怒，以及……她动身前往意大利而不是她写信告诉我的风景迷人的罗马时——当我们在诺曼底还未走出灌木丛时，她说在特克斯和约克·惠特尼家的别墅是多么惬意。如同《新共和国》中的那篇作品所说，只有在为某个目标而奋斗时，她才觉得自己拥有最佳状态。不过就算是在她状态最差的时候，她也依然是一个相当有魅力的女人。在战场上，她也同样如此。你之前曾看到过这种人的作品吗？一个随军记者，写关于一次旅行，他不得不陪她留在意大利、纽约。那是一种非常残忍，但是又特别明确强烈的感觉。毕竟我花了很多时间试着帮她写好，按她自己的风格，而非我自己的风格。我希望她能利用好它，一切顺利。但是，我从没有想起过她在卢森堡的那家旅店穿着那些光鲜艳丽的制服，也没有记起过美白护肤液、面霜等气味。上次我见她是在大陆，没有反感。不再多说她了。除了我很想知道她在哪里，正在做什么，现在怎么样——以及她很好之外。非常感谢你让我了解她的情况。非常高兴她写得和《新共和国》中的那篇作品一样好。

马克·阿尔达诺夫的书我还没看。希望你也了解一下。他的

《第五个印章》写得非常好。这本书开头非常死板。但是当我看进去之后，情节就开始铺开。在我们自己的时代里发生这么令人寒心的事情，现在很难忘记了。如果你看到这样的事情，会宁愿回到虚构的过去，除非它们影射得非常到位。

我之前和你说过麦克斯的一个女人吗？她让我做她的麦克斯。每周只要和她在老地方待上一个钟头就可以了（千万别和任何人提起这件事，哪怕是开她的玩笑也不行）。可我又怎么能做出如此丧尽天良的事呢？难道我要堵上一只耳朵再和她一起出去吗？之前我还以为或许我可以安慰她。多么可怜的女人啊。麦克斯去世了，他再也回不来了，没有任何人可以取代他。哪怕是我，对此也无能为力。要是能早些知道麦克斯去世的时间，我们就可以提前为他制作一些有声电影。接着再把它们发给每一个与他有关的女人，以及那些反复称赞他的人们。或者我们可以直接把那些女人全部灌醉，就算有人能坚持，我们也要努力把她们放倒。这也许会慢慢变成一种宗教信仰。

别提那可怜的女人了，现在已经太晚了，我没时间和你细说了。就先把她放到一边吧。

除了厄玛·威科夫女士在麦克斯办公桌前出现外，还有其他什么事情没有回复吗？能否让她替我保管好它们。等我去古巴时，她再把它们送到我这来。要是它们十分贵重的话，为了孩子们，我会亲自把它们保留下来。

今天凌晨五点钟，玛丽就出去了。她打到了一只雄鹿。前天和昨天的下午，她也一直待在外面。这个季节顶多只有三天多的时间可以打鹿。她非常喜欢打猎，几乎跑遍了所有的山。今年倒是有几个打鸭子的好时节。第一个季节她打得非常棒，第二个季节开始于 12 月 2 日，野鸡 11 月 1 日。我工作非常努力，但是下午会去好好打猎。

希望你身体健康，查理斯。一切都好！

你永远的朋友

欧内

致查尔斯·特·拉纳姆将军

瞭望山庄

1948 年 4 月 15 日

亲爱的巴克：

非常高兴收到你的来信，虽然我仍担心你工作太累。你非常可能为工作把自己累死。我知道，因为我觉得我是一个铁人，但去年春天和夏天我几乎快为工作把自己累死了，毫不夸张。初秋，又快被帕特里克和玛丽折腾死了。所以，看在上帝的分儿上，还是稍微缓一下吧。

非常感谢考莱的那篇报道。① 非常抱歉，让他打扰你。我认为没有任何理由将进军巴黎的事情告诉他，永远只能是我自己写出来，或用在短篇小说中。我在信中只告诉他一些简单行动。我们在克拉马尔与法国第 2 装甲师主力纵队分开后下山去贝斯梅敦，他们则继续去蒙托戈和奥尔良港口。那天晚上，我们保住了塞弗尔大桥。第二天清晨，我们继续深入，爬过圣门和欧特伊之后，我们又继续前往星斗。当列·克拉克部队还在卢森堡打仗的时候，我们就已经到达了星斗。这些小事不值得一提。我觉得没

---

① 马尔科姆·考莱正在为"爸爸先生的画像"收集资料，发表于《生活》杂志（1949 年 1 月 10 日第 86—101 页）。

必要将它们全都告诉考莱。从历史角度来说，这也太坦率了。由于忙于写作，我只是写信告诉柯莱尔斯："我们顺着老路走下来时俯视巴黎结束。"用了一天的时间，我们骑车穿过巴黎凡尔赛宫和朗姆波立特，然后用心记住了这个国家。巴黎实际上已经解放了，现在那里只有部分小规模的战斗还在继续。但在 5 天前，法国第 2 装甲师还在朗布依埃和克拉马尔战斗（两个小规模战斗）。在法国第 2 装甲师里面，至少有 90% 的人已经开始点大篝火庆祝了。不过这两个实质性战斗的规模虽然不大，可过程却相当激烈。而且巴黎的战斗本身就是为了彻底摧毁那些少数的作战力量，并将他们无法撤走的设备拖走。这也是这场战斗的有趣之处。

希望你去墨西哥，飞过那里，看一下你的东西。非常希望能见到你，一起聊天。为去瑞士的事情感到抱歉。我也想去瑞士。

巴克，不能再告诉你任何血压统计了，因为自从离开太阳谷后，一直没有测量过。虽然我今天的体重是 217.25 磅，但是我的体重一直在减轻，最重的时候是 252 磅。我正在按照医生开的养生处方吃饭。工作这么累，很难减肥。但我还是逐渐减下来了。

4 月份，我写的文字分别为：556、822、1266、631、0、966、725、0、679、0（周日休息）、466、905、763，其中一天钓鱼去了。这就是我这个月的工作情况。希望说的不是废话。

关于在第 3 军团监察长之前做的证词记录，我知道你特别忙，不愿意因为这件事情打扰你。但是，我认为实施步骤其实非常简单：

A——1944 年 10 月 5 日，确定谁是第 3 军团的监察长。证词是在法国南锡的第 3 军团总部（后）记录的。

B——从监察长那里确认该记录是否有效。

C——从监察长那里能否确认谁是速记员，谁记录的证词。然后，通过这个渠道找到该速记员。一旦找到他后，我就会写信给他。他告诉我证词的记录日期，并给我一个副本。在高地的事情开始之后，我从凡尔登到达了卢森堡，并在那里待了一夜。速记员一听说我到了镇里，就立即去找我，并试图将记录给我介绍。不过可惜在他到来之前，我们就已经走了。

不过我们通过监察长可以调查出谁是证词的记录者。等找到这个人后，我就可以查出是否仍有副本了。

为此事打扰你，我感到相当抱歉。不过这件事早晚会闹得沸沸扬扬，尤其是等我去世后。我始终认为最值得拥有的东西就是记录。

一旦监察长确定我应该提出控告，就会有各种各样的副本出现，法院（军事）也会在，但我始终认为自己有资格通过阅读记录来进行回忆。

要是没有了限制的话，那么我可以在写作的过程中重新回忆那些事情。不过我的头部之前曾被钝器撞击过，记忆力有些损伤。所以随时欢迎你提供任何帮助。

空军情报局将再写一些关于政治的资料。看过一些拉丁美洲革命的资料后，我对哥伦比亚背景有一定的了解。这个主意是个痛苦的主意，无疑源于克里姆林宫。但是，至少为马歇尔博士提供了一个机会，让他听到了一个愤怒的警告（或者至少是激怒），并让他衡量一下他第二条情报的水准。虽然，我目前仍认为他的决心是如此坚定，以至于做出的所有情报都必须符合最佳状态，而非试着对所有事情提供非常真实的情报。

我曾对古巴电力公司（世界上最高的价格）或者科托罗高架渠深恶痛绝（因为我曾在那的跳蚤市场花了三倍的价钱买了一些不值当的管子。水还是在不停地渗漏，我们镇上几乎连水都快没有了）。我动用了所有的法律资源，领导镇上那些拥有炮弹的乡亲们攻击这个机构。不过这并非受克里姆林宫的启发，你可别以为我收了俄国人的钱。

在网球俱乐部，曾经有人把詹姆斯·福莱斯特先生的鼻子撞断了。我们认为撞断鼻子的那些老人们应该立马去修正鼻子。但福莱斯特先生除外。他是一个铁骨铮铮的男人，一个真正的斗士。我确定他会义不容辞地接受自己的战斗任务，我的孩子们会为他而战。等我去莱斯特·阿默那拿到我的优异服务十字勋章后，我会乐意给他一堆优异服务十字勋章。

我支持我的国家，不论对错，与支持史蒂芬 Decatur（不会拼写他的名字）一样。但是，我不喜欢许多事情都要受到失败的男子服饰经售商（杜鲁门总统）和福莱斯特先生的牵制。所以，现在我什么也不想说了。不要问我在想什么，我什么也没有想。我想起我在西班牙认识的沃尔特将军，他是一名苏维埃军人，他非常善于开玩笑。他是波兰人，担任波兰后期战争部长，去年被暗杀了。安德烈·马尔罗，一个骗子，一直问他这样的问题，你认为怎么样，大将军，全是这种事情。

一些人手淫了，一个土著去世前的超级智力啊，等等，这些问题。最后，沃尔特说："我想知道为什么要这样问呢？你觉得是我想当然的吗？我的苏联将军，我从来不认为！"

旧金山作家保罗。还有在我写的书中，从来没有那样认为过。

祝你好运巴克。

最美好的祝福。

欧内

致马里恩·史密斯①

瞭望山庄

1948 年 5 月 31 日

亲爱的马里恩：

非常感谢你的来信。请和比尔说一声，他不用再把自己想要的任何资料告诉考莱了。考莱很可能不会去华盛顿了。前天，我收到了他的来信。他们正在为作品的事催他，他告诉我比尔在华盛顿。他也在来信中告诉了我这个消息。

我已经和考莱谈论过比尔，他知道比尔是我在密歇根时最好的朋友。所以与比尔有关的任何事情，他都会认真核查。

考莱打乱了我的计划，我没想到他竟然写了一篇和我有关的作品，并且还因此获得了一个带薪休假的机会。现在他带着自己的妻子和孩子一起去了哈瓦那。我十分厌恶这个有关我的作品。我只是告诉了他我朋友的名字，他就向我朋友打听我的事情，而不是直接和我交流，这让我觉得特别恶心，我现在甚至没有办法去发表和阅读。

关于普罗温斯敦：我认为你应该去那里，别为凯蒂·多斯帕索斯的事情难过了。她去世了，我们都会有死去的一天，这是无法改变的。因此，我们倒不如记住我们真正爱的人，就像他们还在，并依然爱着他们。当然，如果比尔还在为这件事情难过，我们对此无能为力。希望你可以开导开导他。

非常高兴听到你们两个人的消息。我们时好时坏，经常东奔西走。从 1942 年到 1945 年初春大部分时间都在战争中度过。

---

① 威廉姆·B.史密斯的妻子。

你的地址很有意思，应该是弗吉尼亚州阿灵顿才对。以前，我在圣路易斯时记得比尔的珀欣地址。珀欣地址中仍然有 7 个字母无法辨认……并且多斯说了一些美国制造协会会长的事情。

听到凯蒂遇难的消息后，我非常害怕，我甚至不能写信告诉比尔任何事。但比尔知道我和他与多斯一样爱凯蒂。除了她的兄弟和丈夫以外，没有人会像我那么爱她。

替我和其他人好好照顾比尔。让我们继续保持联系。要是我去华盛顿的话，我会立即去看望你们。我知道肯定也希望玛丽能来。我们现在相处得很好，我非常爱她。

最美的祝福送给你们。

海明威

史密斯，你还好吗？你的代笔朋友。① 以上地址是永久性的。电话是科托罗 17 - 3。

致查理斯·斯克里布纳
瞭望山庄
1948 年 6 月 2 日

亲爱的查理斯：

请注意我在信中附了一张支票，那是我缴税时借的 12000 美元，外加上 100 美元利息，借贷的时间是 5 个月，利率是 2%。

---

① W·B.史密斯，1962 年 2 月 1 日，Jr. 写信给卡洛斯·贝克时提道："1941 年我开始为劳动部门的官员代笔，然后继续在联邦工程局主管菲利普·佛莱明的手下代笔，去年 7 月份我退休前在其他地方代笔。"

非常感谢你贷款给我。

我想我不会与乔·路易斯和泽西·乔·沃尔科特竞争——路易斯胜利了。[1] 我打赌旅行的费用将会由沃尔科特承担。虽然为战争而赌是一件白费力气的事情。

最近你出版了一些好书，我把它们全买下了。上个月，我抓住了 18 只很好的海豚、5 只刺鲅、6 条无鳔石首鱼（一条 54 磅）、48 磅鲷鱼和 7 条马林鱼。用 15 根螺纹线和羽毛钓钩钓到了一条最大的白马林鱼，重量为 110 磅。他们昨天在这里选举了，好像一些恶棍也在其中。我拒绝加入美国学会等机构。希望这样不会冒犯你。另一方面，我想我会加入伦敦白人机构，他们会让我加入。5 月份，我放慢了写作的速度。[2] 因为医生说我 4 月份太累了，5 月份特别适合钓鱼，并与玛丽小姐一起过性生活。在努力写作时，我不得不减少性行为。因为这两件事情都需要同一个动力支持。照顾好自己。

欧内

致小查理斯·斯克里布纳

瞭望山庄

1948 年 6 月 29 日

亲爱的查理斯：

谢谢你的便条！在你父亲不在的时候把书送过来了，我对此

---

① 1948 年 6 月 25 日，路易斯在第 11 轮选举中打败了沃尔科特。

② 该书就是后来的《岛在湾流中》（纽约，1970 年）。

很期待。附上《永别了，武器》插图版的序言或介绍。我想这些对于解释我既投身于战争却又讨厌战争的这种对战争的感觉应该会有所帮助吧。不用担心这些东西会伤到插图画家的感情。插图作家的职业地位比摄影师还要高一点，你不能伤害摄影家的感情，但是我猜你会的，在我的书里他们和海龟一起跑。

同样地，不要觉得我写的会被认为是颠覆性的，我的家人在这个国家已经待了很长时间，我们一直投身于各种各样的战争中。海明威也不仅仅是一个笔名，任何时候我都可以发誓我以前不是、现在也不是一名共产党员。

不是我太傲慢了，我只不过是在和你们开些粗鲁的玩笑。我本来以为查理斯能承受 12.5 的，看在上帝的分儿上，我居然打到 10 就击败了他，真希望这些介绍的能值 12.5 吧，要是我打到 15 的话，他仍然说没事，那我该多么高兴啊！

下次你给他写信的时候帮我问候他，同时告诉他若是去白家或是布多士不要谈论我的名字。下次在城里我如果见到他，看能不能在交往这方面帮助他。

你得到了一些很好的书，希望你能把这些好东西利用好，然后组建一支年轻人的足球队。这个是最重要的事情，同时也是现在最难做的。

祝你好运！

欧内斯特·海明威

请及时寄给我序言的校正本。

致莉莲·罗斯①

瞭望山庄

1948 年 7 月 2 日

亲爱的莉莲：

收到这封信很好。这封信因为邮资不足给退回来了，所以我给辛斯格的便条上写着两天前到。已经厌倦了让孩子记住，一封没有寄出的信和没有写信是一样的，但是邮递员会破坏你付空邮资的信。我非常高兴能收到你的来信。在没有收到你任何音讯的时候，我以为你觉着女孩应该像你那么做。这封信不错。

事业方面：（1）我在想看谁的人物简介。结果是：吉米·凯侬，一个戒了酒的酒鬼并且成为纽约市最好的体育专栏作家。吉米很有趣的，他有很好的听觉并且能够击中而且完整地报道出来。这是一个很好的人物传记。或许我能从他的一些作品中挑选好的引言。

（2）短小精悍的帕特丽夏·斯塔布，她是一位美国的舞蹈家，因为她枪击了她的爱人莱斯特·梅，所以她现在只能在瓜纳瓦科阿女子监狱接受悲惨的判刑，而她的律师却兜售所有财团的权利等。并且这个男孩的爸爸，从芝加哥赶来，用钱让她被判入狱。这是一个很可怕的故事，应该被挖。如果是一个古巴人犯了同样的罪，就会判无罪释放或是很轻的罪行，所以我非常怀疑帕特丽夏这样做是不是出于自卫的原因。如果我现在不是必须要写完我的书，我也去用相机拍她了。擦肩而过，我以前也原谅我的律师接触，他想敲竹杠，我知道这有多糟。

---

① 罗斯小姐第一次与海明威见面是在 1947 年 12 月 24 日的爱达荷州，当时她正准备西德尼富兰克林，美国斗牛士的个人资料。她对海明威的人物简介刊登在《纽约人》第 26 期上（1950 年 5 月 13 日）。请参阅报告（纽约，1964 年），她的书，为她的文章重印一本自传的序言。

（3）还有关于特鲁希略的人物简介，如果别人还没做过的话，你会发现这将会是你接收到最糟糕的一个故事。许多美国人牵扯到其中，你知道的在纽约——《迈阿密先驱报》。

（4）阿图罗·苏亚雷斯是重建美国语言语法的专栏作家。阿图罗和他的工作都是不错的素材。如果你想看，你可以挑拣几个经典看。虽然这是玛丽应该做的事情，但是要该死的罗哈德，还有罗斯（《纽约人》）同意她这么做。

这是事业方面。

网球方面：虽然我过去热衷于打网球，但是自从我的巴斯克网球队队员朋友去了墨西哥基督教保卫组织以后，我就不怎么玩网球了。这儿的夏天太热不适合玩，冬天太干，没有足够的水维持院子的整洁。其实我玩球的水平像小孩子一样。在加拿大的多伦多工作时我想学好打网球，可是我的网球技术也是很差劲的。我经常和水平比我高的人打网球并且我喜欢进行双打。我和巴斯克两人一组和三人组合打球，遵循发球、击球和其他的专业的基本规则。吉列尔莫，你可能看过他打球，我可能和三个人打，我们做得还好。经常打赌。过去常和玛莎玩单打。为了让她开心，必须让她赢。故意让她赢，她会很难受。要让她赢，又要让她不难受。她的网球打得相当好，赏心悦目，就是有点千铅足。她不是体育界比赛者，她承受不住任何压力。若是有很多社会上的人来看一场很贵的比赛，她本来可以表现很好的却发挥得很糟糕。如果没有被人观看的时候，她和我打得网球技术很好。有的时候和巴斯克打得也不错，凭借她漂亮的马尔学院式发球。那些刚开始用收发球的人看到她都很羡慕，这使得她的形象变得高大、耀眼。虽然我能再进行单打了，可是我仍然热爱着双打。但是必须先打很多才可以比赛，长期停工后再开始你都不相信自己可以打。这是很不错的活动。打网球和除了自行车比赛、球赛以外的任何其他的比赛相比，我更喜欢看网球公开赛。这不是一种运动，职业足球比赛也不是。

很高兴你是一名球员，你能踢吗？约翰·休斯敦在这里打球告诉你什么？我不想对任何人吹哨子，但他没有与我们踢过任何球。我们的老球队解散了。我们自从抗日胜利以后就再没打过硬式"棒球"。我在这告诉过约翰一些打球的趣事，他肯定想象着我们玩过，但他从来都没有。这样的感觉就像生活在海边的人。我宁愿做了三四件事，当时知道快要做完的时候停下来，连续地记住这些记忆，所以你就感觉他们是你的，也不愿做那些不切实际的学前水平的胡说八道。我从来没有见过甚至没有玩过半场职业球赛的人，他们曾经和公牛队对抗过，还参加过奥林匹克拳击比赛，等等。有好多记载在册的运动员出生在这。但是你知道吗？休斯顿确实告诉过我，他曾经是西海岸轻量级冠军。他也告诉过玛丽，可是他却还一直在酗酒，当然，这是一个奇怪的幻想。他想成为轻量级冠军的唯一可能就是别人断胳膊断腿，除非他是 90 岁的时候。他可能是冠军，我没说他不是。他看起来更像是一个打架的家伙而不像是一名战士。埃罗尔·弗林声称自己是一名强大的战士，然而他却输给了一名女士。我认为如果他真的是冠军，那至少是他刚开始时候的非专业比赛。

有个名叫比尔·清的家伙是音乐界男高音的领头人物，他长得很帅，而且更像是一名运动员……他在这曾经是一名流氓海军，当我们在建造船只的时候，他是一名战士和半职业球员（本来可以升级，但他还想唱歌）。有个周日我们扮演拿起队从卢加诺出发，这里有大风，没有船只，我把他放在三垒的位置，我们开始了游戏。我是一个十分关键的接球投手，他们打球的位置不固定，可能还需要其他 8 个人来填满它的位置，因为他们大部分的时间都在打球。如果有人在一场棒球里为我举着胳膊，我可以扔 3 次快球。在比赛刚开始的时候，我就知道我不在最佳状态，我的球扔得还没有到垒（这是真的）。前两个投手没有到垒。非常小心没有热身，因为我知道我只能扔了这么多次，不想浪费任何次数。（这也是真的。我为什么要在接替投手的练习区留下投掷呢？）我向正在一边做好热身一边看我的吉吉挥手，然后走向右边的场地。知道我不再投了，吉吉投掷了一场美好的比赛。虽然他除了快球也没有别的，但是他却能从中场打到伦尼·里昂的鼻子。他伸出手臂，投球手太年轻了。但是这个又长又无聊的故事是伟大的比尔·清，他有你所见过的最漂亮的旋转，连续四次三振以为年老的黑人打击手，这个老人像戈雅画中的矮人，在工作日工作着，从垃圾车上接住罐头扔回空的。尽管他有着严格的训练和健康的生活方式，但也没有任何东西能绝对使他连续出局的漂亮。事后不久，他在只有 25 英寸的床上，他以为他离开了布兰卡，本田的被攻击的位置，离开了卡巴纳斯的马蹄。（其中蕴涵着淡淡的相似之处。）水深决定荒谬程度，派出更多的船只，重新加固每一部分，然后古巴人宣布他们已经击沉潜水艇。这是一支伟大的海军军队在拉丁美洲的伟大功勋。就像你会发出惊叹声一样。

你觉着步伐是意味着什么吗？而且我早就知道，如果你走得很威严，人们都会远离你。我们国家的一部分同样川不足骂你杰克你用沉闷的语调说不要骂我，但是当我这么危险地走的时候，我发现就像一只节内肿的熊。

你告诉琼她的旅途真的很不错。虽然东风刮得非常猛烈，大风使得水流不适合用在水底捕鱼法捕鱼，而且在装上鲱和鲈鱼块的铅都不能到达底部 20 英寸处，但我们垂钓在角落处、不同的水流关头和 100 英寸的曲线的边缘，工作不错（只是偶然的和海图相似），抓了超过 1800 磅的马林鱼（小）、金华、长鳍的石斑鱼、大的石首鱼、马鲛鱼、鲐鱼和梭鱼。它跑了约三库打比其他鱼类少。我们也把 3 个大乌龟转向走向海滩的方向，冰镇我们所有的鱼，以保证到家时鱼处于良好状态，而且老鼠刺穿了很多鼓鼓的小龙虾。他很擅长做这个。他是我的孩子，但他没有继承任何我的细腻或其他的品性。他是一个在各方面都比我更好的家伙，但唯一我永远不能改变他的是他的脆弱。

约翰·奥哈拉的地狱。这是一个很好的标题。在读它时你知道这个故事。你会知道"碰运气的事"指的什么。玛丽小姐将会给你写东西。关于你寄过来的上封信和下封信里面提到的道德问题，当他们抛出一个道德问题时，我总是会被击倒。

写一些你的东西会让你很烦吗？你来自哪里。我来自哪里，对一个陌生人这么问很不礼貌。它应该是很好的方式，把目光移开，如果你看到邮政局墙壁上的他的脸（我们必须将这些卖给休斯敦）。在写约翰和玩球的时候我甚至会感到羞愧。因为我来自哪儿，或选择来自哪儿，以打击对任何人以任何方式或在终场呼吁主权法律的威严行为，是一种非常糟糕的形式。如果你不能自己完成，那你应该去联合属于你的联盟。香蕉船不能用来装成乌龟船的，你在波士顿赢，在芝加哥输，只有傻瓜担心，你用苹果敲打那些蠢驴，就能切断指挥船，可是在这里我们不允许使用的简单话语，而且一直是用修饰性的形容词。反正除了我想知道并且知道了是我高兴的问题以外，我不会回答你的任何问题。

很高兴你没有做鲍比里格斯（个人简介）……我还有英雄介

绍：彼得·韦翰·巴恩斯，英国皇家空军曾经大白天准确地投弹，然后从盖世太保总部走出来，玛丽小姐她争取上了手术台，并不会死，她对此一无所知，在公牛队退出的一段时间里，我的英雄全部死了，像米歇尔奈伊库珀的儿子谁打了一些后方守卫行动，包含军队的莫斯科撤退（我将会写一些关于这方面的东西，玛丽会帮我查找），我的朋友福楼拜先生、吉姆瑟伯先生和马德斯，如果他能够保持路线。我看到马德斯，当时他神志不清醒，反抗撒旦和一切恶魔，还有所有当地的魔鬼。他认为辛斯科和厄姆拉还有我，都是很大、非常大的魔鬼。和他说，他发狂地说："很好，你们有 3 个人，而且是 3 个大人，现在你们去对付一个小男孩，太好了。你知道接下来会发生什么吗？一个小男孩会一直和你们战斗，他会一直战斗到死去。可是他永远不会死的，因为他将打败你们 3 个，他会把你们送回地狱。"

好吧，你带着圣乔治和龙，我带着马德斯。地狱的女儿，你应该看到他把它给那些魔鬼。醉、受伤或是神志不清，你是知道他们到底是怎么了。此外，就像你在的法院或任何地方（字难以辨认）争论就在哪。这就是为什么从来没有人会背叛西德尼（富兰克林），因为真的看到了他很好，让你觉得背叛他就像犯罪一样。莉莲很喜欢写信给你，但是我更喜欢看到你的回信。

爱你们所有的人

致海伦·帕特里克
意大利，托切罗
1948 年 12 月 12 日

亲爱的海伦：

非常感谢你的来信和对杰克的帮助。

现在，我能说什么巴克·拉纳姆该死吗？

我在勒梅尼勒赫尔曼那的时候是第一次和他见面，而且是在突出重围后不久。你还记得，第 4 步兵团突然袭击，导致突出重围（这可能是有争议的）。我没有见到巴克，虽然我认识第 8 和第 12 步兵团的指挥官，但是因为他一直在左翼用他重新武装的队伍和一个团在战斗，所以很明显他在其他作战军队的前面（没有地图的时候，这个是很难做到的）。军队其他的部分可能早就跟上了，要不是我们必须等这第一步兵团拿下马里尼镇。（我们将跳过这些，因为我要在书里留些地方写别的东西。）

可无论如何，我在还是勒梅尼勒赫尔曼的战后指挥所见到了巴克。我用很低的声音解释说，我是科利耶的海明威。我和这位绅士在一起的时候感觉很不错，虽然我们是在一个战后指挥所，我保留所有他的热情待人的方式（他不知道巴克的战后指挥所）。我认为绥·爱德华兹是巴克的工作人员，因为过了一会儿他就把我们介绍给上校，"上校，这是上校科利耶和伍尔佛曼"。

巴克请我们吃大餐（我已经纠正了错误，并解释我的永久性排名，还有伍尔佛曼其实是沃尔弗特）。我们吃烤鸡时候的气氛非常的轻松，也没有人感到紧张。每个人都非常的开朗、欢快和有才能，喝酒很欢快，但也有效率。我印象非常深刻。巴克午饭后谈到文学并对现状进行了分析和说明。因为沃尔弗特问了一些愚蠢的问题，而且这些问题让我感到十分难堪，所以我们迅速地离开了。

下一次我见到上校是在维勒缔约酒店。我有几瓶香槟，是在一个叫作珀西的地方，一个旅店老板并且是小旅馆东道主送我的，他有些忧虑地把我认为是巴顿将军提前到达的个人代表。他问我，我的将军是谁，我说，雷蒙德·奥斯卡·巴顿将军。“巴顿将军，”他说，“我们非常钦佩和敬仰他。快去拿香槟，这是送给巴顿将军的礼物。”在维勒缔约酒店相遇以后，无意中我再次遇见了巴克，我立刻从他作为交通工具使用的摩托车的一边拿出香槟。巴克看上去很阴沉，有胡须，双眼很疲倦，但还是很欢快和开朗。

从那次以后，我在诺曼底和巴黎都遇见过他。在那些日子里，每个人就像在地狱里活动一样，你应该还记得，我是在朗德勒西才遇到了巴克，或者更确切地说那个城镇的名字我不记得了，我只知道是在老堡垒镇的外面。像往常一样纯洁无瑕、开朗，他的指挥所是纯洁的、高昂的、完美的，每个人都很快乐，仿佛没有该死的战争一样。他们不得不大干一场的前一天，一场真正的战斗，其中巴克亲自上阵（这是有必要的），他招呼我，并说着那句名言“当我们在战斗时，勇敢的克里伦你在哪里”（查找的那句名言所指的地方）。

如果你和一个有文化修养、口齿伶俐、智力超群、十分勇敢的人在一起的时候你会感到很有趣，所以我开始围着他转，忽略了其他不值得注意还十分无趣的人物，最后，在施耐埃菲尔这场激烈的竞争中，我们成了非常亲密的朋友。我认他为朋友，没有人像巴克那样接近过我，而且除了他我也不会再敬佩任何人。

你可以在引文中看到巴克作为官员英勇的所有资料。你那里看不到的是杰出的、完整的、从未间断、累得要死、连续 24 小时的战斗，就像那次帕斯尚尔战役一样，伴随着大爆炸，剩余的是绝对完好、聪明、幽默和在世界上最好的伙伴。

你可以从威利·沃顿那儿得知关于赫特根的许多糗事，我想他应该还记得赫特根甚至会在一个美丽、说话轻率的女性面前走过而感到紧张的这件糗事。

玛莎小姐，顺便说一下，不在赫特根。你可能已经知道，但是我不知道或已经忘记。有一次李·卡森出现在巴克的战后指挥所，当他们向她说明了情况，她说："耶稣让我们离开这里。"而且，正如我们都知道，李不是唠唠叨叨的人，也不是一个古怪的女孩。

因此，如果这些对你有用处，你完全可以用，我会完全同意的。如果你需要更多的，那我也会提供给你。

玛丽说，她希望也能参加（海伦在乔治敦的家）小房子的聚会，我和你找个地方喝酒。去年冬天见到你，真的很高兴。

这里不错，至少比北方还好的。玛丽坐汽车去旅行了，她去拜访佛罗伦萨的露西·墨尔海德、比萨，看到我们的一些米兰朋友和在托里诺的帕姆丘吉尔。

祝福威利。告诉他要小心，不要在潮湿的甲板上滑倒。有一种鞋，实际上是防滑鞋，在阿伯克龙比和惠誉出售。但从来没有穿它们上床。

照顾好自己，用爱祝巴克好运。

欧内斯特

致格蕾斯·霍尔·海明威
瞭望山庄
1949 年 7 月 30 日

亲爱的妈妈：

在我的生日之际非常感谢收到您的来信，我是今天早上才收到的信。在您生日的时候，我却没有给您写封信，这一点我表示很抱歉，因为我当时正在巴哈马群岛和格里高利，而且我还不幸受伤了，那时候还参加军队混战，所以我错过了给您寄信的时候，而且这信是我应该写的。把祝福给露丝·阿诺德①，并且要照顾好自己。这里的每个人都祝福您。

您深情的儿子

欧内斯特

致伯纳德·贝伦森

瞭望山庄

1949 年 8 月 25 日

亲爱的贝伦森先生：

非常感谢你的两本新作，我和我的妻子玛丽非常愉快地把它们读完了。总的来说，你写得很棒，让我很愿意读。但是我不会总是和你持相同观点的，因为我们只有赞同而不能争论一些的话，那这个世界就太悲惨了。

非常感谢你对我的妻子玛丽②那么友好。她是有点崇拜你的，并且你也是我最尊敬的人之一。对于你的个人信息，这个没多少让我感到敬佩的。

这只是封普迪的信，所以你不用回信了。我对佛罗伦萨不感

---

① 露丝·阿诺德和海明威的母亲做伴，住在伊利诺伊州里弗福里斯特市凯斯通大街551 工作室。

② 玛丽曾于 1948 年 11 月在 Tatti 第一别墅遇见贝伦森（1865—1959）。参见卡洛斯·贝克的《海明威的生平故事》（纽约，1969 年）；玛丽·海明威的《事情真相》（纽约，1976 年）。借用这个消息，欧内斯特·海明威开始了通信。

兴趣（希望你不介意异端者），我本身就是老威尼托人。我热爱它并对它很了解。但是不如你，而是以不同的、杂乱的方式。吉卜林先生，在他写得很好、很恰当的时候，写了"人只有一次可以失去的童贞，他的心也会永远地留在那个地方"①。

虽然这句话有点儿晦涩，可以这句话表达了我对威尼托（所有地区）甚至佛罗伦萨的感觉。

请君多保重。若今生有幸，若你我无恙，期待相逢。随附吾妻之敬爱之情。

永远的朋友
欧内斯特·海明威

致玛琳·黛德丽
瞭望山庄
1949 年 9 月 26 日

最亲爱的玛琳：

请告诉我 10 月下旬的时候你会在哪儿，这样我们有可能会碰到一起。女儿最近还好吗，一切顺利吗？我很高兴你现在当上了祖母，可我却不是一个合格的祖父。

女儿，请你从现在开始和我保持联系吧，因为我就要写完一本书了，应该会在三周时间内结束……我想你会非常喜欢它的。你要是喜欢就给你些原稿。因为都是虚构的，里面除了你之外没有别人。但是我尽了最大的努力把它写得好一些。

---

①　吉卜林的诗《童贞》结尾写道："人只有一次可以失去的童贞，他的心也会永远地留在那个地方。"这封信及以后所有致贝伦森的信均由塞西尔·阿恩雷普提供。

玛琳·黛德丽，我很爱你，也无时无刻不在思念着你。请回信，就算是强迫。

我的健康状况大致如我所料，就像是翻新的吉普车。玛丽也很好，她去芝加哥拜访她父母去了。他们都老态龙钟了，她去看看挺好。希望旅馆的人能将这封信寄给你，如果我们到那儿的时候你不在纽约了，我们还可以在欧洲见面。我想在写完这本书之后，再附着出版一些诗和几个故事，这样我们就又能在丽晶酒吧一起读它们了。

祝你身体健康、万事如意、家庭幸福。我们再次相聚、聊天的时候应肯定会是很美妙的，或许那时候我还能喝几瓶低糖的酒，你还可以帮我刮脸。如果玛丽在这儿，致以我和玛丽最诚挚的问候。

爸爸

附言

我知道很多精彩的小道消息，有些还是真的。吃晚饭的时候不准带上钓鱼人物。你得保证不把我的手稿给那个叫（艾里希·玛利亚）雷马克①的人。

致上尉约翰·海明威
瞭望山庄
1949 年 10 月 16 日

---

① 迪特里希小姐关于欧内斯特·海明威的文章，《我所认识的最迷人的男人》，1955 年 2 月 13 日的《本周杂志》成篇地提到了欧内斯特·海明威和雷马克。

亲爱的杰克：

非常感谢你寄来漂亮的结婚照片。[①] 我们把它们裱了起来，挂在放着你戴着法国十字军功章的旧照片墙上的一个角里。你俩都很漂亮，希望你们一切顺利，而且你们千万不要忘记拜访（将军）巴克（拉纳姆）和他的妻子。我这里一切都好，书也快写完了，我认为它会很棒的，我们将会在 loschi 附言：

今年秋天的时候，我只要写完这本书就马上动身去欧洲，我非常想去看看你和帕克。如果你现在想要度假的话，或许我们能改去威尼斯，在那儿我们可以进行一场非凡的狩猎。我一直都很想你，杰克。希望毛斯和吉基过得愉快，他们可是打猎的好手，尽管被恶魔折磨着，我还是差不多写完了。从今天凌晨大约 4 点30 分开始，在将近 8 点之前刚好写完。写了 901 个单词，昨天1176 个，如果我能保持这样的节奏，并且不生气的话，我们可能挣到一些金钱。

不管怎样，我们所有人向你和帕克问好，你要永远向着北方。

希望你在这悲惨的科学上做得非常好。我们从没有家人在这个和平的时期当兵，其实我还是以为现在从来没有过和平时期。有一封来自"闪电"乔（将军柯林斯）的信件，我挣了钱就会给你寄些过去。所有的猫哇狗哇都好着呢。玛丽小姐向你问好。这是日用品，不容易寄。同样的，把我对帕克的问候也一起寄过去，并且期待我们能在种植园相会。我打鸽子的命中率超过94%，这常常是事情进展顺利的好兆头。我认为这本书将会是非常精彩的，虽然现在只是我的一家之言。

如果你非常的忙碌，时间很少，也要和我们保持联系，给我

---

① 欧内斯特·海明威的长子于 1949 年 6 月 25 日与比拉·惠特尔西·维特洛克（小名帕克）在巴黎结婚。参考玛丽·海明威：《事情真相》（纽约，1976 年）。他们的三个女儿是琼（叫玛丽特），1950 年 5 月 5 日；玛尔戈，1955 年 2 月 16 日；还有马里埃尔，1961 年 11 月 22 日。

们写信。我的健康状况就像是一辆翻新的吉普车，有时候非常好。

照顾好自己和帕克，做个好男孩儿，要知道爸爸非常爱你。虽然这可能是过时的废话，可是这话却是我们一家人的心声。代我们这儿的所有人和在这个国家的你的忠诚的游击队员向你问好。

爸爸

你想要些种植园的照片给帕克看吗？罗伯托·赫雷拉现在在这儿，工作期间，他可以放大照片。现在的种植园很有趣，你没见过飓风，有飓风的几个月就觉得非常漂亮。请向帕克致以我们的问候并告诉她生几个健康的孩子，那样我就可以当祖父了。玛丽都当祖母了，我还没有成为祖父，感觉太不爽了。

致查理斯·斯克里布纳

法国尼斯

1949 年 12 月 29 日

亲爱的查理斯：

非常谢谢你的书《通缉枪手》（J. K. 斯坦福，1950 年）。这确实是本好书，书里面射击的部分很精彩。我已经差不多读到最后一章了。我不太介意势利的性格和行为，因为我自己就是一个势利的人，虽然很多时候我不一定是针对相同的事物。

我们和彼得、弗吉尼亚·维尔德驱车从巴黎来到这里，并在最后一刻把霍奇纳也塞进了车里面。在欧塞尔吃完午餐后，我们到萨利克斯过圣诞节前夕，还在瓦伦斯吃了圣诞晚宴。然后，看了阿维尼翁和加尔桥之后，第二个晚上睡在尼姆。南下至卡马哥边境的艾格莫特，然后到列高略并见证了这里的金枪鱼。有两大流，一支在4月，另一支在8月。

女孩儿们从没去过普罗旺斯和艾格莫特，那是个非常漂亮的地方。那里是唯一一座古老未经修复仍保存得完好无损的古城，他们从不让紫罗兰公爵动它。在那里，圣路易斯发动了第7次和第8次十字东征军，这件事你肯定从佛罗萨德的编军史上看到过。他第是一个拿起了罗音，他还可能是第二个患上阿米巴病并死亡的人，很快完成了这座城镇的建造。勃艮第的公爵占领马赛时，路易斯需要把它修成港口和供应基地，列高略是他拥有的唯一一个港口，并且是手工建造的。我一直热爱它，大雾穿过勃艮第沿着罗纳河下来之后，有两天好天。

后来我们开车横跨卡马哥，穿越阿尔勒来到艾克斯安普罗旺斯，我们在这里过夜，并在昨天晚上把维尔德和霍奇纳送上从这儿去巴黎的火车。

如果办公正常，霍奇纳就又加入了威尼斯。否则，就寄手稿，注明秘书尚未完成抄写。

让我知道在我把它给你之前还有多少时间，越长时间不看越好，因为我将会有一个全新的机会冷静地看看它并修补一下，扩充一下需要扩充的地方。

大家都会在克缔纳游玩，所以我们可以摆脱在威尼斯的烦恼。无论如何，希望如此。麻烦的是在我完成一本书的时候，却没有人给我一点点的关注。弗吉尼亚要飞上天了，而玛丽则下到了甲板上，斥责道路和航运。但是彼得停止在最灿烂的理想之处，或许这是最好的。谁知道呢？反正我不知道。

祝你假期愉快。

我只能给你写到这儿了，现在我得去给孩子们写信了。威尼斯今天早上的天气非常恶劣，我不能指望周末去打猎了。我就在这儿好好地休息一下，然后准备下周的事情。我今天会在这儿待一天，我得赶紧写我的信。

你可以写信给担保信托，他们将会把它寄到或直接送到威尼斯皇宫酒店。他们非常可靠，会寄到我们去的地方。

代玛丽向你问好。她也过得很愉快。

祝福永远，假日问候……

欧内斯特

致查理斯·斯克里布纳

威尼斯

1950 年 1 月 6 日

亲爱的查理斯：

感谢你的来信和内德·卡莫尔的书（《这片神秘的土地》，1950 年）。这本书的开头非常好，我个人很想知道你具体让他做了哪些改动。另一个人写的书我还没有收到，我正在期待中。

今天是星期五，我们打算星期六去打猎。霍奇纳应该在周一带着打印好而且校对过的手稿（《渡河入林》）米这儿。他叮能会很快地返回去，把副本寄给你以让你确认，但是在我看来这个不需要立即动手。可是为什么不让我在手稿上重写，难道你也从手稿上做？这会为你省钱，并且在校样上再次看到它肯定会给我最终的一击和保留我错误的机会。

请告诉我，你什么时候能从（1）的校对手稿整出（2）的修正校样。

这里一直都挺有意思的。最后两三天在乡下的时候，和我一块儿打猎的纳纽基·弗兰凯蒂上周在克缔纳滑雪时把腿摔伤了，但四天之后打猎，我打到了很多的猎物。非常好的孩子。

午饭后，我们在他家用捕象枪进行了非常有意思的雕像射击。我从没有射击过雕像，所以有些不忍心用 477 口径的枪射击它们，但是纳纽基的母亲建议这样做，因为她说她厌倦了这些特别的雕像，并且认为它们应该被弄走。玛丽用大型枪械射击猎物，她干得很漂亮而且肩膀都不疼。她还用 22 口径的枪射响了小教堂上的铃铛。除了非常年轻的把她视为比彻·布鲁克所说的障碍物之外，她在这个城镇和周围是非常受欢迎的。

纳纽基的母亲告诉了我所有关于玛莎的事情，并且说她在这看起来很好，而且她还曾写过两篇索然无味但又揪心的文章。她得到了夏天到这走访的所有农夫妻子的好评。威尼斯农夫的妻子，有着堪比一跳就跌倒摔断脖子的幸运儿的地位，非常鲁莽的城镇。

还有孩子们的一些事情。吉基，据纳纽基的母亲说，好像在村里见过，非常坦白地说"我是海明威"。她告诉他化成灰也认得，他好像打猎很好。没有问他们是否试图让他打过雕像。

我想在欧洲的时候我是会想念你的，因为我们会在 3 月 3 日或 12 日返回。我真的不能再飞了，我厌倦了。我在 44 岁的时候就不该再坚持一些事情了。可是 44 岁的时候我还是干了很多不该干的事情，上帝啊，我全都干了。

昨天和前天晚上，和凯彻一家在乌迪内附近共度。卡洛·凯彻已经或正在卖他的马。时间对拥有土地的人显得糟糕，而拥有工厂就不是了。

我和在开罗指挥的里雅斯特的英国将军一块儿吃了午饭。他是一位非常有魅力的男人，他还有个好妻子。他的名字应该叫阿里，但是我不敢保证能拼写正确，就像在保证信托公司一样总是资本化保证。

凯彻家没有雕像射击。卡洛发现了一幅相当好的戈雅的作品，要好于美丽的埃尔格列柯的作品，并卖掉了他的阿尔法罗密欧买这些让他那时痴迷的画，改骑马。尽管它们是好画，但他应该把它们卖掉换些钱。

镇上的大多数人现在都出去到北部的克缔纳去了，那边下了一场好大的雪。

一直在核查我出书的所有的事情，想让它好而丰满，校对100遍。

彼得·维尔德的手稿没有一点消息。见到他的时候再和他商量吧，他和弗吉尼亚、霍奇纳从尼斯离开去巴黎了。给你写信时，我们在一块儿度过了很好的旅行。

当地社交圈的重大活动让我去罗马，由于它看起来像最严重的罪人、像苍蝇一样被赦免了。好像我会完全地错过炼狱，尽管可能会到地狱很快地瞅一眼。然而，不去罗马。不管怎样，让我的个人神父在12日来这儿（安德列斯·昂特塞恩）。这儿的服务员领班定了个好酒店，晚上我们可以在那儿喝酒唱歌。当他仅发现射击的二十三分之一奇妙之后让他离开确实有点残忍，但是，毕竟一名神父除了纯洁发誓之外总要做些牺牲。

永远祝福。

欧内斯特

致查尔斯·特·拉纳姆将军

瞭望山庄

1950 年 4 月 15 日

亲爱的巴克：

我们的沟通渠道是不是发生了什么问题？我写给你的每封信是否都被梵蒂冈拦截了，还是说有其他的原因？

我已经给你写了三封没有回音的信了。有一封是正常的，另外的两封有可能出意外了。我知道三个浑蛋要翻译纯粹的北夏安语。

红黑尔告诉了我当地农民奉命发起把巴克·拉纳姆送回老家的运动。

或许他们应该把我们都送回胡法利兹去，在那里我曾看到过有小火力的战斗，开始的时候，击战队布兰奇队员摘下他们的袖章，而波基、珍、马赛儿和我则是在旅馆里高兴地喝着酒，一起等待美国武装部队的到来。英国人把胡法利兹修好了。我们可能本应该更提前准备，在我们接近它之前，命令一空军在其上方。我能记起你在最高处走动，或许，因为你应该这么做，我们正高兴、谨慎、自豪地走近它，后来彼得·洛里斯可能死于我带给他的坏习惯。他是一个勇敢、快乐的好人，如果他足够聪明的话他就会成为一名好的士兵。在"一战"的时候他是个优秀的年轻军官。

在纽约有一件趣事。25 年之后我碰见了"一战"时最要好的朋友。① 我们曾经都是年轻军官，后来他成为陆军少尉。在沙

---

① 上尉艾里克·爱德华·多尔曼·史密斯（后称 E.E. 多尔曼·高恩），欧内斯特·海明威曾在 1918 年帮助过他。他现在是英国部队的一名退休陆军中将，最近刚在爱尔兰的卡文郡继承了他祖辈的财产，并因爱尔兰政府的演讲旅行来到美国。他和欧内斯特·海明威于 1950 年 4 月在纽约偶然相遇。

漠里成为将军（英国）和奥金莱克的参谋长。在他将要掌管第8军的时候，丘吉尔任命了蒙蒂（人中之王）。这些事情是现在已经退休的陆军少尉——秦克，他告诉我整个故事，不是整个事情而是大概的事情，但无论是发生了什么，对我来说，很清楚他曾打败过隆美尔，当他不能占领亚历山大，正在休息并准备以小的损失将隆美尔赶出去的时候，蒙蒂带着他的十四分之一或我不会动摇战争的理念来了。

秦克说蒙蒂在军事学院教战争学习的时候，他唯一学到的概念就是用大锤打破榛子。但是大锤通常不会发给兵员，即便是发了也难以携带。秦克说他和我的理论一直曾是用一个棒子和你的拇指、食指弄破另外一个榛子。因为拇指比大锤方便多了，并且拇指是自力推进的。

我们过得很愉快，秦克就要过来了，希望你也能来。我现在对战争什么也不知道，因为我抛弃了战争，我正在努力成为一名作者。但是"一战"后秦克休假时，他和我曾经行走于战争之间，我们愿意在任何著名或是不著名的地方像下象棋一样互相战斗。我们曾常常常占领或防守潘普洛纳直至它比本宁堡还要糟糕。我会告诉他，我能够通过翁西弗奥的道路过来，他会说，"你不能"。我会使用隆美尔在卡波雷托对付我们的方式。

总之，这是一种非常好的运动。

他告诉我，他始终记着在沙漠里我的基本理论。我已经把关于基本理论的东西全忘完了，没准是我喝醉的时候说的。

哦，是这么说的："如果你真的有十分出色的智慧，任何前线对你而言都是透明的，你会适时停止攻击且不去攻击强的地方。"

我跟他说我不可能使用"透明"这样的词来夸奖自己，他说我用了，并且用"任何前线如同蜘蛛网一样脆弱，所有你得做的就是消除蜘蛛网。当你把它缠到他自己蜘蛛网里的时候，战争就小了"这样的断言来支持它。

这有点像我在展示给你看我在幼儿园的时候取得了多么好的成绩。

先生，真是幼儿园，而且确实是吵闹的幼儿园，幼儿园能够免费提供各种口味的噪声，而这些在一生总使孩子们变得更加勇敢。没有精神病医生。如果由于多次总爬同一座该死的山丘而使你变得疯狂，你可以一直盯着炊事班。如果脑震荡让你有视力重叠复视的时候，你会看到两个炊事班。因为你一直在为他人看炊事班，所以复视或不是复视，很多时候你都可以自己决定。

当然那是一所漂亮的幼儿园。

应该去读大学，这样就会有个职业，我肯定不会给这个职业抹黑的。

海明斯坦因黑暗、愚蠢的一天。再见，我的将军。希望能在某个地方见到你。

向彼得问好，代玛丽问好。

欧内斯特

致阿瑟·迈兹纳
瞭望山庄
1950 年 5 月 12 日

亲爱的迈兹纳先生：

我在写这本书的时候，你要是没受到（埃德蒙·）威尔逊的影响就好了。虽然他在很多事情上都是一位优秀的评论家，但是他人格不健全而且知识上更是有漏洞；最重要的是他漏得忒严重了，如果他是个水槽，他早就漏干了。或许我这话讲得不够公正，但是当他们开始写那些超详细的性爱场面时，很有可能他们连普林斯顿都滚不出去。有一个非常好的机会他们不能放他们自己出来，甚至是普林斯顿。如果你跟一个女孩做爱，她没有给你掌声或者让你有所收获，那你把这些写出来去取悦她可真是愚蠢并狗屎至极。如果你向一位姑娘求爱并且足够愚蠢或狗屎，你写来讨好她，除非她给你鼓掌或让你收获什么东西。那么它就不是她的错误，因为某人给了它。

我相信你基本上就为两类人写作，你自己想使它绝对完美，如果不是绝对完美，你也会让它十分精彩。然后你为你爱的人写作，不管她是否可以读写，不管她是生还是死。我想司各特以他奇怪的混乱的爱尔兰天主教一夫一妻制为塞尔达写作，当他对她失去所有希望的时候，她毁了他的自信，他完蛋了。就像把你的神变成了独木舟、飞机或其他什么不会永恒的东西，而不是漂亮的神像。

我画了许多漂亮的画，还写了一些书，像是从莫斯科河撤退时参与拿破仑的后卫行动，在葛底斯堡两边进行作战，清除黄热病，教给毕加索如何绘画和制造传票。他是你曾知道的最好的神。但是我从没有遇见过他。我在普拉多见过他的画，每年都读他的书和他的短篇小说。我知道他是如何杀死乔治·阿姆斯朗特·科斯特的不为人知的精确细节，而且我的上帝在他踢足球的时候会是吉姆索普，投掷的时候就会是沃尔特·约翰逊，球看起来如弹珠那么大，如果击中你，会让你立刻丧命。所以我的神不会把任何人抛弃。

最后，司各特的神是艾尔文·萨尔伯格，一个非常好的小伙子。但是你的神不应该对你有影响（不会写"脆弱"）。

你不必写一本威尔逊、司各特和其他人认可的书，不是吗？司各特和塞尔达死了，麦克斯威尔（潘金斯）死了，约翰毕夏普也死了，所以你就当我也死了。我还从没有抗议过裁判员。我厌烦极了邦尼·威尔逊写的一些神秘的东西，它们改变或形成了我的生活，然后用脚注的形式返还了《丧钟为谁而鸣》。为什么他不说神秘的事情是什么？会是我父亲他开枪自杀吗？难道会是我非常不关心我的母亲吗？更不会是我被两次射穿阴囊，射穿右手、左手、左脚，射穿膝盖和头部吧？

我有一幅他的非常漂亮的图片，威尔逊正在被踢屁股，这张照片是麦克斯威尔（潘金斯）拍摄并寄给我的，那些事和它差不多。或许它应该，但是并没有。首先，我很遗憾，他被踢屁股了，或是每个人都被踢过。其次，我希望他写得直接，而不是偶尔直接一次。

你选了一个棘手的课题，但是我觉得我给你泼冷水了，因为我没有他的信。我记得（马多克斯）福特告诉我，写信时应时刻考虑如何让子孙后代去读这些。这个事情给了我非常不好的印象，以至于我烧毁了每一封信，包括福特写给我的。

你应该为子孙后代留下点什么吗？保留他们就好。但是我们写信或是烧信，不是为了子孙后代，而是为了一天一个小时，子孙后代会照顾好自己的。

近些来，我寂寞了很多，因为孩子们不在身边，事情的进展也不像我想的那样，所以拿起文件（我们不提了）。可不管怎么说，我写信是因为收到回信有意思，而不是为了子孙后代。管他子孙后代呢，听起来好像意味你坐得住。

　　司各特对待文学如此严肃，他从不理解文学只是尽你所能地写作，并完成你所开了头的东西。

　　《最后的大亨》写了那部分之后，一直到他可以写的，真的就只是一个借钱的计划。可对于我来说，最好的书是《夜色温柔》，尽管不一样。虽然以莎拉和杰拉德开始，然后转向塞尔达，但他还是在它里面成熟了很多。我想盖茨比的有所保留不错。没有一个故事是非常伟大的故事，但是我想最好的故事是《重返巴比伦》和《富家子弟》。我是一个喜欢追求完美的人，我认为从意大利回家后读的那本《天堂的这一边》是个喜剧，所以我不能读《漂亮冤家》。我记得思考过到底是谁说的他们是美丽的，究竟他们在什么方面遭到了诅咒？我认为格拉巴和帕苏比及男低音皮阿维让人讨厌，他们对于你我来说必须该死，因为你挣钱太少了。

　　你可能已经腻烦了。

　　就此搁笔。

你永远的

欧内斯特·海明威

致阿德瑞娜·伊凡诺沃①

瞭望山庄

1950 年 6 月 3 门

---

　　① 欧内斯特·海明威于 1948 年 12 月在拉蒂萨那附近的一个禁猎地和阿德瑞娜首次见面。那时候她 19 岁，和《渡河入林》中的勒娜特一般大。阿德瑞娜就是这个角色的部分原型。由于阿德瑞娜和她的哥哥吉安弗朗科的原因，在《海明威的生平故事》（纽约，1969）中可以看到卡洛斯·贝克的影子。

亲爱的阿德瑞娜：

　　首先，我的女儿，我认为你用意大利语写信写得很美，我能看懂的。你的信风格清新、美好，从不用华丽的辞藻，当然了，除非在当你生气的时候。不过我也不介意你什么时候会生气，因为在我 20 岁的时候我就经常生气。我也记得当我们好长时间不生气了，我们就会有见面的机会。

　　关于你信件中的最后一句话（现在的我写作就像一个落后的教授）。

　　关于我的工作：必须要做两次的校对，还需要更正一些有出入的地方，并根据作品需要再添加一些东西。我前天从早上六点一直到午夜对作品进行了第二次的更正和再一次的创作，我把整本书差不多 12 章节的结尾都进行了更改，我尝试着让结尾变得更加具有批评性和建设性。现在一切就绪了，也没有什么我可以做的了。每次读它，我都感到备受煎熬，我差不多读了将近 200次了。

　　明天我要去看海了。吉安弗朗科明天不去，因为他想继续工作。昨晚我读了一些他的书，写得都非常好。我给查理斯·斯克里布纳写信，告诉他吉安弗朗科写得很好，他也想去看一下呢。而且我把意大利语翻译成了英语，在英文版本中，可以对我知道的有关写作方面给出一些建议。不是让他按照我写的那样写作，而是让他用自己的风格把作品诠释得更好。

　　这就是他暑期工作中的一个项目。我长话短说吧，在某一次战争中，我们在海底做反潜工作的时候被一场暴风雪困住了。这个故事有 3 万多字，而且只是记录了当天发生的一些事情。现在结尾已经有了轮廓，我将会写完它。我知道可能我把它写得听起来很沉闷、无趣，可事实上并不是这样的。

对于吉安弗朗科和森达拉姆的航运公司生意，我已经厌烦了为了任何一方而进行辩解和发表任何看法。我累了，很累。这不是好的意大利语，只是我所感受到的。作为一个现实的人和一名士兵，依我来看：1. 古巴分部并不想从威尼斯（总部）调遣任何一个人。2. 鲁杰罗在这一点上头脑简单，优柔寡断，缺乏作战的勇气。3. 而吉安弗朗科忙于工作，我相信只要是他想做的工作，他一定会做得非常出色。而且过着正派清白的、美好的健康和勤勉的生活。4. 如果他想写作，他可以一直写作，写一些关于他是否在某一个公司上班，或者是否成为一家之主。我想对于他来说，不会有任何损失，因为从中他学到了一些我想教给他的东西。

你知道的，我们之间总是在互开玩笑的，但是我可以教吉安弗朗科在任何一所大学里可以学到的相同课程。我已经多次拒绝成为学院一员，我真认为他是在浪费时间。我真的这样认为，我可以用我的人头打赌。

我试图言传身教、严于自律，这对于我来说是好的，因为我也需要。现在我写这些妄自尊大的信给你是因为我很寂寞，而且我不想把这些事情告诉别人。当我到吉安弗朗科那么大年纪的时候，就成了一家之主。我得为我父亲的那些债务买单；买卖土地；尽我所能地让我母亲不那么奢侈和浪费；供给她和其他的孩子们；参与所有的战争；抚养孩子们长大；结过婚的和未婚的；支付所有的账单和尽我所能地进行写作。所以请你相信我也是一个很严谨的人，因为我从不鼓励做任何对吉安弗朗科、对杰基和对你有害的事情。但我还是对你有偏见的，因为我爱你。但是在任何情形、任何情况下，当我的快乐和你的快乐发生冲突的时候，我会不假思索地让你快乐幸福，我会不顾我的幸福而甘愿退出的。

现在我必须止笔了，也可能你早已经看不下去了。

我很爱你。

得克萨斯州

爸爸

注：这封信和以后写给阿德瑞娜的信件都是出于得克萨斯大学奥斯汀分校的人性研究中心的好意，才让我们看到的。

致查理斯·斯克里布纳

瞭望山庄

1950 年 7 月 19 日

我亲爱的查理斯：

你的清样（第一系列）我昨天终于收到了，它可是创纪录了。

我并没有责怪谁，也没有去攻击谁。

玛丽不会让我看你写的信，但是她经常问我为什么我不能成为和你一样的绅士，而不是告诉人们不要责骂或让那些人离开。阿德瑞娜来信说你像宝贵的财富，这个词在意大利语中是非常好的用来赞美人的词汇，这就是你所召集的喜欢你的人们（我想对此说声谢谢）。

可如果你受到了更多的欢迎，那我会让你找两个朋友（如果你有的话），从中筛选出来两三个人物，让他们在不远的地方把你杀死。以前你从没有被杀死过，所以这次将会是你一场难忘的经历。

我希望那些出版海明威的《老人和他的著作》① 的傻子损失 100 万。

我会寄一张照片给他们。是一张我在高级密歇根联赛最大的棒球场最左边围墙边击球的精彩照片，但是我想他们不会喜欢这张照片的。也许这会证明考利有关我是一个努力的、自学成才的运动员的言论是假的。在我 16 岁之前，在体育馆（福布斯和法拉第的，或者霍华德），我曾经跟山姆·朗格弗德、杰克·布莱克本、埃迪·马克吉蒂等打过拳击。我拒绝了那里的一切，在射击中，一个鞍就要花费你 100 美元。即使你有那么多的钱，可他们还是不会卖给你一个真的。也许你知道那个鞍是什么东西，如果你有一个假的话，詹姆斯②会为你工作。由于你在马背上来回动，所以有可能从马背上摔下来。如果你坐在这样的鞍上，它就不会把你从马背上摔下来。你就可以骑着它一起走了，但是这个会使你负担过重。

该死的，《老人和他的著作》和戴斗篷、穿夹克的那个陆军上校的名字我给写错了。你可以跟他核实一下此事。我查看了陆军军官名册，应该是"Cantwell"而不是"Cantrell"，你告诉他振作起来。（奎特瑞尔杀死了我的一个祖父。）

我的喜剧头脑还是挺不错的。令人费解的是关于草图中高尔夫球的大小。这是整个草图的支撑部分，也许我们会因这个草图有麻烦，而且麻烦会很大，不会像是动脉那样可以控制出血量的多少。

一切不好的事情都与它有关。

---

① 欧内斯特·海明威的著作《老人和他的著作》写于 1950 年，纽约。
② 詹姆斯（1892—1942）是一位牛仔作者和汇稿员，他的作品由斯克里布纳公司出版。

请好好出版和销售这本书。我现在该做的都做了，一切都准备好了，没有什么事是我现在能做的了。但是请不要让旅行者、周末无事可做的人、没有思想的人、外行的人、愚蠢的人、半专业的人（我们不会说是谁）诋毁我的书。我想要的是一次好的、真诚的、智慧的骑行，带着两个球。如果他们有需要的话，还有一个球拍，我想你不会拽拉它或者是击打它，如果你骑着它走得很好。看在上帝的面子上，我有自信。因为你比我大，所以我应该尊敬你。但是在一些事情上，我却是比你成熟。所以请你相信我，当我说出一些不好听的话的时候，可能并不是不尊重你。我是一个坏人，查理斯，我并不以此为豪。

我一生当中永远都是那么争强好胜，但是之后我并没有因为赢了而感到骄傲。我在努力成为一个谦虚的人，一个不是总批判别人的人（但没能成功）。

我们今天要去钓鱼。吉安弗朗科正在写书，所以没时间去了。我和玛丽在一小时后就去钓鱼了。

做个好孩子，不要工作太辛苦了。

给你和维拉我最好的祝愿！

欧内斯特·海明威

致罗伯特·坎特韦尔①

瞭望山庄

1950 年 8 月 25 日

---

① 坎特韦尔，1908 年出生，在 20 世纪 30 年代作为一名小说家开始写作。他的著作《霍桑传》（写于 1948 年）使他开始转向写自传。

亲爱的鲍伯：

我好长时间没收到你的来信了，今天收到你的信感到很惊喜。我一直在担心和期待你的新书。我很喜欢你写的《霍桑传》，但是你却没有什么小说书。你是我对美国小说的最大赌注，所以我非常希望你写小说。

关于不容乐观的宣传，我想解决办法也是很简单的。意外在50年后发生，我正在练习开蒸汽汽车，取得我的安全驾驶执照。每年会削减保费。我开车带着奥托布鲁斯，他住在皮戈特，阿肯色州。从孟菲斯到基韦斯特18个小时左右就可以到了，但是这个并没有被报道过，因为这只是一件个人的私事。如果我们在路上碾到一头猪的话，这件事就会被报道出来。我们差不多还有976里的路程。

这是形式的一种。在夜总会里经常会有人过来问我：你就是海明威，是吗？然后他们在你的身边来回转动，却又什么话也不说。或者他们会亲你，但是作为一个男人你是不会喜欢这样子的。或者他们开始亲你的妻子、你认识的女孩子们。但是如果你不让这样做，你去警告了他们，然后再修理他们的话，那么你就会出现在报纸上。亨利·詹姆斯没有面临这些问题。

一个人不能一直待在家里，但是如果有什么事需要出去的话，就刊登在报纸上了。但是你起床起得早，很早就开始工作；或者你按照他们所要求的那样报效国家；或者是你、你的兄弟、你的大儿子全部都受伤了，但是最后却被嘉奖；或者你的两个·祖父都在内战中负伤，或者你对敌行动负伤22次，被枪射击双脚、双腿、两只双手和6处严重的脑部受伤；或者你想成为最好的美国散文作家的抱负和不玷污任何人，这些事情都没登报。如果可以的话，我真想把他们击倒，但是我也不会伤害他们的，除非是他们先伤害了我。我会对付他们，而且他们根本不知道发生了什么事情。鲍伯，我不是个圣人。现在这个时期比中世纪的时候更难，我已经战斗了 50 年，也许不久基韦斯特（上帝把它的灵魂放在了地狱）就会决定把我除掉。

莉莲·罗斯是《纽约客》的工作人员，她正在写一篇有关薛尼·法兰克林的指定稿子。我想看到法兰克林洗手不干、改行的事是她不能理解的。对法兰克林年轻时的所作所为并没有给予赞扬，那时的他很优秀。她曾写过信给我，问了我很多关于法兰克林的事情，还有在圣诞节前夜出现在凯特卡姆、爱达荷。后来她还对我说想为《纽约客》写一篇关于我的报道。我很喜欢她，因为她或其他人写的有关我的一些报道，不管是好是坏，都是他们自己对我的印象，我也不会对它进行任何编辑和更正，除了一些涉及日期和地名的地方。莉莲写得很好，她的人也是这样。她是批判过查理，但是她让查理懂得写书也要适可而止。

对于代理机构，我会直接跟他们交易的，因为我绝不会给他们百分之十的机会，何况我比他们做得还好。

对于回扣，有一次，一个人围着我四处走动，说是要杀了我。回来我给他寄了封挂号信，告诉他我定期会出现的地方，在那里他能找到我，或者杀我，或者把他的嘴巴擦干净。后来他并没有出现。我按照这 4 天安排好的时间在约好的地点等着他，我并没有任何武装，后来又给他寄了一封挂号信，又等了一天，然后我就离开了。

所有这些攻击者都是很有意思的，他们还有一点幼稚。在大多数情况下我都想做好，尽我所能写好作品（请不要认为我自负，我试图友善、绅士，很多情况下我都是这么做的。除非他们把我报道出来，那时的我就不再友善了）。

我对我们的祖先并不了解，也不想像比尔·福克纳那样把他们写得很传奇。但是我知道我的祖父告诉过我，每当你唤醒一位伟人的时候，你就可以从他那里得到合理的答案了。

在纽约没有人知道最近的消息，没人认识我，除了住在 52 号街 225 号西边的玛琳·黛德丽和乔治·布朗。其他的朋友被分散了。肯·克劳福德从你的报道中认识了我，我们一起冲破重围，在法国北部的 Toussus Le Noble 开火交战后就打进了巴黎。

我想他应该会记得我，我可是记得他。他个头高挑，皮肤黝黑，看起来好像正经受着一些不好的事情。尽管是一种罪恶，每个人都很喜欢他，人们常常语重心长地对我说，要好好保护他不被杀害。他在行动中表现非常勇敢，除了圣人，没有人能让他死。

近来的活动：我写了一本关于战斗和跳马比赛的诗集；13 个短篇故事；一篇长达 165000 字的长篇小说。这儿太热了，为了写好这些作品我太不容易了。

以下是写给你的私人信息，你记得千万不要出版啊。我最近有很长一段时间，都没能好好创作了。因为我头部受伤的原因，导致我的脑袋疼得厉害。从每天他们叫醒我之后就会疼，一直会疼一整天。然后当我从快要裂开的支气管中醒来的时候，可能会咳出血来。这件事发生在 1944 年 7 月的圣普瓦。孩子们会站立在我的周围，我会吃一些罐装的食物。我会和他们解释说：这些没什么，因为每一个被炸的人都会经受这样一个痛苦的过程。你可以说血的颜色没有什么（静脉的，或者是动脉的）。你可以再次抽血，把颜色不对的血扔掉。要鲜红的那一种。

让我们跳过这件事吧。

书真的是个好东西。如果你不喜欢它的话，你也可以抛开它，因为这是你拥有的权利。但是我努力地把它读了 206 遍，想把它写得更好，把任何一处错误和不公正的地方都加以删除改进。我最后一次读这本书的时候，我还是非常喜欢这本书，因为这是它第 206 次打动了我。这只是我个人的反应，可以不那么重视。但是读了那么多遍，写了那么多遍，是可以把它跟其他一些书区别开来的。

我认为这本书涵盖了所有的观点。鲍伯针对书中的一些事给我发电报，我会立即、诚实地给出答复。有意思的是你的名字和我书里一个上校的名字是一样的，这让我感到很高兴、很自豪。

有位以前的英国军队少尉在一本杂志上读了这本书后，他在爱尔兰建立了坎特维尔社会。他经常在签名的时候写他是坎特维尔社会的成员，其实他有很多其他的名号。或许我们可以自己取得成为社会社员的资格，尤其你是一个真正的坎特维尔人。

如果你愿意或者说你能够做到的话，我希望你能抛开它。我想成为一名好的美国作家。但是如果他们对此一无所知，抑或他们不记得你是一个像约翰·莫斯比的人，或像杰克·凯旋那样不顾一切的人。无论是哪种情况，我都不屑这些。

我希望你能一切顺利，能够跟肯取得联系。也许他太强势了，可能不记得我了。但是请告诉他，不管他想做什么，我是会把他带回来的那个人。因为在 7 月的奇怪的一天，克莱斯特不能在船上行走了。他也不想回来再参加军团。美国陆军第 8 步兵团指挥美国陆军第 4 步兵团的将领——雷蒙德·巴顿告诉我，而不是命令我，要勇往直前去找到肯并把他带回来。一辆坦克或一架意大利炮开火了——一次能刺穿装甲的射击。它刺穿了所有房子的围墙，把一个船员队长的腿从膝盖打断了；接着子弹穿过后墙，打在正躺在床铺上的两名通信兵的头部。腿还在地板上，但是巴顿将军在电话里并没有变声。我按照他的要求，去跟肯取得联系。他的腿被射弹烧伤了，几乎流血了。他只是很简单地看了一眼。厄尼·派尔——最后一次战役的伟大英雄——他正在外边哭，因为我们的投弹手失误炸死了一些我们自己人。他可以没有眼泪地哭，也可以有眼泪地哭。在先前的战争中，我曾告诉过他，当我们齐射攻击的时候，我们应该紧密地联系在一起。计算我们要是想拿下这个目标，我们会损失 20% 的兵力。他说我是无情的。我说你进去看看你那条还在地板上的腿，你这个无知的、感情脆弱的傻瓜。你不要对着媒体乱说一些我的事情，因为我要去参加第二场战役。

这就是肯恩那里发生的事情，但是至少你会看到一个人怎么会交那么多的朋友，这也许就是他这一生中的问题。肯恩很勇敢，从帝国大厦上跳下来，但是厄尼·派尔是一个民族英雄。我不喜欢一个人在喝醉的时候自吹自擂，但是他跟那些喝醉了酒就哭的人比起来要好。

就此止笔吧。也没有什么可多说的了，但是我为什么会说这一些呢？难道你不同意吗？

欧内斯特

有一只公猫在原稿上小便了，所以我把它扔了，只能给你复印件了。

亲爱的鲍伯：

请你不要强调我被暗杀过多少次，同样我也要求卡普和斯克里布纳不要运用任何宣传手段让人们知道我在服兵役。在我看来提起这些事情我就觉得恶心，因为它会毁掉我服兵役所带来的自豪。我只想成为一名好作家，而不是一个经常参战的人，在酒吧经常打架的人，或者一个射击手、喜欢赛马的人和一个酗酒的人。我只想做一名好作家，也希望被人们这样认为我是一名好作家。

祝永远都好！

欧内斯特

有什么不同呢，当你住在一个别致的小房子里，外面有 300 只柔弱的山羊和一只忠诚的狗——大黑狗。问题就是：你能写出来吗？

欧内斯特·海明威

致查尔斯·拉纳姆将军
瞭望山庄
1950 年 9 月 11 日

亲爱的巴克：

我通过与读书俱乐部的合作，最近的新书销量达到了 10 万本（但是我拒绝了他们的出价：每一版本我只能分到 60 美分，而读书俱乐部会得到 12.5 美分）。斯克里布纳在读完评论后，又订了 25000 本和一车的纸张。在英国出版这本书之前，我们的书已经卖了 3 万本，同时又印刷了 30 多本和预定了印刷的纸张。所以我们今年可以想吃什么就吃什么了，但问题是我并没有什么胃口，不过还是会好起来的。

我们这里最近刮起了六起飓风，在这种低压的状态下，我的心情也很低落。在卖书的时候，我遭到了一些糟糕的责骂。此时让我在这个传统思想的反击下，没有了任何其他感情。有一天早上我收到一封邮件后，我就马上离开了（辛巴达待在家里，但是他的船还在港口）。我对他说我们在第一轮就输了。我要进城，去找《纽约时报》和《新闻周刊》在他们航空件到来之前。当收到他们的邮件时，我知道我们赢了，但是我还是没什么情绪。一个名叫吉安弗朗科的男孩，当时他正在小屋子里面写小说，而当他从辛巴达那里得知，我们在第一轮中失败的消息时候，他立刻赶到佛罗里达来跟我在一起。他是我在威尼斯认识的一个女孩的哥哥（我曾倾心于这个小镇，但是还是没有找到那个婊子）。我们和利奥波第那一起吃过年夜饭，利奥波第那她是一个可爱的但是看起来有点老的妓女。午饭过后，那个威尼斯的男孩和他的女朋友一起去看电影了；我把利奥波第那送回家后，我自己也回家了。

玛丽她去密西西比州的格尔夫波特找公寓了，因为她想把家安在那儿。等她找到公寓后再回芝加哥把孩子们接过来，他们已经长大了。芝加哥的冬天实在太冷，冷得令人难以忍受。

如果我能找到的话，我会告诉《新闻周刊》和那些有意义的人以及那些真的很坏的人。到目前为止，《泰晤士报》是最糟糕的。但是他们的一个工作人员已经给我发电报向我道歉了，说他们很喜欢我对他们的疑问所做出的解答。我并没有跟他们提到美国海军陆战队第四部队，但是他们把它加入进去了。

《泰晤士报》在周日的书评中首次对此进行了报道，就像《先驱论坛报》那样报道的。约翰·奥哈拉写了《泰晤士报》书评。我想象着他开头应该是这样写的，他会说我是继莎士比亚之后最好的作家，这让我结交了很多的朋友。这只是一个声明。因为所有的好作家都是好人，其中一些还要好。这些好的作家以他们自己的方式去做得很好，至少有 12 个人像莎士比亚那样做得非常好。但是他看不懂这本书写的是什么，因为他不像我那样了解这类人，或者不像我对他那类的人了解得多。但是我知道要与各种各样的人——画家、外交家、小偷、匪徒、政治家、赛马的骑师、驯马师、斗牛士、很多漂亮的女人、杰出的夫人们、上流社会、国际运动家们、职业杀手们、各种赌徒；昌凯赤夫人和她的两个妹妹，一个是好的，另一个是坏的；狂乱的无政府主义者、社会学家、民主主义者、共产主义者和君主专制者作战、反抗。我在想你是否会为这些团体而感到内疚。我要向上述这些人认罪。也有多于一个营的酒保和至少一个排的牧师，他们向我借过钱，后来还给我了。而且我也认为有很多人，像渔夫们、射手们、球员们、足球运动员们、教练们、乔治·克列孟梭、墨索里尼，以上的这两位很好，不包括国王。在我 19 岁的时候，葛雷非伯爵——梅特涅那一时代的人，布朗蒂公爵——尼尔森的后代，他们两个都已年过九旬，他们都想把我抚养长大。所以我拥有着所有的绅士应该有的美好言行举止（几年之后，我在一个妓女那住，白天进行创作）。我想我跟那些对你进行评价的人的不同就是我的背景跟他们不一样。他们经常使乡村医生的儿子感到害羞，现在考利感到尴尬，而且他的视力不是很好。当我哥哥是个小孩的时候他就已经开始戴眼镜了。我像我爸爸一样，我是直到 31 岁的时候才开始戴眼镜。我的视力变坏是由于格雷伯在培训的时候把他的大拇指与其他手指粘在一起①，在光线不好的情况下进行大量的阅读，或者更糟糕的是在医院的时候几乎没有灯

---

① 欧内斯特·海明威的左眼视力属于先天性缺陷，哈利·格雷伯对此也毫无办法。

光，阅读的时候点着蜡烛。就这样过了两年，一天 12 个小时，或平均每天有 9 个小时都戴着这副大眼镜。一直戴到你的眼球都凸出来了，好像也没有什么帮助。

好吧，这些都是胡说一通。但是不要成为我书中所有女子的任何一个。你相信吗？也就是说他们不会遇见那样的女人们。但是他们在哪里，以什么方式才能找到呢？

他们会相信德国人（玛琳·黛德丽）不久前在一幅画上写的：爸爸——我把它写在画上，这样你就不会轻易把它丢了。我无条件地爱着你，除了生气、被冒犯的时候，包括雷诺很关心我。你觉得怎样呢？先生。

我会试图找到《新闻周刊》的，如果某些人没有捏造的话。

刚发现它，就到此为止吧。

给你所有美好的祝愿。

欧内斯特

致阿瑟·迈兹纳

瞭望山庄

1951 年 1 月 4 日

亲爱的迈兹纳先生：

非常谢谢你的书以及你的贡献，再次细读时找发现这真是一篇极好的文章。但是里边还是有很多错误，将来再次出版时我会告诉你一些需要校正的地方。

可怜的司各特，他是否知道《乞力马扎罗的雪》中的那个男人是说他，或者认为是他呢？事实上一直提到的实际事情、汽车和处所正是与他司各特一样。

对于你来说，卡拉汉的事情是一件极其糟糕的事情。我和司各特、毕晓普我们在普吕涅一起吃了午饭，而且我们还喝了许多桑塞尔白葡萄酒。午饭快吃完时，我记起了我已经保证过要和卡拉汉一起去锻炼的，他是一名出色的业余拳击运动员和有前途的作家，但不会揍他一顿的。虽然平时你在饭后都不打拳击，我想无论如何我要抓住这次机会。我和约翰已经约好了，我和司各特先去公寓，然后再到体育馆去。我们商定进行两分钟的回合，两分钟结束时我一切正常。我想休息一分钟，司各特将第一回合持续了 13 分钟，大约 5 分钟过后卡拉汉很轻松地就将我击中了，然后我们很精彩地又打了 8 分钟。但他没能让我受伤，也没能打倒我，更没能使我放弃。司各特非常喜欢丢人现眼，他对拳击简直着了迷，我一直在叫暂停。我的嘴部有些严重的划伤，我把溢出的血吞下了。

回合结束时，他使比赛持续了 13 分钟，我对司各特说："你个浑蛋。"

他说："你这是什么意思啊？我可是你最好的朋友。"

我说："你要诚实，不要老是叫停，让你最好的朋友忍耐了整整 8 分钟，你想这样啊？"

在其他回合中，虽然卡拉汉自己向我出拳了，但我对付他还是没有什么困难的。我确信我能够将他击倒。在普吕涅吃的午饭全部都消化完了，我的感觉很好。我也知道他无法击败我，但我也不想击倒他。因为他的拳击打得还是不错的，而且他也是位有前途的作家，所以我很喜欢他。同样地，他也没有什么大的缺点。这就意味着他可能有足够的实力将我击败，可他的唯一缺点就是拳击不能击倒我。他经常陪我练习，我是很感激的，我真心希望他一切顺利。

当你知道你是唯一尽力做力所能及之事的一个人时，如果成为别人的偶像或使他们将所有品质归功于你时，这是一件多么可怕的事情啊。如果这是妄自尊大的，那么就会做所有这些事了。但暂时我是司各特和阿奇（迈克·利什）的喋血英雄，这对我来说是很尴尬的。他们在拳击中都受了伤，一个伤势严重，另一个……

我之所以批评司各特的书（除了开玩笑），是因为我想让他写得更好些，我要让他改邪归正。

司各特想找位心目中的英雄，可那个英雄却不是我，这使我感到十分尴尬。当他生气的时候，我是不喜欢这样的，最终我决定那不是很重要的。我们参加过西班牙战争、中国战争，然后一直待着休息。当他喝醉朗姆酒时，我是无法感兴趣的。他总是想踢足球，在交通拥堵的时候他不会穿过马路的。他特别想去参加战争，曾问过我他的情况是否合适去参战。我告诉他日常生活中的行为就是标准，他极有可能会被重新分组的，或者因胆小而被枪决。

这些太艰苦了，但是这一直是他工作，我至少告诉了他实情。

那全都该死。他去世了，无论如何你都把他给埋葬了，他写到一定要坚持，坚持。

你是很出色的人，你的调查工作做得很好。我非常喜欢巴德·舒尔伯格，但这本书是关于盗墓的。你写的文章也是比较好的。当他开枪自毙时，你的作品就如他们在我父亲面前做的工作那样好。有一次，我记起父亲的模样，现在还是还历历在目。但承办者对那些来参加出殡的人感到很高兴。

反驳（马克斯韦尔）盖斯玛是很合适的，这些人是这样认为的。但为何评论家某一天就不能写一部书呢，以便熟悉那些程序，例如移出解剖室，移入手术室。可怜的邦尼·威尔逊写了散文，有许多人都很喜欢读的。（请原谅打字机，那变得很黏了，必须得寄回去进行全面清洁，但在我工作状态好的时候不想让它被拿走。）

以上内容对于有些评论家是不公平的，因为有许多评论家已经写得不错了，不是许多，只是一些。

我们这些作家在从他们那里学到一些东西时就会喜欢他们的，我也从这本书中学到了很多。

我们这一年过得不太顺利，祝好运。

欧内斯特·海明威

致查理斯·斯克里布纳
瞭望山庄
1951 年 3 月 5 日

亲爱的查理斯：

你来了后，我们肯定会过得很快乐的，真高兴又能见到你这位好朋友了。但是很遗憾的是我病了，我不能同你和维拉一起去钓鱼了。我发烧达到了 38—40 摄氏度，而且这都已经持续一周多了。紧接着，高烧又导致支气管出现了疥疮，不过现在逐渐也好了一些。我很疲劳，我身体一直不健壮。但我一直精力充沛，能够工作，这使我不渴望做其他事了。

知道你读了《老人与海》这本书，我感到非常的高兴（结尾）。如果你没有这样做（他说是很愿意的），我会认为你是个十足的傻瓜。当事情合理时，是没有什么可怀疑的。但是，有你喜欢、尊敬的人，你会很开心的。我仅从我的家里得到了些好的意见。

今天，有关大海那本书中的另一长篇章节，我只写了 1578 个字。你想知道那本书的出版时间，我认为大海那本书应该于 1952 年秋天出版。我会给你留出足够的时间来安排你写的结尾部分，然后我可以继续写或者重写。如果能够将我所写的故事或者工作时喜欢的那些故事编成电视剧后，那我能够以此谋生了。由于霍特茨提出过建议，因此那不像是不道德的，也不是愚蠢的。如果是这样，我将会立刻停止的。

（阿尔弗雷德）赖斯说今年我能够还清我欠你的钱，但我还是必须得计算出今年生活的费用才行。如果你那儿没问题的话，我将要按普通利率和你借些钱，因为我这儿有一些其他的事需要再借些钱，并且我的工作也不顺利。如果你同意，我感到借的钱是能够偿还的，因为我将要还清之前借的所有钱。如果我的书销售得不好，那么也能还清我借的钱的。这里还有班塔姆还给的 2000 美元，快到账了。

赖斯可能会把书（最后一本）卖给电影院。这样子，我的生活用钱基本上就没什么问题了，我还能继续写作。但是，目前为止，我已经减少所有开支了。在工作期间，我不想担心钱的问题，我想过一种美好的工作生活，除了不浪费钱外，根本不想去考虑钱的事情。

关于詹姆士·琼斯的书《乱世忠魂》：不论他们告诉你什么，那些都是不重要的。它的质量虽然很好，但毛病也是严重的。它写得过长，特别不好，并且他在珍珠港的一次飞行战斗就像是一场音乐喜剧。他擅长厨房事务，是一个伙夫新手，一直从事这样的事。事情一直使他很忙，他将来可能会自杀。今年（1951年）他在自己的宣讲中说道，在1944年"他去过山区"。那年许多人都在忙着他们自己的一些事情，同时那一年也死了很多人。但是在我看来，他是一个很有计谋的坏蛋，因为他的书将会对我们的国家构成威胁。我可能会再读一遍，给你个较真实的回答。但我不必等到严重受害时才知道他是叛徒；也不必等到知道是如此一个疖子时才知道它是疖子；也不必游完鼻涕的长河才知道它是鼻涕。我希望在它没有损害或你的销售之前他会自杀。如果你给了他一杯文学之茶，那你可能会让他喝干一桶鼻涕，然后再从死去的黑鬼耳朵中吸出个姑娘。然后将需要的一位姑娘献给他，并让他给姑娘出示他的照片和剪辑。他们曾经是如何弄到一张大耳朵笨蛋（耳朵没有损坏）的照片来看的，看后使人很吃惊。他给你挣了钱我很高兴，并且从来取消他。有关鼻涕的详情，我想给他一个大桶。他有自杀的心理冲动，他将会那样做的。

我会尽快从他那里索要到所有的钱，以便举行教会特别葬礼时钱能够用。

如果你不问我的话，我是不会去培养他的。因为当我读他那本破书时，我感到是含混不清的。所以它具有所有的魅力和真实性。先生们，我将詹姆士·琼斯交给你了，在他崩溃或开始大喊之前请你们将他带走。

现在我必须停笔了，明天我还得工作呢。希望你过得快乐。我将会尽量给你写信，努力工作。玛丽她也祝你和维拉快乐。

祝好。

欧内斯特

致上将 E.E. 多尔曼·高恩

瞭望山庄

1951 年 6 月 13 日

亲爱的秦克—马茹（日本盖尔人）：

　　除了工作（4 月份和 5 月份的工作量超过 45000 字）以外，我不能恳求任何事情，你的信件开头"必须立即回复"使我每次看到打字机时都感到十分的惭愧。如果你对前言有任何不明白的地方你可以问一下我，尽管我不知道我到底是不是具备哪些资格。我会写出我所想的东西，然后我会根据你的需求来写信，我不会再写给其他任何人了。

　　听起来好像你工作得很辛苦，但是很高兴你从体系中解脱了出来。也许你仍将感情倾泻在煤上，听起来像是要写一些东西了。

　　这里并没有太多的消息。我一直都在那片海上，晚上醒来这些句子就一直在我的脑海中回荡，白天的时候我就会把它们整理起来以便于写作，就这样我编写完了这本书，同时我将整套书的最后两本也写完了，但现在我得对前两本书进行改写和删减了。

　　在完成写作后，我们还进行了两组钓鱼比赛。第一组比赛中，我们在非常不利的情况下完成得非常好。第二组比赛中，我所在的国际组获得了第二名，尽管我并没有做出多大贡献。如果我有幸能够钓到一条人鱼，我们就会赢了。玛丽在与廷克德的许多国际组进行的 44 条船的钓鱼比赛中获得了第六名。这是舰队中最小的船，她与爱达荷州太阳谷的泰勒·威廉一起钓的鱼。他 64 岁了，我们都叫他上校，因为他来自美国肯塔基州，但是所有人都认为他是英国人，因为他看起来像是在印度待了很长时间的人，并且他是聋子。他是一个非常好的人，我想你一定会喜欢他的。在比赛的第三天，我们钓鱼的最后两个小时，他们遇到了线状暴风。泰勒的两条肋骨受伤了，他的额头上有个土块儿，使他看起来像半个棒球，那时候他并没有注意到这些，直到第二天肋骨开始疼痛起来的时候他才想起来。他和玛丽都很擅长钓鱼。

在我们出发去钓鱼期间，厨师在玩弄我的来复枪时，他无意中射中了自己的左肩，昨天我还必须得去法庭解决这件事。旧的西班牙法庭庭院非常壮观，是在 1860 年修建的，这种建筑能在炎热的天气非常凉爽。法庭看起来像是一场非常大的融合了各种罪犯和警察的社会事件，而且我也很清楚为什么我们的仆人会非常高兴地频繁光临它。但是我没有时间在这里浪费，我必须将这件事尽快解决掉，然后让每一件事情都冷静下来，摆脱掉它们并培训新的事情。

现在是杧果收获的季节，它们十分惹人垂涎。玛丽已经采集了好多杧果并将它们速冻了起来，这样无论你和伊芙什么时候能来到，你们都能吃到新鲜的杧果了。花园整理得非常好，我们在桌子上摆满了蔬菜，不久就可以吃到鳄梨了。鳄梨是纽约晚会的奢侈品，在这儿它们就是穷人的黄油，他们用鳄梨和面包制作三明治。

河虾现在开始活动了，随着钓鱼活动的开始，我会将 500—600 磅河虾冷冻起来。

我希望可以在闲暇时光阅读你的作品。我不知道是不是告诉过你（空军元帅亚瑟·威廉）特德和他的妻子来过这儿，并且他们一直在船上游玩了几天。当然什么事情也没有发生，而且他们钓到了好多鱼，我认为他们在这里度过了一段很美好的时光。在他们一条鱼也钓不到的时候，我耐心地教他们如何钓鱼，就好像在你面前非常安静教他们钓鱼。在这片安静的场地上，你可以射击一小组炮兵并得到回应，也可以杀掉一些人。但是在海洋上钓鱼时你就不会那样做了。下个月也许他们会将你推下船，你不会再向任何客人宴请野鸡了。

中国佬请给我写信吧，如果可以的话，请原谅我最近是如此的糟糕。

我得写一本很长的书，因为我希望我从来都不需要写作并且我害怕写作。但是我写了并且依赖它，我希望你会喜欢它，而且这里有一场漂亮的战争（我认为像西班牙书中大山上的佐罗战争那样具有说服力），在这场战争中其他人、敌人是被追逐的，并且他们超过了追逐他们的人。但是他们没有返回去的必要，无论如何我希望你会喜欢它。追逐的人很善用他们的部下。但是他们陷入了一场完美的、没有武器的埋伏中（"海洋追逐"，《岛在湾流中》第三部分）。

你那样进行的写作真的非常好，但同时它也是一项重大的责任。我希望他们可以让你很好的活到一百岁，这样子你就可以更好地进行写作了。

希望你的写作顺利，就写到这儿吧。

玛丽和我在此送上对你们两个的祝福。

汉姆

我急切地盼望能够看到此书，如果在任何方面有问题，请随时咨询我。

欧内斯特·海明威

致查理斯·斯克里布纳

瞭望山庄

1951 年 7 月 20 日

亲爱的查理斯：

你在 7 月 18 日从远山（新泽西州）寄来的信，我在今晚的邮件中收到了。我一直等待着写作，直到我们的通信停止并变得清晰起来。我正在进行着写作，我聆听窗外的雨下得越来越紧了。如果雨后有风，我得起来关上窗户才行。

如果我使你对这本书感到很疑惑，我很抱歉。这本书的原稿总共有 1900 至 2000 页。这本书是关于大海的，但是并没有任何武断的意思。书的名称只包含你的信息。

这套关于大海的书可分为 4 本书，并且每本书都是可以单独出版的。

目前我正在改写自从 1947 年以来尚未重读的第一部分。它的原稿有 1195 页，在这一个月的工作中，我已经完全改写并删掉了 179 页。我改写了很多，这基本上算是一本新书了。

我希望整本书在 13 万字左右或 14—15 万字。这表示我必须删掉并改写好多页。

最后两部分一点儿也不需要进行删减。但是第三部分需要删减很多，而且这是一项非常认真的解剖作业，可如果我死了，那就不需要删减了。

我告诉你这 4 本构成整个体系的书应单独出版的原因是一旦我死了。

你清楚了吗？

现在，当我不对第一部分进行改写时的时候，我就会列出标题。这样会有一些很好的标题，可你也会发现许多不值得谈论标题，但你还是能找到一个正确的标题。

我告诉你可以单独出版最后三部分的原因，是因为我知道你可以逃脱意外死亡或任何类型的死亡。我不能以正确的版式出版第一部分，这就是这本书想要表达的方式。如果你没有第一部分，你可以从第二部分开始。如果你没有第二部分，你可以从第三部分开始。如果你没有第三部分，你可以从第四部分开始并完成它。但是我计划这一卷的整本书要包含第一部分、第二部分、第三部分和第四部分。

如果你对此有任何疑惑或不清楚的地方，请你告诉我。如果内容看起来不清楚的话，你就重读。

根据我的医生所说，我还是非常有希望活着完成这本书的。但是，之前的 6 个月的工作我真的太辛苦了，所以我需要休息和改变一下工作的环境。你可以像我一样通过训练和节制使血压急动，然后努力工作，病倒，以至于任何事物都可成为攻击你的对象。我不认为有些作家能连续 4 个月一天平均写出 1000 字，在某种程度上，这种类型的写作你可以在《老人与海》中发现。可能有这种类型的作家，但我可以告诉你我从来都不是。现在，我想要在第一部分中引入相同的节奏。不要因为我那样说你就认为第一部分必须是要那样的，不是这样的。

关于如何出版这本书：请不要担心。我会尽可能简单地告诉你我的想法，然后我们一起解决这些问题。

如果你有任何的疑问，就请阅读这封信并作为参考，因为我现在实在太累了，以致无法再次进行写作了。

连续一个月每天都达到 90 次，我现在高烧不断，如针刺般疼痛。它造成了我们许多年才会有的干旱，并且每天下午都会下大雨。

如果这些信息足够了，那就让我们谈论一些其他事情吧。

很高兴你和家人在一起，并希望年轻的查理斯不要一生都生活在军队中。邦比可能会这样。但是服军役可能是他唯一知道的工作了。在柏林成为安全官员后，他又被任命为法国第一军队的联络官。

我给你写信的时候，帕特里克正在西班牙，而且他已经在哈佛大学取得了高级学位荣誉证书。

在新奥尔良的时候我从玛丽那儿得知最后的消息，在格尔夫波特和家人待了一段时间以后，她将在新奥尔良乘飞机抵达芝加哥和明尼阿波利斯。下周她可能会回来，真希望能够早点见到她。

旅行了三天后，我今天用低温冷藏了250磅的海豚和无鳔石首鱼，但是我还是离不开写作。我们来到海港时正好遭遇暴风雪和雨，因此无法看清飞桥的弧度。雨落在我的头上，当它变干时，就像是用新鲜的生皮包裹着一样。写完那封信之后，随之而来的全部都是一些坏消息，只有一顿糟糕的晚餐和一张孤独的床。然后就是在第一束光亮起的时候工作。

然后怎样呢？明天，明天，又是明天。

送上我最美好的祝福。

欧内斯特

希望你越来越健康而且能够逐渐地增加体重。好好玩儿吧。明天是我的生日，我想要去钓鱼。

欧内斯特·海明威

致埃德蒙·威尔逊

瞭望山庄

1951 年 9 月 19 日

亲爱的威尔逊：

在我时间充裕的时候我再次阅读了我写给你的信件副本，很抱歉我得撤销让你出版这些信件的权利。在我初次阅读这些信件时，我并没有意识到它们有多么大的反加拿大主义。毕竟我不是反加拿大主义的，相反，我在加拿大有许多好朋友，而且我深爱着这个国家和我的朋友们。①

因此，我只能允许出版与你有关的帮助和批评相关的摘录，其他的内容都不允出版。你清楚了吧？

在此，送上我最美好的祝福。

您非常真诚的

欧内斯特·海明威

致查理斯·斯克里布纳

瞭望山庄

1951 年 10 月 15 日

亲爱的查理斯：

感谢你在 10 月 3 日的来信里回复了我那封倒霉的信件，那时我正患有喉咙痛的疾病，第二天我就卧床给你写了回信，希望你

① 威尔逊的作品中唯一一句反加拿大主义的句子存在于《光的海岸》中："你不知道加拿大的任何事情。"

不要介意我在那封信中说的一些话。（其实我本来打算说得更难听些的!）

感谢你今天发给我关于保琳的电报以及 750 美元的汇款，我已经写信告诉你不要再汇钱了（附带这封信）。但是汽车司机那时还未寄出这封信，那时，我旁边是一个无法使用的电话机，而它的公司曾保证它会一直正常工作。只要你有存款，你的存款就会被扣进贷款账户，而这个账户由版税和未来盈余来担保。

我以后会尽量少用这个账户，因为我今年的应征税收入很少的，而且明年不需要缴纳多少税费。如果我卖掉一些东西，画或电视机，就会有钱支付这些税费。同样我也可以卖掉西礁岛的房产。

从玛丽父亲那传来的消息都是一些好消息，但有时也会有些坏消息。基督教科学 G—2 的设立就是如此。这里的风暴正在北移，并会持续转移到达哈特勒斯海岬，希望它会伴随湾流离开。

作为一项职业理疗（开玩笑），在等待暴风雨来临之前，我闲来无事就逐字统计了这本书第四部分的字数，也就是你从莫伊兹那读到的那本书（《老人与海》部分）。确切的字数是 26531 个字，我之前所统计的并不是完整的版本。这是根据你读的那一部分统计的数字，和你在莫伊兹那读到的那些内容是一样的。

这一篇是我一直追求的写作风格，简单、简洁明了，而且能反映现实社会和人类精神的各个方面。我认为这是我写过的最好的散文。

但我想你应该也会喜欢第三本书的。这本书讲述了潜水员的追求和破坏能力，主题是他们成为囚犯后如何尽一切可能完成一项任务。你会看到这本书的质量与第四本书一样好，但是动作描写非常敏捷，而且对白准确。

第二本书是对于伴随着詹姆斯琼斯成长起来的人来说可能有点晦涩了，因为它是关于海边（任务前后）非同寻常的生活，是一个男人面对其长子的死亡以及与这个孩子母亲的会面（第三本书讲述了后面的任务）。

第一本书是田园式的风格，直到田园被暴力所破坏，同时我认为你会非常喜欢田园式的风格。相同的人物出现在书的第一、二、三部分，到最后，只剩下老人和男孩（第四部分）。① 我为它想了很多标题。最终会确定一个（有三个还不错）。时至今日，整本书已撰写了 182231 字。

李萨缪尔②很不错，因为他不会面临你那样的问题，我已经给他充分的保证，当我撰写或重写这本书时，你不需要担心资助我的问题。

玛丽很好，并叫我问候你。

在 10 月 5 日我们经历了又一个炎热的天气。

今天的天气很热，以致在我工作的时候莫伊兹全身都被汗浸透了。然而做了 40 个挺腹练习，又在游泳池里游了 10 个来回，签了支票支付账单并写信给阿尔弗雷德·赖斯，一直工作到电视剧开始，后来直到下午的时候，天气才渐渐凉爽了一些。

您最亲爱的

欧内斯特

这一年过得不是很顺利。这本书的内容和提纲属于机密内容，只能给你个人查看。

---

① 海明威在这里所指的第四部分即后来问世的《老人与海》（1952 年）。第一至第三部分即后来出版的《岛在湾流中》（1970 年）。

② 海明威文集和自传：《海明威书信选》（纽约，1951 年）。

致埃德蒙·威尔逊

瞭望山庄

1951 年 11 月 28 日

亲爱的威尔逊：

感谢你 11 月 22 日的来信，这些信以你寄出的形式出版是完全没有问题的，而且我正在把这些信发给莫伊兹。

伯德即是威廉·伯德，他是三山印刷社的出版商。他通过手动印刷机印刷书籍，他是杰西的一位好朋友，也是我的一位老朋友。当庞德陷入困境时，他出版过福得、麦多斯和庞德的很多东西。我一直很喜欢他，现在也是。

所提到的《光荣何价》意思是我们在巴黎听到的听起来很好，从纽约传来很多关于它的好的报道。

你能说得更明确一点吗？加拿大句子很不错。

我从没看过《光荣何价》。事实上我所看过的唯一的战争剧就是《旅途终止》，不管怎样，如果你懂得英语，你就会知道它有多大的感染力。我不介意再多看一遍，或者再读一遍，但是我记得这是我在巴黎观看后的反应。

威尔已经出发去把副本交给你。

克里斯汀·高斯真是太不幸了。[①] 在巴黎的一年时间里，我们成了很好的朋友，那时司各特一直坚持不懈地努力工作。在此我对他的去世深表遗憾。

在你有空的时候，你介意告诉我一些你关于把《夜色温柔》按年代顺序排列，而不是以出版的形式这件事的看法。我把它通

---

① 克里斯汀·高斯于 1951 年 11 月 1 日在纽约的宾夕法尼亚州突然去世。

读了一遍，但是感觉已经丧失了它的魔力。既没有惊喜，神秘的部分也被删除了。我认为这像是司各特的主意，像是麦克斯威尔·潘金斯不让他用的那些标题，感觉不是太好，但是我非常想知道你的看法。抽你有时间的时候吧。

你忠诚的

海明威

致托马斯·布莱索①

瞭望山庄

1951 年 12 月 9 日

亲爱的布莱索先生：

谢谢您 12 月 3 日的来信，这封信由于邮资不足被退回了，今天早晨我才收到信。

马尔科姆·考利是我的朋友，我非常喜欢他。他写给我的信也是今天早上收到的，但一直在忙没顾上看信。想必您已经知道信的内容。我写给查理斯·斯克里布纳的信，估计你已经知道内容了。

我虽然不认识这位扬先生②，但是我对他可能造成或已经造成的困境表示十分抱歉。

我已经用这台打字机打出一篇 183251 字的小说，所以说如果有一些错别字，敬请见谅。

如果我认识莱茵哈特先生或者扬先生，这件事应该就没什么

---

① 研究莱因哈特的编辑。

② 菲利普·扬，曾写过欧内斯特·海明威（纽约，1952 年）。海明威无意中看到扬写的《海明威》（宾州大学帕克分校，宾夕法尼亚州，1966 年）。

问题了。可还是有一个根本性的问题：只要我活着，我就不想任何人来写我的生活，或者我生活的任何一部分。因为，每个人一生中牵涉的人太多了。

要是早知道扬先生在对我的作品进行批判性研究，我很乐意为他提供有关我的作品其不知晓的任何真实情况。其实好多真实情况人们都不知道，而且其中一些可能还比较有意思。

关于我个人生活的部分已经写得太多了，这一点让我非常厌恶。马尔科姆·考利在《生活》上面发表的那篇文章，对我来说并不是件好事。我知道这并不是考利的错，因为他的出发点是好的，但是他这篇文章并没有经过我的同意就发表了。考利当时告诉我，他受人之托写这篇文章。我就给了他一份名单，上面列有熟人、之前的上司和不同场合结识的人，他就从他们那里获得了他的论点。我一直没看过关于这篇文章或其中的一段，直到我在意大利时才从《生活》上看到这些东西。

莉莲·罗斯曾写过一篇我的个人介绍，样稿看得我心惊肉跳。她也是我的朋友，我知道她这样写没有什么恶意。她也有权利将我写成她想象的样子。但我不认为自己是一个说起来话像是混血的乔克托族人，给人留下的印象就是每天天一亮就起床，一生大部分日子都在努力创作，一成不变。那时候因为我刚完成一本书，所以就想着什么都不管轻松几个星期。所以，尽管知道这对我来说和《生活》上发表的那篇文章一样都是不好的，我也没放在心上。她并无恶意，但对我还是造成了很大的伤害。我还是喜欢莉莲。

你猜后来又发生了什么事情？有一天，我们在船上偶遇我妻子在旧伦敦卖报纸时期的一个朋友，他叫作塞米·博尔。我和他很随意聊了起来，而且聊得非常高兴，我当时一点都没摆作家架势，聊了很久后结果发现塞米是被派来写我个人简介的。

有意思吧。我知道他也需要钱，但是这一点每个人都如此。当时我像平常一样读它，但现在觉得有点毛骨悚然。读完之后，我修改了一句话告诉他人们如何无拘无束地谈话，这一改竟然可怕地肯定了这篇文章的真实性。所有一切都是善意的，可结果感觉还是糟糕透了。所以我提出一点建议：任何人都不可以把自己说过的话当成是我说的。

我是一个非常严肃但并不古板的作家，并且我不写作的时候非常喜欢讲笑话，但是这一次我决定要冷血到底。

所以当我从马尔科姆·考利那里听说扬先生正在写一本书，该书是要论证小说中的主人公就是我自己。我突然想到还是请扬先生趁早放弃，免得浪费他的时间并丢了工作。在我最初写给考利的信以及后来写给查理斯·斯克里布纳的信中说明了原因。

每个作家多数会出现在自己的作品中，但所有的作品并不都是这么简单。以《太阳照常升起》为例，我可以告诉扬先生这个作品的全部起因。小说是来源于我的一次个人经历，那时候我受伤了，由于羊毛衣的碎片进入阴囊而感染了。所以我认识了一些其他生殖器官受伤的年轻人。我当时还在想如果一个人的睾丸和精子都完整，唯独阳具没了，那么他的人生应该会是什么样子的。我就认识这样一个男孩。所以我把他写进了小说，把他写成了一个驻巴黎的外籍记者。想象当他爱上一个人，这人也爱他，可他们什么也做不了，这时候他会怎么办。

类似于这样事情我都可以告诉扬先生，让他知道这些。但我确实不是杰克·巴恩斯，我的伤很快就好了，但由于要插一段时间的导管我退役了。我想这点对于扬先生写这篇论文是有帮助的。他不用发表这篇文章或写传记了。他可以很轻易就获得信息而不用根据无法了解的信息写自己的评论。

我只是在写我自己，而且这种论点从另一个角度来看也是不恰当的。说我只能写自己，这种论点另一个不妥之处在于：弗朗西斯·麦康伯是谁？是我吗？我非常清楚不是我。

（我很抱歉，这封信写到这里得中断一下。）

刚才我又从头读了一遍后，发现咱们再次回到了一开始的那些问题。另外，我一直在用一种非正式的方式强调我的立场，这样可以避免造成不愉快。

另外还有一些其他问题：如果这本书不会引起我的反感，那么为什么从未听扬先生提起过这件事。

如果按照你的来信所说，那这是一部关于我作品的严肃评论，可是为什么只引用了"不多见的几小段"。而且这在我看来这很可能就是断章取义，因为这样正好证明了以上论点。

此信我会另发一份给马尔科姆·考利尽力解释清楚，当然一点都不想让他为难。我指出他写的个人简介或文章对我造成伤害时，我想说这过分公开了我的个人生活。这本是我个人的事情，出于友情，我听任我的生活遭遇三次侵犯。目前，三个朋友文章中对我的不同印象如此公开，这样使得人们不是从我作品本身出发去评论，而是从我这些朋友对我的印象出发进行评论。

这样你便能理解我为什么非常反对将我的个人生活作为大学的研究课题了，如果你还是无法理解的话，那我也没办法了，因为我已经尽力说明白了。

如果你和扬先生喜欢我的作品，现在我的整个想法肯定会让你们感到不快并反感，并且会觉得我这人非常固执和无礼。可我对这件事确实感到非常不快并反感，请务必相信我这么做不是想对两位无礼。

我向扬先生和你问好，就像在我写给查理斯·斯克里布纳的信中所述，我的立场没有改变过，因为我已经尽力和你说清楚了。

在《纽约人》这篇文章发表后，我决定以后再也不接受任何人的采访了，并且我会尽量躲开有采访的所有地方。如果你什么都不说，那么别人也就没办法误解你说的。我也明白了作家不能和学术批评家开玩笑。你注意到这点了吗？我觉得在过去作家多而评论家少的日子里，过得肯定比现在有意思多了。

按照现在的发展形势，很有可能在不久的将来，作家就一个都没了，只会剩下评论家。这样评论家就可以像作家那样去海边写作了（而实际上一个作家都没了），电影也将终结于评论家的作品中。我们打赌，阿瑟·迈兹纳也将不会成为时代的电视明星。除非我们给他再找一个司各特·菲茨杰拉德。看到了吧！作家就不能讲这类的笑话。

假日愉快。

欧内斯特·海明威

致托马斯·博拉奇
瞭望山庄
1952 年 1 月 17 日和 31 日

亲爱的博拉奇先生：

感谢您 1 月 10 日的来信，我昨天晚上收到了信，而且它由于最初的邮资不足再次被延迟了。

出于自己的义务或其他原因，而不是出版商和批评家的毛呢大衣和烟管，虽然我对整件事已经十分厌烦，我还是再一次即时回复。

为什么？比如，如果你太忙了，而且无法及时回复我写给你的信，我也没有听到来自菲利普·扬先生的任何信息。我想杨先生既然有时间来阅读关于我作品的报纸，我想他应该不会忙得没时间给我写一封信或寄给我一份他阅读报纸的副本吧？因为它被认为是关于那个主题的一系列阅读作品，我当然有兴趣阅读它。

如果不是这本书有太多的神秘之处，那我就不会写任何关于它的书信，而且也不会担任关于它的任何职位。在上封信中，我已经说明了我决定不再合作的原因。我试着以直接和友好的方式解释我所担任的职责，一个月以来，我没有收到关于这封信的任何回音。

这是一个简短而且即时的便条，讲述了一封来自扬先生的信以及在底特律报上他关于我的作品评论的副本，这些可能会清楚地说明问题。我的观点也非常简单，那就是一个批评家他是有权利写任何他想写的关于你作品的评论，不管他写得多么有失偏颇。但同样的我也坚持一个批评家没有任何的权利在一个作家活着的时候写关于他私生活的评论。在这里我所说的是道德权利，而不是法律权利。因为我的律师会负责处理法律方面的事务。

我十分坚定地认为，如果我想写一本关于某个人作品的书，如果书的内容会涉及他的生活，那我会首先写信给这个人并询问他是否有反对意见。如果他反对，我会选择写其他不反对的人，或选择写已故作家的生活。

但是，扬先生的信完全没有考虑我说的这些。

我不能同意你的观点，把厄尔·威尔逊先生的一句玩笑话当成是为学派批评辩护的有效论证。公开地对仍在世的作家进行精神分析，无疑是一种侵犯个人隐私的行为。

1952 年 1 月 31 日

我把这封信保留了两个星期，因此我不是唯一一个搅进这件事的人，也不是唯一一个及时回复的人。扬先生正在跟苏丹的另一位评论家联系，这是真的吗？我对他的评论非常感兴趣，把它带到那儿没有任何的不道德。这可能对我目前的工作有帮助。

您忠诚的

欧内斯特·海明威

致查理斯·斯克里布纳夫人

在海边

1952 年 2 月 18 日

亲爱的维拉：

玛丽在星期六的下午去了岸上，她在一个叫拉姆拉塔的地方与乔治瑞奥一起去取冰，回来的时候她告诉了我关于查理的事情。① 我们两个都感到非常震惊和悲伤，我非常爱查理斯而且我们是那么好的朋友。发生的这个事实让我很难以接受。这些你都知道，我们也不知道能说些什么可以让人不那么悲痛。

玛丽问我能不能跟她说些什么，以帮助她好受一些，或说些可以安慰我们自己的话，因为这件事太让人难过了。我告诉她最好的事就是想想你和查理斯是如何的恩爱，你们对待彼此是那么的友善，你们在这里的时候，他是如何为自己的孩子和他的工作以及你感到骄傲，查理斯是如何幸运地成为一名基督徒，并且你

---

① 查理斯·斯克里布纳于 1952 年 2 月 11 日在纽约逝世。

还说过你们这时候是如何一块做祷告。

我尽可能说一些我所信仰的话，但是你知道，当你失去重要东西的时候，再多的言语也没有用。

请记得我们都爱你，我对你和孩子们表示深深的同情。

玛丽她通过电话从一个叫雷内·维拉里尔男仆那儿听说了关于查理斯的事情。他说电报发过来的时候，吉安弗朗科已经给你打了电话。我之前给查理斯写过信说我们将会去海边，将会失去邮件和电报联系。

从星期一开始我们的旅行一直不错，可是到了星期六的晚上。我们却听到了这个消息，并且在同一天晚上海上也刮起了大风暴，雷电交加（就像《圣经》里所描述的那样），海浪击打着我们睡觉地方外面的礁石，早上六点的时候，北风开始呼啸了。今天我们将要去拉姆拉塔还要把这封信寄给你，信会通过邮轮被送到瓜纳哈伊，在那儿有一个邮局。

维拉自从你们来这儿的时候，我就担心查理斯会有不测。我能感觉到他病得很厉害，我尽量一直写信给他，好让他不要那么担心。我一直努力让他不要继续防卫考察旅行，在那里他要进行多次飞行，但是没有成功。

现在我亲爱的朋友他已经走了，以后再也没有人会信任我、相信我，没有人跟我开粗俗的玩笑了，对于查理斯的去世，我万分悲痛，以致我现在无法再继续写作。只能等我们回去后再写了。

请原谅我写的这样一封没有逻辑的信，并且了解我们对于处于悲痛中的你和孩子们的感受。

你忠诚的朋友

欧内斯特

致菲利普·扬
瞭望山庄
1952 年 3 月 6 日

亲爱的扬先生：

　　如果你能保证这本书不是以批评为托词的自传，也不是对还尚在人世的我的心理分析，那么只要斯克里布纳出版公司他们同意，那我就不反对你引用我的作品。

　　我曾给现已故查理斯·斯克里布纳和布莱索写过信，信里面告诉了他们我为什么反对给在世作家写自传。在此我就不再赘述了。

　　但是你们知道不知道，当一个作家正在创作过程中，有人说他得了精神病，这就像说他得了癌症一样受伤害。作家可能会说"这是胡扯"，但这样读者会让他很受伤。据我所知，有的作家因为这些话，受到伤害以致无法再继续创作。

　　我非常遗憾你推迟了你的书。但首先，据我所知由于马尔科姆·考利建议修改这本书，所以你往后推迟了。我是在他写信告诉我之后才知道你的这本书。

　　如果你打算出版这本书，确实是有必要进行引用，从而证明你所提出的文学评论是合理的。

　　我非常不赞成对在世作家进行公开的心理分析，因为我认为这不仅仅是对个人造成伤害。这还是一个根本原则的问题。

　　很感谢给我寄来你的作品，我觉得写得很有意思，但我相当吃惊三个评论家竟可以对严肃的医学术语信手拈来。据我所知即使私下，他们也不具备发表这种医学结论的资格。这并不是个人打击，也不想不讲道理或者玩聪明。我对你的作品以及论断都很感兴趣，但将某些论断不负责任地公之于世的做法，令我受惊。

　　这封信是不是使得我们进一步达成了共识？我写这封信完全

出于善意和真诚。

在我看来，有很多已故作家值得你们去研究，这样你们就可以让在世的作家安安静静写作。就我个人观点而言，作为一个作家，到目前为止因为你的这本书，我担心、焦虑并严重影响着我创作。担心是因为考利写信给我说建议你大规模修改此书。后来我问他究竟发生了什么事，由于涉及职业道德，他未能告诉我。再后来我又听说他不管此事了，他不想和此事有任何牵连，退回他的酬金。这对于正在试图平静下来，好好工作的人来说，没有一点好处。在过去的一年中，我的大孙子死在柏林，当时我儿子是驻柏林的步兵上尉；我的母亲去世了；我的岳父病得很重，得了癌症；我的前妻、两个儿子的母亲去世了；家里的女仆自杀了（原来自杀未遂），我一直留意她，试图将她拉出此境况；末了我在非洲。这段时间以来我在一直努力平静下来进行创作，然而你这本书弄得这么神秘，并且书上又说我得了精神病，说我在底特律花钱治疗，这一切的一切对我来说都没什么好处。最后一个老朋友也过世了，接着我亲爱的朋友、出版家查理斯·斯克里布纳也去世了。

真心祝你好运，过去这 12 个月我过得非常艰难。

致以最好的问候。

欧内斯特·海明威

附言

天热，小心胳膊出汗，滴到信纸上。

　　致菲利普·扬

　　瞭望山庄

1952 年 5 月 27 日

亲爱的扬先生：

你会收到和这封信相同日期的一封电报，同时你也会收到我的去信，信中将说到我对你在底特律报上发表文章的不满，以及你对自传性和精神分析研究计划的看法。

我素来坚持这是一个原则性的问题，而且我也曾详细向你和布莱索先生解释过。他想出版本书，而你和妻子的生活据说可能也全靠这本书了。对于布莱索先生，我是保持着一贯的态度，尽管认为你出这本书是大错特错的，但是看到它的出版一再被耽搁，而你们的生活更因此而大受影响，我心里很不是滋味。

我曾写了满满 6 页信纸，条分缕析我不赞同你出书的原因。但之前我已允许你引用我的文章，这只会让你左右为难。我准备写信给斯克里布纳出版社，让其将布莱索先生支付的属于我的那份版权费交给你。若是引用的版权费能降低你的损失，我倒乐得看你多多引用了。

通过这种方式，我希望可以补偿拖延 6 周未给你答复所带来的一些损失。

孩子，如果你经济紧张，我可以支援你 200 美元。你也尽可以大骂我一通，若是破产也不会被起诉或追偿的，那是出版社该担心的事了。

> 永远是您的
>
> 欧内斯特·海明威

致哈维·布赖特

瞭望山庄

1952 年 6 月 27 日

亲爱的哈维：

感谢你将福克纳引用的话寄给了我。① 他并没有忘记我当时给他写这些话时候的场合。他记得确实很清楚。他在一次喝醉的时候（我希望是这样），还曾经直截了当地说我是一个胆小鬼。② 而《论坛报》还将此刊登了出来（讲稿再版发行了），并且我将此寄给了第 22 步兵团的前任司令拉纳姆准将。1944 年至 1945 年间，我与他共事了很长时间，并且我还让他给福克纳写过信。我们两人都收到福克纳写来的致歉信，他在信中说他指的是我没有勇气在写作上进行实验或开拓新的途径等（你可以研读一下他在喝醉酒时试图开拓而写的《修女安魂曲》），并非批评个人的勇气。

我给福克纳写过一封十分友好的信，他引用了信中的一些话，而且现在还在说"仅在狼群里像狼，单独时仅仅只是另一只狗"。

他在想那只狗到底是谁。

那么，让我继续叙述吧。正如你给我写的信中所说，他曾经说过我好。但是，那是他在获得诺贝尔奖之前的事情了。我知道他在获得诺贝尔奖时，我用我所能写得最好的话发电报祝贺他。而他却从来没有答谢过。这么多年以来，我在欧洲还为他塑造了良好的个人形象，无论何时何地，只要有人问我美国最好的作家是谁，我就会告诉他是福克纳。而且每次有人让我说说我自己的

---

① 1952 年 6 月 20 日，威廉姆·福克纳给布赖特发了封奇怪的评论，名义上是表扬海明威。第一段如下写道："多年以前……海明威说过，作家应该就像医生、律师和狼一样团结起来。我认为这句话比真理或必然性更富智慧，至少对于海明威的情况是这样的，因为这样的作家必须团结起来，否则就将会消亡，就像狼一样，成群时强大，单独时仅是另一只狗。"

② 在 1947 年，福克纳曾对一些学生说，海明威缺乏勇气进行小说的开拓创新。海明威请拉纳姆将军见证了他的个人勇敢，并不像谣传的那样。福克纳进行了道歉。

事情时，我就会谈到他。因为我认为他受到了不公平的待遇，所以我竭尽所能帮助他好些。我也从未告诉过别人他棒球打不到九局，也没说过这件事的原因，并且一直未将他的缺点告诉别人。

因此，他写信给你，好像是我在求他保护我。我，是只狗。我将变为狗娘养的。他作了一次很好的演讲，我知道不论现在还是将来。他的写作都不可能赶上他的演讲。我也知道我能够写出来一本比他的演讲更加精彩、更加直率的书，并且是毫无欺骗和花言巧语的。

哈维，写到这儿的时候，我开始感到很痛心了，所以我把那些不中听的话省略去了。福克纳在那些特别奇怪的评论中所要说的，好像是我非要请他帮忙（我作为一条狗），而他也是足够的仁慈。事实上我并不需要别人帮忙。我还真是承他的情了。

你知道比尔·福克纳所要做的是，只要我活着，他必须饮酒来为获得诺贝尔奖而感到高兴。他并未意识到我对那个机构并不感兴趣，并且在他获奖时真为他高兴。我给他发电报说我确实为他感到高兴，而他却来回信。现在，他却说出狼和狗那些话来，并且很傲慢地评价其余的作品，我认为这一定包括《午后之死》等作品。

他写的这些事，而未读过你问他是否愿意评论的那本书。这就使得那些特别奇怪的评论更奇怪了。有可能我只是一个爱猜疑、好发火的家伙。我知道有时候我确实是这样的，我也是感到自责的。但是他为什么不说他不写评论或者没有资格写（正如我告诉过你，我没有资格给奥威尔的书写评论）。为什么那些奇怪的评论好像是说我需要保护，而实际上并不是一条狗？他甚至还在那些评论的第二、三段中重复说这些事。

你问我对所有这些事的看法。这就是我的解释：我不想让福克纳做任何声明。他写得好的时候是一位好作家，如果他知道如何写完一本书，并且知道不要最后弄出像"甜蜜蜜的拉依"那么一个老酒鬼来，那么他比任何人都优秀。我喜欢欣赏他写得好的作品，但在他写得不好时总是感觉不好受。我希望他走运，并且他也需要运气，因为他有一个很严重且无法治疗的毛病，你无法再次读他的作品。当你再次读他的作品时，你会一直清醒地意识到在开始时他是如何愚弄你的。如果是真正好的作品，不论你读多少遍，你不知道它是怎么写成的。因为这就是所有优秀作品都具有的神秘，而这神秘之处是分离不出来的。每当你再读一遍时，你就会学到、汲取到一些新东西。你不会知道读头遍时是如何被技巧捉弄的。比尔曾经能够做到这样，但那是好久之前的事情了。一位真正的作家应该能够用简单的陈述句达到我们无法定义的这个结果。

批评课到此停笔。

我非常高兴爱丽丝（布赖特的妻子）能够喜欢这本书。我给你写信时就说过，你喜欢这本书对我来说是多么高兴。我希望所有有眼光、无偏见的人都能看中这本书，能够喜欢这本书并对其进行评论。如果看不中的话，那就是这本书和我的运气都不佳。

永远是你最好的朋友

欧内斯特

附言

我知道我对福克纳的要求很苛刻。但是，我对他的要求并没有像是对自己那样的苛刻。到 7 月 21 日那天我就 53 岁了，由于我记忆力很好，所以我要一直坚持写好作品。我一直在比以前更卖力地写出好作品。我写了最后这本书，这本书中没有胡言乱语，也不打马虎眼，并且想知道任何其他事情，更想知道有多少人读了此书。现在我最想要做的事情就是忘记它，并尽力写出更好的一部作品来。

请勿将此告诉福克纳，我不想与他吵架。如果他读了这本书后想对此进行评论，那也不错。①

然而，如果没有读过这本书而发表评论，那就是胆小鬼。但是，我不想与他吵架，也不想麻烦他，希望他好运，并且希望阿诺默皮奥县能与大海长存。我不想用大海与他的县做交易。他选择了他的县，而我感觉在县里是很压抑的，不论哪个县。他写的县很出色，我希望这会使他一直保持快乐和满足。昨天看到了一条重有 176 磅、又肥又大就如锯材原木一般的玩意儿。他犹豫不决是否想吃它。现在正在退潮。在她必须离开之前，我想和她一起聚聚，再一起待一会儿。对不起，我又提起福克纳了。但是，我能够保证如果你不提起，那我也不提了。让我们把他忘了吧，除非他读了我的那本书后再写了评论。

　　致查尔斯·芬顿
　　瞭望山庄
　　1952 年 7 月 29 日

亲爱的芬顿先生：

谢谢你的来信，同时也感谢你能寄来作品。

你的作品有许多不准确的地方。比如，你似乎很钟情于莫伊

---

① 福克纳评论了《谢南多厄河》（1952 年秋季刊）中的《老人与海》，称这本小说是海明威的"精品之作"。

兹的作品。如果莱昂内尔·莫伊兹认为（或者明确表示），他影响了我的写作或者我的性格（比如说），我肯定不会申辩是否莫伊兹高兴这样做。但是，如果你通过一个严肃、充满学术性的作品，自然地表现出他的影响，那就是另外一回事了。

从你的作品来看，莫伊兹对你的影响主要体现在韦斯利·斯托特和莫伊兹本人的话语中。如果我受到了莫伊兹的教导或影响，我会很高兴去承认。但是我写信告诉过你，皮特·威灵顿是多么严格的一个人，他对我来说就是一位老师，我也写信跟你说过《星报》的样式表以及其他的一些事情。

但是关于莫伊兹教我写作的事情有两点错误：第一，事实并非如此；第二，我跟莫伊兹的关系是韦斯利·斯托特说的。

你可以去查一下，我在《星报》（堪萨斯）的时候，韦斯利·斯托特他有多久是待在堪萨斯市的。我只记得有一次被介绍给他认识的时候，而且他也不是我的朋友，更不是什么熟人。当然我也有可能会记错的，但我还是认为，大部分我在《星报》的时间，韦斯利·斯托特他在《华盛顿星报》工作。在《星报》时，我的上司是主编拉尔夫·斯托特。

我在《星报》至少有 10 个朋友，我跟他们的关系比莱昂内尔·莫伊兹更好。为了解我在《星报》的见习，你接触了一些人，在这些人的名单中，我没有看到这 10 个朋友。从那时起，我开始对你的写作计划感到不安了。

我对莫伊兹了解得非常少，而且以他的天资，经受过训练的才能，又有无限的活力，那他给我留下的印象就最深刻了。可是当我见到他的时候，他却在喝酒，这时候他的活力就变成了一种暴力。我从来没听到他严肃地谈论过写作的事情。我还清晰地记得那时他的新闻写作风格是华丽的、夸张的。让我吃惊的是，这种风格背后的一种写作天资。因为我们在镇上不同的地段工作，所以我很少有时间能够见他。我一直说他很好，以前是如此，以后也会是如此。但是他这样浪费自己的才能以及他的暴力，让我感到了非常大的震惊。

你听莫伊兹说，他是教我如何写作，或者他并没有这么说，你自己得出这样的结论。如果莫伊兹本人这么说，那他就真的是胆量了。说我是莫伊兹的助手的是韦斯利·斯托特，而不是莫伊兹本人。

我经常想，不要去关心莱昂内尔·莫伊兹的为人，我只知道他是一个独特、有活力、洒脱、爱喝酒、努力奋斗的人。每每想到他的才能没能受到正确的训练，没有产生好的作品，我就感到很遗憾。可能他确实写过好的作品，只是我还没有机会拜读。

你说莫伊兹就像是放在头版中的理查德·哈代·戴维斯。我以前经常听人们说，戴维斯是一个十足的势利小人，是个一流的战地记者。莫伊兹他可不是什么势利小人，也不是战地女记者。他骨子里是有力量，熟练、非常温和的新闻记者，因为他的快乐和烦恼都是关于喝酒和女人的。现在我还真是希望自己能更了解他一些。而且我想知道我在《星报》的那段时间里，他在《星报》待了多久。

芬顿先生，跟其他人一样，你的这个写作计划，问题在于没有找到准确的素材。你的素材都是道听途说。例如，你提到我的老朋友卡尔·埃德加对莫伊兹的评论，只是转述别人的话。在我看来，卡尔根本就不认识莫伊兹。我身边的人，他很少认识。你在堪萨斯市工作，你照样也不认识他们。对自己一无所知的事情，韦斯利·斯托特居然还很确定地表达了自己的看法。皮特·威灵顿工作那么辛苦，他忙得不会记得 35 年前的事情。他怎么会记得呢？那时我们算不上朋友，他是我的直属上司，我尊重他，也很欣赏并喜欢他。但是我在办公室之外的生活，他一点儿也不了解，他不是那种会去了解下属工作之外事情的人。作为我的上司，皮特像一个不错的军官。

在这里，我提供给你一个虽然你不知道可确实真实的信息，卡尔·埃德加一直喜欢的是比尔·史密斯的妹妹凯特·史密斯。我从小就认识凯特了，比尔也是我多年来最好的一位朋友。大概是我写《永别了，武器》的时候，约翰·多斯·珀索斯去基维斯时遇到了凯特·史密斯。之前他没有见过凯特，也从没有到过密歇根北部。但是之后他去了密歇根北部，还跟凯特结婚了。再后来他开车撞到了一辆卡车上，凯特不幸被撞死了。挡风玻璃直接割到她的喉咙，多斯也瞎了一只眼睛。从多斯在基维斯遇到凯特到撞车事件，这中间隔了很多年。我将这一段讲得很简短。在我家，多斯和凯特听了很多密歇根的故事。1951 年，他出了一本书名字叫作《所选择的国度》。这本书很大一部分是关于密歇根的，我就是其中令人讨厌的人物之一（乔治·艾尔伯特·华纳）。这些有趣的故事是他到我家做客时听到的，现在看来，他的记性真不怎么样，把这些故事搞糟了。他出车祸时，比尔的哥哥 Y. K.、他的妻子以及你见到（或者还通过信）的美男子唐纳德·莱特卷入了发生在芝加哥南部的帕罗斯公园的一起杀人案中。有一个女人爱上了比尔的哥哥 Y. K.，这个女子误杀了一名园丁（1924 年）（我认为是这样的）。我在欧洲待过几年，我记得应该在法国或者西班牙的报纸上看到过这件事。多斯虚构了一个人物（我），之后又在一家芝加哥的报纸上刊登了一张图片，指控凯特和比尔的哥哥 Y. K. 支持怪异的性狂热（我不希望你相信这些），从此与凯特和比尔的哥哥 Y. K. 决裂了。事实上是，我那时候在欧洲，就这件事而言我除了在报纸上读到的那些，其他的都是一无所知。那张照片肯定是多斯在凯特的相片中发现的，照片上是比尔、我和卡尔·埃德加在欢迎我的一个老朋友战后从堪萨斯市归来时候的场面。

这跟你即将得到的素材完全不一样，这只是一个例子，我觉得你应该放弃整个写作计划。没有当事人的配合你不可能得到任何真实的素材，要配合你，这个人付出的努力都可以写成自传了。

因为很容易陷入像莫伊兹这样似是而非的陷阱中，所以我得不断写信来阻止你犯错误，这可是真的不容易。如果你继续追究我在多伦多《星报》学徒期和在巴黎的那一段，那我得不断地想方设法让你避免严重错误，如果那样的话还不如我本人亲自去写呢（当然我一直都想这么做）。

由于没有人像我一样了解巴黎那一段，所以我应该将那一段写出来，这很重要。我很了解乔伊斯，他是我的好朋友。很久以前我就认识福特（休弗尔），并且是相当了解。斯坦和庞德也是我的老熟人，里欧·斯坦、毕加索、布拉克、马森、米罗都是我的朋友。我对许多法国作家也了解甚多，写关于他们的故事会很有趣，也会得到稿酬的。

我的稿酬平均是每字 5 美分—1 美元之间，我写给你的信大概是 500—1500 个字，然后你再根据我写给你的信写成的文章可以卖到每字 2.5 美分，再加上基于 10 万册的销售量版税。分顿先生，这个是真不划算，我想这样的账你能算清吧。

我昨天早上就收到了你的信和手稿，但是我有工作要做，所以今天才回信。我今天针对你的手稿提出意见，讨论莫伊兹，这之前什么工作也没做。几周之前，我写给你一封长信，讲述了一些你永远无法从其他人口中得知的、有关橡树园的事情，并解释了为什么很难从别人口中得知。我仍然认为，你应该停止你的写作计划，或者我提供素材和评论（当然，如果不想失败的话，我必须得提供），你重新组织，你我都将从中大大地得利。任何人的自传都属于他的私有财产。写与不写，他本人都有权决定，但是他肯定不应将自己的经历瓦解成文字供他人使用。如果你查看一下自己的手稿，你会发现其中最好的、最直接的材料，还有被证实和详细阐述的都是我写给你的。

你继续这个写作计划吧，而且关于莫伊兹的那部分就那么写能更容易些。这样莫伊兹也会很高兴（他高兴，我也高兴）。但这不是事实。如果我指出这是虚假的，就会损害了你的名誉，而且对那些希望从你的作品中找到好写作方法的读者也不好。

烦请读读你的手稿吧。

我刚刚又读了一遍你的手稿。我试图让它更完美，或者将它改正确，这确实让我很费力。关于莫伊兹的那部分是会取悦他的（他现在肯定变老了吧）。当然我想取悦他，也想取悦皮特（威灵顿）。我觉得你可以删了韦斯利·斯托特关于助手的一些话，这对手稿也不会有什么影响。其他的就按照原来的不变了（如果你认为是那样的话）。跟真实的情况相比，你写出来的其实只是某一天中，一帧已经褪色了的画面。我要去工作了。谢谢你，让我重温了在堪萨斯市的那段美好时光。现在，我想我能够写出一个很好的、有关堪萨斯市的故事了。

你可以引用我在此封信中提到的事情。

就这些吧。如果你给莫伊兹写信，代我向他问好，我在信中提到的任何伤害他的事情，你别跟他说。在《新世界写作》中读到这些，他会非常高兴的，我觉得《新世界写作》很好。

你的方法主要错在，大部分人都没能正确地记起所有这些事。这就是你想要我告诉你的吧，不是吗？还有一点你没注意到，在美国，所有的事物都发生了很大的变化。昔日辽阔的大草原已经变成了小块儿的土地；光秃秃的小山已经长满了草，或者成为遗迹；旧的建筑物被推倒，新的又建起来；绿色的草地和高大的树木已不复存在，取而代之的是一座座公寓。人们说"我们有洛克菲勒中心""一个好人去世了，一个傻子喋喋不休地为他说话，麦兹那没让他复活"。你需要多了解当地的情况：在推土机到来之前，去看看山；在灌溉工程的大坝建起来前去小溪边钓鱼。需要的东西太多了，这些事情不必做好（可能你是这么想的吧）。

我希望你能得到你需要的东西，也希望你向其他人学习，博学、优秀，这正是你的选择。

您永远的

海明威

致唐纳德·C.盖勒普

瞭望山庄

1952 年 9 月 28 日

亲爱的盖勒普先生：

我允许你使用你在 9 月 24 日来信中的附函（删节了的），但是在涉及克雷布斯·弗雷德夫妇的地方，你必须要再审查一下有没有什么诋毁之处。虽然我允许你使用这些信件，但是前提是你没有使用到任何诽谤性的言语和内容。

你对这个写作计划那么努力，我没有理由只因为我对爱丽丝·托克拉斯的个人看法，就把你这个计划给破坏了。这些节选跳过了斯坦因女士和我的友谊，只剩下了商业性的文学记载。我希望你的书会成功。

请原谅我简短的这封信，我绝不是想草草了事。其实关于上一本书，我现在是完全被信件给淹没了。我很喜欢收到别人的来信，但是我一坐下来就要看几千封信、而且全部都是关于一个话题的信，这样真的是让人受不了。关键你已经写完了这本书，它已经结束了。我想做一个有礼貌、正派得体的人，我想表现出感激之情，希望我是真的充满感激之情。然而，我多么希望收到这些信的是托克勒斯女士，然后必须给每一封都回信。

永远的祝愿。

欧内斯特·海明威

致伯纳德·贝伦森
瞭望山庄
1952 年 10 月 2 日

亲爱的贝伦森先生：

非常感谢你寄来的东西。① 看到你如此费心，我不知道该如何感谢你。我一定像以前一样，尽自己最大的能力去写，并努力让你为它感到骄傲（如果我有这个才能的话）。

---

　① 贝伦森对《老人与海》写的"吹捧广告"："关于海的一首田园诗，非拜伦式，非梅尔维尔式，而是荷马式的，像散文一样娓娓道来，如荷马的诗一般，平静中透着魄力。真正的艺术家从不用象征和寓言——海明威是一名真正的艺术家——但是所有真正好的作品中，象征和寓言无处不在，这个短小而伟大的巨作也是如此。"

　　玛丽去纽约看戏去了，游览那些小城镇的时候，她一直兴致勃勃，但是我并不喜欢这些，它们只会让我感觉很糟糕。我刚写完一本书，如果能得知这本书没有问题，我将会很开心。要是书能出版的话，我也会很兴奋，不过在此之后我宁愿考虑或者谈论些其他的事情。

　　我们这里天气非常好，天空几乎跟意大利的天空一样湛蓝。我现在本来应该在意大利的，但是为了不破坏别人的生活，所以我不得不试着去管理好自己的生活。然而此时，我最怀念就是意大利了。以前玛丽还在的时候，我非常爱她，其他的事情我也不去想。但是她离开以后，我就变得很孤独，许多事情我一般不会去想的，但这个时候有些事情就乘虚而入了。

　　你的那本书（《流言和反思》，1952 年）有很多的评论，所有这些评论都是屎。但是考虑到你应该还没看那些评论，我就寄出了有这些评论的信。当我还很小的时候，有人告诉过我，一个人活一辈子的时间他就得吃一吨屎，既然如此的话那还不如赶快吃完。因此我吃得很快，但是我发现（不管吃得快，还是慢），还是得吃一辈子。有时候我会有些反抗地说："很抱歉，先生，今天我不饿。"坚定的或者爱国的吃屎者从来不允许有这样的小小偏差。

　　我们为什么在不同的时刻出生？我们可以经历很多快乐的事情，我们会的。可是关于这本书，比起任何其他东西（除了写作过程本身），你写的那些话会更让我高兴。

　　你曾经有没有这样的感觉，你生活在许多不同的国家，贯穿所有的年代？可能这听起来很疯狂。我可以在早上闻到马的气息，我知道不同的护身防弹衣的手感，我知道你在哪里擦伤了，我知道关于泰本山的所有的事情，我第一次到曼图亚的感觉，就像脑震荡之后，夜里回到家乡一样。当我有点儿疯狂的时候，我可以想起最奇妙的事情，但是（福楼拜的）萨朗波总让我很烦，因为它让我想到了现实（将我从想象中拉回来）。能写的都已经被写了，所以我就去写那些没人写过的。然而，生活在过去，如果有好的伴侣，会很有趣的。在所有人从零开始的时候，写作会变得很有意思。

写好的书没有出版，这对写作来说是毁灭性的伤害，这比做爱过多还要严重。因为如果做爱过多的话，至少你会看到绝对清晰的光，就像是只有这一束光存在的一样，即便你会虚弱但是会很清晰。

就这样吧，我不再打扰你了。寄给你的这些剪报，请原谅我写的这些乏味的、愚蠢的话。

玛丽在的话，会带给你她的问候的。请保重。

你的朋友
欧内斯特·海明威

致查尔斯·斯科莱布
瞭望山庄
1952 年 11 月 20 日

亲爱的查尔斯：

非常感谢你邮寄过来的剪报和其他公告的相册，还有一同寄来的包装精美的书。书非常精美，玛丽和我都很喜欢的。玛丽她想在一些透明的有宽松网眼的叶子上贴一些关于这本书的话。而且它们非常的漂亮实用。

由于古巴的邮局和海关，我们很困难拿到了这个相册。因为邮局和海关制定领事发票的标价为 100 美元，并且他们不打算降价。甚至有次他们要把它寄回去。但是在协商的第三天，这边的邮局和海关让步了，并且他们没有收取任何费用就发放了相册。虽然我很乐意为相应的义务付款，但是他们无法在没有领事发票的情况下提供其他的一些文件。为此我还给邮局和海关写了 6 次信并登门拜访了 3 次，但是这些所有的工作都是值得的。

您在纽约对玛丽的照顾我表示非常的感谢，玛丽她也非常喜欢琼和您。虽然我不太了解她此行的所有情况，但是她确实度过了一场开心愉悦的旅行。

从这里往外邮寄任何东西，甚至是手稿，都需要获得许可，而相关文件却又因为战时规定而久久无法落实。所以我打算把给欧内斯特·沃尔什、埃塞尔·摩尔黑德的信和手稿寄回，再由李·萨缪尔转达。由于烟草生意，他每两周来一次。可他今天没来，而玛丽又想看信。因此我把除了四封下次需要他代为转交的信留下，其余的都寄出去了。（大卫）兰德尔不肯出手任何收藏品或博物馆的原因无人知晓，如果你有要求，我们将不惜牺牲自己的利益满足你，藏书部门不该什么都不做。

当你做某人工作的时候，我看到你曾经写给做着相同工作人的书信是件特别幻灭的事儿。（徒劳的编辑杂志）沃尔什先生得了肺结核，为了套现，他变卖了许多的收藏品。这一期间我一直努力地写作，而使一份杂志通过一个没有英语读者的法国出版社的审查，并且掌控印刷、编排等各个细节是件异常艰苦的工作。对我而言，不可能保证向这份工作提供必需的时间，并且不影响我曾建议某人的一个月可获得 1000 法郎收入的工作。因为我近期学到的，我总是惹那个摩尔黑德女人生气，同时还仍在从事那份被沃尔什认为是背叛的工作。他就是这么奇怪的一个人。

我俩的初次相见是在埃兹拉·庞德的工作室，那是一个晴朗的下午，我去埃兹拉那里上拳击课，沃尔什来看那个我信任的阿基塔尼亚人，他的身边还有两个金发碧眼、身穿貂皮的美女。他们都居住在克拉里奇，其中的一个很自信地告诉我沃尔什是世界上报酬最高的诗人。我想问她他都写了什么，她给我展示了这个：一本在芝加哥发行的《哈利特·门罗》诗歌的杂志，诗歌每页的报酬是500—1200美元。

"沃尔什先生的这些诗歌赚了22340元，"那个美女对我说，"难道你不认为沃尔什先生很了不起吗？"

在这个周末克拉里奇抛弃了他，当然，他很快被这个来自摩尔黑德，看上去明智、严肃、出身正派人家的中年妇女看上。她想筹办一份关于文学的杂志，并愿意为发行量付费。当然她每年还愿意提供2000美元的奖金作为最佳出版贡献奖（就像刻度盘一样）。在三次亲密接触的晚宴上，她告诉我、吉姆·乔伊斯和埃兹拉·庞德三人，我们将要依次获得第一届、第二届、第三届的这项奖金。而和其他人说的时候，她说庞德第一届，乔伊斯第二届，我第三届，或乔伊斯第一届，庞德第二届，我第三届。

他们刚开始筹办这份杂志，互相允诺，获得投稿，确认合同，等等。沃尔什大咯血，把所有的工作都交到了我的手上，他可能在任何紧急情况下咯血。我觉得他吸他的口香糖导致出血，然后把它咳出来。但后来，他却由于支气管位置偏低而咯血。他看上去有点像你在斯蒂威起重机上看到的样子，我觉得他既是借病逃工，又是身体有些虚弱，我认为从金发美女事件开始他一直都在撒谎，但是他从某个角度而言确实是一个诗人，并且生来愿意帮助那些文坛新星，还有他向乔伊斯、庞德和我所承诺的稳定的 2000 美元的奖金。①

在删除了我在《太阳照常升起》中的一小段精彩历史故事之后，他想通过它将以前不规律出版的季度刊系列化规范化，而这时候我已经和出版社签订了一份在秋天出版的协议。他给我写了一封言辞激烈的信件，信里面叙述了这份季度刊有多么的优秀，并且很精明地挑选出了其中最精彩的一部分。同时他也看到了我正在努力的这一切，对此我也非常满意。但我也向他解释了，我将要和出版社合作出版这本书，不可能按照每系列 2000 美元或者非 2000 美元的价格和他合作。因此，出版后，他写了一篇名为"我所读过的最廉价的小说"的评论。

后来乔伊斯告诉了我一些关于那 2000 美元的事情，庞德也和我说了一些，他们都说从来没有人得到过那传说中的 2000 美元奖金。

我觉得我接受的教育对我还是颇有影响的，但我将此事总结为不要轻信爱尔兰诗人，并要提防结核病人。但紧接着让我惊讶的是格特鲁德，这个既不是爱尔兰人，也不是肺结核病人。

记住这些信上的内容是可笑的。我终于从个人私事或类似事情周而复始的循环中脱离出来，而且过去我从未想过认真解决这些事儿。剩下的信件仍在叙述这个故事，而我写的这封信和收信人——沃勒斯（迈耶）则是其中的重中之重。

关于在《泰晤士报》周日版上标题为《裁决》的文章这件事情，我不得不再次和沃勒斯写信沟通了一下。

如果你想要使用这些信件，我这里有几封你从来没有读过而且是言辞最为激烈的信件。一封信件来自阿卡塞尔·维克法尔

---

① 见《流动的飨宴》中《一个注定快要死的人》一节（纽约，1964 年）。

德，他是目前保持蓝色马林记录的人；另一封信来自一个布鲁克林的家庭主妇；还有一封来自一名老妇人。你可以从他们当中挑选任何人，或者说是从第三产业中挑选任何人。这可能是一次强而有力的展示，如果你希望采用美国观念中的一种交汇，或美国和外国的交汇，可以使用这些信件。

请让我了解这件事情，而且我一点也不想混淆与你相关事件的结局，也许事事都会朝着好的方向在发展着。

你最诚挚的朋友
欧内斯特

致伯纳德·贝伦森

瞭望山庄

1953 年 1 月 24 日

亲爱的 B.B.：

莉莲·罗斯昨天写信告诉我，他说你还没有收到我寄给你的信。我上次收到你上封来的信后，又写了一封长长的回信。所以要么是这封信邮丢了，要么是我从未收到你的另一封回信。关于每周的新闻周刊中邮寄的相关问题，在这个地方也存在着。信中附函一份新闻周刊的关于邮政运营状况的剪报。在这儿，也存在着类似的问题。

写给信任的人的信我从来没有备份过，或者我再寄一次相同内容的信给你。

你对莉莲的书有何看法呢？我认为那是个非常悲伤的故事。除了我教给她的技巧，她不知道如何在文章中打趣。但是我认为她构造的情节很精巧，而且我听到的人们的评论也很好。她是一个奇特的女孩，我非常喜欢她，我们是很好的朋友。这就像和一个圆锯打交道，但我也深陷其中。她体内仿佛真有个魔鬼在驱使她工作，但我身体内也有这样的一个魔鬼。我总觉得它并不是一个魔鬼，而是我的托管人或封建制度，我曾宣誓要到生命结束之前都将倾其所有为其效忠。但是这并不意味着我不会背地里称它（书面语）为老不死的，或对它没有任何亵渎行为。然而，我将永远竭尽所能地为其服务，并不断追求进步。我的主人从不打断或改变我所做的决定。他已经死了，事实上，但我并没有告诉任何人，并像他活着的时候一样尽忠职守。这可能有点傻，但我们都需要一些原则，而我比大多数人需要更多的原则。因此我从写作中获得它们，女人们提供当地的原则。

你身体还好吗？今年的冬天有些寒冷。我得到了许多来自威尼斯的消息。我离开那里已经两年了，可时间却好像是 20 年那么久。今天的天十分阴，而且阴得还有些潮湿，这样的天气让我更加想念家了。我希望没有什么规定，这样我就可以寄给你一封来自家乡的书信。你从未想过评论家会用"做作"来评论《渡河入林》，也从未想过会有像雷塔娜这样的女孩，对吗？我想是这样的。

评论家的妻子们看上去都像阿尔杰·希斯夫人或惠特克·钱伯斯夫人，或者还要糟糕。也许我可以给你写些，纪德与克洛戴尔二人之间你更喜欢谁的作品？纪德死后留下的小猫是给马德琳的吗？

《如果种子不死》（纪德）是一部非常不错的小说，还有一些其他作品也不错，但我总是和那些傻乎乎的人一样像是感受那只猫一样地去感受他。我觉得某些方面他和爱丽丝·托克拉斯给我相同的感觉。尽管发生了很多事儿，我仍然爱着格特鲁德，而她也同样爱着我，这让爱丽丝妒火中烧，我还非常喜欢雷奥（斯坦）。你呢？

舍伍德·安德森很粗鲁，不真实的（不仅仅创作是一种不真实，所有的小说都是一种撒谎的形式），但他的方式永远无法像画卷一样美好。他还有些湿漉漉的，又有些多愁善感。他有双非常漂亮的意大利式的眼睛，如果你是在意大利长大的（长着非常漂亮的意大利式的眼睛），你总会看穿他何时在撒谎。我初次见他的时候，觉得他是那种反应迟钝的人。这类人总在一些无关紧要的没有标准却偶有闪光点的共和国中扮演文化主管的角色。你知道，那些不精致的男孩，指被不经心地抚养长大的男孩，从不信任操着南方口音或有着漂亮眼睛的男孩。

一般情况下，你可以通过观察一个人是否眨眼睛来判断他是否杀过人（武装的）。因为撒谎的人总是眨眼睛，某时能见到马尔罗。你会感到多么无聊呢？你可以一直停下来或者忘记这一切。

因为我对你觉得我停止了这些写作感到很难过。

如果你喜欢，我可以写一些相当有意思的关于马尔罗或其他任何我生活中的人们的故事。我们没有振奋人心的消息，直到去非洲之前理清所有关于《老人与海》或其他事情的插图（满意）的合约和计划。玛丽一切安好，并且很开心。又进来了一个全副武装的强盗，这时我听见他们在黑暗中互相射击，我想应该没有强盗了。无论如何，希望真的如此。

我现在没有办法把将要发生的事儿和行动写出来，但只要插图的事情联系好以后，我将尝试制造出一些打斗场面出来——鲨鱼和鱼类跳跃着——在春雨降临的时候抵达非洲。

这本书很畅销而且销量非常稳定，同时我希望你也能一切安好。因为我们现在不得不度过一个漫长的隆冬。

玛丽写了一篇关于我的文章表达她的爱意，在关于我们对生活的畅想中引用了你的话（从这本书的发行年算起）。如果你对此不感到反感，她想把信寄出来。

你俩怎样相处对我的快乐有着决定性的作用，但我告诉她给我 35 年时间。

来自古巴的爱你的

欧内斯特

致伯纳德·贝伦森

瞭望山庄

1953 年 2 月 17 日

亲爱的伯纳德：

你知道我们必须要对一些事儿进行标记。我今早收到了你 12 月 12 日的信，这让我非常的快乐。

如果你需要一些可阅读的材料，我可以写一些关于爱蒂乐爵士的文章，但是我很讨厌用打字机来写作，尤其是在给你写信的时候。因为你是我为数不多的男卡人公之一。

53 岁那年的那部传记简直糟糕透了，人们不知道，你又太骄傲不屑于公布一切，而他们也无法理解。

你（我）有些愚昧，犯了错误，想去忘记错误，从中吸取经验教训，然后保持或制造并享受快乐。他们想要清洗衣服的清单还有脏的亚麻布，他们认为秘密可能隐藏在丢弃的护身三角布带中。也许真的如此，而且我有疑虑（但我对此表示怀疑）。在精彩的神话故事中，真相往往比已出版的故事（新闻）要精彩得多，但不包括那个深情款款的妻子。

马尔罗是他自己创造的一个傻子，通过颤抖的手和左眉的抽搐来表现他的形象。

实例：进城后，在巴黎，三天后，我们（法语的不规律性）准备北上迁往第四非规范小区，沿途经过贡比涅，穿过拉费尔的埃纳，奔向圣·昆廷之后，由两个纵队切断小路，跨越德国，取道亚琛。在抵达前，我们开展了两次大规模的屠杀，之后应切断抵达圣·昆廷的路，在那里有我最好的朋友，第 22 步兵团的拉纳姆上校向我祝贺道："勇往直前，无畏的克里翁。我们在与渺小斗争，而你却不在那里。"在蒙特赛斯，他们发动了一场屠杀。

亲爱的伯纳德，在我发动这场驱逐、拦截、屠杀之前，我和那些平民在巴黎的豪华旅店一起擦拭着武器，考察民情，忙于处理民情，铲除了那些满足于巴黎现状而且不能在黎明到来前能够奋起反抗的人。他有五块金砖、蹭得锃亮的骑士靴、勋章等物品，我只带了我唯一的两件衬衫中的一件。

我说："你好，安德烈。"

他说："你好，欧内斯特。你能够指挥多少人？"

我说："10 到 12 个，更多的时候是 12 个。"

他说："我，2000 人。"

我说："真可惜，我们到达这个小镇的时候，我的陆军上校没有得到你们军队的支援。"

然后我们继续工作，并在他离开前让他赞扬、冲击、抽搐。

我的一个手下叫我进卫生间，说："papa on peut fusiller ce-con？"（我不会说法语，英语意思为：应该假装被中枪吗？）

我说："不用，给他些酒就可以了，他自己会走的。"

这是我知道的第三个关于马尔罗的故事，前面的两个故事更加精彩，可惜那两个故事却发生在西班牙。在那儿，他战胜了自己。

纪德的故事数不胜数，瓦莱里的故事都很精彩，乔伊斯的故事就像乔伊斯一样动人，很精彩，很新奇。除了对上帝、光、电的畏惧，我一直都是个快乐的男孩，那个不是在教堂中长大的男孩。

我们现在正在打凯纳斯特纸牌，如果你对桥牌比较内行的话，我想这局牌值得我们一玩。但是如果有一本好书或者一个可以通信的好朋友，那就不会玩牌了。在没有书籍阅读的时候，打桥牌是很有意思的，但凯纳斯特纸牌就好像对老公服侍不当的妻子，我想这也许就是她的命吧。如果妻子生病了，那就证明丈夫是无能的。

但是打凯纳斯特纸牌的妻子却标志着丈夫的思想或其他一些东西正处于犹豫不决的状态，我想把思想集中在一件事儿上。

克里斯托弗拉法基来这儿访问，他说他曾经拜访或者说是访问过你，在 1924 年的时候。他还说自己是个优秀的诗人并且擅长飞射。

你没有读过海明斯坦的那个尝试性的、并不受推崇的《圣徒信件》吗？如今一共是三封。阅读这些信是一种坏习惯，总让我持续一周感到自己不洁，但现在已经能够克服这点了。

这里的冬天非常的美丽。无论是在我们说过的欧洲的坏天气或是威尼斯的任何时间，我都希望你有时间的时候能够来这边看看。在夜晚美美地睡上一觉是我们曾经在这经历最美好的事情了。我很同情那些有其他信仰生活方式的穷人们（夺深层次的圣欧内斯特）。如果他们想要进行任何的肮脏交易，我们会团结一致起来，并愉快地度过这段美好时光。你把这里进行归类而我来做一个连续的评论的话，我们将会打破这个圈子。可怜的但丁，我们应该能够为他找到一份看门人的工作。有一位伟人离开了佛罗伦萨，你应该知道关于长眠于此的他的一些古老而美丽的故事。

来自古巴的爱你的

欧内斯特

致多萝西·康纳波

瞭望山庄

1953 年 2 月 17 日

亲爱的多萝西：

    非常感谢你的来信和情人节礼物。也许你寄过来的并不是一件情人节礼物，但在我看来却应该是的。我能够知道到你身处何方，并且我可以给你写信，而你又能够收到我写的信，这就让我感到无比开心了。我想我们应该需要时不时地聚在一起，我这里永远欢迎你。在托比斯的时候，我发现我很想念你，这个发现让我感到无比的不安。

    那个叫查尔斯·芬顿的男人认为文学史，或创造性工作的秘密，是立足于洗衣店清单之上的那群人中的一员。谢谢你对他的警告，也希望你不要和他进行任何形式的合作，他已经持续两年骚扰我的私生活。他拥有一个愉快的方法，一个貌似真实的故事，之后他会取得一些关于你生活的私隐信息，这些信息也会交到司各特·菲茨杰拉德全权信任的朋友——阿瑟·迈兹纳的手里。

他现在正在写一些关于我在多伦多时期的生活内容，但是在我看来他写好的那部分故事完全是错误的、愚蠢的。去年的时候，我花费了大量的时间来协助他研究我在堪萨斯城的学徒时期的一些东西。我和他相处的那段日子里，我一共写了三个非常精彩的故事。但我认为这对只是刚刚开始写作的孩子会有用，但是到了后期，当他发表之后，他在书稿中却保留了所有的错误信息和谣言。我已经警告并要求他终止这个作品，并停止一切对我在多伦多签名的报道的各种事项（但他好像并不知道这个）。

多伦多的一切事情都是关于你、你母亲、你父亲、拉尔夫以及我的事情和隐私，与芬顿无关。但是唯一阻止谣言的方法就是告诉他什么也没有发生，如果你告诉他们任何真相，他们不会真实报道，而是用自己想象的生活去填充这段经历。

在多伦多的时候，我们度过了一段非常美好的时光，我仰慕、欣赏你那美丽的母亲，我也向你的父亲学习了很多知识，我喜欢和拉尔夫相处，但这一切都与他无关。我讨厌芬顿用他的脏手去玷污这个属于我们的美丽世界。

我想在新的写作世界中，我能阻止芬顿发布任何在堪萨斯城后的生活谣言，现在就应该采取行动——现在必须警告哈德莉。

邦比是北卡罗来纳州布拉格堡的一所特殊学校特殊智力教育课程的导师，他同时也是队长，并且他的办事效率极高。在战争中他表现优秀，并且是我所知道的人中，唯一一个勇敢的跳伞到敌方阵营，并用自己的假蝇钓鱼竿占领阵营的士兵。1944 年 11 月，他身负重伤被捕入狱。与此同时，我在第四分队服役，而他属于第三分队。他把他的指挥官派到我这儿，带走了些优秀的法国士兵，我派给他一些很优秀但是有些野蛮的法国士兵。当我到达法国的时候，看见我那些优秀的手下早已锒铛入狱，因为他们一直按照我教给他们的东西执行任务。

非常感谢你能够喜欢《老人与海》，能够写出《老人与海》我感到非常的幸运，我希望以后写的作品也能够像它一样的优秀。你愿意拥有出版商在密歇根发布的所有内容吗？如果你愿意的话，我可以在我们到达纽约的时候把它全部写出来并寄给你。如果你并不是很想要这些，请你告诉我一下，这样我就不再把它寄给你了。

请为了我继续滑冰。你现在还打乒乓球吗？

随着你的信的到来，我已经感到那美丽的干冷的多伦多的冬天，并且你对像我这么蠢钝的人是那么的友好。而且当我们双双是年轻的军人的时候，在你漂亮的房间里谈话是多么令人愉快啊！我想写一些多伦多的快乐时光来代替芬顿那些胡诌八扯的言论，我努力提及所有的美好，我的蠢钝，还有那些美好的却没什么用处的用人。我们本应该让亨利·詹姆斯来写这段时光，但是我觉得可能我可以写得精致一些。那时候我只是一个访客，我从来不写作为访客的生活。

玛丽说虽然她从来没有去过多伦多，但是她记得在纽约时候的你。她向你致以最美好的祝福，我们俩都很期待我们的再次重逢。我们希望在这儿能见到你。

欧内斯特

这封信看上去可能是有点傻傻的，但是收到你的来信后我是非常的激动。我能够想到的任何一切，善良的、美好的、可爱的、漂亮的词语来夸奖多萝西。

1953 年 2 月 14 日

致阿尔弗雷德·赖斯

瞭望山庄

1953 年 4 月 26 日—27 日

亲爱的阿尔弗雷德先生：

你在 4 月 23 日邮寄的信与存款单我今早收到了。我也付了你 2500 美元的支票，以及百分之十的非个人服务费。

我很抱歉，因为你觉得我没有对你忠实、有效、勤奋地工作，但是请考虑下我这些不良行为发生的环境。

收到了 3 份合同，每份有 14 页需要去阅读、对比、草签、签名。由于误寄到旧金山、加利福尼亚，它们来迟了。你写的地址技术上是对的，但是好几次你的信已经被误寄，由于古巴没有在地址上被强调。我首先要做的是没有怨恨地加以纠正，并清楚地和你解释以避免它的再次发生。

然后我必须要读这些合同，这份合同会让任何一个不是律师、不熟悉图片处理和融资的人非常头疼。这些合同没有任何解释就到了我这边，所以我必须也只能自己来搞定它们。

第一件要做的事情就是核对那些我负责履行的特定部分内容。我发现这方面你巧妙地、很好地保护了我的利益，合同里面明确说明哪些达成，致，合同其他部分的一些章节很粗糙，不能理解，但是我写信给你，是我依赖你向我解释任何看起来像个小丑的东西，以防这仅仅是一个合法空话问题。一个我提醒你注意的似乎允许外币，这是我没有同意的，所以我要你对此注意。

当我必须做一些事，快速地、匆忙地，没有一个秘书时，请，谢谢要被暗示，打架之后你会得到你的传票。我知道你受到了打击，因为我生命中大部分日子里每天都受到打击。我唯一没有受到打击的时候，是当我们走在皮拉尔海边和玛丽感觉高兴的时候。

我很抱歉，因为我的让步付了你的现金，所以现在所有的协议将被停止。我知道如果我态度不够坚决的话，那这些事情就会永远拖着。你现在是在做一件很重要的事情，为了这个事情你需要做很多准备工作。目前根据我判断你的工作已经可以堪称模范。阿尔弗雷德先生，你应该不希望我写出那些作品中的一个，"独自在纽约，被敌人法律效力的优势兵力包围，在所有其他律师都死了或不受尊敬后，他指挥他的团队，独自与一个临时秘书辩护"。1959 年，第五大街 630 号（赖斯办公室）。

如果我们描绘了一幅宏伟画面，从现在起我们在一场大的战争中，可以造成一场可怕的杀戮。但是不会有更伟大的画面或者任何事除了（斯宾塞）特雷西，大部分时候我身兼要职。他知道这，我也知道。每个人都必须拼命地工作，我们都必须做神奇的东西。我欣赏你做的一切，但是在一场战争中我更希望如此。

船上有着我们所有的水和食物，我们准备今晚午夜推船，我收到了一封信，得知利兰（·海沃德）和他的妻子斯利姆可能在下个星期一将要到来。所以中午我会打电话试着安顿他们，但是没有地方来安顿。所以如果你打人的时候，阿尔弗雷德，也要记住被射击的部队。

在我研究这画前，我需要努力训练，身体健康地去非洲，写我必须写的。上次训练很快就有成效，但是你必须列出计划表，多练习，少喝酒，不要虚度时间在无用的人身上。阿尔弗雷德，很难估算出版《老人与海》对我工作和休息时间造成的破坏。过去我能走进佛罗里达的角落，喝杯冰鸡尾酒，读份报纸。现在我不能在那儿3分钟，一些绝对真诚的浑蛋就会来到你身旁，问是否愿意和他、他的妻子喝一杯，而且他们已经等了5天，每天都在等你来，等等，并且我还要非常礼貌。大约大半个美国的人都读过那个故事，你会利用他，如果这是一幅好画，但是永远不要认为那部分内容会使那些害羞的人感兴趣。

自从他们开始写这些骗人的书和杂志后，来自各个地方的变态人都会打扰你。他们看到你和他们同样的问题，他们就会到你那去，因为他们认为你一定知道那个秘密。而且他们不注意门上的标志，如果纱门没有锁，他们也会走进房间，直到中午。但是对于不离开房间的人我必须重重打击两次。尽管你不能把他们全部扔出去，或者在外面打他们，因为这是石头台阶，石门，再另一个石阶，对一些浑蛋你仅有一次扔错了，就有另一个致命的打击。

我保持礼貌，礼貌，再礼貌，他们还不走，然后我冷淡他们。但是他们破坏了所有的东西，玛丽小姐忘了叫我冷淡他们。我告诉她，她无法想象那看起来像什么。

罗伯特（赫雷拉）不能再在佛罗里达战斗6个月，由于第一区法官警告他无论如何他都会有麻烦。佛罗里达没有保镖，没有可以保护的人，我们继承了所有的麻烦。由于这是一个空调房，只有两扇慢开的门，代替自动旋转门出口，这是一个非常差的麻烦地方。烟行柜台对面有个窗户，任何外面的人都能看到谁在里面，找麻烦的人，或者打你的人，一旦他们进来了，这是你自己的责任，看着他们走出去。每次有人读报或者听广播得知我赚了些钱，一些室外歹徒就试着勒索我。有时这不太可笑，但是我试着维持幽默或者向上举着枪等候，靠近，有两次变得有点棘手。

当我不让你接触老查斯特·菲尔德，你做得很好，不要唱：

"哦，干得好，干得好。"或者大鬈发人地叫着："噢，射得好，射得好。"你可以期待幽默后我写给你的信会如何美丽吧。

但是当我必须匆忙还一些东西给你时，如果你做得好的话，礼貌和赞扬会被暗示。你曾经是否听到短暂的停顿，在双杀中一个二垒手彼此说得非常好？

现在的交火已经暂时平息了，我说："非常感谢，阿尔弗雷德，你这边现在肯定非常艰难。现在这是我为了打破反攻，我想要去做的。"

仅在电话上谈谈。他们已经装上一个新电话，你能真切地听到人们说的，不必要喊。斯利姆的声音听起来非常好。为见玛丽·马丁周三做事，到达推迟到了周二。已经准备好他们怎么在周四教我们。斯利姆（南）可能逗留几天，我们会今天午夜或者稍迟点起航。

阿尔弗雷德，在信中我已经告诉你不要着急，因为我也在赶时间，周日的早上我会告诉你一些其他的事情，我真希望这些没有再次伤害你。

附件是我和查尔斯·芬顿最后一封信，请给他大学的地址写信："我的客户，欧内斯特·海明威先生请我写信给你，为确认为什么他还没有收到给你的 1953 年 2 月 18 日挂号信的回复。将来，因为海明威先生在旅行中，希望你能通过我寄所有给他的信，等等。"

请你邮寄挂号信，如果一周的时间都没有答复的话，请你发一封挂号信到纽黑文市的耶鲁大学，语文部科恩收信，还有请你附一副本转给芬顿先生，并问他们是否寄给芬顿先生了。

芬顿这个人，我和你说过，从事 FBI 业余特工，确定（基本不准确）所有我 1915—1925 年的生活。通过用真名给实际的人命名，他使我不能写小说，通过说某某是那个真实的人，他使我受到无数人的诽谤。他也干涉我的隐私到难以置信的程度。我不知道在类似《为什么》和《盛会》的文章里，有多少出自他或者他的同事菲利普·扬的胡扯。

我这里有我们所有人成档的信件，包括很多他在大学时期很不受欢迎的信件。他是希尔学校一位校长的儿子，他正在英国皇家空军服役，而且还出版过一本不太成功的小说，并在耶鲁大学教创意写作。作为一名不成功的作家，他非常讨厌小说，还希望不断用事实混淆它。

他的信有一些非常接近垃圾邮件，而且大多数是令人讨厌的。我在数月前警告他停止和终止这样子，但他还是继续这样，并且你也看到了，他一直到今天 4 月 26 日都还没有回复我 2 月 18 日的挂号信。

他一个典型的句子是关于我在多伦多《每周星报》中写的一篇小偷的文章，就是这类事，"没有实际证据证明海明威在任何时候是一个小偷，但是……"文章我是从伊顿部门的商店和一个侦探得到的内幕消息。但那是他的风格。

我能够证明我很容易和一些很复杂的人打交道，像是我在堪萨斯州当记者时，我住在芝加哥和其他一些地方时。但是那时候作为一个记者，我监视警察是必要的。而且作为一个作家，如你果不懂那些人，你如何能写出他们来呢？就像是你和打架的人混在一起，你怎么能不知道暴徒？

但是我知道所有这些他不知道的东西，例如在杀手里谁是战士，为什么被杀（不同于黑林格版），我知道很多没有限制的东西。当我是个孩子时，我的父亲在梅伍德、西塞罗、哈莱姆（我们的哈莱姆，不是你们的）给人做很多手术，当我是孩子时，我是吉姆·克洛斯莫的一个好朋友。在第 19 区，反对汤姆·康纳斯战争后，联盟想让我当市府参事。我十分清楚不要掺和进去，他们转而选了托尼·安德里亚，他在一年内被杀死了。当我离开芝加哥时，我想要走得越远越好，堪萨斯也一样。

现在我再也不写甚至一个关于禁止日开始的故事，除了密歇根不写任何过去的日子。我正在写一个关于密歇根的精彩故事，在那里我陷入不利的但有趣的麻烦中。① 这个芬顿搬到了密歇根，并开始指指点点了。

我这个故事里面大多数人都是现实存在的，但是我写得非常小心，我不会让任何人辨认出来的。芬顿进来了，他开始研究那些人里面哪些是我在密歇根认识的。这让我很担心，让我却步，更让我推迟了这个故事。虽然这个故事棒极了。②

我希望在他身上、前面、后面扔下一块好的路障。周一上午 6 点 30 分从南方刮来了猛烈的大风，滂沱大雨伴随着大风也来了，然后暴风雨进入西北部，以每小时 60 英里的速度前进着。必须得到三个锚，把旅程推迟了 24 小时。气压今早仍然在下降。

考虑到芬顿的活动，拦截任何去耶鲁中文部的信，直到我这次旅游回来，请给芬顿发挂号信到他耶鲁的地址（伯克利大学 630 号）。我不想为此打官司，你应该记得联邦联盟那个老裁定案，没有清白你就不能进入一个平等法庭。无论如何如果这么做你在冒风险，但是希望他担心，摇摆不定，我希望他的出版商（法勒、斯特劳斯和扬）因担心而不会碰他的书。我认为他不是一个阴森的家伙，但是他几乎进入狂热精神病状态，（如果你）这么叫他。两次我就这么叫他，他都大发雷霆。我有个主意，他

① 1915 年 7 月打猎苍鹰插曲，见卡洛斯·贝克《海明威的生平故事》（纽约，1969 年）。
② 欧内的意思可能是"最后的美好国家"或"夏季居民"，两者都出现在尼克·亚当斯故事中，由斯克里布纳出版（纽约，1972 年）。

一次写我一些事时，在英国皇家空军惹了麻烦，但是必须要调查一下。

我在阻止这类的刊物时，我相信谁糊弄谁是个大问题。而且大部分问题没有调查，因为调查他们是很贵的。我相信你能够威胁到禁止令或者隐私权侵犯，但这只能是后来的事情。现在最重要是请求他回复挂号信，因为仅看到一封合法的信就吓到大部分的人。

我和格雷格里奥（弗恩特兹）谈话，现在外面天气仍然很恶劣，外面的狂风以每小时超过 80 英里的速度刮着。古巴一个叫作捷豹的最好最大的游艇丢失了。港口虽然破坏了很多，但是我们还好。

希望菲利普一切都好。

玛丽把她最好的一切给了我。上周当我寄出合同的时候，新斯凯也在这儿，他身体非常健康。但是安德烈斯先生心脏真的很不好，他不能再爬山了。罗伯特在西尔斯有一份照相部门经理的工作。他的薪水虽然不多，但是能够得到毛利的百分之十，还有一份 6 个月的合同和能够拥有所有的待遇。

他几乎都忙于这份工作，并且一周三晚在这儿工作。自从上次射击后再也没有恐怖分子（夜贼）。

因为昨晚天气十分不好，我们就休息了一下，虽然不是在海边，但还是带来了我们非常需要的雨水。

看现在的情形，我们希望 6 月底在欧洲，希望进出纽约没有任何宣传。

您能告知我在哪天税钱必须付掉以及总金额吗？

非常感谢！

欧内

附件

支票

芬顿信件和回复——收到发出的挂号信的

致华莱士·迈耶

离开古巴梅根·卡西瓜岛

1953 年 5 月 6 日

亲爱的华莱士：

阿奇的诗集一起获得普利策奖，唐怀特黑德报告。希望这是斯克里布纳出版社和这本书的好运。因为从未有过这些，我也不知道这些对一本书有什么不同。但是我猜想我不能伤害它。当然，幸运的是我当时出海没有电话，所以我不会说这是我的不对，我的黑狗没有得到它，或我相信很多人会更幸福和更富裕，如果本地舞蹈演员赢得了德比奖。

实际上玛丽感到非常高兴，我也很高兴，虽然《永别了，武器》和《丧钟为谁而鸣》后，我并没有很认真对待。是不是那一年（1941 年），他们拒绝给予奖金？关于这件事，我记得麦克斯威尔（潘金斯）给我写了封信。是关于《永别了，武器》还有一些其他的恶作剧，但我忘了是什么事情。无论如何都要有人查出来和这事有关的眉目，因为他们告诉我，明天早上将再次获得这种消息及昨晚获得洛厄尔托马斯奖。那是一个十分漫长的时间保存一则简单的消息，就像是新闻电台一样的。

请相信我的老友列波迪娜，她最喜欢的书是她所谓海明威著的许多短篇小说，与我的其他朋友一起庆祝在佛罗里达获得的奖。这是古巴新闻电台，一整天间歇 15 分钟。列波迪娜和合作者可能认为是诺贝尔奖，他们正在期待着我回来及花费钱财。

如果有人担心这些，我会说出辛克莱·刘易斯的作秀，不接受奖（不要说这是我说的，也不要提刘易斯），你可以引用海明威先生听到《老人与海》赢得了普利策奖，而海明威与他的妻子在皮拉尔上出海去了，可是船上没有配备无线电话。他非常的感谢委员会的帮助（结束引语）。在那里有许多许多的事情需要我来做。这得让我知道。今天下午由居安把这些东西发送给你，居安他今天下午 3 点带泰勒·威廉姆斯去穆拉托渔港。我们会在本周末或下周初返回去种植园。

华莱士，他向大家问好。当我到镇上时会给你买酒喝。玛丽一定要去看看她的家人。他们赶上我们，并在非洲站下车。希望我们离开时，什么也没有发生，这样玛丽就会回来。必须封锁这件事。玛丽准备外出去钓鱼，她进来时，我准备去取羊肉罐头，大约需要一个小时吧！顺便把泰勒也接来。

永恒的祝福。

欧内斯特

致帕特里克·海明威
西班牙，潘普洛纳
1953 年 7 月 11 日

亲爱的老鼠：

非常感谢你的来信，谢谢你告知我怎么样能到达你的农场。我们会在 8 月 27 日到达费尔南德雷赛布的蒙巴萨市，然后我们会前往马查科斯。菲利普（珀西瓦尔）他会和我们一起出去，而他做这项工作将会有另一种性格。马依托要来了。他非常的兴奋。我认为在 9 月下旬前我们应该不会打扰你。当我和菲利普的工作人员出差的时候，我们会给你写信。航运枪等武器到内罗毕的里斯。

在这儿度过了一个美好的旅程，得到一些现代斗牛士的演变与衰落的有关资料，这些资料将整理到《午后之死》的附录里。尽管只是拉斯帕尔马斯的一个男孩，安东尼奥·奥多尼已是一个非凡的斗牛士，比他父亲最辉煌时期还要好。

非常爱你和亨丽。地址：纽约 C/O 担保信托有限公司，法国巴黎 4 号协和广场，电报挂号（GARRITOS）。他们会转寄。

爸爸

带来了基韦斯特上的所有字。一切都好。

爸爸

致伯纳德·贝伦森

海上

1953 年 8 月 11 日

亲爱的 B. B.：

随着法国的大罢工，所有的一切，上帝知道（如果他按照如下做）什么能够成为我们的信件。我原本以为我们会是一对情侣。但是我们在离开古巴以后，我就再也没收到你的来信了。

当我发现一个美国公民不需要签证就可以到西班牙（现在旅游

是一种行业），我告诉玛丽，我想借此让她参观普拉多和其他景点。在边境有点怪异，但仅有片刻。随后，他们看起来相当傲慢，但又为有人有勇气来而感到高兴。时间很短，他们并不能伤害到从未到过那里的玛丽，至于对我的攻击，那是后来的事了。他们对待我们非常好，当记者问时，如果我希望不要改变任何通行费，现在我告诉他们不管我写什么，和我签署的任何东西我都负责。

我们那时候住在佛罗里达州的酒店，在围攻城镇时，我曾经和玛莎一起在那儿住过，那儿没有鬼。普拉多是一个非常美好的地方，我感到非常的自豪：在共和国我们照了许多的照片。在适当的时候应该有人记下这件事。现在我心头又有了所有的好照片，比把它们放在我的饭厅安全得多。当然，它们从来没有消失过，尽管不是真正的礼物，但把它们给玛丽还是一件非常快乐的事，因为这样她就可以免费逛遍整个西班牙。当然了，如果她没有嫁给我这个污点。由于这是电车的噪声困扰她及高原荒芜不毛，还有我的朋友们喋喋不休。但她喜欢图片和斗牛，对两者她有一个真实感受正如她有一个可爱的住所，但上帝赋予我们所有女性的智力及缺乏勇敢者的怜悯。实际上，我认为她们不勇敢。她们缺乏想象力，如果遭遇任何攻击，认为她们是第一个遭遇此事的人。有时很难信任一个从未生过孩子、正值生育年龄的女人，如同说信任银行家或高价位外科医生。我认为妓女在许多方面含表现更好，也许她们会在情感和金钱上更值得信赖。可能你比我要对妇女了解一些，所以你更应该好好地对待她们。斯班实际上不是国家而只是西班牙的一个普通妇女的名字，所以给她们解释清楚不是一个容易的过程。

我们去非洲的轮船是一艘法国的轮船并于 8 月 14 日起航，这样子我们就有时间开车到佛罗伦萨去。但在马德里这事被取消，我们不得不在马赛于 8 月 6 日在此上船起航。我们有一辆蓝旗亚车和来自乌迪内的好赛车手（安排通过威尼斯和弗留利，海明斯坦因大奖赛之后，携带剩余的蒙达多利钱），但即使是赛车驾驶，还是有点鲁莽。然后该死的船停在热那亚，所以我再次像傻瓜一样，从来没有看过卡尔卡松。（看过卡尔卡松等，如果你喜欢防御工事城镇，废弃的阿吉斯比较理想。）

上帝，我希望我能够绘画。我在心中画了这个城镇的画面：这来自离开灰色的国王的十字军正在卸下他们的行李和他们的小便盆。我记得十字军东征的时候，但我总是十分的小心，不要说是我做的。但是我没有做这些我将永远见不到你了，尽管这是相同事情的所有部分。既然我知道这些是怎么回事，那就更简单，我也更可以接受。

今天下午，我们将到达并离开塞得港口，这里是十字军东征的悲惨通道。昨天忽然从山上刮来大北风，一直到我们来到克里特岛避风才停下。轮船现在是顺浪而行。今天的天气晴朗，但是有一些寒风，但是还有非常拉风的兄弟，这些就是 8 月 11 日冬天的一切事物。

如果对漫画感兴趣，我真诚地为你祈祷并直接去沙特尔、布尔戈斯、塞戈维亚和两个小地方。这对八分之一不相信的北夏安族人来说稍许有点快乐。[1] 祈求犹太，但是如果他们来卖，我就是买主。很抱歉，圣地亚哥斯特拉没有家庭办公室。但是我们有三次以上抽奖票，不能更好地传播。

亲爱的
欧内斯特

---

[1] 参见海明威致哈维·布赖特，1956 年 7 月 23 日。

致伯纳德·贝伦森·卡耶亚多

肯尼亚坦噶尼喀湖边境

1953 年 9 月 15 日

亲爱的 B. B. ：

你一切都好吧？自从上次收到你的来信，已经有很长一段时间。

这是一个非常好的旅程，我们在帮马塞族人捕杀牛和狮子。马塞族人有着大量的牛，而狮子极可能猎杀一些牛。但是最富有的人他们往往都非常的吝啬，我们只能杀死他们想要杀死的 1/10 数量的牛。昨天我们和很多马塞族人的长枪兵一起奔跑。当我射杀狮子时，他们突然陷入癫痫般的疯狂状态，但如果你没看他们，就安静下来。他们不像马塞族人那样和蔼可亲，我们在沙漠的另一边，也不能奔跑，以及和他们非常不愿意接近狮子。

玛丽非常好，她费了很大的力气找到了一个乡村。但是因为已经两年没有下雨了，乡村现在是沙漠中仅有的绿洲。马塞族人雇用从坦噶尼喀湖来的当地人，让他们在干河床挖了口极深的水井。用一头牛的价格使他们获得了一口水井，这口井可供 500 头牛饮水。

我们每天的凌晨 5 点起床，然后在清晨的光线下狩猎。这里的鸟类非常漂亮，除了我们可以食用的动物之外，每天看到最多的就是大象和犀牛了，而且狮子肉真的很好吃，尤其是在臀部的嫩肉上裹上面包，这样的味道就像维也纳香肠。

请来信让我知道你一切都好。

亲爱的

欧内斯特

致哈维·布赖特
肯尼亚马加迪附近
1954 年 1 月 3 日

亲爱的哈维：

　　小伙子你好吗？一切都还好吧？我们现在就在肯尼亚坦噶尼喀的边界露营，我已经在这里待了有 7 个星期。得到名誉狩猎监督官，因紧急做出（茅茅反叛）一直担任护林任务。这是第一堂课。没日没夜的问题。如昨天 21 头大象袭击一个尚巴村，属于他们询问的未婚妻的家人村庄。他们旅行，雨后 9 人经过近 15 英尺高的玉米堆。但我们认为他们确实不坏，因为他们刚刚经过，他们旅途中吃的是干粮。一组 7 人及另一组 5 人路过村外。在山上跟踪他们，然后如果那天晚上他们回来，与另一名男子惊吓他们离开，他们就离开阿拉伯未成年人的游戏童军。检查水牛畜群（82 头），它们都健康。找到了圣诞节前生幼崽的母狮，它也健康。它错杀了水牛群 11 头牛中的一头。9 月起他就是我的一个朋友，但是来了 6 个年轻雄鹿队，其中一个将接管牛群。但我觉得这对他不是好事。上床睡觉，夜间起床拿着长矛散步。研究晚上游戏产生的噪声和它们的不同点。不要使用任何手电筒，自己穿着软鞋散步。凌晨五时三十分早茶，我和玛丽小姐带着她的枪，卡洛一定来访 80 次，比我和玛丽都矮些，恩贵是姆·卡拉的儿子，我写《非洲的青山》时姆·卡拉是我的持枪者。恩贵是一个非常苦命的男孩——在《非洲国王的步枪》服役 7 年中的阿比西尼亚、缅甸等。他讲一些来自阿比西尼亚的意大利事。我和他都爱着瓦卡姆巴地方的两个女孩。这块耕地的位置真是太棒了，有一条小溪从旁流过，还有 15 英亩的玉米和各种小作物，我们的女孩是继承人，她有点像昔日的布伦达弗雷泽，只是皮肤有点黑但是她非常漂亮。他们每天都会给我们带来礼物，像是甜玉米和啤酒，而且他们做得非常好，今天我给了他们一斤猪油和一块疣猪后臀肉，还有一些盐和《生命》副本。昨天，我遇到了我女儿的母亲和她哥哥及两个姐妹。她父亲不是非常尊贵，虽然他很富裕。她母亲非常友好，有一个新婴儿。玛丽小姐只是在鬼门关转了一圈，是可以理解和令人惊叹的。我了解到我的未婚妻（玛丽）她已经离开，我们杀死一头豹子，当时它在和一只可怕的狗厮打。每个人都来庆祝。我必须杀死野兽，野兽杀死他们进货人或骚扰和破坏他们的庄稼。所以只要我去确定，我就一定受欢迎。野兽在捕食时没有中毒。哈维，真的，我想你会感兴趣。知道每天你准备去大联盟会投球，我很高兴。你必须用手臂投球，这样你不必每天从头开始做，而我在这方面是名替补投手，你可以在天气好时来参加。已经回来后嚼着烟叶来获得信心。

就是这个样子。你坐下来写作就像福楼拜、H. 詹姆斯（杰西）等。两个人拿着长矛来到帐篷，从容地站在外面。我正想写作的时候，玛丽小姐说："你有两位朋友来看你了。"我也不清楚他们是不是从你女友家来，或者是他们有什么问题需要向你求教。"他们一定是有问题要问的。"我说。他们确实是有问题要问的。他们住在距此 25 英里远，在那里没有年轻勇士（年轻勇士都请去喝酒）。狮子闯进博马，咬死了两头奶牛。而现在它在博马外，正在吃着其中一头牛，咆哮着。有 25 英里远。四分之三的路，摩托车可以通行。所以你走了，查看奶牛的遗骸，确定哪里有水，跟踪狮子到村庄外野地。演习将重复三到四天。我随恩贵和其他猎狗跟踪一头狮子到乞力马扎罗山下，出了一身汗，之后不得不在雨中返回。

我现在体重有 186 磅，很长一段时间里我的体重都稳定在 190—192 磅。我还把头发剃光了，因为这是我未婚妻喜欢的头型，她喜欢感受我头上所有的毛孔和健康。这也是一件很有趣的事情，但是我之前从来不知道这件事，而且我还以为他们是一种耻辱，但不是在这里。哈维，一个非洲女孩，无论如何康巴和马赛真的很精彩，他们不可以相爱那简直是在胡说，只是他们比家里的女孩子们更开朗。我的女孩完全是放肆，她的表情放肆，但绝对是忠诚和细腻。我最好不再写这件事，因为我想写真实事件，我不能颠倒黑白。无论如何它给了我一个太糟糕的原谅。

他认为恩贵约 30 岁，他有 5 个妻子，他此行带的钱也许会得到两个多。也许只有一个，我的女孩的妹妹。他也许会娶我的女孩，因为我和他是兄弟，我们的关系非常好。但我的女孩要到纽约去，在那里她将看到我杀了所有的动物，这是生命的史前动物数量。因为她看到拍这些照片后，认为它们全是雷龙、飞龙目动物，像是和猛犸象、剑齿虎、爱尔兰麋和巨獭一起生活。

晚上我告诉他们，如何杀死乔治·阿姆斯特朗卡斯特和第 7 骑兵，他们认为我们这是在浪费时间，并应到美国地狱。这是一个可爱的乡村，哈维。

亲爱的，新年快乐。

爸爸

致哈维·布赖特
希莫尼
1954 年 2 月 4 日

亲爱的哈维：

我的右手臂和头部之间已经建立了一些协调控制，现在已经可以用手写字了。如果有事做错了，请原谅我。我给在威尼斯的艾德里安娜写一封充满爱意的信，但在邮寄前我读信的时候发现有一半内容用卡姆巴语写的。

供参考的是第二次飞机爆炸有点严重。我们总是说，"你永远打不败我，你这个王八蛋"，但我肾脏破裂，或者只有一个肝，每晚脾（不管她是谁）脑积水渗出浸泡枕头，烧成秃顶等（你也看看可以得到一个多大的冲击），不得不在火上做两口深呼吸，从来没有真正帮助他人的东西，除非圣女贞德转世为查尔斯·戴高乐将军。同样左眼失明（总之一直不是很好）。

哈维，这比诺贝尔奖获得者福克纳的玉米芯有点更粗鲁。

玛丽小姐真的很好，稍微有点神经错乱，可是却又相当勇敢和可爱。

我一度或多或少有点犹豫不决，但是现在已经停止从所有孔口流出，一直到宣布获胜。但是读比利玫瑰很滑稽，以色列一定穿戴便宜的。如果你知道任何波多黎各人，请代我向他们问候。

哈维，孩子，此刻事情不好。在临近我死亡的时刻，我有机会想到他们。但是我只知道一件事是好的，如何遏制和反击，把它踢走。

做个好孩子，有时间的时候我会过来看你的。感谢你帮了我个大忙，并致电乔治砍男森，哈他，小姐——我的爱人？如果不是太麻烦的话，还须请你致电乔治布朗—西第 57 街 225 号，致爱玛丽小姐及我的问候。

你永远的，爸爸

欧内斯特

致艾德里安娜·艾文奇

法国尼斯

1954 年 5 月 9 日

最亲爱的艾德里安娜：

昨晚我给你写了一封信，但是我仅仅读了一遍后就把它撕碎了。现在已经深更半夜了，它也毫无价值了。

昨天，我从托里诺到库里奥的时候是一段非常开心的旅程，能够看到可爱的绿色山谷和不远处的雪山。然后我们翻山越岭，穿越隧道，取道于其他关隘，之后抵达了尼斯。这段旅程真的很不错。

四点左右天渐渐地亮了，春天也在悄悄地来了。

女儿，你知道我多么想念你，离开你就像断指一样痛。谢谢你对我这么好，关爱我。

对于我们共同的经历我很看重，但是除了目前生计你只做了一件有意义的事。

不久我就会把这丢掉，这样我会更加努力平静下来，就像亨利·詹姆斯作家，你读过亨利·詹姆斯的著作吗？他是一位伟大的美国作家，来到威尼斯，看着窗外，抽着雪茄沉思着。他出生太早，从来没见过你。

威尼斯－米兰在斯特雷德汽车中是最庸俗和可怕的。结果，有许多迹象你不能从签收中看到迹象，只有美丽的加尔达湖。

英格丽（褒曼）她同样的美丽动人，甜美善良，嫁给 22 镑的变节者（罗伯托·罗塞里尼），这不是嫉妒。也许他就是未被发现的 42 镑的变节者，还好他尽可能地对孩子们做出了相应的一些补偿。

旅行第一天的伤害背后让人感到非常的恶心。你也许想象不到会伤害得如此彻底，昨天一整天的时间几乎都是在伤痛中度过的，也许今天会好一些吧。我们先参观了塞尚和凡·高的乡村：圣雷米，普罗旺斯地区艾克斯，然后又去了蒙彼利埃阿维尼翁和尼姆。

女儿我爱你，你不会知道我有多么想念你！你知道我们是相当不错的，也许没有这些不愉快的事情发生，我们也绝不会发生争吵。

亲爱的霍奇（A.E.霍奇纳）非常好。我还不如一个伙伴，因为我的死亡将带给你无限的孤寂。但是我们开玩笑的，他的内心充满了激情、好学。

请代我向多拉小姐（艾德里安娜的母亲）、杰克和弗朗西斯他们问好。我非常高兴能成为你的家人。希望我没有给你们的家庭带来太多的累赘。

今天，我会全力地陪伴霍奇。

我将会一直爱你到永远、永远……太阳已经升起来了，今天是一个非常好的艳阳天。

女儿，我要告诉你一些其他的事情。

我爱你（平静的）。

也许可以听到你的声音（悄悄地）或看到你。你好吗？

爱你！

爸爸

致阿尔弗雷德·赖斯

瞭望山庄

1954 年 7 月 12 日

尊敬的阿尔弗雷德：

关于 1953 年的收入，你可以从斯克里布纳出版社 1953 年支付给我的金额和售书所得的总金额中扣除：

《老人与海》的电影版权——这些你已经有了记录。还有分配和利润所得一些收益——你可以从纽约信用担保公司获得。我还直接从 W. R. 华纳公司得到 400 美元。

1953 年从乔纳森·凯普处获得的收益由凯普支付。电报挂号，伦敦，乔·凯普。

国外的收益、收音机、电视、其他版权——这些你也有记录。你可以直接从《时尚先生》获得支付。

乔·凯普将打海底电报到伦敦作为回复，《时尚先生》将打电报。从伦敦发海底电报比从纽约发到这儿便宜许多。

1953 年 6 月或 7 月《观察》杂志支付 15000 美元——花费之时即已提前支付。1954 年 1 月支付另外 10000 美元。

玛丽从《时尚》杂志获得 270 美元，从伦敦《当代妇女》获得 90 美元，并从国际纤维棉获得 150 美元红利。

从《观察》杂志所得的钱于 1954 年支付。

我认为应该没有任何的代言费。虽然我曾代言过派克钢笔和百龄坛啤酒，但这已经是数年前的事情了。

供你方和负责机构参考，1953 年包机的所有费用对于探险是绝对必要的。大多数旅行队使用的飞机比我们使用的广泛许多。1953 年，我们从该年 8 月 22 日到 12 月 31 日进行远征旅行。在蒙巴萨，菲利普·帕西瓦尔加入我们的旅行。我支付了汽油费用、雇车费、开支并为聘请其购得全部装备支付费用。我能够向你保证，我们的旅行费用比任何其他相同时间的旅行花费更少更合理。

我希望你会向国内税收人支出一些钱，因为花钱挣钱是有必要的。当然他们知道这点。但是，让他们计算我最后一次到非洲所创造的应纳税的所得量却是非常有趣的。制作了《乞力马扎罗的雪》，这是盈利颇丰的影片之一。我相信，我本人支付了125000美元产生的税金，我不知道20世纪福克斯公司就此项支付的税费数目。此次去非洲也产生另外的结果，即作出《非洲的青山》和《弗朗西斯·麦康伯短促的幸福生活》，这些小说改编成影片后为政府创造了大量的钱财。我最后一次到非洲一定为国内税收创造了一定数目，但我并不清楚计算方法。

请问您是否愿意告诉他购得此类材料是极其昂贵和极其危险的事情。如果我没有乘坐过飞机并险些因此丧生的话（因身染阿米巴痢疾），我不会创造出来《乞力马扎罗的雪》这本书的。而且此次行程是我为其创造的金钱数目，也完全取决于我能否达到的最佳的身体状况和不担心税金而安枕无忧进行伏案写作。

他们不会让作家费尽心思取得的其他人无法得到的材料而使其贬值，这些材料都会得到回报的，因为这些材料有着其他人的材料无法实现的效果。这次我有一些非常精彩的材料去写作，但是当我应该写作的时候，我却又在到处搜寻收据和这样互通的书信。关于制作《老人与海》影片时所进行的现场研究工作的开支：这些所有开支均合法。我还有比这项开支更多的一些其他开支，但是我正努力工作而且只专注于我的工作，我就没有考虑会计核算的一些事宜。自从我大量使用现金以来，我所需要确认的开支是我开支票的时间。你无法沿着古巴海岸开支票，而远在非洲也无法得到支票，因为那儿的人不用钞票。他们想要的是硬性货币，而会用铁盒盛着。杀死狮子后，偿付工作最努力的猎人时，他们会像刺其他东西一样刺杀你，自己却在刺荆林中打滚，喝着自己酿造的饮料嘴边泛着泡沫，向你炫耀他自己的英勇，而不是获得收据。酋长不识读写。也许你会试着让他们按手印。但是我自己总会有些不耐烦，没法获得需要的设备。迄今为止，许多时候我都是抱着钱去睡觉，并真正明白在这儿不会有任何费用。

阿尔弗雷德，我们的飞机撞毁前是非常非常艰难的一年。但是因为我拥有一座钻石矿，如果我们留在此处，我能够从深海泥中挖出石头，然后再进行切割并打磨。如果我可以这么做，我能够赚更多的钱，比能获得折扣的任何得克萨斯州石油工人还要赚得多得多。但是，我也曾遭遇比任何都更糟糕的处境，但我都未曾放弃；其实，我本来就应该是为了美好生活去踏实工作，而不是想为任何其他事情担忧。

如果我忘记了一些收入，我发现后会算入其中，请你核对我所说明的所有收入来源。很抱歉需要你检查电报，但这是一种很节约的方式，我们曾试图尽快为你收集资料来作为对你的一些补偿。但因为我不太熟悉新的税收法，所以玛丽罗列出了各种事项，这些提供给你以期确定是否可减免税收。

你知道问题是这儿的娱乐生活。发生大事时，你得做许多事。该年（1953年）发生了许多大事。我认为玛丽的估算不会超过准确值，但关于此事你比我了解得多。我知道你做大生意时会花大量钱，对在做大生意方面而言，这个地方和纽约的办事处一样重要。如果你认为这是与城镇通讯的唯一途径，可以雇用司机胡安，他每月工资最多不会超过50美元。我可能有所有工作人员的工资单，其中包括必须要报税的项目。但我以其他自己不索赔的方式支付，例如有无法解决问题时的医生账单、医院费用、为其建房的花费、贷款等。

祝贵夫人和菲利普身体健康，同时也祝你事事顺利。

真诚的
欧内斯特

致伯纳德·贝伦森

瞭望山庄

1954 年 9 月 24 日

亲爱的伯纳德：

收到你的来信真高兴，我知道你一切都好。你说得太对了，我们永远都不可能在任何时候如愿以偿。在很长一段时间之后，我们重新阅读这段历史的时候，我们或许会觉得真的成功了。尽管有时候我必须从别人那儿剽窃，我想也没有人会知道这件事，但是我从来没有这样做过，因为我自己创作的东西才会令我开心。一个人总是对他最后写的东西有幻觉，所以我对《老人与海》这本书非常有信心。我每天的写作都会有一些令我感到惊喜的事情，我还希望第二天我就能够创作出我前一天真实经历的许多事情。我写完之后还会阅读和修改三至四遍。因为我觉得其中肯定会有一些错误，当我每次读自己写的作品时，我就像读者一样会产生真实的感受，而并不是像作者的感觉。我读自己作品的时候是充满感情的，我知道你一定会相信这不是一种敬仰的情感，因为我确实做到了这些，因为我在阅读时我的思想仿佛和书本完全分离了，就像是在阅读一个去世多时作家的作品一样。

我们已经到了说真话的年纪，我告诉你这些事出于自己的好奇心。我独立创作的其他作品里的一切东西，像《丧钟为谁而鸣》里的帕布罗和皮拉，还有他们摆脱村子里的法西斯的经历，我有机会阅读了一遍，完全被震撼了，不敢相信这竟是自己所作。你知道这部小说吧，或许说是散文比较合适，这可能是我在写作中最粗糙的交易。你没有这些参考，这些陈旧但重要的参考。你只有空白的纸和一支笔，还有必须要真实创作事件的责任感。你必须写出那些并不明显的东西，并且让他们可以完全被感知，看起来正常。只有这样创作的东西对于读者才是阅读体验的一部分。显然，这是不可能的。这就是为什么当你能够做这件事的时候，你会认为是如此的有价值。但是，如果受雇或者签合同来做这件事，就像受雇做一名炼金术士，也就不可能会有这样的感受了。

但是伯纳德，我觉得我们不能悲观地去看自己的所知所做。我们应该因我们的所做而获得奖赏。我应该很骄傲的，这只是低调的陈述，如果我能有你那样的服务记录就好了。其他东西是难以得到的。山峰已经被爬遍了，一些非洲那样的老地方和值得游历的国家也已经走遍了。许多人在传教士或者詹姆士·戈登·班纳特资助这些地方之前就已经见过所有的东西了。

宣传、赞誉、谄媚，或者仅仅是流行都没有什么特别的一些价值。如果一个人只怀疑这些的话，它们甚至是极其有害的。请原谅我，假设我们是同龄人，但是我已经经历过了这些重要机构的毁灭，而通常人却要花很长时间才能达到这种境界，也请你要原谅随着毁灭而来的粗俗，因为我们的生活期望或多或少有一些是一样的。我没有权利去请求一些原谅，因为我只有 55 的智商，但是在我所在的乌卡巴族里，你的智商肯定要比 55 高，而一旦你意识到你自己比其他人智商高的话，那也会有一些人知道他们比你的智商还要高。但是你已经到了一定年纪了，如果不谨慎的话，也会经历这样的事。

现在我已经完成了我应该做的一半了，现在一切都在朝着好的方向前行。但就像动物容易受到天气的影响一样，我也会因为下雨、闷热这些天气的变化感到沮丧，因为脊椎骨有时候也是会感到有压力的。

这种恶劣的天气持续 6 周后，然后就能够迎来好的天气，而这样的好天气给你自己非常愿意去写作的冲动而不是强迫着去写。我就是这样简单的作家，我在书中描写的气温和天气基本上都是和室外一样的。今年的这个夏天天气真的很热，但是我不希望给我的任何一个读者带来痛苦，所以我就一直在有空调的屋子里工作，然而事实却证明这是个错误的工作方式，因为这就像是在压抑的机舱写作。你是写完了，但你的作品就像在温室里完成的一样。很可能我会把所有写的都扔了，但是也可能在早晨当一切都恢复了生机，我会将这个在冷月酷似非洲的庄园里清新的空气、早晨鸟儿的鸣叫和所有可爱的事物都融入我已经完成的写作中去。但是伯纳德·贝伦森这里不像非洲，因为没有青春，没有所爱的人，没有早晨醒来不知道今天会发生什么但知道一定会发生点什么的感觉。这里非常无聊，但有时候你在乎的人的偶尔拜访却能让你振奋。我想你在赛德里奥的时候应该过得很幸福吧，而且你总是过得比我好一些，因为你的书比我多一些。非常感谢上帝赐予我们书籍。我希望我们能够多做些贡献，来帮助人们写出有价值的一些作品。玛丽本来要向你问好的，可她现在正在晒太阳。我想没有问她就代她向你问好，应该没事。我们对你的祝福。

欧内

这封信是我口授给一个新秘书让她来书写的，所以你读信的时候得认真点，得改正一下她的一些错误（我自己改正为时已晚）。而这封信简直是一派胡言。

欧内斯特·海明威

致乔治·M.阿伯特①
瞭望山庄
1954 年 11 月 30 日

亲爱的阿伯特先生：

非常感谢您的来信。这个是我一直在等待的答复，直到发表那个声明之前，我相信大使先生会在宴会上看到这个代表我个人利益的声明。这个声明随这封信一起寄给您，我希望会达到效果。它的篇幅有些类似于演讲稿，但这也许就是一个优点。

今天下午大使馆的公共事务官员剪辑了这个声明的一个片段，预计明天会提交给您，适当的时候会转交给瑞典播音电台的。我之所以这样做，是因为瑞典播音电台在这个问题上不给我机会。瑞典荣誉总领事馆已经在这儿给瑞典播音电台录制了一个广播节目，相信这个节目几天以前已经发走了。

请允许我把最诚意的祝福带给大使先生，如果他还没离开的话，请您转告他：我很抱歉，因为我的那个声明让他产生了许多

① 阿伯特负责斯德哥尔摩美国大使馆事务。

的压力，所以我会尽可能地减少一些篇幅。

我很怀念我们在马赛的那场会晤，同时我也希望您能够在斯德哥尔摩过得愉快。但是很遗憾，没有在斯德哥尔摩见到您，希望我的医生能够允许我的斯德哥尔摩之旅，也许下一次我就会在那儿遇到您。

您忠诚的朋友
欧内斯特·海明威

如果涉及演讲方式的计划有任何改变，希望您能检查一下，并写明适合的致敬语，谢谢。

致多尔曼·高恩将军

瞭望山庄

1954 年 12 月 23 日

亲爱的秦克：

很抱歉我一直没有给你写信。最近主要是因为工作缠身，像是写新闻，拍摄照片，而且你也知道我对工作的痴狂。我近来一直在构思一本书，内容是有些类似于婚外恋之类的书。

我不知道所有的事情由于你而告终，那会有多么糟糕。这真是让人震惊同时也令人懊恼。你对这总是报以玩笑，但我却从不知道这样会走火入魔。

希望这个"劳瑞·索伦"的角色不会让你感到龌龊，我自己的经历就是那样，而你曾经跟我说过那是一个错误。随信寄去一本复件，其内容在斯德哥尔摩的时候已经定论了，谈论那些事情也可能是个错误，但不管怎样我尽量简单地说。希望你会从中明白一些事情，尽管只有你和我知道。

关于"茅茅"运动你应该也感觉到一种平静。那是一件很奇怪的事情，尽管这个事情说一说要比我写出来好些。

秦克，请你记住，你在我这儿随时随地都是非常受欢迎的，只要你愿意，那你在我这儿待多久都没关系的，而且我也会处理好你的往来行程安排以及其他的相关费用。我很想来看你，想要待在你的身旁，但是此刻我哪儿也去不了，因为我要把这本书写完。

今年真是个纷繁忙乱的一年。你知道尽管我们从没有谈论过战争受害者的问题，但在默奇森或布蒂亚巴我也不会刻意地去争取那些类似垃圾的东西，除非我要照顾玛丽的生活，而且我必须要生存下去，因为这是一种被曲解的责任。但我相信我会一直待在那个在布蒂亚巴战火中焚毁的风筝里的，然后我会等待玛丽出来，也许我还可以见到 1954 年的岁末，而她也会见到我，也会感觉到我。我俩把这叫作"黑色傻瓜"，单身的男女他们是永远不会明白的。但有一些时我已经厌倦了疼痛，有时甚至觉得那是一种卑微的感觉。

你知道我曾经一直是可以带来快乐的人，而现在这枚瑞典勋章既没有带给我愉悦也没让我感到高兴。它只是意味着一种用来缴税的财物而已，否则，除此之外，也仅仅类似于以某种证书的形式侵占你的私人空间。昨天去海岸边旅行了，暂时远离了电话的侵扰，抓捕了几条鱼和几只绿色的海龟，正准备将它们切开，清洗干净，并包裹起来进行冷冻的时候，下台的巴斯克政府代理官员打来电话了，而且葡萄牙总领事馆、中国领事馆都打电话来了。

水和电的供应都已经切断了，不过我可以用手去摇晃一下它们解解闷，有只海龟的脚被弄破了，愿上帝带给它们一些好运气。

最好不要认为我会和当地的反对派抗争，虽然我不喜欢苏格兰人的方式，但是我既不能前行也不能后退，当然我也不喜欢处于这种两难的境地。

我猜你所说的战争类型不是以执行非正规军以前遭受失败的作战规则为根基的，也不是在一堆杂乱无章的事情里面思考问题。

那一定很好笑，在地狱里安静地坐在一个冰冷的煤渣路上，听着悠扬的萨克斯。

我很高兴，你也去看默奇森的瀑布了，我相信你的这段旅途会很甜蜜，你那天晚上应该就到那儿了。真是太好笑了，我们相信再见面的时候我会有很多有趣味的事情要告诉你。我不知道别人会怎样的，但是我见到你一定会欢呼的，如果你不能来这儿的话，秦克，我要去爱尔兰了。

请尽力原谅这样一封有些愚蠢的信件吧。我们是经过了一个猛烈的西北风回到家的，有 5 个半小时的时间我在掌舵，守候在"飞越桥梁"号，尽力地展示我自己，有 3 个小时左右的时间，结果是我想那样做却不能。我过去曾经在"飞越桥梁"号上掌舵 15 个小时，而且掌舵 25 个小时没有休息过。现在身体有些受不了。在横穿圣伯纳山隘狭长地带时，那种卑微的感觉甚至超越了心中的烦恼，那是真的，行驶到意大利海岸的时候感到很高兴，在到达奥斯塔、老卡里瑞尔的米兰口岸时也有许多高兴的事情。

秦克，我们之间有许多高兴的事，你还记得我们在安吉尔豪饮吗？在那里有七叶树像打过蜡一样光滑，还有我们在莱斯安斯的鲍勃竞技队。在巴黎的那个锯板厂，我们都是很高兴的。巴黎是个令人非常愉快的城市，然而我们还有许许多多快乐的事情，我知道我肯定会从这种毫无价值的方式中摆脱出来，因为我发现这会浪费我很多时间去理清头绪。

身不由己真是一件令人痛苦的事情。不要忘记我们也许会英年早逝，而且也不会名留青史。我们面对太多的逢迎，你以自己聪明的头脑和一名战士的荣誉，却总在自己的军队里受到质疑，我永远不知道一个头脑聪明的战士也曾不会有一个好的结局。

如果你是一个作家的话你一定会觉得这太糟糕了，因为我会总是怀疑这些，而且我绝不是个胆小鬼，那只能表明我是一个有勇无谋或者感情麻木的人。如果你在严刑拷问下还能够保持不哭喊，那么你不要无意识地使自己受伤害。

我们会在日常生活中遇到许多痛苦的事情，而这些事情恰恰是我们不得不承担的。愿你及你们一家圣诞节愉快，我们俩会在 1955 年就这个问题再进行讨论的，也会彼此珍惜见面的机会。

玛丽让我替她问候你们。

秦克，祝你好运。

欧内斯特·海明威

　　致菲利普·帕西瓦尔①

　　瞭望山庄

　　1955 年 9 月 4 日

亲爱的鲍勃：

谢谢你的来信以及你对孩子们的问候。帕特里克写信告诉我

---

①　菲利普·帕西瓦尔，马查科斯，肯尼亚，参见卡洛斯·贝克：《海明威的生平故事》。

他工作的事情了，他准备和一个叫罗素·道格拉斯的猎人开始一个为期42天的狩猎旅行。他们已经狩猎两个星期的时间了，目前的进展很顺利，到现在还没遇到什么大的麻烦事。他也告诉我有关汉妮工作的一些事情，而且她的这个工作挺好的，她是不想一个人待在约翰的小店里，她永远不能经营一个店铺或一个农场，因为她更适合于忙忙碌碌的生活。

帕特里克写信给格里高利说他表现得很好，非洲大陆让他视野开阔。

我的担心也没有太大的意思，因为鞭长莫及。但你如果有时间，非常感谢能透漏些消息给我。

我们正在进行《老人与海》中捕鱼方面的实景拍摄，第一天捕到了422—472条的金枪鱼，昨天的命中率比较高。我们今天凌晨四点就起来了，一直捕鱼到天黑。昨天在浮桥上驾驶了7小时，但之前是每天要驾驶10小时。就像故事中描述的一样，有4条帆船，由两个动力船进行控制，我们与摄像机靠得很近，这样方便拍摄捕鱼的场景。每条船上有一个大型的宽屏幕式摄像机，另外还有一个用于拍摄格斗场景的摄像机。这些摄像机从齐肩的高度拍摄，转换速度很快，而且拍摄精确。我们回程的时候，升起了船帆，两只船同时捕鱼，大伙一块儿唱起欢乐的歌，奋力将鱼叉投射出去。中午的时候，玛丽拿出准备好的热饭菜，小船上的饭菜是为捕鱼人准备的，而大砂锅里的饭菜是专门为摄影船上的人准备的。我们给他们准备的伙食相当的丰盛，有火烤龙虾、烧鸡及烤牛排、黑豆、米饭，还有沙拉和水果、木瓜和橘子等。我们在科希玛渔港的餐馆里就已经准备好了这些食物，另外，我们还准备了冰块这能让大伙保持兴奋并感到高兴。我今天掌舵并在船上守夜，一直航行了1430—1600海里后在距离家有大约16—

18 海里的时候，我才从座椅上下来放声歌唱。玛丽很喜欢这个场景，因为她说这很像在海洋上的游猎假日旅行，而且她很自豪在自己的船上进行这样的旅行，也很高兴受到大家的欢迎。看到一个女孩每天都会给他们准备热的饭菜，队员们的士气也很受鼓舞。小船上有 14 名摄影师和 8 名捕鱼人，格雷格里奥、我的副手、我以及玛丽、恩里克（马依托的表弟）和他的副手，以及他的徒弟都在第二条船上，这真是一个小规模的游猎假日旅行。我们有一名随船的医生，同时也为大家调酒。迄今为止，大家都感到很快乐，对这次旅行也很着迷，我们的准备工作做得很充分。大伙都说着西班牙语，气氛很融洽。但是只有 3 天的宝贵时间，还有 12 个预定地点要去。虽然水流很湍急，但在月亏即将发生的时候，我们的捕鱼效果应该会更好一些。如果我们在这儿不能捕到足够大的鱼，那我们就得去秘鲁的卡沃布兰科，因为在那里随便的就能捕到 1000 磅以上的鱼。但是这里的鱼生长速度快，行动迟缓，体形超大，它们大部分都是以乌贼为食，而乌贼的体重就有 40 磅。所以这儿的鱼体重都在一磅左右，但是如果我们能够有幸捕到几条巨型的嗜血的鱼，那它们以后一定成为我们谈论的焦点。

今天是星期天，所以我有时间给你写信。谢谢你告诉我关于孩子们的事情。帕特里克信写得很好，但是他从来不写信，即使有任何的麻烦他也不写信，吉基也是这样的，所以我很担心会一直收不到他们的信。我们每个人都希望有马依托的消息，我还见过他的大儿子，他说在马依托那个地方一切都挺好的，那里牛群肥壮，草料充足，他们预计 1 月可以往市场销售 200 头生猪，糖厂和水稻的收获都很好，另外马依托还可以待在户外打猎，做一些自己想做的事情。他的孩子越来越聪明可爱了。如果马依托稍有停歇，也许格里高利会继续，上礼拜人们都回来的时候，格里高利却不得不停下来。整个礼拜每天都捕鱼 10—12 小时，这样也不错，就是天气恶劣。还有 5 天多的时间，又是礼拜六，必须要写几封商业信函了。两台摄影机今天需要休整一下，明天可以晒太阳了，玛丽让我代她问候你及你全家，还有妈妈。

　　永恒的祝福。

爸爸

　　致伯纳德·贝伦森

　　瞭望山庄

　　1955 年 9 月 18 日

亲爱的伯纳德·贝伦森：

　　在你 90 岁生日来临之际（6 月 26 日），我给你写了两封信。一封是在天刚蒙蒙亮的时候我写的，而另一封是在中午写的。但是信都写得不是很好，所以我没有寄出去，我心里感到有些不舒服，还有些嫉妒，你经历了那么多的人生岁月，而且你还有机会做好自己的事情。虽然我们都有机会做好自己的事情，但很少有人能够在活到一把年纪的时候，还能头脑聪慧地做一些自己喜欢做的事情。这两封信对某些人而言是真心流露，可能你永远也不会看到。但这真是封感恩的信，非常感谢你，我预祝你生日快乐，同时也谢谢你给我的那个书目提要。

　　现在让我们欢呼一下，我们俩都还没有老态龙钟呢。不久前的一天，我发现自己有一个很不错的奖章。这里有一些政治活动，有些人会说：请记住拿诺贝尔奖你也有权利。说句表白的话，我可能真的忘记自己拿过诺贝尔奖，那只是个象征而已。

如果你愿意阅读，会感到我写的篇幅比较长而且也很认真，这对我也很有帮助，我不喜欢用打字机（我有一个新的），而且我不必用那个旧的打字机打印字母，因为那本书有594页，有防尘的封面，不幸的是有些页要撕掉。

你觉得我给晚间邮报写的那个剧本怎么样？他们请我来写个剧本，我在你编的那个书目提要里看到过类似的。可关键的是我的时间不够用，现在没有时间写那些东西，虽然写那些东西也是件很愉快的事情，但还是会耗费我很多精力的，所以我宁愿给你写封信。

除了那本书之外，我一般只给我的孩子们还有在威尼托和弗留利及非洲的朋友写信。我的两个孩子现在都在坦噶尼喀，其中一个是优秀的画师——就是帕特里克，他正在学习做一个猎手，到9月15日他已经在狩猎旅行队中度过了最初42天的实习生活。他已经可以自己狩猎了，是和一个象牙狩猎者在一起，那个人叫玛姆，他们的行动很出色。我在这月里买了帕特里克的很多幅作品，因为那时候他刚好正在举办一个画展，最后，但愿他不会被野兽吃掉，这样他能够花钱将那些野味买回来。

我希望他会见到你，因为他有点像天使，不过他不是波提切利画中的天使，他像是印第安北部夏利安人的天使，因为那里也有善良的天使。

再见，亲爱的朋友，我要去见卡朋特了。

玛丽和我祝你们安好。

欧内斯特·海明威

祝你在意大利度过一个快乐的9月，我也一样。

致伯纳德·贝伦森

瞭望山庄

1955 年 10 月 24 日

亲爱的伯纳德·贝伦森：

听到你生病的消息后我们都很遗憾，大家希望你赶快好起来。如果你能在小镇上度过这样一个美好时光也是很不错的。

除了有一些字迹不清楚之外，我可以辨认出其余所有的文字。我现在也很少和其他的人通信了，比如老埃兹拉·庞德，他现在的反应有些迟钝了，而且他极端的反犹太想法和孩子气有时会让我很反感，所以我不会再给他写信了，但是他绝不是一个无赖，因为他有时反而自负得近似于一个很优秀的诗人，现在他写给我的一些东西都是有些夸张的，写的东西里面都是一些晦涩难懂的文字，现在阅读起来很费劲的。但是如果你的字迹也变得就像猜测密码一样难以辨认，那我会崩溃的。

从六点开始，我就一直在写东西，现在天亮得有些晚，每天都要抓紧时间工作。天气有些反常，不过对工作倒不影响，已经写完全书的 650 页了。目前在竭尽全力地投入写作，就像一个优秀的橄榄球学徒队员，我知道他们确实真的需要橄榄球队员，我会做得很好的，但一开始也许会像个板凳队员。在快要写完一本书的时候，可能会表现出大师的风范，但是不管怎么样，如果在一开始写作的时候就觉得自己是大师的话，可能最终就会很让人反感。

我在感到疲倦的时候，就稍微模仿一下福克纳的放松方法，我简单展示一下如何做。这个动作有点像放松肌肉的手指运动，如果是不懂音乐的人可能误认为我是在弹奏乐曲。

有时我想知道健全的音乐教育有什么优点，有什么缺点。当然对音乐没有太大的错觉，这肯定是个优势，对我而言，在我那音乐知识贫乏的头脑中，接受一些复调音乐的知识，类似于知道一些简单的欧几里和几何知识，但是，也许不关注这些东西，或者实践一下会更好。

我和玛丽都给你送上最美好的祝福。希望这个冬天会很好，虽然有可能会是个严冬。岁月的流逝总会让我们失去很多的朋友，这似乎有些滑稽。

因为当我们失去他们的时候我们并没有浪费时间，我们也不是在混日子，我们只是不得不陪他们一起走过最后的人生岁月。

对时间而言，这好像很神圣，现在是 9 点半，我听到了在圣地亚哥波孔斯特拉，人们集会的喧闹声（你喜欢那儿的门廊吗）。我在那生活 3 年了，在此期间我尽力学习了解一些知识，每天都是如此，我了解最多的就是如何用老鹰狩猎，有些小的教堂有自己的猫鹰，我记得有天早晨在一个教堂里，一个农妇走过来问我：你们到底去哪里享用耶稣的躯体？我相信她一定以为我在教堂工作。我回答她：在这边，女士。

生活中有很多愉快的事情，所以我不会抱怨的。

欧内斯特·海明威

致哈维·布赖特

瞭望山庄

1955 年 11 月 14 日

亲爱的哈维：

请你告诉帕特女士，我现在只是在困境中前行，而不是失去平易近人的品性。她是我最喜欢的一个朋友，请你代我告诉她，嫁给一个作家可能有些不好的方面。比如一个作家自己生活的话可能会很好，但是两个作家一块儿生活就是灾难了，要是三个作家生活在一起，那就是一场闹剧了（一个和尚挑水喝，两个和尚抬水喝，三个和尚没水喝）。

福克纳先生把他的间谍小说《猎人故事》。（大森林，1955年）送给我看了。这本书不是专门给我看的，所以我也不用回答。但你如果无法避免要遇到他，请告诉他，我觉得那些故事写得很好，情节精致，如果他亲自参与狩猎，那故事还会写得更好。

这些文档可以归于势利类：第一级别。

劳福林他写了一封很有教育意义的信给我。我现在感觉很难和埃兹拉进行沟通，因为他改用了一种陌生的方言，虽然我可以用非洲方言把这种不熟悉的陌生方言讲得很好。但是埃兹拉如果想用英语、拉丁语、法语、西班牙语或意大利语给我写信的话，我就只能尽力理解他的意思了。我不会讲满语和广东话，也不会讲他们谈话时所用的四川方言，更加看不懂那些文字，而且我的藏语水平也很一般的，我只能简单地说一些，或者在关键时刻我也可以简单地用方言以指挥一个小团队，但是埃兹拉却能将这几种语言混为一体使用，可是我却无法做到这些。

所以我猜劳福林先生有很大的问题。他已经在用佛留利语给埃兹拉写信，可能有些冒险，这是一种边缘地带的方言，只有佛留利本地人才会说或听明白。但是在圣·伊利莎白医院用他们所知道的方式，借助图形表达的东西已经够糟糕了。

　　对于布朗，我真的很遗憾。但是你也明白我为什么不给他写些文章。不管怎样创作其他角色使我的周末增添了不少色彩，虽然我一直工作得很辛苦，但是我也觉得很幸运。今天早晨6点的时候，我打开收音机后听到了一个糟糕的新闻：伯尼·博托和舍伍德离开人世了。① 虽然人们可以将这个消息记入史册。最好笑的是我想起了前些时候关于博托（一个杰克教门徒）的事情，是一个弹道学专家写了一个有关西方世界的文章，他说人们的服装穿着款式让他感到非常的不适，诸如蓝色的牛仔裤等，在东方世界的时候，作为一个职业的西方专家和历史学家，他从不存钱，因为他有可能会在午夜时刻，或者就像在赛马场那样在即将被从马背上甩出的瞬间走出困境，那时他就可以买一件你在冬天时穿的保暖的帕莱顿了，他也从未遇到过这样的一个打击，也不会因为看见道路上堆满了齐腰深的雪，为了马能走过去而将跑道毁坏。他是一个精力旺盛的历史学家，同时也是一个很糟糕的家伙，他不得好死。当我们在早晨的第一缕阳光中愉快写作和轻松散步的时候，坐在安乐椅上的那个家伙就是他了。已故的博托是个射击教员，可他从没有拿枪射击过，只是写了3本相当不错的书，还有6本书，里面则都是胡说八道。我希望他加入使徒约翰的殿堂，在那里他们永远不得安生，除非有人不愿意和他们一起在酒吧里喝酒。

　　好吧，我们不需要过分交际，也没必要吹毛求疵的要求，我坐在马桶上的时候写了两段简短的、还算是正式的祈祷词，祝博托的灵魂安息，让任何想埋葬他的人把这个家伙给埋葬了吧。

　　时间有些久了，哈维，我写到了689页，希望我是个幸运的年轻人。我让它赢得了胜利，但是最后功亏一篑。我准备休假

---

　　① 伯尼·博托死于11月13日，罗伯特·舍伍德死于11月14日。

了，想和玛丽去加拉加斯观看 11 月 27 日到 12 月 4 日路易斯米歇尔和安东尼奥杜尼斯的拳击赛。遇到好玩儿的事情我会写信给你，让你也知道。

带给你们最诚挚的爱。

海明威

致阿尔弗雷德·赖斯

瞭望山庄

1956 年 1 月 24 日

亲爱的阿尔弗雷德：

从我们在布蒂亚巴又一次破产了，而且并被搞得焦头烂额，虽然时间现在已经两年了，但是我总感觉如果不提破产那个事情的话，我也许能够清晰地回想起 1953 年上半年的一些往事。

然而对我而言，这件事情发生的过程就是最美好的一些回忆。利兰·哈沃德和他的妻子在 1952 年 11 月就来过了，他们是来处理一件事情。在第一个季度和 4 月份的时候，我制订计划沿着古巴北部的马林钓鱼海岸观察并研究了几个不同的渔民港口，发现了一个可能会超过科希玛甚至代替她的一个港口。

我也调查了这些港口对渔民和船只是否适合，这里的人们真是非常适合成为新闻故事的素材。这唯一的港口不管怎么说都很合适，当然它们也有不利的地方，就当时条件而言，和哈瓦那相比通信很不方便。

我对这些港口都进行了检查后，又对捕鱼情况和场所以及它们的优缺点进行了对比后发现。如果科希玛没有被毁坏的话必然是一个拍摄影片的首选，在四五月份我就计划进行拍摄了，但是现在最大问题就是我要想办法解决的问题。我也考虑到如果遇到了鲨鱼该怎么办，以及鲨鱼会出现在什么地方。我们去过一个叫炼狱一角的地方，那里以前有鲨鱼出没。但是现在它们已经消失了，自从 1952 年异常的天气及不稳定的墨西哥湾洋流以来，鲨鱼问题就迎刃而解了。但是这也还是个问题，我也不懂得要不要反复地考虑。

我们对思彭斯·特雷西和哈沃德期盼了好多次，可是他们却一直没露面。4 月 16 日特雷西到这里待了几天。我和他还有哈沃德，我们三人达成了一个简单的口头协议，并通过律师见证了这个协议，随后我们三人去了科希玛看了一下环境又聊了一些细节方面的问题，最后又谈了一下整个影片的事情，我就知道我应该怎么做了。

在三四月份我沿着北部海岸一直到马林渔港西部的部分渔港进行了两次为期 10 天及 16 天的徒步旅行，其间头脑里蹦出了一个有关影片的想法，准备再构思一下。我已经搁置了其他的项目，并集中精力做好这件事情。

旅行是从 4 月 27 日开始的。我相信在已收讫款项之前，你一定没和特雷西与哈沃德的律师联系此事。我想把所有工作都告诉你，包括影片的计划、调研这些，这件事情现在就是我每天的生活支柱。但这不是像你在办公室每天记备忘录那样，而是顺其自然记录了这些。

导演或哈沃德会问：我们为什么不能考虑一下波尔多艾斯孔迪多？你可能会回答：因为那儿有一只大挖沙船，而且一大堆沙子需要拖运，用于港口口岸建筑物的施工，白天和晚上都有装载的驳船进出。

你苦思冥想并考虑如何让穿越墨西哥湾洋流的小鸟停落在老人与海鱼格斗的渔船上，你也在一个乡村捕鸟专家的帮助下全力地工作，当鸟儿们飞过或停歇在草丛时，这个捕鸟专家可以轻易地捉住它们，然后把它们训练得很听话，让它们停落在事先要求好的地方，不管室内还是室外。

剧本里有许多情节我必须认真研究一下，有的需要保留有的要剔除出去。所以要到今年的 10 月份哈沃德才会物色到导演。今年的 9 月份的时候，我会担任摄影师的角色，在那里我会指导渔民如何在恶劣的天气条件下该做什么并驾驶好船只，以便达到良好的拍摄效果，这些就是我在 1953 年必须努力去做的。

随信附上的是你要求的纳税事宜撤销与委托书。这些天来我一直比往常早起几小时，医生对血样检测很满意，昨天晚上测量我的血压是 132/66。血细胞计数很多，多得不得了，他们认为这也许是我在非洲时练就的。

这是我记忆中的第一次有这么多的血细胞数字，它们可能不是新增生的。玛丽她的血细胞数量达到了 100 万，但她有半年的时间没有治疗病症了。

所以我们俩都遇到这种事情一定是个天大的巧合，但是他们已经消除了菲利阿西斯和阿米巴，并且认为可能是定期的热带贫血症。我注意到在非洲的时候，在高原地区自己感觉很好。无论如何，也没有什么可担心的。现在我们准备做任何你想做的事情。这个影片拍摄完成的时候，我们会很高兴的，而且全去旅游。我一直躺在床上，在书写板上写有关非洲的那本书，已经有 10 天时间没有写作了，而在床上已经躺了 60 天了。我写到了 810 页。

永恒的祝福。

欧内

附件

这虽然不是一纸有效的证件，但它表明了我辛苦工作挣到的钱，我研究的那个影片保留优秀的场景，再研究一下海洋以及要处理的一些问题。现在的剧本，除了一些对话之外，其余的全部都是我辛苦工作的成果。

欧内斯特·海明威

致华莱士·迈耶

瞭望山庄

1956 年 3 月 31 日和 4 月 2 日

亲爱的华莱士：

谢谢你寄过来的信和发送的图书清单。这些都在。有些书可能已经由出版商寄出去了。替我向威尔科克斯表达感谢，谢谢他寄给我的 3 本书。而且我还要感谢查理的伊特鲁里亚书（爱德华·赫顿，《锡耶纳和南部的托斯卡纳》，1956 年）那本书。我徒步走过了很多国家的时候，是这本书给我带来了很多的喜悦。

电影人，有的是平时的烦恼。正好计划好的，我们 4 月 15 日飞往秘鲁的卡沃布兰科，5 月 15 日回来。将会经过迈阿密。

4 月 2 日

电影里面的角色似乎都停止了他们的争吵，现在一切都就绪了。我非常后悔参与这部电影，为了它非常艰苦地训练捕鱼，而且我的体重减到了 209 磅。去年 9 月的时候我重达 231 磅，我从 11 月 20 日到次年 1 月 10 日之间体重下降到了 222 磅，因为我一直在训练所以现在降至最低。在秘鲁的卡沃布兰科捕鱼很常见，我们在这儿有很多的素材，拍到了许多大鱼跳转的连续镜头。埃利西奥·阿圭列斯是很友善的渔民，他是我在当地的好朋友，他来替代我，以防事情有误或替代以让我休息。

寄信地址是：秘鲁，卡沃布兰科，布兰科俱乐部。

当你收到这封信的时候，威尔科克斯可能正载着我，在通常的航线驶往农场，《无翼胜利》，弗朗西斯·温沃－哈伯和我的兄弟，《铭记的夜晚》（泰坦尼克号的故事）；《红、黑、金色、橄榄色》埃德蒙·威尔逊——牛津；《露西的皇冠》，欧文肖——兰登书屋；《沉默的美国人》，格雷厄姆格林。

请原谅这便条写得很仓促。

最好的祝福。

欧内斯特

致菲利蕾·帕西瓦尔

瞭望山庄

1956 年 5 月 25 日

亲爱的波普：

感谢你的来信，我希望枪托能够按时送达，我计查尔斯（汤普森）送了些齿轮、羽毛、钢材、杆子和卷轴过去，替换之前我给你的那些（已在路上损坏了）。希望这些东西已送到你那边了，若未送达的话，请你告知我。

关于那头大象，我感到很抱歉，更抱歉的是我们没能一起打猎。我们都十分想念你。听说你已经战胜了该死的癌症，你还开始钓鱼了，你甚至能随处走动了，我真的为你感到高兴。说不定明年我们还能一起去那边钓鱼呢。我原来一直在想等挣够钱了就回去买条小船，然后送到那边。可惜到现在为止，我这个愿望还没有任何实现的迹象，但是我也许能从别处赚些钱。

如果你能来秘鲁旅行的话，你一定会喜欢上这儿的，虽然这里的海实在有些粗暴。

我的后背已经恢复好了，好得就跟出车祸之前一样强壮。我的头也不疼了，感觉一切正常。你我都生来命大（敲敲木头，注：西方人认为接触木制的东西可以确保好运、甩掉坏运气），我们一定不会忘记在滕格尼卡的那些被当地猎人射伤的动物，它们又顽强地活了很多年。我决定了（再次敲击木头），也一定要多活几年，好好享受一下生活，希望你能时常陪陪我，那将会是再好不过的事了。

你向协会推荐的帕特里克，我认为他一定会是一名很好的猎手，因为他射击技术很棒，而且语言能力强、品行良好。格里高利的妻子要离开他了，他写信给我让我给他一些建议。我给他回了信，但我并不确定那些建议是否能帮到他。如果有任何关于这两位老兄的事情是我需要知道的，请你直言不讳地告诉我。因为你是我的朋友当中年岁最长的一位，而且你还是我最亲密的朋友，所以我们之间尽可知无不言。因为格里高利若不是遇到麻烦是不会给我写信的，所以我自然会有些担心他。虽然最近几年我已经很少这样担心，但我觉得无论如何，为朋友排忧解难是义不容辞的事情。

玛丽让我代她向你问好。她的一切都安好，我们一起向妈妈献上了美好的祝福。关于步枪（已走合法程序将其注册）的事情我已经给丹尼斯（扎菲罗）写信了，并将枪寄至他现在的地址。

不过现在还没有得到他的回复。当时帕特里克正在希腊列岛度假，我也没办法写信让他帮忙看看。我想亨丽大概是把塞浦路斯当作理想的度假地点了。

我现在要动身了，愿你钓到大鱼！

此致

波普二世

致埃兹拉·庞德

瞭望山庄

1956 年 7 月 19 日①

亲爱的埃兹拉：

明天就是我 57 岁的生日了，希望你能接受我通过特殊渠道转交你的诺贝尔奖章。我将奖章送给你正应了一句中国的老话，这句话你是了解的，那就是"没有舍就没有得"。我将它寄出还是因为你是我们这一代人中最杰出的诗人，这是你应得的荣誉。

我还把它寄给了一起打网球的老球友，他创办了《才子》杂志，他还教会了我心存仁慈，并试着让我在遭遇不公的时候学会忍耐。②

我想要说的还有很多很多，在这里我就不一一赘述了，我现在只愿你和多罗西一切都好，我不愿看到其他人都被释放的情况下，你们却还被扣押着。对于信仰坚定的你们来说，你们所做的

---

① 但实际上海明威似乎讲他的诺贝尔奖章献给古巴沃根·德尔·柯布里的圣坛了。他当时还发表了演讲，后被收录在菲利普·扬和查尔斯·W.曼恩合著的《海明威手稿全集》（帕克大学，1969 年）。

② 见《流动的飨宴》（纽约，1964 年）。黑手党的拒做做证准则：绝不出声。

无可非议，虽然对我来说那是死罪。而你们已经为之付出了惨重的代价。

暂时我做的是监听广播的工作，有时当我收听任务的时候，会听到你们的声音。其实我现在不喜欢这些工作，工作中的某些部分更是让我十分讨厌。但每当我眼看就要胜利在望的时候，我就会写信给艾伦·塔特说应该考虑战争结束后应该做些什么。我告诉塔特，如果你们将被吊死的话，我也会找个脚手架上吊的。塔特说他也会这么做。

好了，不说这些事情了，我也不再和你聊政治了。另外，你会收到这枚奖章和这张支票（1000 美元），这是诺贝尔奖的奖金和奖章。

如果你赢得了这个瑞士的奖项（指诺贝尔奖），那你就连同我的奖金也一起领了吧，具体怎么花这笔钱，你看着办就行了。

你永远的

海明威

致小查理斯·斯克里布纳

瞭望山庄

1956 年 8 月 14 日

亲爱的查理斯：

感谢来信，也谢谢你寄来的读书报告。听说一切进展顺利，我太高兴了，也非常感激你为将所有文章搜集在一起所做的努力。

在我停止了电影方面的工作后，如果我不进行一些自律性的写作，那我那本关于非洲的书就是件不可能的事情了。所以我开始写一些我认为最难写的短篇小说。我写了 5 篇小说都被玛丽拿走了。现在给你的这部是我从非洲回来后写的第 6 篇短篇小说，而且这 6 篇小说都还没有出版。

这 6 篇短篇小说名字分别为《养条眼尖的狗》《花园旁的小屋》《岔路口》《印第安乡里与白色部队》《纪念碑》《泡沫般的名誉》。

后面的 5 部短篇字数从 1200 字到 4500 字，这些故事会有些耸人听闻，因为都是关于军队、战争和人与人直接厮杀的事情。像是关于巴拉克部队激烈交锋，有一支童子军扛着死人行进，还有作家疯了一样地翻山越岭去见出版商的事情，而且这些都是真实的事情，不是耸人听闻的故事。我写的这些和汤姆·沃尔夫以及福克纳的作品完全不同，也并非在文中指桑骂槐。我并不需要倚仗我的名望去写作，我所需要的只是一张旅行地图而已。所以我写的这些故事可能非常无趣，但我想有些故事读来也会有妙趣横生之感。当然，你可以在我死后再出版这些小说，目前我还准备再写 5 个故事。

我现在最大问题就是玛丽的健康状况，她的贫血久治不愈。一周前她的红血球测量值为 320 万个/mm^3，所以她上周输了血而且明天还要再给她验一次血。医生说我必须给她换个环境，因为这里的纬度和海拔对她的健康状况不利。

既然你如此慷慨地提供了这么大仓储空间，那我现在就可以安排猎枪弹药的发运事宜了。

我到纽约以后会把这些事情跟你一一道来。我的那把猎枪子弹是 20 年前制造的，所以我不能随便向人推荐。而我也不能让猎枪在非洲有任何的哑火现象，因为我全靠这支猎枪来对付那些巨大的猫科动物了。对于猎杀皮较薄的动物，装载 7 毫米、7.5

毫米或 8 毫米的子弹，在 5 码的距离处杀伤力比使用鹿弹、实心钢珠和步枪要大得多。狮子和猎豹都比击出去的网球速度快，所以谁会用步枪射网球呢。

　　抱歉，说了这么多废话。但自从你父亲去世了之后，就没什么人可以跟我随便开开玩笑，骂骂埃及人，谢谢你一直都忍受着我的臭脾气。

你永远的

欧内斯特

　　致哈维·布赖特

　　巴黎

　　1956 年 9 月 16 日

亲爱的哈维：

　　玛丽给你们俩各写了一封信，我昨天早晨把信件寄了出去。我们都非常想念既美丽又可爱的帕特，因为你真是太好了，你让我们住在你的房子里，这个对我们而言真是再开心不过的事。希望你那边的天气晴朗，这样能让你们玩得开心。

　　和我们一起在船上的那些人很友善，天气也很好。也许人们喜欢坐飞机（我就喜欢），但没有什么事情比乘法国班轮游玩更有趣了，在运动场锻炼身体，在酒吧享用美食和美酒，再有一位美丽的姑娘陪伴，这些都相形见绌。旅途中没有职业赌徒，酒吧的招待告诉我这样甚至可以拿船来下注。但是道德底线依然存在，并且乘船和坐飞机完全不同。飞机是专栏作家的最爱。

　　单纯地从写作和文字角度来讲，我们此次旅程非常有趣。当然，随船医生他是最热情的一名读者。他收藏了我所有法文版和英文版的书而且还能如数家珍般一一道出，其实好多的书我自己都不记得了。我总共为船员们签了 60 次名，而这次所有船员购买的书，我都会在事后把买书的钱退还给他们。这跟在电影院门口为人们签名不同，一位乘务员告诉我，在他的村子里（位于布列塔尼半岛），有两个小男孩儿将他们的狗命名为圣地亚哥（《老人与海》一书中的人物），因为他们的狗具备这样美好高尚的品质。这是本多奇怪的书啊，也许对我来说停止出书会更容易些，但我总得在死后能留下些传世的东西。

玛丽的状况比我想象的要好一些，但她最近变得有些刻薄了，对我没以前那么好了。

这里夏季的特征很不明显，而且上周有两天的天气都很好，明天我们准备去西班牙了。兰吉亚牌汽车很棒，司机（马里奥·卡萨马西马）的技术棒得像个赛车手，但他在这么拥堵的交通环境下这样的方式开车，仍会把你吓个半死的。坐在一辆开得飞快的车上比被诊断出癌症更容易让人联想到死亡。我们文学圈的几位朋友中有一辆梅赛德斯·奔驰、一辆保时捷和一辆兰吉亚。你可以选择搭鲁珀特·贝尔维尔的奔驰车兜风，他以前是名出色的试飞员；还可以选择彼得·维埃特尔的保时捷，他是个谨慎的人，但一开起车来就不要命；或者坐马里奥·卡萨马西马的兰吉亚，这车是整个乌迪内城的骄傲。我们约定于周二在圣让 - 德鲁兹的 Chantaco 见面，我准备带玛丽一起开车兜两圈。过去曾经慢悠悠地开了一整天的车，那时的路况还不好，但奥托·布鲁斯还有一次和我从田纳西的孟菲斯一直驱车到了基维斯（全程 976 英里）。但我们其实是每隔两到三个小时就换一班来开车，途中我们还去了奥蒙德比奇的朋友家里享用了一顿可口的晚餐。我现在是个驾车老手了，有一回保琳和我驱车从马德里开到了圣 - 塞巴斯蒂安，在那里我们足足地过了看斗牛比赛的瘾。

吹这支号角长长地吸了一口气①。

我衷心祝福你俩，等我们在埃斯科里亚尔安顿好以后，我会再给你们写信的。在去洛格罗诺途中，我们还可以去看看安东尼奥奥迪内斯的斗牛比赛。

海明威

请代我问候西尔维娅和梅，她们是那么的好。

致 J. 唐纳德·亚当斯
西班牙埃尔埃斯科里亚尔
1956 年 11 月 5 日

亲爱的哈维：

我在 10 月 26 日收到了你的来信。我之前是给你写过几封比较长的信，难道你一封都没收到吗？你一定会觉得我们太没人情味儿了。我在东 64 大街 116 号住的那段日子真是太有趣了，非常感谢你们盛情周到的接待（我之前跟你说过好多次，可能你都听烦了）。

玛丽好多了，现在红血球的数量为 406 万个/mm³，不需要输液或辅助药剂了。她患了几次流感，我也得了一回，但是胡安·玛蒂娜维迪亚医生治好了她的痉挛性胃炎和大肠炎。她恢复得很慢，但过程十分顺利。

医生发现了我的一些老毛病，还发现了一些新的问题。所以

---

① 海明威是从何处听说这么优美的词句，这一点并不为人所知。尽管他一直在《太阳照常升起》第 12 章中对罗兰这一角色着力刻画，并将此句暗指龙塞斯瓦列斯修道院，但实际上这句话最早出自《罗兰之歌》牛津版 T. A. 唐金斯著（波士顿，1924 年），第 136 页的 1789 行："cil corz at longe aleine"，出自金卡龙之口。他在听到罗兰发出的那声"阴暗低沉"的号角声后，说道："那号角声真长。"感谢我博学多识的同事维克多·H. 布朗贝特和约翰·郎根帮我确认上述信息。

我现在严格地控制饮食和作息，我还在两天前做了彻查。医生说我的身体状况正在慢慢地全面好转，但他还是不允许我去非洲。我向他说我必须都要去。现在我要严格遵循他的嘱咐，坚持康复训练，这很枯燥。但是为了去非洲我不得不做了很多的训练，而且还要重复很多次。

我还是不对国家以及国际大事做任何评论了，因为恐怕等你收到信后早就失去了其时效性。这里的通信（国际）很差，跟（图特）索尔通话时有一半的时间我是听不到任何声音的，我仍然在等您的消息。

我为什么要生气呢？我向你解释过我们试着停止争吵，然后我们像朋友那样放缓语气的时候——我们和迪兰·托马斯家族是没有任何关系的。

1月份我就要去非洲了，真的好兴奋。Fraiche et Rose comme au jour du battaille.① （拼写错误）

我看过的斗牛比赛有些非常的精彩，但有些却十分没趣了。我和你说了关于安东尼奥的事情。我们一起组建了这家有限公司——海明威德奥德内斯 S. A. 的公司，我们也会出售公司的股票。上一次他在萨拉戈萨送我公牛的时候，他说："欧内斯特，我们都知道这头公牛是无价的。但是我们要想想能拿它来做什么，如果我能按照你喜欢的方式宰了它的话。"

安东尼奥他去非洲和我们会合，他要我们去跟他一起打猎。安东尼奥在11月底到12月还要去墨西哥参加斗牛赛，他希望你和帕特能去看他的比赛。所有的老斗牛迷都认为他是当今最伟大的4位斗牛士之一。另几位是乔塞利托和贝尔蒙蒂。他今年共参

---

① 一位19世纪的历史学家埃德加·魁奈特说过一个关于野花存活的警句。海明威于1933年秋在巴黎从詹姆斯·乔伊斯处借用了词句，并加以修改。原句应为：感觉清新和欢快，如同一天都在战斗中。参见理查德·埃尔曼的《詹姆斯·乔伊斯》一书（纽约，1959年），第676页；以及卡洛斯·贝克的《海明威的生平故事》（纽约，1969年）。

加了 66 场斗牛比赛，有 3 次他被牛角顶伤，其中一次伤势非常严重。

如果你们去墨西哥的话，我就给安东尼奥写信。我们周六和贝尔蒙特一起吃了午饭，明天还要一起和他开车去兜风。希望你们能够相处得愉快，而且他现在比以前更健谈了，也更加有幽默感。

我在之前的信中提到过这里发生过的怪事，而且这事儿还得亲口跟你说才行，因为信里也说不清楚的。

上周我们出席了唐·皮奥巴罗甲（小说家）的葬礼。当时的场面很感人。《时代》杂志对于我参加葬礼的报道有些失实。你知道的，唐是一个非常出色的作家。但是他不愿出售自己的那些书，科诺夫也与他断绝了来往。葬礼的那天雾蒙蒙的，然后太阳冲破暮霭，但是没一会儿工夫，太阳就又落入光秃秃的山后。在通向这片并不"神圣"的墓地的大街两旁，挤满了卖花的小贩，这是因为 11 月 2 日万圣节的缘故。我们驱车一路穿过乡野来到墓地，途中的景色和唐在《赫尔巴马拉》（应作《马拉赫尔巴》，即《水草》，1918 年）、《拉布斯卡》（《寻找》，1917 年）和《奥罗拉罗亚》（《红色黎明》，1910 年）中描写的如出一辙。他的遗体被安放在一口平整的红松木棺材里，棺材新刷了黑漆，沾得抬棺材的人身上、手上都是。

祝愿你和帕特、西尔维娅一切都安好。

欧内

致乔治·A.蕾林顿
瞭望山庄
1957 年 3 月 4 日

亲爱的乔治：

你的调查问卷已于2月16日寄至我这里，目前为止我已经完成了全部页数中的21页了。①

乔治，你的这个问卷寄得太不是时候了。我找到了400封蒙斯特罗（罗伯托赫雷拉）没有寄出去的信，他甚至没有将信分门别类，只是按信件的大小进行了归类。

我会在4月份把问卷填完，我也许能提前完成，但我又想到我们在埃斯科里亚那会儿能很享受地填写这些问卷，而不是像我现在这样的备受煎熬。今天我从七点到十点半只做了3个问题。

主要是因为我对这些问题不感兴趣，而且我觉得你也是这样的。我们都不是做这种问答事情的人，而我也不是自我表现欲极强的人。

你就不必亲自过来了，因为我向上帝发誓，我真没时间来接待你们了。

祝你好运。

爸爸

玛丽让我一起带上她对你最诚挚的祝愿。

如果我能把这些问题整理好，那我就能省出一天的时间来放松一下了。你应该明白我的意思。

致华莱士·边耶

瞭望山庄

1957年5月24日

---

① 普林顿当时在准备对海明威的采访，后刊登在《塔利斯评论》第5期（1958年春）。

亲爱的华莱士：

非常感谢你及时的回信，而且我不该惹巴娜碧·康拉德生气的。但鉴于我现在对正在处理的两张图片完全无能为力（我没收到任何内容），且有鉴于大卫·塞尔兹尼克在约翰·赫斯顿面前将《永别了，武器》做了一个彻底的颠覆，他蓄意地破坏了该书的剧本改编（他让本赫齐特将此书进行了改写）。改写后该书成了一个纯粹的爱情故事了，塞尔兹尼克不会让剧中的洛克瀚特尔以如此拙劣的方式接近一个女孩儿的。整个故事被改得面目全非，这让我十分不快。塞尔兹尼克说他笔下的爱情故事不应该盲目地照搬我所描述的不切实际的爱情。这话让我觉得恶心，华莱士。但亨利放弃第一版图片的原因是他没有收到任何邮件，然后一整队的意大利士兵从这边经过，就像是专门为了陪衬他。

感谢你将伊戈尔克鲁泡特金的联系方式给了我，但愿你手上的伤能够快点好起来。

祝好。

欧内斯特

致小查里斯·斯克里布纳
瞭望山庄
1957 年 5 月 24 日

亲爱的查理斯：

华莱士写信告诉了我约翰的事情。恭喜你们斯克里布纳家族又添新丁了。

感谢你写信告诉我公司的事情，有很多有趣的事情我之前都不知道。

这是我第二次为了这件事情给你写信。第一封信中我提到我在给汤姆·沃尔夫写信时用打字机刚打出两页字就不得不推倒重写的事情。你知道汤姆吧？我也只见过他一面，而且当时我和麦克斯威正在喝酒。如果我之前就看过这些信的话，那么我就不会在那里出现。算了，还是不说了，免得这封信又要被我撕去重写。

希望你一切都好，平时不要太过劳累，给自己放个假吧。我们这儿已经接连下了近 3 个月的雨了。

祝你和乔恩一切顺利，还有你要记得代我和玛丽向你母亲问好。

你永远的

欧内斯特

致阿奇博尔德·迈克·利什
瞭望山庄
1957 年 6 月 28 日

亲爱的阿奇：

感谢你的来信①，我收到你的信后就忙着给（罗伯特·）佛罗斯特写信，玛丽今天上午已经将那封信打了出来，我会把它和给你写的这封信一起寄给你。

我恐怕信写得不会像预期那样好，因为虽然我一直在尝试着使结构简单些，但主题还是太过复杂。

---

① 迈克·利什、罗伯特·佛罗斯特、T.S.艾略特和海明威当时在努力促使庞德从华盛顿特区的圣·伊丽莎白精神病院释放出来。

　　所有埃兹拉的朋友都被套进（约翰）卡斯珀的生意里去了，但说到底还是因为埃兹拉的自大，才会被卡斯珀的阿谀奉承所迷惑。这就是我为什么让他不要参与政治的原因，这个我已经在电话里和你讲明了。毫无疑问他不会听我的劝告，我对他已经没有任何影响力了。他甚至不介意以一种殉道者的姿态，来从事一些我们都深恶痛绝的事情。我想，人人都应该避免这样的事。

　　如果他去他女儿那里（在意大利）倒是一件好事情。我听到了许多关于奥尔加拉奇等人的种种传闻，可是这些又关我们什么事呢？我们希望看到的是埃兹拉能有时间写写诗或开展其他的艺术实践。我认为他的狩猎执照能对他有一定的限制作用，使他在写政治斗争中无法自拔，否则与他敌对的那些人又要迫使他说些愚蠢的话了。而且一旦对他的管制放松，那些人就会让他陷入大麻烦的。如果他不再谈论政事，那他就没有这些试探了，更何况他本人并不精于此道。否则，我只想到了一种可能，那就是他被一些记者簇拥着，在这种无形的诱导下被标榜成为一个"反犹太的种族狂热主义诗人"。埃兹拉想要做的第一件事恐怕就是去看麦克的演出了。这种事情一定得避免。

　　也许我在给自己找麻烦，当然埃兹拉应该被释放。[①] 但是应该为他的释放设定一个前提，那就是：不会有人鼓励或诱导他去说一些可能导致他再度坐牢的浑话。

　　我想在给佛罗斯特写信前先给你写信。但我转念一想，我已经一拖再拖了，而且作为一个放弃了政治的人，我的观点也许会太过于消极。如果你在这封信里感受到了这样的态度，那就别理

----

　　① 庞德分别于 1957 年 4 月 16 日、6 月 13 日、7 月 15 日、9 月 13 日和 20 日写信给海明威。同年 9 月 22 日，多萝西·庞德写信给海明威，让他否认一篇关于庞德称其为"不诚实"的报道。后来庞德在 1957 年 12 月 6 日的《伦敦泰晤士文学增刊》亲自否认了他的这一言论。海明威在这封书信的第 6 段添加了内容："也许是我太过担心了。但我太了解那些记者所做的事情了，如果庞德同意宣称'我不会再公开讨论政治'，那么记者会把意思曲解为庞德还会继续谈论政治。"

我了，等我自己慢慢恢复过来就行了。不管怎样，这只是我个人的想法而已。

在我将每餐两杯浅色红酒减至一杯之后，检查的结果还是没有达到我们的预期。汉格还是每餐喝两杯，所以我改为晚餐时只喝一杯。必须彻底戒酒了，但又不想给神经系统造成过强的刺激。我从 17 岁或更小的时候就开始每餐必喝酒。还是不跟你提这事儿了，喝酒会让你的神经变得不敏锐，而且陌生人会觉得你很难相处。其实我是不愿在信里提这些事情的，因为如果我的人生是一个挺没劲的人生，那么把它写成书就更没劲了。可喜的是，如果我连续 3 个月或更长（到 7 月 4 日我已经 3 个月没像样地喝回酒了）没有喝酒，那么我就可以再次饮酒，以测试在不伤身体的情况下我到底可以喝多少酒。

我笃信地坚持着节食与锻炼，这些会让我的体重保持在 206 磅，这样会让我健康一些。下周我准备去基索尔，而且那儿可没酒喝，刚好也可以帮我戒酒了。我总是有许多的麻烦，当我遇到特别困难的事情时我就会喝点小酒，能让我感觉好一些。可是如果没有酒喝的话那就是另外的一种光景了。我从没想过什么人能把酒从我的生活中取出掉，但没想到他们真的做到了。

祝愿你和艾达及其他人一切都安好。玛丽还希望我们能今年有时间能聚一聚。

请代我问候佛罗斯特先生并致以谢意。在得知他获得了这么多的荣誉后我很高兴。

来个拥抱吧！

爸爸

致爱德华·威克斯

瞭望山庄

1957 年 8 月 20 日

亲爱的威克斯先生：

感谢您 8 月 16 日的来信，您在信中提到了我为《大西洋》周年纪念版专门写的两部小说。

亚当斯小姐告诉我您只能为每部小说支付 1000 美元的版费。她还告诉我，《大西洋》方面也希望能得到全部两部小说，并支付全部的费用。

我将您的支票附于信中给您寄了回去。虽然我是以这样的价格给了您这两部小说，但《大西洋》很久以前刊登《五万美元》支付给我的费用却是 2000 美元，所以我不得不向您说明这一点，因为我给您的这个价格我是做了很大的金钱牺牲的。

每个作家都有一个专门处理其作品销售的经纪人。自从 1933 年以来，我的每个作品价格都是每个字 1 到 2 美元不等，所以我的经纪人他不会同意我用这样的价格出售我的小说给你。我写给您的 100 周年纪念刊的两部小说，实际上我可以卖四倍于您出的价格给别人。但是我可以利用这样金钱上的损失，来做一些其他有意义的事情。

您真诚的

欧内斯特·海明威

附注

您可能会注意到，我在发给您的小说稿上标明了"仅限美国首版发行权"，而您在寄给我的支票上却写着购买所有权利。我很愿意将加拿大的首版发行权授予您，但是必须将您的下一封信给我的律师，以确保不会有其他的权利授予或出售。另外我将这两部小说与标题对应起来，并授予这两部小说独立的版权。我将它们以《黑暗两部曲》统一命名，仅供《大西洋》杂志出版发行。

欧内斯特·海明威

致詹弗兰科·爱昂斯科

瞭望山庄

1958 年 1 月 31 日

亲爱的詹弗兰科：

从商务信函中你就可以看到我们又得处理麻烦的税务问题了，这让我们在最该工作的时候却不能正常工作。

今年冬天的天气是有史以来最糟糕的了。整个冬天的气候都变了，南部地区发生了非常恶劣的暴风雪天气，而且酷寒的北风还刮个不停。从 12 月初就一直是这样的恶劣天气。迈阿密已经有三次温度达到零下了，而且还下过一场只有在坦帕才会见到的大雪。那才是真正的大雪天气。柑橘树被毁了，很多小树都死了。寒冷和恶劣的天气已经持续很多天了，甚至迈阿密的许多大旅馆也无法营业了。而我们这里的气温是 40 华氏度和 50 华氏度之间，也遭受了三次暴风雪的袭击，风速都在 70 英里/小时以上。这三次暴风雪比我们和你母亲还有 A（艾德里安娜）在埃斯孔迪多遇到的那次暴风雪还要大（1950 年 11 月）。

没有人记得也没有数据可以显示曾经有过这样恶劣天气的冬天，佛罗里达州所有细小的果树都被暴风雪给摧毁了。

这次的金融危机是从美国开始的，而且这次比 1929 年的那次还要严重很多。这里的有钱人比以前更加富有了，但印第安人的村庄却到处都是一些失业人员和吃不饱饭的人。

我们非常想念你，我特意写了这么多就是希望你能感觉到我们对你的思念之情。在寒冷的天气到来之前，我每天都会去池塘里游泳，游 30 到 40 圈，我身体也很好。可是现在太冷了，我的肾脏可受不了，我觉得你也许还可以继续游。那个池塘还是那么招人喜欢。这个水池在不断延伸的贫民窟的中间，好像在向扩建贫民窟的交易抗议（房地产开发）。

玛丽的母亲在新年之夜去世了，玛丽在第二天知道了这个消息，她立即乘飞机赶往明尼阿波利斯去参加葬礼，而当时正赶上了最大的暴风雪。

奥法德拉（弗兰彻蒂）一直活跃在报纸的社交专栏，或是时尚圈。她的公众宣传组织实力很强，和利兰（哈沃德）以前给斯利姆傲的宣传工作一样出色。她很快就可以位列最佳着装女性前十了，这是早晚的事。

我知道你公证结婚了，原本打算给你写三封信来表达我的祝福，可我现在实在找不到合适的词语来表达我的心情了，因为我太为你高兴了。我祝你和艾德里安娜能够早生贵子。

11 月的时候，我们在马里矣旅馆吃了午餐后，忽然间想起来我们曾经在那个旅馆聊过天，现在那个旅馆还是老样子。

鱼从大海里销声匿迹了，柯基马尔的渔民一直见不到鱼的影子，再加上十分糟糕的天气，他们一个个都十分绝望。格雷格里奥从一场暴风雨中救了一名快要淹死的人，芒斯特罗（罗伯特·赫雷拉）抓了一个扒手，他保护了自己钱包里的 500 美元。这些人做了这样的好事，既没有得到奖赏也没有像奥法德拉那样见诸报端。尽管格雷格里奥在夜晚的暴风雨中游入大海救了那位即将溺死的人，但是报纸在报道他时仅使用了"一位老人"这一称谓。

很久没有见到像今天这样的好天气了，大自然展示了冬天应有的美丽，和记忆中的一模一样。

我希望我的信能像你写的那样好，可能是因为在我其他的作品里，我本人是不出现在那些情节里的。

现在隧道已经竣工了，2月份应该就会正式开通。他们现在已经开始讨论将缅因纪念碑的石柱拿来填到卡斯特罗角，他们要围海造田来建设宾馆。

现在的马勒康以后会成为一条内街，我想克里斯蒂娜会将她听到的所有消息都告诉你的。哈瓦那看上去更像是迈阿密的一个海滩，我现在也不知道该去哪儿玩好了，你有什么建议吗？

在这儿每个人都在谈论你，我告诉雷内（维拉里尔）我给你写信的事情，他让我记得代他向你问好。雷内还和过去一样，是个棒小伙。玛丽说她希望你能来我们这里看她新栽的玫瑰。

请代我向你的家人问好，祝愿你和克里斯蒂娜一切都安好。

此致

欧内斯特

致埃兹拉·庞德

瞭望山庄

1958 年 6 月 26 日

非常尊敬的埃兹拉：

那天（1958 年 4 月 18 日）我发电报到圣·伊丽莎白医院告诉你我们的高兴事儿，你知道后兴奋得跳了起来。我发电报就是想告诉你这件值得高兴的事情，还想和你要个地址，这样我好把随附的 1500 美元的支票（我曾经在信中保证过要支付给你的费用，这封信通过 R. 佛罗斯特转交司法部长）寄到意大利。这封信写于 1957 年 6 月 28 日。

自从我在广播里知道你要在 7 月 1 日离开后，我就一直在等你的回复，可是一点消息都没有，所以昨天我向迈克·利什要了你的地址，并问了你会乘坐哪艘邮轮。迈克·利什刚刚把你的这个地址告诉了我，他还说你会在 7 月中旬起程出发。

从当时活跃的（T. S.）艾略特、佛罗斯特和我亲自签名的写给司法部长的信函来看，断绝通信联系是明智之举，这样我对于你的释放所谨慎表达的情绪和观点就不会被认为是出于友谊，而是符合国家大政方针的。那样做虽然不会有什么好处，但我最起码表达了自己严肃和强烈的观点，不管怎么说，你毕竟已经出来了。确定你可以出来的那天我便给你发了这封电报，欢迎你出来。

我给你一同寄去的还有支票，请你看在基督的分儿上把支票兑换成现金吧。珍珠港战争（我积极地参与了）期间，我写下了一首塔特诗，诗中我写到如果你将被实行绞刑的话，我会立即到绞死架前和你一起被绞死。他曾经也说过要这样做，可是后来我再也没听他说起过，也许因为家庭的原因，那种做法毕竟很不实际吧。但是，只要是我力所能及的事，我一定会支持你的，同样我和所有的（难以辨认的两个词）一直都会这样做的。

只要是我能够做到的事情，你放心交给我吧。我非常惭愧在你被羁押的时候我没能帮到你，我在照片上看到你离开那个地方时精神振奋的样子，我又为你感到十分的骄傲。祝你旅途愉快，一切顺利。请代我向多萝西问好。

你的朋友
海明威

我现在正在写这封信，希望你能收到。

欧内斯特·海明威

致威廉·德·霍恩夫妇

瞭望山庄

1958 年 7 月 1 日

亲爱的班尼和比尔：

很高兴见到你们，自从我收到比尔附有详细信息和 K—L 牧场地图的信后，我每天都想给你们写信。但是我一直忙于这本书，从不知道我们能做些什么和什么时候可以做。现在它就待在这里，并且这一个月都挺奏效。但是我们有地图和另一年的详细信息，而且孩子们真的很快就要来了。

非常感谢你们送给我这些，这个地方感觉像是诺德奎斯特牧场的那些日子。

玛丽已经写下了最近所有的新闻，尤其绑架是当地最近常发生的事情。他们这边有采矿工程师、糖厂的技术人员、领事官员、海员和海军陆战队的士兵。我致电到大使馆询问他们打算什么时候去搜捕联邦调查局。最新的一个笑话是，与史密斯大使相比，菲德尔·卡斯特罗（古巴领导人）将会在 7 月 4 日招待更多的美国人。

向你们和孩子们送上我最真挚的爱。

欧内

上帝，我希望我们将一直向西，向着那年我们第一次遇到班尼的路。①

致阿奇·迈克·利什

爱达荷州，凯彻姆

1958 年 10 月 15 日

亲爱的阿奇：

　　我非常高兴收到你的来信，但同时我也非常抱歉在《巴黎访谈录》见面会上发生了一些不愉快的事情。我现在所能做的就是尽量回答他们提出的问题。我很确信你是直率地表达了自己的想法，但是他们全部理解错了，所有人都把事情搞错了。

　　我所了解的作家的问题，我认为他们指的是年长的一些作家，而我从未将你纳入年长作家的行列。同样地，我也认为他们是在问关于我们第一次到巴黎在老街上勒莫瓦纳主教的日子里。

　　在特斯卡普的日子，也许那时我已经认识你了，但是我却没有意识到，直到从加拿大返回后住到了圣母院街 113 号。我清楚地记得第一次来到巴克街，顺手牵羊地拿走了一个开瓶器，不过我记得归还了的。其实乔治·普林顿所问的关于第一次到巴黎的日子实际上我那时正是在谈论这个，并且写的就是这个。我们之前常常一起出去约会时是在我很少见到斯坦因之后，那时埃兹拉去了拉帕洛，乔伊斯也结束了与尤利西斯的欢愉时光，去做盲人用品的相关工作。如果我说错了请纠正我，因为我能够清楚地记得大多数重要事情，却把其他的给自动忘记了。

---

　　① 1928 年 7 月，欧内斯特·海明威和比尔·霍恩驱车驶向靠近美国俄亥俄州的谢里丹的弗利牧场，在那里霍恩第一次遇到了他未来的妻子班尼，他们于 1929 年结婚。参见欧内斯特·海明威于 1928 年 8 月 9 日写给瓦尔多·皮尔斯的信。

你真是个笨蛋。你是不是认为我已经忘了彼得·汉密尔顿的巴克街、瑞昂莱潘、萨拉戈萨、沙特尔这些你曾经生活过的地方，还有我们的自行车、弗鲁瓦德沃街道、格施塔德还有其他太多的东西，我就不再一一列举了。哦！对了，还有巴萨诺的自行车追逐赛。

但是阿奇，我的确是个喜欢慢慢写作关于过去的作家。我没法在了解你之前把你写进我的故事里面，但是我真的很喜欢你而且也真的喜爱艾达。

至于可怜的莎拉和杰拉德——我就不写他们的故事了。我爱莎拉，但是我认为我永远都无法忍受杰拉德，可是我却这样做了。

埃兹拉是你表现得很好的东西，现在它完结了，这样很好。

1954 年我给你写信的时候，我的体形都走样了，要知道吃 12 个鸡蛋，或是让你的内脏没有东西可以消化，以及在不能健身的时候却急需减肥，类似的事情都是使人非常痛苦的，但是你却要一直坚持原则（到目前为止）。在我看见乔治·普利姆顿时我深知此时我的体形还是挺好的——206（磅），血压：150/68mmHg。

Hangar 最终显示为阴性了。在那之后坚持了 10 个月：每天游泳 880，有时还会多游 440 或是 880，体重下降至稳定的 205 磅，血压降至 136/66mmHg，Hangar 测试为阴性，所有肝脏检测也都顺利通过，胆固醇含量也几乎下降至正常水平。在接下来的一个月时间里我仍需专注于这本书①，而我却受不了古巴的状种天气（玛丽也受不了），所以玛丽建议我们到这里来。自从去年 10 月末，我就没有放下工作休息过，所以来自基韦斯特（美国城市）的奥托·布鲁斯和我驾车，从基韦斯特出发，途经芝加哥接

---

① 一本有关巴黎素描的书，以《流动的飨宴》为书名，于作者离世后出版。

上玛丽来到了这里。秋天的乡村风景非常宜人，布鲁斯和他的妻子贝蒂现正准备返回基韦斯特，我们下午会出去猎取一些鸭子让他们带上。

在得知迪克·迈耶斯（理查德·E.迈耶斯，作曲家）的葬礼后我感到十分的抱歉，希望你过得开心一些，J.B.（Mac-Leish戏剧，1958 年）因为这个戏剧要顺利进行。我所知晓的关于这个剧目的评论全都是很棒的。我不熟悉这个剧院，换言之就是并没有很深入地了解它，不过如果你喜欢的话，它肯定会相当不错的。我希望我发现制作飞机的方法不会太晚。

关于教学我不知道应该说些什么，但是我仍经常享受着去授课，而且不获取任何的报酬。如果你喜欢教学并能得到报酬的话，那你最好一直做下去，而这些听课的人也会因为需要花钱听课而变得更加用心听课。

玛丽的状态还算好，只是患了感冒使她有些头疼，现在这样的天气算是最好的了。希望你、艾达还有孩子们一切都安好。

邦比在旧金山为麦利欧·林池工作，帕特里克（茅斯）作为一个优秀的白色捕猎者在非洲也拓展了自己的一番事业。他的地址是：坦干伊克地区，阿鲁沙，帕特里克·海明威，专用邮袋。他是一个有着很好声誉的捕猎者。如果有谁想去进行狩猎旅行的话，我真诚地推荐他。他能掌控任何类型的狩猎旅行或者捕猎或是摄影。

吉基现在在佛罗里达州迈阿密大学念医学预科大三，这个消息我在 9 月份听他说的。

阿奇，希望这个冬季你能愉快地度过，祝你好运！

最爱你的父亲

致布罗尼斯拉夫·齐林斯基①

凯彻姆

1958 年 11 月 5 日

亲爱的齐林斯基先生：

你到盐湖城的航班是西部航空公司的 72 航班，飞机是中午十二点零五分从旧金山起飞，下午四点半（十六点半）抵达盐湖城。爱达荷州的拉里·约翰斯顿会驾驶着美国比奇接你，美国比奇是一款非常好的小型飞机，它将载你飞至爱达荷州和我们碰面。约翰斯顿是一个经验丰富的飞行员。他动身出发了黎明时候你就能抵达。而且即使是晚上飞机都可以降落的，这些你都不用担心。

他们告诉我，你从西部航空公司从旧金山再至盐湖城的费用是 48.80 美元。

我放入了一张 100 美元的支票。我们再商量一下返回的行程，你是选择铁路呢，还是其他的方式呢。你是我们尊贵的客人所以你不需要承担任何的花费。

当我们确定本次至旧金山的航班时，日间时间比现在长。但已经与约翰斯顿再次确认，由于选择比 Tri Pacer 更为迅捷的飞机，所以时间上完全没问题。

若由于天气不好导致约翰斯顿未能飞行，那么请你在盐湖城给我打电话至凯彻姆 3762，然后我们将启动备用方案接你到这儿。

当你的航班抵达后，约翰斯顿会在机场举牌子接你。

---

① 齐林斯基是海明威作品的波兰籍翻译家。自 1955—1957 年间，他翻译了《老人与海》《永别了，武器》《丧钟为谁而鸣》《太阳照常升起》以及 23 篇短篇小说。在 1959 年间，他翻译了《非洲的青山》，1961 年间翻译了《渡河入林》以及另外的 25 篇小说，1966 年间翻译了《流动的飨宴》。

如果你得在盐湖城留宿一晚的话，那周一晚上盐湖城就会有一班中型飞机来这边。

我们非常期待能够与你相会。也祝你在此能够狩猎愉快！

永远祝福你！

你的朋友

海明威敬上

致卡罗·詹弗兰科

凯彻姆

1959 年 1 月 7 日

卡罗·詹弗兰科：

非常感谢你发来的电报、信件和支票，我希望詹弗兰科的庄园卖了一个好价钱。那里是一个迷人的好地方，我还记得你们在那里是那么的快乐。那是一个好地方，我还能想起那儿种植的不同种类的植物。

3 天前，我在电话里和雷内随意聊了聊，他的一切都还好，只是食物有点缺乏，但是罢工活动已经结束了。我告诉他应该去杀一头公牛，然后还应该在任何情况下都可以把旅行车借给当地的革命者。

杀了马查科斯（我们的狗）和拷打了几个村子里的孩子的那个军官，几个月前被卡多罗的孩子们绞死了，还毁了尸，事情传到了阿比西尼亚。我会删掉刚刚送来的赫伯马修斯等在《纽约时报》上的新闻，把这封信发给他们。报上（美联社）报道穿过卡马圭省追捕反叛分子巴蒂斯塔的失败，那时巴蒂斯塔和他的主要凶手还有小偷们正离开机场向多米尼加共和国逃去。当巴蒂斯塔离开这个国家时，毛里塔尼亚和格里普斯科尔摩港口上，所有的赌场在哈瓦那举行除夕聚会。他们都以最快的速度航行到一块儿，狂欢者们聚集在一起。希望我们都在那儿啊，因为非常的好玩。记得你和刘基诺看见他进来了，我希望能看见他走。还记得我们怎么在那讨厌的 3 月通过一个妓女的儿子去卡约区天堂乐园——我和玛丽，还有格雷格里奥。

4 天前我们这儿就不再下雪了。现在这里已经下了 2 英尺的雪，这些雪预计会在地面上一个星期，因为地面很冰冷，所以也不会有雪崩的。

鸭子比赛射击昨天就结束了，今年的比赛真是棒极了。赛场上有很好的鹧鸪，也有和鹌鹑一样大的野鸡。这个国家的秋天很美丽，而且一直都没有下雨。

你会爱上这里空旷的高谷，海拔 1600—2000 米，还有美丽的溪流，春天的时候里面有鲑鱼和鳟鱼。沿着溪水还有鸭子和鹅，昨天我们在深雪里沿着小溪在有水的火山岩里打猎。鸭子跳得又高又快，我在雪里开枪，打中了 3 对大大的绿头鸭子。玛丽整个赛季打得又稳又好，尽管地上有很多雪，但昨天和前天还是有很多打猎的人。

我们预计会在 5 月份的时候去欧洲旅行，真希望我们能在潘普洛纳和马德里相聚在一起。

请原谅我没有给你写那么多的信，以后我会多写一些信给你。我现在得上床睡觉了，只有这样明天才能好好地写一本书——《流动的飨宴》。

住在这个山谷里的农民和农场工人们都很好，我们在一起打猎，非常好玩。圣诞节过了两天，玛丽在特雷尔溪举办了一个 40 人的聚会，非常棒。有一个齐特琴球员，还有非常好的钢琴师和巴斯克食品，你和克里斯蒂娜一定会喜欢的。现在这本书完成之前我看是不能再出去了。

詹弗兰科，我是有点担心瑞安那，我希望你能告诉我一些关于她的消息，不管是好的坏的都行。晚些的时候，等到玛丽读完后，我就会把这封信和报纸中的剪报给你寄过去，虽然你可能会有一些更好的消息。

原谅我总是很少写信给你们，替我向在威尼托的所有好朋友问候，我爱他们。我听说费德里科他们在科顿罗依波，不在波科达，是这样吗？

我们的小猫咪（大男孩彼德森）已经爬到这些文件上了，所以我不能经常离开。

邦比他在旧金山做得非常好，毛斯他在非洲也很好。他现在已经拥有了自己的旅行装备公司……玛丽她的一切都很好。我爱你们一家！我希望给你们一个大大的拥抱。

爸爸

　　　　致 L. H. 布拉格 JR.①
　　　　凯彻姆
　　　　1959 年 1 月 24 日②

亲爱的哈里：

不好意思这么晚还写信给你。关于报道采访和书上的一些话是：你做得挺不错。我这儿有一个电话号码，凯彻姆，45—92，是不是你们谁给我打过电话啊？

为在回古巴之前完成这一阶段的工作我在这里不停地努力工

---

① 布拉格是斯克里布纳出版社业务部的编辑。
② 欧内斯特·海明威在信中把日期误写为 1958 年，他在时间上经常犯这种错误。

作，这里还有很多的拜访者和电话，但是只要每周能够好好工作5天，那就可以保持很好的工作状态。

谢谢罗兰·沃德在《大象》书在《大赛纪录》上面的一些报道，因为这个价钱很便宜，所以我希望能很快拿到酬金。

我们在古巴一切都很好。我在西班牙有一个朋友是一名政府官员，他打电话给我说一切都好。我已经来到了庄园里。哈瓦那驻军指挥官是一个老德保拉男孩，在当地的一个我曾经力捧的球队里打球，海梅·鲍菲尔斯给我打电话说，他们正等着欢迎我们去他那里。他们会根据美国的既得利益扭转局势，进行有史以来与古巴人的公平交易。这将是一个艰难的时刻。我知道新的大使菲尔·鲍萨尔在去美国国务院之前曾经为 I. T. T. 工作，他和保琳及保琳的妹妹珍媚还有我，1953（1933）年一起在萨拉马卡去过宗教假日。他是一个很可靠的人，所以会为我们一些好的经营（像美国的水果）、一些和巴蒂斯塔合作的了不起的交易赚取利益。卡斯特罗面临着很多的钱。这个岛屿很富有，总是有人被偷。如果他能跟政府有直接的关系那就太好了。巴蒂斯塔在他走后赤裸裸地抢夺他，他必须有 6—8 亿的资金才能买通很多记者。

必须停止这些，然后摆脱它。请原谅我没有写信。我一直在写作直到累趴下了，然后我强迫自己走路和爬山，让自己保持良好的状态，保持健康的身体。上周有一个很大的射击喜鹊的活动，这周日应该还会有一次的。

我希望能去滑雪橇，但医生说滑雪橇这个运动会对我的背部产生危险。而且现在正下着大雪，请你代我向查理问好。

永远的祝福。

欧内斯特

致 L. H. 布拉格 JR.

凯彻姆

1959 年 2 月 22 日

亲爱的哈里：

谢谢你给我寄来的版税报告和那些书，还好你寄来得早，要不然的话，你就得把这些书寄到山庄去了，因为我们两周以后就要离开这里了。

我很高兴你认识了几个新朋友。上周我有一个好的朋友去世了，昨天我们参加了他的葬礼（泰勒·威廉斯，2 月 18 日）。现在值得我深交的朋友越来越少了。

我已经工作 4 天了，可是今天却也无心工作。我本打算在这里完成初稿的（现在正写第 45 章），可是这周距离目标却还差得远，很可能要等我到了古巴或者西班牙才能完成。按照目前进度的话我在古巴也完不成，而且，到古巴以后我还要处理收入所得税问题。真希望这些麻烦事不会占用我两周到一个月的工作时间。

告诉查理，我为他做的版税报告感到高兴和自豪，他做事真是太漂亮了。我希望能给他更多好书。离开这里我会工作得很好，我也打算搬出去，然后找一间小屋写作，把我存在保险柜里的东西整理好。所以告诉查理不要担心了，我们还有很多素材可以写，我会取其精华去其糟粕的。

我觉得下一本要出版的书应该是我给乔治·普林顿看过的那本《巴黎》。这本书的内容我已经都打出来了，然后我会带着打印版一起去欧洲，我会从头到尾看一遍，也许我还会再加几段内容。说真的，这本书是真的不错。

这些人的去世让我感到时光是如此短暂，我真想加倍努力工作，可是，我对基督发誓，我真的无法再努力了，因为我必须要保持工作的进度，同时还要保证自己的健康才行。上上周我写了4000字，上周写了2950字。可是现在，开始写之前，我必须仔细读一读之前写过的东西，然后重写很多部分，况且我还删减了一部分人和内容。不是删减掉某些人物就可以了，而是要想该如何删减。

我很喜欢写作。可如果你总是想着去写得更好，你就会发现写作从来都不是一件简单的事儿，这样的事情你最好连想也别想。

刚刚接到了查理·斯维尼从盐湖打来的电话。从这里回去后，他又中风了，但他等到自己恢复得可以打电话了才告诉我。他说他很好，还说中风也不算什么大病，等等。这次中风使他身体的一侧轻微瘫痪了。

让查理也看看这封信吧。我会像在斯坦贝克出书的时候一样，每年都给他不停地翻印这些（是指战地通信的重印），偶尔也会幻想一些关于国王普·普的故事或者和其他作家一样写一些乌七八糟的内容。但是那些都是自负或贪婪或二者结合的不良产物。查理他可不希望我写乱七八糟的东西，他也不需要这些，因为我们俩谁也不会这样做的。

谢谢罗兰·沃德的《大象》这本书。我从一个作家那里借来的，读这本书的时候（1954年）我正好骨折（颅骨）了，所以我不得不分几次仓促地看完。我们那时马上就要去海边了，我的头还没完全好。我当时觉得这本书比它实际上要好看，我很高兴读了它——但现在却发现它并没有我原来以为的那么好看。我是说，买这本书还是值得的，但不要买来作为对斯克里布纳的投资。

我所能做到的最好投资就是写一个好的手稿。自从（唐·卡洛斯）吉费博士在 K. C. 因我给他（或我签名）的作品而得到了23000 美元后，我甚至都有些讨厌写字了。我还曾想写信给他，问问他是不是不愿意将他的战利品让我也分一杯羹。他也许不会的吧。

格拉德（乔纳森）凯普过得不错。30 多年前我们一起划过船，从那儿以后我们一直相处得很好，应该说非常融洽。他很讲信用，性格强悍，而且我很容易就能看出他所有的缺点。他从来都不会相信他的伙伴。在他可以接受的范围内，他认为你可以去相信一个绅士，或者英格兰一个不怎么绅士的人，但这两者结合起来就太可怕了。在美国那就更复杂了。

请原谅我写了这封啰唆且无聊的信寄给你。看起来我又是用老话题来摆脱我的伤痛了，可结果却像是一锅玉米粥。

希望你一切都顺利，我们会在 3 月 7 日到 12 日之间离开这里一段时间。我们要去参观黄石国家公园和间歇泉盆地，还要观看乘雪上飞机和雪车在冰冷的雪地里举行的比赛（支柱驱动滑雪履配备）。我在 11 月份的时候看过一次，但还没在零下 25 摄氏度的雪地里看过，回家以后我们还要去看冬日里的拉斯韦加斯和大峡谷。也许我们的好朋友、斗牛士安东尼奥·奥多涅兹也会加入我们，之前我们曾在电话里提过这件事。他现在在巴格达参加斗牛赛呢，他在南非要参加 5 场重量级在 30G 的比赛，他想趁比赛的空当来我们这里，可是当时冬天的天气不适合飞机飞行。现在，他想在最后一场比赛结束后，在返回西班牙赛季之前来我们这里。也许你会在 K. 廷代尔解说的体育新闻中看到有关他的报道。

祝福查理。

爱你的

欧内斯特

有个叫戴夫·莫林的人听说了查理上校的事情后，他对查理的评价非常高，并要我替他向查理问好。

欧内斯特·海明威

致帕特里克·海明威

西班牙，马拉加

1959 年 8 月 5 日

亲爱的老鼠：

很抱歉这么晚才回复你的信，但你要知道西班牙一直是个粗糙的国家。首先我要得告诉你，我们遇到了你一直追寻的那个人，他跟他的妻子一起来到了马德里。如果按照他所说的一些话，你是多么令人惊奇。另一个叫作安德列斯·比·萨拉的人，他对你的赞美更是猛烈，但是我真的不清楚他是否真的在追寻你，我希望他是真的。我想改天我们一起聚在这里应该是个很好的主意。在这个小巷里面，请你帮我在副本"给贝尔·托尔斯"上签字。

安东尼奥，他身上披着披肩，手拿一块斗牛红布，他是勇敢的。他的斗牛速度很迅速，但还是有些不完美，可他确实体面地斗胜了那些斗牛，并让它们脱离了原来的一些路线。① 我每天深究牛股和整个交易，支持牛股，有机会在西班牙到处转转，在不同的季节多次走过相同的道路，这些都是多么美好的事情啊！我

---

① "收到：一旦命令开始，斗牛士将会拿着他的剑，不能移动脚，等候着命令去杀死位于前方的斗牛。最困难的、最危险的和最令人激动的是杀死斗牛，在当今很少会看到这种现象。"（死于下午。）1932 年的纽约，在马拉加和托雷莫利诺斯之间有份很大的不动产，在那里，海明威只是南森的从 1959 年 5 月—10 月的成千上万的暂住的来客之一（比尔或内格罗）和安妮·戴维斯。7 月 21 日，这个场所是欧内斯特·海明威用来精心布置他 60 岁生日宴会的。

们待的这个地方事实上是非常好的地方，比尔·戴维斯是一个老朋友，你在阳光谷见过的，曾经有段时间，我们一起狩猎雄野兔。[①] 我们曾经到你所在的地方去，来来回回地沿着这个海岸，直到安东尼奥的大农场，它位于塔里法的北边，加的斯这面，奇克拉纳视线之内。这个乡村我从来不认识，你将会非常喜欢这里的。我们在海岸的某个地方买了一些土地，那片区域叫科尼尔。在我们损坏一切之前，那里的一切好像都处在古代。美妙的海滩，健康的人们，真实的阿拉伯城镇，像科希玛一样好的渔夫。在安东尼奥周围就像跟在你周围一样，或者像跟在流浪汉周围一样，除了不得不一直使他干苦力活。安东尼奥他在 5 月 30 日经历了一些很糟糕的事情，他失去了 1/4 英寸大腿骨和偏离一块曾经受伤的伤疤组织。现在他的身上一共有 13 处伤，但是没有一处伤使他受到惊吓。可现在他有时会在晚上受到惊吓，所以更喜欢在白天睡觉。他真的很爱他的工作，也爱那些斗牛。我们在一起玩得很开心，相当开心，他非常信任我，我希望我会对他有益。在他的周围有许多无聊的人，有些人非常的坏，我们把他们中的绝大多数去掉了。在这次旅行中我们偶然遇见极好的人，我度过了最好的时光，发现了用于新附录的非常杰出的素材资料。下午，斯克里布纳说将会看到一本新书所产生的效果，书的封套里被放入了一些家庭照片。

　　我遇到了给你工作过的托尼，他说苏丹是很开放的而且他看上去在苏丹混得还不错。他告诉我们一些关于"犀牛"和"狮子"的坏消息，昨天，来自菲利普·帕西瓦尔的一封信证实了这些。请给我任何新的情报，让我知道这个消息将会对你产生怎样

---

　　① 欧内斯特·海明威和戴维斯，他们从 1940 年就相互认识，戴维斯是一个富有的美国被流放者。参见卡洛斯·贝克：《海明威的生平故事》（纽约，1969 年），以及玛丽·海明威《怎么回事》（纽约，1976 年）。

的影响。"驼鹿"口述这封信的，因为那个时候我们正参加完两个很长的宗教假日归来。基于安东尼奥被牛角刺伤的缘故，我们不得不做额外的旅行，邮件已经堆积成山了。

希望你有一次非常好的旅行，当你有时间写作的时候，请告诉我你的计划。当然，会有一个乡村，那里还会有坏的"犀牛"，你可以将它们取出。当我们想到成千的像乔克·亨特那样为了里奇被毁灭的时候就相当的难过。菲利普告诉我他从来不想记起现在事物的方式，但是不是基于"五大基础"，一定有一些村庄可以让人进去打猎的。

下次我写多一些的西班牙详细资料给你。

爸爸

致安德鲁·特恩布尔①

海边

1959 年 11 月 1 日

亲爱的特恩布尔先生：

由于我患了感冒只能卧床休息，我起床下楼来看你的时候，你并不在小屋里，于是我又到甲板上去找你。

关于司各特就没什么好说的了，认识他的时候我刚好准备写一点儿关于他的事情，祝你好运！我现在很亨受做一个纽约市人。

---

① 笔记在船上被转交给特恩布尔，在登陆码头之前不久，"艾默生"号向西航行。特恩布尔在巴黎给他的妻子收集司各特·菲茨杰拉德的材料（纽约，1962 年）。11 月 3 日，欧内斯特·海明威携带《流动的飨宴》打字稿交付给斯克里布纳出版公司，并且没有将商业机密透露给陌生人。当特恩布尔看到 60 岁的欧内斯特·海明威身体明显衰弱，他很悲伤。参见他的文章《潘金斯的三员大将》，《纽约时报书评》出版，1967 年 7 月 16 日。

我正前往位于 1 号沙龙的酒吧，离船头很近，这个酒吧因简妮斯出名。付钱买酒，我将会与博士协商看看是否可以熬夜，否则就在 48 号特等舱包装和写一些笔记。

欧内斯特·海明威

致查理斯·斯克里布纳，JR.
纽约
1959 年 11 月 3 日

亲爱的查理斯：

有一个章节漏掉了一些环节。郝乔他有一台复印机，可以将这个漏掉的环节给你发送过去。你看完这个章节后请你将它邮寄给我的化学工程师阿特金森，他在爱达荷州的凯彻姆购物中心。

永恒的祝福。

欧内斯特

致南森·戴维斯
爱达荷州，凯彻姆
1960 年 1 月 7 日

亲爱的内格罗：

希望你跟安妮的假期能愉快地度过。

我们后天离开这里，但玛丽的手臂需要多活动活动，因此我们离开的日子被推迟到 16 日。我接下来要从芝加哥到古巴去，但是玛丽想要停下来看看她的堂兄妹——比阿特丽斯·噶可，她将在 25 日之前到达庄园。①

　　她的手臂正在逐渐恢复，手臂现在看上去没什么问题了。她每天都在做关节部分的一些运动，横向运动，上下运动。在麻醉状态下，她的手臂一直向上弯着。她有一个很有用的手臂，她可以射击、捕鱼、写字，还可以使用打字机等，她有着足够的耐心和不屈不挠的精神，这让她手臂的恢复速度超过了任何人的预料。虽然这些非常的艰辛了，任何其他的事情她会更艰辛。但是她没有雇人去工作，她也没有更好的设备，更没让我全天的去照料和安慰她等。这些细节和时间表不会干扰你。不久，我们回到古巴，那里有许多仆人被训练去做各种各样的事情，我们可以回来工作了。

　　我本来是打算在圣诞节的时候给你打电话，但是我们遇到了一场很大很大的暴风雨，所有的电线都断了。由于是 20—25 摄氏度的天气，一切看起来非常美好，为了保持体形，我努力地竞走，体重下降到 202—203 磅。最近，我参加了一些公平的射击，但是几个小时后，天就变了。白天非常短，每天早晨我竞走于住的地方和医院之间，并把这当成一件差事。早起，可以在杨木树林里射击。大木材河，一些优良的柳树丛林，这里立着好几千个枪靶。乔治射击得非常好，他的其他几个朋友也在这儿，射击得也不错。郝乔正中目标，但是很悲惨的是，这是他最后一天参加比赛，所以他感觉非常难过。我想到他在射击上确实非常棒，我感觉自己会更糟糕。他明明射击得很棒却没有击中目标，这好比进地狱一样悲惨。自从他从海岸去了纽约过圣诞节，我就再也没

---

　　① 11 月，欧内斯特·海明威和奥多涅斯以及奥多涅斯的妻子卡门一起开车去凯彻姆，27 日，西班牙人离开后，玛丽在打猎的时候弄伤了她的左手肘。参见玛丽·海明威《怎么回事》（纽约，1976 年）。乔治·塞维尔斯博士——欧内斯特·海明威在凯彻姆和阳光谷的个人医师，瓦莱丽·丹比·史密斯，1959 年 7 月，海明威在西班牙遇见的一个年轻的爱尔兰女孩。参见《怎么回事》。

有收到过他的信了。

　　我写给瓦尔的信应该正在去古巴的路上，我们被延迟的时间促使她需要在 25 日之前到达那里。

　　她需要一个美国旅游签证和一张去哈瓦那的机票，并且她还需要从哈瓦那到迈阿密的一张返程机票，或者从基韦斯特岛到纽约的返程机票，除此之外，她还需要得到去古巴的旅游护照和旅游登记。

　　我在去往医院的路上看到了你其他的信件，检查完后我会把它们寄往彭布罗克市，请告知我其他的一些费用。

爱你们的
欧内斯特

致查理斯·斯克里布纳，JR.
凯彻姆
1960 年 1 月 16 日

亲爱的查理斯：

　　我正在把所有的信件进行分类打包，我今晚就前往古巴了。我发现了一封你在 12 月 21 日寄来的信，而且还没拆开过，显然这是在圣诞期间误从购物中心带回来的一封信。

　　因为玛丽的肘部骨折了，所以她最近需要经常去医院。虽然医生说她的胳膊恢复得很好，但是治疗的过程真受罪。我这段时间一直在照顾她，这可是个全天性的差活儿。我也在努力地保持现有身材，以便我回到古巴后参加下月中旬的工作。我应该会在那儿一直工作到 6 月中旬，我还可以把这里租下来，以供我们冬天滑冰和夏天避暑之用。

写这封信就是为了解释为什么没给你回信，以及为什么圣诞节没有收到我们的贺卡。

发行校园版的事情听起来很不错，但是你有没有想过在出版的书里面插图呢？就是像凯普的那种。书中的插画非常精美，所以我们也挑了很多本送给喜欢它的朋友们。这些书都是在康基马尔印刷的，原装正版，质量非常好。

请写信至瞭望山庄。愿你和乔安一切都好！

欧内斯特

致查理斯·斯克里布纳，JR.

瞭望山庄

1960 年 3 月 31 日至 4 月 1 日

亲爱的查理斯：

感谢你 3 月 23 日的来信。查理斯你还是把这本书从秋季计划单中划掉吧，至于为什么要这样做，你应该看到过我在这封信里跟你说的事情，我在写《生命》时所列的工作时间表①你就明白了。我还要继续奋战一个月，然后打字输入、修改，再重新输入。没想到这本书写了这么多，我原本打算把字数控制在15000以内的。可是，这对我来说也不是什么坏事，因为可以作为《午后之死》的附录，或者我可以再加入一些内容，写成单独的一卷。我们随后在一起商量吧。现在要做的就是把这些烦人的事赶紧做完。我真的是以百米冲刺的速度来写了，这点你从那吓人的

---

① 欧内斯特·海明威附上了一张 5 页的写作字数工作表，他在上面列出了每日所完成的《危险夏日》的字数，包括从 1959 年 10 月 10 日起在马拉加附近的弥敦道戴维斯领事馆所写的开头部分，以及截至 1960 年 3 月 30 日在古巴完成的字数。他在领事馆完成了 8693 字，在维日亚完成了 54869 字，共计 63562 字。

统计中就可以看出来。美国有汤姆·沃尔夫，我们做什么事都要说得通才行。这样做确实挺累的，可是我们也不必觉得麻烦，因为这毕竟也是一笔财富。

你之前说过，《巴黎》那本书不管什么时候写好都可以，但是很抱歉，我不能按照我们原来的计划完成了。因为明天就是 4 月 1 日了，可是我还不能在 5 月末或 6 月中旬完成这些，因为那样会把我自己累死的。请原谅我使用了"死"这个字，即使自己因为工作而累死这是让人感到正义的，可这样做的话也还是很愚蠢的，因为我们都需要为自己的家人考虑。

可能会有一些人认为我们根本就没有书可以出版，或者觉得我们就像司各特写大纲和借钱一样，却不会有写完和还钱的一天，可是你知道的，如果我不是想写得更好，只是简单修改几处玛丽打出来内容的话，那这本书早就可以按照你说的日期准时出版了。

我希望你和约翰过得都很好，我们这里终于可以见到好天气了。我打算每周抽出两天去捕鱼，带一些果汁回家。在池塘里游泳真不错，玛丽去那里游泳再加上我给她按摩，现在她的胳膊已经好很多了。尽管这样做会使玛丽非常累，但是我认为一切都会好起来的。

我和你说了这么多，如果你还想问为什么我推迟交书，那我就只能告诉你，我是想再增加三个章节。关于这一点我已经认真地思考了很多遍，而且我认为这是可以实现的，增加上去也不会有什么坏处的。

爱你的
欧内斯特

4 月 1 日

　　向哈里（布拉吉）问好，我并未打算如此唐突地写信给他。我觉得以一个老军人的敏锐，他肯定会察觉到我正在忙于做什么。看到我所完成的字数的时候他自会明白，我确实在忙于写作。现在是4月1日早上，我刚刚完成了最初的一点成果。推迟交书让我感到非常难过，但是如果不听从医生的吩咐，在工作中注意休息，我就得进医院抢救了。之前我每次的睡眠时间从未超过2个半到3个小时，每晚最多睡5个小时。今天早上体重有200磅，这让我很高兴，不会因为担心身体而又血压高了。

欧内斯特·海明威

致詹弗兰科

瞭望山庄

1960年5月30日

亲爱的詹弗兰科：

　　每次收到有关你的信，我都非常高兴，特别是我在得知你又开始写作了，我甚是高兴。今天我们这里一直在下雨，而且今天是这一年全天都在下雨的第一天。这两个月的降水量很大，池塘里有很多的鱼。山庄里绿意盎然到处都是漂亮的美景，我想在这个时候游泳肯定非常的好了，天气不冷也不热。这个冬天的天气真是太特别了，酷寒的北风一直刮个不停。以前的美国从未有过这样的冬天，佐治亚州还下了一场大雪，而芝加哥也经历了一场很大的暴风雪。辛思凯（胡安·多娜贝蒂亚）已经回到西班牙了，所以可以做更多的事。我想我应该写信告诉你玛丽的胳膊受伤的事。11月她在射击时摔倒在冰冻的地上，摔伤了左胳膊肘，受伤的骨头像手雷一样。她接受了一场大手术（进行得很好但很困难），然后继续进行治疗。所以我们在圣诞节的时候就没有给你们寄贺卡或信（请转达所有的朋友吧）。她 1 月份（月底）来到这里，冬天非常的冷，对她的伤势恢复很不利。虽然我坚持给她做按摩（用机器），她自己也做了很多有利于恢复的治疗，但是，到现在都有 6 个月时间了，她的胳膊仍不见大的好转。只看到每天一点点地好转，却看不到一周甚至一个月来有什么明显好转，所以她对自己的恢复并不是很有信心，但我相信她的胳膊一定会好起来的。瓦莱丽瞳（丹比·史密斯）已经过来帮忙了，在这里过得很开心。

我真的是太累了，从 1 月底以来我已经写完了 10 万多字，每天写完作品后，我总是累得都不想动了。我在写完《午后之死》之后，现在已经完成了关于斗牛这部作品的一些初稿①，当然这本书还需要抄写和重写。为了处理这部作品的收尾事情我需要去趟欧洲才行。《生命》将出版 3 万或 4 万字，其中我描写了路易斯马吉尔（多明吉安）和安东尼奥（奥多涅兹），希望你能够满意。我前天完成了初稿，昨天一整天和今天又忙着收入所得税的问题。6 月 15 日以后今年就已经过去一半了，你知道那些天我们是怎么过的。

在你收到这封信以后，请你寄航空邮件给我，告诉我在威尼斯的资金（我已经付过了所得税）为蓝旗亚汽车所支付的所有费用，那样的话我就能够申请所花的费用，从而取得一些折扣来。你可以晚些把账单寄给我，在需要核对账单的时候我可以拿到就好。还要把在意大利用于保险、食宿等方面的花费告诉我。这些费用要用里拉表示，并转换成美元。我不能扣除汽车的价格，仅扣除汽车损坏所支出的费用和每年的折旧费。在马德里维修汽车的账单都在我这里，也有可能不是全部而只是一部分。我早就想

---

① 《危险夏日》，摘自《生命》第 49 章（1960 年 9 月 5 日、9 月 12 日、9 月 19 日），描写斗牛士奥多涅兹和多明吉安之间的较量。

核对一下，可从昨天才着手做。我很早就想给你写这封信了，可惜我的工作一直没有停下来，我总是脱不开身，而且还老是有不好的事发生。① 当然了玛丽的胳膊也会好起来的，只要她安心疗养，她的胳膊就肯定会恢复的，就像以前我的右臂和后背，一样最后也好起来了。

我为你射击的好成绩和赛车的出色表现而高兴。去年秋天，我射击的成绩也不错，可是我玩得不是很尽兴，因为当时玛丽的情况很不好。我们这里每个人都很好，也都为你送去最好的祝福，我们都在思念你。我们多希望在这个雨天，你能和我们一起共进午餐。昨天（周日）下午，我们和派斯洛（山庄的园丁首领）在考图罗斗鸡，我们大获全胜。

今年他把斗鸡训练得非常厉害。雷内（比利亚雷亚尔）表现得也非常出色，他派了最能战的斗鸡。蒙多（猫）和其他动物都还活着。山庄里面到处都是绿油油的青草，美味的杧果现在也开始结果了。

替我们向克里斯蒂娜和你家人问好！

祝福你们。

爸爸

致乔治·萨维亚斯博士

瞭望山庄

1960 年 6 月 14 日

---

① 这封信的字里行间都在强调悲伤，还用大量细节突出了担忧之情，"他为斗牛一书'艰难'地工作"也许暗指了欧内斯特·海明威将要患上精神疾病。玛丽·海明威暗示出事情可能发生在 1960 年 1 月份。参见玛丽·海明威：《事情真相》（纽约，1976 年）。

亲爱的乔治：

　　我已收到了你 5 月 20 日的来信，我现在给你回简信一封，而且我可不想拖到 6 月 20 日才寄出去。

　　我在 5 月底的时候已经完成了斗牛的初稿，有 11 万多字吧，然后我就一直忙于收入所得税账单的抄写和重新的事了，玛丽也被搅了进来。她很坚强。瓦尔（丹比·史密斯）的抄写工作做得非常好，我想你一定会满意的，而且有相当一部分是关于你在潘普洛纳和瓦伦西亚的（1959 年 7 月）。

　　玛丽的胳膊有所好转，现在她可以用手指碰触到嘴巴了。这和去池塘里在温暖的水中游泳是分不开的，她对做恢复锻炼也很有信心。我还是坚持每天给她的胳膊做 20 到 30 分钟的按摩，我觉得她胳膊上的石膏慢慢就可以取下了，就和我的右臂渐渐好转一样，不需要吃什么药物，所有的事情都在缓慢进行着。4 月份从斯克里布纳那里订阅的书至今还未收到。

　　希望帕特和孩子们一切都安好①，请你转达我们对他们的思念。可怜的老唐（安德森）过得不太好，这使我很难过。但愿他和杜克（弗莱斯特·马克·马伦）一切都能好起来。我也一直没给他们写过信，因为我最近实在是事情太多而且抽不出时间。

　　我必须得去西班牙一趟，我要去查一些材料，然后我会写信告诉你的。安东尼奥在斗牛赛中表现非常精彩，只是他的肝脏出了些问题，他应该是适应不了南美的饮食。

　　祝福所有的朋友。

　　照顾好自己。

爸爸

---

①　萨维亚斯博士和他的妻子帕特参加了欧内斯特·海明威在领事馆举办的 60 岁生日宴会。

受两次热带低气压的影响，这里连降大雨，我不能再去捕鱼了。从 5 月 19 日以后，我就没再出过船。

致查理斯·斯克里布纳，JR.
瞭望山庄
1960 年 7 月 6 日

亲爱的查理斯：

感谢你 6 月 20 日的来信，虽然在 6 月 29 日就寄到了，但是昨天也就是 7 月 1 日才到我这里。在得知哈里（布拉吉）身体不好而且又住院了，我也非常的难过。请你告诉他，我盼望他能够早日好起来。不过医院现在有很好的药物来治疗肺炎了，但是患了肺炎还是会痛苦的，而且有一些后遗症也是很麻烦的。

这次写得也不是很好，但毕竟不管是手写还是缓慢的口述，也已经写了这么多了，也许这样也就慢慢写好了。

谢谢你告诉我加拿大版本《老人与海》的事，听起来很不错。

等到我们见面的时候，我们再谈谈描写斗牛的那本书。我已经写好了第一部分，加上重写的那部分，现在怎么也该有 12 万多字了。本来《生命》是计划写 4500 字的，后来又写到了 15000 字，再后来又写到 3 万到 4 万字。埃德霍奇纳上周过来了，他想帮我把《生命》的字数减少到 3 万到 4 万字之间。但我们所能做的同时能够使作品更好的就是把字数保持在 7 万字左右。我实在不知道该删除或者是摘录哪些内容，我一边删减一边写，我发现所有的事物都与其他事物相关联，如果删减掉某些地方和人物描写，就好比是把这些地方和人物从《太阳照常升起》中彻底删除了一样。

但仍然有很多应该用却没有用到的素材，再把另外的一些内容加入附录中后，我们的书在出版后销量一定不错的。赫驰昨天晚上来过了，他之前去看过埃德·汤普森，他是一个管理编辑，看到小说的长度他并没有吃惊或意外。周末他们会把小说读完，赫驰会在周一晚上打电话给我。当然，他们也许并不想读，如果真是那样，我5个月的时间算是浪费在条目上了，但我的文章可不是白写了。无论如何，我觉得我们应该先出版《巴黎》。

我把所有的段落又读了一遍，也重新排了顺序，还把一些段落修改整洁了。我本想接着继续写的，可是因为有些过度疲劳（从5月19日到7月4日之间，我一天也没休息过，也没有出过船去捕鱼）我的思路有点迷糊了，现在也没有什么灵感，所以我与其继续写一些没什么水平的内容，还不如出去弄点果汁回来喝。

从4月初开始，我的眼睛就一直不太舒服，其实也不是什么大问题，主要是近视和散光已经矫正到20/20了。我从凯彻姆回来的时候眼睛还好好的，回来以后我一直忙于写这本书，看书时也没戴眼镜，所以眼睛非常容易疲劳。这里的一个年轻人说，高血压，散光，尤其是前者，以及用眼过度和看书时不戴眼镜等都会造成玻璃体（幽默）（物体）的逐步恶化。我会在纽约了解一下这方面的资料，请不要把这件事告诉任何人。我现在不清楚我的眼睛到底会怎样，这让我非常的焦虑，也无心关注斗牛赛的事情。但我现在不会因为眼睛的问题而无法工作，我还可以继续写作。刚才提到的那个人很不错，他出国有一段时间了，我要等他回来，因为我不希望被一些太过热心的人弄得不知所措。我的眼睛很可能就是因为这样才出问题，戴上新眼镜后好多了。

陪审团的情况不太顺利，你应该也会看到，而且今天的新闻都是一些不好的消息。从今天早上六点钟开始，收音机每半个小时就会报道一些消息，但是都没有什么好消息。

愿我的这封信带给你和约翰我们最真挚的祝福。

爱你的

欧内斯特

致玛丽·海明威

马德里

1960 年 9 月 25 日

亲爱的基特纳：

在我收到你最后一封来信的那天，我从领事馆给你写好了回信寄回去，之后我们来到了马德里①，我们重新开始经历霍奇纳（A. E. 霍奇纳）电话营销兜售图片的噩梦。联合国外交官和通讯记者一直占用电话线路，我时常在计划表之后的 4 至 6 小时才能通话，电缆可以保证 1 个小时连续不断，有时甚至是 5 个小时以

---

① 欧内斯特·海明威现在已经快要结束他在西班牙的噩梦之旅（1960 年 8 月至 10 月）。他和玛丽已于 7 月 25 日离开种植园。在纽约 62 号东大街的公寓一个星期之后，他又一次为了安东尼奥·奥多涅斯的钱一个人飞去了马德里，解决《危险夏日》一书中引用的图片，最后出版在《生活》一书中。玛丽·海明威在《事情真相》（纽约，1976 年）第 485—491 页记录了这个危险的秋天，并且从欧内斯特·海明威 8 月 15 日、8 月 16 日、9 月 3 日、9 月 7 日、9 月 18 日和 9 月 23 日的来信中摘录了大量引用。他担心"会被这该死的工作搞得身体崩溃，精神分裂"（8 月 15 日），抱怨"他的脑袋已经筋疲力尽，更别提身体"（8 月 26 日），并且噩梦不断，尽管他已经服用了镇静安眠药（9 月 3 日）。9 月 7 日，他"终于对他患觉不错，头脑为脑仍然十式清醒"。9 月 18 日的时候他歇斯底里地叫道："神啊，我真高兴能离开这个乱七八糟的地方，尽快回到凯彻姆和你待在一起，我相信我会有神清气爽、专注工作的机会，我想我一定非常乐意。"然后他又加了一句："他已经厌倦了这个喧闹浮躁的（斗牛）生活。"9 月 23 日，他写："我希望你能在这里照顾我，帮我走出困境，以免精神崩溃。我感觉糟透了，马上就会一命呜呼，长眠不醒。"10 月 8 日，他到了纽约，表面上看起来兴奋热烈，内心其实充满了恐惧、怀疑和困扰。《事情真相》描述了他接下来在纽约和凯彻姆的举动。这并不是一个"幸运的秋天"，他曾满怀希望地憧憬着一个别样的秋天。11 月 30 日，他被送进了明尼苏达州，罗彻斯特的圣玛丽医院梅约诊所，以乔治·塞尔斯的名义登记，进行药物和精神治疗，以免受到媒体打扰。他在被发现和报道之前那里住了六个星期零三天。

上。夜间电报也要花 36—48 小时。你肯定已经看到了一场好戏登场，让接下来上演的结局显得寡淡和烦琐。但是电话就是这样。霍奇纳一定告诉过你，有一次为了一个电话从早上六点等到晚上六点，然后持续到凌晨四点，一直没有宽衣休息，也因此没有学习。最后直到第二天 11 点才接通。虽然可以在 5 个小时内到达，去洛格罗诺看来已不太现实。我已经有 44 个小时没有合过眼了。我们在洛格罗诺的所见所闻（简直是精彩绝伦），还有路易斯·马吉尔（多明奎）在马德里的遭遇，为我的小说《生活》提供了一个结尾，所以我想我不会去尼姆了，需要多花两天的车程（还要加上两天半的回程时间），法国斗牛，巴黎黄色报刊，还有路易斯·马吉尔可能遇到的麻烦（他的宣传活动可能会遇到一些困难），所以我掉转车头赶回来进行处理，尤其是书籍内的插图还要和霍奇纳讨论一下（同样需要修改《西班牙生活》中的一些生活照），还要核实我需要的其他内容。透过这本书，我看到了我的方向，尽管路易斯·马吉尔来来回回把它搞得很复杂。他的工作确实需要往返于两地，但是安东尼奥在洛格罗诺逍遥自在的那天他却没有来马德里。他（安东尼奥）长期以来在卡拉扬对我所做的奉献让我非常感动，然后他离开了，把他的生活弄得比我曾经看到的还要糟糕，让我以一种全新的精彩方式杀了他吧！名流和佳丽从来不会写作，因为他们根本不想失去他们已经得到的东西。他说这是他今年在西班牙宰杀的最后一头公牛，但是他所承受的最大压力就是 10 月 12 日在圣玛丽亚港和路易斯·马吉尔的决斗，来一次可供利用的对抗，另外，马吉尔可以宰杀 6 头公牛，但是我不会待到那个时候。我必须离开这里回去找你，在凯彻姆健康地生活，保持清醒的头脑，写出更好的作品。可以说不管结果如何，他们都会继续如此，但是我不得不回到凯彻姆，好好想想怎样继续往下写。但图片是现在最困难的问题，我现在正在整理其他可能的结局。希望你已经在那里找到了快乐，霍奇纳说你在那里过得很精彩，最后一封信听起来就很不错。在这里我们不能从报纸上看到究竟发生了什么。我打开一封《花花公子》的来信，那真是一本糟糕透顶的杂志，正在预谋用我的失误策划一起新的阴谋诡计。我已经把地址告诉了你，让你为我求求情。我刚才看到有《花花公子》，就随手翻了翻。但是这不过只是报道我开始和阿尔弗雷德·赖斯交往的花边新闻而已，最后一封邮件还有很多该死的问题。我已经给霍奇拍了电报告诉他如果他在，我星期一会给他打电话，要不然就改到星期二。我今早去了普拉多，骚乱代替了大理石和木质地板，照片和废纸像雪片一样撒得到处都是，但是仍旧像你四处寻找他们一样感觉好极了。灯光氤氲。我爱你，我最爱的小猫咪，10 月初大概就能离开，一有准确的消息立马拍电报告诉你。我们会解决所有问题，不惜废寝忘食，绞尽脑汁。任何小酌对我而言都淡而无味，除了最淡的红葡萄酒。我们已经解决了很多其他问题，我必须保持健康才能更加专注地写作。希望在纽约能事事顺心，我刚来的时候进展得很顺利，没有遇到一点新闻困扰。我很愿意在每个人都手忙脚乱的时候融入联合国的各项事务中①，肯定是这样的。请原谅这封信写得如此匆忙潦草，简直是一塌糊涂。这个幸运的秋天，还有池塘里的涟漪，承载了太多爱恋和期望。

你亲爱的

大猫咪

希望霍奇纳的生意可以得到解决，形形色色的安格鲁人，这就是尼克·亚当斯小说内的插图。但是小说涉及十个故事，我真

---

① 生机盎然的第 15 届联合国会议于 9 月 1 日召开。艾森豪威尔和卡斯特罗都进行了发言（四个半小时），但遭到了赫鲁晓夫的猛烈冲击。

的不知道霍奇纳和那些摄影师打交道是有多么的老练。我已经给古柏（加莱·古柏）拍了电报告诉他我为什么不能去法国的原因，是否（有两个词汇难以辨认）已经给我送来了车票？

致罗彻斯特，相关人士[1]

明尼苏达州

1960 年 12 月 4 日

致相关人士：

我的妻子玛丽从来不相信或认为我会做什么违法的事情。她对我的任何财务情况或者人际关系也根本没有犯罪意识，这一点乔治·塞尔斯医生他可以担保。我正在经受高血压的折磨，曾几度濒临危险。她用乔治·塞尔斯医生的名义在罗彻斯特科勒酒店订房，为的是让我免于受到报社的烦扰。她没有犯过任何罪行或不法勾当，她只是在我的财务账单上进行过一些简单的勾画，并且整理材料准备纳税申报单。我携带的这个袋子里面有她在纳税申报单上的标记，但是她一直都认为那是从我在纽约遇到她之后的事情。我旅行的原因就是为了避开报社，这是我一直多年坚持的习惯。而她根本不是共犯，或者任何意义上的犯罪者，她仅仅听从我的朋友塞尔斯医生的建议而已，因为她十分信任他。

欧内斯特·海明威书

---

[1] 这封信显然是一份主动提供的备忘录。万一联邦调查局或美国国税局无中生有，捏造一些他们从来没有做过的事情对他们进行起诉，这封信可以用来保护玛丽免于不法行为共犯的指控。这封信被首次出版于玛丽·海明威《事情真相》（纽约，1976 年）一书。

致 L.哈利·勃拉克

罗彻斯特

1961 年 1 月 8 日

亲爱的哈利：

非常感谢你 12 月 1 日的来信，信已经转寄给了我。很抱歉我没有及时给你回信，当时我实在有些混乱，因为我那时候的血压升高到 225/125，所以我得赶紧离开，我用我的医生——乔治·M.塞尔斯名义在太阳谷登记，这样可以免被记者烦扰，直到我的血压下降，今天上午时候我（今天最糟糕的时候）检查的血压是 118/80mmHg，体重 175 磅。你可千万不要被我的体重吓到了。他们从其他细微的征兆中查出了我有初始糖尿病的迹象，但是现在通过饮食就能控制住而且无须药物治疗（还不到必须使用胰岛素的时候）。希望我可以尽快地康复吧！除了查理斯，请不要告诉任何人我是用塞尔斯的名义住在这里，不管怎么样都不要告诉报社或者任何人。

很抱歉你在巴黎摔断了两根肋骨，还有可怜的阿兰·帕顿，希望你和查理一切都好。

那笔款项（19244.10 美元）12 月 1 日就到期了，将计入 1960 年的收入报表（参考泰勒·考德威尔的情况和旧例）。我相信你会如实记录，并且在 12 月 31 日之前将其存入我在摩根担保银行第五人道分行并立的账户。如果还没有存进来，但是已简单地向政府声明你会将 6000 美元存入我的支票户头，余额存入我的特种营业税户头。如果还没有对他们进行说明，若法律允许，支票日期可以注明 12 月 31 日。付了钱之后我就会是穷得响叮当了，而且税收的问题又会接踵而至。

10 月底的时候我就已经到了这里（10 月 31 日），刚开始的时候得了一场大病。玛丽用乔治·塞尔斯医生的名义在科勒酒店开了间房一直在这里陪着我。我们昨晚一起散步，还和我的医生共进晚餐，我们喝了些桑塞尔白葡萄酒、麝香干白葡萄酒、奥比昂葡萄酒，整个晚上的气氛都相当愉悦。我同样感谢你为《危险夏日》的最终出版提供了图片，虽然那本书还没有出版，但我仿佛已经听到了哈利·格尔登的批评、咒骂和处理。安东尼奥·奥多涅斯他也给我寄来了一些非常好的图片。

你能否将《永别了，武器》《渡河入林》《午后之死》《丧钟为谁而鸣》《非洲的青山》《海明威的读者》《海明威短篇小说集》《太阳照常升起》《有钱人和没钱人》《春潮》的完整版（并非便宜的学生版）这些书籍的复印件寄给明尼苏达州罗彻斯特西南第七大街 1014 号的休·R. 巴特医生和西南第五大街 622 号的霍华德·P. 罗马医生吗？每本都要一份复印件。所有的书再给我寄两份复印件（乔治·塞尔斯收——明尼苏达州罗彻斯特圣玛丽医院），（请使用塞尔斯先生的信戳——不要转寄）。

同样请以我自己的名义，海明威先生的信戳把克利夫顿·艾默里的《谁谋杀了社会》、戴安娜·库珀的《悬崖上的号角》、查尔斯·诺曼（麦克米伦）的《埃兹拉·庞德》、威廉·斯蒂伦的《放火毁屋》、郝伯特·金的最后一本书（还未命名）、伊萨克·迪内森的《草地上的影子》、范斯·帕客和伦道姆·豪斯的《废物制造者》寄至爱达荷州凯彻姆 555 信箱。[①] 再把《纽约时报文学增刊》的 12 月那期和每期的《周六文学评论》通过航空邮件以乔治·塞尔斯医生的地址寄给我，明尼苏达州罗彻斯特圣玛丽医院，这样我就能订购一些书了。我已经有了《周一时报》和《周一至周六评论》，明天就能收到《星期天时报》了。

---

① 欧内斯特·海明威的图书订单一直持续不断。在 1 月 19 日和 1 月 20 日寄给布拉格的信件中，他订购了 33 本书，两个星期内总共订购 740 本。

请原谅我这封仓促的来信，我有点力不从心地想尽快写完。当一两天后你把信寄给罗彻斯特圣玛丽医院乔治·塞尔斯，或者把你或查理的信寄给明尼苏达州罗彻斯特科勒酒店 1006 房乔治·塞尔斯夫人，你就可以直接给我写信了。① 可以使用航空特快专递。期待你的任何消息。

希望可以尽快从这里回到凯彻姆。

请对查理致以我最美好的祝福。

欧内斯特

致帕特里克·海明威

罗彻斯特

1961 年 1 月 16 日

亲爱的茅斯：

非常感谢你在 12 月初的来信。很遗憾亨丽她一直饱受肾脏的困扰，她又出现了浮肿。随着糖尿病的病发，她整个人被折磨得非常痛苦，但是我们已经给了她最好的关爱。12 月 30 日和 31 日我和玛丽都给她打了电话，但是电话都没有接通。不过就算电话拥挤，新年的时候我也一定会给你们打通电话的。

你收养的孩子②真是太上镜了，还有你和汉丽也是一样。这封信几见 张便签，所以你无须担心我到达这里的情况。医生曾将血压降低至 126/84mmHg，但是目前的血压为 250/125mmHg，相信通过保持 175 磅的体重可以得到控制，今早称的体重为 173

---

① 欧内斯特·海明威精神状况的病症表现在频繁重复相同的地址，极其注重细节，为所得税感到担忧，记错圣玛丽医院的入院日期，以及对安全隐患的恐惧。

② 帕特里克在他妻子亨丽埃塔 1960 年 7 月 31 日生日后，一块儿收养了一名女婴，取名为艾德温娜。

磅。这周周末我们就会离开这里，我会从凯彻姆再写封信给你。

你应该在报纸上看到了我在古巴的消息，但是它远远比你了解到的消息更复杂。

我认为生活中并不一定非常完美，因为生活是我们生命长河中不可或缺的一部分。我正在写一本关于我年轻时在巴黎生活的书，我认为书的内容非常精彩，或者说，我希望这本书会非常的精彩。我现在真恨不得能马上完成写作，而且还有很多比你还老的故事。

我们马上就要到凯彻姆了，之后的计划还未定。如果雨季还很远，我很想去一趟非洲。这是我昨天晚上冒出来的念头，还没有机会和玛丽谈起过。我现在已很难找到一个不会被打扰、可以专心工作的地方了。

我把信托公司的发票随着信一起寄给你了。请原谅我这封信太过于简短，你的来信都写得很精彩，但惭愧的是我给你的回信却很潦草。我现在每天忙得热火朝天，因为我和玛丽都爱上了散步，这也是我减肥程序的一部分。玛丽与我对你和小家伙致以最无尽的爱，蒂娜和艾德温娜都是很不错的名字。

爱你们的

爸爸

致约翰·F.肯尼迪总统①

爱达荷州，凯彻姆

1961 年 1 月 24 日

---

① 抄录自约翰·F.肯尼迪图书馆未标明日期的手写稿。欧内斯特·海明威和玛丽应邀参加总统就职典礼，但最终未能成行。就职典礼结束后几天写了这封信，那时他们正在明尼苏达州罗彻斯特的电视机前收看这次盛大的就职典礼，1 月 22 日，他们飞回了凯彻姆。详见玛丽·海明威：《事情真相》（纽约，1976 年）。

尊敬的总统先生：

我正在罗彻斯特观看盛大的总统就职典礼，我的心里充满着幸福、希望和自豪感。肯尼迪夫人她看起来十分的端庄优雅，而您的就职演说更是感人肺腑。我在荧幕前看着您，您使我深信肯尼迪总统今后将会像就职典礼那天顶住严寒一样顶住任何热浪的袭击。自从我对政府恢复信任和有所了解以来，我看到总统每天都面临着许多困难和棘手的问题等待着他拿出勇气去解决。我们感到特别高兴的是，国内外危机四伏、险象环生的时候，我们国家有一个大无畏的英雄来担任我们的总统。

欧内斯特·海明威

致 L. 哈利·勃拉克记者

凯彻姆，巴黎

1961 年 2 月 6 日

亲爱的哈利：

我不记得我是否订购过什么，因为我找过许多人帮我订购《泰晤士报》，其中一位秘书（克·夸里小姐）她确实帮我订购了，不过这些都是小事一桩，我会去查阅一下。

我还有一些信息需要确定。《流动的盛宴》按照章节划分将材料安排到第 18 章，我现在正在写最后一章，我还在思考第 19 章的标题，现在简直是苦不堪言。（我通常会做一个长长的清单，可能出了些问题，但是我正在想办法解决，巴黎被引用得太频繁，以致什么事都日久生厌了。）每一章节的页数为 7，14，5，6，9.5，6，11，9，8，9，4.5，3.5，8，10.5，14.5，38.5，

10，3，3，总共 177 页 +5.5 页 +1.25 页。

平均字数（5 页）：

3 页完全没有对话：209

266

335

对话：222

所有对话：171

1203/5 = 240

所以字数在 42000—45000 之间。

在这个没有图书馆、没有参考书的地方真是太难受了。七点的时候我就起床了，然后吃早饭，八点半开始工作，然后我筋疲力尽地工作到下午一点，午饭时间在两点左右，晚饭则要等到八点左右。我还需要散步至少 2 公里以上，这样便于保持我的体重，最后是就寝休息。

玛丽认为我应该找位秘书，她已经把一篇实验性的章节寄给了那个人，明天我们应该就能见面。

我已经尝试删除我写过的大多数内容来巩固这本书（不是你看过的那些部分，你根本没看过），但是应该由作者通过可以删除的材料质量来进行判断。书里收录了许多的真相和戏法，但是我们还是需要一个比《巴黎故事》更好的标题才行。

关于插图的事情你可以参考一下《尼克·亚当斯小说》中的一些图片。为了检查可以辨别身份的任何嗜好以及产生的不良结果，我对姓名进行了一些必要的修改，但是我仍然需要以下的书籍：

1. 卡洛斯·贝克的小说

2. 芬顿的小说

3. 菲利普·扬的小说

4. 一名英国人所著的第二本书

我忘了他的姓名，约翰·阿德金①。

同样需要一本标题烫印的牛津英语小说复印件，一本钦定本《圣经》（印刷字体清晰）。这是最低要求了，这个鬼地方什么都没有。

日复一日，我只剩下了思考，重复着同样的工作，事情现在变得越来越艰辛，而且现在的日子也更加艰难了。古巴很少有可以工作的图书馆。我不是发牢骚，不过你肯定更喜欢你的情况报告。希望玛丽可以拿到手稿，这样你就可以亲眼看看我的笔迹了。我已经用小学生的写法复印了所有修改过的页面。

要完成所有程序必然困难重重，但是却非做不可。感谢查理的便条以及他的忍耐信（第一封，肯定也是最后一封）。我已经筋疲力尽了。医生规定了我每天的饮酒量最多是 1 升红葡萄酒。但是我每天都没喝到一半的分量，而且我不能喝烈酒。登记入院和体检的时候我的肝脏都一直很健康，Hangar，负值，胆固醇正常。你，麦克斯和查理斯·斯克里布纳肯定已经习惯了司各特（菲茨杰拉德）的谎言，但是这次确实是真的信息。

直到现在为止，这本书才完成了大概三分之一。

永恒的祝福。

欧内斯特

致乔治·普林顿

凯彻姆

---

① 卡洛斯·贝克：《海明威：作为艺术家的作家》（普林斯顿，1952 年）；查尔斯·A. 芬顿：《海明威的早期学徒生活》（纽约，1954 年）；菲利普·扬：《欧内斯特·海明威》（纽约，1952 年）；约翰·阿德金：《欧内斯特·海明威的艺术》（伦敦，1952 年）。

1961 年 2 月 25 日

亲爱的乔治:

　　昨晚我找到了《巴黎评论》的编号和你写的专访（此处无资料来源），我已经看到了一些可以从这本关于巴黎早期生活的书中引用的内容，现在正在检查，我的意思是想要直接从专访中引用，但是不包括我以其他方式告诉你的那些我已经写过的内容。

　　我不知道你计划什么时候出版这篇专访，但是请留意是否有版权保护，最好先询问一下引用许可。我想《北欧海盗》可能已经收录了第一篇专访。

　　能否通过《评论》把许可正式交给查理斯·斯克里布纳杂志社的哈利·勃拉克，或者他能否从《评论》或《北欧海盗》获得许可？烦请你打电话到斯克里布纳找他，同样按照上面的地址写封信把情况告诉我。全靠你了!

　　希望我给你的新书《并非我的同盟》写的内容能够让你感到满意。你知道问题所在，实际语言的匮乏（我认为这是最大的问题），使用骂人的脏话，毫无公正可言。我可能等不到阿奇·摩尔的东西了，虽然那可能非常精彩。

　　我把这封信的复印件寄给了哈利·勃拉克，我希望能助你一臂之力。昨天我称的体重是 170 磅，但是说来也奇怪，这个体重让我觉得自己身强体壮。我正在卖力工作，但是暂时要停下来进行检查了。

　　最深的祝福。

爸爸

致帕特里克·海明威

凯彻姆

1961 年 3 月 22 日

亲爱的茅斯：

　　我用了加急的方式来寄送这封信，我还没有听说奥托·布鲁斯要写信告诉你任何关于基韦斯特的一些细节，还有其他最新消息。但是我已经看到了巴德·珀迪①带回来的关于你和亨丽，还有你们小宝宝的温馨照片。很感谢他们的一片好心。纽约的事情我还在处理，但是已经存入了百分之七十用于支付可能的税赋，当然也有可能还不够，但是我真想去看看你们。我会尽快写完这本书，关于非洲的事务听起来有些乌七八糟的，我必须立即采取些措施。

　　这里的一切总是那么的差强人意，包括种植园，我感觉简直糟透了，现在只有通信才能让我得到片刻安宁。②

　　爱你们，每一个人。

爸爸

致弗雷德里克·乔治·塞尔斯

罗彻斯特

1961 年 6 月 15 日

---

　　①　珀迪是凯彻姆南边皮卡伯的一位农场经营者，一直在非洲打猎。

　　②　写完这封信的几个星期内，欧内斯特·海明威的两个自杀威胁让他势必要重新回到梅约诊所，直到 1 月才允许发表。4 月 25 日，他从爱达荷州黑利飞去了明尼苏达州罗彻斯特。

亲爱的弗里茨①：

很抱歉，我今天早上在便条上得知了你父亲在丹佛已卧床不起好多天，并且我用尽了所有便条告诉你这件事，我真希望你能振作起来。

罗彻斯特已经非常地闷热潮湿了，但是最后这两天的天气却显得清爽宜人，很适合夜间的酣睡。这个国家真的很漂亮，我很高兴能有机会沿着密西西比河沿岸欣赏这个风景秀丽的国家，在古老的伐木时期，这里的人用木筏来代步，当开拓者来到北方后人们才开始使用拖车。我还看见许多肥美的鲈鱼跳进河里，我以前对于密西西比河上游简直是一无所知，真是一片大好河山啊。

但是这些在爱达荷州就很少见了，真希望我们都能重新回到这里，一起打趣我们的住院经历。

我这个无比思念你的好朋友、老伙计向你表示我对你无尽的祝福！

父亲大人

祝福其他家人。我感觉不错，总之对任何事情都生机勃勃，真希望能尽快看到你。

爸爸

---

① 弗里茨，太阳谷乔治·塞尔斯夫妇9岁大的儿子，因为病毒性心脏病入院治疗，于1967年3月11日去世。这封信通过传真出版在《生活》一书中（1961年8月25日）。